ଗଳ୍ପସ୍ବଳ୍ପ

ଭାଗ-୧ ଏବଂ ଭାଗ-୨

ଗଳ୍ପସ୍ୱଳ୍ପ

ଭାଗ-୧ ଏବଂ ଭାଗ-୨

ଫକୀର ମୋହନ ସେନାପତି

ବ୍ଲାକ୍ ଈଗଲ୍ ବୁକ୍ସ
ଭୁବନେଶ୍ୱର, ଓଡ଼ିଶା

BLACK EAGLE BOOKS
Dublin, USA

BLACK EAGLE BOOKS

USA address:
7464 Wisdom Lane
Dublin, OH 43016

India address:
E/312, Trident Galaxy, Kalinga Nagar,
Bhubaneswar-751003, Odisha, India

E-mail: info@blackeaglebooks.org
Website: www.blackeaglebooks.org

First International Edition Published by
BLACK EAGLE BOOKS, 2024

GALPASWALPA (PART-1 & PART-2)
by **Fakir Mohan Senapati**

Copyright © **Black Eagle Books**

Cover & Interior Design: Ezy's Publication

ISBN- 978-1-64560-587-4 (Paperback)

Printed in the United States of America

ସୂଚିପତ୍ର

କଥାଶିଳ୍ପୀ ଫକୀରମୋହନଙ୍କ ଗଳ୍ପସ୍ୱଳ୍ପ: ଏକ ଶୈଳ୍ପୀକ ଆକଳନ

ଡକ୍ଟର କୈଳାସ ବାଣ୍ଡ

ପ୍ରାକ୍ତନ ଓଡ଼ିଆ ପ୍ରାଧ୍ୟାପକ

ଊନବିଂଶ ଶତାବ୍ଦୀ ହେଉଛି ଉତ୍କଳ ପାଇଁ ଏକ ଘଡ଼ିସନ୍ଧିକାଳ । ଏ ଶତାବ୍ଦୀରେ ପ୍ରାଚ୍ୟ ଏବଂ ପାଶ୍ଚାତ୍ୟ ଚିନ୍ତା ଓ ଚେତନାରେ ସଂଘର୍ଷ ଘଟିଛି । ଫଳରେ ଓଡ଼ିଆ ଭାଷା ଏବଂ ସାହିତ୍ୟର ପ୍ରାଚୀନ ନିର୍ମୋକ ଖସିପଡ଼ିଛି । ନବଯୁଗର ପଦଧ୍ୱନିରେ ସମଗ୍ର ସାରସ୍ୱତ ଆକାଶ ନୂତନ ସମ୍ଭାବନା ଓ ଦ୍ୟୋତନାରେ ସ୍ୱପ୍ନାୟିତ ହୋଇଛି । ସର୍ବତ୍ର ଜନ ଜୀବନରେ ନବ ଜାଗୃତିର ମନ୍ଦ୍ରଧ୍ୱନି ନିନାଦିତ ହୋଇଛି । ଏଇ ଆକାଶର ଅସ୍ତାଚଳରେ ଭଞ୍ଜ ଯୁଗର ଜୀବନ ସନ୍ଧ୍ୟାର କରୁଣ ଅସ୍ତରାଗ ଓ ଉଦୟାଚଳରେ ନବଯୁଗର ଜୀବନ ପ୍ରଭାତର ହିରଣ୍ମୟ ଦ୍ୟୁତି ରୂପକ ରକ୍ତରାଗ ପ୍ରତିଭାତ ହୋଇଛି । ଓଡ଼ିଆ ସାହିତ୍ୟର ଚକ୍ରବାଳରେ ଏ ମାଟିର ଶ୍ରେଷ୍ଠ ପୁରୋହିତ, ନବଯୁଗର ଭଗୀରଥ, ଏ ଜାତିର ଦଧୀଚି, ଓଡ଼ିଆ କଥାସାହିତ୍ୟର ସମ୍ରାଟ, ଉତ୍କଳ-ସାହିତ୍ୟ-ଆଶ୍ରମର ବିଶିଷ୍ଟ ଋଷି, ଓଡ଼ିଆ ଭାଷାର ଜାଗ୍ରତ ପ୍ରହରୀ, ଓଡ଼ିଆ ଭାଷା ସୁରକ୍ଷା ଆନ୍ଦୋଳନର ଦୁର୍ଦ୍ଧର୍ଷ ସେନାପତି, ଆଧୁନିକ କାବ୍ୟ-ଜଗତର ବ୍ୟାସକବି ତଥା ସରସ୍ୱତୀ ଫକୀରମୋହନଙ୍କର ଅଭ୍ୟୁଦୟ ଏକ ଯୁଗାନ୍ତକାରୀ ଘଟଣା । ବାଲେଶ୍ୱରର ମଲ୍ଲିକାଶପୁରର ପ୍ରସିଦ୍ଧ 'ମଲ୍ଲ' ପରିବାରସ୍ଥ ଲକ୍ଷ୍ମଣ ଚରଣ ସେନାପତି ଓ ତୁଳସୀ ଦେବୀଙ୍କର ଔରସରୁ ୧୮୪୩ ମସିହା ଜାନୁଆରୀ ୧୩ ତାରିଖ ଶୁକ୍ରବାର ପବିତ୍ର ମକର ସଂକ୍ରାନ୍ତିରେ ତାଙ୍କର ଆଗମନ ଏବଂ ୧୯୧୮ ମସିହା ଜୁନ୍ ୧୪ ତାରିଖ ଶୁକ୍ରବାର ପବିତ୍ର ରଜ ସଂକ୍ରାନ୍ତିରେ ତାଙ୍କର ତିରୋଧାନ । ଗୋଟିଏ ସଂକ୍ରାନ୍ତିରେ ଆଗମନ ଏବଂ ଗୋଟିଏ ସଂକ୍ରାନ୍ତିରେ ତାଙ୍କର ତିରୋଧାନ ପର୍ଯ୍ୟନ୍ତ ରହିଯାଇଛି ଦୀର୍ଘ ୭୫ ବର୍ଷର ବ୍ୟବଧାନ ।

ସେଇ ସଂକ୍ରାନ୍ତି ପୁରୁଷ ଏ ଜାତିପାଇଁ, ମାଟି ପାଇଁ, ଭାଷା ପାଇଁ, ସାହିତ୍ୟ ପାଇଁ, ମଣିଷ ପାଇଁ,ସଂସ୍କୃତି ପାଇଁ ଯେଉଁ କ୍ରାନ୍ତି ସୃଷ୍ଟି କରିଯାଇଛନ୍ତି ତାହା ବାସ୍ତବିକ୍ ଜଣେ କର୍ମଯୋଗୀର ବୀରୋଚିତ କାର୍ଯ୍ୟ । ସେନାପତି ସଦୃଶ ହସ୍ତରେ ଅସି ଧରି ପ୍ରତିପକ୍ଷ ସହିତ ସେ ଯୁଦ୍ଧ କରିନାହାନ୍ତି ବରଂ ଶକ୍ତିଶାଳୀ ମସି ଧରି ଏ ଓଡ଼ିଆ ଜାତିର,ଭାଷାର,ସାହିତ୍ୟର ଯଥାର୍ଥ ଉନ୍ନତି କରିଯାଇଛନ୍ତି ।

ଉତ୍କଳ ପାଇଁ ଏଇ ଶତାବ୍ଦୀ ହିଁ ଆଣିଥିଲା ଉଭୟ ହଳାହଳ ଓ ଅମୃତ । ଅମୃତକୁ ଆଗ୍ରହ ସହକାରେ ସେନାପତି କେବେ ପାନ କରି ନଥିଲେ କି ଭାଗ୍ୟଦେବୀଙ୍କ ଅପାର କରୁଣାବଳରେ ତାଙ୍କୁ ଅମୃତର ମଧୁର ସ୍ପର୍ଶର ସୁଯୋଗ ମିଳି ନଥିଲା ବରଂ ସାରା ଜୀବନ ଯନ୍ତ୍ରଣାର ହଳାହଳକୁ ଆକଣ୍ଠ ପାନ କରି ସେ ହୋଇଥିଲେ ନୀଳକଣ୍ଠ । ଯୋଗୀ ନୀଳକଣ୍ଠ ଶିବଙ୍କ ଭଳି ବିଷପାନ କରି ଉତ୍କଳୀୟ-ସାରସ୍ୱତ-ଉପବନର ସାହିତ୍ୟ ସାଧକ ହୋଇ କାଳଜୟୀ ସୃଷ୍ଟି ସବୁକୁ ସେ ନିର୍ମାଣ କରିଗଲେ । ପ୍ରତିଟି ଅମ୍ଳାନ ସୃଷ୍ଟିରେ ମୃଗନାଭି କସ୍ତୁରୀର ସୁଗନ୍ଧ ସେ ଭରିଦେଲେ । ଫଳରେ କାଳର କରାଳ ଗ୍ରାସରେ ତାଙ୍କର ମୃଣ୍ମୟ ନଶ୍ୱର ଶରୀର ବିଲୀନ ହୋଇଥିଲେ ହେଁ ଆଜି ପର୍ଯ୍ୟନ୍ତ ତାଙ୍କ ଶାଶ୍ୱତ, ଅମୃତସ୍ପର୍ଶୀ ସୃଷ୍ଟି ସମ୍ପଦ ହିଁ ତାଙ୍କୁ କଥା ସାହିତ୍ୟର ସ୍ୱର୍ଣ୍ଣିମ ରାଜସିଂହାସନରେ ବସାଇ 'କଥା ସମ୍ରାଟ' ଭାବରେ ମୁଗ୍ଧ ନୈବେଦ୍ୟ ଢାଳୁଛି । ତାଙ୍କ କାଳଜୟୀ କଥାସୃଷ୍ଟି ହିଁ ତାଙ୍କୁ ଅମର କରି ରଖିଛି । ବାସ୍ତବରେ ସେ ହେଉଛନ୍ତି ଓଡ଼ିଆ ଭାଷାର କଥା ମହାଭାରତର ପିତାମହ ଭୀଷ୍ମ ତଥା ଓଡ଼ିଆ ଗଳ୍ପର ଜନକ । ସେ ଏ ଜାତିକୁ ସ୍ୱକୀୟ ସୃଷ୍ଟି ମାଧ୍ୟମରେ ବିଶିଷ୍ଟ ଉଦଗାତା ଭଳି ଉତ୍ତାନପାଦ ଓ ଉର୍ଦ୍ଧ୍ୱଗ କରିବାକୁ ସଫଳ ପ୍ରଚେଷ୍ଟା କରିଥିବାରୁ ଚିରସ୍ମରଣୀୟ ଅଟନ୍ତି । ତାଙ୍କ ପ୍ରଜ୍ଞାର ଅଣୁବୀକ୍ଷଣ ଯନ୍ତ୍ରରେ ସମାଜର ସକଳ ଦୃଶ୍ୟ ସମୂହକୁ ସେ ସୂକ୍ଷ୍ମାତିସୂକ୍ଷ୍ମ ନିରୀକ୍ଷଣ କରିଛନ୍ତି । ଦୀର୍ଘ ଛପନ ବର୍ଷର ଅନନ୍ୟ ଅନୁଭୂତିକୁ ନେଇ ଜୀବନର କ୍ଳାନ୍ତ ଅପରାହ୍ଣରେ ସେ ସର୍ବପ୍ରଥମେ ଓଡ଼ିଆ ଗଳ୍ପ ରଚନା କରିଛନ୍ତି । ସର୍ବମୋଟ ସେ ଆମକୁ କୋଡିଏ ବର୍ଷରେ କୋଡିଏଟି ଗଳ୍ପ ଦେଇଛନ୍ତି ଅଥଚ ସେଗୁଡ଼ିକର ଆତ୍ମିକ ଓ ଆଙ୍ଗିକ ସୌନ୍ଦର୍ଯ୍ୟ ସମଗ୍ର ବିଶ୍ୱ ସାହିତ୍ୟକୁ କରୁଛି ଆକର୍ଷିତ ତଥା ବିମୋହିତ । ତାଙ୍କ କଥା କୋଣାର୍କର ପ୍ରତିଟି ଚରିତ୍ର ଏକ ଏକ ସୂକ୍ଷ୍ମ କାରୁକାର୍ଯ୍ୟ ସମ୍ପନ୍ନ ଅମ୍ଳାନ ପ୍ରସ୍ତର ଖଣ୍ଡ ।

ପ୍ରକୃତି, ସମାଜ ଓ ପରମ୍ପରା ସେନାପତିଙ୍କ ଗଳ୍ପ ସମ୍ପଦର ଏକ ସମନ୍ୱିତ ଧାରା । ଏଥିରେ ସାମାଜିକ ନୈତିକତା ପ୍ରତିଷ୍ଠିତ ହୋଇଛି । ବ୍ୟକ୍ତିର ନୈତିକ ଜୀବନ, ସମାଜର ନୈତିକ ଜୀବନ ସହିତ ମିଶି ଏକାକାର ହୋଇଯାଇଛି । ଯେଉଁଠି ବ୍ୟକ୍ତି, ସାମାଜିକ ନୈତିକତାର ପରିପନ୍ଥୀ ହୋଇ ସମାଜକୁ ଅନ୍ଧକାର ଗହ୍ୱର ମଧ୍ୟକୁ ନେଇଯାଇଛି ସେଇଠି ବ୍ୟକ୍ତିକୁ ଅଦୃଷ୍ଟ ଦେଇଛି ନିଷ୍ଠୁର ଆଘାତ । ବ୍ୟକ୍ତି ଚରିତ୍ରର ଘଟିଛି ପରିବର୍ତ୍ତନ । ଦସ୍ୟୁ ରତ୍ନାକରର କବର ଉପରୁ ମହର୍ଷି ବାଲ୍ମୀକି ତଥା ରକ୍ତମୁଖା ଚଣ୍ଡାଶୋକରୁ ପୁଣ୍ୟଶ୍ଳୋକ ଧର୍ମାଶୋକଙ୍କ ଆବିର୍ଭାବ ଭଳି ତାଙ୍କର ଅନେକ ସୃଷ୍ଟିରେ ସଇତାନ ଭିତରୁ ମାନବିକତା ଓ

ଦେବତ୍ୱର ଘଟିଛି ଉତ୍ତରଣ । ନୈତିକତା ଓ ଅଦୃଷ୍ଟ ପ୍ରତିଷ୍ଠା ଦେଇଛି ନୂତନ ମାନବିକ ମୂଲ୍ୟବୋଧକୁ । ଅଦୃଷ୍ଟ ଓ କର୍ମଫଳର ଆଘାତରେ ମଣିଷର ସଇତାନୀ ପ୍ରବୃତ୍ତିର ପରିବର୍ତ୍ତନ ଘଟିଛି । ଅଧର୍ମର ବିନାଶ ଘଟିଛି, ପାପର ପରାଜୟ ହୋଇଛି ଏବଂ ଶେଷରେ ନୈତିକତାର ରୁଦ୍ର କଠୋର ପଥଦେଇ ମାନବିକତାର ସ୍ୱର୍ଣ୍ଣଦ୍ୟୁତି ଉକୁଟି ଉଠିଛି । ଶୋଷିତ ଓ ଶୋଷକ ମଧ୍ୟରେ ଦେଖାଦେଇଛି ସେ ସମୟରେ ଏକ ମାନସିକ ବା ଭାବଗତ ସଂଘର୍ଷ। ସେନାପତି ରକ୍ଷଣଶୀଳ ହୋଇ ଉତ୍କଳୀୟ ପାରମ୍ପରିକ ମୂଲ୍ୟବୋଧକୁ କେବେ ସମ୍ମାନ ଦେଇଛନ୍ତି ପୁଣି ସ୍ରଷ୍ଟାପୁରୁଷ ନୂତନ ସଂସ୍କାରପନ୍ଥୀଙ୍କୁ ନୈତିକତାର ଅସ୍ତ୍ର ପ୍ରୟୋଗକରି ସଇତାନମାନଙ୍କୁ ଅଦୃଷ୍ଟ ଦ୍ୱାରା ଦଣ୍ଡ ଦେଇଛନ୍ତି । ଅବଶ୍ୟ ସଂସ୍କାରର ଆଳରେ ଯାହା ସମାଜ ହିତୈଷୀ ତାକୁ ସେ ସ୍ୱାଗତ କରିଛନ୍ତି । କିନ୍ତୁ ଅନ୍ଧଭଳି ରକ୍ଷଣଶୀଳ ପରମ୍ପରାକୁ ସେ ଆଦୌ ସମ୍ମାନ ଦେଇନାହାନ୍ତି । ବର୍ତ୍ତମାନ ସେନାପତିଙ୍କ ବିଭିନ୍ନ ଗଳ୍ପରେ ଚରିତ୍ର ଚିତ୍ରଣ, ସାମାଜିକ, ସାଂସ୍କୃତିକ, ଆର୍ଥିକ, ଶୈକ୍ଷିକ, ପରମ୍ପରା, ବିଧିବ୍ୟବସ୍ଥା, ଅନ୍ଧବିଶ୍ୱାସ, ଚଳଣି, ସଂସ୍କାର ଇତ୍ୟାଦିର ଯେଉଁ ଚିତ୍ର ଦେଖିବାକୁ ମିଳେ ତାହା ଏଠାରେ ଆଲୋଚ୍ୟ । ଅଧର୍ମ ଓ ଅସାଧୁତା ପାଇଁ ସଂସାରରେ କେବଳ ବିଧାତା ଦଣ୍ଡ ରଖିଛି ତାହା ନୁହେଁ, ବରଂ ଧର୍ମ ଓ ସାଧୁତା ପ୍ରତି ରହିଛି ଏ ସମାଜରେ ଅନେକ ଶାସ୍ତି । ଧର୍ମରେ ଥାଇ ଦ୍ରୌପଦୀ ବିବସ୍ତ୍ରା ହୋଇଛନ୍ତି, ରାଜା ନଳ, ହରିଶ୍ଚନ୍ଦ୍ର,ରାମଚନ୍ଦ୍ର ଓ ଯୁଧିଷ୍ଠିର ଅରଣ୍ୟରେ ଘୂରି ବୁଲିଛନ୍ତି । ଗାଳ୍ପିକ କେଉଁଠି ସାଧୁତାକୁ ପୁରସ୍କାର ଦେଇଛନ୍ତି ତ କେଉଁଠି ଦୁଷ୍ଟ ଚରିତ୍ରକୁ କଠିଣ ଦଣ୍ଡ ବିଧାନ କରିଛନ୍ତି ;ପୁଣି କେବେ ଏ ସବୁର ବ୍ୟତିକ୍ରମ ମଧ୍ୟ କରାଇଛନ୍ତି ।

'ରେବତୀ' ଗଳ୍ପ ଏକ ଅବିକଶିତ ସ୍ନେହମୟୀ, ପ୍ରେମମୟୀ ବାଳିକାର ଲହୁ ଲୁହରେ ଲେଖା କରୁଣ ଇତିହାସ । କାରୁଣ୍ୟର ରାଗିଣୀରେ ଗଳ୍ପଟି ମହାନ୍ ହୋଇଯାଇଛି । କାରୁଣ୍ୟର କାରଣ ହେଉଛି ସ୍ତ୍ରୀ ଶିକ୍ଷା । ଏଇ ନାରୀଶିକ୍ଷାକୁ ନେଇ ଗୋଟିଏ ଦିଗରେ ନୂତନର ମଙ୍ଗଳ ସ୍ପର୍ଶ ପାଇଁ ଆହ୍ୱାନ ରହିଛି ; ପକ୍ଷାନ୍ତରେ ନୂତନ ବିରୁଦ୍ଧରେ ରକ୍ଷଣଶୀଳତାର ବିଫଳ ପ୍ରତିବାଦ ଏବଂ ତଜ୍ଜନିତ ବିକଟ ଆର୍ତ୍ତନାଦ ଦେଖାଯାଇଛି । ପ୍ରତିଟି ଚରିତ୍ର ଧର୍ମର ଏକ ଏକ ନିଷ୍ପାପ କଳିକା ହୋଇଯାଇଛନ୍ତି । କେବଳ ସ୍ତ୍ରୀ ଶିକ୍ଷା (ରକ୍ଷଣଶୀଳତା ପାଇଁ) ହୋଇଛି ଅଧର୍ମ ବା ପାପ । ଧର୍ମପକ୍ଷ ବିନାକାରଣରେ ବେଳେ ବେଳେ ଏ ସଂସାରରେ ଦଣ୍ଡ ପାଇଥାଏ । ଏ 'ରେବତୀ'ଗଳ୍ପରେ ରେବତୀ, ତା'ର ବାପା ଓ ମା', ଜେଜୀମା' ଓ ଶିକ୍ଷାଦାତା ବାସୁଭାଇ ସମସ୍ତେ ଭାଗ୍ୟର ନିଷ୍ଠୁର କଷାଘାତରେ ମୃତ୍ୟୁର ଶୀତଳ ସ୍ପର୍ଶ ବା ଅଦୃଷ୍ଟ ଦ୍ୱାରା ଦଣ୍ଡ ପାଇଛନ୍ତି । ଏମାନେ ଜୀବନ କାଳ ମଧ୍ୟରେ କେହି ଅଧର୍ମ ବା ଅସତ୍ୟ ପଥରେ ଯାଇ ନାହାନ୍ତି ବରଂ ବିନାକାରଣରେ ଦଣ୍ଡ ପାଇଛନ୍ତି । ରେବତୀର ଜେଜୀମା'କୁ ଠକିଥିବା ହରିସାହୁ କିମ୍ବା ଜମିଦାର କେହିହେଲେ ଦଣ୍ଡ ଭୋଗି ନାହାନ୍ତି । ଏ ଗଳ୍ପରେ ଭାଗ୍ୟର ଆଧିପତ୍ୟ ହିଁ ଦେଖିବାକୁ ମିଳିଥାଏ । ଏହି ଭାଗ୍ୟ ପ୍ରଦତ୍ତ ଶାସ୍ତି ହିଁ କାରୁଣ୍ୟର ଝଙ୍କାର ତୋଳିଛି । ଚରିତ୍ର ପାଇଁ ରହିଛି ନିଷ୍ଠୁର ନିୟତିର ଦାରୁଣ

ଆଘାତ । ରେବତୀର ବାପା ଓ ମା' ଚରିତ୍ରରେ ଗାଳ୍ପିକ ନିଜର ପିତା ଲକ୍ଷ୍ମଣ ଚରଣ ଓ ମାତା ତୁଳସୀ ଦେବୀଙ୍କ ବିସୂଚୀକା ଜନିତ ଆକସ୍ମିକ ବିୟୋଗକୁ ତଥା ଜେଜୀମା' ଚରିତ୍ର ଭିତରେ ନିଜ ଜେଜୀମା' କୁଚିଳା ଦେଈଙ୍କ ସ୍ନେହ,ଶ୍ରଦ୍ଧା ଓ ସମ୍ବେଦନାକୁ ଦେଖିଛନ୍ତି । ନିଜେ ସେନାପତି ବାଲେଶ୍ୱର ସହରରେ ସର୍ବପ୍ରଥମ ବାଳିକା ବିଦ୍ୟାଳୟ ସ୍ଥାପନ କରି ନାରୀ ଶିକ୍ଷାର ପ୍ରଚାର, ପ୍ରସାର ପାଇଁ ଆପ୍ରାଣ ଉଦ୍ୟମ କରୁଥିବାବେଳେ ସାମାଜିକ ଆକ୍ଷେପରୁ ରକ୍ଷା ପାଇବା ପାଇଁ ମୁଖ୍ୟ ଚରିତ୍ର ରେବତୀକୁ ନାନା ବିରୋଧର ସମ୍ମୁଖୀନ କରାଇ ମୃତ୍ୟୁର ଶୀତଳ ସ୍ପର୍ଶ ଦେଇଛନ୍ତି ।

ସବୁକାଳେ ସୁରା ଓ ସାକୀ ଦୁର୍ବଳ ଚିତ୍ତ ମଣିଷକୁ କବଳିତ କରିଛି । ଇଂରେଜୀ ଶିକ୍ଷା,ସଭ୍ୟତା ଓ ସଂସ୍କୃତିରେ ଯେଉଁମାନେ ପ୍ରଭାବିତ ହୋଇ ପିତୃଅର୍ଜିତ ସମ୍ପତ୍ତିକୁ ନଷ୍ଟକରି, ଦାମ୍ପତ୍ୟ ଜୀବନକୁ ଅପବିତ୍ର କରି, ଧର୍ମକୁ ଆଖି ମାରି, ଛଳନା ଓ ପ୍ରତାରଣା ସର୍ବସ୍ୱ ଜୀବନ ବିତାଇ ମଦ-ମାଂସ-ନାରୀ ଉପଭୋଗ କରିଛନ୍ତି ସ୍ରଷ୍ଟା ସେଭଳି ଅନେକ ପଥଭୁଡା ଚନ୍ଦ୍ରମଣିଙ୍କୁ ମାନସ ସୃଷ୍ଟ ସୁଲୋଚନାଙ୍କ ହସ୍ତରେ ଝାଞ୍ଜୁଣୀ ପ୍ରହାର କରାଇଛନ୍ତି । ଅବଶ୍ୟ ହିନ୍ଦୁ ସ୍ତ୍ରୀ ତା' ସ୍ୱାମୀଙ୍କୁ ନିର୍ଯାତନା ଦେଇଥିବାରୁ ଏଠି ବେଶ ଅନୁତପ୍ତ । ତା'ର ଚଣ୍ଡୀତ୍ୱ ଭିତରେ ଦେବୀତ୍ୱର ଆଭା ଉକୁଟି ଉଠିଛି । 'ପେଟେଣ୍ଟ ମେଡ଼ିସିନ' ଗଳ୍ପରେ ସେନାପତି ବହୁ ଅପସଂସ୍କୃତିଆଙ୍କୁ ଦେଇଛନ୍ତି ନୈତିକତାର ନିର୍ମମ ପ୍ରହାର । ସେ ଏଠି ସାମାଜିକ ନୈତିକ ମୂଲ୍ୟବୋଧ ପ୍ରତିଷ୍ଠା ପାଇଁ ସଂପୂର୍ଣ୍ଣ ଆଶାବାଦୀ ହୋଇଛନ୍ତି । ଓଡ଼ିଶାରେ ମଦ ବିରୋଧୀ ଅଭିଯାନର ସେ ହେଉଛନ୍ତି ପ୍ରଥମ ସତର୍କ ପ୍ରହରୀ ତଥା ଅନତିକ୍ରମଣୀୟ ଚେତନାଗ୍ରାହୀ ଗାଳ୍ପିକ । ଏ ଭାରତବର୍ଷରେ ପରନାରୀ ଓ ମଦକୁ କାଳେ କାଳେ ଘୃଣା କରାଯାଇଛି । ଯେଉଁମାନେ ମଦ୍ୟପ କିମ୍ବା କାମୁକ ହୋଇ ପରନାରୀକୁ ଉପଭୋଗ କରିଛନ୍ତି ସେମାନେ ଦଣ୍ଡ ପାଇଛନ୍ତି । ରାମାୟଣର ରାବଣ ଏବଂ ମହାଭାରତର ଦୁଃଶାସନ ପରନାରୀକୁ ଅସମ୍ମାନ କରି ମୃତ୍ୟୁବରଣ କରିଛନ୍ତି। ଅଥଚ ଫକୀରମୋହନଙ୍କ ସମୟରେ ଯେଉଁମାନେ ଇଂରେଜୀ ଶିକ୍ଷା, ସଂସ୍କୃତି ଓ ସଭ୍ୟତାର ଅନ୍ଧ ଅନୁସରଣ କରି ସୁରା ଓ ସାକୀକୁ ନିଜ ଜୀବନର ଚିର ସହଚର ବୋଲି ଭାବିନେଇଛନ୍ତି ସେମାନଙ୍କୁ ସ୍ରଷ୍ଟା ମୃତ୍ୟୁଦଣ୍ଡ ନଦେଇ ସତ୍ ପଥକୁ ଫେରାଇ ଆଣିବାକୁ ପ୍ରଯତ୍ନ କରିଛନ୍ତି । ଏହାର ମାଧ୍ୟମ ସେ ଆବିଷ୍କାର କରିଛନ୍ତି । ତାହା ହେଉଛି 'ପେଟେଣ୍ଟ ମେଡ଼ିସିନ୍' । ଜମିଦାର ପୁଅ ଚନ୍ଦ୍ରମଣି ପଟ୍ଟନାୟକ ଶିକ୍ଷିତ ହେଲେ ମଧ୍ୟ ଅତ୍ୟନ୍ତ ମଦ୍ୟପ ଓ ବେଶ୍ୟାସକ୍ତ । ପୁତ୍ରର ଏତାଦୃଶ କାର୍ଯ୍ୟଦେଖି ଜମିଦାର ଶ୍ୟାମ ପଟ୍ଟନାୟକ ପୁଅକୁ ବିବାହ ଦେଇ ସୁଲୋଚନାକୁ କୁଳବଧୂ କରି ଘରକୁ ଆଣିଛନ୍ତି । ପୂର୍ବରୁ ବାପା ଓ ଶ୍ୱଶୁରଙ୍କ ସକଳ ଅନୁରୋଧକୁ ମଦ୍ୟପ,ବେଶ୍ୟାସକ୍ତ ଚନ୍ଦ୍ରମଣି ପ୍ରତ୍ୟାଖ୍ୟାନ କରିଛନ୍ତି । ସୁଲୋଚନା ନିଜର ରୂପ ଓ ଗୁଣରେ ଏବଂ ପବିତ୍ର ଦାମ୍ପତ୍ୟ ପ୍ରେମରେ ଚନ୍ଦ୍ରମଣିଙ୍କୁ ନିଜର କରିବାକୁ ବହୁ ଚେଷ୍ଟାକରି ବିଫଳ ହୋଇଛନ୍ତି । ଫଳରେ ଶ୍ୟାମବାବୁ ବଧୂ ସୁଲୋଚନାଙ୍କ ନାମରେ ସବୁ ସ୍ଥାବର ଓ ଅସ୍ଥାବର ସମ୍ପତ୍ତିକୁ ଲେଖିଦେଇ ଆଖି

ବୁଜିଦେଇଛନ୍ତି । ଚନ୍ଦ୍ରମଣିଙ୍କର ଚାକିରି ଯାଇଛି ଏବଂ କରଜରେ ଘରର ଆର୍ଥିକ ଅବନତି ଘଟିଛି । ସ୍ନେହ,ଶ୍ରଦ୍ଧା,ସମବେଦନାର ଔଷଧରେ ସ୍ୱାମୀଙ୍କର ବେମାରୀ ଆଦୌ ଉପଶମ ନ ହେବାରୁ ସୁଲୋଚନା କ୍ରମେ କ୍ରୋଧର ଔଷଧକୁ ବ୍ୟବହାର କରିଛନ୍ତି । ଦେଶର ମଙ୍ଗଳ ପାଇଁ ଦିନେ ଏ ଦେଶର ପୁରାଣର ନାରୀ ଖଡ୍ଗଧରି ଯୁଦ୍ଧ କ୍ଷେତ୍ରରେ ଅବତୀର୍ଣ୍ଣ ହୋଇ ମହିଷାସୁରକୁ ବଧ କରିଥିଲା ପରି ଆଜି ସୁଲୋଚନା ଚଣ୍ଡୀରୂପ ଧରିବାକୁ ପଛାଇ ନାହାନ୍ତି । ସ୍ୱାମୀଙ୍କ ଉପରେ ତାଙ୍କର ଏଣିକି କଡ଼ା ନଜର ଓ କଡ଼ା ହୁକୁମ୍ ଜାରିହୋଇଛି । ତଥାପି ଧର୍ମପ୍ରାଣା ସୁଲୋଚନାଙ୍କୁ ମିଥ୍ୟା କହି ବେଶ୍ୟା ଉସମାନ ତାରା ପାଖକୁ ସାନ୍ନିଧ୍ୟ ପାଇଁ ଚନ୍ଦ୍ରମଣି ଯାଇଛନ୍ତି । ସେଠାରୁ ଫେରି ବେଶ୍ୟାସକ୍ତ ଚନ୍ଦ୍ରମଣି ଅତ୍ୟଧିକ ସୁରାପାନ କରି ପତ୍ନୀ ଓ ତାଙ୍କ ପିତାଙ୍କୁ ଅନାୟାସରେ ଗାଳିବର୍ଷଣ କରିଚାଲିଛନ୍ତି । ସ୍ୱାମୀଙ୍କ ଔଦ୍ଧତ୍ୟର ସୀମା ଅତିକ୍ରମ କରିଛି,ନିଜ ସହନଶୀଳତାର ଧୈର୍ଯ୍ୟର ବନ୍ଧ ଆପେ ଆପେ ଭାଙ୍ଗି ଯାଇଛି; ଫଳରେ ତାଙ୍କ କୋମଳ ନାରୀତ୍ୱ ଭିତରେ ଚଣ୍ଡୀତ୍ୱର ଭୀମ ଭୟଙ୍କର ରୂପର ଉତ୍ତରଣ ଘଟିଛି । ନିଜ ହାତରେ ସୁଲୋଚନା ନିଜ ଆବିଷ୍କୃତ ଛାଞ୍ଚୁଣୀ ଔଷଧକୁ (ପେଟେଣ୍ଟ ମେଡ଼ିସିନ୍) ବାରମ୍ବାର ଚନ୍ଦ୍ରମଣିଙ୍କ ଉପରେ ପ୍ରହାର କରିଛନ୍ତି । ତା' ପରଠୁ ଚନ୍ଦ୍ରମଣି ସମ୍ପୂର୍ଣ୍ଣ ଆରୋଗ୍ୟ ହୋଇଯାଇଛନ୍ତି । ଔଷଧ ପ୍ରଦାନ ପରେ ପରେ ସୁଲୋଚନା 'ସଲିଲକି'(soliloquy) ଭିତରେ ଆତ୍ମଜ୍ୱଳନରେ ଜଳିଛନ୍ତି। ନିଜ ସ୍ୱାମୀ ଦେବତାଙ୍କୁ ପ୍ରହାର କରିଥିବାରୁ ଅନୁତାପ ପୂର୍ବକ ସେ ପ୍ରାୟଶ୍ଚିତ୍ତ କରିଛନ୍ତି ଏବଂ ଆଘାତପ୍ରାପ୍ତ ସ୍ୱାମୀଦେବତାଙ୍କର ପାଦ ଓ ଦେହରେ ଉପଶମ ପାଇଁ ତୈଳ ମର୍ଦ୍ଦନ କରିଛନ୍ତି । ନୀତି,ନୈତିକତା,ଆଦର୍ଶ,ପାରିବାରିକ ଶାନ୍ତି,ଚାରିତ୍ରିକ ପରିବର୍ତ୍ତନ ପାଇଁ ସୁଲୋଚନାଙ୍କ କ୍ରୋଧରେ ଜ୍ୱଳନ୍ତ ଲାଭାର ଉଦ୍‌ଗିରଣ ହୋଇଛି ଏବଂ ପକ୍ଷାନ୍ତରେ ତାଙ୍କ ହୃଦୟରେ ପତିପ୍ରେମର ସ୍ନିଗ୍ଧ ସୁଶୀତଳ ଜାହ୍ନବୀ ମଧ୍ୟ ପ୍ରବାହିତ ହୋଇଛି । ତତ୍‌କାଳୀନ ବହୁ ନାରୀମାଂସ ଲୋଭୀ ମଦ୍ୟପ ପୁରୁଷ ସମାଜ ପ୍ରତି ସ୍ରଷ୍ଟାଙ୍କର ଏ ନୈତିକ ନିର୍ମମ ପ୍ରହାର ଏକ ସର୍ବକାଳିକ ସତ୍ୟ । ଜଣେ ଭୁଲ କରିଛି ଏବଂ ଅନ୍ୟ ଜଣେ ଭୁଲକୁ ସଂଶୋଧନ କରିବାକୁ ଯାଇ ଯେଉଁ ଭୁଲ କରିଛି – ଉଭୟଙ୍କୁ ସ୍ରଷ୍ଟା ଦଣ୍ଡ ଦେଇଛନ୍ତି । ଚନ୍ଦ୍ରମଣି ସୁରା ଓ ସାକୀକୁ ବିଷ୍ଠାତୁଲ୍ୟ ଭାବି ବର୍ଜନ କରିବାଟା ହେଉଛି ପୁରସ୍କାର ସଦୃଶ ।

ପାଶ୍ଚାତ୍ୟ ଶିକ୍ଷା,ସଂସ୍କୃତି ଓ ସଭ୍ୟତାକୁ ଯେଉଁମାନେ ଅନ୍ଧଭଳି ସମ୍ମାନ ଜଣାଇ ଅନୁକରଣ କରୁଥିଲେ ଫକୀରମୋହନ ସେମାନଙ୍କୁ ଭୀଷଣ ଦଣ୍ଡ ଦେଇଛନ୍ତି । ଏ ଦେଶର ସଂସ୍କୃତି ଓ ସମାଜ ଜୀବନରେ ଯାହା ଅସତ୍ୟ, ଅଶିବ, ଅନ୍ୟାୟ, ଅସୁନ୍ଦର,ଅକଲ୍ୟାଣକର ବୋଲି ସେ ହୃଦୟଙ୍ଗମ କରିଛନ୍ତି ତା' ବିରୁଦ୍ଧରେ ସେନାପତି ଭଳି ଅସ୍ତ୍ର ଉତ୍ତୋଳନ କରିଛନ୍ତି। କାଳେ କାଳେ ପିତା ମାତା ନିଜ ନିଜର ସର୍ବସ୍ୱ ଦେଇ, ନିଜପେଟକୁ ନଖାଇ, ନପିଇ, ଶରୀରକୁ କଷ୍ଟଦେଇ, ସନ୍ତାନକୁ ଭଲମଣିଷ କରିବାକୁ ଆଶା କରିଥାନ୍ତି । 'ଡାକ ମୁନସୀ' ଗଳ୍ପରେ ବୃଦ୍ଧ ହରି ସିଂ ଏହିଭଳି ଏକ ଆଦର୍ଶପିତା । ପିଲାଟି ଦିନରୁ ନିଜର ପୁଅ

ଗୋପାଳକୁ ସେ ମଣିଷ କରିବାପାଇଁ ବହୁ ତ୍ୟାଗ ଓ ସାଧନା କରିଛି । କିନ୍ତୁ ସେ ସମୟର ପାଶ୍ଚାତ୍ୟ ଶିକ୍ଷା, ସଂସ୍କୃତି ଓ ସଭ୍ୟତାର ଅନ୍ଧମୋହ ଗୋପାଳକୁ ଅନ୍ଧ କରିଦେଇଛି । ଇଂରେଜୀ ଶିକ୍ଷା ପ୍ରାପ୍ତ ହୋଇ ସେ ସମାଜର ଭୂଷଣ ନଥିଲା , ବରଂ ଥିଲା ଏକ ସାମାଜିକ ଦୁଷ୍ଟ ବ୍ରଣ । ହରି ସିଂ ପାଇଁ ଇଂରେଜୀ ଶିକ୍ଷା ଆଶୀର୍ବାଦ ନହୋଇ ଅଭିଶାପ ହୋଇଆସିଛି । ବୁଢାର ସବୁ ସ୍ୱପ୍ନ ଭାଙ୍ଗି ଚୁରମାର୍ ହୋଇଯାଇଛି । ନୂତନ ଶିକ୍ଷାର ଅପକୃଷ୍ଟ ଦିଗଟି ବୁଢାକୁ ଅଙ୍ଗୁଳି ଦେଖାଇ ବିଦ୍ରୁପ କରିଛି। ଗୋପାଳ ପିତାଙ୍କର ଅଯାଚିତ ଦାନର ଦେଇଛି ବିଚିତ୍ର ପ୍ରତିଦାନ । ଗୋପାଳ ଚାକିରି କରିବା ପରେ କେବଳ ନିଜର ପିତାଙ୍କୁ ହତାଦର କରିନାହିଁ ବରଂ ରୋଗ ଉପଶମ ପାଇଁ ଔଷଧ ଟୋପାଏ ମଧ୍ୟ ଦେଇନାହିଁ । ଶେଷରେ କେତେକ ଭଦ୍ରଲୋକଙ୍କ ଆଗରେ ବୁଢ଼ା ଖାଲି ଦେହରେ ଚାଲିଯିବାରୁ ସେ ବାପାଙ୍କୁ କେବଳ ଘୃଣା କରିନାହିଁ,ଇଂରେଜୀ ଶବ୍ଦରେ ଅପମାନିତ କରିନାହିଁ ବରଂ ବୁଢ଼ାର ସମସ୍ତ ଆସବାବପତ୍ର ସହିତ ବୁଢ଼ାକୁ ବସାଘରୁ ବହିଷ୍କାର କରିଦେଇଛି । ବୋଧେ ଫକୀରମୋହନ ଏଠି ନିଜେ ହରି ସିଂ ଚରିତ୍ରରେ ଏବଂ ତାଙ୍କ ନିଜ ପୁତ୍ର ରେଭେନ୍ସା ମହାବିଦ୍ୟାଳୟର ଦର୍ଶନ ଶାସ୍ତ୍ର ଅଧ୍ୟାପକ ମୋହିନୀମୋହନ ଗୋପାଳ ସିଂ ଭାବରେ ଚିତ୍ରିତ । ମୋହିନୀମୋହନଙ୍କୁ ନିଜେ ଫକୀରମୋହନ ଦଣ୍ଡ ବା ଅଭିଶାପ ଦେଇପାରିନାହାନ୍ତି, କାରଣ ସେ ଯାହା ହେଲେବି ନିଜର ପୁତ୍ର । ଠିକ୍ ସେହିଭଳି ହରି ସିଂ ଗୋପାଳକୁ ଅଭିଶାପ ଦେଇନାହିଁ କି ତା'ର ଅମଙ୍ଗଳ ଚିନ୍ତା କରିନାହିଁ । ଜଣେ(ମୋହିନୀମୋହନ)କଟକରେ ସୁଖ ଓ ବିଳାସ ବ୍ୟସନରେ ଥିବାବେଳେ ଜଣେ (ଫକିର ମୋହନ ସେନାପତି) ବାଲେଶ୍ୱରରେ ନାନାଦି ଶାରୀରିକ ଓ ମାନସିକ ଦୁଃଖ ଯନ୍ତ୍ରଣାରେ କାଳାତିପାତ କରୁଥିଲେ । ସେନାପତିଙ୍କ ବାସ୍ତବ ଜୀବନର ସାୟାହ୍ନ କାଳର ଘଟଣା ଉପରେ ଏ ଗଳ୍ପଟି ପ୍ରତିଷ୍ଠିତ ।

'ସଭ୍ୟ ଜମିଦାର'ରେ ପାଶ୍ଚାତ୍ୟ ଶିକ୍ଷାଭିମାନୀ ଯୁବକ ଯୁବତୀ ପରମ୍ପରା ବିରୁଦ୍ଧରେ ଯାଇ ଦାରୁଣ ବିପର୍ଯ୍ୟୟର ସମ୍ମୁଖୀନ ହୋଇ ଆସାମର ଚା' ବଗିଚାରେ କୁଲି ରୂପେ କାର୍ଯ୍ୟ କରିଛି । ଶେଷରେ ଜମିଦାରୀ ହରାଇ କୁଲି ହୋଇ ଜୀବନ ଅତିବାହିତ କରିଛି ।

ପାରିବାରିକ ଜୀବନର ସୁସ୍ଥତା ହିଁ ଆଦର୍ଶ ଜୀବନ ଉପରେ ନିର୍ଭର କରେ । ଯେଉଁ ପରିବାରରେ ଶାନ୍ତି, ଆନନ୍ଦ, ତ୍ୟାଗ ଓ ସ୍ନେହର ସୁସ୍ଥତା ଥାଏ ସେହି ପରିବାର ହେଉଛି ସ୍ୱର୍ଗ । ଗୃହିଣୀ ହେଉଛି ଗୃହର ପ୍ରାଣକେନ୍ଦ୍ର । ସେ ଯଦି ଗର୍ବ, ଅହଙ୍କାର, ଈର୍ଷା, ଅସୂୟାକୁ ଆଦରି ନିଏ ତେବେ ପରିବାରରୁ ଶାନ୍ତି ଲୋପ ପାଇଯାଏ। 'ସୁନାବୋହୂ'ରେ ନିମା ପ୍ରଥମେ ତା'ର କାର୍ଯ୍ୟ ପାଇଁ ନିମ୍ବ ଭଳି ସମସ୍ତଙ୍କୁ ପ୍ରତୀୟମାନ ହୋଇଛି । ତା'ର ବ୍ୟବହାରରେ ଶାଶୁ, ନଣନ୍ଦ ସମସ୍ତେ ଅତିଷ୍ଠ ହୋଇ ପଡ଼ିଛନ୍ତି । ନଣନ୍ଦ ଚମ୍ପାର ଯୋଜନାରେ ନୂତନ ବିବାହର ପରିକଳ୍ପନା ହୋଇ ନିମା ପାଇଁ ସପତଣୀ ଆସିବାର ବ୍ୟବସ୍ଥା କରାଯାଇଛି । 'ସପତଣୀ' ହିନ୍ଦୁନାରୀ ପାଇଁ ଏକ ଜୀବନ୍ତ କାଳନାଗୁଣୀ ।ଏଇ

କାଳନାଗୁଣୀର ଅଶାନ୍ତି ଦଂଶିତ ଜୀବନର ଯନ୍ତ୍ରଣାକୁ ସେ ମର୍ମେମର୍ମେ ଅସୃଷ୍ଟ ଭାବରେ ଅତି ନିକଟରୁ ଅନୁଭବ କରିପାରିଛି । ସେ ନିଜର ଭୁଲ ବୁଝି ବଦଳି ଯାଇଛି । ନିଜର ଗର୍ବ, ଅହଙ୍କାର ଓ ଖରାପ ବ୍ୟବହାର ପାଇଁ ସେ ତଳେ ନାକ ଘଷିଛି ଏବଂ ସମସ୍ତଙ୍କର ଗୋଡ଼ଧରି କ୍ଷମା ମାଗିଛି । ତା'ର ଏଇ ଆତ୍ମଦହନ ଭିତରେ କର୍ମଫଳ ଓ ପାରିବାରିକ ଶାନ୍ତି ପ୍ରତିଷ୍ଠିତ ହୋଇଛି । ସେ ପରିବାରରେ ଜଣେ ସୁନାବୋହୂ ହୋଇପାରିଛି । ପରିବାରଟି ସ୍ୱର୍ଗୀୟ ସୁଷମାରେ ପୁଣି ହସି ଉଠିଛି । ସ୍ୱାର୍ଥ ସର୍ବସ୍ୱା ବୋହୂ,ତ୍ୟାଗ ସର୍ବସ୍ୱା ହୋଇ 'ସୁନାବୋହୂ'ରେ ରୂପାନ୍ତରିତ ହୋଇଛି । ଏହା ଏକ ବର୍ତ୍ତୁଳ(ROUND) ଚରିତ୍ର ।

'ରାଣ୍ଡିପୁଅ ଅନନ୍ତା' ଦେବକୀ ଗଉଡୁଣୀର ଅତ୍ୟଧିକ ସ୍ନେହର ଏକ ଦଣ୍ଡାବାଲୁଙ୍ଗା ଅରଣା ପୁଅଟିଏ । ଏଇ ବିଶୃଙ୍ଖଳିତ, ନୀତି ନିୟମ ଶୂନ୍ୟ ଚାଟଟି ଅବଧାନଠାରୁ ଆରମ୍ଭ କରି ଅନେକଙ୍କ ପାଖରେ ଦୁଷ୍ଟବ୍ରଣଟିଏ ହୋଇ ଠିଆ ହୋଇଛି । ଅଥଚ ଭାଗ୍ୟ ନେପଥ୍ୟରେ ଥାଇ ତାକୁ ସାମାଜିକ ନୈତିକ ଦାୟିତ୍ୱବୋଧ ଭିତରେ ଜଣେ ମହାନ୍ ମାନବବାଦୀ ତଥା ଜାତୀୟବାଦୀ ଆତ୍ମୋତ୍ସର୍ଗ ଯୋଦ୍ଧା କରିଦେଇଛି । ଯେଉଁମାନେ ଦିନେ ସମାଜରେ ତା'ର ଆବିର୍ଭାବରେ ହୋଇଥିଲେ ଆତଙ୍କିତ ଆଜି ତା'ର କରୁଣ ତିରୋଧାନରେ ସେମାନେ ମର୍ମାହତ । ଆକସ୍ମିକ ଜ୍ୱରରେ ସୁବଳ ସିଂହର ମୃତ୍ୟୁ ଘଟିବା ଅଦୃଷ୍ଟର ଆଘାତ ବୋଲି ଏଠି ସ୍ୱୀକାର କରାଯାଏ । 'ରାଣ୍ଡିପୁଅ ଅନନ୍ତା' ଗଳ୍ପରେ ଅନନ୍ତା ସୁବଳ ମହାକୁଡ଼ ଓ ଦେବକୀ ଗଉଡୁଣୀର ଗୋଟାଏ ଚାରି ଦଉଡ଼ିକଟା, ମୂର୍ଖ, ବାଲୁଙ୍ଗା, ଅବାଧ ପୁଅଟିଏ । ତା'ର ଶିଶୁ ସୁଲଭ ମସ୍ତିଷ୍କରେ ରହିଛି ପ୍ରବଳ ଚଗଲାମି । ତା'ର ମା' ଦୁଷ୍ଟାମି କମାଇବା ପାଇଁ ଗାଁ ଚାଟଶାଳୀର ଅବଧାନ ବୈଷ୍ଣବ ଚରଣଙ୍କ ପାଖରେ ଛାଡିଛି । ଅବଧାନଙ୍କର ଅବାଧ ହୋଇ ସେ ବହୁ ମାଡ଼ଗାଳି ସହିଛି। ଦିନେ ଅବାଧ ଛାତ୍ରକୁ ଠିକ୍ ବାଟରେ ନେବାପାଇଁ ଅବଧାନ ନିସ୍ଠୁର ମାଡ଼ ଦେଇଛନ୍ତି । ମାଡ଼ଖାଇ ଘରକୁ ଫେରିବା ବେଳକୁ ତା'ର ମାଡ଼କଥା ମନେ ନଥାଏ । ଦିନେ ଅବଧାନ ବେତ ଛାଡ଼ିଦେଇ ଦି' ଚାରିଖଣ୍ଡ ବିଛୁଆତି ଡାଙ୍ଗରେ ଅନନ୍ତାର ମୁଣ୍ଡରୁ ଗୋଡ଼ଯାଏଁ ପିଟିଛନ୍ତି । ସେଦିନ ତାହା ଅନନ୍ତାର ଅନ୍ତର ଆତ୍ମାକୁ ବାଧିଛି ଏବଂ ମନ ମଧ୍ୟରେ ବିଦ୍ରୋହ କରି ଉଠିଛି । ଅବଧାନଙ୍କର ଏ ଅନ୍ୟାୟର ପ୍ରତିଶୋଧ ନେବାପାଇଁ ସେ ସୁଯୋଗ ଖୋଜୁଥାଏ । ଦିନେ ଅବଧାନେ ପୋଖରୀପାଣି (ଝାଡ଼ା ଫେରିଯିବା) ଯିବା ପାଇଁ ଅନନ୍ତାକୁ ପାଣିଡ଼ାଳେ ଆଣିବାକୁ କହିଛନ୍ତି । ଅନନ୍ତା ପୁରୁଣାରାଗ ମନେରଖି ଅବଧାନଙ୍କ ଅଜଣାରେ ବାଇଡ଼ଙ୍କ ଫଳର ଆଂଶୁ ଛେଲି ପାଣିଡାଳରେ ମିଶାଇ ଦେଇ ଅବଧାନଙ୍କୁ ଦେଇଛି । ଅବଧାନେ ତାହା ବ୍ୟବହାର କରି ଅସହ୍ୟ ଯନ୍ତ୍ରଣାରେ ଅସ୍ଥିର ହୋଇ ପଡ଼ିଛନ୍ତି । ତାଙ୍କ ଦେହସାରା ଫୁଲିଯାଇଛି । ସେ କିଛି ସମୟ ପରେ ଆରୋଗ୍ୟ ଲାଭକରି ଅନନ୍ତାକୁ ମାଡ଼ ଦେବାପାଇଁ ଦେବକୀ ଘରଯାଏଁ ଦୌଡ଼ି ଆସିଛନ୍ତି; ବରଂ ଫଳ ଓଲଟା ହୋଇଛି । ଦେବକୀ ତା'ର ଠେଙ୍ଗାଧରି ଅବଧାନଙ୍କୁ ମାରି ଗୋଡ଼ାଇଛି । ସେଇଦିନୁ ଅବଧାନଙ୍କୁ ସେ ଗାଁରେ ଆଉ କେହି ଦେଖୁନାହାନ୍ତି । ଏହା

ଫକୀରମୋହନଙ୍କ ବ୍ୟକ୍ତିଗତ ଜୀବନର ଅଭ୍ରାନ୍ତ ଚିତ୍ର । ଯେଉଁ ଅବଧାନ ବୈଷ୍ଣବ ଚରଣ ଜ୍ୟେଷ୍ଠତାତ ପୁରୁଷୋତ୍ତମ ସେନାପତିଙ୍କ ନିର୍ଦ୍ଦେଶରେ ବିନାକାରଣରେ ଫକୀରମୋହନଙ୍କ ସରଳ କୋମଳ ପିଠିରେ ବାଲ୍ୟକାଳରେ ବେତ୍ରାଘାତ କରିଥିଲେ, ସେହି ଅବଧାନଙ୍କୁ ଏଠାରେ ସେ ଉପଯୁକ୍ତ କର୍ମଫଳ ପ୍ରଦାନ କରିଛନ୍ତି । ପିଲାଦିନର ପୁଞ୍ଜୀଭୂତ କ୍ରୋଧର ଲାଭା ଏଠି ଦେବାନ ତଥା ଶାସକ ସେନାପତିଙ୍କଠାରେ ଉଦ୍‌ଗିରଣ ହୋଇଛି । ଏହା ତା'ର ଏକ ସଫଳ ସାହିତ୍ୟିକ ରୂପ । ସତେ ଅବା ସେ ଅନନ୍ତା ଚରିତ୍ର ଦ୍ୱାରା ନିଜ ହାତରେ ବିଚରା ଅବଧାନଙ୍କୁ ଦଣ୍ଡ ଦେଇ ଏକ ପ୍ରକାର ଆନନ୍ଦ ଅନୁଭବ କରିଛନ୍ତି । କାରଣ ଥାଉ ବା ନଥାଉ ଗୁରୁଜନଙ୍କୁ ଭକ୍ତି କରିବା ଦରକାର । ଗୁରୁଙ୍କ ପ୍ରତି ଯେଉଁ ଅନ୍ୟାୟ ଆଚରଣ ଅନନ୍ତା କରିଛି ତାହା ଦୋଷାବହ ହୋଇଛି ଏବଂ ତା'ର ଉତ୍ପାତ ଫଳରେ ଗ୍ରାମବାସୀମାନେ ମଧ୍ୟ ଅସହ୍ୟ ହୋଇଉଠିଛନ୍ତି । ଏହାର ପରିଣାମ ସ୍ୱରୂପ ସ୍ରଷ୍ଟା ଅନନ୍ତାକୁ ଏବଂ ତା'ମାଆକୁ ବଢ଼ନ୍ତା ନଈ ପାଣିରେ ସଲିଳ ସମାଧି ଦେଇଛନ୍ତି । ଉଭୟେ ପ୍ରକୃତିର ନିର୍ମମ ଦରବାରରେ ଯେପରି ଦୈବୀ ଦଣ୍ଡରେ ଦଣ୍ଡିତ ହୋଇଛନ୍ତି ବୋଲି ଏଠି ଧରାଯାଇପାରେ । ଗୁରୁଙ୍କର ଅଦୃଶ୍ୟ ଅଭିଶାପର ଅସନ୍ତୋଷ ବହ୍ନିରେ ଯେପରି ଦୁଇଟି ପ୍ରାଣ ଆତ୍ମୋତ୍ସର୍ଗ କରି ମହାନ୍ ହୋଇଯାଇଛନ୍ତି । ଅନନ୍ତାର ବାପା ସୁବଳ ସିଂ ଆକସ୍ମିକ ଜ୍ୱରରେ ମୃତ୍ୟୁବରଣ କରିଛି । ଅନନ୍ତା କର୍ମଫଳ ଭୋଗ କରିଛି ଏବଂ ମହାକୁଡ଼ ଦମ୍ପତି ନିୟତିର ନିଷ୍ଠୁର ଅଭିଶାପରେ ଶେଷ ହୋଇଯାଇଛନ୍ତି ।

'ଅଧର୍ମ ବିତ୍ତ'ରେ କୁବେର ସାହୁ ଜଣେ କୃପଣ, ଲୋଭୀ, ଶଠ ତଥା ପ୍ରତାରକ ଜମିଦାର । ସେ 'ଛ'ମାଣ ଆଠଗୁଣ୍ଠ'ର ମଙ୍ଗରାଜ ପରି ବହୁ ଅନ୍ୟାୟ କରି ସମ୍ପତ୍ତି ଅଭିବୃଦ୍ଧି କରି ଜମିଦାର ହୋଇଛି । ମହାଜନି କାରବାର କରି, ନିଲାମ ଧରି, ଖାତକଙ୍କୁ ଚକ୍ରବୃଦ୍ଧି ସୁଧହାରରେ ସେ ଶୋଷଣ କରିଛି । ଧର୍ମର ଆବରଣ ତଳେ ଛପିରହି ଅଧର୍ମ କାର୍ଯ୍ୟକରି ସେ ବହୁ ସମ୍ପତ୍ତି ଠୁଳ କରିଛି । ମଙ୍ଗରାଜଙ୍କ ସମଗ୍ର ଜୀବନ ଦର୍ଶନର ମୂଳତତ୍ତ୍ୱବାଣୀ ଏ ଗଳ୍ପରେ ରୂପାୟିତ ହୋଇଛି । ଅଧର୍ମ,ଅନ୍ୟାୟ କରି ଯେଉଁ ବିତ୍ତ ରୋଜଗାର କରାଯାଇଥାଏ ତା'ର କିପରି ପରଣତି ଭୟାବହ ଓ ଅଶୁଭ ହୁଏ ତାହା ହିଁ ଏ ଗଳ୍ପର ମର୍ମବାଣୀ । ପାପଧନର ବିରାଟ ଟ୍ରାଜେଡ଼ି ହେଉଛି ଏ ଗଳ୍ପର ପ୍ରାଣ । ମଣିଷ ନିଜ କୁକର୍ମର ଫଳକୁ ସେ ଭୋଗି ନଥାଏ ବରଂ ଅଦୃଷ୍ଟର ଦାଉ ସହିବାକୁ ପଡ଼ିଥାଏ । ସେନାପତି ଏଠାରେ ସମାଜର ଲୋଭୀ ମହାଜନ ଓ ମୁନାଫାଖୋର ବ୍ୟବସାୟୀମାନଙ୍କର ଉତ୍କଟ ଅର୍ଥଲୋଭର ତୀବ୍ର ସମାଲୋଚନା କରିବା ସହିତ ଅଧର୍ମର ପରାଜୟ ଘଟାଇଛନ୍ତି । ଏହି ସତ୍ୟଟି ବାସ୍ତବ ଜଗତରେ ସଚରାଚର ଦୃଷ୍ଟ ନହେଲେ ହେଁ ଫକୀରମୋହନ ମନୁଷ୍ୟର କର୍ମଫଳରେ ଦୃଢ଼ ବିଶ୍ୱାସୀ ହୋଇ ଏ ଗଳ୍ପକୁ ରଚନା କରିଛନ୍ତି । କୁବେର ସାହୁର ଶୋଷଣ ପ୍ରକ୍ରିୟାକୁ କୌଣସି ଆଇନ୍ ଅଦାଲତ ବନ୍ଦ କରି ପାରିନାହିଁ ; ତେଣୁ ସାହିତ୍ୟିକ ନ୍ୟାୟ ସୃଷ୍ଟି କରିବାକୁ ଯାଇ ଲେଖକ ତା'ର ଦଣ୍ଡବିଧାନ ନିଜ ହାତକୁ ନେଇଛନ୍ତି । କୁବେର ସାହୁକୁ ଲକ୍ଷ୍ମଣ ମିଶ୍ର ସେକସପିୟରଙ୍କ 'ସାଇଲକ୍'ବୋଲି କହିଛି । ତା'ର ଅଭିଶାପ ବ୍ରାହ୍ମଣଙ୍କ

ମନରେ ଆଘାତ ଦେଇଥିବାରୁ ଦନେଇ ମହାପାତ୍ରଙ୍କ ଅଭିଶାପ ଏଠି ବେଶ୍ ପ୍ରତ୍ୟକ୍ଷରେ ଫଳିଛି । କୁବେର ସାହୁ ତା'ପୁଅ ବିଦ୍ୟାଧରର ବିବାହ କରି ସୋନପୁରରୁ ମହାନଦୀରେ ଫେରୁଥିବା ସମୟରେ ତା'ର ସମସ୍ତ ଡଙ୍ଗା ଓ ଡଙ୍ଗାସ୍ଥ ସମସ୍ତ ସମ୍ପତ୍ତି ନଦୀଗର୍ଭରେ ବିଲୀନ ହୋଇଯାଇଛି । ମଙ୍ଗରାଜର ସମସ୍ତ ଚଳନ୍ତି ସମ୍ପତ୍ତି ନଦୀରେ ସମୂଳେ ଧ୍ୱଂସ ହେବା ପରି କୁବେର ସାହୁର ସମସ୍ତ ଚଳନ୍ତି ସମ୍ପତ୍ତି ନଦୀରେ ଧ୍ୱଂସ ହୋଇଯାଇଛି । ପୁଣି ସମସ୍ତ ଅଚଳନ୍ତି ସମ୍ପତ୍ତି ପୁତ୍ର ବିଦ୍ୟାଧର ଦ୍ୱାରା ଶୋଷିତମାନଙ୍କୁ ଫେରାଇ ଦିଆଯାଇଛି । କର୍ମଫଳରେ କୁବେର ସାହୁ ଦଣ୍ଡିତ ହୋଇଛି ଅର୍ଥାତ୍ ପ୍ରାକୃତିକ ଝଡ଼ରେ ତା'ର ମୃତ୍ୟୁ ହୋଇଛି । ପୁତ୍ର ବିଦ୍ୟାଧର ପିତାଙ୍କ କୁକର୍ମ ପାଇଁ ପ୍ରାୟଶ୍ଚିତ୍ତ କରି (ନଦୀ ଗର୍ଭରୁ ଦଇବ ଆଶୀର୍ବାଦରୁ ବଞ୍ଚିଯାଇ) ଶୋଷିତମାନଙ୍କୁ ସେମାନଙ୍କର ସମ୍ପତ୍ତି ଫେରାଇ ଦେଇଛି । ଶୋଷିତମାନେ ନିଜ ନିଜ ସମ୍ପତ୍ତି ଫେରିପାଇ ପୁରସ୍କୃତ ହୋଇଛନ୍ତି । ପୁଣି କୁବେର ସାହୁର ପତ୍ନୀ ଭାଗ୍ୟ ଦ୍ୱାରା ଦଣ୍ଡିତ ହୋଇ ଯକ୍ଷ୍ମା ରୋଗରେ ମୃତ୍ୟୁବରଣ କରିଛି ।

ବର୍ତ୍ତମାନ ଯୌତୁକ ପ୍ରଥା ଯେପରି ଏକ ସାମାଜିକ କଳଙ୍କ ଓ ବ୍ୟାଧି ହୋଇଛି ଠିକ୍ ଅତୀତରେ ହିନ୍ଦୁ ସମାଜରେ 'କନ୍ୟାସୁନା' ଏକ କଳଙ୍କ ପ୍ରଥା ଥିଲା । କନ୍ୟାସୁନା ଅର୍ଥାତ୍ ଝିଅ ବିକ୍ରୟ କରିବା । ଅର୍ଥଗୃଧ୍ନୁ ପିତା କନ୍ୟାର ଭବିଷ୍ୟତ ନଦେଖି ଟଙ୍କାଲୋଭରେ ଝିଅ ବିକ୍ରୀ କରିଥାଏ । ଫଳରେ କନ୍ୟା ଅକାଳ ବୈଧବ୍ୟ ଯନ୍ତ୍ରଣା ଭୋଗିଥାଏ । ଏହି ବାସ୍ତବ ସତ୍ୟ ଉପରେ 'ବୀରେଇ ବିଶାଳ' ଓ 'ମାଧ ମହାନ୍ତିଙ୍କ କନ୍ୟାସୁନା' ଗଳ୍ପ ଦୁଇଟି ରଚିତ । ବୀରେଇର ବାପା ଓ ମାଆ ଅକାଳରେ ମରିଯିବାରୁ ସେ ତା' ମାମୁ ପୀତେଇ ପାତ୍ର ଘରେ ରହିଛି । ମାମୁ ଓ ମାଇଁ ତାକୁ ସ୍ନେହ ଓ ଶ୍ରଦ୍ଧା ଟିକେ ଦେଇନାହାନ୍ତି ବରଂ ତା'ଠାରୁ ଅଧିକ ଶ୍ରମଶୋଷଣ କରିଛନ୍ତି । ଏଣେ ନିଜ ପୁଅ ଚଣ୍ଡିଆକୁ ମାମୁ ମାଇଁ ଅଧିକ ସ୍ନେହ ଦେଇଥିବାରୁ ଚଣ୍ଡିଆ ସେମାନଙ୍କର ଅବାଧ ହୋଇଛି । ଖରାପ ଟୋକାଙ୍କ ସାଙ୍ଗରେ ପଡ଼ି ଚଣ୍ଡିଆ ଚୌପଟ ଖେଳିଛି,ଗଞ୍ଜେଇ ଟାଣିଛି । ମା'କୁ ଡରାଇ ନିଜର ସଉକ କରିବା ଓ ନିଶା ଖାଇବା ପାଇଁ ଟଙ୍କା ନେଇଛି । ନିଜ ଘରୁ ସୁଯୋଗ ଦେଖି ସେ ଗାଈ ଗୋରୁଙ୍କୁ ଓ ଧାନଘରୁ ଧାନ ଚୋରିକରି ବିକ୍ରୀ କରିଛି । ପଇସା ମାଗିଲେ ମା' ମନା କରିବାରୁ ମାଆକୁ ସେ କେତେଥର ମାଡ଼ ମାରିବାକୁ ବି ପଛାଇ ନାହିଁ । ପରିଣତିରେ ଚଣ୍ଡିଆ ପାଣ ଚୋର ଭଳି ଗୋରୁଗାଈ ଚୋରିକରି ଶେଷରେ ଧରାପଡ଼ିଛି । ଚଉକିଆମାନେ ତାକୁ ବାନ୍ଧି ଥାନାକୁ ନେଇଛନ୍ତି । ବିଚାରରେ ତାକୁ କଠିଣ ପରିଶ୍ରମ ସହିତ ଦେଢ଼ବର୍ଷ ଜେଲ୍‌ଦଣ୍ଡ ହୋଇଛି । ପୁଣି ମଧୁସାହୁ ମହାଜନ ତା' କରଜଟଙ୍କା ଆଦାୟ କରିବା ପାଇଁ ପାତ୍ରଙ୍କର ଘରବାଡ଼ି ନିଲାମ୍ କରି ପାତ୍ର ଓ ପାତ୍ରାଣୀଙ୍କୁ ଘରୁବାହାର କରିଦେଇଛି । ଗେଧ ଗେଧୁଣି ପରି ଦୁହେଁ ଖାଇବାକୁ ନପାଇ ନାନାଦି ହଇରାଣ ହରକତ ହୋଇ ବରଗଛ ମୂଳରେ ପଡ଼ିରହିଛନ୍ତି । ଶେଷରେ ନିର୍ଯ୍ୟାତିତ ବୀରେଇ ମାମୁମାଇଁ ଦୁହିଙ୍କୁ ପିଠିରେ ଲାଉ କରି ଘରକୁ ନେଇ ସେବା ଶୁଶ୍ରୂଷା କରିଛି । ପାତ୍ର, ପାତ୍ରାଣୀ ଓ ଚଣ୍ଡିଆ ନିଜ ନିଜର କର୍ମଫଳକୁ ହାଡ଼େ ହାଡ଼େ ଭୋଗ କରିଥିବା ବେଳେ ବୀରେଇ ଭାଗ୍ୟର ଅଭିଶାପରେ ନିଜ ପିତାମାତାଙ୍କୁ ହରାଇଛି । ଏ

ଗଳ୍ପର ଦ୍ୱିତୀୟାଂଶରେ କମଳୀର ବାପା ରାଘବ ପାତ୍ର ଜଣେ କୃପଣ, ଲୋଭୀ ଓ ଅର୍ଥଗୃଧ୍ନୁ ବ୍ୟକ୍ତି । ଦୁଇଟା ଝିଅଙ୍କୁ ସେ ଆଗରୁ ହଜାରେ ଲେଖାଏଁ ଟଙ୍କାରେ ବିକ୍ରୀ କରିଛି । କମଳୀକୁ ସେ ସେଇ ହଜାରେ ଟଙ୍କାରେ ବୀରେଇକୁ ବିକିବା ପାଇଁ ଅଡିବସିଛି । ବୀରେଇ ଅତିକଷ୍ଟରେ ଘରର ଜିନିଷପତ୍ର ବିକି, ବନ୍ଧାପକାଇ ସାତଶହ ଟଙ୍କା ରାଘବ ପାତ୍ରକୁ ଦେଇଛି । ନିଷ୍ଠୁର ବାପାର ଉତ୍କଟ ଅର୍ଥଲୋଭ ବିରୁଦ୍ଧରେ କମଳୀର ଆତ୍ମା ବିଦ୍ରୋହ କରିଛି । ଶାଶୁଘର ଯିବାବେଳେ ବାପଘରୁ ସମସ୍ତ କନ୍ୟାସୁନା ଟଙ୍କାକୁ ସେ ପେଟତଳେ ଲୁଚାଇ ନେଇଯାଇଛି । ଟଙ୍କା ପାଇଁ ରାଘବ ପାତ୍ରେ ଝିଅ ଘରକୁ ଧାଇଁଛନ୍ତି । ପୁରୋହିତ ରାଘବ ପାତ୍ରଙ୍କୁ 'ଚଣ୍ଡାଳ ମାଉଁସ ବିକା' କହି ଧିକ୍‌କାର କରିଛନ୍ତି । ସମସ୍ତ ଗ୍ରାମବାସୀ ପାତ୍ରଙ୍କୁ 'ମାଉଁସ ବିକା, ଝିଅ ବିକା' କହି 'ମାର ମାର, ଧର ଧର' କହି ବିଧାଚାପୁଡ଼ା, ଧକ୍କା, ଟେକାପଥର ଇତ୍ୟାଦି ମାଡ଼ କରିଛନ୍ତି । ଝିଅ ବିକ୍ରୟ କରି ଅର୍ଥ ସଂଗ୍ରହ କରୁଥିବା ଏବଂ ଝିଅର ଜୀବନ, ଯୌବନ, ଭବିଷ୍ୟତକୁ ନେଇ ଖେଳ ଖେଳୁଥିବା କୃପଣ ଲୋକଙ୍କୁ ସ୍ରଷ୍ଟା ଏଠି ଆଙ୍ଗୁଳି ନିର୍ଦ୍ଦେଶ କରି ସେମାନଙ୍କୁ ଜନତାର ଦରବାରରେ କଠିଣ ଦଣ୍ଡବିଧାନ କରିଛନ୍ତି । ସାମାଜିକ ସ୍ତରରେ ଏମାନେ ନିନ୍ଦିତ ଓ ଭର୍ତ୍ସିତ ହୋଇଛନ୍ତି ।

ଆଲୋଚନାର ସୁବିଧା ପାଇଁ ଏଠାରେ 'ମାଧ ମହାନ୍ତିଙ୍କ କନ୍ୟାସୁନା'କୁ ବିଚାର କରାଯାଉଛି । ମାଧ ମହାନ୍ତି ଜଣେ ଲୋଭୀ ଓ କୃପଣ ବ୍ୟକ୍ତି । ନିଜର ଦୁଇଝିଅ ମାଧବୀ ଓ ମାଳତୀକୁ ସେ ଟଙ୍କାଲୋଭରେ ବିକ୍ରୀ କରିଛନ୍ତି । ମାଧବୀକୁ ସେ ସାତଶହ ଟଙ୍କାରେ ଷାଠିଏ ବର୍ଷର ବୁଢ଼ାକୁ ଦେଇ ବିଧବା କରାଇଛନ୍ତି । ମାଳତୀକୁ ମଧ୍ୟ ସାତଶହରେ ଦେବାକୁ ସେ ବର ଠିକଣା କରୁଥାଆନ୍ତି । ସେହି ଗ୍ରାମର ଗୋପାଳ ଜୀଉ ମଠର ମହନ୍ତ ଲଛମନ ଦାସ ସେ ଗାଁର ବିଚାରକ, ମହାଜନ – ସବୁକିଛି ଅଟନ୍ତି । ତାଙ୍କର ବିଶ୍ୱସ୍ତ ଚାକର ବିନୋଦିଆକୁ ମାଳତୀ ସହିତ ବିବାହ ଦେବାକୁ ମହନ୍ତ ଇଚ୍ଛା କରିଛନ୍ତି । ସେ ପ୍ରଥମେ ମହାନ୍ତିଙ୍କୁ ଗୋବରା ଚଢ଼େଇକୁ ପାଚଲା କଦଳୀ ଦେଖାଇବା ପରି ଟଙ୍କାର ଲୋଭ ଦେଖାଇଛନ୍ତି । ପରେ ମହନ୍ତ ଟଙ୍କା ନଦେଇ ଟଙ୍କା ଦେଇଛନ୍ତି ବୋଲି ଲୋକମାନଙ୍କ ଦ୍ୱାରା ପ୍ରମାଣ କରାଇଛନ୍ତି । ଏଣେ ମଙ୍ଗୁଳା ଝିଅକୁ ବିବାହ ନଦେଲେ ଗାଁ ଲୋକେ ମହାନ୍ତିଙ୍କୁ ଏକଘରିଆ କରିବେ ବୋଲି ଧମକ ଦେଇଛନ୍ତି । ମହାନ୍ତିଙ୍କ ମୁଣ୍ଡ ଦୈବାତ୍ ଦୁଆରବନ୍ଧରେ ବାଜି ମୁଣ୍ଡ ଫାଟିଯାଇଛି ଓ ରକ୍ତ ବୋହିଛି । ଲୋକମାନେ ତାଙ୍କୁ ଘୃଣା ଓ ବିଦ୍ରୂପ କରିଛନ୍ତି । ଆଠ ଦଶ ଜଣ ଢୋଲିଆ ମହାନ୍ତିଙ୍କ ଚାରିପାଖ ଘେରିଯାଇ ନାନା ହଇରାଣ ହରକତ କରିଛନ୍ତି । ଏତିକିରେ ତାଙ୍କର କର୍ମଫଳ ଶେଷ ହୋଇନାହିଁ । ଗହଳିରେ କିଏ ଜଣେ ତାଙ୍କର ପଛପାଖ କଛାପାଖରେ ମହୁରିଟା ବଜାଇଛି,କେହି ଜଣେ ଏତେବେଳକୁ ଜଳନ୍ତା ଭୂଇଁ ଚମ୍ପା ବାଣ ପଛଆଡ଼େ ଥୋଇ ଦେବାରୁ ମହାନ୍ତିଙ୍କ ପିଠିରେ ନିଆଁ ପଡ଼ି ଘାଆ ହୋଇଛି । ଗାଁର ପିଲାଏ ବିଦ୍ରୂପ କରି, ମଜାକରି ତାଙ୍କ ନାଁରେ ଗୀତଗାଇ ନାଚିଛନ୍ତି । ଏତିକିରେ ବି ସେନାପତି ସନ୍ତୁଷ୍ଟ ହୋଇନାହାନ୍ତି । ଘର ଭିତରପଟୁ କବାଟ ଦେଇଦେବାପରେ ତାଙ୍କର ପ୍ରାଣବାୟୁ ଉଡ଼ିଯାଇଛି । ମୁଣ୍ଡରେ ତାଙ୍କର ମାଛିଆ ପାତକ ହୋଇଛି । ଅଧାଲଙ୍ଗଳା

ଶବରେ ମାଛି ଭଣଭଣ ହୋଇଛନ୍ତି । ଘାଆରୁ ତାଙ୍କର ମେଞ୍ଚା ମେଞ୍ଚା ପୋକ ଖସି ପଡ଼ିଛନ୍ତି। ଗାଁ ଲୋକେ ତାଙ୍କର ଶବକୁ ମାଛିଆ ପାତକ ଶବ ବୋଲି କହି କେହି ଛୁଇଁ ନାହାନ୍ତି । ଲୋକମାନେ ଶବ ଉପରେ ଗୋବରପାଣି ପକାଇଛନ୍ତି । ଜାତିଭାଇ ଶେଷରେ ଶବ ନେଇଥିଲେ ମଧ୍ୟ ଦୁର୍ଗନ୍ଧ ହେତୁ ଶ୍ମଶାନରେ ଶବଦାହ କରିନପାରି କିଆବୁଦା ଗହଳିରେ ପକାଇଦେଇ ଫେରିଆସିଛନ୍ତି । ଫଳରେ ଶବକୁ ଶ୍ୱେନ,ଶ୍ୱାନ,ଶୃଗାଳଗଣ ଭକ୍ଷଣ କରିଛନ୍ତି । ମହାନ୍ତିଙ୍କର ଏ କରୁଣ ମୃତ୍ୟୁ ଏକ ପ୍ରଚାରଧର୍ମୀ ପରି ଲାଗୁଥିଲେ ହେଁ କର୍ମଫଳ ତଥା ତତ୍କାଳୀନ ସମାଜର ବ୍ୟାପକ ଚିତ୍ର ଏଥିରେ ପ୍ରତିଫଳିତ ହୋଇଛି ।

ଓଡ଼ିଶା ଏକ ଧର୍ମର ରାଜ୍ୟ । ଏ ରାଜ୍ୟର ବହୁଲୋକ ଧର୍ମ ଉପରେ ଅଗାଧ ବିଶ୍ୱାସ ରଖୁଛନ୍ତି । ଧର୍ମର ଧ୍ୱଜାଧାରୀ ମହନ୍ତ, ମଠାଧୀଶ, ବାବାଜୀମାନଙ୍କ ଉପରେ ଏ ରାଜ୍ୟର ଜନତା ବିଶ୍ୱାସ ରଖି ସେମାନଙ୍କୁ ଭକ୍ତିରେ ପ୍ରଣାମ କରେ । ଭକ୍ତର ସରଳତା ଓ ଧର୍ମାନ୍ଧତାର ସୁଯୋଗ ନେଇ ଏଇ ବାବାମାନେ ଭକ୍ତମାନଙ୍କୁ ଶୋଷଣ କରନ୍ତି । ସେ ଶୋଷଣ ହୋଇପାରେ ଯୌନ ବା ଆର୍ଥିକ ଶୋଷଣ । ଏଇ ଚିତାକଟା ବାବାଜୀମାନଙ୍କର ମୁଖା ଖୋଲିଦେଇ ସ୍ରଷ୍ଟା ଏକ ଶୋଷଣ ବିହୀନ ସୁସ୍ଥସମାଜର ପରିକଳ୍ପନା କରିଛନ୍ତି । ସେନାପତିଙ୍କର 'ଧୂଳିଆ ବାବା' ଓ 'ମୌନା ମୌନୀ' ଗଳ୍ପ ଏ ସତ୍ୟ ଉପରେ ପ୍ରତିଷ୍ଠିତ । ଧର୍ମ ନାମରେ ଯିଏ ଅଧର୍ମ କରେ, ଭଣ୍ଡାମି କରେ, ବ୍ୟଭିଚାର କରେ, ଚୋରି କରେ ସେମାନଙ୍କର ବିନାଶ ସୁନିଶ୍ଚିତ । ଧୂଳିଆ ବାବାର ମହନ୍ତ ବାନ୍ଦର ଦାସ ତା'ର ପୂର୍ବସୁରୀମାନଙ୍କର ପଥକୁ ଅନୁସରଣ କରି ତ୍ୟାଗ ଓ ଆଦର୍ଶର ବିଭୂତି ଝରାଇନାହିଁ ବରଂ ଧର୍ମକୁ ମାଧ୍ୟମକରି ତନ୍ତ୍ରର ସାହାଯ୍ୟ ନେଇ ଲୋକଙ୍କୁ ଆର୍ଥିକ ଶୋଷଣ କରିଛି । ଧର୍ମ ତା' ପାଇଁ ଏକ ମୁଖା । ସେଜଣେ ନିଶାଗ୍ରସ୍ତ ଗଞ୍ଜେଇଡ଼ । ମଠର ଧୂନି (ଯଜ୍ଞକୁଣ୍ଡ) ତଳେ ସେ ଏକ ବିଲ କରିଥାଏ ଏବଂ ସେଠାରେ ଚେଲା ଜଣକୁ ବସାଇଥାଏ । ଧୂନିତଳେ ଏକ ଅଦୃଶ୍ୟ ମଞ୍ଚା ତିଆରି ହୋଇଥାଏ । ବାନ୍ଦର ଦାସ ଧୂନିର ଅଗ୍ନି ଦେବତାଙ୍କୁ ଯେଉଁ ପ୍ରଶ୍ନ ପଚାରେ ମଞ୍ଚତଳେ ଥିବା ଲୋକ ତା'ର ଉତ୍ତର ଦିଏ । ଏହିକଥାକୁ ଲୋକେ ସତଭଳି ଭାବି ମହନ୍ତଙ୍କୁ ସାକ୍ଷାତ୍ ଦେବତା ବା ଭଗବାନ ବୋଲି ବିଶ୍ୱାସ ଓ ଭକ୍ତି କରିଛନ୍ତି । ଦିନେ ମହନ୍ତ ପ୍ରଶ୍ନ ପଚାରିବା ସମୟରେ ଗଞ୍ଜେଇଡ଼ ଭକ୍ତର ଚେତା ନଥାଏ । ତେଣୁ ବାରମ୍ବାର ପ୍ରଶ୍ନ ପଚାରି ଉତ୍ତର ନ ଆସିବାରୁ ମହନ୍ତ ହାତରେ ଧରିଥିବା ଚିମୁଟାରେ ଧୂନିକୁ ଖୁବ୍ ଜୋର୍‌ରେ ଆଘାତ ଦେଇଛି । ଫଳରେ ମଞ୍ଚଟି ଭାଙ୍ଗିଯାଇଛି । ମହନ୍ତ ତଳକୁ ଖସି ପଡ଼ିଛନ୍ତି । ଦୁଇଟି ଯାକ ପ୍ରାଣୀ ଧରାଧରି ହୋଇ ଅଗ୍ନି ଭିତରେ ସବୁଦିନ ପାଇଁ ଆହୁତି ହୋଇଯାଇଛନ୍ତି । ଯେଉଁ ଅଗ୍ନି ପାଖରେ ତାଙ୍କର ଶୋଷଣ ସେହି ଅଗ୍ନିଗର୍ଭରେ ହିଁ ସେମାନଙ୍କର ନିର୍ବାଣ ପ୍ରାପ୍ତି ହୋଇଛି । ମଣିଷ ବେଳେ ବେଳେ ଅନ୍ୟକୁ ଠକିବା ପାଇଁ ଯାହାକୁ ମାଧ୍ୟମ କରିଥାଏ ଦିନେ ଅଦୃଷ୍ଟର ଆଘାତରେ ସେହିଠାରେ ତା'ର ସମାଧିପ୍ରାପ୍ତ ହୋଇଥାଏ । ଏହି ନ୍ୟାୟରେ ମହନ୍ତ ଓ ଚେଲା ଉଭୟେ କାବ୍ୟିକ ନ୍ୟାୟରେ ମୃତ୍ୟୁବରଣ କରିଛନ୍ତି ଏବଂ ସମାଜରେ ସାମୟିକ ଲୋକମାନେ ଶାନ୍ତିରେ ଜୀବନଯାପନ କରିଛନ୍ତି । ଦଶପଲ୍ଲା ଗଡଜାତରେ ଫକୀରମୋହନ

ଦେବାନ ଥିଲାବେଳେ ଏହି ଆଂଶିକ ସତ୍ୟ ଘଟଣାଟିକୁ ସେ ଉପଲବ୍ଧି କରିଥିଲେ ବୋଲି ସ୍ୱକୀୟ ଆତ୍ମଜୀବନୀରେ ଉଲ୍ଲେଖ ଅଛି ।

'ମୌନା ମୌନୀ'ଗଳ୍ପରେ ନାଗା ସନ୍ନ୍ୟାସୀ, ନାଗା ଜମାୟତ ବେଶରେ ଯେଉଁମାନେ ଅଛନ୍ତି ସେମାନେ ପ୍ରକୃତରେ ଏକ ଏକ ମୁଖାପିନ୍ଧା ସଇତାନ । ଦଳ ଦଳ ହୋଇ ଏମାନେ ବିଭିନ୍ନ ଗ୍ରାମ ବୁଲନ୍ତି ଏବଂ ଲୋକଙ୍କୁ ଶୋଷଣ କରନ୍ତି । ଲୋକେ ସେମାନଙ୍କର ଅତ୍ୟାଚାରକୁ ନୀରବରେ ସହୁଥାନ୍ତି । ଖଣ୍ଡଗିରି ହାତୀଗୁମ୍ଫାରେ ଦଳେ ନାଗା ଜମାଉତମାନେ ଧୂନି କରି ବସିଥାନ୍ତି । ଗୁମ୍ଫାରେ ମୌନା ବାବା, ମୌନୀ ମାତା ରହୁଥାନ୍ତି । ଦୁଇଜଣ ଭକ୍ତ ମାସେ ହେଲା ସେଠାରେ ରହି ନିଜ ଖର୍ଚ୍ଚରେ ସାଧୁସେବା କରୁଥାନ୍ତି । ଦିନେ ହଠାତ୍ ପୁରୀର ମାଜିଷ୍ଟ୍ରେଟ, ପୁଲିସ୍ ଦାରୋଗା ଓ ସିପାହୀମାନେ ଉପସ୍ଥିତ ହୋଇ ସମସ୍ତ ବାବାଜୀମାନଙ୍କୁ ହାତକଡ଼ି ପକାଇ ବାନ୍ଧି ନେଇଛନ୍ତି । ଖାନତଲ୍ଲାସୀ ପରେ ଗୁମ୍ଫା ଭିତରୁ ବହୁ ଅଳଙ୍କାର ଓ ମୂଲ୍ୟବାନ ଜିନିଷ ଜବତ୍ ହେବା ସହିତ ମୌନା ମୌନୀ ଦୁହେଁ ଗିରଫ ହୋଇଛନ୍ତି । ମାଜିଷ୍ଟ୍ରେଟ ସମସ୍ତଙ୍କୁ କଲିକତା ଚାଲାଣ କରିଛନ୍ତି ଏବଂ ପରେ ଜଣାପଡ଼ିଛି ଯେ ବାବାଜୀ ମହାବୀର ଦାସ ଜଣେ ଡକାୟତ ସର୍ଦ୍ଦାର, ମୌନା ବାବାଜୀ ଜଣକ କଲିକତାର ଜଣେ ବଡ଼ଲୋକର ଗୁମାସ୍ତା ଏବଂ ମୌନୀ ମାତାଜୀଟି ସେହି ପରିବାରର ବିଧବା ବୋହୂ । ଭକ୍ତ ଦୁଇଜଣ ପୁଲିସ୍ ଅଫିସର । ଫକୀରମୋହନଙ୍କର ଏଇ ଡିଟେକ୍‌ଟିଭ ସୁଲଭ ଗଳ୍ପଟିରେ ଠକ ବାବାଜୀ ଓ ମାତାଜୀଙ୍କୁ ନ୍ୟାୟାଳୟରେ ଦଣ୍ଡ ମିଳିଛି । 'ବାଲେଶ୍ୱରୀ ରାହାଜାନି' ଗଳ୍ପରେ ସମାଜରେ ଆତଙ୍କ ସୃଷ୍ଟି କରୁଥିବା ଡକାୟତମାନଙ୍କୁ ପୁଲିସ୍ ଚତୁରତାର ସହ ବନ୍ଦୀ କରିଛି ଏବଂ ବିଚାରରେ ସେମାନଙ୍କୁ ଦୀର୍ଘକାଳ ଜେଲ୍‌ଦଣ୍ଡ ସହିତ ଦ୍ୱୀପାନ୍ତର ପଠାଯାଇଛି ।

'ପୁନର୍ମୂଷିକୋ ଭବ' ଗଳ୍ପରେ ରହିଛି ଅଦୃଷ୍ଟର ଅଖଣ୍ଡ ପ୍ରଭାବ । ସାମାନ୍ୟ ଅର୍ଥ, କ୍ଷମତା ଓ ଉପଭୋଗର ମୋହରେ ଯେଉଁ କିଣାରାମ ସିଂ ବୃଥା ଅହଙ୍କାର କରିଛି ଶେଷରେ ସେ ମୂତନାଳ ମାଟି ଚାଖିଛି ଓ ବିଚାରରେ ତା'ର ଚାକିରି ଯାଇଛି । ଯେଉଁ ଭଣ୍ଡାରୀକୁ ସେହି ଭଣ୍ଡାରୀ ହୋଇ ସେ ରହିଛି । ତାକୁ କଠିଣ ପରିଶ୍ରମ ସହିତ ଦୁଇମାସ ଜେଲ୍‌ଦଣ୍ଡ ଏବଂ କୋଡ଼ିଏ ଟଙ୍କା ଜରିମାନା ହୋଇଛି । ଜରିମାନା ଅନାଦେୟରେ ଆଉ ଅଧିକ ତିନିମାସ ଜେଲ୍‌ରେ ରହିବ ବୋଲି ବିଚାରପତି ରାୟ ଦେଇଛନ୍ତି । ଶେଷରେ ପେସ୍କାର ନିଜ ବସାରୁ ତାକୁ ତଡ଼ି ଦେଇଛନ୍ତି । ସେ ଜେଲ୍ ଯାଇଥିବାରୁ ଗାଁର ପୁରୋହିତ ତାକୁ ପତିତ ବୋଲି କହିଛନ୍ତି । ଜାତି ହେବା ପାଇଁ ପୁରୋହିତଙ୍କ ଦୁଆରେ ସେ ଦୁଇମାସ ଧାରଣା ଦେଇ ଶୋଇଛି । ଜରିମାନା ବାବଦକୁ ତା'ର ସମସ୍ତ ଜିନିଷ ଓ ଘରଦ୍ୱାରକୁ ପୁଲିସ୍ ଜମାଦାର ନିଲାମ କରିଦେଇଛି । ଗଳ୍ପ ଗୁଡ଼ିକରେ ଅଦୃଷ୍ଟ ବା ନିୟତିର ପ୍ରଭାବ ଯେତିକି ରହିଛି ସ୍ୱକୃତ କର୍ମରଫଳ ସେତିକି ରହିଛି ।

'କମଳା ପ୍ରସାଦ ଗୋରାପ', 'କାଳିକା ପ୍ରସାଦ ଗୋରାପ', 'ବାଲେଶ୍ୱରୀ ପଙ୍ଗାଲୁଣ'ଗଳ୍ପଗୁଡ଼ିକରେ ରହିଛି ତତ୍କାଳୀନ ଉତ୍କଳର ଲବଣ ଶିଳ୍ପ ବିପର୍ଯ୍ୟୟର ଏକ ଅଭ୍ରାନ୍ତ ବର୍ଣ୍ଣନା । ଏଥିରେ ଅତୀତର ଐତିହ୍ୟ ରହିଛି; ବରଂ କୁହାଯାଇପାରେ ଭାଗ୍ୟର ପ୍ରତିକୂଳ ଅବସ୍ଥା ଯୋଗୁଁ ବିପର୍ଯ୍ୟୟ ଉତ୍କଳ ପାଇଁ ଏକ ପ୍ରାକୃତିକ ନ୍ୟାୟ ହୋଇ ଆସିଛି। 'ଅଜା-ନାତି କଥା' ରେ ଉପନ୍ୟାସର ସ୍ୱରୂପ ପ୍ରସଙ୍ଗକ୍ରମେ ଉତ୍‌ଥାପିତ ହୋଇଛି । 'ବଗଲା-ବଗୁଲୀ' ରେ ଏକ ନିମ୍ନ ପରିବାରର ଉଜ୍ଜ୍ୱଳ ଦାମ୍ପତ୍ୟ ପ୍ରେମର ନିଛକ ବର୍ଣ୍ଣନା ରହିଛି ଏବଂ ଶେଷରେ ଭାଗ୍ୟ ଉଭୟଙ୍କୁ କରୁଣ ମୃତ୍ୟୁ ଦେଇଛି । 'ପାଠୋଇ ବୋହୂ' ରେ ନାରୀକୁ କେବଳ ଉଚିତ୍ ଶିକ୍ଷା ଗ୍ରହଣ କରିବା ପାଇଁ ଆହ୍ୱାନ ଦିଆଯାଇଛି । 'ଗାରୁଡ଼ି ମନ୍ତ୍ର'ରେ ବିମଳ ହସ ଏବଂ ନାରୀ ଶିକ୍ଷା ପ୍ରସାର ପାଇଁ ଗାଳ୍ପିକଙ୍କ ମହତୀ ଉଦ୍ଦେଶ୍ୟ ରହିଛି । ସର୍ବୋପରି ଯୁବ ମନସ୍ତତ୍ତ୍ୱ ହିଁ ଗଳ୍ପଟିକୁ ଅଧିକ ମନୋଜ୍ଞ କରିଛି ।

ସେନାପତିଙ୍କର କେତୋଟି ଗଳ୍ପକୁ ମାତ୍ର ଛାଡ଼ିଦେଲେ ପ୍ରାୟ ସବୁଗଳ୍ପରେ ଭାଗ୍ୟ, ଅଦୃଷ୍ଟ ବା କର୍ମଫଳର ପ୍ରଭାବ ପରିଲକ୍ଷିତ ହୁଏ । ଗଳ୍ପଗୁଡ଼ିକରେ ଆଶାବାଦ, ମାନବବାଦ, ଗଭୀର ବିଭୁପ୍ରେମ ଓ ଦୃଢ ଈଶ୍ୱର ବିଶ୍ୱାସର ପରିଚୟ ମିଳେ । ଫକୀରମୋହନଙ୍କର ବିଶ୍ୱାସ ଯେ ଏକ ଅଦୃଷ୍ଟ ଶକ୍ତିର ଅଦେଖା ଇଙ୍ଗିତରେ ଏ ବିଶ୍ୱ ପରିଚାଳିତ । ମନୁଷ୍ୟ କେବେ ପୂର୍ବ ସ୍ୱାଧୀନ ନୁହେଁ । ପୁଣି ଯିଏ ଯେପରି କର୍ମ କରିବ ସେପରି ଫଳ ସେ ନିଶ୍ଚୟ ଭୋଗ କରିବ । ଏଇ ବିଶ୍ୱାସରେ ତାଙ୍କ ଗଳ୍ପଗୁଡ଼ିକ ସୃଷ୍ଟି ହୋଇଛି । ପ୍ରାୟ ସମସ୍ତ ଗଳ୍ପରେ ସ୍ରଷ୍ଟା ନୈତିକତା ଓ ଆଦର୍ଶବାଦ ଉପରେ ଗୁରୁତ୍ୱ ଦେଇଛନ୍ତି । ସେ ଅନୁଭବ କରିଛନ୍ତି ଯେ ନୈତିକତା ଓ ଆଦର୍ଶବାଦ ଯଦି ଲୋପ ପାଇଯାଏ ତେବେ ସମାଜ ଅନ୍ତଃସାର ଶୂନ୍ୟ ହୋଇଯାଏ ଏବଂ ପାପୀ, ଅପରାଧୀଲୋକଙ୍କର ପାଶବ ପ୍ରବୃତ୍ତି ବେଶି ପ୍ରାଧାନ୍ୟ ଲାଭ କରି ସୁସ୍ଥ ସମାଜକୁ କୁତ୍ସିତ କରିପାରେ । ତେଣୁ ଶୋଷଣହୀନ ସମାଜ ଗଠନ ପାଇଁ ସେ ଏକ ସ୍ୱତନ୍ତ୍ର ଶୈଳୀରେ କର୍ମଫଳର ସ୍ୱାତନ୍ତ୍ର୍ୟକୁ ମଧ୍ୟ ଦର୍ଶାଇଛନ୍ତି । କର୍ମଫଳ ବା କାବ୍ୟିକ ନ୍ୟାୟ (Poetic Justice) ତାଙ୍କ କଥା-ବୃତ୍ତର ଏକ ନିଛକ ମର୍ମଲିପି ଏବଂ ତାଙ୍କୁ କର୍ମଫଳର ସର୍ବଶ୍ରେଷ୍ଠ ବିଦ୍ଧାଣି ବୋଲି କହିଲେ ସତ୍ୟର ଅପଳାପ ହେବନାହିଁ ।

ଗଳ୍ପସ୍ୱଳ୍ପ

ପ୍ରଥମ ଭାଗ

ରେବତୀ

'ଲୋ ରେବତୀ – ଲୋ ରେବି – ଲୋ ନିଆଁ, ଲୋ ଚୁଲି'

କଟକ ଜିଲ୍ଲାର ହରିହରପୁର ପ୍ରଗନା ମଧ୍ୟରେ ଗୋଟିଏ ମଫସଲ ଗ୍ରାମ, ନାମ ପାଠପୁର। ଗ୍ରାମ ମୁଣ୍ଡାମୁଣ୍ଡିରେ ଗୋଟିଏ ଘର। ଆଗିଲି ପିଛିଲି ଚାରିବଖରା, ଖଞ୍ଜା ପାଚିରୀ ଚାଳିଆରେ ଢିଙ୍କିଶାଳ, ଅଗଣା ମଧ୍ୟରେ କୂଅ, ଆଗକୁ ଦାଣ୍ଡଦୁଆର, ପଛକୁ ବାଡ଼ିଦୁଆର। ଦାଣ୍ଡଦୁଆର ମେଲାଘରେ ଦାଣ୍ଡଲୋକେ ବସା ଉଠା କରନ୍ତି, ପ୍ରଜାମାନେ ଖଜଣା ଦେବାକୁ ଆସି ଏହିଠାରେ ବସନ୍ତି। ଶ୍ୟାମବନ୍ଧୁ ମହାନ୍ତି ଜମିଦାର ତରଫରୁ ଗ୍ରାମର କରଣ, ମାସକୁ ଦରମା ଦୁଇଟଙ୍କା, ଦରମା ଛାଡ଼ି ପାଉତି ବିଶୋଧନୀ, ବାହାଲହଣା ଇତ୍ୟାଦିରୁ ଦୁଇ ପଇସା ହାତ ପୈଠ ହୁଏ। ସବୁ ମିଶାଇଲେ ମାସକୁ ଚାରି ଟଙ୍କାରୁ ଊଣା ହେବ ନାହିଁ, ସଂସାର ଏକରକମ ଚଳେ। ଏକରକମ କିଆଁ ? ବୋଇଲେ ଭଲ ଚଳେ। ଏଇଟା ହେଲା ନାହିଁ, ସେଇଟା ଘରେ ନାହିଁ, ଏପରି କଥା ଘରର କାହାରି ମୁହଁରୁ ଶୁଣାଯାଏ ନାହିଁ। ବାଡ଼ିରେ ଶାଗ ମାଗ ଛାଡ଼ି ସଜନା ଦୁଇ ଗଛ। ଘରେ ଲଗାପଡ଼ିଆ ବରଷବିଆଣୀ ଗାଈ ଦୁଇଟା ବନ୍ଧା; ଦୁଧ ଟିକିଏ, ଚହ୍ଲାଂ ମନ୍ଦାଏ ହାଣ୍ଡି ତଳେ ଲାଗିଥାଏ। ବୁଢ଼ୀ ଚଷୁ ମିଶାଇ ଘଷି ତାଡ଼ି ଦିଏ, କାଠ କିଣା ବାଧେ ନାହିଁ। ଜମିଦାର ସାଢ଼େ ତିନି ମାଣ ଜମି ଚଷିବାକୁ ଦେଇଛନ୍ତି, ଧାନ ବଳେ ନାହିଁ, କି କମେ ନାହିଁ। ଶ୍ୟାମବନ୍ଧୁଟି ବଡ଼ ସିଧା ସଳଖ ଲୋକ, ପ୍ରଜାମାନେ ମାନନ୍ତି, ସୁଖ ପା'ନ୍ତି। ବାପରେ, ଧନରେ କହି କହି ଦୁଆର ଦୁଆର ବୁଲି ଖଜଣା ଅସୁଲ କରେ, କାହାରି ଠାରୁ ଅନ୍ୟାୟରେ ପଇସାଟିଏ ନିଏ ନାହିଁ। ପ୍ରଜାମାନେ ଖଜଣା ଦେଇ ପାଉତି ମାଗନ୍ତି ନାହିଁ, ସେ ଚାରି ଆଙ୍ଗୁଳି ତାଳପତ୍ର ଖଣ୍ଡେ ପାଉତି ଲେଖି ବଳେ ଚାଳରେ ଗୁଞ୍ଜି ଦେଇଯାଏ। ଜମିଦାର ପିଆଦା ଆସିଲେ ଗାଁ'କୁ ଛାଡ଼େ ନାହିଁ, ଆପେ ହାତ ଓଠ ଧରି ଧୂଆଁ ଦୁଇ ପଇସା ଅଣ୍ଟାରେ ଗୁଞ୍ଜି ଦେଇ ବିଦା କରେ। ଶ୍ୟାମବନ୍ଧୁ ଘରେ ଖାଇବାକୁ କୁଟୁମ୍ବ ଚାରି ଜଣ, ଆପେ ଦୁଇ ପରାଣୀ, ମା' ବୁଢ଼ୀ, ଦଶ ବରଷର ଗୋଟିଏ ଝିଅ। ଝିଅର ନାମ ରେବତୀ। ଶ୍ୟାମବନ୍ଧୁ ସଞ୍ଜବେଳେ ପିଣ୍ଡାରେ ବସି 'କୃପାସିନ୍ଧୁ ବଦନ'

ଗାଏ, ଆଉ ଆଉ ଭଜନ ଗାଏ, କେବେ କେବେ କାଠ ରୁଖାଟି ଉପରେ ବଇଠାଟିଏ ଥୋଇ ଭାଗବତ ପଢ଼େ, ରେବତୀ ପାଖରେ ବସି ଶୁଣୁଥାଏ। ସେ ମୁହେଁ ମୁହେଁ ଢେର ଭଜନ ଶିଖିଗଲାଣି, ତା ପିଲା ମୁହଁକୁ ଭଜନଗୁଡ଼ିକ ଖୁବ୍ ମାନେ। ସଞ୍ଜବେଳେ ବାପା ପାଖରେ ବସି ଭଜନ ଗାଇଲେ ଗାଁ'ରେ କୌଣସି କୌଣସି ଲୋକ ଆସି ଶୁଣନ୍ତି। ରେବତୀ ବାପା ପାଖରୁ ଗୋଟିଏ ଭଜନ ଶିଖିଥିଲା ସେଇଟି ଗାଇଲେ ଶ୍ୟାମବନ୍ଧୁ ବଡ଼ ଖୁସି ହୁଏ। ପ୍ରତିଦିନ ଝିଅକୁ ଗାଇବାକୁ କହେ, ରେବତୀ ଗାଏ-

'କା' ଆଗେ କରିବି ଗୁହାରି ?
ତୁମ୍ଭେ ନ ଚାହିଁଲେ ନାଥ ଗରିବ ଯିବ ସରି।
କର ବା ନ କର ତ୍ରାଣ, ପଦେ ସମର୍ପିଛି ପ୍ରାଣ,
ହୃଦେ ଅଛି ତମ ନାମ ଧରି।
ତୁମ୍ଭ ବିନା ତ୍ରିଜଗତ ଶୂନ୍ୟ ହେ ହରି।
ଶୀତଳ କର ଜୀବନ ପ୍ରେମାମୃତ ଦାନ କରି।'

୧। ପତ୍ରିକାପାଠ- ଘୋଳ

ଦୁଇ ବରଷ ତଳେ ସ୍କୁଲ ଡେପୁଟିଂ ଇନ୍‌ସପେକ୍ଟର ମଫସଲ ଗସ୍ତକୁ ଯିବା ସମୟରେ ପାଠପୁରରେ ରାତିଏ ରହିଯାଇଥିଲେ। ଗ୍ରାମର ମୁଖିଆ ମୁଖିଆ ଚାରିପାଞ୍ଚ' ଜଣ ଲୋକ କୁହାପୋଛା କରିବାରୁ ଦିପୋଟିବାବୁ ଓଡ଼ିଶା ବିଭାଗର ଇନ୍‌ସପେକ୍ଟରଙ୍କଠାରୁ ରିପୋର୍ଟ କରି ଗୋଟିଏ ଅପର ପ୍ରାଇମେରୀ ସ୍କୁଲ ବସାଇ ଦେଇ ଅଛନ୍ତି। ଶିକ୍ଷକ ବେତନ ମାସକୁ ଚାରି ଟଙ୍କା। ଏହି ଚାରି ଟଙ୍କା ସରକାରରୁ ମିଳେ। ଏହା ଛଡ଼ା ପ୍ରତି ପିଲା ମାସକୁ ଅଣାଏ ଲେଖାଏଁ ଦିଅନ୍ତି। ଶିକ୍ଷକଟି କଟକ ନର୍ମାଲ ସ୍କୁଲର ଅବଧାନ ବିଭାଗର ଉତ୍ତୀର୍ଣ୍ଣ ଛାତ୍ର, ନାମ ବାସୁଦେବ। ନାମଟି ଯେପରି ବାସୁଦେବ, ଲୋକଟା ମଧ୍ୟ ସେହିପରି ବାସୁଦେବ। ଟୋକାଟାର ଭିତର ବାହାର ସବୁ ସୁନ୍ଦର। ଗାଁ' ମଝିରେ ଚାଲିଯିବା ବେଳେ ମୁଣ୍ଡ ଟେକି କାହାକୁ ଚାହେଁ ନାହିଁ। ବୟସ ଅନ୍ଦାଜ କୋଡ଼ିଏ। ସୁନ୍ଦର ରୂପ ଯେମନ୍ତ ଗୋଟିଏ ଚାଉଳରେ ଗଢ଼ା। ପିଲାଦିନେ ପିହୁଳା' ରୋଗ ହୋଇଥିଲା। ତା' ମା' ମୁଣ୍ଡରେ ତତଲା ବୋତଲ ମୁହଁ ଚିହ୍ନ ଦେଇଥିଲା। ସେ ଚିହ୍ନ ଆଜି ଯାଏ ଅଛି। ବରଂ ସେ ଚିହ୍ନ ତାକୁ ମାନେ। ବାସୁଦେବ ପିଲାକାଳରୁ ମା ବାପ ଛେଉଣ୍ଡ, ମାମୁ ଘରେ ରହି ମଣିଷ ହୋଇଛି। ବାସୁଦେବ ଜାତିରେ କରଣ, ଶ୍ୟାମବନ୍ଧୁ ମଧ୍ୟ କରଣ। କେବେ ପୂନେଇ ଗୁରୁବାରରେ ଘରେ ପିଠାପଣା ହେଲେ ଶ୍ୟାମବନ୍ଧୁ ପାଠଶାଳାକୁ ଯାଇ କହି ଆସେ, "ବାପା ବାସୁ ! ସଞ୍ଜବେଳେ ଟିକିଏ ଆମ ଘରକୁ ଯିବ, ତୁମ ମାଉସୀ ଡାକିଅଛନ୍ତି।" ଏହିପରି ଯିବା ଆସିବାରେ ସେମାନଙ୍କ ମଧ୍ୟରେ ଗୋଟାଏ ମାୟା ଲାଗିଗଲାଣି। ରେବତୀମା' ବାସୁକୁ ଦେଖିଲେ କହେ, "ଆହା, ମା' ଛେଉଣ୍ଡଟି, କ'ଣ ଖାଏ – କିଏ ତା' ଖାଇବା ଦେଖୁଛି।" ବାସୁ ପ୍ରତିଦିନ ସଞ୍ଜବେଳେ

ଯାଇ ଶ୍ୟାମବନ୍ଧୁ ପାଖରେ ଘଡ଼ିଏ ଅଧେ ବସି ଆସେ। ବାସୁକୁ ଦୂରରୁ ଦେଖିଲେ "ବାସୁ ଭାଇ ଅଇଲେ, ବାସୁ ଭାଇ ଅଇଲେ" ବୋଲି ରେବତୀ ପାଟି କରି ବାପକୁ କହେ। ରେବତୀ ସଞ୍ଜବେଳେ ବାପ ପାଖରେ ବସି ପ୍ରତିଦିନ ପଠିତ ପୁରୁଣା ଭଜନଗୁଡ଼ିକ ବାସୁକୁ ଶୁଣାଏ। ବାସୁକୁ ସେହି ଗୀତ ନୂଆ ନୂଆ ପରି ଲାଗେ। ଦିନେ ଏ କଥା ସେ କଥା ପଡ୍ତୁ ପଡ୍ତୁ ଶ୍ୟାମବନ୍ଧୁ ଶୁଣିଲେ, କଟକରେ ଗୋଟିଏ ଝିଅ ସ୍କୁଲ ଅଛି, ସେଠାରେ ଝିଅମାନେ ପଢ଼ନ୍ତି, ଲୁଗାସିଆଁ ଶିଖନ୍ତି। ସେହି ଦିନ ଠାରୁ ରେବତୀକୁ ପାଠ ପଢ଼ାଇବାକୁ ଶ୍ୟାମବନ୍ଧୁର ମନ ହେଲା ଏବଂ ଆପଣା ମନର କଥା ବାସୁଦେବକୁ କହିଲା। ବାସୁ ଶ୍ୟାମବନ୍ଧୁକୁ ପିତୃତୁଲ୍ୟ ମାନେ; କହିଲା, "ଆଜ୍ଞା, ମୁଁ ସେହି କଥାଟା କହିବି କହିବି ହେଉଥିଲି।" ଦୁଇଜଣଙ୍କ ପରାମର୍ଶରେ ରେବତୀକୁ ପାଠ ପଢ଼ାଇବାର ସ୍ଥିର ହେଲା। ରେବତୀ ପାଖରେ ବସି ଶୁଣୁଥିଲା, ଦୁଇ ଡିଆରେ ଘର ଭିତରକୁ ଯାଇ ମା'କୁ ଆଉ ଜେଜୀକୁ, "ମୁଁ ପାଠ ପଢ଼ିବି, ମୁଁ ପାଠ ପଢ଼ିବି" ଖବର ଦେଲା। ମା' କହିଲେ, "ହଉ ହଉ ପଢ଼ିବୁ।" ଜେଜୀ କହିଲେ, "ପାଠ କ'ଣ ଲୋ?" ମାଇକିନିଆ ଝିଅଟା ପାଠ କ'ଣ ? ରନ୍ଧା ବଢ଼ା ଶିଖ, ପିଠାପଣା କରି ଶିଖ, ଝୋଟିଦିଆ ଶିଖ, ଦହିମୁହାଁ ଶିଖ, ପାଠ କ'ଣ ?"

୧। ପତ୍ରିକାପାଠ- ଡେଃ

୨। ପ୍ରଚଳିତପାଠ- କେତେଜଣ

୩। ପତ୍ରିକାପାଠ- ପିହୁଡ଼ା

ରାତିରେ ଶ୍ୟାମବନ୍ଧୁ ପିଣ୍ଡାରେ ଖଣ୍ଡେ ଆମ୍ବକାଠ ପିଢ଼ା ଉପରେ ବସି ଭାତ ଖାଉଛନ୍ତି, ରେବତୀ ସାଙ୍ଗରେ ବସି ଖାଉଛି। ବୁଢ଼ୀ ଆଗରେ ବସି – 'ଭାତ ପୁଞ୍ଜାଏ ଆଣ; ଡାଲିପାଣି ଟିକିଏ ପକେଇ ଯା, ଲୁଣ ଟିକିଏ ଦେ' ଇତ୍ୟାଦି କଥା ବୋହୂ ପ୍ରତି ଆଦେଶ କରୁଛନ୍ତି। କଥାରେ କଥାରେ ବୁଢ଼ୀ କହି ବସିଲେ, "ହଁ ରେ ଶ୍ୟାମ ! ରେବୀ ପାଠ ପଢ଼ିବ – ପାଠ କ'ଣରେ, ତିରିଲାଝିଅର ପାଠପଢ଼ା କ'ଣ ?" ଶ୍ୟାମବନ୍ଧୁ କହିଲେ, "ହେଉ, କହୁଛି ତ ପଢ଼ୁ। ଝଙ୍କଡ଼ ପଟ୍ଟନାୟକ ଘର ଝିଅମାନେ ଯେ ଭାଗବତ ବୋଲି ପାରନ୍ତି, ବୈଦେହୀଶ ବିଳାସ ଛାନ୍ଦ ଗାଆନ୍ତି।" ରେବତୀ ଭାରି ଖପା ହୋଇ ଯାଇ ଜେଜୀକୁ ଗାଳି ଦେଇ କହିଲା, "ଯା' ଲୋ ବୁଢ଼ୀ ଡୁଗୁରିଟା।" ତାହା ବାଦ ଅଳି କରି ବାପାକୁ କହିଲା, "ନାଁ ବାଁପାଁ – ନାଁ ବାଁପାଁ ମୁଁ ପାଁଠ ପଁଢ଼ିବିଁ।" ଶ୍ୟାମବନ୍ଧୁ କହିଲେ, "ହଁ – ହଁ – ତୁ ପଢ଼ିବୁ।" ସେଦିନ କଥା ଏତିକି।

ତହିଁ ଆରଦିନ ଉପରଓଳି ବାସୁଦେବ ସୀତାନାଥ ବାବୁଙ୍କ ପ୍ରଥମପାଠ ଖଣ୍ଡିଏ ନେଇ ରେବତୀକୁ ଦେବାରୁ ସେ ବଡ଼ ଖୁସି ହୋଇ ବାପା ପାଖରେ ବସି କିତାପର ମୂଳ ପୁଡ଼ାଠାରୁ ଶେଷ ପୁଡ଼ାଯାଏ ଓଲଟାଇ ଓଲଟାଇ ଦେଖିଲା। ସେଥିରେ ହାତୀ, ଘୋଡ଼ା, ଗୋରୁ ଇତ୍ୟାଦିର ଛବି ଦେଖି ଭାରି ଖୁସି ହୋଇଗଲା। ରଜାମାନେ ହାତୀ ଘୋଡ଼ା ବାନ୍ଧି

ଖୁସି ହୁଅନ୍ତି, କେହି ହାତୀ ଘୋଡ଼ା ଚଢ଼ି ଖୁସି ହୁଏ, ଆମ ରେବୀ ଛବିଟା ଦେଖି ଖୁସି। ରେବୀ ଧାଇଁ ଯାଇ ମା'କୁ କିତାପର ଛବି ସବୁ ଦେଖେଇଲା; ତାହା ବାଦ୍ ଜେଜୀକୁ ଦେଖାଇଲା। ଜେଜୀ କିଞ୍ଚିତ୍ ବିରକ୍ତ ହୋଇ କହିଲା, "ହଁ – ଯା – ଯା -।" ରେବୀ ତାକୁ 'ଦୂର୍ ଦୂର୍' ଗାଳି ଦେଇ ଫେରି ଆସିଲା।

୧। ପତ୍ରିକାପାଠ- ଘଣ୍ଟାଏ ଘଣ୍ଟାଏ

ଆଜି ଦିନଟି ଭଲ - ଶ୍ରୀପଞ୍ଚମୀ। ରେବତୀ ସକାଳୁ ବୁଡ଼ ପାରି ଗାଧୋଇ ନୂଆ ଲୁଗା ଖଣ୍ଡିଏ ପିନ୍ଧି ଘର ବାହାର ହେଉଛି, ବାସୁ ଭାଇ ଆସିଲେ କିତାପ ପଢ଼ାଇ ଦେବ। ବୁଢ଼ୀ ଭୟରେ ବିଦ୍ୟାରମ୍ଭର ଆୟୋଜନ କିଛି ହୋଇ ନାହିଁ। ବେଳ ଛ' ଘଡ଼ି ସମୟରେ ବାସୁ ଯାଇ ପଢ଼େଇ ଦେଲା, ସ୍ୱରେ – ଅ, ସ୍ୱରେ – ଆ, ହ୍ରସ୍ୱ – ଇ, ଦୀର୍ଘ – ଈ, ହ୍ରସ୍ୱ ଉ, ଦୀର୍ଘ – ଊ ଇତ୍ୟାଦି। ପ୍ରତିଦିନ ପଢ଼ା ଚାଲିଲା, ପ୍ରତିଦିନ ସଞ୍ଜବେଳେ' ବାସୁ ଯାଇ ପଢ଼େଇଦିଏ। ଦୁଇ ବରଷ ମଧ୍ୟରେ ରେବତୀ ଢେର ପଢ଼ିଗଲାଣି। ମଧୁରାଓଙ୍କ ଛାନ୍ଦମାଳା ପଢ଼ିବା ବେଳେ ତୁଣ୍ଡରେ' ବାଟୁଳି ବାଜେ ନାହିଁ।

ଦିନେ ରାତିରେ ଶ୍ୟାମବନ୍ଧୁ ବସି ଭାତ ଖାଇବା ବେଳେ ମା' ପୁଅ ଦୁଇ ଜଣ କଥାବାର୍ତ୍ତା ହେଲେ। ପୂର୍ବେ ବୋଧକରୁଁ କିଛି କଥା ହୋଇଥିଲା, ଆଜି ସେହି କଥାର ଉପସଂହାର।

ଶ୍ୟାମବନ୍ଧୁ – କି ମା', ଭଲ ହେବ ନାହିଁ କି ?

ବୁଢ଼ୀ – ହଁ ଭଲ ତ ହେବ; ଜାତି କଥାଟା ବୁଝିଛୁ ନା ?

ଶ୍ୟାମବନ୍ଧୁ – ମୁଁ ଆଜି ଯାଏ ଆଉ କ'ଣ ବୁଝୁଥିଲି ? ଭଲ କରଣ, ଗରିବ ପୁଅ ହେଲେ କ'ଣ ହେବ, ଜାତି ଭଲ।

ବୁଢ଼ୀ – ଧନ ଦଉଲତ ନାହିଁ ବିଚାର,
ଜାତି କଥାଟା ଆଗେ ପଚାର।
ଘରେ ରହିବ ତ ?

ଶ୍ୟାମବନ୍ଧୁ – ଘରେ ନ ରହି ଆଉ କୁଆଡ଼େ ଯିବ ? ହଜାର ହେଲେ ମାମୁ ମାଇଁ ନା, ଆଉ କ'ଣ ?

ରେବତୀ ପାଖରେ ବସି ଭାତ ଖାଉଥିଲା, ଏହି କଥାର ମର୍ମ' ସେ କ'ଣ ବୁଝିଲା ସେ ଜାଣେ; ମାତ୍ର ସେହି ଦିନଠାରୁ ତାହାର ଭାବଭଙ୍ଗୀ ଅନ୍ୟରକମ ଦେଖୁଅଛୁ। ତାକୁ ବାପ ଆଗରେ ବାସୁଭାଇ ପଢ଼ାଇଦେଲେ କିପରି ଗୋଟାଏ ଲାଜ ମାଡ଼େ; ଅକାରଣ ସକାରଣ ସବୁବେଳେ ହସ ମାଡ଼େ, ମୁଣ୍ଡ ତଳକୁ ପୋତି ଦେଇ ଦୁଇ ଓଠ ବୁଜି ହସ ଲୁଚାଏ। ଏଣିକି ବାସୁ ପଢ଼ାଇ ଦେଲେ କେତେବେଳେ ତୁନି ତୁନି ପଢ଼େ, କେତେବେଳେ ଖାଲି ହୁଁ ହୁଁ କରେ, ପଢ଼ା ସରିଲେ ପାଟି ବୁଜି ହସି ହସି ଘରକୁ ପଳାଇଯାଏ। ପ୍ରତିଦିନ ସଞ୍ଜବେଳେ

ଦାଣ୍ଡଦୁଆର କବାଟକୁ ଧରି କାହାକୁ ଚାହିଁଥାଏ, ବାସୁ ଆସିଲେ ଘରକୁ ପଳାଏ, ପାଞ୍ଚ ଡାକରେ ବାହାରେ ନାହିଁ। ଏଣିକି ରେବତୀ ଦାଣ୍ଡକୁ କେବେ ବାହାରିଲେ ବୁଢ଼ୀ ଖପା ହୁଏ।

୧। ପତ୍ରିକାପାଠ- ସନ୍ଧ୍ୟାସମୟରେ

୨। ପ୍ରଚଳିତପାଠ- ମୁହଁରେ

୩। ପତ୍ରିକାପାଠ- ଅର୍ଥ

ଦେଖୁଁ ଦେଖୁଁ ପଞ୍ଚମୀକୁ ପଞ୍ଚମୀକୁ ଦୁଇ ବରଷ ହୋଇଗଲାଣି। ବିଧାତାଙ୍କର ବିଧାନ, କାହାର ଦିନ ସମାନ ଭାବରେ ଯିବ ନାହିଁ। ଫଗୁଣମାସିଆ ଦିନ, କାହିଁ କିଛି ନାହିଁ, ଅଚାନକ କାହୁଁ ବାଡ଼ି ଆସିଲା –ସଖାଳେଗ୍ରାମରେ ଶୁଣାଗଲା, ଗୁମାସ୍ତା ଶ୍ୟାମବନ୍ଧୁ ମହାନ୍ତିଙ୍କୁ ବାଡ଼ି[୧] ଧରିଛି। ମଫସଲ ଗାଁ'ରେ ବାଡ଼ି ପଡ଼ିଲେ ତାଟି କବାଟ ପଡ଼ିଯାଏ। ବାଡ଼ି ବୁଢ଼ୀ ସତେ ପରା[୨] ଟୋକେଇଟିଏ କାଖେଇ ଦାଣ୍ଡରେ ମନୁଷ୍ୟ ଗୋଟାଉଛି, ଏପରି ସମସ୍ତେ ମଣନ୍ତି।[୩] ଦୁଆରକୁ କାହାରି ଆସିବାର ନାହିଁ। ମାଇକିନିଆ ଦୁଇଟା କ'ଣ କରିବେ ? ପିଲାଟା ଡାକ ପାଡ଼ି[୪] ଘର ବାହାର ହେଉଛି। ବାସୁଦେବ ଶୁଣି ସ୍କୁଲ ଛାଡ଼ି ଧାଇଁଲା। ଡର ନାହିଁ, ଭୟ ନାହିଁ, ଆପଣା ଶରୀର ପ୍ରତି ଭାବନା ନାହିଁ, ଶ୍ୟାମବନ୍ଧୁ ପାଖରେ ବସି ଗୋଡ଼ରେ ହାତ ବୁଲାଉଥାଏ, ପାଣି ଟୋପାଏ ଟୋପାଏ ମୁହଁରେ ଦେଉଥାଏ। ବେଳ ତିନିପ୍ରହର ସମୟରେ ଶ୍ୟାମବନ୍ଧୁ ବାସୁ ମୁହଁକୁ ଚାହିଁ ଖନେଇ ଖନେଇ କହିଲା, "ବାଁ – ସୁଁ ଏଁ – ବଁ ଆଁ – ଗିଁ - ଲା।" ବାସୁ ଭୋ ଭୋ କରି ଡକା ପଡ଼ିଲା। ଘରେ ଚହଳ ପଡ଼ିଗଲା। ରେବତୀ ଭୂଇଁରେ ପଡ଼ି ଗଡୁଥାଏ, ଗ୍ରାମରେ ଲୋକେ ଶୁଣି କହିଲେ, ହୋଇଗଲା ପରା। ଦେଖ-ଦେଖ-ଦେଖ, ସଞ୍ଜବେଳକୁ କିଛି ନାହିଁ। କ'ଣ କରିବେ – ବାସୁଦେବଟା କାଲିକା ପିଲା, ଆଉ ଦୁଇଟା ଭୁଆସୁଣୀ। ଗ୍ରାମର ବନା ସେଠି ଧୋବା ଜଣେ ଜାଣିବା ଶୁଣିବା ଲୋକ, ତା' ଦେହକରେ ପଞ୍ଚାଶ କି ଷାଠିଏ ପାର କଲାଣି। କାଲି ହେଲେ ଯିବାକୁ ହେବ, ଆଜି ହେଲେ ଯିବାକୁ ହେବ, ଲୁଗାପଟା ଦି'ଖଣ୍ଡ ମଧ୍ଯ ମିଳିବାର ଭରସା। ଗାମୁଛାଟାଏ ଅଣ୍ଟାରେ ଭିଡ଼ିଦେଇ କୁରାଢ଼ୀଟାଏ କାନ୍ଧରେ ପକାଇ ହାଜର ହୋଇଗଲା। ଗ୍ରାମରେ କରଣ ସେହି ଘରକ; ଶାଶୁ, ବୋହୂ, ବାସୁଦେବ ତିନିଜଣ ଧରାଧରି କରି କର୍ମ ଚଳାଇଲେ। ସେ ସମୟର କଥାଗୁଡ଼ାକ ଲେଖିବାକୁ ଆଉ ହାତ ଚଳୁ ନାହିଁ। ଶ୍ମଶାନରୁ ଫେରି ଆସିଦା ବେଳକୁ କୁଆଁତାରା ଉଇଁଲାଣି। ଘରେ ପଶିବା ମାତ୍ରକେ ରେବତୀ ମା' ପୋଖରୀପାଣି ଗଲା, ଦେଖୁଁ ଦେଖୁଁ ଦିନ ଦ୍ୱିପ୍ରହର ବେଳେ ଗ୍ରାମରେ ହାଟ ହେଲା, ରେବତୀ ମା' ନାହିଁ।

୧। ପତ୍ରିକାପାଠ- ବୁଢ଼ୀ

୨। ପ୍ରଚଳିତପାଠ- ଯେମନ୍ତ

୩। ପତ୍ରିକାପାଠ- ଜ୍ଞାନକରନ୍ତି

୪। ପତ୍ରିକାପାଠ- ଡକାପକାଇ

ଦିନ ଚାଲିଯାଏ, କାହାରି ଲାଗି ଦିନ ବସି ରହେ ନାହିଁ। କାହାର ପାଲିଙ୍କି ଉପରେ ପାଠଛତା, କାହାର ବେଡ଼ି ଉପରେ କୋରଡ଼ା। ଦିନ ଯାଉଛି ସମସ୍ତଙ୍କର, ଯିବ ସମସ୍ତଙ୍କର। ଦେଖୁଁ ଦେଖୁଁ ତିନିମାସ କଟିଗଲାଣି। ଶ୍ୟାମବନ୍ଧୁ ଘରେ ଦୁଇଗୋଟି ଗାଈ ଥିଲେ, ତହବିଲ ବାକି ଟଙ୍କା ସକାଶେ ଜମିଦାରଘର ଲୋକେ ଆସି ବାନ୍ଧି ଘେନିଗଲେ। ଆମ୍ଭେମାନେ ଜାଣୁଁ, ଜମିଦାରଘର ଟଙ୍କାକୁ ଶ୍ୟାମବନ୍ଧୁ ଶିବନିର୍ମାଲ୍ୟ ପରି ଜ୍ଞାନ କରେ, ଟଙ୍କାଟିଏ ଅସୁଲ ହେଲେ ଜମିଦାର କଚେରିରେ ପୈଠ ନ କରିବାଯାଏ ତାହାର ନିଦ ନାହିଁ। ମାତ୍ର ତାହା ଉପରେ ଟଙ୍କା ଥାଉ ବା ନ ଥାଉ, ଗାଈ ଦିଓଟି ବଡ଼ ଦୁଧିଆଳୀ, ଏ କଥା ପୂର୍ବରୁ ଜମିଦାରଙ୍କ ଜଣାଥିଲା। ତାହା ଛଡ଼ା ଜମିଦାର ଚଷିବାକୁ ଯେ ତିନିମାଣ ଜମି ଦେଇଥିଲେ, ତାହା ଛଡ଼ାଇ ନେଲେଣି। ହଳିଆଟା ବା ଘରେ ଆଉ କିଆଁ ରହିବ ? ଦୋଳପୂର୍ଣ୍ଣିମା ଦିନ ସେ ଛାଡ଼ିଗଲା। ବଳଦ ଦୁଇଟା ସାଢ଼େ ସତର ଟଙ୍କାରେ ବିକା ଯାଇଥିଲା, ଦୁଇଜଣଙ୍କ କ୍ରିୟାରେ ଖରଚ ଯାଇ ଯାହା ବଳିଥିଲା, ସଟାବଟା କରି ମାସେ ଚଳିଲା। ଆଜି ଡାଳଟା କାଲି ପିତ୍ତଳଟା ବିକାବଟା ବନ୍ଧାଛନ୍ଦାରେ ଆଉ ମାସେ ଗଲା। ବାସୁ ଦୁଇ ଓଳି ଦୁଆରକୁ ଆସେ, ରାତି ଘଡ଼ିଏ ଯାଏଁ ଥାଏ, ଆଈ ନାତୁଣୀ ଶୋଇବାକୁ ଗଲେ ବସାକୁ ଯାଏ। ବାସୁ କିଛି ଟଙ୍କା ପଇସା ଦେଲେ ଆଈ ବା ନାତୁଣୀ କେହି ନିଅନ୍ତି ନାହିଁ। ବଳେଇ ବଳେଇ କିଛି ଦେଲେ ତାହା ଠଣାରେ ପଡ଼ିଥାଏ। ବାସୁ ଜାଣିପାରି ଆଉ କିଛି ଦିଏ ନାହିଁ। ବୁଢ଼ୀ ପାଖରୁ ଗୋଟାଏ ଦୁଇଟା ପଇସା ନେଇ ସଉଦା କିଣିଦିଏ, ସେହି ଦୁଇପଇସାର ସଉଦାରେ ଆଠ ଦଶ ଦିନ ଚଳିଯାଏ। ଘରର ଚାଳ ଉଡ଼ିଗଲାଣି, ଛାଉଣି ଦରକାର। ବାସୁ ଦୁଇ ଟଙ୍କାର ନଡ଼ା କିଣି ବାଡ଼ିରେ ଗଦେଇଅଛି, ଶରଣ ଦେବାରୁ ଛପରବନ୍ଦି ହୋଇପାରି ନାହିଁ। ବୁଢ଼ୀ ଏବେ ଆଉ ଦିନ ରାତି ବସି କାନ୍ଦେ ନାହିଁ। କେବଳ ସଞ୍ଜ ହେଲେ ବସି କାନ୍ଦେ। କାନ୍ଦି କାନ୍ଦି ତଳେ ପଡ଼ିଯାଏ, ସେହିଠାରେ ରାତି କାଟେ। ରେବତୀ ଧକେଇ ଧକେଇ ପାଖରେ ପଡ଼ିଯାଏ। ବୁଢ଼ୀ ଆଖିକି ଏବେ ଭଲ ଦିଶୁ ନାହିଁ; ବାୟାଣୀ ପରି ହୋଇଗଲାଣି। ଏବେ ସେ କାନ୍ଦିବାର ଊଣା କରି ରେବତୀକୁ ଗାଳି ଦେବାକୁ ଆରମ୍ଭ କରିଛି। ଏତେ ଯେ ଦୁଃଖ, ଏତେ ଯେ ଦୁର୍ଦ୍ଦଶା ସବୁର ମୂଳ କାରଣ ରେବତୀ, ଏହା ସେ ମନ ମଧ୍ୟରେ ସ୍ଥିରସିଦ୍ଧାନ୍ତ କରି ସାରିଲାଣି। ରେବତୀ ପାଠ ପଢ଼ିବାରୁ ପୁଅ ମଲା, ବୋହୂ ମଲା, ହଳିଆ ଛାଡ଼ିଗଲା, ବଳଦ ବିକାଗଲା, ଜମିଦାରଘର ଗାଈ ବାନ୍ଧି ଘେନିଗଲା। ରେବତୀ କୁଲକ୍ଷଣୀ, ସେ କୁଢ଼ଙ୍ଗୀ, ସେ ଲକ୍ଷ୍ମୀହୁଡ଼ୀ। ବୁଢ଼ୀ ଆଖିକୁ ଯେ ଦିଶୁ ନାହିଁ ତାହାର କାରଣ ରେବତୀର ପାଠପଢ଼ା। ବୁଢ଼ୀ ଗାଳି ଦେବାବେଳେ ରେବତୀ ଆଖିରୁ ଦୁଇଧାରା ବହି ଯାଉଥାଏ, ଡରେ ବୁଢ଼ୀ ପାଖରେ ଛିଡ଼ା ହୋଇପାରେ ନାହିଁ। ବାଡ଼ିଦୁଆରେ, ନୋହିଲେ ଘରକୋଣରେ ମୁହଁ ଘୋଡାଇ କାଠଟି

ପରି ବସିଥାଏ। ବାସୁ ମଧ୍ୟ ଦୋଷୀ; କାରଣ ରେବତୀ ତ ଏତେଦିନ ଯାଏ ପଢ଼ି ନଥିଲା, ସେହି ଆସି ସିନା ପଢ଼ାଇ ଦେଲା। ମାତ୍ର ବୁଢ଼ୀ ବାସୁକୁ କିଛି କହିପାରେ ନାହିଁ, ବାସୁ ନହେଲେ ଘର ଦଣ୍ଡେ ଅଚଳ, ପୁଣି ଜମିଦାରଘର ଲଟ ଛିଡ଼ି ନାହିଁ। ଜମିଦାର-ଘର ଲୋକ ଆସି ଏ ହିସାବଟା, କାଲି ସେ ହିସାବଟା ମାଗେ। ବାସୁ ନହେଲେ ପାଞ୍ଜି ବିଡ଼ାରୁ ପଢ଼ି ପତର କାଢ଼ି ଦେବ କିଏ? ବାସୁ ନ ଥିବାବେଳେ ସେ ସହଜ କଥାରେ କେବେ କେବେ ଆପଣା ମନ୍ତବ୍ୟ ପ୍ରକାଶ କରିଥାଏ। ରେବତୀ ଏଣିକି ଆଉ ପିଲା ନୁହେଁ। [୧] ତାହା ପାଟି ଆଉ କେହି ଶୁଣି ନାହିଁ। ବାପ ମା' ଗଲାଦିନୁ ତାକୁ ଦାଣ୍ଡଦୁଆରେ ଆଉ କେହି ଦେଖି ନାହିଁ। କେତେ ଦିନ ଯାଏ ଭୋ ଭୋ କରି ଡକା ପାରୁଥିଲା, ଏବେ ଆଉ ପାଟି କରି କାନ୍ଦେ ନାହିଁ; ମାତ୍ର ଦିବାରାତ୍ର ଆଉ ଆଖିରୁ ପାଣି ଶୁଖିବାକୁ ନାହିଁ। [୨] ତାହାର କ୍ଷୁଦ୍ର ପ୍ରାଣ – ତହିଁରୁ ଅତି କ୍ଷୁଦ୍ର ମନଟି ଏକାବେଳକେ ଭାଙ୍ଗି ଯାଇଛି। ତା' ପକ୍ଷରେ ବର୍ତ୍ତମାନ ଦିନରାତି ସମାନ। ସୂର୍ଯ୍ୟରେ ଆଲୁଅ ନାହିଁ, ରାତିରେ ଅନ୍ଧାର ନାହିଁ, ସମସ୍ତ ଜଗତ ଶୂନ୍ୟ! କେବଳ ପିତାମାତାଙ୍କ ମୂର୍ତ୍ତି ହୃଦୟ ପୂର୍ଣ୍ଣ କରିଅଛି। ମା' ଏହିଠାରେ ବସିଛନ୍ତି, ବାପା ଚାଲି ଯାଉଛନ୍ତି, ତାହା ଆଖିରେ କେବଳ ଏହି ଦୁଇଟା ଦିଶୁଅଛି। ବାପା ମା' ମରି ଯାଇଛନ୍ତି, ଆଉ ସେମାନେ ଆସିବେ ନାହିଁ, ଏ କଥା ସେ ବିଶ୍ୱାସ କରି ପାରୁନାହିଁ। ପେଟରେ ଭୋକ ନାହିଁ, ଆଖିରେ ନିଦ ନାହିଁ। ଦିବା ନିଶି ଅନୁକ୍ଷଣ ପିତା ମାତା ଧ୍ୟାନ। ଜେଜୀମା' ଡରରେ ଖାଇବାକୁ ବସେ। ଭୂଇଁରୁ ପ୍ରାୟ ଉଠେ ନାହିଁ। ଦେହରେ ହାଡ଼ ଚମ ଦୁଇଖଣ୍ଡ ଅଛି। [୩] କେବଳ ବାସୁଦେବ ଘରକୁ ଆସିଲେ ଉଠି ବସେ, ବଡ଼ ବଡ଼ ଆଖି ଦୁଇଟାରେ ଜଳଜଳ କରି ବାସୁକୁ ଚାହିଁ ଥାଏ, ବାସୁ ଅନାଇଲେ ସାନ ନିଶ୍ୱାସଟାଏ ପକାଇ ମୁଣ୍ଡ ପୋତିଦିଏ। ବାସୁ ପାଖରେ ଥିବା ଯାଏ ତାହାକୁ ଚାହିଁ ରହିଥାଏ। ତେତେବେଳେ ଆଉ କିଛି ଜ୍ଞାନ ନଥାଏ – ଆଖିରେ ବାସୁଦେବ, ଚିନ୍ତା ବାସୁଦେବ, ସମସ୍ତ ହୃଦୟଟା ବାସୁଦେବମୟ।

୧। ପ୍ରଚଳିତପାଠ- ରେବତୀ ଆଉ ଏଣିକି ସେହି ଗୃହପ୍ରାଙ୍ଗଣ ସଞ୍ଚାରିଣୀ ଲୀଳାମୟୀ ପ୍ରତିମା ନୁହେଁ।

୨। ପ୍ରଚଳିତପାଠ- ଦିବାରାତ୍ର ତାହାର ବଡ଼ବଡ଼ ଆଖି ଦୁଇଟା ସାନସାନ ନୀଳକଇଁ ପରି ପାଣିରେ ଢଳଢଳ ହେଉଥାଏ।

୩। ପ୍ରଚଳିତପାଠ- ଧୁକୁଧୁକୁ ହେଉଛି।

ଶ୍ୟାମବନ୍ଧୁ ମରିବାର ଆଜିକୁ ହାତଗଣତିରେ ପାଞ୍ଚ ମାସ, ଜ୍ୟେଷ୍ଠମାସିଆ ଦିନ, ଠିକ୍ ଦିନ ଦୁଇ ପ୍ରହର ବେଳେ ବାସୁ ଦୁଆରେ ଡାକିଲା। ଏତେବେଳେ ସେ କୌଣସି ଦିନ ଆସେ ନାହିଁ। ବୁଢ଼ୀ କୁଣ୍ଢେଇ କୁଣ୍ଢେଇ ଯାଇ ଦୁଆର ଫିଟାଇ ଦେଲା। ବାସୁ କହିଲା – "ଜେଜୀମା', (ବାସୁ ବୁଢ଼ୀକୁ ଜେଜୀମା' ବୋଲି ବରାବର ଡାକେ) ଦିପୋଟି ଇନ୍‌ସପେକ୍ଟର ହରିହରପୁର ଥାନାରେ ବସି ପାଠଶାଳା ପିଲାମାନଙ୍କୁ ପାଠ ପଚାରିବେ, ସବୁ ସ୍କୁଲର

ପିଲାମାନେ ଯିବେ, ମୋ' ପାଖକୁ ଚିଠି ଆସିଛି, ମୁଁ ପିଲାମାନଙ୍କୁ ନେଇ କାଲିସଖାଳେଯିବି, ପାଞ୍ଚଦିନ ଲାଗିବ।" ରେବତୀ କବାଟକଣରେ ଛିଡ଼ା ହୋଇ ଶୁଣୁଥିଲା, ଲଥକରି ବସି ପଡ଼ିଲା, ଭାଗ୍ୟେ କବାଟ ଧରିଥିଲା, ନଚେତ୍ ବୋଧହୁଏଂ ପଡ଼ିଯାଇଥାନ୍ତା। ବାସୁ ପାଞ୍ଚଦିନ ସକାଶେ ଚାଉଳ, ଲୁଣ, ତେଲ, ବାଇଗଣ କିଣି ଆଣି ଅଗଣାରେ ଥୋଇ ଦେଇ ବୁଢ଼ୀକୁ ଜୁହାରଟାଏ ହୋଇ ଶନିବାର ମୁହଁ ସଞ୍ଜବେଳେ ବାହାରିଲା। ବୁଢ଼ୀ କହିଲା, "ବାପା, ଖରାରେ ବୁଲିବୁ ନାହିଁ, ଦେହ ପାଆକୁ ଚାହିଁବୁ, ବେଳରେ ଦି'ଟା ମୁହଁରେଂ ଦେବୁ।" ଏହା କହି ନିଃଶ୍ୱାସଟାଏ ପକାଇଲା। ରେବତୀ ଏକଧ୍ୟାନରେ ବାସୁକୁ ଚାହିଁଥାଏ, ଆଜିକା ଚାହାଁଣି ଅନ୍ୟରକମ। ଆଗେ ବାସୁ ଚାହିଁଲେ ମୁଣ୍ଡ ତଳକୁ ପୋତି ଦେଉଥିଲା, ଆଜି ସେ ଭାବ ନାହିଁ, ଏକଧ୍ୟାନରେ ବାସୁକୁ ଚାହିଁ ରହିଛି। ବାସୁର ମଧ୍ୟ ଆଜି ଆଗକା ଚାହାଣି ନୁହେଁ। ଆଗେ ବାସୁର ଯେମନ୍ତ ଖୁବ୍ ଇଚ୍ଛା – ରେବତୀକୁ ଭଲକରି ଦେଖିବ; କିନ୍ତୁ ଅନାଇପାରେ ନାହିଁ। ଆଜି ଚାରି ଚକ୍ଷୁର ମିଳନ, ଆଖି ଫେରାଇବାକୁ କାହାରି ଆୟତ୍ତ ନାହିଁ। ବାସୁ ଚାଲି ଗଲାଣି, ଆଉ ଦିନ ନାହିଁ, ଘର ବାହାର ଅନ୍ଧାର ପୂରି ଗଲାଣି। ରେବତୀ ଯେପରି ଚାହିଁଥିଲା, ସେହିପରି ଚାହିଁଅଛି। ବୁଢ଼ୀ ଡାକିବାରୁ ତାହାର ଚେତନା ହେଲା, ଘର ବାହାର ସମସ୍ତ ଅନ୍ଧକାରମୟ।

୧। ପ୍ରଚଳିତପାଠ- ନୋହିଲେ

୨। ପ୍ରଚଳିତପାଠ- ତୁଣ୍ଡରେ

ରେବତୀ ବସି ଦିନ ଗଣୁଛି, ଆଜି ଛ' ଦିନ। ବାପ ମା' ଗଲା ଦିନୁ ଦାଣ୍ଡ ଦୁଆର ଦେଖି ନଥିଲା, ଆଜି ସକାଳୁ ଦାଣ୍ଡଦୁଆରେ ଦୁଇ ଥର ମୁହଁମାରି ଗଲାଣି। ବେଳ ଅନ୍ଦାଜ ଛ ଘଡ଼ି, ହରିହରପୁରରୁ ସ୍କୁଲ ପିଲାମାନେ ଫେରି ଆସିବାମାତ୍ରେ ଲୋକେ ବୋଲା ବୋଲି ହେଲେ – ହରିହରପୁରରୁ ଫେରି ଆସିବା ସମୟରେ ଗୋପାଳପୁରର ବରଗଛ ମୂଳରେ ପଣ୍ଡିତଙ୍କୁ ବାଡ଼ି ଧଇଲା, ଚାରିଥର ପୋଖରୀପାଣି ହେଲା, ଅଧରାତି ବେଳେ ଚାଲିଗଲେ। ଗ୍ରାମଲୋକମାନେ ହାୟ ହାୟ କଲେ, ପୁଅ ଝିଅ ମା' ମାଇକିନିଆ ମାନେ ପାଟିକରି କାନ୍ଦି ପକାଇଲେ। କେହି କହିଲା – ଆହା କି ରୂପ ରେ ! କେହି କହିଲା – କି ଧୀର ରେ ! କେହି କହିଲା – ଦାଣ୍ଡରେ ଚାଲି ଯାଉଥିବ ଯେ ମାଛିଟିକି ମର କହିବ ନାହିଁ।

ରେବତୀ ଶୁଣିଲା, ବୁଢ଼ୀ ଶୁଣିଲା। ବୁଢ଼ୀ କାନ୍ଦି କାନ୍ଦି ତାହା କଣ୍ଠ ରୁଦ୍ଧ ହୋଇଗଲା, ଆଉ କାନ୍ଦି ପାରିଲା ନାହିଁ, ଶେଷରେ ଉଠି କହିଲା – "ଆହା ବାପା, ବିଦେଶକୁ ଆସି ଆପଣା ବୁଦ୍ଧିରେ ପ୍ରାଣ ହରେଇଲୁ ରେ !" ଅର୍ଥାତ୍ ସେ ଦୁର୍ବୁଦ୍ଧି କରି ରେବତୀକୁ ପାଠ ପଢ଼େଇବାରୁ ମରିଗଲା, ନୋହିଲେ କେଭେ ମରି ନଥା'ନ୍ତା। ଶୁଣିଲା ବେଳୁ ରେବତୀ ଘରେ ଯାଇ ପଡ଼ିଛି, ସୋର ଶବ୍ଦ ନାହିଁ। ସେ ଦିନଟା ଗଲା, ତହିଁ ଆରଦିନ ସଖାଳେବୁଢ଼ୀ ରେବତୀକୁ ପାଖରେ ନଦେଖି ପାଟି କରି ଡାକିଲା, "ଲୋ ରେବତୀ, ଲୋ ରେବି, ଲୋ ନିଆଁ,

ଲୋ ଚୁଲି।" ବୁଢ଼ୀ ବାୟାଣୀ ପରି ହୋଇ ଗଲାଣି, କାନ୍ଦ ବୋବାଳି ନାହିଁ; କେବଳ ରାଗରେ ରେବତୀକୁ ଗାଳି। ପଡ଼ିଶା ଲୋକେ, ଦାଣ୍ଡ ଗଲା ଲୋକେ ଯେତେବେଳେ ଇଚ୍ଛା ସେତେବେଳେ ଶୁଣୁଛନ୍ତି, "ଲୋ ରେବତୀ, ଲୋ ରେବି, ଲୋ ନିଆଁ, ଲୋ ଚୁଲି!" ବୁଢ଼ୀ ଆଖିକୁ ଦିଶୁ ନାହିଁ, ଅଣ୍ଡାଳି ଅଣ୍ଡାଳି ଯାଇ ରେବତୀକୁ ପାଇଲା, ଡାକିଲା, ଜବାବ ନ ପାଇ ତା' ଦେହରେ ହାତ ବୁଲାଇ ଦେଖିଲା, ଭାରି ଜର, ଦେହରୁ ନିଆଁ ବାହାରୁଛି, ଜ୍ଞାନ ନାହିଁ। ବୁଢ଼ୀ ଢେର ବେଳ ଯାଇ ବସି କ'ଣ ପାଞ୍ଚିଲା। କ'ଣ କରିବ, କାହାକୁ ଡାକିବ। ମନ ମଧ୍ୟରେ ଜଗତ ସଂସାର ଖୋଜିଲା, ପାଖରେ କାହାକୁ ଦେଖିଲା ନାହିଁ। କିଛି ସ୍ଥିର କରି ନପାରି ଖପା ହୋଇ କହିଲା, "ଯାହା ଆପଣାକିଆ ତର୍ହିକି ଇଲାଜ କିଆ ?" ଅର୍ଥାତ୍ ତୁ ପାଠ ପଢ଼ିବାରୁ ଜ୍ୱର ହେଲା, ମୁଁ କ'ଣ କରିବି ?

ଦିନେ ଗଲା, ଦୁଇ ଦିନ ଗଲା, ତିନି ଦିନ ଗଲା, ଚାରି ଦିନ ଗଲା, ପାଞ୍ଚ ଦିନ ମଧ୍ୟ ଗଲା, ରେବତୀ ମାଟିରେ ଲାଗି ଯାଇଅଛି, ଆଖି ଫିଟାଉ ନାହିଁ, ଡାକିଲେ ଉତ୍ତର ନାହିଁ, ଉଁ ଚୁଁ ହେବାକୁ ମଧ୍ୟ ନାହିଁ। ଆଜି ଛ ଦିନ, ରେବତୀ ସକାଳୁ ଦୁଇ ଚାରି ଥର ପାଟି କଲାଣି, ବୁଢ଼ୀ ପାଟି ଶୁଣି ପାଖକୁ ଗଲା, ଦେହରେ ହାତ ବୁଲାଇ ଦେଖିଲା, ଗୋଡ଼ ହାତ ଶୀତଳ, ଡାକିଲେ ହୁଁ ହୁଁ ଜବାବ ଦେଲା। କଟମଟ କରି ମୁହଁକୁ ଚାହୁଁଅଛି, କିଛି ନ ପଚାରିଲେ ମଧ୍ୟ କେତେ କଥା କହି ପକାଉଛି। କୌଣସି କବିରାଜ ଦେଖିଲେ "ତୃଷ୍ଣା ଦାହଃ ପ୍ରଳାପଶ୍ଚ-" ଇତ୍ୟାଦି ଶ୍ଳୋକ ପଢ଼ି କହନ୍ତେ, "ସନ୍ନିପାତସ୍ୟ ଲକ୍ଷଣଂ।" ମାତ୍ର ବୁଢ଼ୀ କିଛି ଖୁସି ହେଲା। ଦେହରେ ତାତି ନାହିଁ; କଥା କହୁ ନଥିଲା, ପାଟି ଫିଟାଇଲାଣି, ଚାହୁଁ ନଥିଲା, ଆଖି ଫିଟାଇଲାଣି; ପାଣି ପିଇବାକୁ ମାଗିଲାଣି, ଛ ଦିନ ହେଲା ଜିଭରେ ପାଣି ଟୋପାଏ ବାଜି ନାହିଁ, ଚାରିଟା ପଥି ପେଟରେ ପଡ଼ିଲେ ଝିଅଟା ଉଠି ବସିବ।"ତୁ ଶୋଇଥା', ମୁଁ ଚାରିଟା ପଥି ରାନ୍ଧି ଆଣେ, " ଏହା କହି ବୁଢ଼ୀ ବାହାରକୁ ବାହାରି ଆସିଲା। ପଥି ରାନ୍ଧିବ କ'ଣ ? ଘରେ ପାଛିଆ କୁଣ୍ଢେଇ ହାଣ୍ଡି ଆଟିକା ସବୁ ଖୋଜିଲା; ମୁଠାଏ ଚାଉଳ ନାହିଁ। ନିଶ୍ୱାସଟାଏ ପକାଇ ବସିଲା। ବାସୁ ପାଞ୍ଚ ଦିନକୁ ଚାଉଳ ଡାଲି କିଣି ଦେଇ ଯାଇଥିଲା, ସେଥିରେ ଦଶଦିନ କିଆଁ ଚଳିଗଲା, ବୁଢ଼ୀର ଦୃଷ୍ଟିଶକ୍ତି ଥିଲେ ବୁଝି ପାରିଥା'ନ୍ତା। ବସି ବିଚାର କଲେ ବୁଦ୍ଧି ଦିଶେ। ଘରେ କଂସାବାସନ କିଛି ନାହିଁ; ହାତରେ ଗୋଟାଏ କଣା ଡାଳ ପଡ଼ିଲା, ସେହିଟା ଧରି ହରି ସା ଦୋକାନକୁ ବାହାରିଲା। ହରି ସା ଘର ଗ୍ରାମ ମଝିରେ, ତାହାର ରୀତିମତ ଦୋକାନ ନାହିଁ, ଚାଉଳ, ଡାଲି, ଲୁଣ, ତେଲ ରଖିଥାଏ; କୌଣସି ଦିନ ବିଦେଶୀ ଲୋକ ପହଞ୍ଚି ଗଲେ କିଣନ୍ତି, କେବେ ହେଲେ ଗ୍ରାମ ଲୋକଙ୍କର କିଛି ଦରକାର ହେଲେ କିଣନ୍ତି। ବୁଢ଼ୀ ଡାଳଟି ଧରି ହରି ସା ଦୁଆରେ ପହଞ୍ଚିଲା। ହରି ସା ବୁଢ଼ୀ ହାତରେ ଡାଳଟି ଦେଖି ଅର୍ଥଟା ବେଶ ବୁଝିଗଲା। ବୁଢ଼ୀ ଆପଣାର ଅଭିପ୍ରାୟ ଜଣାଇବାରୁ ହରି ଡାଳଟ ହାତରେ ଧରି ଚାରି ପାଖ ଦେଖି କହିଲା, "ନାହିଁ ନାହିଁ ମୋ' ଘରେ ଚାଉଳ ନାହିଁ; ଆଉ ଏହି

କଣା ଡାଲଟା ରଖି କିଏ ଚାଉଳ ଦେବ " ହରି ଘରେ ଯେ ଚାଉଳ ନ ଥିଲା ତା' ନୁହେଁ, ଦେବାକୁ ମଧ୍ୟ ଇଚ୍ଛା; ତେବେ ଶସ୍ତାରେ ନେବାର କଥା। ଚାଉଳ ନ ଥିବାର ଶୁଣି ବୁଢ଼ୀ ମୁଣ୍ଡରେ ତ ବଜ୍ର ପଡ଼ିଲା। କ'ଣ କରିବି, ଝିଅଟା ଜରରୁ ଉଠିଛି, ତା' ମୁହଁରେ କ'ଣ ଦେବି ? ଘଡ଼ିଏ ବସିଗଲା; ବେଳ ବୁଡ଼ି ଆସିଲାଣି; ହରିକୁ ଦୁଇ ଥର ଅନାଇଲା। ଯାଏଁ ଝିଅଟା କ'ଣ କରୁଛି ଦେଖେଁ। ଡାଲଟି ଧରି ଉଠୁଛି, ହରି କହିଲା, "ଦିଅ ଦିଅ, ଡାଲଟା ଦିଅ, ଦେଖେଁ ଘରେ କ'ଣ ଅଛି।" ହରି ଡାଲଟା ରଖି ଚାରିମାଣ ଚାଉଳ, ଅଧମାଣେ ଜାଇ, କିଛି ଲୁଣ ଦେଲା। ବୁଢ଼ୀ ଚାରି ଛ ଜାଗା ବସି ଉଠି ଘରେ ଆସି ପହଞ୍ଚିଲା। ଏ ପର୍ଯ୍ୟନ୍ତ ବୁଢ଼ୀ ଦାନ୍ତରେ ଦାନ୍ତକାଠି ବାଜି ନାହିଁ, ଦେହ ମନ କଥା କ'ଣ କହିବୁଁ ? ଘରେ ପହଞ୍ଚି ରେବତୀକୁ ଡାକିଲା। ତାହାର ବିଶ୍ୱାସ, ରେବତୀ ଭଲ ହୋଇଗଲାଣି, ପାଣି କାଢ଼ି ଦେବ, ସେ ଭାତ ରାନ୍ଧିବ। ରେବତୀ ଜବାବ ନ ଦେବାରୁ ସେ ଭାରି ଖପା ହୋଇ ଯାଇ ଡାକିଲା, "ଲୋ ରେବତୀ, ଲୋ ରେବି, ଲୋ ନିଆଁ, ଲୋ ଚୁଲି!" ଜବାବ ନାହିଁ।

ଏଣେ ରେବତୀର ସନ୍ନିପାତ ରୋଗ କ୍ରମଶଃ ବଢୁଅଛି; ଭୟାନକ ଯନ୍ତ୍ରଣା, ଦେହ କ୍ରମଶଃ ଶୀତଳ ହେଉଛି, ଜିଭ ଶୁଖିଲାଣି, ଭୟଙ୍କର ପିପାସା, ଜିଭଟା ଯେମନ୍ତ ଭିତରକୁ ଚାଲି ଯାଉଛି। ଥଣ୍ଡା ଜାଗାକୁ ଯିବାର ଇଚ୍ଛା, ଘରଯାକ ଗଡ଼ି ଗଡ଼ି ବାହାରକୁ ଆସିଲା, ସୁଖ ଲାଗିଲା ନାହିଁ। ବାଡ଼ି ଦୁଆରକୁ ଯାଇ ପିଣ୍ଡାରେ ବସିଲା। ଦିନ ଶେଷ ହୋଇ ଆସିଲାଣି, ଖୁବ୍ ପବନ ବହୁଛି, ବାଡ଼କୁ ଆଉଜି ବସିଲା। ବାଡ଼ିଯାକ ଅନାଇଲା, ଏହି ବାପା ଗଲା ବରଷ କଦଳୀ ଲଗାଇଥିଲେ, ଭଣ୍ଡା ବାହାରିଲାଣି, ଦୁଇ ବରଷ ତଳେ ମା' ଗୋଟିଏ ପିଜୁଳି ଗଛ ବାଡ଼ିରେ ରୋଇଥିଲେ, ରେବତୀ ଧାଇଁ ଧାଇଁ କୂଅରୁ ଢାଳେ ପାଣି ସେ ଗଛରେ ଦେଇଥିଲା, ସେ ଗଛ କେଡ଼େଟାଏ ହେଲାଣି, ଫୁଲ ଧରିଲାଣି। ସେ ଗଛ ଦେଖି ମା' ମନରେ ପଡ଼ିଲେ। ବୁଦ୍ଧି ସ୍ଥିର ନାହିଁ, ମନ ଚଞ୍ଚଳ, ଲଗାଲଗି କିଛି କଥା ମନରେ ପଡୁ ନାହିଁ; ମାତ୍ର ମାତାର ଆନନ୍ଦମୟୀ ମୂର୍ତ୍ତି ଆଉ ମନକୁ ଛାଡୁ ନାହିଁ। ସଞ୍ଜ ଗଡ଼ି ଗଲାଣି, ଗଛ ମୂଳରୁ ଡାଳ ଉଢ଼ାଳରୁ ଅନ୍ଧାରଗୁଡ଼ାକ ବାହାରି ବାଡ଼ି ପୂରି ଗଲାଣି, ଆଉ କିଛି ଦିଶୁ ନାହିଁ। ଆକାଶକୁ ଚାହିଁଲା, ପହରିକିଆ ତାରାଟିରୁ ଧକ ଧକ ହୋଇ କିରଣ ବାହାରୁଛି। ଏକ ଧ୍ୟାନରେ ରେବତୀ ସେହି ତାରାକୁ ଚାହିଁଅଛି, ଆଖିରେ ଆଉ ପଲକ ପଡୁ ନାହିଁ। ତାରାର ଆକାର କ୍ରମଶଃ ବଢ଼ି ଯାଉଛି, ଚକ୍ର ପରି ଆକାର ହୋଇଗଲାଣି, ଆହୁରି ବୃଦ୍ଧି, ଆହୁରି ବୃଦ୍ଧି, କ୍ରମଶଃ ଉଜ୍ଜ୍ୱଳ। ଆହା! ଏ କି ମୂର୍ତ୍ତି ତାରା ମଧ୍ୟରେ ? ଶାନ୍ତିଦାୟିନୀ ପ୍ରେମମୟୀ ଆନନ୍ଦମୟୀ ମାତାଙ୍କର ଅଭୟା ମୂର୍ତ୍ତି ବସି ସ୍ନେହରେ କୋଳକୁ ନେବା ସକାଶେ ଡାକୁଛନ୍ତି। ମା' ଦୁଇ ଗୋଟି କିରଣ ହସ୍ତ ବଢ଼ାଇ ଦେଲେ। ସେହି କିରଣ ଦିଓଟି ଆସି ଦୁଇ ଚକ୍ଷୁ ସ୍ପର୍ଶ କରି ହୃଦୟରେ ପ୍ରବେଶ କଲା। ସେହି ଅନ୍ଧକାର ମଧ୍ୟରେ ଆଉ କୌଣସି ଶବ୍ଦ ନାହିଁ,

କେବଳ ନିଶ୍ୱାସ ଶବ୍ଦ। ସେ ଶବ୍ଦ କ୍ରମଶଃ ପ୍ରବଳ, ଖୁବ ଦୀର୍ଘନିଶ୍ୱାସ, ଶେଷରେ ମା' ମା' ଦୁଇଥର ଅସ୍ପଷ୍ଟ ଶବ୍ଦ ଶୁଭିଲା। ବାଡ଼ି ନିସ୍ତବ୍ଧ, ନୀରବ।

ଏଣେ ବୁଢ଼ୀ ଘୁଷୁରି ଘୁଷୁରି ଯାଇ ରେବତୀ ଶୋଇବା ଜାଗା ଦେଖିଲା, କେହି ନାହିଁ। ଘର ଯାକ, ବାହାର ଅଗଣା, ଢେଙ୍କିତଳ ଢେଙ୍କି ଲାଞ୍ଜି କାହିଁ ନାହିଁ। ମନେ କଲା, ଜର ଭଲ ହୋଇ ଗଲାଣି, ବାଡ଼ିରେ ବୁଲୁଥିବ। ସେହି ଡାକ – "ଲୋ ରେବତୀ, ଲୋ ରେବି, ଲୋ ନିଆଁ, ଲୋ ଚୁଲି!" ବାଡ଼ି ଦୁଆରକୁ ଗଲା, ଅଣ୍ଡାଳି ଅଣ୍ଡାଳି ପିଣ୍ଡାକୁ ଉଠିଲା। ପିଣ୍ଡାଟା ଭୂମିଠାରୁ ଦୁଇହାତ ଉଚ୍ଚ, ହାତେ ଚଉଡ଼ା।

"ମଲା, ତୁ ଏଇଠି ବସିଛୁ?" ଦେହରେ ହାତ ଦେଇ ବୁଢ଼ୀ ପ୍ରଥମେ ଚମକି ପଡ଼ିଲା, ଆଉ ଥରେ ଭଲକରି ଗୋଡ଼ଠାରୁ ମୁଣ୍ଡ ଯାଏ ହାତ ବୁଲାଇଲା, ନାକରେ ହାତ ଦେଇ ଗୋଟାଏ ଉତ୍କଟ ଶବ୍ଦ କଲା, ସଙ୍ଗେ ସଙ୍ଗେ ପିଣ୍ଡା ତଳେ ଦୁଲଦାଲ ଶବ୍ଦ !

ଶ୍ୟାମବନ୍ଧୁ ମହାନ୍ତି ଘରର କୌଣସି ପ୍ରାଣୀକୁ ଜଗତରେ ଆଉ କେହି ଦେଖି ନାହାନ୍ତି। ପଡ଼ୋଶୀମାନେ ରାତି ପହରକ ସମୟରେ ଶେଷ ଶବ୍ଦ ଶୁଣି ଥିଲେ –

"ଲୋ ରେବତୀ, ଲୋ ରେବି, ଲୋ ନିଆଁ, ଲୋ ଚୁଲି !"

ପେଟେଣ୍ଟ ମେଡ଼ିସିନ୍

ସାଆନ୍ତାଣୀଙ୍କର ଟାଣୁଆ ହୁକୁମ ଜାରି, ରାତି ତ ରାତି, ଦିନବେଳେ ବି ବାବୁ ଘରୁ ଗୋଡ଼ କାଢ଼ି କାହିଁ ଯାଇପାରିବେ ନାହିଁ।"କିଆଁ ଯିବ? କ'ଣ ଲୋଡ଼ା ? ଯାହା କରିବାକୁ ହେବ, ଘରେ ବସି କର। ଲେଖ, ପଢ଼, ଖବରଦାର ବାହାରକୁ ବାହାରିବ ନାହିଁ।" ବାବୁଙ୍କ ନିହାତି କୁହାବୋଲା ଆକୁଳ ବିକଳରେ ହୁକୁମ ହୋଇଛି – ସଖାଳେ ପା ଘଣ୍ଟା ଲାଗି ଦାଣ୍ଡଦୁଆର ପାଖ ସଡ଼କରେ ବୁଲିପାରିବେ। ତା' ବି ବହୁତ ଦୂରକୁ ଯାଇ ପାରିବେ ନାହିଁ, କବାଟ ଫାଙ୍କ ବାଟେ ଅନାଇଲେ ଯେମନ୍ତ ଦିଶୁଥିବ।

ସକାଳ ସାତଟା ଅନ୍ଦାଜ ବେଳ ହେବ, ବାବୁ ଚନ୍ଦ୍ରମଣି ପଟ୍ଟାନାୟକେ ଦାଣ୍ଡଦୁଆର ଆଗ ସଡ଼କରେ ବୁଲୁଛନ୍ତି। ହଠାତ୍ ଅନାଇ ଦେଇ ଦେଖିଲେ, ଚାରି ପାଞ୍ଚଶ କଦମ ଦୂରରେ ଗୋଟାଏ ଲୋକ ଛିଡ଼ା ହୋଇ ତାଙ୍କୁ ଏକ ଧ୍ୟାନରେ ଅନାଇଛି। ବାବୁଙ୍କ ନଜର ତା' ଉପରେ ଯିମିତି ପଡ଼ିଛି, ସେ ହାତ ଠାରି ଡାକିଲା। ବାବୁ ଭଲ କରି ଅନାଇ ଦେଖିଲେ, 'ଓହୋ ! ଏ ତ ସେହି ଭଦରଖିଆ ଟୋକା ରେ !' ମନ ମଧ୍ୟରେ ଭାରି ଖୁସିଟାଏ ହେଲେ, ପାଖକୁ ଆସିବା ଲାଗି ହାତ ଠାରିଦେଲେ, ଆପେ ବି ଆପଣା ଦୁଆରକୁ ଅନାଇ ଅନାଇ ଅଳ୍ପ ଅଳ୍ପ ଆଗେଇ ଆଗେଇ ଯାଉଥାନ୍ତି। ଯିମିତି ସେ ଟୋକାର ପାଖ ପାଖ ହେଲେ, ଦୁଆର ଆଡ଼କୁ ମୁହଁ କରି ପଛକୁ ଡେବିରି ହାତଟା ବଢ଼େଇ ଦେଲେ। ଟୋକାଟା ବାବୁଙ୍କ ହାତରେ ଚିଠି ଖଣ୍ଡେ ଯାକି ଦେଇ ଝଟ୍ ଲେଉଟି ପଡ଼ି ଚାଲିଗଲା। ବାବୁ ଚିଠି ଖଣ୍ଡ ମୁଠେଇ ଧରି ଥା'ନ୍ତି, ତେତେବେଳେ ପଢ଼ିଲେ ନାହିଁ, ଦୁଆର ପାଖିଆ ଆସି ଭଲ କରି କବାଟ ଫାଙ୍କକୁ ଅନାଇଲେ। ଚିଠି ଖଣ୍ଡ ପଢ଼ି ଟିକି ଟିକି କରି ଛିଣ୍ଡେଇ ପକେଇ ପବନରେ ଉଡ଼ାଇ ଦେଲେ।

ଘର ଭିତରକୁ ଆସି ଖୁବ୍ ସ୍ନେହରେ ଖୁବ୍ କଅଁଳରେ ଡାକିଲେ, "ଆଗୋ ! ଆଗୋ ! ଶୁଣୁଛ ନା – ଟିକିଏ ଶୁଣିଗଲ !" ଘର ଭିତରୁ ଗୋଟାଏ ଭାରି ଚଢ଼ା ଗଳା ଶୁଭିଲା, "ଓହୋ ! ଆଜି ଯେ ଭାରି ପ୍ରେମ ଡାକ ! କଥା କ'ଣ ? ମୋର ତ ଭାରି କପାଳ ଦେଖୁଛି ! କ'ଣ କହୁଛ କହ।"

ବାବୁ କହିଲେ – "ଶୁଣିଛ, ଆଜିକି ଚାରି ଦିନ ହେଲା ରୋଜ ରୋଜ ରାତିରେ ମୋ' ମୁଣ୍ଡ ବୁଲାଏ – ପେଟ ବି ଟାଣେ। ଦେହ ବଡ଼ ଝିମ୍ ଝିମ୍ କରେ, ବଡ଼ କଷ୍ଟ ହୁଏ – ଭାରି କଷ୍ଟ।"

ସାଆନ୍ତାଣୀ କହିଲେ, "ହେଇ ହେଲା, ଆହୁରି ଗୋଟାଏ କ'ଣ ପ୍ରେମ ବାହାରିଲାଣି। ସେ ଯେ ଗଞ୍ଜେଇ – ମଦ – ମଦତ – ନିଆଁ ପାଉଁଶ ନିଶା ଗୁଡ଼ାକ ଖାଇଥିଲ, ତାହାରି ଫିସାଦ। ନିଶାଗୁଡ଼ାକର କ'ଣ ଊଣା ଗୁଣ ? ପୃଥ୍ୱୀଯାକ ବେମାରି ଦେହରେ। ଏଣେ ତିନି ତିନି ଜାଗା ଚାକିରୀ ହେଲା, ଗଲା। ଲୋକେ କେତେ ଛି ଛାକର କରୁଛନ୍ତି, କେତେ ଟଙ୍କା ବରବାଦ କରିଦେଲ ! ଗଲା ଯାଉ ଚାକିରୀ, ଯାଉ ଟଙ୍କା, ଯାହା ହେବାର ତ ହୋଇଗଲା, ଏଣିକି ଦିହଟା ଭଲା ସୁଧୁରି ଯାଉ। ଚାରି ମାସ କାଳ ଜଗି ଜଗି ଟିକିଏ ଭଲ କରିଥିଲେ, ନିଶାଗୁଡ଼ାକ ଛାଡ଼ିବାରୁ ଟିକିଏ ଭଲ ଥିଲ – ପୁଣି ତାହାରି କ'ଣ ପୁରୁଣା ଫିସାଦଟାଏ ବାହାରିଲାଣି ?"

ଚନ୍ଦ୍ରମଣିବାବୁ କହିଲେ – "ନାହିଁ ଗୋ ନାହିଁ – ସେ କଥା ନୁହେଁ ଯେ, ଆଜି ସଖାଳେ ମାଧବାଚାର୍ଯ୍ୟ ଖଡ଼ିରତ୍ନଙ୍କ ସଙ୍ଗରେ ଭେଟ ହୋଇଥିଲା। ସେ ମୋ' କୋଷ୍ଠି ଗଣି କହିଲେ, 'ମୋର କକଡ଼ା ରାଶିକୁ ବିଛା ରାଶି ଶନିସପ୍ତା ହୋଇଛି। ଏଇଟା ତାହାରି ଫିସାଦ, କିଛି ପୁଣ୍ୟ କାର୍ଯ୍ୟ କରିଦେଲେ ସବୁ ଦୋଷ କଟିଯିବ।"

ସାଆନ୍ତାଣୀ – "କ'ଣ ପୁଣ୍ୟ କାର୍ଯ୍ୟ କରିବାକୁ ଖଡ଼ିରତ୍ନେ କହିଗଲେ?"

ଚନ୍ଦ୍ରମଣି ବାବୁ – "ମୁଁ ତିନି ଦିନ ଲାଗି ଯାଇ ଭୁବନେଶ୍ୱର, ଖଣ୍ଡଗିରି, ଉଦୟଗିରିରେ ଯେତେ ମହାଦେବ ଅଛନ୍ତି, ସମସ୍ତଙ୍କୁ ଦର୍ଶନ କରିବି, କିଛି ଟଙ୍କା ଘେନି ଯାଇଥିବି, ବ୍ରାହ୍ମଣ ମାନଙ୍କୁ ଦେଲେ ସେମାନେ ଶହେ ମାଠିଆ – ନା ନା, ହଜାରେ କୁମ୍ଭ – ନାହିଁ ନାହିଁ ସହସ୍ର କୁମ୍ଭ ପୂଜା କରିବେ; ସବୁ ଦୋଷ, ସବୁ ଗ୍ରହ ଅବଳ ଏକାବେଳକେ କଟିଯିବ। ଦେହ ଖୁବ୍ ଆଚ୍ଛା ହୋଇଯିବ, ଆଉ ନିଶାଫିସା ଖାଇବାକୁ ମନ ବଳିବ ନାହିଁ।"

ସାଆନ୍ତାଣୀଙ୍କ ମନକୁ ଟିକିଏ କିମିତିକା ଧୋକା ଛୁଇଁଲା। କହିଲେ, "ଖଡ଼ିରତ୍ନେ ଆସିଥିଲେ, କାହିଁ ମୁଁ ଶୁଣିଲି ନାହିଁ?"

ବାବୁ କହିଲେ – "ନାହିଁ, ନାହିଁ ସେ ଆସିନାହାନ୍ତି, ତାଙ୍କ ପୁଅ ଆସିଥିଲା।"

ସାଆନ୍ତାଣୀ – "ତାଙ୍କର ପୁଣି ପୁଅଟାଏ କାହୁଁ ଅଇଲା?"

ବାବୁ – "ଓ ନାହିଁ ନାହିଁ, ତାଙ୍କର ଚାକର ହାତରେ କହି ପଠାଇଥିଲେ।"

ସାଆନ୍ତାଣୀ ବାବୁଙ୍କ ମୁହଁକୁ ଭଲ କରି ଅନାଇଲେ, ମନରେ କଲେ, ଏ ସବୁ ମିଛ କଥା, ତିନି ଦିନ ଲାଗି ଯାଇ କେଉଁଠି ମତୁଆଲାମାନଙ୍କ ସଙ୍ଗରେ ପଡ଼ି ମଦ ଖାଇବେ, ନୋହିଲେ ତେଲଙ୍ଗା ବଜାର କାହା ଓଳିରେ ପଡ଼ିବେ। କେତେ ମୁଷ୍କିଲରେ ଟିକିଏ ଭଲ ବାଟକୁ ଆଣିଛି, ନଜରରୁ ଉହାଡ଼ ହେଲେ କ'ଣ ବୋଲି କ'ଣ କରି ପକାଇବେ। ଖୁବ୍

ଗୋଟାଏ ପାଟି କରି କହିଲେ, "ନାହିଁ ନାହିଁ, ତୁମେ ଭୁବନେଶ୍ୱର ଫୁବନେଶ୍ୱର କାହିଁ ଯାଇ ପାରିବ ନାହିଁ, ଘରେ ବସି ଥାଅ।"

ବାବୁ କହିଲେ – "ହଁ, ସତ – ସତ, ଠିକ୍ କହିଲ, କୁଆଡ଼େ ତିନି ଦିନ ଯାଏ ଯିବି ? ଆଚ୍ଛା, ମୁଁ ଉଚ୍ଛୁଣି ଯାଉଛି, ଧବଳେଶ୍ୱର ମହାଦେବଙ୍କୁ ଦର୍ଶନ କରି ସଞ୍ଜ ସଞ୍ଜ ଲେଉଟି ଆସିବି।"

ସାଆନ୍ତାଣୀ – "ନା – ନା, ତାହା ବି ହେବ ନାହିଁ।"

ବାବୁ – "ଆଚ୍ଛା ନ ହେଲା ନାହିଁ, ଗୋଟା କେତେ ଟଙ୍କା ଦେଲ, କଟକ ସହର ଭିତରେ ଯେତେ ମହାଦେବ ଅଛନ୍ତି, ପୂଜା କରି ବାହାରି ଆସେ।"

ସାଆନ୍ତାଣୀ – "ଆଚ୍ଛା ମକ୍ରାକୁ କହ, ଗୋଟାଏ ବଗି ଡାକି ଆଣୁ, ଦୁହେଁ ଯାଇ ଠାକୁର ଦର୍ଶନ କରିବା, ପୂଜା ଦେବା।"

ବାବୁ ନିଃଶ୍ୱାସଟିଏ ପକାଇ ଚାଲିଗଲେ। ଗୋଟାଏ ଜାଗାରେ ବସି ଟିକିଏ ଚିନ୍ତା କଲେ।'ଆରେ ! ଭଲ ଫିକରଟାଏ ମନରେ ପଡ଼ିଗଲା ! ବାହାବା ! ଆଚ୍ଛା କଥା !' "ଆଗୋ ଶୁଣୁଛ ? ମୋ ଦେହଟା ବି ଭଲ ନାହିଁ; ବାର ଆଡ଼େ ବୁଲିଲେ ଫେର କିଛି ଗୋଟାଏ ବେମାର ବାହାରି ପଡ଼ିପାରେ। ଖଡ଼ିରତ୍ନେ ଏ କଥା ବି କହିଛନ୍ତି, କୁଆଡ଼େ ନ ଯାଇ ମହାଦେବଙ୍କୁ ଧାରଣା କଲେ ସବୁ ରୋଗ ଛାଡ଼ିଯିବ।"

ସାଆନ୍ତାଣୀ – "ସେ ଧାରଣା କି' ରକମ ?"

ବାବୁ – "ରକମ କ'ଣ କି, ଜ୍ୟୋତିଷେ କହିଛନ୍ତି, ପୂରା ପାଞ୍ଚ ପହର କାଳ – ଧର – ପାଞ୍ଚ ପହର ହେଲେ ଏତେବେଳୁ ରାତି ନ'ଟା ଯାଏ, ଖଣ୍ଡେ ବଡ଼ କମ୍ବଳ ଘୋଡ଼ି ହୋଇ ମୁହଁ ମାଡ଼ି ଲମ୍ବ ହୋଇ ଶୋଇ ପଡ଼ିବି। ଆଉ କିଛି କଥା ମନରେ ନ କରି ପୃଥିବୀରେ ଯେତେ ଠାକୁର ଦେବତା ଅଛନ୍ତି, ସମସ୍ତଙ୍କୁ ଧ୍ୟାନ କରୁଥିବି।"

ସାଆନ୍ତାଣୀ କହିଲେ – "ତାହା ହେଲେ ସବୁ ଗ୍ରହ ଅବଳ କଟି ଯିବ ତ ?"

ବାବୁ ମନ ମଧ୍ୟରେ ଖୁସିଟାଏ ହୋଇ କହିଲେ – "ହଁ, ହଁ, ଖଡ଼ିରତ୍ନେ କହିଛନ୍ତି, ବିଲକୁଲ ଗ୍ରହ ଅବଳ କଟିଯିବ। ସେ ଆହୁରି ବି ଗୋଟାଏ କଥା ବାରମ୍ବାର କରି କହି ଦେଇଛନ୍ତି। ଦଶଟି ଟଙ୍କା ଠାକୁରଙ୍କ ନାମରେ ମନାସି ମୁଣ୍ଡ ତଳେ ଦେଇଥିବି, ମାସକ ବାଦ ଦେହ ଭଲ ହୋଇ ଗଲେ ସେଇ ଟଙ୍କାରେ ଠାକୁର ପୂଜା ଆଉ ବ୍ରାହ୍ମଣ ବୈଷ୍ଣବଙ୍କୁ ଭୋଜନ ଦିଆଯିବ।"

ସାଆନ୍ତାଣୀ – "ଆଜି କ'ଣ କିଛି ଖାଇବ ନାହିଁ ?"

ବାବୁ – "ରାମ ! ରାମ ! ଠାକୁର ଦେବତା ଧ୍ୟାନ ବେଳେ କିଛି କ'ଣ ଖା'ନ୍ତି ? ଦିନ ଯାକ ଓପାସ – ଟୋପାଏ ପାଣି ବି ନା।"

ସାଆନ୍ତାଣୀ ନିଶ୍ୱାସଟାଏ ପକାଇ କହିଲେ – "ଆଚ୍ଛା, ତେବେ ଧାରଣା ଦିଅ।"

ବାବୁ କହିଲେ – "ଆଉ ଗୋଟାଏ କଥା, ଧାରଣା ଘର ମଧ୍ୟରେ ହେବ ନାହିଁ, ପବିତ୍ର ଥାନ ଲୋଡ଼ା। ଘରେ ଆଇଁଷ ରନ୍ଧା ଯାଏ – ଧୂଆଁ ବୁଲି ଅପବିତ୍ର ହୋଇ ଯାଇଛି। ଆଉ ଦେବତା ତ ନୁହନ୍ତି; ହର ପାର୍ବତୀ କଥା। ଦାଣ୍ଡ ବଙ୍ଗଳା ପାଖରେ ଯେଉଁ ସାନ ଗମ୍ଭିରୀ ଘର ସେହି ଘରଟି ପବିତ୍ର। ସେ ଘର ନିରୋଳା ହେବ। ଖୁବ୍ ସାବଧାନ ! ସେ ଘରେ ଟିର୍ଲା ଲୋକ ଛାଇ ପଡ଼ିଲେ – ପାଟି ଶୁଭିଲେ ଧ୍ୟାନ ଫଳ ମିଳିବ ନାହିଁ, ସବୁ ଅକାରଣ ହୋଇ ଯିବ। ସାବଧାନ ! ସେ ପ୍ରସ୍ତରେ କେହି ଟିର୍ଲା ଲୋକ ଛାଇ ପଡ଼ିବ ନାହିଁ – ପାଟି ବି ଶୁଭିବ ନାହିଁ।"

ସାଆନ୍ତାଣୀ ବାବୁଙ୍କ କଷ୍ଟ କଥା ମନରେ ପକାଇ ଭାରି ମନଦୁଃଖ କରି ଘର ଭିତରକୁ ଚାଲିଗଲେ। ସେତିକିବେଳେ ରୋଷେୟା ବ୍ରାହ୍ମଣ ଆସି ପଚାରିଲା, "ଆଜ୍ଞା ! ଆଜି କ'ଣ ରୋଷେଇ ହେବ ?"

ସାଆନ୍ତାଣୀ – "ଆଜି ବାବୁଙ୍କର ଓପାସ, ମୁଁ ଆଉ କ'ଣ ଖାଇବି ? ରୋଷେଇ ସବୁ ବନ୍ଦ।"

ରୋଷେୟା ବ୍ରାହ୍ମଣ ଟିକିଏ ମୁରକିହସା ଦେଇ ଚାଲିଗଲା। ମନରେ ବିଚାରିଲା, ଆମ ସାଆନ୍ତାଣୀ ଗୋଟିଏ ଅଦ୍ଭୁତ ସ୍ତ୍ରୀ, ସ୍ୱାମୀ ଉପରେ ଭକ୍ତିର ସୀମା ନାହିଁ, ବାବୁ ଟିକିଏ ବାଧକି ପଡ଼ିଲେ, ଆପେ ନ ଖାଇ ନ ପିଇ ଦିନ ଯାକ ପାଖରେ ବସି ସେବା କରୁଥିବେ, ଆଉ ରାଗିଲେ ତ ବାଡ଼ି ପଡୁ, ଛାଞ୍ଚୁଣୀ ପଡୁ, ଯାହା ହାତରେ ପଡୁ ବାଡ଼େଇବାକୁ ଧାଇଁବେ – ଯାବତ ଖରାପ କଥାରେ ଗାଳି ଦେବେ। ହେଲେ ସାଆନ୍ତାଣୀଟି ବଡ଼ ଭଲ, ବଡ଼ ଲୋକ ଝିଅ, ବଡ଼ ଲୋକ ବୋହୂ, ମନ ବି ସେଇପରି ବଡ଼; ମାତ୍ର ଟିକିଏ ରାଗୀ, ମୁହଁଟା ବଡ଼ କଡ଼ା।

ବାବୁ ମକ୍ରା ଚାକର ଟୋକାକୁ ଦାଣ୍ଡପଟକୁ ଡାକି ଖୁବ୍ ତୁନି ତୁନି ଖୁବ୍ ସାକୁଲେଇ ସାକୁଲେଇ କହିଲେ, "ଶୁଣ ମକରୁ, ଗୋଟାଏ କାମ ମୋ ପାଇଁ କରିବୁ। ଏହି କମ୍ବଳ ଖଣ୍ଡ ଘୋଡ଼ି ହୋଇ ଗମ୍ଭିରୀ ଭିତରେ କବାଟକୁ ଆଉଜି ଶୋଇ ଥା। ରାତି ଘଡ଼ିକ ସରିକି ମୁଁ ଲେଉଟି ଆସିବି, ତେତେବେଳଯାଏ ଶୋଇଥିବୁ। ଖବରଦାର ! ଘରୁ ବାହାରିବୁ ନାହିଁ।"

ମକ୍ରା – "ଆଜ୍ଞା ନା, ଆଜ୍ଞା ନା, ମୁଁ ପାରିବି ନାହିଁ, ସାଆନ୍ତାଣୀ ଗାଳି ଦେବେ, ଖପା ହେବେ।"

ବାବୁ ଖପା ହୋଇ କହିଲେ, "ପାଜି, ଦୁଷ୍ଟ, ଭୂତ। ମୋ' କଥା ଶୁଣିବୁ ନାହିଁ ? ଜାଣୁ, ବାଡ଼େଇ ପକାଇବି।" ଟିକିଏ ବାଦ୍ କହିଲେ, "ନାହିଁରେ ମକରୁ ନାହିଁରେ, ମୁଁ ତୁଚ୍ଛା ଟାପରା କରୁଥିଲି! ଦେଖ ମକରୁ, ତୁ କେନ୍ଦ୍ରାପଡ଼ା ମାମୁ ଘରକୁ ଯିବୁ କହୁଥିଲୁ, କାଲି ଯିବୁ। ଚାରିଦିନ ଛୁଟି ଦେଲି, ଏହି ନେ ଚାରିଟା ଟଙ୍କା ଖରଚ କରିବୁ, ଆଉ କାଲି ତୋତେ ଗୋଟାଏ ଅଙ୍ଗା କିଣି ଦେବି।"

ମକରୁ ଆଉ କିଛି କଥା ନ କହି କମ୍ବଳ ଘୋଡ଼ି ହୋଇ ଗମ୍ଭିରୀ ଭିତରେ ଧାରଣା ଦେଇ ଶୋଇ ପଡ଼ିଲା।

ଏଣେ ସାଆନ୍ତାଣୀଙ୍କ ମନରେ ସୁଖ ନାହିଁ। ଗାଧୋଇ ଆସି ଆପଣା ଶୋଇବା ଘରେ ଖଣ୍ଡେ ଆସନ ପାରି ବସିଲେ, ଯେତେ ଠାକୁର ଦେବତାଙ୍କ ନାମ ମନରେ ପଡ଼ିଲା, ବାବୁଙ୍କ ଗ୍ରହ ଅବଳ ଶାନ୍ତି ପାଇଁ ପ୍ରାର୍ଥନା କଲେ। ଧବଳେଶ୍ୱରଙ୍କୁ ସହସ୍ର କୁମ୍ଭ ପଞ୍ଚାମୃତ ମାନିଲେ।"ହେ ମା' କଟକଚଣ୍ଡୀ ! କାଳୀଗଳିର କାଳୀ ଠାକୁରାଣୀ ! ବାବୁଙ୍କ ଦେହ ଭଲ ହୋଇଯାଉ, ମୁଁ ଦୁହିଁଙ୍କୁ ଦୁଇ ଖଣ୍ଡ କଳା କସ୍ତା ଶାଢ଼ୀ, ଯୋଡ଼ାଏ କଳା ବୋଦା ବଳି ଦେବି।" ଏପରି ଠାକୁର ଦେବତା ଡାକୁ ଡାକୁ ଦିନ ତିନି ପହର ବିତିଗଲାଣି। ମନରେ କଲେ, ବାବୁ ଧ୍ୟାନରୁ ଉଠି କ'ଣ ଖାଇବେ ? ଅନ୍ନ ତ ଛୁଇଁବେ ନାହିଁ, ଫଳାହାର କରିବେ। ପାଚଲା କଦଳୀ, ନଡ଼ିଆ, ଛେନା, ଦୁଧ, ଦହି ସବୁ ସଜିଲ କରି ଘରେ ଥୋଇଦେଲେ। ଥରକୁ ଥର ବାହାର ଛାଇକୁ ଅନାଉଛନ୍ତି, ଆଉ ଦିନ ଦୁଇ ଘଡ଼ି ଅଛି – ମଝି ବାହାର ଖରା ଚାଳି ଉପରକୁ ଉଠି ଗଲାଣି। ହାତରେ ଆଉ କିଛି ପାଇଟି ନାହିଁ, ଘର ବାହାରେ ନହର ପହର ହେଉଛନ୍ତି। ସନ୍ଧ୍ୟା ହୋଇ ଆସିଲା, ଧୀରେ ଧୀରେ ଗମ୍ଭିରୀ ଦୁଆର ପାଖକୁ ଗଲେ। ବାବୁ କହିଛନ୍ତି, ତିର୍ଲା ଲୋକ ଛାଇ ପଡ଼ିବ ନାହିଁ ! କାଳେ ପାଟିରୁ କଥା ବାହାରି ପଡ଼ିବ, ଆପଣା ପଣତକାନି ପାଟିରେ ଯାକି ଦେଲେ, ଅଳ୍ପ ଟିକିଏ କବାଟ ମେଲେଇ ଦେଲେ, ଘର ଭିତରଟା ଭଲ ଦିଶୁ ନାହିଁ, ଅନ୍ଧାରିଆ, ବାବୁ ସ୍ଥିର ହୋଇ ଧ୍ୟାନରେ ପଡ଼ିଛନ୍ତି।"ହାୟ ! ହାୟ ! ବାବୁଙ୍କୁ କେତେ ବାଧୁଥିବ ? ହେ ଠାକୁର ଦେବତାମାନେ ! ମୋ ବାବୁଙ୍କୁ ଭଲ କରିଦିଅ। ଦେବତାମାନେ ସତ ଅଛନ୍ତି, ଦୁଃଖୀର ଗୁହାରି ଶୁଣନ୍ତି, ମୁଁ କେତେ ପ୍ରାର୍ଥନା କଲି, ବାବୁଙ୍କ ନିଶାଖିଆ ଛଡ଼ାଇ ଦିଅ। ମା' କାଳୀ ଠାକୁରାଣୀ ! ବାବୁଙ୍କ ଦେହ ଭଲ କରିଦିଅ। ଗୋଟାଏ କାଳିଆ ବୋଦା, ଆଉ ଗୋଟାଏ କାଳିଆ କୁକୁଡ଼ା ବଳି ଦେବି।" ଭୂଇଁରେ ମୁଣ୍ଡ ଲଗାଇ ଠାକୁର ଦେବତାଙ୍କୁ ଢେର ଥର ଜୁହାର କଲେ।

ତହିଁ ବାଦେ ଅଳ୍ପ ଦୁଆର ମେଲା କରି ଭିତରକୁ ଯିମିତି ଗୋଡ଼ ବଢ଼େଇ ଦେଇଛନ୍ତି, ଅନ୍ଧାରିଆ – କମ୍ବଳ ଭଲ ଦିଶୁ ନାହିଁ, ଏକାବେଳକେ ବାବୁଙ୍କ ମୁଣ୍ଡରେ ଗୋଡ଼ ପଡ଼ିଗଲା। ଜିଭ କାମୁଡ଼ି ପଛକୁ ନେଉଟି ପଡ଼ିଲେ, କାନ୍ଦି ପକାଇଲେ, "ହାୟ ! ମୁଁ କେଡ଼େ ଅପରାଧ କଲି।" ହାତଯୋଡ଼ି ବାବୁଙ୍କ ଉଦ୍ଦେଶ୍ୟରେ, ଠାକୁର ଦେବତାଙ୍କ ଉଦ୍ଦେଶ୍ୟରେ ଢେର ଥର କ୍ଷମା ମାଗିଲେ। ତହିଁ ଉତ୍ତାରେ ଧୀରେ ଧୀରେ ଭଲ କରି ଅନାଇ ଭିତରକୁ ଗଲେ। ବାବୁଙ୍କ ଦୁଇ ଗୋଡ଼ ତିନି ତିନି ଥର ମୁଣ୍ଡରେ ଲଗାଇ ଜୁହାର କଲେ। ଜୁହାର କଲା ବେଳେ କମ୍ବଳ ଗୋଟାଯାକ ଥରି ଯାଉଥାଏ। ଜୁହାର ବେଳେ ବାବୁଙ୍କ ଗୋଡ଼ରୁ, ହାତରୁ ଝାଳ ଲାଗିଲା।"ହାୟ ! ହାୟ ! ବାବୁ ଝାଳରେ ବୁଡ଼ି ଗଲେଣି।" ପଣତ କାନିରେ ଗୋଡ଼ ପିଠି ଭଲ କରି ପୋଛି ଦେଲେ। ମୁହଁ ପୋଛିବାକୁ ଯାଇ ଦେଖିଲେ, ମୁଛ ହାତକୁ ଲାଗିଲା

ନାହିଁ।"ଏଁ – ଏ କଅଣ? ବାବୁଙ୍କ ମୁଛ କାହିଁ?" ଦୁଇ ଥର ଅଣ୍ଡାଳିଲେ, ତିନି ଥର ଅଣ୍ଡାଳିଲେ, "ନାହିଁ ତ – ମୁଛ କାହିଁ?" ଭାରି ସନ୍ଦେହ ହେଲା, କବାଟଟା ଭଲ କରି ମେଲାଇ ଦେଇ ଅନାଇଲେ, କମ୍ବଳଟା ଟାଣି ପକାଇଲେ। ଭାରି ରାଗି ଯାଇ ପଛକୁ ଡେଇଁ ପଡ଼ି ପାଟିଟାଏ କରି କହିଲେ, "ଡାଙ୍କୁଣୀଖିଆ – ଅଳପଇସିଆ – ନଈଶୁଆ, କି ରେ ମକ୍ରା, ତୁ ଏଠି କିଁଆ ପଡ଼ିଛୁ ରେ?" ମକ୍ରା ଆଉ କ'ଣ କହିବ? ଚୋରଟି ପରି ହାତ ଯୋଡ଼ି କାଛକୁ ଆଉଜି ତୁନି ହୋଇ ଛିଡ଼ା ହୋଇଛି। ସାଆନ୍ତାଣୀ ଘଡ଼ିଏ ଯାଏ ଗର୍ଜନ କରି ଥକି ପଡ଼ିଲେଣି। ତାହା ବାଦେ ମନରେ ବିଚାର କଲେ – "ନାହିଁ, ନାହିଁ, ଗୋଳମାଳ କଲେ ଭଲ ହେବ ନାହିଁ। ଅସଲ କଥାଟା କ'ଣ ବୁଝିବାକୁ ହେବ।' ମକ୍ରାକୁ ସଲାରେ ରଖିବାକୁ ହେବ। ଧୀରେ ଧୀରେ କଅଁଳେଇ କଅଁଳେଇ କହିଲେ, ଆରେ ମକରୁ! ତୁ ମାମୁଁ ଘରକୁ ଯିବୁ କହୁଥିଲୁ ପରା? ଯା – କାଲି ଯିବୁ। ଏଇ ନେ ଚାରିଟା ଟଙ୍କା, ବାଟ ଖରଚ କରିବୁ, ଖଜା କିଣି ଖାଇବୁ। କାଲି ତୋତେ ଗୋଟାଏ ମାଣିଆବନ୍ଧି ଯଥା ଦେବି, ପିନ୍ଧିବୁ। ଉଛୁଣି କିଛି ପାଟି କର ନା – ଯା, ରୋଷେଇଘର କୋଣରେ ତୁନି ହୋଇ ବସିଥିବୁ।"

ମକ୍ରା ମନେ କରିଥିଲା, ସାଅନ୍ତାଣୀ ବାଡ଼େଇ ପକାଇବେ। ଏ କ'ଣ ନଗଦ ସାଙ୍ଗେ ସାଙ୍ଗେ ଚାରିଟା ଟଙ୍କା, ପୁଣି ଯୋଡ଼ାଏ ଲୁଗା ମିଳିବ। ମନର ଆନନ୍ଦଟା ସମ୍ଭାଳି ପାରୁ ନାହିଁ। ସାଅନ୍ତଙ୍କ ଟଙ୍କା ପୁଞ୍ଜାକ ଅଣ୍ଟିରେ ଖୋଷିଥିଲା, କାଢ଼ି – ଏ ଟଙ୍କା ସାଙ୍ଗରେ ମିଳେଇ ଦୁଇ ଥର ତିନି ଥର ଗଣିଲା। ଆଠ ଟଙ୍କା ଭଲ କରି ଅଣ୍ଟିରେ ଖୋଷି ରୋଷେଇ ଘର କୋଣରେ ଲୁଚିଲା। ସାଅନ୍ତାଣୀ ଗମ୍ଭିରୀ ଭିତରେ ମକ୍ରା ଜାଗାରେ ଧାରଣା ଦେଇ ପଡ଼ି ରହିଲେ।

ରାତି ପହରକ ସରିକି ଚନ୍ଦ୍ରମଣିବାବୁ ତୁନି ତୁନି ଆସି ଗମ୍ଭିରୀ ଦୁଆରେ ପହଞ୍ଚି ଗଲେ। ପୁରା ନିଶା, ଚାଲିବା ବେଳେ ଗୋଡ଼ ଟଳି ଯାଉଛି, ପାଟି ଖନି ବାଜୁଛି, ଧଡ଼ କରି କବାଟଟା ମେଲାଇ ଦେଲେ। ମକ୍ରା ଧାରଣା ଦେଇ ପଡ଼ିଛି। ବାବୁ ଭାରି ଖୁସିଟାଏ ହୋଇ ନାଚି ନାଚି ଗୀତ ଆରମ୍ଭ କଲେ।

"ବାହାବା ମଜାଦାର!
ମଦ ଗଞ୍ଜା ଗୁଣ ଯେ ଜାଣେ ସେଇ ତ ସମଜଦାର।"

"ଉଠ ଭାଇ ମକ୍କୁ! ସାବାସ ବାବା ମକ୍କୁ! ମେରି ଦୋସ୍ତ ମକାମ୍! ଶୁଣ ମକ୍ରା, ଉଠ, ଉଠ। ଏଥର କୋଉଁ ଶଳା ଶାଳୀକି ଡରରେ? ମକ୍ରା! ଆଜିକା ମଜା କଥା କେତେ କ'ଣ କହିବି? ତୋ' ସାଆନ୍ତାଣୀ ପୋଇଲୀଟା, ଦି'ମାସ ହେଲା ଅଟକାଇଛି – ପାଟି ପଡ଼ି ଯାଇଥିଲା – ଦି'ମାସର ମଜା ଦିନକେ ଫତେ! ଆରେ ସେ କ'ଣ ଆଜିକା କଥା? ତା' ସଙ୍ଗରେ ତିନି ବରଷର ଦୋସ୍ତି, ପ୍ରୀତି। ସେଇ ଯେ ଗୋପାଳ ବାବୁ ଦୁଆରକୁ ନାଚିବାକୁ ଆସିଥିଲା, ସେଇ ଦିନୁ ଦୋସ୍ତି। ସାବାସ! ମଜେଦାର! ତା' ନାମ କ'ଣ ଜାଣୁ? ତୋ'

ସାଆନ୍ତାଣୀ ନାମଟା ହେଲା, ସୁଲ-ଚୁନା! ସୁଲ କ'ଣ ନା, ପୋଖରୀରେ ହୁଏ, ଚୁନା ଚକୁଳି ପିଠା ହୁଏ। ଛି, ଛି, ଛି! କି ଅପରଛନିଆ ନାମ! ତା' ନାମ ଉସ୍-ମାନ୍-ତା-ରା! ବାହାବା! ମଜେଦାର ! ଜିତେ ରହ ମେରି ଉସ୍ମାନ୍ ତାରା ! ନାମଟା ଯିମିତିକା, ଗୁଣ ବି ସେଇ ରକମ। ଗୁଣ ତ ଗୁଣ ଉସ୍ମାନ୍ ତାରା – କ୍ୟା ମଜେଦାର ! ଦେଖ ତ ମକ୍ରାମ୍, ତାର କେତେ ବୁଦ୍ଧି, କେତେ ମେହରବାନି! ପୁରୁଣା ଦୋସ୍ତି ଭୁଲି ପାରି ନାହିଁ। କାଲି ଆସି ଯିମିତି କଟକରେ ଗୋଡ଼ ଦେଇଛି, ମୋତେ ଡାକି ପଠାଇଛି। ମୁଁ ତାକୁ ଦେଖି ନିଧି ପାଇଗଲି, ସେ ତ ଆନନ୍ଦରେ ହସି ହସି ଢଳି ପଡ଼ିଲା। ମୁଁ ବିଛଣାରେ ବସିଛି କି ନା, ଲାଗିଲା ମାଲର ଧୂମ। ସବୁ ଠିକ୍ ଠାକ୍ ସଜିଲ କରି ରଖିଛି। ଟିପା ଗଞ୍ଜେଇ – ମଦତ ହୁକା – ମେରୁ, ସବୁ ଠିକ୍। ଆଗ ଫିଟିଲା ମାଲ ବୋତଲ। ଆସ୍କା ରମ୍ ନୁହେଁ, ଅସଲ ବିଲାତି, ନମ୍ବର ଉଆନ୍! ତୁ ଯେବେ ଗ୍ଲାସେ ଟାଣି ଦିଅନ୍ତୁ, ଦେଖନ୍ତୁ ମଜା ! ଆମେ ଦି'ଜଣ ସଙ୍ଗେ ସଙ୍ଗେ ବୋତଲ ଖାଲି କରିଦେଲୁ ! ଖାଲି – ର – ତୁଚ୍ଛା – ର ଟୋପାଏ ପାଣି ନାହିଁ। ତୋ' ସାଆନ୍ତାଣୀ ରୋଜ ନିଜେ ତିଆରି କରେ ପୁରି, ସରଭଜା, କ୍ଷୀରି। ଆରେ ଛି! ସେ ଗୁଡ଼ାକ ତ ବିରାଡ଼ି ଖାଏ। ସେ ଯେ କରି ରଖିଥିଲା ଲୁଣିଆ ବୁଟ-ଭଜା, ଶୁକୁଆ ପୋଡ଼ା, ମାଲ ସଙ୍ଗକୁ ମଜାଦାର, ପେଟେ ମାରିଦେଲି। ଦେ ମଜାଦାର! ତୋ' ସାଆନ୍ତାଣୀକୁ ଚିଟା ଦେଇ କିମିତିକା ଦଶ ଟଙ୍କା ମାରି ନେଇଥିଲି। ସେ ସବୁ ମଉଜ ଜାଗାକୁ ତୁଚ୍ଛା ହାତରେ କେହି ଯାଏ ? ତା' ଆଗରେ ଟଙ୍କା ଯେମିତି ଥୋଇ ଦେଇଛି, ଟିକିଏ ଚାହିଁ ଦେଇ ମୁହଁ ମୋଡ଼ି ଦେଲା। ମୁଁ ହୁସିଆର ମଣିଷ, ତୋ' ସାଆନ୍ତାଣୀ ପରି କ'ଣ ହେଣ୍ଡା ? ବୁଝି ପାରିଲି, ପସନ୍ଦ ହେଲା ନାହିଁ। କିମିତ୍ ପସନ୍ଦ ହେବ ରେ? ଦିନ ରାତିରେ ମଜୁରା କଲେ ଶହ ଶହ ପାଏ। ମୁଁ କହି ଆସିଛି, କାଲି ଶହେ ଟଙ୍କା ଦେବି। ସେ ହସି ହସି କହିଲା, 'ଟଙ୍କା କ'ଣ ହେବ ? ତୁମେ ଆସିବ।' ସତ ସତ, ସେ କ'ଣ ଟଙ୍କା ଚାହେଁ? ଚାହେଁ ମୌଜ। ସେ ଟଙ୍କା ଚାହେଁ ନାହିଁ ତାର କ'ଣ ଟଙ୍କାର ଅଭାବ ? ହେଲେ ମୁଁ କ'ଣ ଅସତ୍ୟ ହେବି ? ଜବାବ ଦେଇଛି ତ, ଟଙ୍କା ଦେଇଛି।'ମରଦି କି ବାତ୍, ହାତୀକା ଦାଁତ୍।' କାଲି ଟଙ୍କା ଶହେ କୋଉଠୁ ଆଣିବି ଜାଣୁ ? ହୋ ହୋ! ବଡ଼ ମଜା। ତୋ' ସାଆନ୍ତାଣୀ ନାଟବନ୍ଦୀ ଟଙ୍କା ସେହି ସିନ୍ଧୁକରେ ରଖିଛି। ଗୋଟାଏ ଲୁହାକଣ୍ଟାରେ ସିନ୍ଧୁକଟା ଫିଟାଇ ପକାଇ ଆଛା କରି ଚିଟା ଦେବି। ଦି' ତିନି ଥର ଟଙ୍କା ନେଲିଣି। ସାଆନ୍ତାଣୀ ବୋପା, ତା' ଗୋସାଇଁ ବାପା ବି ବୁଝି ପାରିବ ନାହିଁ। ସିନ୍ଧୁକରେ ଢେର ଟଙ୍କା ରଖିଛି, ମୋ' ହାତରେ ପଡ଼ିଗଲେ କଟକର ଫାଙ୍କେ ମଉଜରେ ଭସାଇ ଦିଅନ୍ତି। ତୋ' ସାଆନ୍ତାଣୀ ଯଦି ଗିଲାସେ ମଦ ଟାଣି ଦିଅନ୍ତା, ବୁଝନ୍ତା କେଢ଼େ ମଉଜ। ସେ ମଉଜ ବୁଝିଛି ଉସ୍-ମାନ୍-ତାରା। ଏଇଟା କାଠ ମୂର୍ତ୍ତିଟାଏ ! ଆଜି ମାଲ ସଙ୍ଗରେ ପେଟେ ଚାଟ୍ ପକେଇଛି। ତୋ' ସାଆନ୍ତାଣୀ ବାପ ଶଳା ବି ସାତ ଜନ୍ମରେ ଦେଖି ନଥିବ।"

ସାଆନ୍ତାଣୀ କମ୍ବଳ ଖଣ୍ଡକ ପାଞ୍ଚ ହାତ ଦୂରକୁ ଫୋପାଡ଼ିଦେଇ ଡେଇଁ ପଡ଼ିଲେ। ଭାରି ଗୋଟାଏ ଗର୍ଜନ କରି କହିଲେ, "କ'ଣ କହିଲୁ, କ'ଣ କହିଲୁ ମଦୁଆ, ଯୋଗିନୀଖିଆ ! ମୋ' ବାପ ତୋ' ଶଳା ! ଦିନଯାକ କେଉଁଠି ପଡ଼ିଥିଲୁ ରେ? ହୁଁ କ'ଣ ଉସ୍ମାନ୍ ତାରା।"

ବାବୁ ତ ଡରରେ ଛାନିଆ ହୋଇଗଲେଣି, ଚଞ୍ଚଳ କହି ପକାଇଲେ, "ନା – ନା, ମୁଁ କାହିଁ ଯାଇ ନାହିଁ, ଟିକିଏ ବାହାରକୁ ପ୍ରସାବ କରିବାକୁ ଯାଇଥିଲି – ତୁମ ରାଣ, ତୁମ ମୁଣ୍ଡ ଛୁଉଁଛି।"

ସାଆନ୍ତାଣୀ ତ କ୍ରୋଧରେ ଅଜ୍ଞାନ।"ହଁ ରେ ମୋ' ମୁଣ୍ଡ ଛୁଇଁଲୁ, ମୋ' ମରିବାକୁ ଚାହିଁଛୁ?"

ଘରେ ଗୋଟାଏ ଛାଞ୍ଚୁଣୀ ପଡ଼ିଥିଲା; ସେଇଟା ଧରି ଦେ ପ୍ରହାର – ପ୍ରହାର – ପ୍ରହାର – ମୁଣ୍ଡରେ, ପିଠିରେ, ହାତରେ ଯେଉଁଠି ବାଜୁ! ବାବୁ ସମ୍ଭାଳି ପାରିଲେ ନାହିଁ, ଦେ ଦୌଡ଼! ନିଶା ଝୁଙ୍କରେ ଗୋଡ଼ ଟଳମଳ ହେଉଛି। ଦୁଲଦାଲ ପଡ଼ିଗଲେ। ତା' ଉପରେ ବି ପାଣି ଅସରା ପରି ଛାଞ୍ଚୁଣୀ ପଡୁଛି।

ସାଆନ୍ତାଣୀ ଥକି ଯିବାରୁ ଘର ଭିତରକୁ ଯାଇ ଭୂଇଁରେ ଲଠ୍ କରି ଶୋଇ ପଡ଼ିଲେ। ଆକୁଳ ହୋଇ କାନ୍ଦୁଛନ୍ତି। କାନ୍ଦୁ କାନ୍ଦୁ ଯେତେ ଠାକୁର ଦେବତା ମନରେ ପଡ଼ିଲେ ସମସ୍ତଙ୍କୁ ଡାକି କ୍ଷମା ମାଗିଲେ, "ହେ ଠାକୁର ଦେବତାମାନେ! ମୋତେ କ୍ଷମାକର, ମୋ' ଦେବତା ସ୍ୱାମୀକୁ ବାଡ଼େଇଛି, ବଡ଼ ଅପରାଧ କରିଛି, ଦୋଷ କ୍ଷମା କର, ଆଉ ମୋ ସ୍ୱାମୀକୁ ସୁବୁଦ୍ଧି ଦିଅ।" ରାତି ପାହି ଗଲାଣି। ସାଆନ୍ତାଣୀଙ୍କ ରାଗଟା ବି ଚାଲିଗଲାଣି। ଧୀରେ ଧୀରେ ଯାଇ ଦେଖିଲେ, ବାବୁ ଠାଁ ଭୂଇଁରେ ପଡ଼ିଛନ୍ତି। ନିଶା ଛାଡ଼ିଗଲାଣି, ସକାଳୁଆ ଶୀତଳ ପବନ ଲାଗି ଭାରି ନିଦଟାଏ ହୋଇଛି। ଘଡ଼ ଘଡ଼ କରି ନାକ ଡାକୁଛି। ସାଆନ୍ତାଣୀ ଅନାଇ ଦେଖିଲେ, ପିଠି, ହାତ, ଗୋଡ଼ ଜାଗା ଜାଗା ଛାଞ୍ଚୁଣୀ ମାଡ଼ରେ ଫୁଲି ଯାଇଛି। ଗୋଟାଏ ଗୋଟାଏ ଜାଗାରେ ରକ୍ତ ବହି ଶୁଖି ଗଲାଣି। ଏ ସବୁ ଦେଖି ଭାରି ଆକୁଳରେ କାନ୍ଦିଲେ – "ହାୟ! ମୁଁ କ'ଣ କଲି ! ସ୍ୱାମୀଦେବତାଙ୍କୁ ଛାଞ୍ଚୁଣୀରେ ବାଡ଼େଇଲି! ହାୟ! ହାୟ! ମୋ ଦଶା କ'ଣ ହେବ?" ଆଉ ଥରେ ଡାକିଲେ – ଠାକୁର ଦେବତାମାନେ! ମୋ' ଦୋଷ କ୍ଷମା କର।" ଝର ଝର ହୋଇ ଦୁଇ ଆଖିରୁ ଦୁଇ ଧାର ବହୁଛି। ଗିନାଏ ରାଶି ମାଲପା ଆଣି ଫୁଲା ଜାଗାମାନଙ୍କରେ ଧୀରେ ଧୀରେ ଘଷି ଦେଲେ। ଦିନ ଦୁଇ ଘଡ଼ି ସରିକି ବାବୁଙ୍କ ନିଦ ଭାଙ୍ଗିଲା। ଟିକିଏ ଅନାଇ ଦେଲେ, ସାଆନ୍ତାଣୀ ପାଖରେ ବସିଛନ୍ତି। ମନରେ ଭାରି ଗୋଟାଏ ଡର ପଶିଗଲା, କେଜାଣେ ଆଉ ଥରେ ବା ଛାଞ୍ଚୁଣୀରେ ବାଡ଼େଇ ପକେଇବେ। ଆଉ ନିଦ ତ ନାହିଁ, ଆଖି ବୁଜୁ ଘାଲେଇ ପଡ଼ିଥା'ନ୍ତି। ଆଉ ଥରେ ଧୀରେ ଧୀରେ ଅନାଇ ଦେଖିଲେ, ସାଆନ୍ତାଣୀଙ୍କର ରାଗର ଚିହ୍ନ ନାହିଁ। ଦୁଇ ଆଖିରୁ ଦୁଇଟା ଧାରା ବହି ଯାଉଛି, ଧୀରେ ଧୀରେ ଗୋଡ଼ରେ ତେଲ ଘଷି ଦେଉଛନ୍ତି। ସାଆନ୍ତାଣୀ ବୁଝି ପାରିଲେ,

ବାବୁଙ୍କର ନିଦ ଭାଙ୍ଗିଗଲାଣି। ଚାରି ମାଠିଆ ଜଳ ଅଣାଇ ଶୋଇବା ଜାଗାରେ ଥୋଇଲେ – ବାବୁଙ୍କ ହାତ ଧରି ଉଠାଇ ବସାଇଲେ। ମୁଣ୍ଡରେ ଦେହରେ ଜଳ ଢାଳି ଭଲ କରି ସ୍ନାନଟା କରାଇ ଦେଲେ। ବାବୁଙ୍କର ନିଶାର ଖେଉରିରେ ଦେହଟା ଜଳୁଥିଲା, ଜଳ ପଡ଼ି ବଡ଼ ଆରାମ ଲାଗୁଥାଏ। ଆଖି ବୁଜି ଠାକୁରଟି ପରି ଧୀର ହୋଇ ବସିଥା'ନ୍ତି। ସାଆନ୍ତାଣୀ ଶୁଖିଲା ଲୁଗା ପିନ୍ଧାଇ ଦେଲେ। ରୋଷେୟା ଭାତ ପରଷି ଗଲା। ସାଆନ୍ତାଣୀ ବଳେଇ ବଳେଇ ଦି'ଟା ଭୋଜନ କରାଇଲେ; ତହିଁ ବାଦେ ଭଲ କରି ଶେଯଟା ପାରି ବାବୁଙ୍କୁ ଶୁଆଇ ଦେଲେ। କାଲିଠାରୁ ସାଆନ୍ତାଣୀଙ୍କର ଓପାସ, ଆଜି ବି ଜଳ ସ୍ପର୍ଶ ନାହିଁ। ସ୍ୱାମୀଙ୍କ ଗୋଡ଼ ତଳେ ବସି ହାତ ବୁଲାଉଛନ୍ତି। ଦିନଯାକ ଆଖିରୁ ପାଣି ଶୁଖିବାକୁ ନାହିଁ। ମନ ମଧ୍ୟରେ ଠାକୁର ଦେବତାଙ୍କୁ ଡାକୁଛନ୍ତି – "ହେ ପ୍ରଭୁ, ମୋ' ଦୋଷ କ୍ଷମା କର, ମୋ ସ୍ୱାମୀଙ୍କୁ ସୁବୁଦ୍ଧି ଦିଅ।" ଦିନ ଯାକ ସ୍ୱାମୀ ସ୍ତ୍ରୀ କାହାରି ମୁହଁରୁ କଥା ବାହାରି ନାହିଁ, ଘରେ ଚାକର ଚାକରାଣୀ ମଧ୍ୟ ସମସ୍ତେ ତୁନି ତାନି। ସ୍ୱାମୀ ସ୍ତ୍ରୀ କେହି କାହାରି ମୁହଁକୁ ଲାଜରେ ଭରସି ଚାହିଁ ପାରୁ ନାହାନ୍ତି। ପରସ୍ପର ଦୁହେଁ ଆପଣା ଆପଣାକୁ ଅପରାଧୀ ମଣି ମନତୁଷ୍ଟି ପାଇଁ ସାଧ୍ୟାନୁସାରେ ଚେଷ୍ଟା କରୁଥା'ନ୍ତି। ବାବୁଙ୍କ ମନ ମଧ୍ୟରେ ପ୍ରତିଜ୍ଞା, ଆଜି ଠାରୁ ସବୁ ନିଶା ଗୋରକ୍ତ, ବିଷ୍ଠା।

ଦୁଇ ମାସ ଗଲା, ଚାରି ମାସ ଗଲା, ଛ ମାସ ବି ଗଲାଣି। ସାଇ ପଡ଼ିଶା ଜ୍ଞାତି ବନ୍ଧୁ ବାବୁମାନେ ଦେଖିଲେ, ଚନ୍ଦ୍ରମଣି ବାବୁଙ୍କ ଘରେ ରୋଜ ସଞ୍ଜ ସକାଳ ଯେ ଦୁଇ ଜଣଙ୍କ ମଧ୍ୟରେ ଭଟ ଭଟ ଲାଗିଥାଏ, କିଛି ଶୁଣାଶୁଣି ନାହିଁ। ଦୁଇଜଣ ଏକ ଜାଗାରେ ବସି ହସି ଖୁସି କଥାବାର୍ତ୍ତା କରନ୍ତି, କିତାପ ପଢ଼ନ୍ତି। ଉତ୍କଳ ସାହିତ୍ୟ, ମୁକୁର, ଦୀପିକା ଖବରକାଗଜ ପଢ଼ନ୍ତି। ବାବୁ ହେଣ୍ଡ ନୋଟରେ ଢେର ଟଙ୍କା ଦେଣା କରି ପକାଇଥିଲେ, ବର୍ଷଟା ଭିତରେ ଅଧାଅଧି ଶୁଝି ଗଲାଣି। ବାବୁ ଘରୁ ବାହାରନ୍ତି ନାହିଁ। କେଉଁ ଜାଗାରୁ ନାଚ ତାମସାର ନିମନ୍ତ୍ରଣ ଆସିଲେ, ସାଆନ୍ତାଣୀ ହେଣ୍ଟାରିଲେ, ପେଲାପେଲି କଲେ ବି ବାହାରୁ ନାହାନ୍ତି। ଦିନେ ଦିନେ ସଞ୍ଜବେଳେ ଦୁଇ ଜଣ ବଗିଟିରେ ବସି ସହରଯାକ ବୁଲି ଆସନ୍ତି।

ସହର ଲୋକେ, ସାଙ୍ଗସୁଙ୍ଗା ବାବୁମାନେ ଦେଖି ଶୁଣି ଆଶ୍ଚର୍ଯ୍ୟ! ଆରେ କଥା କ'ଣ? ବାବୁଙ୍କ ବାପେ ଜମିଦାର ଶ୍ୟାମ ପଟ୍ଟନାୟକେ ମାଷ୍ଟର ରଖି ବାବୁଙ୍କୁ ପଢ଼ାଇଥିଲେ। ସ୍କୁଲରେ ବି ପଢୁଥା'ନ୍ତି। ଏତେ ପଢ଼ିଲେ କ'ଣ ହେଲା? ବଦ୍ ସଙ୍ଗରେ ପଡ଼ି ଭାରି ନିଶାଖୋର ହୋଇଗଲେ। କେବଳ ଦିନ ରାତି ବଦ୍‌ଖିଆଲି, ଚରିତ୍ର ଏକାବେଳକେ ଗଲା, ରାତିଯାକ ମନ୍ଦ ଯାଗାମାନଙ୍କରେ ବୁଲାବୁଲି, ଯେତେ ମତୁଆଲା ମନ୍ଦଲୋକ ସାଙ୍ଗ। ଭଲ ଲୋକେ ପାଞ୍ଚଜଣ କହିଲେ, 'ପୁଅ ବିଭା ହେଲେ ଚରିତ୍ର ବଦଳି ଯିବ।' ରାମକୃଷ୍ଣ ମହାନ୍ତିଙ୍କର ଗୋଟିଏ ଝିଅ, ପରମା ସୁନ୍ଦରୀ, ଖୁବ୍ ଗୁଣବତୀ – ଜମିଦାର ବାବୁ ତାକୁ ବୋହୂ

କରି ଆଣିଲେ। ତେବେ ବି ପୁଅ ସୁଧୁରିଲା ନାହିଁ, ଘରୁ ମାଲମତା ନଗଦ ଟଙ୍କା ଚୋରି କରି ଉଡ଼ାଏ, ଦେଣା ପାଞ୍ଚ ଟଙ୍କା ନେଇ କୋଡ଼ିଏ ଟଙ୍କାର ହେଣ୍ଡ ନୋଟ୍ ଲେଖିଦିଏ। ଏଣେ ଘର କଥା, ଜମିଦାରୀ କଥା କିଛି ବୁଝିବାକୁ ନାହିଁ। ଜମିଦାର ବାବୁ ଦେଖିଲେ, ଆଉ ହେବ ନାହିଁ, କୁଳାଙ୍ଗାରଟା ବିଷୟ ସମ୍ପତ୍ତି ସବୁ ଉଡ଼େଇ ଦେବ। ବୋହୂ ଶ୍ରୀମତୀ ସୁଲୋଚନା ଦେଈ ନାମରେ ଚଳାଚଳ ସମସ୍ତ ସମ୍ପତ୍ତି ଲେଖିଦେଇ ଯାଇଛନ୍ତି। ବାପ ଯେତେ ବୁଝାଇଥିଲେ, ଶ୍ୱଶୁରେ ଆସି ଯେତେ ବୁଝାଇଥିଲେ, କାହିଁରେ କିଛି ହୋଇ ନଥିଲା। ହଠାତ୍ ରାତିକ ଭିତରେ ଏତେ ଭଲ ଲୋକ ପାଲଟି ଗଲେ କିପରି? ଗୋପୀ ବାବୁ ଜଣ ମସ୍କରିଆ ଭଳିଆ ଲୋକ, ହସି ହସି କହିଲେ "ସେ ଦିନ ରାତିରେ ସାଆନ୍ତାଣୀ ଯେ ଛାଞ୍ଚୁଣୀ ବୃଷ୍ଟି କରିଥିଲେ, ଏଇଟା ତାହାରି ଫଳ। ନିଶା, ବଦଖିଆଲି ଯେତେ ଉତ୍କଟ ରୋଗ, ଛାଞ୍ଚୁଣୀ ପ୍ରହାର ଔଷଧରେ ସବୁ ଛାଡ଼େ।"

ଶ୍ୟାମଘନ ବାବୁ ହସି ହସି କହିଲେ, "କାହିଁ ବୈଦ୍ୟଶାସ୍ତ୍ର, ଡାକ୍ତରୀ କିତାବ, କାହିଁରେ ଏ ରୋଗକୁ ଏ ଔଷଧର ତ ବ୍ୟବସ୍ଥା ନାହିଁ?"

ଗୋପୀ ବାବୁ କହିଲେ, "ଆରେ ତୁମେ ବୁଝିଲ ନାହିଁ, ଏଇଟା ସାଆନ୍ତାଣୀଙ୍କର ଆବିଷ୍କାର –

"ପେଟେଣ୍ଟ ମେଡ଼ିସିନ୍"

ପୂର୍ବ ଦୁଷ୍କୃତି ହେତୁରୁ ଯଦି କୌଣସି ସୁନ୍ଦରୀଙ୍କ ସେ – ଅର୍ଥାତ୍ ସେମାନେ ଯଦି ଏପରି ରୋଗଗ୍ରସ୍ତ ହୋଇଥା'ନ୍ତି, ଲେଖକର ବିନୟ ପୁରଃସର ନିବେଦନମିଦଂ, ଏହି ପେଟେଣ୍ଟ ମେଡିଶିନ୍‌ଟା ଥରେ ପ୍ରୟୋଗ ପୂର୍ବକ ପରୀକ୍ଷା କରି ଦେଖିବେ ।

ରାଣ୍ଡୀପୁଅ ଅନନ୍ତା

ସୁବଳା: ମହାକୁଡ଼ ଓରଫେ ସୁବଳ ସିଂହର ବାପ ଅମଳରୁ ଗୋଟିଏ ମଇଁଷି ପଲ ଥିଲା। ମହାକୁଡ଼ ହରିଶପୁରର ବଣ ଭିତରେ ପଲରେ ସବୁବେଳେ ଥାଏ। ଘରକୁ ଆସେ ନାହିଁ। ଶୀତ, ବର୍ଷା, ଖରା ସବୁ ତା' ପକ୍ଷରେ ସମାନ। ହେଲେ ବର୍ଷା ଦିନଟା ବଡ଼ ଆନନ୍ଦର ଦିନ। ଚରା ଢେର ମିଳେ, ମଇଁଷିଗୁଡ଼ାକ ବଡ଼ ଦୁଧିଆଳୀ ହୁଅନ୍ତି। ତାଳପତ୍ର ଟୋପରଟିଏ ମୁଣ୍ଡରେ ଦେଇ ଚିତେ ଉଞ୍ଚା ବାଉଁଶ ଠେଙ୍ଗାଟାଏ କାନ୍ଧରେ ପକାଇ ଦିନ ଯାକ ମଇଁଷିଙ୍କ ପଛେ ପଛେ ଧାଇଁ ଥାଏ। କାହିଁ ଆଣ୍ଠୁଏ, କାହିଁ ଅଣ୍ଟେ ପାଣି, ଦେହ ଯାକ କାଦୁଅ ଲଟପଟ, ଏଟା ତା'ର ଭାରି ଆନନ୍ଦ। ମହାକୁଡ଼ର ଆଉ ଦିନେ ଘର ଦରକାର ନାହିଁ। ରନ୍ଧାବଢ଼ା ଲାଗି ବର୍ଷା ଦିନେ ଗୋଟିଏ ପଲା ଦରକାର। କେତେଟା ଡାଳ ପୋତି ତାହା ଉପରେ ବିଡ଼ାକାତେ ବେଣାଘାସ ପକାଇ ଦେଇ ଗୋଟିଏ ପଲା ତିଆରି କରେ। ପଲାଟା ନିହାତି ନୁଆଁଣ। ବସି ବସି ଭିତରକୁ ଯାଏ। ବସି ବସି ଭାତ ରାନ୍ଧେ। ଠିଆ ହେଲେ ପଲା ମୁଣ୍ଡରେ ବାଜିବ। ପଲା ଚାରି ପାଖେ ବାଡ଼ ନାହିଁ, କାରଣ ରାତିରେ ପଲା ଭିତରେ ଶୋଇଥିଲେ ବାହାରୁ ଯଦି କେନ୍ଦୁଆ ଆସି ମଇଁଷି ବାଛୁରୀ ଘେନିଯାଏ; ଦିଶିବ ନାହିଁ। ରାତିରେ ପଲା ଭିତରେ ଡେମ୍ଫେ ଉଞ୍ଚା କଠୋଉ ଯୋଡ଼ାକ ମୁଣ୍ଡତଳେ ଦେଇ ଟୋପରଟାରେ ମୁହଁ ଢାଙ୍କ ଦିଏ। ମୁହଁଟାରେ ପାଣି ନ ପଡ଼ିଲେ ହେଲା। ତା' ଚାରିପାଖେ ମଇଁଷି ଛୁଆଗୁଡ଼ିଙ୍କୁ ଗୋଡ଼ରେ ଦଉଡ଼ି ଲଗାଇ ଖଟାଇ ପକାଏ। ବର୍ଷା ହେଲେ ମଇଁଷି ଛୁଆର ମଇଳା ଓ ମୂତ ଧୋଇ ଆସି ପଲା ଭିତରେ ଲହଡ଼ି ଖେଳୁଥାଏ। ମହାକୁଡ଼ ତାହାରି ଉପରେ ଚେଙ୍ଗ ମାଛ ପରି ଲଟପଟ ହେଉଥାଏ। ମଇଁଷିଗୁଡ଼ା ବସା ଚାରିପାଖେ ବଣ ଆଡ଼କୁ ମୁହଁ କରି ଶୋଇଥା'ନ୍ତି। ରାତି ତିନି ପହର ସରିକି ମଇଁଷିଗୁଡ଼ାକ ଉଠି ବଣକୁ ଯାଆନ୍ତି, ତେତେବେଳୁଁ ମହାକୁଡ଼ ଜାଗ୍ରତ ଥାଏ। ଠେଙ୍ଗା ପାଖରେ ପଡ଼ିଥାଏ; କାରଣ ସେତିକିବେଳେ ନେକଡ଼ିୟା ଆସି ବାଛୁରୀଟା ଘେନି ପଳାଇ ପାରେ। ବଣ ଭିତରେ ମଇଁଷି ଗୋଟାଏ ନାକସିଟକା ଦେଲେ ବାଘ ଆସିଛି ବୋଲି

ମହାକୁଡ଼ ଜାଣିପାରେ। ଆରେ ରେ-ରେ କୁହାଟଟା ମାରିଦେଲେ ଯେଉଁ ବାଘ ହେଉ ଛାଡ଼ି ପଳାନ୍ତି। ବାଘ ଗୁଡ଼ାକ ମହାକୁଡ଼ ଡାକ ବାରି ପାରନ୍ତି। ବଣରେ ଯିମିତି କୁକୁଡ଼ାଗୁଡ଼ାକ କୁକ୍କୁ-କୁ କରିବେ ମଇଁଷିପଲ ବସାକୁ ନେଉଟି ଆସନ୍ତି। ସେତିକିବେଳେ ମହାକୁଡ଼ ଦୁହାଁଳୀ ମଇଁଷିଗୁଡ଼ାଙ୍କୁ ଛନ୍ଦି ଦୁହିଁ ପକାଏ। ଦିନ ଘଡ଼ିକି ସରିକି ମହାକୁଡ଼ାଣୀ ଦେବକୀ କାଣ୍ଡିଆକୁଣ୍ଡା ମିଶା ସେରେ ଚାଉଳର ଗୋଟିଏ ପୋଡ଼ପିଠା, ପାଞ୍ଚ ସେର ଅକାଣ୍ଡିଆ ବରଗଡ଼ା ଚାଉଳ ଆଉ ଧୂଆଁପତ୍ର ବିଡ଼େ ଧରି ଗୋଠରେ ହାଜର। ମହାକୁଡ଼ର ତେତିକି ମାତ୍ର ଦୈନିକ ଖାଦ୍ୟ। ସକାଳୁ ପିଠାଟି ଖାଇ ଦେଇ ସେରେ ନିରୁତା ମଇଁଷି ଦୁଧ ପିଇଦିଏ। ଦିନ ଦୁଇ ପହର ସରିକି ଅଢ଼େଇ ସେର ଚାଉଳ ଟିକିଏ ଫୁଟାଫୁଟି କରିଦିଏ। ବଣରୁ ଯଦି କିଛି କାଙ୍କଡ଼, ଡଙ୍କ, ମଟକା, ଫୁଟଗୁଡ଼ୀ ମିଳି ଥାଏ ତାକୁ ଚାଉଳରେ ପକାଇ ଦେଇ ଥାଏ। ତରକାରୀ ପାଇଁ ଶୋଚନା ନଥାଏ। ବଖତରେ ୨ ସେର ଚାଉଳ, ଦୁଇ ସେର ନିରୁତା ମଇଁଷି ଦୁଧ ମୂଳ ଖାଦ୍ୟ। ବୋଇଲା –

'ମଇଁଷି ମଣେ ନୁହା ଚଣାଖିଆ,
ଘୁଷୁରୀ ମଣେ ଧାଇ।'

୧। ପ୍ରଚଳିତ ପାଠ- ସୁବଳ

ମହାକୁଡ଼ାଣୀ ଚାଉଳ ପିଠା ତେତିକ ଦେଇ ଘରର ଦୁଃଖ ସୁଖ, ଗାଁ'ର ହାଲଚାଲ, ବନ୍ଧୁବାନ୍ଧବ ଖବରାଖବର କହି ନିତି ଦୁଧ କଳସିଟି ମୁଣ୍ଡରେ ମୁଣ୍ଡେଇ ଘରକୁ ବାହୁଡ଼ି ଆସେ। ଗ୍ରୀଷ୍ମକାଳରେ ମହାକୁଡ଼କୁ କିଛି ହରବରରେ ପଡ଼ିବାକୁ ହୁଏ। ବଣରେ ନାହିଁ ପାଣି, ଏଣେ ମଇଁଷିଗୁଡ଼ାକ ଦୁଇପହର ଯାଏ ଜଳଜନ୍ତୁ ପରି କାଦୁଅ ପାଣିରେ ବୁଡିବେ, ନାକଟି ଖାଲି ଦିଶୁଥାଏ। କ'ଣ କରିବେ? ବଣରୁ ବାହାରି ପାଠକୂଳରେ ଆସି ପଡ଼ନ୍ତି। ସେଠାରେ ପାଣି ଆଉ ଚରାର ଅଭାବ ଥାଏ ନାହିଁ। ମହାକୁଡ଼ ବଡ଼ ଗୋଟାଏ ତାଳପତ୍ର ଛତା ପାଠ କୂଳରେ ପୋତି ଦେଇ ତାହାରି ଭିତରେ ରୋଷେଇବାସ କରେ ଓ ରାତିରେ କଠୋଉ ଯୋଡ଼ାକ ମୁଣ୍ଡରେ ଦେଇ ତେଲଗୁଣି ପୋକ ପରି ମୋଡ଼ିମାଡ଼ି ଶୁଏ। ଶୋଇବା ପାଖରେ ଦୁଇ ତିନି ଗଦା ମଇଁଷି ଧୂଆଁ ଜଳୁଥାଏ। ତେବେ ସୁଦ୍ଧା ପାଠ କୂଳରେ କାଳିଆ କାଳିଆ ଡେଙ୍ଗା ଗୋଡ଼ିଆ ବଡ଼ ବଡ଼ ଏନେ ମଶା ଯେ ସମ୍ଭାଳି ହୁଏ ନାହିଁ। ମହାକୁଡ଼ କ'ଣ କରେ କି ପାଠ ଭିତରୁ ହାଣ୍ଡିଏ ପଙ୍କ ଆଣି ଗୋଡ଼ ଆଙ୍ଗୁଠି ଠାରୁ ଅଣ୍ଟା ଯାଏ ଲେପିଦେଇ 'ମା' ଗିହାଲୁ ଭାଇଏ ମଶା' କହି ଶୋଇପଡ଼େ। ପିଠି ହାତ ପୋଡ଼ି ଉଠିଲେ ଚାପଡ଼ା ଚପଡ଼ାକେ ଦୁଇ ତିନି ପୁଞ୍ଜା ମଶା ଦଳି ହୋଇଯାଏ। ଟିକିଏ ନିଦ ଭାଙ୍ଗିଗଲେ, "ଆଲୋ ମାଳତୀ! ଆଲୋ ଶୁକ୍ରୀ! ଆଲୋ କାଳୀ!" କୁହାଟି ଦିଏ। ମଇଁଷିଗୁଡ଼ାକ ମାକୁଡ଼' କଥା ବୁଝନ୍ତି, ଦୂରରେ ଥିଲେ ପାଖକୁ ଆସନ୍ତି। ଓଲିଆ ମଇଁଷି ବେକରେ କାଠଘଣ୍ଟି ବନ୍ଧା ଥାଏ, ଫାଶ ଫନ୍ଦା ଡାଳୁଅ ବିଲରେ ପଡ଼ିଲେ ଧାଇଁଯାଇ ବାଡ଼େଇ ଆଣେ।

ଗଳ୍ପସ୍ୱଳ୍ପ: ପ୍ରଥମ ଭାଗ -:- ୩୯

୨। ପ୍ରଚଳିତ ପାଠ- ମହାକୁଡ଼

ବର୍ଷେ କ'ଣ ହେଲା କି ଅଚାନକ କାହୁଁ ଠାକୁରାଣୀ ଆସି ପଲରେ ପଶିଗଲା। ଦିନ ଆଠଟା ଭିତରେ ଅଢ଼େଇ ବୋଡ଼ିଅ ପଲଟା ଏକାବେଳକେ ପଟାରୁଟ୍। ମହାକୁଡ଼ର ତ ଅଣ୍ଟା ବସି ଗଲାଣି। ଗାଲରେ ହାତ ଦେଇ ବସି ଥାଏ। ମହାକୁଡ଼ାଣୀ ଆସି କହିଲେ, "କିରେ ମହାକୁଡ! ତୁ ଇମିତି ବସି ଭାବୁଛୁ କ୍ୟାଁ? ଅଣ୍ଟା ବସି ଗଲାଣି! ଓହୋ! ଏ ଲାଗି ଗୋଟାଏ ଭାବନା? ଯା ହେବାର ହେଲା। ଆରେ ମୋ' ଭାଇ ଗୋଠରୁ, ବୃନ୍ଦା ବାରିକ ଗୋଠରୁ ଦୁଧ କାଟ ଆଣି ଲଗାଇ ଦେବି ବେପାର। ବର୍ଷ ଦି'ଟା ଭିତରେ ଯେ ପଲକୁ ସେ ପଲ ଗୋଟି ଗୋଟି ଗଣି ନେ।"

ମହାକୁଡ଼ କ'ଣ କଲା କି ଠାକୁରାଣୀ ଦାଢ଼ ବାହୁଡ଼ା ପିଲାପିଚିକା ଯେ ଦୁଇ ଚାରିଖଣ୍ଡ ଲାଙ୍ଗୁଡ଼ ଥିଲା, ବିକି ବାକି ପକାଇ ଜମିଦାରର ଚାରି ପଲରେ ସେଠ ହେଲା। ଏଡ଼େ ବଡ଼ ଚାକିରୀ ହେବାରୁ ମହାକୁଡ଼ାଣୀ ତ ବଡ଼ ଖୁସି। ଗାଁ'ରେ ତାକୁ କେହି ସେଠାଣୀ ନ କହିଲେ ଭାରି କଳି କରେ, ମାଇକିନିଆ ହେଉ ମିଣିପ ହେଉ ବାଡ଼େଇବାକୁ ଧାଏଁ।

ଶୀତଦିନିଆ ପୁଲିସ ସାହେବ ମକ୍ରାମପୁର ଫାଣ୍ଡି ତଦାରକ କରିବାକୁ ଯାଇଥିଲେ। ଫାଣ୍ଡି ପାଖ ତୋଟାରେ ଡେରା ପଡ଼ିଥାଏ। ଡେରା ପାଖକୁ ଅଧକ୍ରୋଶ ଦୂରରେ ପାଠ। ସରାଳି, କାଜ, ମାଣିକ ଯୋଡ଼, ଜଳ ଫିମ୍ପି, ପାଣିହଂସ, ଚକୁଆ, ଦା-ବେକିଆ, ବଗ ଚଢ଼େଇ ଭର୍ତ୍ତି। ସାହେବଙ୍କ ନଜର ଯିମିତି ପଡ଼ିଗଲା, ବନ୍ଧୁକ କାନ୍ଧରେ ପକାଇ ଶିକାରକୁ ବାହାରିଲେ। ପଛରେ ଜଣ ଚାରି କନେଷ୍ଟବଲ, ଆଠ ଦଶ ଜଣ ଚୌକିଦାର; ମୁଣ୍ଡରେ ଲାଲ, କଳା, ହଳଦିଆ ଛିଣ୍ଡା ପାଗ ଖଣ୍ଡେ ଖଣ୍ଡେ ଗୁଡ଼ାଇ ଚିତେ ଚିତେ ବାଉଁଶ ଡେଙ୍ଗ୍ କାନ୍ଧରେ ପକାଇ ଧାଇଁଛନ୍ତି। ସାହେବ ପାଠକୂଳରେ ପହୁଞ୍ଚି ଯିମିତି ବନ୍ଧୁକଟା ଦୁମ୍‌କରି ଆୱାଜ କଲେ ହଜାର ହଜାର ଚଢ଼େଇ ତ କେଁ କଟର କରି ଆକାଶରେ ଉଡ଼ି ଚକର ଦେଇ ଘୂରିଲେ। ବୋଧହୁଏ ସେମାନେ ତଳକୁ ଅନାଇ ବିଚାର କରୁଥିବେଂ, "କାଳେ ଦେଖା ନାହିଁ ଶୁଣା ନାହିଁ, ଆଜି ଏଟା କ'ଣ ? ଏଟା ତ ଧଳା ମଣିଷ ପରି ଦିଶୁଛି, ଏଟା କ'ଣ ?" ସେମାନେ ଆପଣା ଆପଣା ଭିତରେ ଯେଉଁ କଥା ଭାଷା ହେଉଥିଲେ ସେଇଟାକୁ କହୁଛୁଁ 'କେଁ କଟର।'

ଯୋଡ଼ାଏ କାଜ ଦେହରେ ଛିଟା ବାଜି ଡେଣା ଓ ଗୋଡ଼ ଭାଙ୍ଗିଗଲା। ହେଲେ କ'ଣ ହେଲା ଠା ନ ପଡ଼ି ଖଣ୍ଡିଉଡ଼ା ଦେଇ ଯାଇ ପାଠ ମଝିରେ ଯାଇ ପଡ଼ିଲା। ଯାଉଛି କିଏ, ସାହେବ ତ ସମସ୍ତଙ୍କ ମୁହଁକୁ ଅନାଉଛନ୍ତି। ଜଣା ଅଛି ପାଠ ମଝିଟା ତାଳେ ଗହୀର। ମଣିଷଖିଆ କୁମ୍ଭୀର ଯୋଡ଼ାଏ ଥିବାର ବି ଶୁଣା ଅଛି। କନେଷ୍ଟବଲମାନଙ୍କର ତ ଡ୍ରେସଂ ଭିଜି ଯିବ। ଚଉକିଆ ଗୁଡ଼ାକ ଗାଉଁଲିଆ, ପହଁରି ଜାଣନ୍ତି ନାହିଁ। ଅସଲ କଥା, କାହାରି ମନକୁ ଭରସା ଖଟୁ ନାହିଁ ଯେ ଯିବଂ। ସାହେବ ନୋହିଲେ ଜରିମାନା କରିବ, ନୁହେଁ

ଚାକିରୀ ଛଡ଼ାଇ ଦେବ; ଜାଣି ଶୁଣି ଗୋମୁହାଁ କୁମ୍ଭୀର ମୁହଁକୁ କେ ଯିବ ? ସେତିକିବେଳେ କ'ଣ ହେଲା କି ଆମ୍ଭମାନଙ୍କ ସେଠେ ପଲ ତନଖି କରିବାକୁ ଯାଇ ସେଠି ପାରିଧି ଦେଖୁଥିଲେ। କୁହା ନାହିଁ ବୋଲା ନାହିଁ କଅଣ ମନକୁ ଆସିଲା ହୁଡ଼ ହୁଡ଼ କରି ପାଣିରେ ପଶିଗଲେ। ଦଣ୍ଡକ ଭିତରେ କାଜ ଦୁଇଟାକୁ ଆଣି ସାଇବ[୭] ଆଗରେ ଥୋଇ ଦେଲେ। ସାହେବ ତ ମହାଖୁସି। ଗୋଡ଼ରୁ ମୁଣ୍ଡ ଯାଏ ତିନି ଥର ଅନାଇଲେ, ପଞ୍ଝହତା ମର୍ଦ – ବାହୁ ଯୋଡ଼ାକ ଗୋଲ ଗୋଲ ମୋଟା ମୋଟା, ଦୁଇ ହାତରେ ରେକା[୮] ପାଇବ ନାହିଁ, ମୁଠୁଣିଏ ଚଉଡ଼ା ଛାତି, ଚକା ମୁହଁ, ଗଉଡ଼ା ନାକ, ଜଙ୍ଘଗୁଡ଼ାକ ସଳଖ ମୋଟା ଶାଳଗଜାପରି। ସାହେବ ଭାରି ଖୁସି ହୋଇ ପଚାରିଲେ, "ତୁମ୍ କୋନ୍ ହେୟ?" "ମଣିମା ମୁଁ ଜମିଦାର ପଲର ସୁବଳ ସେଠ।" ସାହେବ – "ତୁମ୍ କନେଷ୍ଟବଲ ନୌକରି କରେଗା?" ସେଠିଏ ଟିକିଏ ଗୁମ୍‌ମାରି ରହିଲେ। ଦଣ୍ଡକ ବାଦ କହିଲେ, "ମୁଁ ଘର ଆଡ଼େ ନ ବୁଝି କହି ପାରୁ ନାହିଁ।" ସାହେବ ବୁଝିପାରିଲେ ନାହିଁ। ଜମାଦାର ମୁହଁକୁ ଚାହିଁଲେ, ଜମାଦାର ଇଂରେଜ ପଢୁଆ ବୋଲି ଚୌକିଦାର ମାନଙ୍କୁ ଜଣା। ଆମ୍ଭେମାନେ ଜାଣୁଁ ସେ ଫାଷ୍ଟବୁକ୍ ଖଣ୍ଡକ ବିଲକୁଲ ପଢ଼ିଥିଲେ, ଆଉ କାଗଜରେ ଇଂରେଜୀରେ ଦସ୍ତଖତ କରନ୍ତି। ସେ ମହାକୁଡ଼ କଥା ଇଂରେଜୀରେ ସାହେବଙ୍କୁ ବୁଝାଇ ଦେଲେ।"Sir, this guala Mahakur says he as his wife, If she says, he will constable."[୯] ସାହେବ ମନ ମଧ୍ୟରେ ଟିକିଏ ହସିଲେ। ଅସଲ କଥାଟା ବୁଝିବାକୁ ଦି ମିନିଟ୍ ଡେରି ହେଲା। ପକେଟରୁ ନୋଟ୍‌ବୁକ୍ ବାହାର କରି ଲେଖିଲେ "Subal Singh is fit to be a constable. He seems to be a clever man and knows how to show respect to the fair sex."[୧୦] ହୁକୁମ୍ ଦେଲେ, "ତୁମ୍ କାଲ ଫଜର ଡେରା କା ପାଶ୍ ହାଜର ହୋ।"

୩। ପ୍ରଚଳିତପାଠ- ଠେଙ୍ଗା

୪। ପ୍ରଚଳିତପାଠ- କରୁଥିଲେ

୫। ପ୍ରଚଳିତପାଠ- ଦରେସ୍

୬। ପ୍ରଚଳିତପାଠ- କେ ଯିବ?

୭। ପ୍ରଚଳିତପାଠ- ସାହେବ

୮। ପ୍ରଚଳିତପାଠ- ଚେକା

୯। ପ୍ରଚଳିତପାଠ- 'Sir, this guala Mahakur says he ask his wife, if she says, he will constable.'

୧୦। ପ୍ରଚଳିତପାଠ- 'He is stout and strong'ର ଉଲ୍ଲେଖ ନାହିଁ।

ସୁବଳ ସିଂହ ସାହେବଙ୍କ ଅର୍ଦ୍ଦଳି। ସାହେବ ତ ଭାରି ଶିକାର ପ୍ରିୟ। ଶିକାର ସରଞ୍ଜାମ ତାହା ଜିମା ଥାଏ। ସୁବଳ ସିଂହ ନ ଥିଲେ ସାହେବ ଶିକାରକୁ ବାହାରି ପାରନ୍ତି ନାହିଁ। ସୁବଳ ଉପରେ ସାହେବଙ୍କର ଅନୁଗ୍ରହ ଦେଖି ଭଲ ଭଲ ଲୋକମାନେ ତାହାର ଅନୁସରଣ କରି ଥାଆନ୍ତି। ସେଥିରେ ତାହାର ଦରମା ମାସିକ ୯ ଟଙ୍କା ଛଡ଼ା ଉପୁରି ଦି' ଚାରି ପଇସା ବେଶ ରୋଜଗାର ହୁଏ। ହେଲେ ସବୁ ଦେବକୀ ହିସାବ କରି ନିଏ। କେବେ କାଳେ ସିଂହର ଟଙ୍କେ ମଷେ ବେଜାୟ ଖରଚ ଧରା ପଡ଼ିଲେ ଦେବକୀ ଖପା ହୋଇ ଗାଳିଦିଏ- "କାଠଖିଆ, ତୁ ତ ଟଙ୍କା ଏଇରକମ ଉଡ଼େଇବୁ, ପର ଘରେ ଗୋଲାମି କରୁଛୁ କ୍ୟାଁ ?" ଆଉ ଗୋଟିଏ କଥା, ମା'କୁଡ଼ ସିଙ୍ଗ[11] ହେଲାରୁ ଦେବକୀ ନାମ ହେଲା ସିଙ୍ଗାଣୀ[12] ସେ ଆପେ ଗାଁ'ଯାକ ଏହି ନାମ କହି ଆସିଲା। ସିଂହଙ୍କର ଦି' ତିନି ବରଷ ଚାକିରୀ ବାଦେ ଥରେ ପୁଲିସ ସାହେବ, ମେଜେଷ୍ଟର ସାହେବ ମିଶି ଡୋମପଡ଼ା ବଣକୁ ଶିକାର କରି ଯାଇଥିଲେ। ମେଜେଷ୍ଟର ସାହେବ ଗୋଟେ କେନ୍ଦୁଆକୁ ଯିମିତି ଗୁଳି କରିଛନ୍ତି, ହେଲା ଅଣ୍ଟାଗୁଳି, କେନ୍ଦୁଆଟା ଗୋଟାଏ ଝୁମ୍ପୁଡ଼ିଲଗା ଭିତରେ ପଶି ଗର୍ଜନ କରୁଥାଏ। ସାହେବ ସଙ୍ଗରେ ଶ'କଡ଼ା ବେଠିଆ, ଯୋଡ଼ାଏ ହାତୀ, ଘାଉଲା କେନ୍ଦୁଆ ପାଖକୁ ଯାଉଛି କିଏ ? ଘାଉଲା ବାଘ, ଧଇଲା ଯମ ଏକା କଥା। ପୁଲିସ ସାହେବ ସୁବଳ ସିଂହ ମୁହଁକୁ ଚାହିଁଲେ। ସିଂହେ ଉଁ କି ଚୁଁ ନ କରି ପଶିଲେ ବଣରେ। ସିଂହେ ସେଇ ମଇଁଷିମଣା ଠେଙ୍ଗା ଆଜି ଯାଏ ଛାଡ଼ି ନାହାନ୍ତି। ବାଘ ମୁଣ୍ଡରେ ଚାରି ପାହାର କଷି ଦେଇ ଲାଞ୍ଜ ଧରି ଭିଡ଼ି ଭିଡ଼ି ଆଣି ମେଜେଷ୍ଟର ସାହେବଙ୍କ ଆଗରେ ଥୋଇଦେଲେ। ସଙ୍ଗେ ସଙ୍ଗେ ନଗଦ ୨୦ ଟଙ୍କା ବକ୍ସିସ୍, ଆଉ ୧୫ ଟଙ୍କା ଦର୍ମା ଜମାଦାରୀ। ଏତେ ହେଲା ହଁ, ହେଲେ ସିଂହଙ୍କୁ କାଳ ସହିଲା ନାହିଁ। କାର୍ତ୍ତିକ ମାସିଆ ଛୁଟି ନେଇ ଘରକୁ ଆସିଛନ୍ତି, କାହୁଁ ଗୋଟାଏ କାଳ-ଜ୍ୱର ଆସି ମାଡ଼ି ବସିଲା। ଜର ସଙ୍ଗେ ସଙ୍ଗେ ସନ୍ନିପାତ। ଦିନ ତିନିଟାରେ ଶେଷ।

୧୧। ପ୍ରଚଳିତପାଠ- ସିଂହ

୧୨। ପ୍ରଚଳିତପାଠ- ସିଂହାଣୀ

ଏଣେ ସିଂହାଣୀଙ୍କର ଦେହରେ ଯିମିତିକା ବଳ, ମନରେ ବି ସେହି ପରି ସାହସ; ଘୋର ବିପଦରେ ପଡ଼ି ହଟିବାର ନୁହନ୍ତି। ସ୍ୱାମୀର ଶୁଦ୍ଧିକାର୍ଯ୍ୟ ସାରି ଆପଣା ବେଉସାରେ ଲାଗିଗଲେ। ସିଂହେ ସିଂହାଣୀ ରୂପରେ ଗୁଣରେ ସମାନ। ବିଧାତା ଯେମନ୍ତ ଗୋଟିଏ ଚକରେ ଦୁଇଜଣଙ୍କୁ ଗଢ଼ିଛନ୍ତି; ତେବେ ସିଂହାଣୀ ଉଚ୍ଚାରେ ଅଧଚୌକେ ବେଶି ହେବେ। ନାହି ତଳକୁ ଲୁଗା ପିନ୍ଧିଥିଲେ ପେଟଟି ଛ ନଉତିଆ ଧାନ ଉଷୁନା କଳା ହାଣ୍ଡି ପରି ବାହାରି ପଡ଼ିଥାଏ। ସିଂହାଣୀ ଅଳଙ୍କାରକୁ ବୋଧହୁଏ ବଡ଼ ଭଲ ପା'ନ୍ତି। ପ୍ରଥମେ ବିଧବା ଦିନ ଦେହରୁ ସବୁ ଅଳଙ୍କାର କାଢ଼ି ପକାଇଥିଲେ। ଶୁଦ୍ଧ ବାସିଦିନ ଫେର ହାତଗଣ୍ଠିଠାରୁ କହୁଣୀଯାଏ ଦଶବିଶାର ପିତଳବାହି ବଳା ଦୁଇ ହାତରେ ଲଗାଇ ଦେଲେ। ନାକରେ

ତୋଳାଏ ଓଜନର ସୁନାଗୁଣା ଚେପଟା ବିଶାଳ ନାକକୁ କାମୁଡ଼ି ଧରିଥାଏ। ବେକରେ ଦଶ ଦଶ ଗଣ୍ଡା ଗୋଡ଼ଲଗା ଟଙ୍କାମାଳ ନାହିଯାଏ ଲମ୍ବି ପଡ଼ିଥାଏ। ଦୁଇ ହାତରେ ଦି' ପୁଞ୍ଜା ଗେଣ୍ଡା ପରି ଛାପ ମୁଦି। ସିଂହାଣୀଙ୍କ ସାହସ ଊଣା ନୁହେଁ। ଗାଁ' ମୁଣ୍ଡ ନିଛାଟିଆରେ ଘର, ଛୁଆଟାକୁ ଧରି ଏକୁଟିଏ ପଡ଼ିଥାଏ। ସିଂହାଣୀ ହାତରେ ଢେର ଟଙ୍କା, ଏ କଥା ଗାଁ' ଲୋକେ ଜାଣନ୍ତି; ଚୋରଗୁଡ଼ାକ ସନ୍ଧାନ ପାଇ ଦିନେ ଅନ୍ଧାର ରାତିଆ ସିନ୍ଧି କରି ତିନି ଜନ ଚୋର ଘର ଭିତରେ ପଶିଲେ। ସିଂହାଣୀ ଶୋଇଥିଲେ, ତାକୁ ଯିମିତି ମାଡ଼ି ବସିଛନ୍ତି ସେ ତ ହାଉଳି ଖାଇ ହାତ ଯୋଡ଼ାକ ଛିଞ୍ଚାଡ଼ି ଦେଲା। ଚୋର ଗୁଡ଼ାକ ଚାରି ହାତ ଦୂରରେ ପଡ଼ିଗଲେ। ଯୋଡ଼ାଏ ଚୋର ତ ପଳାଇଲେ; ଗୋଟାକୁ ମାଡ଼ି ବସିଲା, ଗାଈ ପଘାରେ ଘର ମଝିଖୁମ୍ବରେ ଭିଡ଼ି ବାନ୍ଧି ଦେଲା। ସକାଳୁ ଗାଁ' ଲୋକେ ଦେଖି ଧାଇଁଲେ, ଏ ଚୋରଟା କିଏ ମ ? ମଲା ମଲା ! ଏ ତ ଗାଁ' ଚଉକିଆ ବାଉରୀ ଝପଟ ସିଂ। ସମସ୍ତେ ପରାମର୍ଶ କଲେ ଚୋରକୁ ଚଲାଣ ଦେବେ। ସିଂହାଣୀ କହିଲା, "ଆଚ୍ଛା ମୁଁ ଚଲାଣ ଦେବି।" ଦୁଇ ଗାଲରେ କଷି ଲଗାଇଲା ଦୁଇ ଚାପଡ଼ା। ଉଆଉଫଡ଼ା ପରି ଗାଲ ଫୁଲିଗଲା, ଚଉକିଆପୁଅ ପନ୍ଦର ଦିନ ଘରୁ ବାହାରି ନାହିଁ, ବିଛଣାରେ ପଡ଼ିଥିଲା। ସିଂହେ ବିଯୋଗ ବେଳକୁ ପୁଅ ଅନନ୍ତାର ହୋଇଥିଲା ଚାରି ବରଷ। ବୟସ ଟଳା ବେଳେ ପୁଅଟିଏ ହେବାରୁ କୋଟିନିଧି ପାଇଥିଲେ। ପୁଅଟିର ଆକାର ବାପା ମା' ପରି, ସେହିପରି ଦେହର ବର୍ଣ୍ଣ। ସିଂହାଣୀ ସଞ୍ଜବେଳେ କାମ ପାଇଟି ସାରି ପୁଅଟିକୁ ଘଡ଼ିଏ କୋଡ଼ରେ ବସାଇ ଗେଲ କରନ୍ତି, ଗେଲ କଲାବେଳେ ଗୀତ ଗାଉଥା'ନ୍ତି –

'ହାତୀ ଝୁଲୁଥାଏ ଲସର ପସର କିଆକନ୍ଦା ଖାଇବାକୁ,
ଅନନ୍ତୁ ଝୁଲୁଛି ଲସରପସର ମାଆଦୁଧ ଖାଇବାକୁ।
ଆକାଶେ ବୁଲୁଛି ଚନ୍ଦ୍ର ଉଦିଆରେ ସଙ୍ଗତେ ବହୁତ ତରା,
ଅନନ୍ତୁ ଝୁଲୁଛି ମାଆକୋଳେ ବସି ଦୁଧ ସେ ଖାଇବ ପରା।
ବାପ ତ ଯାଇଛି ମଇଁଷି ଗୋଠକୁ ମାଆ ତ ଦୁହିଁବ ଗାଈ,
ରାଜାଙ୍କ ଦୁଆରେ ପାଠହାତୀ ବନ୍ଧା ଅନନ୍ତୁ ଚଢ଼ିବ ଯାଇ।'

ଏହି ପରି ଗେଲ କରି ପୁଅକୁ ବସି ଝୁଲାଉଥା'ନ୍ତି। ହାତୁଣୀ କୋଳରେ ହାତୀ ପିଲା ପରି ପିଲାଟି ଝୁଲିଲେ ବଡ଼ ମାନେ। ରୋଜି ବଡ଼ି ସକାଳୁ ଉଠି ପୁଅକୁ ତେଲ ହଳଦୀ ଟିକିଏ ମାଖି ଦେଇ କାଠ ପାନିଆରେ ମୁଣ୍ଡ କୁଣ୍ଡେଇ ମୁଣ୍ଡରେ ଗୋଟାଏ ସାନ ଜଟ ବାନ୍ଧିଦିଏ। ଘଡ଼ିଏ ଯାଏଁ ପୁଅ ମୁହଁକୁ ଚାହେଁ, ତା' ବାଦ ଆପେ ଜିଭ କାମୁଡ଼ି ପକାଇ କୁହେ, "ମା' ଡାହାଣୀ ! ସୁନ୍ଦର ପୁଅଟିକୁ ମୁଁ ଚାହିଁଛି।" ତାହା ବାଦେ ତୁଳସୀ ମୂଳରୁ ଟିକିଏ ମାଟି ଆଣି ମୁଣ୍ଡରେ ଚିତା କରିଦିଏ। ଜଟ ଉପରେ ଟିକିଏ ଗୋବର ଲଗାଇ ଦିଏ। ତାହା ବାଦେ ପୁଅ ଉପରକୁ ଟିକିଏ ଛେପ ପକାଇ ଦିଏ। ଗାଁ'ରେ କେତେ ରକମ ମାଇକିନିଆ ଅଛନ୍ତି,

କାହା ନଜର କେମିତି ? ପୁଅକୁ ହାୟରା କରିଦେବେ। ଏହି ଲାଗି ପୁଅ ବେକରେ ଖଣ୍ଡିଏ ଘୁଷୁରୀଥୋମଣୀ, ଗୋଟିଏ ତମ୍ବା ଡେଉଁରିଆ ଭିତରେ ମହାଦେବ ବେଲପତ୍ରୀ, ଦି'କଡ଼ା କାଣୀ କଉଡ଼ି, ଚାରିଟା ରୂପା ଡେଉଁରିଆ, ମୂଳମୂଳିକା ହାର କରି ପୁଅ ବେକରେ ଲଗାଇ ଦେଇଛି। ବାରଲୋକର ନଜର କଟିଯିବ ବୋଲି ଆପଣା ଗୋଡ଼ରୁ ଟିକିଏ ଧୂଳି ନେଇ ପୁଅ ମୁଣ୍ଡରେ ଲଗାଇ ଦିଏ। ରାତିରେ ସେରେ ଚାଉଳରେ ଗୋଟିଏ ପୋଡ଼ପିଠା କରି ରଖିଥାଏ, ସେ'ଟି ପୁଅ ହାତରେ ଦେଇ ଦହି ମୁହାଁଇ ବସେ। ତାହା ବାଦେ ପସରା ଉପରେ ଦୁଇ ତିନିଟା କଳସୀରେ ଚହ୍ଲା ପୁରାଇ ଗାଁ'କୁ ଦହି ବିକିଯାଏ। ମୁଣ୍ଡ ଉପରେ ପସରାରେ ଦୁଇ ତିନି କଳସୀ ଦହି, ତାକୁ ନ ଧରି ଦୁଇ ବାହୁ ଝୁଲାଇ ଗୋହରୀ ଦାଣ୍ଡରେ ଚାଲିଯିବା ବେଳେ ଲୋକମାନେ ଚାହିଁ ରହନ୍ତି। କୁହନ୍ତି, 'ନନ୍ଦିଘୋଷ ରଥ!' ସିଂହାଣୀର ଢେରଗୁଡ଼ିଏ ନାମ; ଏକ – ଦେବକୀ ଗଉଡୁଣୀ, ଦୁଇ- ମହାକୁଡ଼ାଣୀ, ତିନି – ତାଡ଼କା ଅସୁରୀ, ଚାରି – ନନ୍ଦିଘୋଷ ରଥ, ହେଲେ ସିଂହାଣୀର ଅଜଣାରେ ଲୋକମାନେ ଏହି ସବୁ ନାମ ଦେଇଛନ୍ତି। ସିଂହାଣୀ ବୋଲି ଡାକିଲେ ସେ ବଡ଼ ଖୁସି ହୋଇଯାଏ। ଗାଁ'ରେ କେତେ ଗୁଡ଼ିଏ ଅଟିଆଲା ମଣିଷ ତୁଚ୍ଛାଟାରେ – 'ଏ ସିଂହାଣୀ ! ଦହି ଦେଇ ଯା' ବୋଲି ଡାକନ୍ତି। ଦହି କିଣିବାବେଳେ ତାକୁ ଦୁଇ ଚାରିଥର ସିଂହାଣୀ ସିଂହାଣୀ କହିଲେ ସେ ବଡ଼ ଖୁସି ହୋଇ ଦୁଇ ଚାରି ସଢ଼େଇ ଦହି ଲାଭ ବୋଲି ଢାଳିଦିଏ।

ସୁବଳସିଂହ ବିଯୋଗ ବେଳେ ଅନନ୍ତାର ଚାରି ବରଷ ପୂରି ଯାଇଥିଲା। ଦିନ କିଛି କାହାରି ଲାଗି ବସି ରହେ ନାହିଁ। ଅନନ୍ତାର ଚାହୁଁ ଚାହୁଁ ହେଲାଣି ଦଶ ବରଶ। ହେଲେ କ'ଣ ହେଲା, ଲୋକେ ତାକୁ କୋଡ଼ିଏ ବରଷର ଭେଣ୍ଡିଆ ବୋଲି ଠଉରିବେ। ରୋଜି ସିଂହାଣୀ ଦହି ବିକି ଆସି ମୋଟା ବରଗଡ଼ା ଚାଉଳ ପାଞ୍ଚସେର ଚୁଲୀରେ ବସାଇ ଦିଏ। ସୁବଳସିଂହର ଯେଉଁ ଫରମାସୀ ପିତଳ ବାସନଟା ଥିଲା, ସେଥିରେ ତିନି ସେର ଅନ୍ଦାଜ କଡ଼ଫୁଟା ପେଜୁଆ ଅନ୍ନ ସେ ପିତଳରେ ଢାଳି ପୁଅ ପାଖରେ ପରଷି ଦିଏ। ଅନନ୍ତାର ତରକାରି ପତ୍ର ଲୋଡ଼ା ନାହିଁ, ହେଲେ ମା' ମନ କେତେକେ ମାନେ। ଚୋପା ମିଶା ବିରି ଡାଲି କଂସାଏ, ନୋହିଲେ ଶାଗ ମାମଡ଼ି ସିଜାସିଜି କରି ପୁଅ ପାଖରେ କଂସାଏ ବସାଇ ଦିଏ। ଅନନ୍ତା ଭାତ ଖାଇସାରି ଡାଲି ତେତକ ପିଇଦିଏ। ସିଂହାଣୀ ପୁଅ ଲାଗି ଗୋଟିଏ ଗାଈ ବାନ୍ଧିଛି। ଦିନକୁ ଚାରିସେର ଦୁଧ ଦିଏ। ଅନନ୍ତା ଭାତ ଖାଇସାରି ସେ କଞ୍ଚାଦୁଧତକ ପିଇଦିଏ।

ଏବେ ସିଂହାଣୀ କିଛି ପୁଅଲାଗି ହରବରରେ ପଡ଼ିଲେଣି। ଅସହୁଣୀ ଲୋକଗୁଡ଼ା ଅନନ୍ତାକୁ ଦେଖି ପାରନ୍ତି ନାହିଁ। କିଏ କହିଲା – "ମୋ ବାଡ଼ିରୁ କାକୁଡ଼ି ଖାଇଗଲା" କିଏ କହିଲା – "ମକା ଭାଙ୍ଗି ନେଲା" "ଆମ୍ବ, କୟାଁ, କୋଳିଗଛରେ ଚଢ଼ି ଅନନ୍ତା ଖାଇଗଲା" ବୋଲି ଗାଁ'ଲୋକମାନେ ରୋଜି ସିଂହାଣୀ ପାଖରେ ଗୁହାରି କଲେ। ସିଂହାଣୀ ମନ ମଧ୍ୟରେ

ଗୁହାରିଆମାନଙ୍କ ଉପରେ ରାଗେ, ହେଲେ ପୁଅକୁ କିଛି କୁହେ ନାହିଁ। ଆଜିକାଲି ବି ସଞ୍ଜବେଳେ ଘଡ଼ିଏ ବସି ପୁଅକୁ ଗେଲ କରେ। ଶେଷରେ ସିଂହାଣୀ ବଡ଼ ଦିକ୍‌ଦାର ହୋଇ ଗାଁ'ରୁ ଆସୁଛି, ବାଟରେ ଦେଖିଲା ବଉଳଗଛ ମୂଳରେ ପିଣ୍ଡିଟି ଉପରେ ବୈଷ୍ଣବ ମହାନ୍ତି ଅବଧାନେ ବେତ ଘେନି ଗାଁ' ପିଲାମାନଙ୍କୁ ପଢ଼ାଉଛନ୍ତି। ମନରେ କଲା, 'ଏହି ଚାଟଶାଳୀରେ ଅନ୍ତୁକୁ ବସାଇ ଦେଲେ ପାଠ ବି ହେବ ଆଉ ଗାଁ' ବି ବୁଲି ପାରିବ ନାହିଁ।' ତହିଁ ଆରଦିନ ଅବଧାନ ପାଖରେ ଛାଡ଼ିଦେଇ କହିଲା, "ଅବଧାନେ! ଅନ୍ତୁକୁ ଟିକିଏ ଭଲ କରି ପାଠ ପଢ଼ାଅ।" ଅନ୍ତୁ ଭଲ ପିଲାଟି ପରି ଚାଟଶାଳୀରେ ବସିଗଲା। ସେ ପୃଥିବୀରେ ଏକଲା ମା'କୁ ଡରେ, ଆଉ ମା' କଥା ମାନେ।

ଅବଧାନେ ଭୂଇଁରେ ଅ, ଆ ଲେଖିଦେଲେ, ତା' ଉପରେ ଖଡ଼ି ମଡ଼ାଇବାକୁ କହିଦେଲେ। ତଳେ ହାତ ଚାଲିଛି, ହେଲେ ଉପରେ ବଉଳଗଛରେ କେଉଁଠି କୋଳି ଅଛି, କେଉଁଠି ପାଚିଛି ଅନାଇ ଦେଖୁଥାଏ। ନଜର ପଡ଼ିଲେ ମାଙ୍କଡ଼ ପରି ହୁପ୍‌କରି ଚଢ଼ି ଯାଇ କୋଳି ଆଣି ପାଟିରେ ପକାଇ ଲେଖିବାକୁ ବସିଯାଏ। ତାର ଗଛ ଚଢ଼ାରେ ଭାରି ଅଭ୍ୟାସ। ତା' ତେନ୍ତୁଳି ଗଛକୁ ମାଙ୍କଡ଼ ଆସିଲେ ଉପରକୁ ଉଠିଯାଏ ମାଙ୍କଡ଼ ଲାଙ୍ଗୁଡ଼ ଧରି ତଳେ କଚାଡ଼ି ମାରି ପକାଏ। ଗଛ ଚଢ଼ାରେ ମାଙ୍କଡ଼ ତା' ସଙ୍ଗରେ ପାରିବେ ନାହିଁ। ଏଣେ କେତେଟା ଦିନ ଭିତରେ ଅବଧାନେ ଅଥୟ ହୋଇଗଲେଣି। ତା' ଡରରେ ଚାଟଶାଳୀରୁ ଆଉ ଟିକିଏ ଗୋଡ଼ କାଢ଼ି ପାରୁ ନାହାନ୍ତି। ଟିକିଏ ଅବଧାନେ ପଛ କଲେ, ଚାଟଶାଳୀରେ ଭାରି ଗୋଟାଏ ଚହଳ ପଡ଼ିଯାଏ। କେଉଁ ପିଲାକୁ ପେଲିଦେଲା, କାହାକୁ ଧକା ମାରିଲା, କାହା ଗୋଡ଼ ଧରି ଟାଣିଲା, କାହାକୁ କଚାଡ଼ି ଦେଲା – ଏହିପରି ଲାଗେ। ଆଉ ପିଲେ ତାହାକୁ ବାଡ଼େଇଲେ ତା'ର ଭାରି ଆନନ୍ଦ, ସେ କାହାରିକୁ ବାଡ଼ାଏ ନାହିଁ; ହେଲେ ତାକୁ ଡରରେ ବାଡ଼ଉଛି କିଏ? ଅବଧାନେ ପହିଲେ ପହିଲେ ସିଂହାଣୀର ଡର, ଆଉ ସେ ଦହି ବିକିସାରି ବାହୁଡ଼ା ବେଳେ ଅବଧାନଙ୍କ କଂସାରେ ଯେ ଚାରି ସଢ଼େଇ ଚଲ୍ଲା ଢାଳି ଦେଇଯାଏ ତେତିକି ଲୋଭରେ ଅନ୍ତାକୁ କିଛି କହୁଥିଲେ ନାହିଁ। ମଣିଷ ଡର ଓ ଲୋଭରେ ଢେର କାର୍ଯ୍ୟରୁ ନିବୃତ୍ତ ହୁଏ। ଆଉ ସମ୍ଭାଳି ପାରିଲେ ନାହିଁ। ଧରିଲେ ବେତ। ପହିଲେ ଦି ପାହାର ଚାରି ପାହାର, ଛ ପାହାର ପଟାପଟ୍ କରି ପିଟିଲେ। ହେଲେ ଅନ୍ତାର ସେଥିକି ଅନାଇବାକୁ ନାହିଁ। ଅବଧାନେ ପିଟିବାବେଳେ ବଉଳକୋଳିକୁ ଅନାଇଥାଏ, କେବେକେବେ ମାଡ଼ ଜାଗାଟା ଆଉଁସି ଦିଏ। ଆଉ ଚାଟଟୋକାଏ କହନ୍ତି, "ମହାଦେବର ବେଲପତ୍ରୀ ଊଣା, ଅନନ୍ତର ମାଡ଼ର ଊଣା ନାହିଁ।" ଚାଟଶାଳୀରେ ଏତେ ଯେ ମାଡ଼ ତା' ମା' ହେଲେ କିଛି ଜାଣିପାରେ ନାହିଁ। ଅନ୍ତା ସବୁ ଭୁଲିଯାଏ। ଚାଟଶାଳୀରୁ ବାହାରିବା ବେଳେ ସେ ମାଡ଼ କଥା ତାର ମନେ ଥାଏ ନାହିଁ। ଏଇ ରକମ ଚାରି ମାସ ଗଲା, ପାଞ୍ଚ ମାସ ବି ଗଲା, ଅନ୍ତା ଅ ଅକ୍ଷରଟା ଲେଖି ସାରି ଆ ମଡ଼ାଉଛି। କେତେ ଖଣ୍ଡ ବେତ ଛିଡ଼ି ଗଲାଣି, ଅବଧାନେ ଆଉ

ପାରୁ ନାହାନ୍ତି। ତାକୁ ବାହାର ବି କରିଦେଇ ପାରୁ ନାହାନ୍ତି, ଚଲ୍ଲା ମନ୍ଦାକ ବନ୍ଦ ହୋଇଯିବ ଯେ! ଦିନେ ଅବଧାନେ ଆଉ ପାରିଲେ ନାହିଁ। ବେତ ଫୋପାଡ଼ି ଦେଇ ଦି ଚାରିଖଣ୍ଡ ବିଛୁଆତି ଛଡ଼ି ଆଣିଲେ – ଗୋଡ଼ରେ ହାତରେ ପିଠିରେ ଦଶ କୋଡ଼ିଏ ପାହାର କଷି ଦେଲେ। ସେହିଦିନ ଅନ୍ତାକୁ ଟିକିଏ ବାଧିଲା। ହେଲେ ଆଖିରୁ ପାଣି ପଡ଼ି ନାହିଁ। ଚାଟ ଟୋକାଙ୍କ ଆଗରେ କହିଲା, "ଶଳା ମାହାନ୍ତିକୁ ମୁଁ ଦେଖିବି।" ତହିଁ ଆରଦିନ କ'ଣ ହେଲାକି ଅନ୍ତା ଏକଧ୍ୟାନରେ ବସି ଅକ୍ଷର ମଡ଼ାଉଛି, କାହାକୁ ଅନାଇବାକୁ ନାହିଁ। ଭାରି ଭଲ ପିଲାଟିଏ। ଅବଧାନେ ଟେରେଇ ଟେରେଇ ଦୁଇ ଚାରିଥର ତାକୁ ଅନାଇଲେଣି। ଭାରି ଖୁସି। ମନର କଲେ, 'ଏଡ଼େ ସୁନ୍ଦର ଉପାୟ ଥିଲା – ହାୟ! ହାୟ! ଆଗରୁ କ୍ୟାଁ ନ କଲି?'

ଦିନ ପହରକ ସମୟରେ ଅବଧାନଙ୍କୁ ପଦା ଆଡ଼େ ତଲବ ହେଲା। ଡାକି ଦେଲେ, "ଆରେ! ନିଆଁ ଆଣରେ, ଧୂଆଁପତ୍ର ଆଣରେ, ନୋଟା ଆଣରେ।" ପୁଞ୍ଜାଏ କି ଛ'ଟା ଚାଟଟୋକା ଧାଇଁ ଯାଇ ସବୁ ଠିକ୍ କରିଦେଲେ। ଅବଧାନଙ୍କର ସବୁ କାମ ପିଲାମାନେ କରନ୍ତି। ଅବଧାନଙ୍କର ଗୋଡ଼ଘଷା, ପାଲଟା ଲୁଗା କଚା, ସଙ୍କୁଡ଼ି ଧୁଆ ବିଲକୁଲ କାମ ପିଲାମାନେ କରନ୍ତି। ଯେଡ଼େ ଲୋକ ପୁଅ ହେଉ ପଛକେ ଅବଧାନଙ୍କ ଗୋଡ଼ ଘଷିବ। ଗୁରୁଙ୍କ ଗୋଡ଼ ଘଷିଲେ ପାଠ ଆସେ। ଅବଧାନେ ପିକାଟିଏ ଭଲ କରି ମୋଡ଼ିଲେ – ନିଆଁଖୁଣ୍ଟାରେ ପକାଟିଏ ଲଗାଇଦେଇ ଦି'କଳ ଭିଡ଼ିଲେ। ଫୁ କରି ଧୂଆଁ ଛାଡ଼ି କହିଲେ, "କି ବେ ମୁକୁନ୍ଦା। ଧୂଆଁ ଲାଗୁ ନାହିଁ ଯେ?"

ମୁକୁନ୍ଦା କହିଲା – ମୁଁ କ'ଣ କରିବି ଅବଧାନେ? ବାବା ତ କାଲି ହାଟରୁ ଏଇ ଧୂଆଁ ଆଣିଛି।

ଅବଧାନେ – ବେ ବିନ୍ଦିଆ! ତୋ' ବାପ କଟକରୁ ଯେ ବାଲେଶ୍ୱରୀ ଧୂଆଁପତ୍ର ଆଣିଥିଲା, ତାକୁ ଆଉ ଆଣିଲୁ ନାହିଁ ତ!

ବିନୋଦ – ମୁଁ କଅଣ କରିବି ଅବଧାନେ, ମା' ତାକୁ ବିଡ଼ା ବାନ୍ଧି ସିକା ଉପରେ ରଖି ଦେଇଛି; ମୋ' ହାତ ପାଇଲା ନାହିଁ।

ଅବଧାନେ – ଆଚ୍ଛା ତୁ ଗୋଟାଏ କାମ କରିବୁ। ତୋ' ମା' ଯେତେବେଳେ ଗାଧୋଇ ଯାଇଥିବ ତୁ ଗୋଟାଏ ବଡ଼ ପାଛିଆ ଉଗାଡ଼ି ପକାଇବୁ, ତା' ଉପରେ ଚଢ଼ି ସିକାରୁ ଧୂଆଁପତ୍ର କାଢ଼ିବୁ। ସେଥିରୁ ଦୁଇ ଚାରି ଖଣ୍ଡ କାଢ଼ି ନେଇ ବିଡ଼ା ବାନ୍ଧି ସିକାରେ ଥୋଇ ଦେବୁ। ଖବରଦାର! ବେଶିଗୁଡ଼ାଏ ଆଣିବୁ ନାହିଁ। କାଲି ସଖାଳେ ଯଦି ନ ଆଣିବୁ, ଅନାଇଥା' ଏ ବେତକୁ। ଅବଧାନେ ଫେର ଥରେ ଅନ୍ତାକୁ ଅନାଇଲେ। ଅନ୍ତୁ ଧୀରେ ବସି ଖୁବ୍ ମନ ଦେଇ ଅକ୍ଷର ବୁଲାଉଛି। ଅବଧାନଙ୍କର ଭାରି ଦୟା ହେଲା। କଅଁଳରେ କହିଲେ, "ରେ ବାପ ଅନ୍ତୁ! ନେ'ତ – ଟୁକୁଣାଟା ନେଇ ଟୁକୁଣେ ପାଣି ଆଣ ତ, ବହିର୍ଦ୍ଦେଶ ଯିବୁଁ।"

ଅନ୍ତୁ ଭଲ ପିଲାଟି ପରି ଟୁକୁଣା ଧରି ପୋଖରୀକୁ ଜଳ ଆଣିବାକୁ ଗଲା। ଅବଧାନେ ବସି ପିକା ଟାଣୁଥାନ୍ତି। ଅନ୍ତୁ ଆସେ ନାହିଁ – ବଡ଼ ମଠ କଲା। ଅବଧାନେ ଆଉ ସହି ପାରିଲେ ନାହିଁ। ଦୁଇଥର ତିନିଥର ପୋଖରୀ ତୋଠ ଆଡ଼କୁ ଅନାଇଲେଣି। ସେଠାରୁ ଉଠି ପିକା ଭିଡ଼ି ଭିଡ଼ି ତୋଠ ଆଡ଼କୁ ଚାଲିଗଲେ। ଅନ୍ତୁ ଟୁକୁଣାଟି ଧରି ଆଡ଼ି ଉହାଡ଼ରେ ଲୁଚି ପଡ଼ି ଅବଧାନଙ୍କୁ ଅନାଉଥିଲା – ଆସୁଥିଲା ନାହିଁ। ଅବଧାନ ଉପରେ ଯେମିତି ନଜର ପଡ଼ିଛି, ଧୀରେ ଧୀରେ ପାଖକୁ ଚାଲି ଆସିଲା। ଅବଧାନଙ୍କ ହାତକୁ ଟୁକୁଣାଟି ଏମିତି ବଢ଼ାଇ ଦେଲା, ଯେମିତି ଟୁକୁଣାର ପାଣିକୁ ଅବଧାନଙ୍କର ନଜର ନ ପଡ଼େ। ଅବଧାନେ ଡେବିରି ହାତ ପାଞ୍ଚଆଙ୍ଗୁଳିରେ ଟୁକୁଣା ଫନ୍ଦଟି ଧରି ଡାହାଣ ହାତରେ ପିକା ଭିଡ଼ି ଭିଡ଼ି ଗାଁ' ଶେଷମୁଣ୍ଡ ଗହୀର ବିଲକୁ ବହିର୍ଦ୍ଦେଶ ଗଲେ। ଅଧଘଣ୍ଟାଏ ହୋଇ ନାହିଁ, ଅବଧାନେ ତ ବିଲରୁ ଚାରି ଚାରି ହାତ ଚିଲା ମାରି ରଡ଼ି ଛାଡ଼ି ଧାଇଁଛନ୍ତି। ଲୁଟା କେଉଁଠି ପଡ଼ିଲାଣି। ଲୁଗା ଖଣ୍ଡ ପଡ଼ିଥା'ନ୍ତା, ହାତରେ ଜାବୁଡ଼ି ଧରିଛନ୍ତି, ହେଲେ ଅଧା ଲଙ୍ଗଳା, "ରେ ଅଳପାଇସିଆ ରେ! ରେ ସର୍ବନାସିଆ ଅନ୍ତା ରେ! ମାରି ପକାଇଲା ରେ।" ଯେମିତି ଚାଟଶାଳୀରେ ପହୁଞ୍ଚିଗଲେ, ଧରିଲେ ବେତ – "କାହିଁ ଅନ୍ତା?" ଆଉ ଅନ୍ତା! ଅନ୍ତା ଅନ୍ତର୍ଦ୍ଧାନ।

ଅବଧାନେ ଚାଟଶାଳୀର ଏ ମୁଣ୍ଡ ସେ ମୁଣ୍ଡ ଗଡ଼ାଗଡ଼ି କରୁଛନ୍ତି, ପାଣି ପାଣି ରଡ଼ି ଛାଡ଼ିଲେ। ଗୋଟିଏ ପିଲା ଧାଇଁ ଯାଇ ତାଙ୍କ ରୋଷାଇଘର ମାଠିଆରୁ କଂସାଏ ପାଣି ଆଣି ଦେଲା। ସେହି ପାଣିରେ ହାତ ଧୋଇ ପକାଇ ଯେମିତି ଗୋଟାଏ କୁଳକୁଞ୍ଚା କରିଛନ୍ତି, କଂସାଖଣ୍ଡ ପାଞ୍ଚହାତ ଦୂରକୁ ଫୋପାଡ଼ି ଦେଇ - 'ବୋପା ଲୋ! ମା' ଲୋ!' ବୋଲି କହି ଗଡ଼ିଲେ। ଆଉ ରଡ଼ି କରି ପାରୁ ନାହାନ୍ତି, ଖାଲି ଗଁ ଗଁ ଗର୍ଜୁଛନ୍ତି। ମୁହଁ ଭାରି ଫୁଲିଗଲାଣି – ଆଖିପତା ଫୁଲିଯାଇ ମାଡ଼ି ପଡ଼ିଲାଣି – ଆଖିକୁ ଦିଶୁ ନାହିଁ। ଗାଁ ଲୋକେ ଉଜାଡ଼ି ପଡ଼ିଲେ।'କ'ଣ ହେଲା, କ'ଣ ହେଲା' କହି ଦି' ଚାରି ଜଣ ଅବଧାନଙ୍କୁ ଧରି ପାଣିରେ ପକାଇଲେ। ସଞ୍ଜବେଳ ସରିକି ଅବଧାନଙ୍କୁ ବଡ଼ ଶୀତ ଲାଗିଲା। ପାଣିରୁ ଛାଙ୍କି ଆଣି ପାଏ ଖସା ତେଲ ଅବଧାନଙ୍କ ଦେହଯାକ ଘଷିଲେ। ତେତେବେଳେ ଅବଧାନଙ୍କ ପାଟିରୁ କଥା ବାହାରିଲା। ହେଲେ, ମୁହଁଟା ଆଟିକା ପରି ଫୁଲିଯାଇଛି। ଭଲ କରି କଥା କହି ପାରୁ ନାହାନ୍ତି। ଅବଧାନେ ଜଣାଇଲେ, 'ଭାରି ଭୋକ।' ଆଉ ତ କିଛି ଖାଇ ପାରିବେ ନାହିଁ। ଗାଁ' ଲୋକେ ଅଧସେରଟାଏ ଗରମ ଦୁଧ ଆଣି ଦେଲେ। ଢୋକେ ଢୋକେ କରି ତେତକ ପିଇ ଦେଇ ଅବଧାନେ ଟିକିଏ ସାଷ୍ଟମ ହୋଇ ବସିଲେ। ଥଣ୍ଡା ପଡ଼ିଗଲା – ଖସା ତେଲରେ ବାଇଡଙ୍କ ବିଷ ହରେ! ଅବଧାନେ ଟିକିଏ ସାଷ୍ଟମ ହେଲେଣି। ଗାଁ'ର ସବୁ ଲୋକେ ଜମା ହୋଇଥିଲେ। ପୁରୁଣା ପାଞ୍ଚଜଣ ଲୋକ ତନଖି କରିବାକୁ ବସିଗଲେ।'କଥା କ'ଣ? – କ୍ୟାଁ ଅବଧାନେ ଏପରି ହେଲେ?' ପ୍ରତ୍ୟକ୍ଷ ଏବଂ ପାର୍ଶ୍ୱବର୍ତ୍ତୀ ପ୍ରମାଣ ଏବଂ ଅବଧାନଙ୍କର ପୂର୍ବ

ବ୍ୟବହାର ଆଲୋଚନା କରିବାରେ ସାଫ୍ ଜଣାଗଲା, ଏଟା ରାଣ୍ଡିପୁଅ ଅନନ୍ତାର କାମ। ସାଫ୍ ପ୍ରକାଶ ପାଇଲା କି, ଅବଧାନେ ଯେ ବିଚ୍ଛୁଆତି ଛଡ଼ିରେ ପିଟିଥିଲେ, ତା ମନରେ ଥିଲା ରାଗ। ଆଜି ସଖାଳେ ଯେମିତି ଅବଧାନେ ଟୁକୁଣାଏ ପାଣି ଆଣିବାକୁ କହିଲେ, ସେ ପୋଖରୀକୁ ଟୁକୁଣା ଘେନି ଯାଇ ଅଧଟୁକୁଣେ ଅଠାଳିଆ କାଦ ଭର୍ତ୍ତି କଲା। ଲୋକେ ଦେଖିଛନ୍ତି, ପୋଖରୀ ଅଡ଼ି ବଣ ଉପରେ ଯେ ବାଇଡଙ୍କ ଲତା ମାଡ଼ିଛି ସେଥିରୁ ଦୁଇପୁଞ୍ଜା ଫଳ ଆଣି ଖପରାକାତି ଖଣ୍ଡକର ଆଁଶୁ ସବୁ ଚାଞ୍ଛିଛି। ଟୁକୁଣାରେ ଅଧେ ଆଁଶୁ ମିଶାଇ ଦେଇ ଆଉ ଗୁଡ଼ାଏ ପତ୍ର ଖଣ୍ଡରେ ପୋଟଳା କରି ଅଣ୍ଟିରେ ଖୋସିଥିଲା। ଅବଧାନେ ଯେମିତି ପଦା ଆଡ଼େ ଯାଇଛନ୍ତି, ତାଙ୍କ ରନ୍ଧାଘରେ ଯେଉଁ ପାଣି କୁମ୍ଭେ ଥିଲା ସେଥିରେ ତାହା ମିଶାଇ ଦେଇ ପଳାଇ ଯାଇଛି। ଅବଧାନଙ୍କ ମନରେ ତ ଥିଲା ରାଗ। ବେତ ଧରି ଉଠି ପଡ଼ିଲେ, "ମୁଁ ଆଜି ରାଣ୍ଡିପୁଅ ଅନ୍ତାକୁ ଦେଖିବି।" ବାହାରିଲେ ଅନ୍ତା ଦୁଆରକୁ। ଗାଁ ଲୋକ ସମସ୍ତେ ମନା କରୁଛନ୍ତି – ରାଗବେଳେ ମଣିଷର ଥାନ ଜ୍ଞାନ ଥାଏ ନାହିଁ। ଖଣ୍ଡେ ବାଟରୁ ଡାକୁଛନ୍ତି, "ଲୋ ଦେବକୀ ଗଉଡୁଣି! ଲୋ ଦେବକୀ ଗଉଡୁଣି! ସେ ରାଣ୍ଡିପୁଅ ଅନ୍ତା ଅଳପାଇସିଆ କାହିଁ।" ସିଂହାଣୀ ସେତେବେଳକୁ ସବୁ କଥା ଶୁଣିଲେଣି। ପୁଅକୁ ଘର ଭିତରେ ଲୁଚାଇ ଦେଇ ଦାଣ୍ଡପିଣ୍ଡାରେ ବସିଥିଲେ। ଅବଧାନ କଥା କାନରେ ଯେମିତି ପଡ଼ିଛି, ଘର ଭିତରୁ ବାହାର କଲେ ସେଇ ମଇଁଷିମଣା ଠେଙ୍ଗା। କୁହାଟଟାଏ ମାରି ଡାକି ଦେଲେ, "ଆରେ ଅଳପାଇସିଆ! ମାହାନ୍ତି ଗୋଲାମ! ଡାକୁଣିଖିଆ, ନଈଶୁଆ! ମୋ ଗିରସ୍ତ ଥିଲା ସାଇବର ଜମାଦାର – ମୁଁ ସିଂହାଣୀ – ମୋତେ କହିବୁ ଦେବକୀ ଗଉଡୁଣୀ? ମୋ' ପୁଅକୁ କହିବୁ ଅଳପାଇସିଆ? କିରେ ତୋତେ କିସ ଲାଗିଲାଣି କି? ରହ ତୋ ମାହାନ୍ତି ଟୋକାକୁ ଦେଖେଁ।" ସିଂହାଣୀ ମୁଣ୍ଡରେ ଲୁଗା ନାହିଁ – ଡେମ୍ଫେ ଡେମ୍ଫେ କେତେ କେରା କଞ୍ଚା ପାକଲା ବାଳ ଫରଫର ଉଡୁଛି। କାନ୍ଧରେ ଠେଙ୍ଗା। ସେହି ବିକଟାଳ ରଡ଼ି ଶୁଣି ଅବଧାନଙ୍କର ତ ପିଳେହି ପାଣି ହେଲାଣି! ସିଂହାଣୀର ଦେହବଳ ଅବଧାନଙ୍କୁ ଭଲ ଜଣା। ଦିନେ କ'ଣ ହେଲା କି ସକାଳ ଓଳିଆ ସିଂହାଣୀ ଗାଁ'କୁ ନଈବନ୍ଧ ଉପର ବାଟେ ଦହି ବିକି ଯାଉଛି। ସେତିକିବେଳେ ବିନୋଦବିହାରୀ ମନ୍ଦିର ମାରଣ ଷଣ୍ଢଟା ବିନ୍ଧିବାକୁ ତଡ଼ି ଆସିଲା। ସିଂହାଣୀ ଗୁମ୍ କରି ଛିଡ଼ା ହୋଇ ଯାଇ ଧରିଲା ଷଣ୍ଢ ଶିଙ୍ଗ। ମୁଣ୍ଡ ଉପର ପସରାରେ ତିନି ମାଠିଆ ଘୋଳ, ତାକୁ ଧରିବାକୁ ନାହିଁ। ଷଣ୍ଢ ଶିଙ୍ଗ ଧରି କଡ଼େଇ କଡ଼େଇ[୧୩] ବନ୍ଧଧାରକୁ ଘେନିଗଲା। ଯେମିତି ପେଲିଦେଇ ଶିଙ୍ଗ ଛାଡ଼ି ଦେଇଛି ଷଣ୍ଢ ତ ପୁଟୁଳି ପରି ଗଡ୍ ଗଡ଼ି ଯାଇ ନଈ ଭିତରେ ପଡ଼ିଲା। ସେହିଦିନରୁ ଷଣ୍ଢ ଛୋଟା, ମାରଣାପଣିଆ ଛାଡ଼ିଲାଣି। ଏଟା ଅବଧାନଙ୍କ ଆଖି ଦେଖିବା କଥା। ଭୟରେ ଅବଧାନଙ୍କ ପଳାୟନ। ବାଘୁଣୀ ମୃଗକୁ ଗୋଡ଼ାଇଲେ ସେ ଯେମିତି ପଳାଏ, ଅବଧାନେ ସେହିପର୍ ପଡ଼ି ଉଠି ଧାଇଁଛନ୍ତି। ଆଣ୍ଠୁ ଗଣ୍ଠି ଛିଡ଼ି ଝର୍ ଝର୍ ରକ୍ତ ବହୁଛି। ସିଂହାଣୀ କାନ୍ଧରେ ଠେଙ୍ଗା, ଭାଲୁକାଣୀ[୧୪] ପରି ଅବଧାନ

ପଛରେ ଧପ୍ ଧପ୍ କରି ଧାଇଁଛନ୍ତି। ଧାଇଁବା ବେଳେ ସେହି ବିଶାଳ ପେଟଟି ଦଲ୍ ଦଲ୍ ଶୁଭୁଛି। ହାତରେ ସେ ପିତଳବାହି ବଳାଗୁଡ଼ାକ ପାଏ ବାଟ ଯାଇଁ ଝମ୍ ଝମ୍ ଶୁଭୁଛି। ସିଂହାଣୀଙ୍କର ସେହି ରଡ଼ିରେ ଗାଁ' କମ୍ପି ଯାଉଛି। ଅବଧାନେ ଗାଁ' ମଝିରେ କେଉଁଠି ଅନ୍ଧାରରେ ମିଶିଗଲେ। ସିଂହାଣୀ ଡାକିଦେଲା, "ଆରେ କାଠଖିଆ ମାହାନ୍ତି ଗୋଲାମ! ମୋ' ପୁଅକୁ କୁଆଡ଼େ ଲୁଚାଇଛୁ ଆଣି ଦେ। ଜାଣିଥା' କାଲି ସଖାଳେ ପିତଳବାହିରେ ତୋ ମୁଣ୍ଡ ଚୂନା କରିବି।" ହେଲେ ଅବଧାନଙ୍କୁ ତହିଁ ଆରଦିନ ସକାଳଠାରୁ କେହି କେବେ ସେ ଗାଁ'ରେ ଆଉ ଦେଖି ନାହାଁନ୍ତି।

୧୩। ପତ୍ରିକାପାଠ- କଳେଇ କଳେଇ

୧୪। ପ୍ରଚଳିତପାଠ- ଭାଲୁକୁଣୀ

ଆହୁରି ବି ପାଞ୍ଚ ଛ ବରଷ ଗଲାଣି, ଅନ୍ତା ଲାଗି ଗାଁ'ର ଅନେକ ଲୋକ ଅସ୍ଥିର। ତାର ଆଉ କିଛି ଅତ୍ୟାଚାର ନାହିଁ। ଖାଲି କାହାରି ବାଡ଼ିରେ ମକା, କାକୁଡ଼ି, କୋଳି, ଆମ୍ବ, ବେଲ କିଛି ରହିବ ନାହିଁ, ଆଉ ସୁନା ରୂପା ପଡ଼ିଥାଉ ଅନାଇବ ନାହିଁ। ହେଲେ ସେ ଯେପରି ଉତ୍ପାତିଆ, ସେହିପରି ବି ଭଲ ଲୋକ। ତାକୁ ରଗାଇଲେ ରକ୍ଷା ନାହିଁ। ସେ ଆଗେ ଦୁଷ୍ମନ୍ ଘରର ଖୁମ୍ବ ଆଉ କପାଟ⁘ ଭାଙ୍ଗେ। ମା' ମନା କରିଛି କାହାରି ଦେହରେ ହାତ ଦିଏ ନାହିଁ! ଏଣେ ସାକୁଲା ସାକୁଲି ଟେକା ଟେକି କରି ତାକୁ ଦି' କଥା କୁହ, ତୁମ ଗୁହ କାଢ଼ିବ। କାହାରି ବାଡ଼ି ହଣା ଯାଉଛି ଅନ୍ତା ସେଠି ଦେଖୁଥିଲା – ତାକୁ ଯଦି କହିବ, "ବାପ ଅନ୍ତୁ। ତୁ ନ ହେଲେ କାହାର ଗାଁ' ଚଳିବ?" ଆଉ କିଛି କଥା ନାହିଁ, ଧଇଲା କୋଡ଼ି। ଚାରି ଜଣ ମଣିଷ ଦିନକେ ଯାହା ପାରିବେ ନାହିଁ, ପହରକ ଭିତରେ ଫୁଟେ ଗହୀରରେ ବାଡ଼ିଟାକୁ ତାଡ଼ି ପକାଇବ। ମୁଲିଆ ମିଳୁ ନାହିଁ, କାହାର ଘର ଛପରବନ୍ଦି ହୋଇ ପାରିଲା ନାହିଁ, ଧଇଲା ଅନ୍ତାକୁ – ସାକୁଲାସାକୁଲି କରି କହିଲେ, ଦିନେ ଲାଗୁ, ଦି ଦିନ ଲାଗୁ ସେ ଏକଲା ଗୋଟାଏ ଘର ଛାଇ ପକାଇବ। ରାମା ଭିଣାର ବାପ ମରି ଘରେ ପଡ଼ିଛି। ବାଡ଼ିରେ ମରିଛି ବୋଲି ତାକୁ କେହି ଉଠାଇବାକୁ ଆସିଲେ ନାହିଁ। ଅନ୍ତୁ ରାତି ଛ ଘଡ଼ି ବେଳେ ଗାଁ' ପାଖ ଦେଇ ଯାଉଥିଲା, ତାକୁ ସବୁ କହିଲା। ଆଉ କିଛି କଥା ନାହିଁ, ଏକଲା ହେଁସମିଶା କରି ମଡ଼ାକୁ କାନ୍ଧେଇଲା। ଅନ୍ଧାର ରାତି। ସେହି ସମୟରେ ବି ଗାଁ'ରେ ବାଡ଼ି ପଡ଼ିଛି। ଅଧକୋଶ୍ ଦୂରରେ ମଡ଼ାମଶାଣିରେ ମଡ଼ାଟାକୁ ଫୋପାଡ଼ି ଦେଇ ନଈରେ ବୁଡ଼ିପଡ଼ି ବାହାରି ଅଇଲା। ଅନ୍ତା ବାଘ, ଭାଲୁ, ଭୂତ ପ୍ରେତ, ସାପ, ବେଙ୍ଗ କାହାକୁ ଡରେ ନାହିଁ। ଅନ୍ତା ଲୋକଙ୍କ ବାଡ଼ିରୁ ଫଳକନ୍ଦ ଲୁଟିପାଟି ଖାଇବ; ହେଲେ ତାକୁ କିଛି ଖାଇବାକୁ ଯାଚ, ରାଗି ଘରଦୁଆର ଭାଙ୍ଗିବ। ବିନ୍ଦିଆ ଚନ୍ଦ ଜଣେ ତନ୍ତୀ ମହାଜନ। ଆଠ ଦଶ ହଜାର ଗଣିଦେବା ଲୋକ। ଲୁଗା କାରବାର କରେ। ଗୋଟାଏ ବଡ଼ ଦୋକାନଘର ତିଆରି କରୁଛି। ଚାରି ଆଡ଼େ ଖୁଣ୍ଟ ପଡ଼ି

ଚଉକ ବୁଲି ଗଲାଣି। ମଝି ଖମ୍ବ ଯୋଡ଼ାକ ଅଠର ହାତ। ଭାରୀ ମୋଟା ଶାଳଗଅଳ। ଦଶଜଣ ଲୋକ କଷ୍ଟାକଷ୍ଟି[୧୬] କରି ମଝି ଖମ୍ବ ଛିଡ଼ା କରି ପାରୁ ନାହାନ୍ତି। ଜଣେ ହସି ହସି କହିଲା, "ଆମେ ଏତେ ପାରୁ ନାହୁଁ, ରାଣ୍ଡିପୁଅ ଅନ୍ତା ହେଲେ ଏକଲା ଖମ୍ବଯୋଡ଼ାକ ଛିଡ଼ା କରିଦିଅନ୍ତା।" ଘଟଣା ଦେଖ, ସେତିକିବେଳେ ଅନ୍ତା ଦାଣ୍ଡରେ ଯାଉଥିଲା। ବିନ୍ଦିଆ ତନ୍ତୀ ଡାକିଦେଲା; "ଆରେ ଅନ୍ତା! ଏ ଯୋଡ଼ାଏ ଖମ୍ବ ଉଠାଇ ଦେ, ତୋତେ ଦି ଟଙ୍କା ଖଜାଖିଆ ଦେବି।" ଆଉ ଯାଏ କାହିଁ? "ହଁ ରେ ଶଳା ତନ୍ତୀ! ମୁଁ ତୋର ଗୁଲାମ[୧୭]? ତୋର ମୂଳ ଲାଗିବି?" ଧାଇଁଲା ମାରିବାକୁ। ତନ୍ତୀ ତ ଡରରେ କୁଆଡ଼େ ପଳାଇଲାଣି। ଦଶଜଣଲୋକ କୋଡ଼ିଏ ଦିନ କାମ କରି ଯେତେ ଖମ୍ବ ପୋତି ଛିଡ଼ା କରାଇଥିଲେ, ସବୁଗୁଡ଼ାକ ଘଣ୍ଟାକ ଭିତରେ ଉପାଡ଼ି ପକାଇଲା। ହେଲେ, ଜଣାଶୁଣା ଲୋକେ ଅନ୍ତାଠାରୁ ଢେର କାମ କରାଇ ନିଅନ୍ତି। ରୋଜି ରୋଜି କାହାରି ହେଲେ କିଛି ପାଇଟି କରି ଦେଇ ଆସେ। ବିନ୍ଦିଆ ତନ୍ତୀ ଗାଁ'ର ଭଲଲୋକ ପାଖରେ ଅନନ୍ତା ନାମରେ ଗୁହାରି କରି ଓଲଟା ଗାଳି ଶୁଣିଲା।

୧୫। ପ୍ରଚଳିତପାଠ- କବାଟ

୧୬। ପ୍ରଚଳିତପାଠ- କଷାକଷି

୧୭। ପ୍ରଚଳିତପାଠ- ଗୋଲାମ

ବିନୋଦରାୟପୁର ଭାର୍ଗବୀନଦୀର ଉତ୍ତର କୂଳରେ। ନଦୀ ଗର୍ଭଠାରୁ ଗାଁ'ଟା ଅତି ଅଳ୍ପ ଉଞ୍ଚା। ବଢ଼ିପାଣିରୁ ଗାଁ' ରକ୍ଷା ନିମନ୍ତେ ସରକାର ବାହାଦୁର ଗୋପାଳପୁର କତିରୁ ରାମନଗର ଯାଏଁ ଅଠର ମାଇଲ ଲମ୍ବା କୋଡ଼ିଏ ହାତ ଓସାର ଦଶ ହାତ ଉଞ୍ଚା ଗୋଟାଏ କୂଳବନ୍ଧ ପକାଇଛନ୍ତି। ସେ ବନ୍ଧ ଯୋଗୁ ନଈକୂଳିଆ ଢେର ଗାଁ' ଆଉ ବିଲବାଡ଼ି ରକ୍ଷା ପାଏ। ବିନୋଦରାଏପୁର ଗୋଟିଏ ବଡ଼ ଧନବନ୍ତ ଗାଁ'। ଗାଁ' ତଳେ କଳିନ୍ଦବିଲ ଢେର। ଗାଁ'ରେ ପ୍ରାୟ ଦୁଇଶ ଘର ବସ୍ତି। ସମସ୍ତେ ଥିଲା ଲୋକ। କେହି କାହାକୁ ଆଦୁର୍ଯ୍ୟା ହୁଏ ନାହିଁ। ସରକାରୀ ବଡ଼ ବଡ଼ ଅମଲା, ଇସ୍କୁଲ ମାଷ୍ଟର[୧୮], କାରବାରିଆ, ମହାଜନ, କଲକତିଆ ଚାକିରୀଆ ଢେର।

୧୮। ପ୍ରଚଳିତପାଠ- ସ୍କୁଲମାଷ୍ଟର

ଅଶିଣ ମାସ। ଦୁର୍ଗାପୂଜା ସମୟ। ବିଦେଶିଆ ସବୁ ଘରକୁ ଆସିଛନ୍ତି। ନାଚ ତାମସା, ଖିଆ ପିଆ ଦିନ ରାତି ଲାଗିଛି। ଗାଁ'ଟା ଆନନ୍ଦରେ ଭାସୁଛି। ଫି ବର୍ଷ ଏହି ସମୟରେ ଗାଁ'ଟାରେ ବଡ଼ ଜାରି ହୁଏ। ଷଷ୍ଠୀ ବେଲବରଣ। ସକାଳିଆ ଉତ୍ତର ଦିଗରୁ ଖଣ୍ଡେ ମେଘ ଦେଖାଗଲା। ସୂର୍ଯ୍ୟ ଉଇଁ ମେଘରେ ଡୁବିଗଲେ। ମେଘଟା ଦେଖୁଁ ଦେଖୁଁ ଆକାଶଯାକ ଘୋଟିଗଲା। ସଙ୍ଗେ ସଙ୍ଗେ ପବନ। ବୁଢ଼ା ଗୋବିନ୍ଦ ପଣ୍ଡେ କହିଲେ, "ଆରେ ବାପା! ଡାକରଷି କହିଛନ୍ତି-

"ହସି ପଶେ – ଉଇଁ ନ ଦିଶେ,

ବାପ ବୋଲେ ପୁତା, ନିଶ୍ଚେ ବରଷେ।

ଆଜି ଜାଗ୍ରତ ଥାଅ, ନିଶ୍ଚେ ବରଷା ହେବ।" ପଣ୍ଡାଙ୍କ ମୁହଁ କଥା ମୁହଁରେ ଅଛି – ଟପ୍ ଟପ୍ ଟପ୍‌ର ଟପ୍‌ର କରି ପକାଇଲା ପାଣି; ଯେ ବର୍ଷୁଛି ସେହି ବର୍ଷୁଛି। ଷଷ୍ଠୀ, ସପ୍ତମୀ, ଅଷ୍ଟମୀ, ନବମୀ ସଞ୍ଜ ହେଲା, ପାଣି ଛାଡ଼ିବାକୁ ନାହିଁ, ଯେଉଁଠିକା ମଣିଷ ସେଇଠି ବସିଛନ୍ତି। ଶଏବର୍ଷର ବୁଢ଼ାମାନେ କହୁଛନ୍ତି, ଏପରି ବର୍ଷା କେବେ ଦେଖା ନ ଥିଲା। ଗାଁ'ରୁ ପା ଭାଗ ଘର କାନ୍ଥ ଧୁପ୍ ଧାପ୍ କରି ପଡ଼ି ଗଲାଣି, ଦିନରାତି ପାଣି ପବନ ଖାଉଛନ୍ତି। ଦଶରା ଦିନ ଯେମିତି ରାତି ପାହିଛି 'ଗାଁ' ଗଲା, ଗାଁ' ଗଲା, ଗାଁ' ଗଲା' ଚହଲ ପଡ଼ିଗଲା। ଆଉ କ'ଣ ଲୋକେ ଘରେ ରହିବେ? ପାଛିଆ କୁଡ଼େଇ[୯୯] ଘେନି ବନ୍ଧକୁ ଧାଇଁଛନ୍ତି। ବଡ଼ ସାନ ବିଚାର ନାହିଁ। ବ୍ରାହ୍ମଣ ପାଣ ଛୁଆଁ ଛୁଇଁ ହେଉଛନ୍ତି। ପାଛିଆ କୋଡ଼ି ଧରି ସମସ୍ତେ ବନ୍ଧ ଉପରେ ହାଜର। ନଈ ଦକ୍ଷିଣକୂଳକୁ ଅନାଇବା ବେଳେ ଗୋଟା ସମୁଦ୍ର, ଆଉ କିଛି ନାହିଁ। ବଢ଼ି ପାଣି ବନ୍ଧ କାନେକାନ। ନଈ ଭିତରୁ ପାଞ୍ଚ ହାତ ଉଚ୍ଚ ଗୋଟାଏ ଗୋଟା ଲହରୀ ଆସି ଝଲକେ ଝଲକେ ପାଣି ବନ୍ଧ ଟପି ପଡ଼ୁଛି। ଯେଉଁଠି ଝଲକେ ପାଣି ଟପି ପଡୁଛି, କେହି କାହାକୁ କହିବାକୁ ନାହିଁ – ଶଏ ବୋଝ ମାଟି ପଡ଼ି ଯାଉଛି। ବନ୍ଧ ମୂଳଟା କୋରି ଗୋଟାଏ ଗୋଟାଏ ପୋଖରୀ କରି ପକାଇଲାଣି। ଆଉ ଏଣେ କ'ଣ ହେଲାକି ଚାରିକୋଶ ତଳେ ରାମପୁର ମୁହାଣ ବାଟେ ପାଣି ବୁଡ଼ିଆସି ଗାଁ' ମୂଳକୁ ଲାଗିଲାଣି। ଗାଁ' ଗହୀରଗୁଡ଼ାକ ସମୁଦ୍ର ପରି ଜଳମୟ। ବନ୍ଧର ପାଣି ନ ଟପିଲେ ବି ତଳ ପାଣି ଆସି ଗାଁ'କୁ ଭସାଇ ନେବ। ପାଣିଟା ଯେମିତି ହୁ ହୁ କରି ବଢ଼ୁଛି ଗାଁ' ଭିତରେ ପାଣି ପଶିଲା ବୋଲି! ଘରେ ଆଉ ରନ୍ଧାବଢ଼ା କ'ଣ ହେବ? ତୀର୍ଲାଗୁଡ଼ାକ ଘରୁ ବାହାରି ଆସି ଶଙ୍ଖ ହୁଳହୁଳି ପକାଉଛନ୍ତି। ଗୁଡ଼ାଏ ତୀର୍ଲା କଅଁଳା ଛୁଆଙ୍କୁ କାଖେଇ ରଡ଼ି କରୁଛନ୍ତି। ଶଙ୍ଖ, ହୁଳହୁଳି, ହରିବୋଲ, କାନ୍ଦଣାରେ ଗାଁ'ଟା ଉଚ୍ଛୁଳି ପଡ଼ୁଛି। ସୂର୍ଯ୍ୟ ବୁଡ଼େ ବୁଡ଼େ। ଗାଧୁଆ ତୁଠ ବାଟେ ଗାଁ'କୁ ପଶିଲା ପାଣି। ଦେଖୁ ଦେଖୁ ପାଞ୍ଚ ହାତ ଗହୀର ହୋଇଗଲା। ଚଉଡ଼ାଟା ବି ବେଳକୁବେଳ ବଢ଼ି ଯାଉଛି। ପିଚକାରି[୧୦୦] ମୁହଁରୁ ପାଣି ବାହାରିଲା ପରି ବେଗରେ ପାଣି ଗାଁ'କୁ ଧାଉଁଛି।"ହରିବୋଲ, ହରିବୋଲ – ଗଲା, ଗଲା।" ଆଉ କିଛି କଥା ନାହିଁ। ଉଚ୍ଛୁଣି ସମୁଦ୍ରରେ ସମସ୍ତଙ୍କୁ ଯାକିଦେବ। ପାଣିସୁଅ ବନ୍ଦ ପାଇଁ ଶ'କୁ ଶ' ବୋଝ ମାଟି ପଡୁଛି; ମାତ୍ର ମୁଠାଏ ବି ରହୁନାହିଁ, ସୁଅ ଭସାଇ ନେଉଛି। ଏତେ ଯେ କାଣ୍ଡ – ଅନ୍ତାର କାହିଁରେ ଚିନ୍ତା ନାହିଁ। ସକାଳୁ ଭିଜି ଭିଜି ଗାଁ'ର ଚାରିପିଠି ବୁଲୁଛି। ଲୋକମାନଙ୍କ ବାଡ଼ିରୁ ଗଛମିଶା ମକା କାକୁଡ଼ି ଭାସି ଆସୁଛି, ତାହା ସବୁ କେବଳ ଅଣ୍ଟାରେ ପୁରାଉଛି। ଯେତେବେଳେ ଗାଧୁଆ ତୁଠ କତିରେ ଭାରି ହୁରି ପଡ଼ିଲା, ତେତେବେଳେ ହସି ହସି କ'ଣ ହେଉଛି ମଜା ଦେଖିବା

ପାଇଁ ଧାଇଁଲା। ଦେଖିଲା ଯେ ଗାଁ'କୁ ଗୋଟାଏ ଭାରି ପାଣିଶୁଅ ଧାଇଁଛି। ଶୁଣିଲା ଯେ ଗାଁ' ଭାସିଯିବ। ଭଲ କରି ଅନାଇ ଧାଇଁଲା ଗାଁ' ଭିତରକୁ। ବିନୋଦ ବିହାରୀ ଠାକୁର ସିଂହଦୁଆର କବାଟଟା ପାଞ୍ଚହାତ ଉଞ୍ଚା, ଚାରି ହାତ ଚଉଡ଼ା। ତାକୁ କାଢ଼ି ପକାଇ ମୁଣ୍ଡାଇ ଧାଇଁଛି। ଦାଣ୍ଡ ପାଖରେ ପାର୍ବତୀମା'ର ମେଲାରେ ଗୋଟାଏ ଢେଙ୍କ ପଡ଼ିଛି ତାକୁ ଜଣା। ଢେଙ୍କ କାଢ଼ି କାଖେଇଲା। ମୁହାଣରେ କବାଟଟାକୁ ଆଡ଼ କରି ଠିଆ କରି ଦେଇ ଢେଙ୍କିଟା ଠେକେଇ ଦେଲା। ଆଉ ପିଠି ଭିଡ଼ି ଦେଇ କବାଟଟାକୁ ପେଲି ଧରିଲା। ତାହା ବାଦ ପାଟି କଲା, "ପକାଅ ମାଟି ପକାଅ ମାଟି।" କେବଳ ଡାକୁଛି, "ପକାଅ ମାଟି, ପକାଅ ମାଟି, ପକାଅ ମାଟି।" କବାଟ ଦୁଇ ପାଖରୁ ଶ' ଶ' ମାଟି ଝୁପ୍ ଝୁପ୍ ପଡୁଛି, ଅନ୍ତା ଛାତି ଯାଏଁ ମାଟି ହେଲାଣି, ଡାକୁଛି ଅନ୍ତା, ବେକ ପୋତି ଗଲାଣି; ସେଥିକି ତାର ନଜର ନାହିଁ। ଯେତେବେଳେ ଓଠ କତିରେ ମାଟି ପଡ଼ିଲା – ଦୁଇଥର ଡାକି ଦେଲା, "ହରିବୋଲ, ଦିଅ, ମାଟି ପକାଅ।" ଆଉ ଅନ୍ତା ପାଟି ଶୁଭିଲା ନାହିଁ। ମାଟି ସେହିପରି ପଡୁଛି। ପାଣି ସୁଅଟା ବନ୍ଦ ହୋଇଗଲା। ଲୋକମାନଙ୍କର ଭରସା ହେଲା, ଟିକିଏ ନିଶ୍ୱାସ ପକାଇଲେ। ତେତେବେଳେ ଖୋଜିଲେ, 'ଅନ୍ତା କାହିଁ? ଆଉ ଅନ୍ତା? ତା' ମୁଣ୍ଡ ଉପରେ ଦି ହାତ ମାଟି। ଡାକ ପଡ଼ିଗଲା "ଧନ୍ୟ ଧନ୍ୟ ରାଣ୍ଡିପୁଅ ଅନ୍ତା!" ଦଇବ ଯୋଗେ କ'ଣ ହେଲା କି ବର୍ଷା ବନ୍ଦ। ନଈରୁ ଫୁଟେ ପାଣି ଖସି ପଡ଼ିଲାଣି। ଅନ୍ତା ମା' ପିଣ୍ଡାରେ ବସିଥିଲା। ହୁରି ଆନନ୍ଦ ଶୁଣି କହିଲା, "କ'ଣ ହେଲା ଦେଖେଁ? ପୁଅଟା ବି ଆସିଲା ନାହିଁ, ଡାକି ଆଣେ।" ତା ସ୍ୱାମୀର ଠେଙ୍ଗା କାନ୍ଧରେ ପକାଇଲା। ଘର କୁଆଟଟା[21] କିଳି ଦେଇ ବାହାରିଲା। ଯେମିତି ଦାଣ୍ଡରେ ଯାଉଛି – ଶୁଣିଲା ଯେ ସମସ୍ତେ କହୁଛନ୍ତି, ଧନ୍ୟ ଧନ୍ୟ ଅନ୍ତା!" ସମସ୍ତେ ତା' ଗୋଡ଼ ତଳେ ପଡ଼ି କହୁଛନ୍ତି, ଧନ୍ୟ ଧନ୍ୟ ତୋ ପୁଅ!" ସିଂହାଣୀ ସଳଖେ ସଳଖେ ତୁଠ କତିକୁ ଚାଲିଗଲା। ସବୁ ଶୁଣିଲା, କାହାକୁ କିଛି କହିଲା ନାହିଁ। ବନ୍ଧ ଚାରିପାଖ ବୁଲି ଦେଖିଲା। ବନ୍ଧ ମଝିକୁ ଅନାଇଛି, ଚାରିପାଖ ବୁଲୁଛି। ତୁଠ ମଝିକୁ ନଜର ଅଛି; ନଈ ଆଡ଼କୁ ପିଠି। ବନ୍ଧ ତଳେ ଯେ ଦଶ ହାତ ପାଣି ତାକୁ ତ ସେ କଥା ଅଜଣା। ଯେମିତି ନଈ ଆଡ଼କୁ ବୁଲି ଯାଇଛି, ଧପାସ୍ କରି ଗୋଟାଏ ଶବ୍ଦ ହେଲା।'ହାଁ କ'ଣ ହେଲା' କହି ଲୋକମାନେ ଦି'ଟା ଚାରିଟା ମଶାଲ ଆଲୁଅ ନଈକୁ ଦେଖାଇଲେ। କୂଳଠାରୁ ପାଞ୍ଚ ହାତ ଦୂରରେ ପାଣି ଭିତରେ ଗୋଟାଏ ଗାତରେ ମେଞ୍ଚାଏ ଫେଣ ଭଉଁରୀଟିଏ ବୁଲୁଛି, ଦଶ ହାତ ତଳକୁ ଖଣ୍ଡିଏ ବାଉଁଶ ବାଡ଼ି ଭାସି ଯାଉଛି।

୧୯। ପ୍ରଚଳିତପାଠ- କୋଡ଼ି

୨୦। ପତ୍ରିକାପାଠ- ପିଚକା

୨୧। ପ୍ରଚଳିତପାଠ- ଦୁଆରଟା

ଗାରୁଡ଼ି ମନ୍ତ୍ର

ଏହିଟା ହେଲା ତିରିଶ ଚାଳିଶ ବର୍ଷ ତଳର କଥା। କଟକରେ କଲେଜ ନୂଆ ବସିଛି, ଏଫ୍.ଏ କ୍ଲାସ୍ ପର୍ଯ୍ୟନ୍ତ ପଢ଼ା ହୁଏ। ଉପର କ୍ଲାସରେ ଗୋଟି ପନ୍ଦର ଷୋଳ ଛାତ୍ର। ସେଥିମଧ୍ୟରୁ ଦଶଗୋଟି ମଫସଲିଆ, ସହର ଭିତରେ ନାନା ଜାଗାରେ ବସା କରି ରହିଛନ୍ତି। ସେତେବେଳେ କଲେଜରେ ବୋର୍ଡ଼ିଂ ନ ଥିଲା। କଟକ ଚୌଧୁରୀ ବଜାର ଭିତରେ ଗୋଟିଏ ସାଦା ଦୋମହଲା କୋଠାରେ ବସା – ଛାତ୍ରଟିର ନାମ ମଦନ ମୋହନ। ନାମଟି ପରି ପିଲାଟି ଦେଖିବାକୁ ମଧ୍ୟ ମଦନମୋହନ, ବୟସ ଜଣାଯାଏ ଷୋଳ ସତର ଭିତରେ। ବସାରେ ପୂଜାହାରୀ, ଗୋଟିଏ ଭଣ୍ଡାରୀ, ଆଉ ସାଆନ୍ତ, ଏହି ତିନୋଟି ଲୋକ। ହେଲେ କ'ଣ, କେହି ଭାର କାନ୍ଧେଇ, କେହି ବୋଝ ମୁଣ୍ଡେଇ, କେହି ତୁଚ୍ଛା ହାତରେ ରୋଜିନା ଦୁଇ ତିନି ଜଣ ଧୂଳିଗୋଡ଼ିଆ ଲୋକ ଯା' ଆସ କରନ୍ତି। ଦିନେ ବୋଲି ଉପୁରି ଲୋକର ଛୁଟଣ ନାହିଁ। ଜିନିଷପତ୍ର ଧରି ଉପୁରିଲୋକଙ୍କ ଯା' ଆସ କରିବାର ଦେଖି ବସା ଆଖପାଖ ଦୋକାନିଏ ବୁଝିଲେଣି, ଏହି ବାବୁ ପିଲାଟି ମଫସଲର କୌଣସି ଜମିଦାର ଘରର ପୁଅ ହେବ। ଢେର ଦିନ ପାଖରେ ଥିବା ଲୋକର ପରିଚୟ ଜାଣିବା ପାଇଁ ଲୋକଙ୍କର ସହଜରେ ଇଚ୍ଛା ବଳେ – ତା' ଉପରେ ପୁଣି ବଡ଼ଲୋକ ହେଲେ ଲୋକେ ଆଗେ ପରିଚୟ ଖୋଜି ବସନ୍ତି। ପାଖଲୋକ ସମସ୍ତେ ଜାଣିଗଲେଣି ପିଲାଟି ବଡ଼ନଈ ପରଗନାର ଶାଳପାଳ ତାଲୁକର ଜମିଦାର ଗୋଲାପଲୋଚନ ପଟ୍ଟନାୟକଙ୍କ ପୁଅ। ଏହା ମଧ୍ୟ ଜଣାଗଲାଣି, ଜମିଦାରଙ୍କର ଏହି ଗୋଟିଏ ବୋଲି ପୁଅ। ପୃଥିବୀରେ ଯେତେ ପ୍ରକାର ହତଭାଗ୍ୟ ଲୋକ ଅଛନ୍ତି, ସେମାନଙ୍କର ଯଦି ଶ୍ରେଣୀବିଭାଗ କରାଯାଏ, ଏକପୁଅ ବାପ ମା' ନିଶ୍ଚୟ ପ୍ରଥମ ଶ୍ରେଣୀରେ ପ୍ରଥମରେ ପଡ଼ିବେ – ଏକଥା ଲେଖକ ତମ୍ବା ତୁଳସୀ ଶାଳଗ୍ରାମ ଛୁଇଁ ଦୃଢ଼ରୂପେ ବୋଲିବାକୁ ପ୍ରସ୍ତୁତ ଅଛି। ପୁଅ ଖାଇ ନାହିଁ, ବାପ ମା'ଙ୍କର ଉପାସ – ପୁଅଟିର ବେରାମ, ଆଖିରେ ନିଦ ନାହିଁ, ପେଟରେ ଭୋକ ନାହିଁ। ଦିନରାତି ବିଛଣା ପାଖରେ ଜଗି ବସିଛନ୍ତି।

ପୁଅଟି କାହିଁରେ ସୁଖରେ ରହିବ, ଦିନ ରାତି ଭାବନା। ଆପଣାର ତିନିସିଆଁ ଲୁଗା, ପୁଅ ସକାଶେ ଯଥା ଉପରେ ଯଥା କିଣା ଲାଗିଛି। ଦେହର ରକ୍ତ ପରି ଟଙ୍କାଗୁଡ଼ିକ ପୁଅ ପାଇଁ ଅକାରଣ ବା ସକାରଣ ପାଣି ପରି ଖରଚ କରିବାକୁ ଟିକିଏ ହେଲେ ହାଲିଆ ହୋଇ ପଡ଼ିବେ ନାହିଁ। ପରକାଳ ଗତି ପାଇଁ ପ୍ରଭୁଙ୍କ ନାମ ଶୁଣିବାକୁ ବି ବେଳ ମିଳେ ନାହିଁ। ବାପ ମା'ଙ୍କ ପିଣ୍ଡରେ ଅଛି ପ୍ରାଣ - ମନ ରହିଛି ପୁଅ ପାଖରେ। ରୋଜିନା ପୁଅ ଦେହପା'ର ମଙ୍ଗଳ ବାତିନ ନ ପାଇଲେ ସାଆନ୍ତାଣୀ ଅଥୟ ହୋଇପଡ଼ନ୍ତି। କଟକ ସହର ଦୋକାନର ଚାଉଳଗୁଡାକ ପାଣିପଶା, ବାଲିଗୋଡି ମିଶା, ମଲୁଖିଆ। ସାଆନ୍ତାଣୀ ଉଆସ ମଧ୍ୟରେ ପୋଇଲୀମାନଙ୍କୁ ଲଗାଇ ଉଆଖିଆ ସରୁ ଉରିଆ କୁଟାଇ ବାହୁଙ୍ଗୀ ବେଠିଆରେ କଟକ ପଠାଇ ଦେଲେ। ତୋଟାରୁ ପାଚଲା କଦଳୀ କାନ୍ଦିଏ ଅଇଲା। ମା' ମନ କେତେକେ ବୁଝେ, ଆଗରୁ ହାଣ୍ଡିଏ ଫୁଲବଡି ପରା ହୋଇଥିଲା - ସବୁ କଟକକୁ ଘେନି ଯା। ଆଜି ପଠାଇବାକୁ କିଛି ନାହିଁ। ତୁଚ୍ଛା ହାତରେ ହେଲେ ଜଣେ ନଗଦୀ ପାଇକ ଧାଇଁଯାଇ ପୁଅକୁ ଦେଖି ଆସୁ। ରୋଜିନା ଏହିପରି ଚାଲିଛି।

ଜମିଦାର ଗୋଲାପଲୋଚନ ପଟ୍ଟନାୟକେ ଆପେ ପାଠୁଆ ନ ହେଲେ କ'ଣ ହେଲା, ପାଠର ମର୍ଯ୍ୟାଦା ବୁଝନ୍ତି, ଏଥି ସକାଶେ ସେ ଆଖି କାନ ବୁଜି ଇଂରାଜୀ ପାଠ ପଢ଼ିବା ସକାଶେ ପୁଅକୁ ବିଦେଶକୁ ପଠାଇ ଦେଇଛନ୍ତି। ମଦନ ଉଚ୍ଛୁଣିକା କଲେଜର ସବା ଉପର କ୍ଲାସରେ ପଢ଼େ। କଲେଜ ପଢ଼ା ବହି ଛାଡ଼ି ବାହାର ବହି ଢେର ପଢ଼ିଗଲାଣି। ଭେଣ୍ଡିଆମାନେ ଉପନ୍ୟାସ ପଢ଼ିବାକୁ ସୁଖ ମଣନ୍ତି। ମଦନ ବି ଢେରଗୁଡ଼ାଏ ଉପନ୍ୟାସ ପଢ଼ିଗଲାଣି। ମଦନ ପିଲାଟା ଖୁବ୍ ଗମ୍ଭୀର, ମନମରା ଲୋକ। ହେଲେ କ'ଣ-

"ଯୋଗୀକା, ରୋଗୀକା, ଭୋଗୀକା ନିଶାନ
ଆଁଖସେ ଜାନ୍ ଅଉର ଆଁଖସେ ପଇଛାନ।"

ପାଟି ଫିଟାଇ ନ କହୁ, ମଣିଷ ମନର କଥା ଆଖିରୁ ଧରା ପଡ଼େ। ଦେଖା ଗଲାଣି, ମଦନ ଉପନ୍ୟାସ ବହିଖଣ୍ଡ ହାତରେ ଧରି ଏକଧ୍ୟାନର ଭକ୍ ଭକ୍ କରି ଉପରକୁ ଅନାଇ ଢେର ବେଳ ଯାଏ କଣ ଭାବେ। ସଞ୍ଜବେଳେ ନଈକୂଳରେ ବସି ଏହିପରି ଭାବୁଥିବାର ଦେଖାଯାଏ। ମଦନ ସାଙ୍ଗ ପଢୁଆ ହୃଦୟର ବନ୍ଧୁ ଗୋକୁଳି ବାବୁ ମଦନର ଏହିପରି ଭାବ ଦେଖି ପଚାରିଲେଣି, "ମଦନ! ଏପରି ବସି କଣ ଗୋଟାଏ ଭାବୁ ରେ?" ବନ୍ଧୁ ମନର କଥା ଫେଇ କହିଲେ ମନ ଟିକିଏ ହାଲୁକା ହୁଏ। ଦିନେ ମଦନ ହଠାତ୍ କହି ପକାଇଲା, "ଗୋକୁଳି! ଏହି ଉପନ୍ୟାସ ଖଣ୍ଡ ପଢ଼ିଲ, ନାୟକ ନାୟିକାଙ୍କର କେମନ୍ତ ମଧୁର ପ୍ରଣୟ ପଢ଼ିଲ!" ଗୋକୁଳି ହସି ହସି କହିଲେ, "ଓହୋ! ବୁଝିଛି, ତୁମେ ଏହିପରି ନାୟିକାଟିଏ ଖୋଜୁଛ ପରା?" ଦୁଇ ବନ୍ଧୁ ଖୁବ୍ ହସାହସି ହେଲେ।

ମନୁଷ୍ୟ କୌଣସି କାର୍ଯ୍ୟରେ ଲାଗିପଡ଼ିବା ଆଗେ ତାହା ମନରେ ତିନୋଟି ଅବସ୍ଥା ଘଟେ। ପ୍ରଥମେ ଅନୁଭୂତି, ଦ୍ୱିତୀୟ ଭାବନା, ତୃତୀୟ ଇଚ୍ଛା। ଗୀତିକାର ମଧ୍ୟ ସେହିପରି କଥାଟାଏ କହିଛନ୍ତି, "ଧ୍ୟାୟତୋ ବିଷୟାନ୍ ପୁଂସଃ ସଙ୍ଗସ୍ତେଷୂପଜାୟତେ।" ତରୁଣ ବୟସରେ ତରଳ ମନ ପ୍ରଣୟ ଆଡକୁ ସହଜରେ ଢଳି ପଡ଼େ। ମଦନ ଉପନ୍ୟାସରେ ନାୟକ ନାୟିକାଙ୍କ ପ୍ରଣୟ କଥା ପଢ଼ି ପଢ଼ି ସ୍ଥିର କଲାଣି, ଏହିପରି କନ୍ୟାଟିଏ ପାଇଲେ ବିଭା ହେବ। ସଙ୍ଗେ ସଙ୍ଗେ ମନରେ ପଡ଼ିଗଲା,

"କୁଜୀ ପରି ନଇଁ ନଇଁ ଗୋଡ଼ ଟିପି ଗମନା,
ମୁଖଚନ୍ଦ୍ର ଆବୃତ, ହାତେ ଲମ୍ବ ଓଢ଼ଣା,
ଚୁ-ଚୁ-କଥା କହେ ହାଉଡ଼ୀ ସମାନା
ଘରକୋଣବାସିନୀ, ବିରସବଦନା,
ମାର୍ଜାର ଶିଶୁ ପରି ମୁଦ୍ରିତନେତ୍ରା,
ତୈଳହରିଦ୍ରାବିଲେପିତ ଗାତ୍ରା।"

ହାୟ! ହାୟ! ଦରଫୁଟିଲା ପଦ୍ମଟିକୁ ବୋରଝାଞ୍ଜିରେ ଘୋଡ଼ାଇ ପକାନ୍ତି ! ଦେଶର କି କୁପ୍ରଥା ! କି କୁସଂସ୍କାର। ଛି ଛି ଛି ! ଏପରି କାଠ କୁଣ୍ଢେଇଟାକୁ କିଏ ବାହା ହେବ ମ ! ମୁଁ ନ ହେବି ନାହିଁ ପଛକେ ବାହା !

ଚାରି ଛ' ମାସ ଉତ୍ତାରେ ଦିନେ ଫୁଲସଞ୍ଜ ସମୟ, ମୁଣ୍ଡରେ ଗାମୁଛା ଖଣ୍ଡେ ପାଗ ପରି ଗୁଡିଆ, ଅଣ୍ଟାରେ ପାଛୋଡା ଖଣ୍ଡ ଭିଡ଼ା ଆଣ୍ଠୁଯାଏ ଧୂଳି, ଅଳ୍ପ ନଇଁ ନଇଁ ଗୋଟିଏ ବୁଢ଼ା ବାଡ଼ି ଖଣ୍ଡିଏ ଠୁକ୍ ଠୁକ୍ କରି ବସାଘର ଦୋମହାଲା ଉପରକୁ ଉଠିଗଲେ। ହାତରେ ଢାଳଟିଏ ଧରି ପିଠିରେ ସାନ ବୋକଟାଟିଏ ପକାଇ ପଛରେ ଜଣେ ଭଣ୍ଡାରି ଚାଲିଛି। ମଦନ ବାବୁ ତାଙ୍କୁ ଦେଖି ଚମକି ପଡ଼ିଲା ପରି ହୋଇ ପଚାରିଲେ, "ଇଏ ଅଜା, ଇଏ ଅଜା ! ଆପଣ କୁଆଡ଼େ ଅଇଲେ ? ଆପଣ କୁଆଡ଼େ ଅଇଲେ ? ଆରେ ଅଜାଙ୍କୁ ଗୋଡ଼ ଧୋଇବାକୁ ପାଣି ଦେ ରେ। ଧାଇଁ ଯା ବଜାରରୁ ଜଳଖିଆ କିଣି ଆଣରେ।"

ବୃଦ୍ଧ-"ହେଉ ହେଉ, ସବୁ ହେବ, ତୁ ଏଡେ ବ୍ୟସ୍ତ ହୋଇ ପଡ଼ ନା।"

ନବାଗତ ଏହି ବୁଢ଼ାଟିକୁ ଚିହ୍ନାଇଦେବା ଦରକାର, ନୋହିଲେ ପାଠକ କିଛି ଛନ୍ଦି ହେବେ। ବୃଦ୍ଧ ନବଘନ ଦାସେ ସାଆନ୍ତାଣୀଙ୍କ ମାମୁ, ମଦନର ଅଜା। ଦାସେ ସା'ନ୍ତଙ୍କ ଘର ଛାମୁକରଣ। ହେଲେ କଣ ହେଲା ମଦନ ଠିକ୍ ଅଜା ପରି ଭକ୍ତି କରେ, ଅଜା ବି ମୁନିବ ପୁଅ ବୋଲି ତୁମେ, ଆପଣ ନ କହି ତୁ - ଆରେ ବୋଲି ଡାକନ୍ତି, ସେହିପରି ସ୍ନେହ କରନ୍ତି। ଦାସେ ଗୋଡ଼ ହାତ ଧୋଇ ଟିକିଏ ଅଳ୍ପ ଗଡ଼ ଗଡ଼ି କରି ଖଣ୍ଡେ ଆସନରେ ବସିଛନ୍ତି। ଦିନେ ଆସନ୍ତି ନାହିଁ, ଆଜି କ୍ୟାଁ ଅଇଲେ। ମଦନର ମନ ଲାଗିଛି। ଯାଇ ପାଖରେ ବସିପଡ଼ି ପଚାରିଲା, "ଅଜା କ୍ୟାଁ ଆସିଛନ୍ତି, କଣ ଲୋଡ଼ା ବୋଲନ୍ତୁ, ଉଆସରେ ସବୁ ମଙ୍ଗଳ ତ ?"

ବୃଦ୍ଧ-"ଉଆସରେ ସବୁ ମଙ୍ଗଳ, ସମସ୍ତଙ୍କ ଦେହ – ପା' ଭଲ, ଖୁବ୍ ମଙ୍ଗଳ କଥାଟାଏ କହିବାକୁ ଦଶ କୋଶ ବାଟ ଧାଇଁ ଆସିଛି। ବୋଲିବି, ତୁ କ୍ୟାଁ ଏପରି ଛାନିଆ ହେଉଛୁ ?"

ମଦନ ଟିକିଏ ଲାଜ ପାଇଲା ପରି ହେଲା, ମାତ୍ର କିପରି ଝାଁ କରି କଥା ମନକୁ ବାଜିଗଲା, ଖୁବ୍ ଭଲ ମଙ୍ଗଳ କଥା। ଏଣେ ଚଞ୍ଚଳ ତ କହୁ ନାହାନ୍ତି, କଥା କଣ ? ସଫା ବୁଝି ନ ପାରିଲେ କଣ ହେଲା; ମାତ୍ର ମନଟା କେମିତିକା ଗୁଡ଼େଇ ପୁଡ଼େଇ ହେଉଛି, ଉଦାସ ଉଦାସ ପରି ଜଣା ଯାଉଛି। ଉଠି ଯାଇ ପଢ଼ିବାକୁ ବସିଗଲା। ହେଲେ ପଢ଼ାରେ ମନ ଲାଗୁ ନାହିଁ। ଏ ବହି ଖଣ୍ଡ ସେ ବହି ଖଣ୍ଡ ତୁଚ୍ଛା ଓଲଟ ପାଲଟ କରୁଛି।

ଅଜା ନାତି ଦୁହେଁ ଖାଇ ବସିଛନ୍ତି। ଅଜା ଟିକିଏ ଗଳା ଖଙ୍କାରି ଦେଇ କଥା ଆରମ୍ଭ କଲେ, "ବୁଝିଲୁ ମଦନ, ବାପା ସାଆନ୍ତ ମୋତେ ପଠାଇଛନ୍ତି, ତୋତେ ଘେନି ଗାଁକୁ ଯିବି। ତୋର ବିଭାଘର।" ମଦନ ଅଜା ମୁହଁକୁ ଏକଧ୍ୟାନରେ ଚାହିଁ କଥା ଶୁଣୁଥିଲେ, "ବିଭାଘର" ଏହି କଥାଟା ଶୁଣି ତାଙ୍କ ମୁଣ୍ଡ ବୁଲାଇ ଦେଲାଣି। ହାତରୁ ଭାତଗୁଣ୍ଡାଟା କେତେବେଳେ ଖସି ପଡ଼ିଲା, ତାଙ୍କୁ ଜଣା ନାହିଁ। ଅଜା ସାଆନ୍ତ ଭାତଥାଳିରେ ହାତ ଦେଇ ତଳକୁ ଅନାଇ କଥା ହାଙ୍କି ଯାଉଛନ୍ତି - ମଦନଙ୍କ କାନରେ କଥାଗୁଡାକ ପଶୁଛି କି ନାହିଁ, ତାଙ୍କୁ ଜଣା।"ମଙ୍ଗଳପୁର ଜମିଦାର ରାମରାମ ଦାସଙ୍କ କନ୍ୟାଟିରେ ଏହି ପନ୍ଦର ବରଷ ପଶିଛି। ଖୁବ୍ ଡୌଲ, ଗୋଟିଏ କାଠିରେ ଗଢା, ଚମ୍ପା ଫୁଲ ପରି ରଙ୍ଗ, ଖୁବ୍ ପାଠୋଇ; ଛାନ୍ଦକୁ ଛାନ୍ଦ ଗୀତ ମୁହେଁ ମୁହେଁ ହାଙ୍କିଯାଏ। ଦେଖ ମଦନ, ମୁଁ ଢେର ଆଡ଼େ ଲାଗି ଲାଗି ତୋ ପାଇଁ ଏହି କନ୍ୟାଟି ଠିକ୍ କରିଛି। କନ୍ୟାକୁ ଯେତେବେଳେ ଦେଖିବୁ, ଅଜା ସତୁଆ କି ମିଛୁଆ, ଜାଣିବୁ। ମୋ ପାଇଁ ବକସିସ୍ ଦରକାର। ତୋ ଆଡୁ ଅଲଗା ଗୋଟିଏ ବରମପୁରୀ ପାଠ ଯଥା ପାଇବି। କଣ କହୁଛୁ ମଦନ?" ମଦନର ଜ୍ଞାନ ଅଛି ଯେ, କଥାର ଉତ୍ତର ଦେବ? ବୋଧକରୁ, ମନ ମଧ୍ୟରେ କହୁଛି, 'ଯଥା - ନା ତୋ ମୁଣ୍ଡ ବକସିସ୍ ପାଇବୁ।' ମଦନ ରାତିସାରା ବିଛଣାରେ ପଡ଼ି ଭାବୁଛି, ଆଖିରେ ନିଦ ନାହିଁ। ଆଜିକାଲିକା ଇଂରାଜୀ ପାଠୁଆ ଭେଣ୍ଡିଆଙ୍କ ମଧ୍ୟରୁ ଗୋଟାଏ ଗୋଟାଏ ଅଦିନିଆଁ କଖାରୁ ବାହାରି ପଡ଼ନ୍ତି - ତାଙ୍କ ଜାଣିବାରେ ବାପଟା ମୂର୍ଖ, କିଛି ଜାଣେ ନାହିଁ, ସେମାନେ ଆପେ ଔପନ୍ୟାସିକ, କନ୍ୟା ବାଛି ବିଭା ହେବେ। କନ୍ୟାର ରୂପ ଗୁଣ ଘେନି ବାପ ସଙ୍ଗରେ ବୋଲାବୋଲି କରି ବସନ୍ତି। ମଦନ ସେପରି ଶ୍ରେଣୀରୁ ବାହାର। ଆଜିଯାଏଁ ବାପର କୌଣସି କଥାରେ ଜବାବ ଦେଇ ନାହିଁ। ସେ ଗୋଟିଏ କଥା ଧରିଛି, ବାପ ପରି ମଙ୍ଗଳକାମୀ ତାହାର ଆଉ ଜଗତରେ କେହି ନାହିଁ। ଅନ୍ୟ ସ୍ୱାର୍ଥପର ଲୋକଗୁଡ଼ାଙ୍କ ପାଖରୁ କିଛି ଦୂରରେ ଥାଏ। ମାତ୍ର ମଦନ ବିଭାଘର କଥା ଶୁଣି ଟିକିଏ ଲାଜ ପାଇଲାଣି, ଅଜା ମୁହଁକୁ ଅନାଇ ପାରୁନାହିଁ, ବାପକୁ ଜବାବ ଦେବ କଣ? ଢେର ଭାବି ଭାବି ଗୋଟାଏ କଥା ତାହା ମନରେ ପଡ଼ିଗଲା- 'ମୋତେ ଭଲ କରି

ଇଂରେଜୀ ପଢ଼ାଇବା ପାଇଁ ବାପା ଢେର ଥର କହିଛନ୍ତି।' ମଦନ ମନ ଟିକିଏ ଖୁସି ହେଲା, ଏହି କଥାଟିକୁ ସଙ୍ଖାଳି କରି ଶୋଇ ପଡ଼ିଲା।

ତହିଁ ଆରଦିନ ସକାଳେ ଅଜା ନାତି ଦୁହେଁ ଖାଇ ବସିଛନ୍ତି। ବୁଢ଼ା ମନରେ ବିଚାରିଲା, ପିଲାଟା ତ କିଛି ଜବାବ ଦେଲା ନାହିଁ - କଥା କଣ? ନାତିର ମନ ବିଢ଼ିବା ପାଇଁ ଅଜା କହି ବସିଲେ, "ବୁଝିଲୁ ରେ ନାତି, ଏପରି ପରମା ସୁନ୍ଦରୀ, ଏପରି ପାଠୋଇ ପାତ୍ରୀ, ଏପରି ଭଲ ଘର ଭାଗ୍ୟକୁ ମିଳେ। ହେବ ନାହିଁ କ୍ୟାଁ - ବାପସାଆନ୍ତ ଯେପରି ପୁଣ୍ୟବନ୍ତ, ତୁ ଯେପରି ପିତୃଭକ୍ତ ଧାର୍ମିକ ପିଲା ତୋତେ ଏ କନ୍ୟା ମିଳିବ ନାହିଁ ଆଉ କାହାକୁ ମିଳିବ? ଦିନେ ହେଲେ ବାପ ସାଆନ୍ତଙ୍କ କୌଣସି କଥାରେ ନା-ପଦ ତୋ ମୁହଁରୁ କାଢ଼ି ନାହୁଁ। ଏଥିଲାଗି ଦେଶଯାକ ତୋର ପ୍ରଶଂସା। ତୁ ପିଲାଟା ହେଲେ କଣ ହେଲା, ସବୁ ଶାସ୍ତ୍ର ବୁଝୁ। ଜାଣୁ! ଶାସ୍ତ୍ରରେ ଲେଖା ଅଛି, 'ବାପ ଯେଉଁ ପୁଅ ପ୍ରତି ସନ୍ତୁଷ୍ଟ, ସବୁ ଦେବତାଠାରୁ ସେ ବର ପାଏ।' ଆଉ ଗୋଟାଏ କଥା ବୁଝିଥା, ଏପରି ପାତ୍ରୀ ହାତରୁ ଥରେ ବାହାରି ଗଲେ ଆଉ କେବେ ମିଳେ ନାହିଁ। ବାପା ସେଥିପାଇଁ ଚଞ୍ଚଳ ହୋଇ ପଡ଼ିଛନ୍ତି। ସ୍ୱୀକୃତ ହୋଇ ଗଲାଣି। ଆସନ୍ତା ମକର ସତର ଦିନ ଶୁକ୍ଳ ଦଶମୀକୁ ଲଗ୍ନ, ତେଣିକି ଲଗ୍ନ ନାହିଁ। ଆଉ ତୋର ଯୋଡା ବୟସ ପଡ଼ିବ, ବର୍ଷେ ବିଭା ବନ୍ଦ। ଯା, ସ୍କୁଲମାଷ୍ଟରଙ୍କୁ କହି ବୋଲି ତୋ ପୋଥିପତ୍ର ଘେନି ଚାଲିଆ। କାଲି ସଖାଳେ ଚାଲିଯିବା। ଆଉ ଦିନ ନାହିଁ ମଝିରେ ମାସ ଯୋଡାଏ।" ମଦନ ବାବୁ ମୁଣ୍ଡପୋତି ଧୀରେ ଧୀରେ କହିଲେ, "ବାପା କହିଛନ୍ତି, ମୁଁ ଭଲକରି ଇଂରାଜୀ ପାଠଟା ପଢିବି। ବି.ଏ. ପାସ୍ ଯାଏ ପଢିବାକୁ ମୋର ଇଚ୍ଛା। ବାହା ଫା ହେଲେ ମୋର ଆଉ ପାଠ ହେବ ନାହିଁ।"

ଅଜା- "ହଁ ହଁ, ସେ କଥା ବି ଉଆସରେ ପଡ଼ିଥିଲା। ବାପା କହିଛନ୍ତି, ତୋର ଆଉ ପଢ଼ିବାର ଦରକାର ନାହିଁ। ଆଉ ତୋର ବି.ଏ ଫିଏ ପାସ ଫାସ ଦରକାର କଣରେ? ତୁ କଣ ସରକାର ଘରେ ଚାକିରୀ କରିବୁ?"

ମଦନ ବାବୁଙ୍କ ସଙ୍ଖାଳି ସରିଲା। ଫଁ କରି ନିଶ୍ୱାସଟାଏ ପକାଇ ତୁନି ହୋଇ ବସିଲେ। ଅଜା କଥା ଶୁଣି ଜୋକ ମୁହଁରେ ଲୁଣ ଦେଲା ପରି ତୁନି ହୋଇ ବସିଲେ।

ଜମିଦାରଙ୍କ ଉଆସର ଚାରିଟା ପୁର-ବାହା ଦିନଠାରୁ ସାନସାଆନ୍ତଙ୍କ ପୁର ଅଲଗା ହୋଇ ଯାଇଛି। ମଝି ଦୁଆରଟି କିଳିଦେଲେ ଦୁଇ ପୁର ସମ୍ପୂର୍ଣ୍ଣ ରୂପେ ଅଲଗା ହୋଇଯାଏ। ମଦନ ବାବୁଙ୍କ ବିଭା କାଲି ପରି ଚାରିମାସ ହୋଇଗଲାଣି। ଦିନ ରାତି ପୁର ମଧ୍ୟକୁ ଯା ଆସ କରିବାକୁ ମଦନ ବାବୁଙ୍କର ଇଚ୍ଛା; କିନ୍ତୁ ରାତି ପହରକ ଆଗରୁ ପୁର ମଧ୍ୟକୁ ଯାଇ ପାରନ୍ତି ନାହିଁ। ବାହାର କଚେରି ଘର ଲଗା ଆପଣା ବୈଠକଖାନାରେ ବସି ପଢାପଢି କରୁଥାନ୍ତି। ମଦନମୋହନଟି ବଡ ଲାଜକୁଳିଆ ପିଲା। ଦିନବେଳେ ଭିତର ଉଆସକୁ ଯିବା ସମୟରେ ପୋଇଲୀ ପରିବାରୀଗୁଡାକ କେହି ହସନ୍ତୁ ନ ହସନ୍ତୁ, ସେ ମନରେ କରନ୍ତି,

ଯେମନ୍ତ ପୋଇଲୀଗୁଡାକ ହସୁଛନ୍ତି। ଆଉ ଆଉ ଜମିଦାରଙ୍କ ଘର ପରି ଏହାଙ୍କ ଉଆସରେ ଅକର୍ମା ଅସଭ୍ୟ ପୋଇଲୀଗୁଡାଏ ବି ଢେର୍। ସେ ଗୁଡାଙ୍କର ଆଉ ପାଇଟି କଣ?

ଏ ତ ଗଲା ଗୋଟାଏ କଥା। ବଡ଼ କଥାଟା ଏହି ଯେ, ପଦୀଟା ବୋହୂ ପାଖେ ପାଖେ ଜୋକ ପରି ଲାଗି ରହିଛି। ପଦୀଟା ପୋଇଲୀ ହେଲେ କଣ ହେଲା, ତାହାର ଗୁଣ ଢେର। ଗାଁରେ ତାହାର ନାମ ଡାକ ଅଛି। ଗାଁ ମଧ୍ୟରେ କୌଣସି ସାଆନ୍ତଙ୍କ ଝିଅ ବିଭାଘର, ଦଶପନ୍ଦର ଦିନ ଆଗରୁ ମା ସାଆନ୍ତାଣୀ ପଦୀକୁ ଡାକି ନେଇ ଝିଅ ପାଖରେ ରଖି ଦିଅନ୍ତି। ଶାଶୁଘରକୁ ଯିବାବେଳେ ଝିଅ କାହାକୁ ଧରି କି କଥା କହି କିପରି ବାହୁନିବ - ଶାଶୁଘରେ କେତେ ଓଢଣା ପକାଇ କିପରି ନଇଁ ନଇଁ ଚାଲିବ, କିପରି ଚୁ-ଚୁ କଥା କହିବ, ଏ ସବୁ ସଦ୍‌ଗୁଣ ଶିଖାଇବାକୁ ପଦୀକୁ କେହି ବଳିଯିବ ନାହିଁ। ନିତାନ୍ତ ପରିତାପର ବିଷୟ, ଶିକ୍ଷାର, ବିଶେଷରେ ସ୍ତ୍ରୀ ଶିକ୍ଷାର ବହୁଳ ପ୍ରଚାର ଯୋଗୁ ପଦୀ ଶ୍ରେଣୀ ଗୁଣବତୀମାନଙ୍କ ଦାନାପାଣି ପ୍ରାୟ ଉଠିଗଲାଣି। ଝିଅ ବିଭା ହୋଇ ଆସିବା ବେଳେ ମଙ୍ଗଳପୁର ତାଲୁକର ଜମିଦାରାଣୀ ପଣତକାନିରେ ଆଖି ପୋଛି ପକାଇ କହିଲେ, "ଶୁଣ ପଦୀ, ମନି ତୋତେ ଲାଗିଲା। ବୁଝି ସାବଧାନ! ଝିଅର ଢଙ୍ଗଢାଙ୍ଗ ଲାଜ ସରମ କଥାରେ ଯେମନ୍ତ କେହି ତୁଣ୍ଡ ନ ଫିଟାଏ, ଆମ ବଂଶକୁ ନିନ୍ଦା ବୋଲଣା ନ ଆସେ।" ପଦୀ ଖୁବ୍ ଗର୍ବରେ ମୁରକି ହସଟାଏ ହସି କହିଲା, "ଆଜ୍ଞା ମଣିମା! ଏକଥା କଣ ଆଜି ପଦୀକୁ ଶିଖାଇ ଦେବେ?"

କନ୍ୟାଟିର ନାମ ମୋହିନୀ। ରୂପରେ, ଗୁଣରେ ବି ସେହିପରି ମୋହିନୀ। ମଦନ ବାବୁଙ୍କ ମନକୁ ବଡ଼ ଲାଗିଗଲାଣି। ଭାରି ଇଚ୍ଛା, ବୋହୂଟିକୁ ଭଲକରି ପଢ଼ାଇବେ, ସବୁବେଳେ ଦୁଇ ଜଣ ବସି କଥାଭାଷା ହେବେ, ସଞ୍ଜବେଳେ ତୋଟାରେ ବୁଲିବେ - ଉପାୟ କଣ? ପଦୀଟା ତ ସାଙ୍ଗେ ସାଙ୍ଗେ ଲାଗି ରହିଛି। କଣ ମନ୍ତ୍ର ପଢ଼ାଉଛି, ସେହି ମୂର୍ଖ ବୋହୂଟା ବି ଆଖି ଫିଟାଉ ନାହିଁ କି କଥା କହୁ ନାହିଁ। ଦିନେ ମଦନ ବାବୁ ଆପଣା ପଢ଼ା ଘରେ ବସି କଣ ଭାବୁଥିଲେ, ହଠାତ୍ ଖୁସିଟାଏ ହୋଇ ପାଟିକରି କହି ପକାଇଲେ, ବେଶ୍ ଉପାୟ ମନରେ ପଡ଼ିଛି, ବେଶ୍ କଥା ବେଶ୍ କଥା।'

ମଦନ ବାବୁ ପ୍ରତିଦିନ ରାତି ପହରକ ସରିକି ଉଆସ ଭିତରକୁ ଆସୁଥିଲେ। ଏଣିକି ଢେର ଥର ମଠ ହୋଇ ଗଲାଣି, ଦିନେ ଦିନେ ଦେଢ ପହର ବି ଗଡିଯାଏ। ଦିନେ ପଦୀ ପଚାରିଲା, "ହୋଇଲୋ ଶୁକ୍ରି! ସାଆନ୍ତ ମଣିମାଙ୍କର ଉଆସ ଭିତରକୁ ବିଜେ ହେବାକୁ ଦିନେ ଦିନେ ଏତେ ମଠ ହୁଏ କ୍ୟାଁ?" ବଡ଼ ଉଆସରେ ଢେରଗୁଡାଏ ପୋଇଲୀ; ମାତ୍ର ସାନ ସାଆନ୍ତଙ୍କ ଉଆସକୁ କେହି ଯାନ୍ତି ନାହିଁ। ପୁଅ ଗୋଳମାଳକୁ ଭଲ ପାଏ ନାହିଁ। ଏଥିପାଇଁ ମା ସାଆନ୍ତାଣୀଙ୍କର ମନା, କେହି ପୋଇଲୀ ସାନ ସାଆନ୍ତଙ୍କ ଉଆସ ଭିତରକୁ ଯିବେ ନାହିଁ। କେବଳ ଶୁକ୍ରୀ ପୋଇଲୀକୁ ନମୋଦ କରି ଦେଇଚନ୍ତି - ସବୁବେଳେ ବୋହୂ ପାଖରେ ଥାଏ। ପାଠ ଘରେ ସାନ ସାଆନ୍ତ ଓ ଶୁକ୍ରୀ ନିରୋଳାରେ ବସି ଢେର ବେଳଯାଏ କଣ

ଫୁସର-ଫାସର ହେଉ ଥିବାର କେତେ ଥର ଦେଖା ଗଲାଣି। ପଦୀ ପଚାରିବାରୁ ଶୁକ୍ରୀ କହିଲା, "ତୁ ଶୁଣି ନାହୁଁ କି ଲୋ ପଦୀ ଅପା! ସାଆନ୍ତ ମଣିମା ଗାରିଡି ମନ୍ତ୍ର ଫୁଙ୍କିବାକୁ ଯାନ୍ତି ପରା।"

ପଦୀ – "ଗାରିଡିମନ୍ତ୍ର କଣ ଲୋ?"

ଶୁକ୍ରୀ – "କଣ କି, ଏ ଦେଶରେ ଏହି ଖରାଦିନିଆ ଚିତ୍ରା ନାଗ ଢେର ବାହାରି ମଣିଷଙ୍କୁ ଦଂଶି ଦିଅନ୍ତି। ସାଆନ୍ତଙ୍କୁ ଗାରିଡି ମନ୍ତ୍ର ଜଣା, ଫୁଙ୍କି ଦେଲେ ବିଷ ଉଡି ଯାଏ। ପଣକୁ ପଣ ରୋଗୀ ଭଲ ହୋଇ ଗଲେଣି। ଆଉ କଣ କହିବି ପଦୀ ଅପା, ଏହି ପାଖ ଗାଁ ମିଛୁପୁରରେ ପୁଞ୍ଜାଏ ବୋହୂ ଠକ୍ ଠକ୍ କରି ମରିଗଲେ। କେଡେ ସୁନ୍ଦର ବୋହୂଗୁଡ଼ାକ, ଆହା! ଆହା!

ପଦୀ – "ହଁ ଲୋ ଶୁକ୍ରୀ। ସେଗୁଡ଼ାକ ସାନ ସାଆନ୍ତ ମଣିମାଙ୍କୁ କ୍ୟାଁ ବାତିନ ଦେଲେ ନାହିଁ?"

ଶୁକ୍ରୀ – "ହଁ, ସାନସାଆନ୍ତ ବିଜେ କରିଥିଲେ, ଢେର ଫୁଙ୍କାଫୁଙ୍କି କଲେ, ହେଲେ କଣ ହେଲା, ବୋହୂଗୁଡାକ ଆପଣା ଦୋଷରୁ ମଲେ ମ! କଥା କଣ କି, ସାଆନ୍ତ ଆଗେ ମନ୍ତ୍ର ପାଣିରେ କାଠିମରା ରୋଗୀର ମୁହଁ ଧୋଇ ଦିଅନ୍ତି, ଆଉ ଯୁଡ଼ା ଫିଟାଇ ଦିଅନ୍ତି, ଆଉ ଗାରିଡି ମନ୍ତ୍ର ଡାକିବାବେଳେ ରୋଗୀ ମୁହଁରୁ ଲୁଗା କାଢ଼ି ସାଆନ୍ତଙ୍କ ମୁହଁକୁ ଚାହିଁ ରହିବା ବିଧି। ବୋହୂଗୁଡ଼ାକ ମନ୍ତ୍ର ପଢ଼ିବାବେଳେ ଯେମିତି ମୁହଁ ଢାଙ୍କି ପକାଇଲେ, ଠକ୍ ଠକ୍ କରି ଢଳି ପଡ଼ିଲେ।

ପଦୀ – "ଆହା! ପାଖରେ କଣ କେହି ପୁରୁଖା ମାଇପେ ନ ଥିଲେ? ବୋହୂ ମୁହଁ ଢାଙ୍କିବାବେଳେ ତା ହାତ ଧରି ପକାଇଲେ ନାହିଁ କ୍ୟାଁ? ଜୀବନ ବଡ଼ ନା ଲାଜ ବଡ଼? 'ଆପଣା କିଆକୁ ଇଲାଜ କ୍ୟା'! ହଁ ଲୋ ଶୁକ୍ରୀ, କାଠିମରା ରୋଗୀର ମୁଣ୍ଡବାଳ ଫିଟାଇ ଦିଅନ୍ତି, ମୁଁ ଜାଣେ।"

ଶୁକ୍ରୀ - ପଦୀ ଅପା, ତୁ ତ ରୋଜିନା ସଞ୍ଜ ବାଦେ ନୀତି ବଢ଼ାଇବା ଲାଗି ବୋହୂସାଆନ୍ତାଣୀଙ୍କୁ ତୋଟାଆଡ଼େ ଘେନିଯାଉ। ହାତରେ ଗୋଟାଏ ଆଲୁଅ ଘେନିଗଲେ ଭଲ ହୁଅନ୍ତା ପରା!

ପଦୀ – "କଣ କହିଲୁ ଲୋ ଶୁକ୍ରୀ, କଣ କହିଲୁ! ଏଡ଼େ ମହତ ଘର ପୋଇଲୀଟା ହୋଇ କଣ କଥାଟା ମୁହଁରେ ଧରିଲୁ। ଦେଶରେ ମୂଲକରେ ଗୋଟାଏ ନିନ୍ଦା ଟହଲ ପଡ଼ିଯିବ ଯେ, ହାଟୁଆ ଘର ଝିଅଟା ପରି ମଶାଲ ଜାଳି ବାରିଆଡେ ଯାଏ। ମା ସାଆନ୍ତାଣୀଙ୍କ କାନରେ ବାଜିଗଲେ କଣ ମୋ ଚୁଟି ପିଠି ରହିବ? ଆମ ଉଆସରେ ତ ବୋଡିକୁ ବୋଡି ପୋଇଲୀ - ମା ସାଆନ୍ତାଣୀ ବାଛି ବାଛି ମୋତେ ସଙ୍ଗରେ ଦେଲେ କ୍ୟାଁ? ଆଲୋ ପଦୀ ଯେବେ ସଙ୍ଗରେ ଅଛି, ଆମ ଜେମାଙ୍କର ଡର କଣ?"

ସଞ୍ଜ ଗଡ଼ି ଗଲାଣି। ଘର ଭିତରେ ସବୁ ଅନ୍ଧାର। ବୋହୂଟି ଓଢ଼ଣା ପକାଇ ତୋଟା ଭିତରୁ ଧୀରେ ଧୀରେ ଚାଲିଛି। ପଦୀ ବାହାଟି ଧରି ଚଳାଇ ଆଣୁଛି। ତୋଟା ଦୁଆର ଦୁଆରବନ୍ଧ ଡେଇଁ ଯେମିତି ଘର ଭିତରକୁ ପଶିବେ, କବାଟକଣରୁ ଦେଢ଼ହାତ ଲମ୍ବ ସାପଟାଏ ବାହାରି ବୋହୂ ଆଉ ପଦୀ ଗୋଡ଼ ପାଖ ବାଟେ ହଳହଳ କରି ଚାଲିଗଲା। ପଦୀ ତ ବୋହୂଟାକୁ ପେଲି ଦେଇ 'ବୋପା ଲୋ' ବୋଲି ରଡ଼ିଟାଏ ଛାଡ଼ି ଘରେ ପଶି କବାଟ କିଳି ଦେଲାଣି। ବୋହୂଟା ହାଉଳି ଖାଇ ଠା ପଡ଼ିଗଲା, ଚେତା ନାହିଁ। ଶୁକ୍ରୀ ଅଳ୍ପ ଦୂରରେ ଥିଲା, ଧାଇଁ ଆସି ବୋହୂଟିକୁ କାଖେଇ ପହଡ଼ ଘର ଭିତରକୁ ଘେନିଗଲା, ମୁହଁରେ ପାଣି ଛିଞ୍ଚିବାରୁ ବୋହୂର ଚେତା ପସିଲା। ଶୁକ୍ରୀ କହିଲା, "ଆପଣ କିଛି ଡରିବେ ନାହିଁ। ସାଆନ୍ତଙ୍କୁ ଡାକି ଆଣୁଛି, ଏହି ଲାଗେ ଭଲ କରିଦେବେ।"

ସାନ ସାଆନ୍ତଙ୍କୁ ଦେଖି ବୋହୂଟାର ସାହସ ହେଲାଣି। ବରଡ଼ାପତ୍ର ପରି ଥରୁଥିଲା, ଏବେ ଓଢ଼ଣାଟି ପକାଇ ତୁନି ହୋଇ ବସିଛି। ସାନ ସାଆନ୍ତଙ୍କ ତୁଣ୍ଡ ଶୁଣି ପଦୀ ବି ଆସି ପହଞ୍ଚିଗଲା। ମାତ୍ର ଏ ପର୍ଯ୍ୟନ୍ତ ତା ଦେହଟା ଟିକିଏ ଟିକିଏ ଥରୁଛି, ପାଟିରୁ କଥା ବାହାରୁ ନାହିଁ। ଦୁଇଖଣ୍ଡ ଆସନ ପଡ଼ିଲା, ବୋହୂ ଆଉ ସାନ ସାଆନ୍ତ ମୁହାଁମୁହିଁ ହୋଇ ବସିଲେ। ସାଆନ୍ତ ପଚାରିବାରୁ ପଦୀ କହିଲା, "ହଁ, ମୁଁ ସାପଟାକୁ ଦେଖିଲି, ତିନି କି ଚାରି ହାତ ଲମ୍ବା, ଦେହ ହାତ କଳା ହଳଦିଆ ଡ଼ୋରା ଡ଼ୋରା ଚିତ୍ର ହୋଇଛି। ତାକୁ ବାଡେଇବା ପାଇଁ ଜେମାଙ୍କୁ ବସାଇ ଦେଇ ବାଡି ଖୋଜିବାକୁ ଧାଇଁଲି।" ଦୁଷ୍ଟ ଶୁକ୍ରୀଟା ମୁହଁରେ ଲୁଗା ଦେଇ ଟିକିଏ ହସିଲା।

ସାପ କାମୁଡିଛି କି ନାହିଁ, ସାଆନ୍ତ ବୋହୂ ଗୋଡ଼ ଭିଡି ଆଣି ପରଖି ବସିଲେ। ବୋହୂଟା ଗୋଡ଼ ଭିଡି ନେଉଥାଏ। ସାଆନ୍ତ କହିଲେ, "ହାଁ ହାଁ, ଏପରି କଲେ ମନ୍ତ୍ର କାଟୁ କରିବ ନାହିଁ। ଦେଖାଗଲା, ବୋହୂ ବାଁ ଗୋଇଠିରେ ଘାଉଡ଼ ହୋଇଛି। ସାଆନ୍ତ କହିଲେ, "ହଁ ହଁ ସତ - ପଦୀ କଥା ସତ, ଏଟା ଚିତ୍ରା ନାଗ, ଦେଖୁ ନାହଁ, ଗୋଟାଏ ଦାନ୍ତ ବସିଛି। ଏ ନାଗର ଗୋଟାଏ ବୋଲି ଦାନ୍ତ। ଚିନ୍ତା ନାହିଁ। ଦି'କଲି ମନ୍ତ୍ର ଡାକି ଦେଲେ ସବୁ ବିଷ ହରିଯିବ। ଆଲୋ ଶୁକ୍ରୀ, ଯା, ଡେବିରି ହାତରେ ପୋଖରୀରୁ କଂସାଏ ପାଣି ଆଣ- ଡେବିରି ଆଖି ବୁଜି ଯିବୁ - ସାପର ଗୋଟାଏ ଦାନ୍ତ ପରା!"

ସାଆନ୍ତ – 'ହଁ, ଏବେ ମୁହଁରୁ ଲୁଗା କାଢ଼।' ବୋହୂ ଓଢ଼ଣାଟାକୁ ଆହୁରି ଭିଡ଼ି ଦେଉଛି। ପଦୀ "ଆଗୋ ମା! ଓଢ଼ଣା କାଢ଼, ଓଢ଼ଣା କାଢ଼" କହି ଆଗେ ଓଢ଼ଣାଟା କାଢ଼ି ପକାଇଲା। ବୋହୂଟା ଭିଡ଼ି ମୋଡ଼ି ହେଉଥାଏ। ପଦୀ ଆଉ ଶୁକ୍ରୀ ଦୁହେଁଯାକ ବୋହୂର ଦୁଇବାହୁ ଆଣ୍ଟ କରି ଧରି ବସିଥାନ୍ତି। ସାଆନ୍ତ ବୋହୂର ଯୁଡା ଫିଟାଇ ପକାଇଲେ। ଯୁଡା ଫିଟାଇବାବେଳେ ବୋହୂଟା କଡ଼ ଭିଡ଼ି ମୋଡି ହେଲା, ପଦୀ ମୁଣ୍ଡରେ ପିଠିରେ ହାତ

ବୁଲାଇ ବହୁତ ହେମତ୍ ଦେଉଥାଏ। ବୋହୂଟା ଆଉ କଣ କରିବ, ଯୋଡାଏ ମାଇକିନିଆ ଆଣ୍ଠ କରି ଧରିଛନ୍ତି, ପଦୀ ପିଠିରେ ହାତ ବୁଲାଇ ହେମତ୍ ଦେଉଥାଏ। ସାଆନ୍ତ ପାଣି କଂସାକ ମନ୍ତ୍ରି ବୋହୂ ମୁହଁ, ଘାଉଡ଼ ଜାଗା ତିନି ଥର କରି ଧୋଇଦେଲେ। ତାହା ବାଦେ କହିଲେ, "ଏବେ ମୁଁ ଗାରିଡି ଡାକିବି, ମୋ ମୁହଁକୁ ଏକଧ୍ୟାନରେ ଚାହିଁ ରହିବାକୁ ହେବ।" ଏଣେ ଜୀବନବିକଳ କଥା, ତେଣେ ମାଇକିନିଆ ଦୁଇଟାଙ୍କ ପାଟି – "ଚାହଁ ଚାହଁ।" ବଡ଼ କଷ୍ଟରେ ବୋହୂ ମୁଣ୍ଡଟାକୁ ଟିକିଏ ଓହଳାଇ ସାଆନ୍ତଙ୍କୁ ଏକଧ୍ୟାନରେ ଚାହିଁ ରହିଲା। ବାବୁ ଗାରିଡି ମନ୍ତ୍ର ଡାକିଲେ -

"ଅଂ କାଳନ୍ଦୀ ହ୍ରଦରେ ଥିଲା କାଳୀ;
କୃଷ୍ଣ ଗଲେ ପଦ୍ମ ତୋଳି;
କାଳୀ ଦେଲା କାମୁଡ଼ି;
ଶ୍ରୀକୃଷ୍ଣ ଗଲେ ପଡ଼ି।
ଗରୁଡ଼ ଐଲା ଭିଡି କରି;
ବିଷ ଗଲା ଘା ମୁହଁରେ ହରି।"
ଆ-ଫୁ-ଆ-ଫୁ-ଆ-ଫୁ-

ଏହିପରି ସାତଥର ମନ୍ତ୍ର ପଢିସାରି ରୋଗିଣୀ ବେକରେ ଖଣ୍ଡେ ମନ୍ତ୍ର ସୂତା ବାନ୍ଧିଦେଲେ। ସାଆନ୍ତ କହିଗଲେ, 'ଚିତ୍ରା ନାଗ ସାପ ବିଷ ପାଞ୍ଚଦିନ ରହେ - ପାଞ୍ଚଦିନ ସକାଳ ସଞ୍ଜ ମନ୍ତ୍ର ଫୁଙ୍କାଯିବ।'

ସାଆନ୍ତ ଦେଖିଲେ, ରୋଗିଣୀ ଦେହରୁ ଅସଲ ବିଷଟା ଢେର ଛାଡ଼ି ଗଲାଣି। ମନ୍ତ୍ର ଫୁଙ୍କାବେଳେ ବୋହୂଟା ଖୁବ ବଳରେ ଓଠ କାମୁଡି ରହୁଛି, ହସ ସମ୍ଭାଳି ପାରୁ ନାହିଁ। ପଞ୍ଚମ ଦିନ ସଖାଳେ ସାଆନ୍ତ କହିଲେ, "ବୋହୂ ବେକରେ ଯେଉଁ ସୂତା ବନ୍ଧା ହୋଇଛି, ଶନିବାର ବଡ଼ି ସଖାଳେ ଜଣେ ବିଧବା ସ୍ତ୍ରୀ ଅଧୁଆ ମୁହଁରେ ଡେବିରି ହାତରେ ସେ ସୂତା ଛିଣ୍ଡାଇ ନେଇ ଏକମୁହାଁ ଚାଲିଯିବ, ତିନି ମାସ ତିନି ପକ୍ଷ ତିନି ଦିନ ଦେଖା ଦେବ ନାହିଁ।" ପଦୀ ଚଞ୍ଚଳ କହି ପକାଇଲା, "ଆଉ କାହା ହାତରେ ହେବ ନାହିଁ, ମୁଁ ସୂତା ଛିଣ୍ଡାଇ ନେଇଯିବି।" ସାଆନ୍ତ ତ ସେହି କଥା ଖୋଜୁଥିଲେ, ମନରେ ବଡ଼ ଖୁସି। ପଦୀ ମନରେ ବି ବଡ଼ ଆନନ୍ଦ – 'ଭଲ ହେଲା, ଗାଁକୁ ପଳାଇବା, ଏ ସାପୁଆ ମୁଲକରେ କିଏ ରହିବ ମ?'

ମାସେ ଦୁଇମାସ ବିତି ଗଲାଣି, ସ୍ତ୍ରୀ ପୁରୁଷ ଦୁଇଜଣ ଉଆସ ଭିତରେ ବସି ପଢାପଢି କରନ୍ତି। ଉଆସ ପଛ ତୋଟା ନିରୋଳା। ଦୁଇଜଣ ଫୁଲ ବଗିଚାରେ ସଞ୍ଜବେଳେ ବୁଲାବୁଲି କରନ୍ତି। ମୋହିନୀଟି ବୁଦ୍ଧିମତୀ, ଗୁଡାଏ ପଢ଼ି ଗଲାଣି।

ଦିନେ ମୋହିନୀ ହସି ହସି କହିଲା, "ହଁ ହେ, ତୁମେ ଏଡେ ଦୁଷ୍ଟ ନା?" ଖଣ୍ଡେ କାଗଜ, ଖଣ୍ଡେ ଡାଙ୍ଗ ପଲଙ୍କ ତଳୁ କାଢ଼ି ଆଣିଲା - ତିନି ଆଙ୍ଗୁଳି ଅନ୍ଦାଜ ଚୌଡ଼ା,

ଦେଢ଼ହାତ ଲମ୍ବ ଖଣ୍ଡେ କାଗଜ - କଳା ଆଉ ହଳଦୀରେ ଚିତ୍ର ହୋଇଛି ଏକ ପାଖ ମୁଣ୍ଡରେ ଖଣ୍ଡେ ଗେଙ୍ଗୁଟି ବନ୍ଧା। ସେହି ଗେଙ୍ଗୁଟିଟା ଧରି ଫୋପାଡ଼ି ଦେଲେ କାଗଜ ଖଣ୍ଡକ ହଳହଳ ହୋଇ ସାପପରି ଚାଲିଯାଏ। ଆଉ ଖଣ୍ଡେ ବାଉଁଶକଣି ଆଗରେ ଗୋଟାଏ କଣ୍ଟା ବନ୍ଧା। ମୋହିନୀ ହସି ହସି କହିଲା, "ତୁମେ ଏଡେ ଦୁଷ୍ଟ, କବାଟ କଣରୁ କାଗଜ ଖଣ୍ଡ ଫୋପାଡି ଦେଇ କଣ୍ଟାଟା ଫୁଟାଇ ଦେଲ?"

ମଦନ ବାବୁ କହିଲେ, "ହୋଇ ଲୋ ଶୁକ୍ରୀ, ୟାଙ୍କୁ କହିଦେଲୁ କ୍ୟାଁ? ସାପ ଦେଖାଇଲୁ କ୍ୟାଁ?" ଶୁକ୍ରୀ ହସି ହସି ପଳାଇଲା।

ଅଧର୍ମ ବିତ୍ତ

ବିଜେ ନରହରିପୁର ଶାସନମୁଣ୍ଡ ସାହାଲା ଘରକୁ ଛାଡ଼ି ପଚାଶ ଷାଠିଏ କଦମ ଦୂରରେ ବଳଦେବଙ୍କ ପୂଜାପିଣ୍ଡି ବା ମଣ୍ଡପ। ଗ୍ରାମ ଦିଗକୁ ଛାଡ଼ି ପିଣ୍ଡିର ଆଉ ତିନିପଟରେ ପାଞ୍ଚସାଲି, ଦଶସାଲି, ମଧ୍ୟଭଳି ଅତି ପୁରୁଣା ବୁଢ଼ା, ଗଣତିରେ ଶହେ ସାତ ନଡ଼ିଆ ଗଛ। ଏଗୁଡ଼ିକ ଶାସନ ମହାଜନଙ୍କ କୋଠ ଗଛ। ଫଳ ଏକ ସଙ୍ଗରେ ତୋଳା ଯାଇ ଭାଗପିଛେ ବାଣ୍ଟହୁଏ।

ସକାଳ ଓଳି ବେଳ ଘଡ଼ିକ ସମୟରେ ନଡ଼ିଆଗଛ ମୂଳରେ ଜଣ ପଚାଶ ବ୍ରାହ୍ମଣଗୋସାଇଁ ବିଜେ ହୋଇଛନ୍ତି। ପୁରୁଖା ପୁରୁଖା ଭଳିଆ ଆଉ ମର୍ଯ୍ୟାଦାବନ୍ତ ପୁଣି ଦୂର ଗାଁରୁ ଆସିଥିବା ବନ୍ଧୁମାନେ ନଡ଼ିଆ ପତ୍ରବୁଣା ଚଟେଇରେ ବସିଛନ୍ତି, ଆଉ ଅନ୍ୟମାନଙ୍କର ଭୂମ୍ୟାସନ। ଶାସନ ପିଲାଗୁଡ଼ାକ ସକାଳୁ ସକାଳୁ ନଡ଼ିଆ ବୁରେଇ ତଳେ ଧାଁ ଦଉଡ଼ ହୋ ହୋ ପାଟି କରି ଖେଳୁଥାନ୍ତି, ହେଲେ ଆଜି ସେମାନଙ୍କ ପାଟିରେ କଥା ନାହିଁ। ଯୋଡ଼ିକୁ ଯୋଡ଼ି, ପୁଞ୍ଜାକୁ ପୁଞ୍ଜା ପିଲା ଖୁବ୍ ଦୂରରେ ବୁରେଇ ଭିତରେ ବୁଲି ବୁଲି ଗୋସାଇଁମାନଙ୍କ ସଭା ଦେଖୁଛନ୍ତି। ସେମାନେ ବି ମନ ମଧ୍ୟରେ ଯେମନ୍ତ ବୁଝିଛନ୍ତି, ଆଜି ଗାଁରେ ଭାରି ଗୋଟାଏ କଣ ହେବ। ଶାସନ ଗୋସାଇଁମାନଙ୍କୁ ଛାଡ଼ି ଆହୁରି ବି ଆଠ ଦଶ ଜଣ ଦୂରଦୂରାନ୍ତର ଗାଁରୁ ଗୋସାଇଁମାନେ ଆସି ଉପସ୍ଥିତ, ବିପଦଗ୍ରସ୍ତ ବନ୍ଧୁମାନଙ୍କୁ ସଙ୍ଖୁଳିବା ପାଇଁ ଆସିଛନ୍ତି। ଭେଣ୍ଡିଆ ଜଗୁ ପତିଏ ଦୁଇ ଗୋଡ଼ ପାପୁଲିରେ ଗୋଟିଏ ପଥର କୁଣ୍ଡି ଯାକି ଧରି ମୁଣ୍ଡ ପୋତି ଗୋଟାଏ ନାସଘୋଟା ବାଡିରେ ଘଡ଼ର ଘଡ଼ର କରି ନାସ ଘୋଟୁଥିଲେ। ଘୋଟା ହୋଇଗଲା। ଆଗେ ମୁରବି ଭଳିଆ ଲୋକଙ୍କ ଆଗରେ, ପଛନ୍ତେ ଆଉ ଆଉ ମହାଜନଙ୍କ ଆଗରେ କୁଣ୍ଡି ଦେଖାଇଲେ। ସମସ୍ତେ ଟିପେ ଟିପେ ନାସ ନେଇ ସୁଁ-ସୁଁ କରି ନାକ ଦୁଇ ପୁଡ଼ାରେ ଗୁଞ୍ଜିଦେଲେ।

ନାସ ସୁଙ୍ଘାସୁଙ୍ଘି ବାଦେ ପ୍ରଥମେ ଲକ୍ଷ୍ମଣ ମିଶ୍ରେ ପଚାରିଲେ, "ମାମୁ! କର୍ଜାଟା ତୁମ ଅଙ୍ଗିତା, ନା ଅଜାଙ୍କ ଦେହକର?" (ଲକ୍ଷ୍ମଣ ମିଶ୍ର ଦିବାକର ଦ୍ୱିବେଦୀଙ୍କ ଭଣଜା, ଏଣ୍ଟ୍ରାନ୍ସ ପାସ, ଗୋଟାଏ ମାଇନର ସ୍କୁଲର ହେଡ଼ମାଷ୍ଟର। ମାମୁଙ୍କ ବିପଦ କଥା ଶୁଣି ଆଉ ଆଉ ବନ୍ଧୁଙ୍କ ପରି ସଙ୍ଖୁଳି ଆସିଛନ୍ତି।)

ଦ୍ୱିବେଦୀଏ କହିଲେ, "ନାହିଁ ନାହିଁ ବାପା। ମୋ ଅଙ୍ଗିତା ଯୋଡ଼ାଏ ପଇସା ବି ନୁହେଁ। ବାପା ତାଙ୍କ ମଝିଆଁ ଝିଅ ତାରା ନାନୀ ମଙ୍ଗଳକୃତ୍ୟକୁ ସାହୁ ପାଖରୁ ଶହେ ଟଙ୍କା ଖଣ୍ଡେ ତାଳପତ୍ର ଗୁଜା ଲେଖି ଦେଇ ଆଣିଥିଲେ। ତହିଁ ଆର ବରଷ ପଞ୍ଚାଶଟି ଟଙ୍କା ଘେନି ସାହୁ ପାଖକୁ ଗଲେ। ମନରେ କରିଥିଲେ, କଳନ୍ତର ଛିଡ଼ାଇ ଦେଇ ମୂଳକୁ ବାକି ପଏଠ କରି ଦେବେ। ମହାଜନ ଟଙ୍କା ଦେଖି ଜିଭ କାମୁଡି ପକାଇ କହିଲା, 'ଏ - ଏ କଣ ଗଦେଇ କକେଇ? ଶୁଣିଲି, ତୁମେ ପରା ଧାନ ବିକି ବିକି ଏ ଟଙ୍କା ରଖିଛ! ରାମ - ରାମ - ରାମ! ଏଟା କି କଥା? କୁଟୁମ୍ବଦାରିଆ ଘର, ଧାନ ହେଉଛି ଜୀବନ, ଧାନ ହେଉଛି ଲକ୍ଷ୍ମୀ, ତାକୁ କଣ ବିକନ୍ତି? କେତେ ବା ଧାନ ପାଇଛ - ଉଠାଅ, ଉଠାଅ - ଟଙ୍କା ଉଠାଅ। ତୁମେ ମୋ କୁଳପୁରୋହିତ, ସହଜରେ ଧର୍ମର କକେଇ, ଟଙ୍କାଟା ତୁମ ପାଖରେ ଥିଲେ ଯେ, ମୋ ପାଖରେ ଥିଲେ ସେ। ଯାଅ ଯାଅ, ଏହି ଟଙ୍କାରେ ଧାନ କିଣି ପକାଅ। ନାହିଁ ନାହିଁ, ଗାଁରେ ଦଶ ଯଜମାନ ଘରେ ବାହାନହଣା ପଡ଼ିଗଲା ତ ଏକାଦିନକରେ ଟଙ୍କା ପୈଠ।' ବାପା ତ ଥିଲେ ମରହଟିଆ ସାଦାସିଧା ଲୋକ, ସାହୁର ମିଠା କଥାରେ ଏକାବେଳକେ ତରଳି ଗଲେ। ବାପା କ୍ୟାଁ, ତୁମେ ଯାଅ ନା, ଶୁଣିବ, କେଡ଼େ ମିଠା କଥା କେତେ ନିର୍ମାୟା କଥା - ମନରେ କରିବ ଏହାପରି ସରଳ, ପରୋପକାରୀ, ଧାର୍ମିକ ଲୋକ ଜଗତରେ ନାହିଁ। ଏଇ ଯେ ତୁମ ଆଗରେ ବସିଛନ୍ତି ରାମ ମହାପାତ୍ରେ, ସଦାଶିବ ମିଶ୍ରେ, ବିଶ୍ୱନାଥ ଶତପଥୀଏ, ଭୀମ ପାଢ଼ୀଏ, ସମସ୍ତଙ୍କର ଠିକ୍ ଏହିପରି ହାଲ। ଝିଅ ପୁଅ ବିଭାକୁ ଟଙ୍କା ଆଣିଥିଲେ, ସମସ୍ତଙ୍କର ତିରିଶ ତିରିଶ ମାଣ ଶାସନ ଭାଗ ଜମି ଆମ ଜମି ସହିତ ଏକା ତାରିଖରେ କଟକ ଜଜ କୋର୍ଟରେ ନିଲାମ ହୋଇ ଯାଇଛି, ଗୋରୁ ଖୋଜରେ ଖୋଜେ ବି ଜମି କାହାରି ନାହିଁ। ଆହୁରି ବି ଛ ଜଣ ମହାଜନଠାରୁ କରଜା ଖାଇଥିଲେ, ମୂଳକଳନ୍ତରରେ ବୁଡ଼ି ରହିଲେଣି। ସେମାନଙ୍କର ବି ଆଉ ବର୍ଷେ ଛ ମାସ ବାଦେ ଜମିବାଡି ଗଲା ପରି। ତୁଚ୍ଛା ଏହି ଶାସନରେ? ଏ ଅଞ୍ଚଳ ଦଶ ଖଣ୍ଡ ଗାଁରେ ଯାହାର ଭଲ ଜମି ଖଣ୍ଡେ ଦେଖିଲା ତ, ଶୁଙ୍ଘି ଶୁଙ୍ଘି ବୁଲୁଥିବ। କାହାରି ଦରକାର ପଡ଼ିଲେ ରାତି ଅଧରେ ଟଙ୍କା ଗଣି ଦେବ। ଥରେ ଯଦି ଟଙ୍କା ତା ଘରୁ ଉଠାଇଲ ତ, ତିନି ପୁରୁଷରେ କଣ ଶୁଝୁଛି? କଳନ୍ତର କଳନ୍ତରର କଳନ୍ତର, ତହିଁର କଳନ୍ତର ଲଟ ଲାଗି ରହିଛି। କରଣଗୁଡ଼ାକ ବି ସେହିପରି ମିଳି ଯାଇଛନ୍ତି। କିଏ ପାଞ୍ଚ ଟଙ୍କା ପୈଠ କଲା ତ, ପାଞ୍ଜିରେ ବସିଲା ଦେଢ଼ ଟଙ୍କା। ହଁ, କଣ କହୁଥିଲି, ବାପା ତ ତା କଥାରେ ଭୁଲି ଟଙ୍କା ବାହୁଡାଇ ଆଣି ପୁଣି ଧାନ କିଣି ଥୋଇଲେ। ତହିଁ ଆର ବରଷ କତିରୁ

ପାଣି ହେଲା ଛିନ୍‌ଛୋଟ, ଧାନ ଭଲ ଫଳିଲା ନାହିଁ। ସେହି ସମୟରେ ପୁଣି ତୁମ ସରମାଉସୀର ବିଭା ସମୟ ଉପସ୍ଥିତ। ନଅ ବର୍ଷ ପୂରି ଯାଉଛି, 'ଦଶବର୍ଷ ତୁ କନ୍ୟକା, ' ବିଭା ନ ଦେଲେ କନ୍ୟାଦାନ ଫଳ ନାହିଁ। ବାପା ଯାଇ ସାହୁ ଦୁଆରେ ହାଜର। ସାହୁ ତ ଘାଲେଇ ପଡ଼ି ବେଳ ଉଣ୍ଡୁଥିଲା, ଦାଉ ପଡ଼ିଗଲା। ସାହୁ କଅଁଳେଇ କଅଁଳେଇ ମୁରକି ମୁରକି ହସି କହିଲା, ହେଉ ହେଉ, କକେଇ, ଘେନି ଯାଅ - ଏ ଘର ଟଙ୍କା ସେ ଘରକୁ ଯିବ, କଥା କଣ? ଆହେ ଛାମୁକରଣେ, ଅଇଲ, କକେଇ କିଛି ଟଙ୍କା ଧାର ନେବେ। ଆଗ ଟଙ୍କାଟାର ମୂଳ କଲନ୍ତର ହିସାବ କଲ।' ଛାମୁକରଣ ବିଦେଇ ମହାନ୍ତିଏ ହିସାବ କରି କହିଲେ, 'ଆଗ ଟଙ୍କା ମୂଳ କଲନ୍ତର ମିଶି ହେଲା ଅଢ଼େଇଶ, ହାଲକୁ ଶଏ ନେଲେ ହେବ ସାଢେ ତିନିଶ ଟଙ୍କା।' ଟଙ୍କା ଶୁଣି ବାପା ଚମକି ପଡ଼ିଲେ। ସାହୁ ବାପାଙ୍କ ମନ କଥା ବୁଝି ପାରି କହିଲା, 'ହେଉ - ହେଉ, କକେଇ ଚିନ୍ତା କଣ? ଦେବା ନେବା ବେଳ ତ ଅଛି। ଆପଣ ମୋ କୁଳପୁରୋହିତ, ଦେବାବେଳେ ଦି'ଶ ଶହେ ଛାଡ଼ି ନେଇଗଲେ ମୋର କଣ ସରିଯିବ?' ବିଭାଲଗ୍ନ ଆଉ ଆଠ ଦିନ, ଟଙ୍କା ନ ହେଲେ ନୁହେ। ବାପା ସାହୁ କଥାରେ 'ହଁ' ଭଣିଲେ, କହିଲେ, 'ହେଉ, ଗୁଜା ଲେଖାଯାଉ।' ସାହୁ ଦଣ୍ଡେଯାଏ ଗୁମ୍ ମାରି ବସି କହିଲା, 'ବୁଝିଲେ କକେଇ, ଏଇଟା ହେଲା କଳିକାଳ, ଏ ଗୁମାସ୍ତା କରଣଗୁଡାଙ୍କୁ ପରତେ ନାହିଁ। ଗୁଜା କେତେବେଳେ କଣ କରି ପକାଇବେ, ମୋତେ ପଛନ୍ତେ ଆପଣ ଦୋଷ ଦେଉଥିବେ। ଟଙ୍କାଟା ଗୋଟାଏ ଟିପ କରି ରେଜେଷ୍ଟରୀ କରି ପକାଇଲେ ଭଲ ହେବ; କାହାରି ଉଁ ଚୁଁ କରିବାର ବାଟ ନ ଥିବ। ଏଥିରେ କେତେ ବା ଖରଚ? ଖରଚଟା କଣ ଆପଣ ଉଚ୍ଛୁଣିକା ଆଣି ଦେଉଛନ୍ତି?' ଟିପ ଲେଖାପଢ଼ା ରେଜଷ୍ଟରୀ ହୋଇଗଲା। ଯାହା ହେବାର ତ ହେଲା, ଟଙ୍କା ଦିଅ। ଟଙ୍କା ଗଣି ଦେବାକୁ କଣ ନା ଟ୮୭।'କିହ ଟଙ୍କା ଊଣା କ୍ୟାଁ?' ଗୁମାସ୍ତା ବୁଝାଇଦେଲା, 'ସିନ୍ଦୁକ ପୂଜା ଶତକରା ଯୋଡାଏ ଟଙ୍କା, ଗୁମାସ୍ତା ଖର୍ଚ୍ଚ ଦୁଇ ଟଙ୍କା, ଲକ୍ଷ୍ମୀନାରାୟଣ ବାଲଭୋଗ ଦୁଇ ଟଙ୍କା, ରେଜେଷ୍ଟରୀ ଖର୍ଚ୍ଚ, ଗୁମାସ୍ତା କଟକ ଖୋରାକି ସବୁ ସବୁ ରକମ ମିଶାଇ ସାଢ଼େ ଛ ଟଙ୍କା। ଗାଏ ସବୁ ପଦକୁ ବାରଟଙ୍କା ଆଠ ଅଣା। ପୁରୋହିତେ, ଆପଣ ତ ଜଣେ ପଣ୍ଡିତ, ଏତିକି ବୁଝି ପାରୁ ନାହାନ୍ତି? ଆପଣ ତ ରୋଜିନା କେତେ କାରବାର ଦେଖୁଛନ୍ତି, ଆପଣଙ୍କ ପାଖରୁ କଣ ଟଙ୍କାଏ ମଷାଏ ହଉ ହୁଡ଼ିକରି ନେଲେ ସାଆନ୍ତଙ୍କ ଗନ୍ତାଘର ପୂରିଯିବ?' ତମସୁକ ରେଜେଷ୍ଟରୀ ପାଖରୁ ଚାରିବର୍ଷ କାଳ ସେଥିର କିଛି ନାମ ଚର୍ଚ୍ଚା ନାହିଁ। ବାପା ତା ଦୁଆରକୁ ଗଲେ ଭକ୍ତି କଣ ଦେଖିବ! 'କକେଇ! ଆପଣ ଅଇଲେ, ଓଳଗି - ଓଳଗି, ଆରେ ପିଢ଼ାଟା ଦେ ରେ, ଆରେ ପାଦଧୂଆ ଜଳ ଦେ ରେ' ଡାକ ପଡ଼ିଯିବ। ଗଲା ତେରସ୍ତା ବାପାଙ୍କର ଯେମିତି ବିଯୋଗ ହୋଇ ଯାଇଛି, ମହାଜନକୁ ତ ପଡ଼ିଗଲା ପୋ'ବାର। ମୂଳ କଲନ୍ତର ଭିଡ଼ି ଦେଇ ବାରଶ କେତେ ଟଙ୍କା କେତେ ଅଣାରେ କଟକ ଅଦାଲତରେ ନାଲିସ୍ ଦାଏର କରିଦେଲା। ମୁଁ ଯାଇ ମହାଜନ

ପାଖରେ ପଡ଼ିଲି। କହିଲା, 'ଆରେ ଭାଇ ଦିବୁ ଗୁମାସ୍ତା ମାନେ ମୋ ଅଜାଣନ୍ତରେ ନାଲିସ୍ କରି ଦେଇଛନ୍ତି। ଯା ଯା, ତୁ ହାକିମ ପାଖରେ ଟଙ୍କାଟା ମାନିଆ, ପଛରେ ବୁଝାସୁଝା ହେବ।' ମୋ ମନଟା ଛିକଉଥାଏ। କଟକ ଯିବାକୁ ମନ ବଳୁ ନ ଥିଲା, ଡରରେ ଯାଇ ତା ଓକିଲ କହିବା ପ୍ରମାଣେ ହାକିମ ପାଖରେ ଜବାବ ଦେଇ ଆସିଲି। ଏହିଟା ହେଲା ଗଲା ବରଷ କଥା। ମୁଁ ଆଉ କିଛି ଜାଣେ ନାହିଁ। କେତେବେଳେ ଡିଗ୍ରୀ ହେଲା, କେତେ ଟଙ୍କା ଡିଗ୍ରୀ ହେଲା, ଆଉ କଣ ହେଲା ମୋତେ କିଛି ଜଣା ନାହିଁ। ଶୁଣିଲି, ଗଲା ମକର ମାସ ସାତ ଦିନରେ ମୋର ଚାରି ପାଞ୍ଚ ହଜାର ଟଙ୍କାର ସମ୍ପତ୍ତି ସାତଶହ ଟଙ୍କାରେ ନିଲାମ ହୋଇଗଲା। ମହାଜନ ଆପେ ନିଲାମ ଧରିଛି। ତା ଗୁମାସ୍ତା କହେ, ମୋ ଉପରେ ଆହୁରି ଛ ଶହ ଟଙ୍କା ପାଉଣା। ଆମର ଶାସନ ପାଣିଗ୍ରାହୀ ଭାଗ ପଚାଶ ମାଣ, ତା ମଧ୍ୟରେ ଏହି ଯେ ଦକ୍ଷିଣ ଦିଗରେ କିଆ ବଣଟା ଦେଖୁଛ, ସେହିଟା ଏକଚକିଆ ପନ୍ଦରମାଣ ମାଳ ଜମି - ଭାରି କଳିନ୍ଦା। ମୁଁ ବୁଝୁଛି, ଏ ଜମିଟା ଉପରେ ତାର ଦଶ ପନ୍ଦର ବରଷ ହେଲା ନଜର ପଡ଼ିଲାଣି। ଯେବେ ଏ ଗାଁକୁ ଆସେ, ସେ ଜମିଟା ପାଖକୁ ଯାଇ ଚାରିପାଖ ବୁଲି ବୁଲି ଦେଖେ - 'କେତେ ଧାନ ଫଳେ, କି ଧାନ ଦିଅ', ଦଶ ଥର କରି ପଚାରିବ। ମୋ ମନ ହେଲେ ଛିକଉଥାଏ। ବିଚାର କରେଁ - କହ, ଭଲାରେ ଭଲା କହ, ଏ ଜମିଟା କଥା ତୁହାଇ ତୁହାଇ ପଚାରୁଛି କାଁ୍ୟା? ଆଉ ପାଞ୍ଚ ଜଣ ମହାଜନଙ୍କର ଠିକ୍ ଆମ ମାମଲା ପରି ଡିଗ୍ରୀ କରି ଜମିବାଡ଼ି ସବୁ ନିଲାମ କରି ନେଇଛି।"

ଲକ୍ଷ୍ମଣ ମିଶ୍ରେ କହିଲେ, "ମୁଁ ଦେଖୁଛି, ଏଇଟା ସାଇଲକ୍।" ଭାଗବତ ପତିଏ କହିଲେ, "ନା ନା, ସେଇଟା ଏ ସାଇ ଲୋକ ନୁହେଁ, ତା ଘର ମକ୍ରାମପୁର - ଏ ଗାଁକୁ ଦେଢକୋଶ ଦୂର ନଈକୂଳରେ।" ଲକ୍ଷ୍ମଣ ମିଶ୍ରେ କହିଲେ, "ନାହିଁ ନାହିଁ, ମୁଁ ସେ କଥା କହୁ ନାହିଁ; ବିଲାତରେ ଗୋଟାଏ ଏହି ରକମ କଳନ୍ତରଖିଆ ଲୋକ ଥିଲା, ତା ନାମ ସାଇଲକ୍।" ତିରେଇ ତିହାଡିଏ କହିଲେ, 'ସେ ଯାହା ହେଉ, ଏବେ ଉପାୟ କଣ?" ଲକ୍ଷ୍ମଣ ମିଶ୍ରେ ମହାଜନମାନଙ୍କୁ ଅନାଇ ହାତ ଯୋଡି ଭୂଇଁରେ ମୁଣ୍ଡ ଲଗାଇ କେହିଲେ, "ଗୋସାଇଁ ମହାପ୍ରଭୁମାନେ! ମୁଁ ପିଲାଟା, ମୋ ଅପରାଧ ଘେନିବେ ନାହିଁ; ଗୋଟାଏ କଥା କହିବି, ଏଥିରେ ସାହୁର କିଛି ଦୋଷ ନାହିଁ, ଆପଣମାନଙ୍କ ମୂର୍ଖପଣ। ଆପଣମାନଙ୍କ ପାପରୁ ସବୁ ସାରି ଦରିଦ୍ର ହୋଇ ବସୁଛନ୍ତି।" ବୁଢା ଅନନ୍ତ ପାଢୀଏ ଟିକିଏ ଉଷ୍ଣ ଭାବରେ କହିଲେ, "ହୋଇ ହେ ଲକ୍ଷ୍ମଣ! ଆମ୍ଭମାନଙ୍କର ପାପ କଣ? ମୂର୍ଖପଣ କଣ ଦେଖିଲ?"

ଲକ୍ଷ୍ମଣ ମିଶ୍ରେ ପୁଣି ଦଣ୍ଡବତଟାଏ କରି କହିଲେ, "ଅଜା ସାଆନ୍ତେ! ମୋ ଉପରେ ଖପା ହେଲେ ପରା? ଦେଖନ୍ତୁ, କେଉଁ ମହାତ୍ମା ଶାସନ ବସାଇ ଏତେ ନିଷ୍କର ଜମି ଖଞ୍ଜି ଦେଇ କହିଥିଲେ, 'ଆପଣମାନେ ଶାସ୍ତ୍ର ଅଧ୍ୟୟନ–ଅଧ୍ୟାପନା କରିବେ, ଦାତାକୁ ତ୍ରିକାଳ ସନ୍ଧ୍ୟାରେ ଆଶୀର୍ବାଦ କରିବେ।' ତାହା କରୁଛନ୍ତିଟି କି? ବୋଲନ୍ତୁ ଭଲା ଏଢ଼େ ବଡ଼

ଶାସନଟାରେ ଗୋଟାଏ ବୋଲି ଚୌପାଢ଼ୀ ନାହିଁ। ତୁଚ୍ଛା ନାସ ଶୁଙ୍ଘି ଭାଙ୍ଗ ପିଇ ଚୌପଟ ଖେଳି ଦିନ କାଟିବେ! ଦାତାଙ୍କୁ ତ୍ରିକାଳ ସନ୍ଧ୍ୟାରେ ଆଶୀର୍ବାଦ ଥାଉ, ପବିତ୍ର ବ୍ରାହ୍ମଣ କୁଳରେ ଜାତ ହୋଇ କେତେ ଜଣ ତ୍ରିକାଳ ସନ୍ଧ୍ୟାରେ ଗାୟତ୍ରୀ ଜପ ସନ୍ଧ୍ୟାବନ୍ଦନାଦି ନିତ୍ୟକର୍ମ କରନ୍ତି? ଏଇଟା କଣ ପାପ ନୁହେଁ? ଆଉ ଗୋଟାଏ କଥା, କୁଆଡୁ ଶୁଝିବେ ଭାବନା ନାହିଁ, ଧାଇଁ ଯାଏ ମହାଜନ ଦୁଆରେ ଗୁଜା ଲେଖି ବସିବେ, ପୁଅ ଝିଅ ବିଭାଘରକୁ ଆପଣା ବଡ଼ପଣ ଦେଖାଇବା ଲାଗି ଅକାରଣ ଟଙ୍କାଗୁଡ଼ାଏ ସାରିବେ। ଆପଣା ଅବସ୍ଥାକୁ ଚାହିଁ ଯେ ନ ଚଳେ, ସେ ମୂର୍ଖ ନୁହେ ତ ଆଉ କଣ? ଏହି ଦେଖନ୍ତୁ, ଅତି ପବିତ୍ର ଶାସନଭାଗ ଭୂମିରେ ବାର ଜାତି ତେର ଗୋଲା ଅଧିକାରୀ ହୋଇ ବସିଲେଣି। ଏହା ଆପଣମାନଙ୍କ ପାପ ଆଉ ମୂର୍ଖତାର ଫଳ ନୁହେଁ କି? ଆପଣମାନେ ତ ଦୁଃଖ ଦୁର୍ଦ୍ଦଶାକୁ ଲୋଡ଼ି ଆଣିଛନ୍ତି, ଏଥିପାଇଁ ଲଗା ହେବ କିଏ?"

ମାଧ ପାଣିଏ କହିଲେ, "ଲକ୍ଷ୍ମଣ ଯାହା କହିଲେ ସତ, ଷୋଳପଣି ସତ। ହେଲେ ଏଣିକି ଯାହା ଗୋଟାଏ ବୁଝିସୁଝି କରାଯିବ, ବର୍ତ୍ତମାନ ଉଦ୍ଧାର ପାଇବାର ବାଟ କଣ?"

ଲକ୍ଷ୍ମଣ ମିଶ୍ରେ - ଆପଣମାନେ କଣ ଉପାୟ ସ୍ଥିର କରିଛନ୍ତି?

ଆନନ୍ଦ ମିଶ୍ରେ - ଆମ୍ଭେମାନେ କିଏ, ମାଲି ମାମଲା କିଏ? କର୍ମ କର୍ମାଣି କଥା ବୋଲ, ଦଶ ଜଣ ବାହାରି ପଡ଼ିବୁ।

ଲକ୍ଷ୍ମଣ ମିଶ୍ରେ - ମାମୁ। ଜମି ନିଲାମ ବାଦେ ସାହୁ ପାଖକୁ ଯାଇଥିଲେ, କ'ଣ କହିଲା?

ଦିବାକର ଦ୍ୱିବେଦୀ – "ଯାଇଥିଲି। ଦଶଥର ଗଲିଣି, ଭେଟ ମିଳେ ନାହିଁ। ବାଧିକା ପଡ଼ିଛି, କଥା ବୋଲି ପାରିବ ନାହିଁ, ବାହାନା କରି ଶୋଇ ପଡ଼େ - ନୋହିଲେ ବାଡ଼ି ପଛ ବାଟେ ଆଉ ଗାଁକୁ ବାହାରି ଯାଏ। ମୋ କନ୍ଦାକଟା ଦେଖି ସାହୁଆଣୀ କମଳା ଆଉ ତାଙ୍କ ପୁଅ ବିଦ୍ୟାଧର ଦୁହେଁଯାକ କାନ୍ଦି ପକାନ୍ତି। ମୋତେ ବହୁତ ବହୁତ ଆଶ୍ୱାସ ଦେଇ କହିଛନ୍ତି, ମୋ ଜମି ମୋତେ ଦିଆଇ ଦେବେ। କେଜାଣି କପାଳରେ କଣ ଅଛି। ମା ପୁଏ ଦୁହେଁଯାକ ଏକା ଯେପରି ଦୟାଳୁ ସେହିପରି ଧାର୍ମିକ, କାହାରି ଦୁଃଖ ଦେଖି ପାରନ୍ତି ନାହିଁ। କୁବେର ସାହୁଟା ଯେପରି ନିଷ୍ଠୁର ସେହିପରି କୃପଣ - ହାତରୁ ପାଣି ଗଳିବ ନାହିଁ। ହେଲେ ମା ପୁଅଙ୍କ ଆଗରେ କେହି ଓପାସ ରହିପାରେ ନାହିଁ। ସାହୁଟା କରଜା ଟଙ୍କା ଲାଗି କାହାରି ଘର ଦ୍ୱାରା ନିଲାମ କରିନେଲେ ଏମାନେ ଲୁଚାଇ ତାକୁ ଟଙ୍କା ଧାନ ଦେଇ ତା କୁଟୁମ୍ବ ପୋଷନ୍ତି।"

ଲକ୍ଷ୍ମଣ ମିଶ୍ରେ – "ଗୋଟାଏ ଆଶା ଅଛି ସତ, ହେଲେ ସେଥିକି ନିର୍ଭର କରି ରହନାହିଁ। ଆପଣାର ବି ଗୋଟାଏ ବାଟ କାଟି ଚାଲିବା ଉଚିତ। ଉଚ୍ଛୁଣିକା ତାକୁ କେହି ଜମି ଦଖଲ ଦିଅ ନାହିଁ। ମାମୁଁ! ତୁମେ କହୁଛ, ପାଞ୍ଚ ହଜାର ଟଙ୍କାର ମାଲ ସାତଶ ଟଙ୍କାରେ

ନିଲାମ କରି ନେଇଛି। ଏହି କଥା ଓଜର କରି ସାନି ନିଲାମ ପାଇଁ ହାକିମଙ୍କ ପାଖରେ ଦରଖାସ୍ତ କର। କିଛି ଖରଚପତ୍ର କଲେ ଢେର ଦିନଯାଏ ମାମଲା ତାରିଖ ଗଡ଼ିଯିବ। ଏଣେ ତୁମେ ମା ପୁଅ ଦୁହିଙ୍କୁ ଧରି ପଡ଼ିଥାଅ। ଆଜିକା କଥା କାଲିକି ଅନ୍ତର, ଏଥି ମଧ୍ୟରେ ଆଉ ଗୋଟାଏ କିଛି ବାଟ ଫିଟି ଯାଇପାରେ।"

୧। ପ୍ରଚଳିତପାଠ- ନିର୍ଭର କରି ରହିବାଟା ନିରାପଦ କଥା ନୁହେଁ

ମିଶ୍ରଙ୍କ କଥା ଶୁଣି ସମସ୍ତ ମହାଜନ ଭାରି ଆନନ୍ଦରେ ଏକାବେଳକେ ପାଟିକରି କହିଲେ, "ଦୀର୍ଘଜୀବୀ ହୁଅ, ରାଜରାଜେଶ୍ୱରୋ ଭବ। ନୋହିଲେ କଣ ଆଞ୍ଜୁଳାକୁ ଆଞ୍ଜୁଳା ଟଙ୍କା ଗଣି ହାକିମ ଘର ପାଠ ପଢ଼ିଛ? ଦେଖ ତ, ଆମେ ଏତେଗୁଡ଼ାଏ ଲୋକ ଅନ୍ଧାରରେ ଅଣ୍ଡାଳି ହେଉଥିଲେ, କିଛି ବାଟ ଦିଶୁ ନ ଥିଲା, ପିଲାଟି କିମିତିକା ଗୋଟାଏ ବାଟ କାଢ଼ି ପକାଇଲା?"

ବୁଢ଼ା ଦନେଇ ମହାପାତ୍ରେ ଟାଣରେ ଦୁଇ ଟିପ ନାସ ଶୁଙ୍ଘିଦେଇ ଖନେଇ ଖନେଇ କହିଲେ, "ବୁଝିବାଁ ହେଲେଁ ମହାଁଜନ ଗୋଁସେଇଁମାନେଁ,

ଅଧର୍ମ ବିତ୍ତଁ ବଢ଼େଁ ବହୁତଁ।
ଯିବାଁବେଳେଁ ଯାଏଁ ମୂଳଁ ସହିତଁ।

ସମସ୍ତେ ତ ଜାଣୁଛ, ତାହାର ସବୁ ଧନଗୁଡ଼ାକ ତଣ୍ଟିଚିପା ମଣିଷରକ୍ତ। ମାହାଳିଆଟାରେ ଲକ୍ଷାବଧି ଟଙ୍କାର ମାଲିକ ହୋଇ ବସିଲା। ଯିମିତି ଭୀମା ଟଙ୍କାରେ ମାଲିକ ହୋଇଛି, ସେହିଦିନୁ ତ ବଢ଼ି ଯାଉଛି, ଆଉ କଣ! ଏହି ଯେ କୁବ୍ରାଘର ଦେଖୁଛ, ସେଇଟା ତା ନିଜ ଘର ନୁହେଁ। ଭୀମସାହୁ ବୋଲି ଜଣକର ଘର। ଭୀମାଟା ବି ଥିଲା କୁବ୍ରାକୁ ବଳି ତଣ୍ଟିଚିପା, ମକ୍ଷି ବୋଲି ସରିଛି। ପୁଅ ଝିଅ ଘରେ କିଛି ନ ଥିଲା। ଗୋଟାଏ ପୋଷା ପୁଅ କରିଥିଲା ଯେ, ସେଟା ମଦ ଖାଇ ଗଞ୍ଜେଇ ଖାଇ ମଲା। କୁବ୍ରା ତା ଜାତି ପୁଅ ଲଗ୍ନିକ କେହି ନୁହେଁ, ତା ଘରେ କାରବାରିଆ ଥିଲା। ଭୀମାକୁ ଖୁବ୍ ପଟେଇ ରଖିଥାଏ। ଭୀମା ଯିମିତି ଆଖି ବୁଜିଛି, କୁବ୍ରା ଚାକର ବାକର ସମସ୍ତଙ୍କୁ ହାତ କରି ଓକିଲ ମୁକ୍ତାର ଧରି ପୋଷ୍ୟପୁତ୍ର ବୋଲି ସରକାରରୁ ବାହାଲ ହୋଇ ଆସିଲା। ପାପୀଟାର ଧନ ପାଣି ପରି ବଢ଼ି ଯାଉଛି, ଏବେ ଜାଣ ଠକ୍‌କରି ଛିଡ଼ି ପଡ଼ିବ। ଦେଶଯାକ ସନ୍ତାଇ ମାରିଲାଣି, ହଜାର ହଜାର ଲୋକଙ୍କ ଆତ୍ମା କାନ୍ଦୁଛି, ଯାହାର ସେ କିଛି କରି ନାହିଁ, ସେ ବି ଗାଳି ଦେଉଛି। ଏହି ମୋ କଥା ବୁଝ ନା, ପୁଅ ବିଭାକୁ ପଚାଶ ଟଙ୍କା କରଜ ଆଣିଥିଲି, ପନ୍ଦର ବରଷରେ ତୁଛା କଳନ୍ତର ଅଢ଼େଇଶ ଟଙ୍କା ଶୁଝିଛି, ପାଞ୍ଚ ଥର ଟିପ ବଦଳାବଦଳ କରି ଶେଷରେ ନାଲିଶରେ ପାଞ୍ଚଶ ଟଙ୍କା ଡିଗ୍ରୀ କରି ମୋର ତିରିଶ ତିରିଶ ମାଣ ଜମି ନିଲାମ କରି ନେଲା। ତେତିକି ଥିଲା କୁଟୁମ୍ବଙ୍କ ଭରସା। ତାଙ୍କ ମୁହଁରେ ପାଣି ଟୋପାଏ ଦେବାକୁ ଭରସା ନାହିଁ, ଦିନ ରାତି ଆତ୍ମାପୁରୁଷ-କାଉଳି ହେଉଛି, ଆଖିରୁ ପାଣି ଶୁଖୁ ନାହିଁ। ଏହି ପଞ୍ଚ ପରମେଶ୍ୱର ଶୁଣନ୍ତୁ, ମୁଁ

ପଇତା ଛୁଇଁ କହୁଛି, ଆଜୁଁ ତିନି ପକ୍ଷ, ତିନି ମାସ, ତିନି ବରଷ ମଧରେ ତାହାର ସର୍ବନାଶ ହେବ। ଏହା ଯଦି ନ ହୁଏ, ମୁଁ ଅବ୍ରାହ୍ମଣ, ଏ ବ୍ରହ୍ମଗଣ୍ଠି ଛିଡ଼ାଇ ପକାଇବି। ସେ ତ ଢେର ଦିନ ଆଗରୁ ଯାଇଥାନ୍ତା, କେବଳ ମା ପୁଅଙ୍କ ଧର୍ମରୁ ବର୍ତ୍ତି ରହିଛି।"

ଲକ୍ଷ୍ମଣ ମିଶ୍ରେ – "ମାମୁ! ସାହୁଆଣୀ ଆଉ ବିଦ୍ୟାଧର ପାଖକୁ ଯିବା ଆସିବା କରୁଛନ୍ତି ତ? ସେହିମାନଙ୍କୁ ଧରି ପଡ଼ିଥାନ୍ତୁ।"

ମାମୁଁ – "ହଁ ବାପା! ମୋର ଆଉ ଉପାୟ କଣ? ଦିନେ ଦି'ଦିନ ବାଦେ ସେମାନଙ୍କ ପାଖକୁ ଯାଏଁ। ମୋର ତ ଗୋରୁ ବାଛୁରୀ ଘରତଳ ଜମି ସୁଦ୍ଧା ନିଲାମ ହୋଇ ଯାଇଛି, ଆଉ ଉପାୟ କିଛି ନାହିଁ। ସାହୁଆଣୀ ମୋ ଦୁଃଖ ଶୁଣି କାନ୍ଦି ପକାଏ। ସେହି ତ କୋଡ଼ିଏ ନଉତି ଧାନ ଆଉ ପାଞ୍ଚଟା ତଙ୍କା ଦେବାରୁ ଆଜିଯାଏ ଚଳୁଛି। କାଲି ରାତିରେ ବି ବିଦ୍ୟାଧର ପାଖକୁ ଯାଇଥିଲି। ସେ ତ ମୋତେ ଟାଣ ଜବାବ ଦେଇ କହିଲା, 'ନନା! କାନ୍ଦ ନା, ଯେପରି ହେଉ ତୁମ ଜମି ତୁମକୁ ଦେବି। ମୁଁ ବାହାଘରରୁ ବାହୁଡ଼ି ଆସିବା ଯାଏ ସତାର କର। ତୁମେ ତ ଆମ କୁଳପୁରୋହିତ, ସଙ୍ଗରେ ତ ଅବଶ୍ୟ ଯିବ। ଶୁଣିଛି ମୋ ଶ୍ୱଶୁରର ଦଶ ଲକ୍ଷ ଟଙ୍କାର ବିଷୟ, ସେ ବି ତୁମକୁ ଅବଶ୍ୟ ଭଲରୂପେ ମେଲାଣି ଦେବେ।"

କୁବେର ସାହୁ କହେ, "ମୋର କରଜା କଳନ୍ତରକୁ ଲୋଡ଼େ କିଏ? ମୋର ଗଡ଼ଜାତ ଥାଉ।" ଗଡ଼ଜାତ ସୋନପୁରଠାରୁ ଦଶପଲ୍ଲା ଯାଏ ତାହାର ଦଶ ପନ୍ଦରଟା ଗୋଦାମ। ଫି ଗୋଦାମରେ ଜଣେ ଜଣେ କରଣ, ଜଣେ ଜଣେ କାରବାରିଆ, ତାର ନିଜର କୋଡ଼ିଏ ସରିକି ବାରଗୋଡ଼ିଆ, ପନ୍ଦରଗୋଡ଼ିଆ କୁଶଳି, ଚକ୍‌ଚକି ନାଆ ଅଛି। ବର୍ଷାଦିନେ ସେଥିରେ ସରକ ନେ-ଆଣ କରେ। ନାଆ ଛାଡ଼ି ଖରାଦିନରେ ସରକ ନେ ଆଣ କରିବା ସକାଶେ ପାଞ୍ଚ ପାଞ୍ଚ ବୋଡ଼ିଆ ଯୋଡ଼ାଏ ଥୋଡ଼ି ବଳଦ ଖାଉଡ଼ ବି ଅଛି।

ବୌଦ ଇଲାକା ହରିହରପୁର ଗୋଟିଏ ବଡ଼ ମହାଜନୀ ଗାଁ - ଠିକ୍ ମହାନଦୀ କୂଳରେ। ଗ୍ରାମର ସମସ୍ତେ ପ୍ରାୟ କାରବାରିଆ ବେପାରୀ। ପ୍ରଧାନ ମହାଜନଙ୍କ ନାମ ଯୁଧିଷ୍ଠିର ସାହୁ। ନାମର ଉପଯୁକ୍ତ ମଧ ଗୁଣ। ଲୋକଟି ବଡ଼ ଧାର୍ମିକ, ସତ୍ୟବନ୍ତ। ପାଞ୍ଚ ସାତ ଲକ୍ଷ ଟଙ୍କାର ବିଷୟ, ଘରେ ଠାକୁର ବାଡ଼ି, ସଦାବର୍ତ୍ତ। ସାହୁ ବୁଢ଼ା ହୋଇ ପଡ଼ିଲାଣି; ଆଉ ଏବେ ବେପାର ବଣିଜରେ ମନ ନାହିଁ। ସବୁବେଳେ ପୂଜା ପାଠ ହରିନାମ ଭଜନରେ ଲାଗିଥାଏ। ସାହୁ ଅପୁତ୍ରିକ; ଗୋଟିଏ ବୋଲି ଝିଅ, ନାମ ପଦ୍ମାବତୀ - ବୟସ ପନ୍ଦର ଯାଇ ଷୋଳ ପଶିଛି। ପାଠକି ଜାତିରେ ଏତେ ବଡ଼ ଅଭିଆଡ଼ୀ କନ୍ୟା ଘରେ ରଖିବାକୁ ମନା। ସାହୁର ଇଚ୍ଛା ଗୋଟିଏ ଘର-ଜୁଆଁଇ ରଖିବ। ପାତ୍ର ଖୋଜୁ ଖୋଜୁ ଦିନ ଚାଲିଗଲା, କନ୍ୟା ଘରେ ରହିଛି। କନ୍ୟାଟି ସମସ୍ତ ସମ୍ପତ୍ତିର ଉତ୍ତରାଧିକାରିଣୀ। କୁବେରର ନଜର ପଡ଼ିଲା,

ଯୁଧିଷ୍ଠିର ଘରଜ୍ୱଁଆଇ ରଖିବ, ଅନ୍ୟଆଡ଼େ କନ୍ୟାକୁ ବିଭା ଦେବ ନାହିଁ। ତା ମନକଥା ମନରେ ଥାଏ।

କୁବେର ବର୍ଷକୁ ଥରେ ସୋନପୁର ଆଡ଼କୁ କୋଠି ତନଖି କରିବାକୁ ଯାଏ। ଦୁଇ ବର୍ଷ ଭିତରେ ଦୁଇ ତିନି ଥର ଯା ଆସ କରୁଛି। ସୋନପୁର ଯିବା ବେଳେ ନାଆ ହରିହରପୁର ଗାଁ ତଳବାଟରେ ଯାଏ। ଦୈବାତ୍ ସେହି ଗାଁ ପାଖରେ ସଞ୍ଜ ହୋଇ ପଡ଼େ। କୁବେର ଗାଁ ପାଖ ନଦୀର ଆର କୂଳରେ ନାଆ ଖଟାଇ ରୋଷେଇ ବାସ କରେ। କୁବେର ଘରେ କେବେ ସନ୍ଧ୍ୟା କି ହରିନାମ କରିବାର କେହି ଦେଖି ନାହିଁ। ଗୋଟାଏ ବଡ଼ କୋଥଳି ସଙ୍ଗରେ ଘେନି ଯାଇଥାଏ, ନଦୀକୂଳରେ ମେଲାଇ ଦେଇ ରାତି ଛ ଘଡ଼ିଯାଏ ଆଖି ବୁଜି ବସି ଜପ କରେ। ସେତିକିବେଳେ ଚାରିଆଡ଼କୁ ଅନାଇ ତୁନି ତୁନି କାରବାରିଆଙ୍କ ସଙ୍ଗରେ ମାଲ କିଣାବିକା କଥା ଚଳେ। ହରିହରପୁରକୁ ଶୁଭୁ, ଏଥିପାଇଁ କୁବେର ବେଳେ ବେଳେ ଘଣ୍ଟା ବଜାଉ ଥାଏ।

ଯୁଧିଷ୍ଠିର ସାହୁ କୁବେର ସାହୁର ନାମ ଶୁଣିଥିଲେ, ଦେଖା ସାକ୍ଷାତ୍ ନ ଥିଲା। କୁବେର ସାହୁ ନଦୀ କୂଳରେ ଅଛନ୍ତି ଶୁଣି ଯୁଧିଷ୍ଠିର ଡଙ୍ଗା ଖଣ୍ଡିକରେ ବସି ନଦୀ ପାର ହୋଇଗଲେ। କୁବେର ଖବର ନେଉଥାଏ, ଯୁଧିଷ୍ଠିରଙ୍କ ପହଞ୍ଚିବାବେଳକୁ କୁବେର ସାହୁଏ ଧ୍ୟାନରେ ବସିଛନ୍ତି। ଘଣ୍ଟାଏ ଦି'ଘଣ୍ଟା ବିତିଗଲା, ଧ୍ୟାନ ଭାଙ୍ଗୁ ନାହିଁ। ଧ୍ୟାନ ଦେଖି ଯୁଧିଷ୍ଠିର ତ ତରଳି ଗଲେଣି। ଧ୍ୟାନ ଭାଙ୍ଗିଲା। କୁବେର ସାହୁ ଯିମିତି ଖବର ପାଇଛି, ଧାଇଁ ଯାଏ ଯୁଧିଷ୍ଠିରଙ୍କ ଗୋଡ଼ତଳେ ପଡ଼ିବାକୁ ଯାଉଥିଲା, ଯୁଧିଷ୍ଠିର କହିଲେ, "ହାଁ ହାଁ! ଏ କଣ କରୁଛନ୍ତି - ଏ କଣ କରୁଛନ୍ତି? ଆପଣ ଧର୍ମପରାୟଣ ମୁଁ ପାପୀ, ମୋ ଗୋଡ଼ତଳେ ପଡ଼ିବେ?" କୁବେର କହୁଥାଏ, "ଏ କଣ? ଆପଣ ସ୍ୱଜାତିର ମଉଡ଼ମଣି। ଘଣ୍ଟାଏ ହେଲା ବସିଲେଣି, ମୋର ଅପରାଧ କ୍ଷମା କରନ୍ତୁ।" ଯୁଧିଷ୍ଠିର କହିଲେ, "ନାହିଁ, ମୁଁ ଆପଣଙ୍କର ଧ୍ୟାନଭଙ୍ଗ କରାଇଲି ପରା? ମୋତେ କ୍ଷମା କରନ୍ତୁ।" ଦୁଇଜଣ କୁଣ୍ଢିଆକୁଣ୍ଢେଇ ହୋଇ ଏ କହୁଛି ମୋତେ କ୍ଷମା କରନ୍ତୁ, ସେ କହୁଛି ମୋତେ କ୍ଷମା କରନ୍ତୁ। ଦୁଇଜଣ ସାଷ୍ଟାମ ହୋଇ ଖଣ୍ଡିଏ କମ୍ବଳରେ ବସିଲେ। ଯୁଧିଷ୍ଠିର ପ୍ରସ୍ତାବ କଲେ, "ଆଜ୍ଞା, ଆପଣ ହେଲେ ଆମ ଜାତିର ମଉଡ଼ମଣି। ମୋ କୁଡ଼ିଆ ପାଖରେ ପଦାରେ ନୀତି ବଢ଼ାଇବେ, ମୋରେ ଯେ ମହାପାପ ହେବ। ଉଠି ଆଜ୍ଞା ହେଉ - ବିଜେ କରନ୍ତୁ - ମୋ କୁଡିଆରେ ପାଦଧୂଳି ଦେଉନ୍ତୁ। ମୋ କୁଡିଆଖଣ୍ଡ ପବିତ୍ର ହେଉ।"

ଦୁଇ ସାହୁ ଯାଇ ଠାକୁର ମେଲାରେ ବସିଲେ। ଠାକୁର ଆଗରେ ଆସନରେ ବସିବାକୁ ମନା, ଦୁହେଁ ଯାକେ ଭୂଇଁରେ ବସିଲେ। ରାତି ଅଧଯାଏଁ ଦୁଇ ସାହୁଙ୍କ ମଧ୍ୟରେ କଥାଭାଷା ଚଳିଲା। ଏ କଥା, ସେ କଥା, ବେପାର ବଣିଜ କଥା ହେଉଁ ହେଉଁ ବିଭା ପ୍ରସଙ୍ଗ

ପଡ଼ିଗଲା। କୁବେର କହିଲେ, "ମୁଁ ବାପାଙ୍କ ମୁହଁରୁ ଢେରଥର ଶୁଣିଛି, ଆଗେ ଗଡ଼ଜାତ କନ୍ୟା ମୋଗଲବନ୍ଦୀରେ ଥିଲେ, ମୋଗଲବନ୍ଦୀ କନ୍ୟା ବି ଗଡ଼ଜାତରେ ଥିଲେ। ନିହାତି ଦୂରଦୂରାନ୍ତ ବୋଲି ଊଣା ଅଧିକ ପଚାଶ ବର୍ଷ ହେଲା ବିଭା, ନେଣଦେଣ ବନ୍ଦ।" କଥା ଚଳୁ ଚଳୁ ପଦ୍ମାବତୀ ସଙ୍ଗରେ ବିଦ୍ୟାଧରର ବିଭା ପ୍ରସଙ୍ଗ ସ୍ଥିର ହୋଇଗଲା। କୁବେର କହିଲା, "ଆଜ୍ଞା, ମୁଁ ମୋଗଲବନ୍ଦୀ କାମ ଚଳାଇବି, ବିଦ୍ୟାଧର ବର୍ଷଯାକ ଏହିଠାରେ ରହି କାମ ଚଳାଇବ। ବିଦେଇ ତ ଆପଣଙ୍କ ପୁଅ ହେଲା। ପିଲାଲୋକ, ଜାତି ବେଉସା ବୁଝି ନାହିଁ। ଆପଣଙ୍କ ଚରଣ ଧୂଳି ତା ମୁଣ୍ଡରେ ଲାଗିଲେ ସବୁ ଶିଖିଯିବ ଯେ।"

ବିଭା ବିଷୟରେ ଆଉ କିଛି ସନ୍ଦେହ ନାହିଁ। ଏକାବେଳକେ ଦିନ ଠିକ୍ ହୋଇଗଲା, ଆସନ୍ତା ମକର ଶୁକ୍ଳ ସପ୍ତମୀ।

ବଡ଼ ଘର କଥା ବଡ଼ ବାଜେ, ଦିନକ ମଧ୍ୟରେ କିଲ୍ଲାର ଅଧାଅଧି ଲୋକ ଜାଣିଗଲେ, କୁବେର ସାହୁ ପୁଅ ବିଦ୍ୟାଧର ସଙ୍ଗରେ ଯୁଧିଷ୍ଠିର ସାହୁ ଝିଅ ପଦ୍ମାବତୀର ବିଭା।

ବିଭା ପ୍ରସଙ୍ଗ ଛିଡିବା ବାସି ଦିନ ସନ୍ଧ୍ୟାବେଳେ ଦୁଇ ସମ୍ବନ୍ଧୀ ଦେବତାଙ୍କ ନାଟମନ୍ଦିରରେ ବସିଛନ୍ତି। କୁବେର ସାହୁ ଏ କଥା ସେ କଥା ଉତ୍ତାରେ କହିଲେ, "ସମୁଧିଏ! ସୋନପୁରରେ ମୋରେ ଢେର କାମ ଥିଲା, ଦେଖୁଛି ମୋର ଯିବାର ହେଉ ନାହିଁ। ଏଇ ବୁଝନ୍ତୁ, ମକର ମାସ ତ ମକର ମାସ, ଛାଡ଼ି ଦେଉନ୍ତୁ, କକଡ଼ାଟା ଚଳୁଛି, ଏଇଟା ବି ଧରୋଟ ଭିତରେ ନୁହେଁ। ବାକି ରହିଲା ସିଂହ କତିରୁ ଧନୁଯାଏ ମଝିରେ ପାଞ୍ଚଟା ମାସ। ଏହି ମଧ୍ୟରେ ସବୁ ଆୟୋଜନ, ଠିକ୍ ଠିକଣା କରିବାକୁ ହେବ। ତା ପୁଣି ନାଆ ଉଠାଣି ମାମଲା, ବାଟରେ ଊଣା ପୂରା ମାସେ କାଳ ଛାଡ଼ି ଦେଉନ୍ତୁ। ମାସ ଚାରିଟା ରହିଲା ହାତରେ। ମୁଁ କହୁଛି, କାଲି ସଖାଳେ ଚାଲି ଯାଏ। ଆଜ୍ଞା! କଣ ଆଜ୍ଞା ହେଉଛି?" ଯୁଧିଷ୍ଠିର ସାହୁଏ ଦଣ୍ଡେ ଆଖି ବୁଜି ବସି କହିଲେ, "ଆଉ ଯୋଡାଏ ଦିନ ରହିଗଲେ ଭଲ ହୁଅନ୍ତା ପରା। ହେଉ, ଆପଣ ଯେପରି ଭଲ ବୁଝନ୍ତି, କରନ୍ତୁ।"

ମକ୍ରାପୁରରେ ଚହଳ ପଡ଼ିଯାଇଛି, ସାହୁଙ୍କର ପୁଅ ବିଦ୍ୟାଧରର ବିଭା। ହେଲେ ଗୋଟାଏ ଶ୍ରେଣୀ ଲୋକଙ୍କ ଘରେ ରଡ଼ି ପଡ଼ିଛି ; ଜୋଡ଼ିଏ ଖଣ୍ଡ ଗାଁରେ ସାହୁର ଦୁଇ ତିନି ଶ' ଭଳି ଖାନକ। ଧାନ ବୋଲ, ଟଙ୍କା ବୋଲ, ତା ଘରୁ ନ ଖାଇଛି କିଏ? ସାହୁ ସମସ୍ତଙ୍କୁ ଧରି ବସିଛି, ପୁଅର ବିଭା, ନ ଦେଲେ ନୁହେଁ। ନୋହିଲା ମୂଳଟା ନୁହେଁ। ନୋହିଲେ ମୂଳଟା ଥାଉ, କଳନ୍ତରଟା ଛିଡ଼ାଇ ଦିଅ। ପଇସାଏ ବି କଳନ୍ତର ରଖାଇବି ନାହିଁ। ଆଜି ଭୋଦୁଅ ମାସ, ଲୋକଙ୍କ ଘରେ ଟଙ୍କା ତ ଟଙ୍କା, ପତାନଳିତା ମଞ୍ଜି ନାହିଁ ଯେ ଦେବେ। କଣ ଜଣକ ଘରେ ଯୋଡ଼ା ଯୋଡ଼ା ପିଆଦା। ସମସ୍ତେ ସାହୁ ଦୁଆରେ ଓପାସ ଭୋକରେ ପଡ଼ି ଡ଼କା ଛାଡ଼ିଛନ୍ତି ଶୁଣିଛି କିଏ? ଥୋକେ ଖାତକ ଦଶବାରବର୍ଷର ପୁରୁଣା କରଜାର ମୂଳ-କଳନ୍ତର

ହିସାବ କରି ତମସୁକ ରେଜିଷ୍ଟାରୀ କରାଇ ରିହାଇ ପାଇଲେ। ତମସୁକରେ ବିଲ ବାଡ଼ି ଘରଦୁଆର ସବୁ ବନ୍ଧା ରହିଲା। ସାହୁଆଣୀ ସବୁ ଶୁଣୁଥିଲେ। ଦୁଇ ଦିନ ହେଲା ଅନ୍ନ ଛାଡ଼ି ବସିଲେଣି। ଗୋଟିଏ ବୋଲି ପୁଅ, ତାଙ୍କ ଇଚ୍ଛା, ଶୁଭକାର୍ଯ୍ୟଟି ମଙ୍ଗଳରେ ହେଉ। ନା, କିଛି ନୋହୁଣୁ ଶହକୁ ଶହ ଲୋକେ ରଡ଼ି ଛାଡ଼ିଛନ୍ତି, ଧର୍ମ ମତେ ସହିବ କାଁ। ବେକରେ ପଟକା ପକାଇ ସାହୁ ଗୋଡ଼ତଳେ ପଡ଼ି, ଢେର୍ କାକୁତି କଲେ, ଢେର କାନ୍ଦିଲେ, ଫଳ ହେଲା କ'ଣ ନା ସ୍ୱାମୀ ପାଖାରୁ କଟୁ କଥାରେ ଗାଳିଗୁଡ଼ାଏ। ମାଇପିଲୋକେ କଣ କରିବେ, ମାତ୍ର ତୁନି ହେଲେ ନାହିଁ। କରଣମାନଙ୍କୁ ଡ଼ାକି ମାଏପୋଏ କଅଁଳରେ, କେତେ ହାକିମି ବୋଲରେ ବୁଝାଇଦେଲେ, "ଖବରଦାର! କାହାକୁ କଷ୍ଟ ଦେଇ ଟଙ୍କା ଅସୁଲ କର ନାହିଁ।" ସାହୁ କରଣକୁ ଗାଳିଫଜିତ୍ କରୁଛି – ଏମିତି କରି ଦିନ କାଟିଲେ। ଯେଉଁ ଜାଗାରେ ସାହୁ ନିତାନ୍ତ ଆସିବସେ, ସାହୁଆଣୀ ତୁନି ତୁନି ଟଙ୍କା ଗଣି ଦିଅନ୍ତି।

ଏଣେ ବିଭା ସରଞ୍ଜାମ କିଣା କିଣି ଧୁମ୍ ଲାଗିଛି। ବାଣବାଲା ଆଗତୁରା ବଇନା ଧଇଲା, ଲୁଗା ମୋଟକୁ ମୋଟ କଚେରିଘରେ ଜମା; ମସଲାମସଲି କିଣିବାଲାଗି ଯୋଡ଼ାଏ କରଣ କଟକ ଧାଇଁଲେ। ହେଲେ ସାହୁକୁ ଏଟା ଭଲ ଲାଗୁନାହିଁ। ତାହାର ଇଚ୍ଛା ପୁଅ ବିଭା ବାହାନାରେ ଖାତକଙ୍କ ପାଖରୁ ଟଙ୍କା ରୁଣ୍ଡାଇ ନେବ। ସାହୁଆଣୀ ବାପ ଜଣେ ଧନବନ୍ତ ଲୋକ ଥିଲା। ସେ ନିର୍ବଂଶ; ତାହାର ସବୁ ସମ୍ପତ୍ତି ସାହୁଆଣୀ ପାଇଛନ୍ତି। ସାହୁଆଣୀଙ୍କର ଇଚ୍ଛା-ନିର୍ବଂଶିଆ ଧନ ଘରେ ରଖିବେ ନାହିଁ; ଦାନପୁଣ୍ୟରେ ଖରଚ କରିବେ। ତାଙ୍କ ଦାନ ଦିଆନିଆ ପୁଅ ବି ଜାଣେ ନାହିଁ। ସାହୁଆଣୀଙ୍କର ଇଚ୍ଛା, ପୁଅର ମଙ୍ଗଳକୃତ୍ୟ ଖୁବ୍ ଆଡ଼ମ୍ବରରେ ହେଉ; ସମସ୍ତେ ଖାଇପିଇ ଆନନ୍ଦ ଉତ୍ସବ କରନ୍ତୁ। ବାକ୍ସ ଏକାବେଳେକେ ଉଦୁଆଁ। ସାହୁ ଏ କଥା ସବୁ ଜାଣେ। ପୁଅ ବିଭା ହେବାକୁ ପଇସା ବି ଛାଡୁ ନାହିଁ, ପୁଣି ବଳକା ଖରଚ ଦେଖି ଭାରି ଦିକ୍‌କାର।

ପନ୍ଦର ଖଣ୍ଡ ସରିକି ଚକଚକି ନାଆ; ଗୁଡ଼ାଏ କାଠୁଆ ସଜ ହେଲା। ପୁରୋହିତ ବ୍ରହ୍ମା, ଜ୍ୟୋତିଷ, କରଣ, ଟାଣୁଆ କେତେଜଣ ଦେଶ ଲୋକ, ଭଣ୍ଡାରି, ଗଉଡ଼, ଷାଠିଏ ସତୁରି ଜଣ ସରିକି ଲୋକ ବରଗହଣରେ ଯିବେ। ନଈରେ ଉଚ୍ଛୁଣିକା ପାଣି ଛିନ୍‌ଛୋଟ - ହରିଣୀ ଖୋଳିବା କାଠୁଆ ହତା ଯନ୍ତ୍ର ଧରି କୋଡ଼ିଏ ସରିକି ମୂଲିଆ ବି ଯାଉଛନ୍ତି। ଉଠାଣି ଯିବାକୁ ଚବିଶ ପଚିଶ ଦିନରୁ ଊଣା ଲାଗିବ ନାହିଁ। ହେଲେ, ସାହୁଆଣୀ ଦେଢ ମାସର ରୋଷେଇ ସରଞ୍ଜାମ, ଜଳଖିଆ ସରଞ୍ଜାମ ଦେଲେ। ଖଞ୍ଜି ଅଖଞ୍ଜି ଅଛ; କେଜାଣି ବାଟରେ ମଠ ହୋଇଯିବ।

ସାହୁଆଣୀ ଯେପରି ଦାନଶୀଳା, ଦୟାବତୀ- ସେହିପରି ସବୁ କାମକୁ ଆଗ। କାଉ କା କତିରୁ ଅଧରାତି ଯାଏ ଚରଖି ପରି ଘୁରୁଥିବେ; ଟିକିଏ ହେଲେ ହାଲିଆ

ହୋଇପଡ଼ିବାକୁ ନାହିଁ। ଘର ଖନ୍ଦାରେ ଦୁଇ ଓଳି ଶହେ ଖଣ୍ଡ ଯାଏଁ ପତ୍ର ପଡ଼େ। ହାଡ଼ିଆଣୀ, ପାଲୁଣୀଗୁଡ଼ାଏ ପାଛିଆ ଗୋଟିଏ ଗୋଟିଏ ଧରି ବାଡ଼ିଦୁଆର ପଟରେ ବସିଥାନ୍ତି। ସାହୁଆଣୀ ସମସ୍ତଙ୍କ କଥା ବୁଝନ୍ତି। ସମସ୍ତଙ୍କୁ ଦେଇ ଥୋଇ ଆପେ ଖାଆନ୍ତି। ସାହୁଆଣୀ କଥା କେହି ବୁଝିବାକୁ ନାହିଁ। ମାତ୍ର ପୁଅ ବିଦ୍ୟାଧର, ମା' ଖାଇଲା ନଖାଇଲା ବୁଝେ-ବାଧିକା ପଡ଼ିଲେ ପାଖରେ ବସି ଗୋଡ଼ ହାତରେ ହାତ ବୁଲାଏ।

ଆଜି ପୁଷ ୧୫ ଦିନ ବରଯାତ୍ରା ପାଇଁ ଠିକ୍ ହୋଇଛି। ନଈକୂଳରେ ଅଧକୋଶଯାଏଁ ନାଆ କାଠୁଆ ଧାଡ଼ିକି ଧାଡ଼ି କଟା। ନାଉରିଆମାନେ ଆହୁଲା, କାତ, ନା-ଟଣା ଦଉଡ଼ି, ହରିଣୀଖୋଳା କାଠ, ହତା ଯନ୍ତ୍ର ଧରି ହାଜର। କୋଡ଼ିଏ ଖଣ୍ଡ ସରିକି ଗାଁରୁ ପିଲାପିଲି ଧରି ମାଇକିନିଆ ମରଦ ନଈ ଦୁଇ କୂଳରେ କାତାର ଦେଇ ଛିଡ଼ା ହୋଇଛନ୍ତି। କିଛି ଦୂର ନଈବାଲିରେ ଢୋ ଢୋ କରି ଗଛବାଣ ଫୁଟିଲା। ସଙ୍ଗେ ସଙ୍ଗେ ଶଙ୍ଖ-ହୁଳିହୁଳି ଉଚ୍ଛୁଳି ପଡ଼ିଲା। ସମସ୍ତେ ବିଦ୍ୟାଧରକୁ ସୁଖ ପାଆନ୍ତି; ମନ ମଧ୍ୟରେ ତାହାର ମଙ୍ଗଳକାମନା କଲେ। ବରଯାତ୍ରା ଆଗରୁ ଘର ଅଗଣା ଭିତରେ ପିଣ୍ଡି ଉପରେ ନାନ୍ଦୀମୁଖୀ ଶ୍ରାଦ୍ଧ ବଢ଼ିଲା। ବିଦ୍ୟାଧର ବେଦୀରୁ ଉଠି ମା ପାଖରୁ ମେଲାଣି ଘେନିବାକୁ ଯାଇ ଗୋଡ଼ତଳେ ପଡ଼ିଲା; ମା' ପାଦରୁ ଧୂଳି ନେଇ ମୁଣ୍ଡରେ ଲଗାଇଲେ। ମା' ତୁଳସୀମୂଳରୁ ମାଟି ନେଇ ତା ମୁଣ୍ଡରେ ଚିତା କରିଦେଲେ। ତେତିକିବେଳେ ବିଦ୍ୟା ମା' ମୁହଁକୁ ଅନାଇ ଦେଖିଲା, ମୁହଁଟି ସିଠୁଆ କଳା ପଡ଼ିଯାଇଛି। ଆଖି ଡୋଳା ଯୋଡ଼ାକୁ ଭିତରକୁ ପଶିଯାଇଛି। ବିଦ୍ୟାଧର ଚମକିପଡ଼ି କହିଲା, "ଏ କଣ ମା, ତୁ ଇମିତିକା ଦୁଶୁଛୁ କ୍ୟାଁ। ଜର ହେଲାଣି କି? ମୁଁ ଶୁଣିଛି ଚାରିଦିନ ହେଲା ତୁ ଖୁଁ ଖୁଁ କାଶୁଛୁ। ନା ନା, ତୋତେ ଛାଡ଼ିଯିବାକୁ ମୋ ମନ ବଳୁ ନାହିଁ।"

ମା – "ଏ କଣ ରେ ବାପ ! ଏ କି କଥା ? ଏତେବେଳେ କଣ ଏପରି କଥା କହନ୍ତି ? ବାଟରେ ତୋତେ ଗ୍ରାମଦେବତୀ ରକ୍ଷା କରିବେ, ଜଗନ୍ନାଥ ମହାପ୍ରଭୁ କଲ୍ୟାଣ କରିବେ। ମୋର କିଛି ହୋଇନାହିଁ। ଏହି କେତେ ଦିନ ଭାରି ଭିଡ଼ ପାଇଟିରେ ଲାଗିଥିଲି, ଖିଆପିଆ ଠିକ୍ ନ ଥିଲା। ଗ୍ରାମ-ଦେବତୀଙ୍କୁ ଦଣ୍ଡବତ କରି ଦହିମାଛ କରି ଯା।"

"ମଙ୍ଗଳଂ ଭଗବାନ୍ ବିଷ୍ଣୁଃ"-

ମନ୍ତ୍ର ପଢ଼ି ପୁରୋହିତ ବର ଅନୁକୂଳ କରାଇଦେଲେ।

ହରିପୁରରେ ପହଞ୍ଚିବାକୁ ହାତଗଣତା ଠିକ ପଚିଶ ଦିନ ଲାଗିଲା। ସଙ୍ଗରେ ଦଫେ ଗୋଟିପୋ ଗାଆଣିଆ ଥିଲେ। ଭଲ ଜାଗା ପାଇଲେ ଦିନେ ଦିନେ ସଞ୍ଜବେଳେ ନାଟ ଗାଉଣା ହୁଏ। ନଦୀକୂଳପାଖିଆ କୋଶକ ବାଟରୁ ଲୋକେ ଧାଇଁଆସି ଗାଆଣ ଶୁଣନ୍ତି।

ଯୁଧିଷ୍ଠିର ସାହୁଙ୍କ ଘର କୋଶକ ଦୂରରୁ ସଞ୍ଜବେଳୁ ରୋଷନାଇ ଲାଗିଲା। କଟକୀ ଭୁଇଁଚମ୍ପା, ଚନ୍ଦ୍ରଉଦିଆ, ଗଛବାଣ ସାଂଗରେ ଯାଇଥିଲା। ଯୁଧିଷ୍ଠିର ସାହୁ ବି ଢେର୍ ବାଜା, ବାଣ ଠିକ କରିଥିଲେ। ଦଶକୋଶ ବାଟରୁ ଲୋକେ ଚୁଡ଼ା ଚାଉଳ ବାନ୍ଧି ରୋଷନାଇ ଦେଖିବାକୁ ଆସିଥିଲେ। ବାହୁଡ଼ିବା ବେଳେ ବୋଲାବୋଲି ହୋଇ ଗଲେ, ଗୋଟାଏ ରଜାପୁଅ ବାହାରେ ବି ଏତେ ଆଟୋପ ହେବ ନାହିଁ।

ବିଭା ବଢ଼ିଲା, ଅଷ୍ଟମଙ୍ଗଳା ବି ହୋଇଗଲା। ଏବେ ବର କନ୍ୟା ବିଦା କଥା ! ହଁ ଆଜି, ହଁ କାଲି, ହଁ ଆସନ୍ତା ଶୁକ୍ରବାର - ରବିବାର ଏହିପରି କରୁଁ କରୁଁ ମାସେ କାଳ ବିତି ଗଲାଣି। ଶେଷରେ ଦିନେ ଯୁଧିଷ୍ଠିର ସାହୁ କୁବେର ସାହୁଙ୍କୁ କହିଲେ, "ସମୁଧିଏ ! ନଈରେ ନାହିଁ ଜଳ - ଢେର୍ ଜାଗା ହରିଣୀ ଖୋଳିବାକୁ ହେବ - ଢେର ବିଳମ୍ବ ହେବ। ଏଣେ ଖରା ପଡ଼ି ଆସିଲାଣି। ତୁମ ଆମ କଥା ଯାହାହେଉ, ପିଲାଯୋଡ଼ାକ ଯାଉଛନ୍ତି, ପୋଇଲି ପରିବାରୀ ବି ଦଶଜଣ ସଙ୍ଗରେ ଥିବେ, ସେମାନଙ୍କର ବଡ଼ କଷ୍ଟ ହେବ। ମୁଁ କହୁଛି, ଗହଣ ଲୋକଙ୍କୁ ବିଦା କରି ଦେଉନ୍ତୁ, ପିଲାଟି ଆଉ ଆପଣ ଦୁଇଜଣ ରହନ୍ତୁ। ପହିଲୁ ଆଷାଢ଼, ଯିମିତି ନଈରେ ପିତାପାଣି ପଡ଼ିବ, ନାଆ ମେଲି ଦେବେ। ଆପଣ କଣ ଏବେ ପରଲୋକ ଯେ ଜଗିଜାଗି କଥା କହିବି ? ଏହି ଦେଖନ୍ତୁ, ଚଞ୍ଚଳ ସବୁ ଆୟୋଜନ କରିବାକୁ ପଡ଼ିଲା, ପିଲାମାନଙ୍କୁ ତ ଦିଖଣ୍ଡ ଗହଣାଗାଣ୍ଠି ଦେବାକୁ ହେବ। ଦେଖୁଛନ୍ତି ତ ପୁଞ୍ଜାଏ ବଣିଆ ଦିନ ରାତି ପାଇଟିରେ ଲାଗିଛନ୍ତି। ଚଞ୍ଚଳର କାମ ନୁହେ- ଟିକିଏ ମଠ ନ ହେଲେ ସବୁ ଠିକ ହୋଇ ପାରିବ ନାହିଁ। ଆଉ ଆଉ ପାଞ୍ଚ ଚିଜ ତ ଦେବାକୁ ହେବ। ଆଠଖଣ୍ଡ ନାଆ ଗହଣରେ ଦେବି ତିଆରି ସରି ନାହିଁ। ନଈକୂଳରେ ଯାଇ ଦେଖନ୍ତୁ, ଅଧାଅଧି ବି ହୋଇନାହିଁ।" କୁବେର ସାହୁ ମନ ମଧ୍ୟରେ ଭାଳିଲା, 'ଏହି ତ ଷୋଳଗୋଡ଼ିଆ ସାତଖଣ୍ଡ ନାଆ ତିଆରି ଲାଗିଛି, ଗହଣାଗାଣ୍ଠି ବି ତିଆରି ଲାଗିଛି, ପିଲାଟା ଘରକୁ ଚଞ୍ଚଳ ଯାଇ କଣ କରିବ ? ପଇସାର ଫନ୍ଦି ଫିକରରେ ମନ ନାହିଁ, ମା ପୁଏ ଯୋଡ଼ାକଯାକ ୟାଙ୍କୁ ଦିଅ, ତାଙ୍କୁ ଦିଅ, ଘରୁ ଚିଜବସ୍ତୁ ବାଣ୍ଟରେ ଲାଗିଥିବେ। ଉଛୁଣିକା ଏତିକି ଲାଭ, ବୁଢ଼ୀ ଆଖି ବୁଜିଲେ ସବୁ ମୋର। ନା ନା, ବୁଢ଼ୀର ମନ ଭାଙ୍ଗିବା ଭଲ ନୁହେଁ।' ଘର ପାଖରେ କୁବେର ସାହୁ ମୁହଁରୁ କେବେ କେହି ଠାକୁର ନାମ ଶୁଣି ନାହିଁ, ସବୁବେଳେ କଳନ୍ତର ଲାଭ ହିସାବ। ହରିହର ପୁରକୁ ଆସିବାଦିନୁ ସବୁବେଳେ ମୁହଁରେ 'ଜଗନ୍ନାଥେ-ଜଗନ୍ନାଥେ-ନୀଳାଚଳନାଥେ' ଲାଗି ରହିଛି। କୁବେର ଆଖି ବୁଜି କହିଲା, "ହେଉ ହେଉ ସମୁଧିଏ ! ଆପଣ ଯାହା ଆଜ୍ଞା କରିବେ, କିଏ ଅନାସ୍ଥା କରିବ ? ଆପଣ ତ ସବୁ ଜାଗାର ମାଲିକ।" ଗହଣର ସବୁ ଲୋକଙ୍କୁ ବିଦା କରି ଦିଆଗଲା, କେବଳ ବାପେ ପୁଏ ଆଉ କେତେଟା ଚାକର ରହିଲେ।

କୁବେର ସୋନପୁର, ବୌଦ ସବୁ କୋଠିର କରଣ କାରବାରିଆଙ୍କୁ ଲେଖି ଦେଲା, "ମଫସଲରେ କିଛି ପାଉଣା ରଖିବ ନାହିଁ। ସବୁ ନାଆରେ ସଉଦା ବୋଝାଇ କରି ପହିଲୁ ଆଷାଢ଼ରେ, ଯିମିତି ନଇରେ ପିତାପାଣି ପଡ଼ିବ, ହରିହରପୁର ଘାଟରେ ନାଆ ଧରି ହାଜର ହୋଇଯିବ।" ଏଣେ ଘରଠାରେ ସାହୁଆଣୀ ବିଛଣା ଧରିଲେଣି। କବିରାଜ କହିଲା, ଏଇଟା ରାଜଯକ୍ଷ୍ମା - ଶିବଙ୍କ ଅସାଧ। କରଣମାନଙ୍କୁ ଡାକି ସାହୁଆଣୀ ସାବଧାନ କରାଇଦେଲେ, "ଖବରଦାର ! ହରିହରପୁରକୁ ମୋ ବେମାରି କଥା ଲେଖିବ ନାହିଁ, ପୁଅ ଶୁଣିଲେ ଘାବରିଯିବ।"

ବିଦ୍ୟାଧର ଶ୍ୱଶୁର ଘରେ ରାଜଭୋଗରେ ଅଛି। କନ୍ୟାଟି ଯେମନ୍ତ ସୁନ୍ଦରୀ, ଗୁଣବତୀ, ସେହିପରି ପତିବ୍ରତା। ତେବେ ବି ଆଠଦିନକୁ ଆଠଦିନ ଘରପାଖରୁ ମା'ଙ୍କ ସମ୍ବାଦ ନ ପାଇଲେ ଆକୁଳ ହୋଇପଡେ। ଶେଷ ଚିଠିରୁ ଶୁଣିଲା, ମାଙ୍କ ବେମାରୀ ଭଲ ହୋଇଗଲାଣି, ଏବେ ସେ ନିଶ୍ଚିନ୍ତ। ତେବେ ମା ବୋହୂକୁ ଦେଖୁ, ଏହି କଥା ମନରେ କରି ବେଳେ ବେଳେ ଚଞ୍ଚଳ ହୋଇପଡ଼େ।

ସୁଖର ଦିନ ଘୋଡ଼ା ଛୁଟିଲା ପରି ଧାଇଁଛି। ଯୁଧିଷ୍ଠିର ସାହୁ ଘରେ ଅନନ୍ଦ ଉତ୍ସବରେ ଚାହୁଁ ଚାହୁଁ ଚାରିମାସ ଚାଲିଗଲା। କନ୍ୟା ବିଦା ପାଇଁ ଯାହା ଯାହା ଲୋଡ଼ା, ସବୁ ଠିକ୍ ଠାକ୍ ହୋଇଗଲାଣି। ଦଶଖଣ୍ଡ ନୂଆ ତିଆରି ନାଆ ତୁଠରେ ଧାଡ଼ି କରି ଖଟା ହୋଇଛି। ସବୁ ନାଆ ଚିତ୍ର ବିଚିତ୍ର ମଣ୍ଡନୀ ଦୁଇ ମଙ୍ଗରେ ଫରଫର ହୋଇ ପତାକା ଉଡୁଛି। ଏଗୁଡିକ ଯୌତୁକ ନାଆ। ସେଥିମଧ୍ୟରେ ଯୋଡ଼ାଏ ନାଆ ସୁନ୍ଦର ମଣ୍ଡନୀ, ଖଣ୍ଡକରେ ଝିଅ, ଆଉ ଖଣ୍ଡକରେ ଜୁଆଇଁ ବସି ଯିବେ। ଆଷାଢ଼ ମାସ ଯିମିତି ପଶିଛି, ନାଆସବୁ ବୋଝାଇ ଲାଗିଲା। ବାସନ ପେଡ଼ି, ଆଡ଼ଖୁର, ଲୁଗାପେଡ଼ି, ଶିଳଶିଳପୁଆ, ଛାଞ୍ଚୁଣିମୁଠା ଯାଏ ଘରକରଣା ଜିନିଷ, ଦୁଇ ବରଷ ଚଳିବା ମାଫିକ ଦାନ୍ତକାଠି ଖଣ୍ଡକ ସୁଦ୍ଧା ଛ'ଖଣ୍ଡ ନାଆରେ ବୋଝାଇ ହେଉଛି। ଯୁଧିଷ୍ଠିର ସାହୁର ତାଗିଦ୍- 'ଖବରଦାର, ବୁଝିଶୁଝି ଦିଅ, ଝିଅ ଦୁଇବରଷ ଯାଏ ଶ୍ୱଶୁର ଘରେ ପାଣି ମନ୍ଦାକ ଛାଡ଼ି ଯେମନ୍ତ ଆଉ କିଛି ଛୁଇଁବ ନାହିଁ।' ଲୋକେ ବୋଲନ୍ତି, ଯୌତୁକ ଜିନିଷର ଦାମ ପଚାଶ ହଜାର ଟଙ୍କାରୁ ଊଣା ନୁହେଁ।

କୁବେର ସାହୁର ଦୂରଦୂରାନ୍ତର କୋଠିମାନଙ୍କରୁ ତିରିଶଖଣ୍ଡ ଘରିକି ନାଆ ସରକ ବୋଝେଇ କରି ସେଠାରେ ଉପସ୍ଥିତ। ନାଆସବୁ ପୂରା ବୋଝାଇ, ପାଣିଲହଡ଼ି ଚାଳକୁ ଛୁଇଁ ଦେଉଛି। କୋଶେଯାଏ ସବୁ ନାଆ ଖଟା ହୋଇଛି। ଆଜହୁଁ ଦେଖଣାହାରିମାନେ ମଫସଲରୁ ଆସି କୂଳରେ କାତାର ଦେଲେଣି।

ଆଷାଢ଼ କୃଷ୍ଣ ଦଶମୀ ଦିନ ଯାତ୍ରା ଠିକ ହେଲା। ରଥ କାଠ ମେଲାଣି ଭଳିଆ ପାଣିକୁ ଚାହିଁ ବସିଛନ୍ତି- ନୋହିଲେ ନାଆସବୁ ଭୀଷ୍ମ ପାରି ହୋଇ ପାରିବ ନାହିଁ। ଠିକ୍ ପୂରା

ପାଣି ବି ହୋଇଗଲା। ଆଜି ଯାତ୍ରାର ଦିନ। ହଜାର ହଜାର ଦେଖଣହାରୀ ନଈ ଦୁଇ କୂଳରେ କାତାର ଦେଇ ଛିଡ଼ା ହୋଇଛନ୍ତି। ଗୋଟାଏ ଗୋଟାଏ ନାଆରେ ଚାରି ଚାରି ଜଣ ଆହୁଲା ଧରି ଛିଡ଼ା ହୋଇଗଲେ। ପଛରେ ମଙ୍ଗଧରା। ଆଗ ମଙ୍ଗ ଉପରେ ବାଟ-କଢାଣିଆ ଛିଡ଼ା। ଏହି କଢ଼ାଣିଆ ନ ହେଲେ ନାଆ ଭୀଷ୍ମ ପାର ହୋଇପାରିବ ନାହିଁ।

ଆଠମଲ୍ଲିକ ଉପରକୁ ମୁଣ୍ଡାପଡ଼ା ଗାଁଠାରୁ କଇଁତ୍ରା ଗଡ଼ଯାଏ ଷୋଳ ସତର ମାଇଲ ଭିତରେ ଭୀଷ୍ମ ପଡେ। ବଡ଼ ବଡ଼ ପଥର ସବୁ ମୁଣ୍ଡ ଟେକି ନଦୀମଧ୍ୟରେ ସଭା କରି ବସିଲା ପରି ବସିଛନ୍ତି। ବଢ଼ିପାଣିରେ ସେହି ପଥର ସବୁ ବୁଡ଼ିଗଲେ ତା ଉପର ଦେଇ ନାଆସବୁ ଭାସିଯାଏ। କେତେ ପଥର ବୁଡ଼େ ନାହିଁ। ଗୁଡ଼ାଏ ପଥର ଉପରେ ଚାଖଣ୍ଡେ, ଚାରି ଆଙ୍ଗୁଳ ଜଳ। ନାଉରୀକୁ ପଥର ଦିଶେନାହିଁ। ଏ ଭୀଷ୍ମ ଜାଗାଟାରେ ନଈ କମ୍ ଓସାର ଯୋଗୁଁ ପାଣିର ଭାରି ତୋଡ଼, ଘଣ୍ଟାକ ମଧ୍ୟରେ କୋଡ଼ିଏ ମାଇଲ ବାଟ ନାଆ ଭାସିଯାଏ। ସେହି ଭୀଷ୍ମ ମଧ୍ୟରେ ଅଙ୍କା ବଙ୍କା ସାପଚଲ ପରି ବାଟ। ନାଆ ସେହି ବାଟେ ଯାଏ। ସେ ବାଟଟା କଢ଼ାଣିଆକୁ ଜଣା। ସେ ଜାଗାରେ ପାଣିର ଭାରି ତୋଡ଼, ପଥରରେ ବାଜି ଏପରି ଶବ୍ଦ କରେ ଯେ, କଢ଼ାଣିଆ କଥା ପଛ ମଙ୍ଗଧରାକୁ ଶୁଭେ ନାହିଁ। କଢ଼ାଣିଆ ଦୁଇ ହାତରେ ବାଟ ଠାରି ଦେଉଥାଏ। ଭୀଷ୍ମ ପାର କରି ଦେଇ ବାଟକଢ଼ା କଇଁତ୍ରାଗଡଠାରେ ନାଆରୁ ଓହ୍ଲାଇ ପଡ଼େ। ତା କାମ ଛିଡ଼ିଲା। ତିନିଦିନ ହେଲା ଶ୍ରବଣା ପଶିଥିଲା, ଭାରି ପାଣି, ଭାରି ଝଡ଼। କାଲି ସଞ୍ଜରୁ ପାଣି ଛାଡ଼ିଛି। ସଖାଳେ ଅକାଶ ନିର୍ମଳ, ସୁର୍ଯ୍ୟଦେବତା ଜ୍ୱଳନ୍ତସୁନା ପେଣ୍ଡୁ ପରି ଉଇଁ ଆସିଲେ। ଫେର୍ ଥରେ ସାହୁ ଘର ଭିତରୁ ଭାରି କାନ୍ଦଣା, ଶଙ୍ଖ ହୁଳହୁଳି ଶୁଭିଲା। ବର କନ୍ୟା ନାଆରେ ବସିଲେ।'ଜେ ଜେ ଗଙ୍ଗାମାତା' କହି ନାଉରୀମାନେ ଆଗେ ବର କନ୍ୟା ନାଆ ମେଲିଦେଲେ, ତା ପଛକୁ ତା ପଛକୁ ସବୁ ନାଆ ମେଲି ଗଲା। ଦୁଇ କୂଳରୁ ହଜାର ହଜାର ଲୋକ 'ହରିବୋଲ' ପକାଉଅଛନ୍ତି।

ଆଗ ନାଆ ଭାସି ଯାଇ ଦୁଇକୋଶ ଦୂର ଶ୍ୟାମପୁର ଗାଁ ସଳଖରେ ଯିମିତି ପହଞ୍ଚିଛି, ସୁର୍ଯ୍ୟ ଦେବତା ବୁଡ଼ିଗଲେ। ନାଉରିଏ ଜାଣନ୍ତି, "ଉଇଁ ନ ଦିଶେ, ହସି ପଶେ, ବାପ ବୋଲେ ପୁତା-ନିଶ୍ଚେ ବରଷେ।"ନଈ ଦୁଇ କୂଳ ଲୋକେ ଛିଡ଼ା ହୋଇ ଅନାଇଛନ୍ତି, ନାଉରିଏ ଭାରି ଆନନ୍ଦରେ 'ହରିବୋଲ' ଦେଇ ନାଆ ବାହି ଯାଉଛନ୍ତି। ଯୋଡ଼ାଏ ନାଆ ଖଜା ପିଠା ବୋଝାଇ, ନାଆ ଖଟାଇ ଖାଇବେ। ଏତିକିବେଳେ ଉତ୍ତର ପଶ୍ଚିମ କୋଣରୁ ହେଁସଖଣ୍ଡ ପରି ଖଣ୍ଡେ ସାନ ଧୂଳିଆ ମେଘ ଉଇଁ ଆସିଲା। ସିଲି ସିଲି ପବନ ଝଲକିଲା। ନାଉରିଏ ଡରିଗଲେ। ଆଉ ସମସ୍ତେ ବାହାଣରେ ଲାଗିଛନ୍ତି।'ଜେ ଜେ-ଗଙ୍ଗାମାତା କି ଜେ' ଗୀତ ଗାଇ ଆହୁଲା ବାହୁଛନ୍ତି। ନାଆ ଯିମିତି ମୁଣ୍ଡପଡ଼ା ଗାଁମୁଣ୍ଡ ଛୁଇଁଛି, କଥା ପଦକେ ଗୋଟା ଅକାଶ ମେଘ ଘୋଡ଼େଇ ପକାଇଲା, ସଙ୍ଗେ ସଙ୍ଗେ ପବନ ତା ପଛକୁ ପାଣି।

ପବନ ତ ପବନ, ଏପରି ଘୁଙ୍ଗୁଡିଆ ପବନ ଅକାଳେ ସଖାଳେ ଦେଖିବାର ନାହିଁ। ବେତନାସି ଗୋଛାରେ ବାଡ଼େଇଲା ପରି ନାଉରୀମାନଙ୍କ ଦେହକୁ ପାଣି ଛାଟ ମାରୁଛି। ଦିନଯାକ ବରଷା ଖାଇ ଯେଉଁମାନେ ନାଆ ବାହିଯାନ୍ତି, ଦଣ୍ଡକ ମଧରେ ସେ ନାଉରୀଗୁଡ଼ାକ ହାଲିଆ ହୋଇ ପଡ଼ିଲେଣି। ଦୁଇ କୂଳରୁ ଡାକ ପଡ଼ିଛି, "ନାଉରୀ କୂଳ ଭିଡ଼ା, କୂଳ ଭିଡ଼ା।" ବାଟକଡ଼ା ଡାକୁଛି, "ମଙ୍ଗୁଆଳ କୂଳ ଦେଖା- ଆରେ କୂଳକୁ ଦେଖା।"ନାଆ କଣ ମଙ୍ଗ ମାନୁଛି। ଘୁଙ୍ଗୁଡିଆ ପବନ ନାଆର ଆଗ ମଙ୍ଗ ପଛକୁ କରି ଦେଉଛି, କେବେ ନାଆକୁ ଚକ ପରି ବୁଲାଇ ଦେଉଛି। ନଈ କୂଳର ଭାରି ଭାରି ପୁରୁଣା ଆମ୍ବ, ବର, ଓସ୍ତ ଗଛଗୁଡ଼ାକ ମାରିଷ ଗଛପରି ଉପୁଡ଼ି ପଡ଼ିଛି। ପୁବାଳି ଗୋଟାଏ ଭାରି ଦମକା ପବନ ବାଡ଼େଇ ଦେଲା। ନାଆ ଉପରେ ମଙ୍ଗଧରା, ବାହାଣିଆ, ବାଟକଡ଼ା, ସବୁଗୁଡ଼ାକ ଝୁପ୍ ଝାପ୍ କରି ନଈରେ ପଡ଼ିଗଲେ। ତଣ୍ଟିଆ ଦେଇ ସେମାନଙ୍କୁ କିଏ ଯେମନ୍ତ ପାଣିରେ ମାଡ଼ିଦେଲା। ନାଆ ଗୁଡାକ ଗୋଟାକ ଉପରେ ଗୋଟାଏ ବାଡ଼େଇ ହେଉଛନ୍ତି, ଗୁଡ଼ାଏ ଠୋକର ଖାଇ ଭାଙ୍ଗି ଗୁଣ୍ଡା ହୋଇଗଲାଣି। ଆଉ ଦଣ୍ଡେ ସତାର କରିଥିଲେ ନାଆସବୁ ସୁଅ ପାଣିରେ ପଡ଼ି ଭାସି ଯାଇଥାନ୍ତେ; ମାତ୍ର କଇଁତ୍ରାଗଡ଼ ମୁଣ୍ଡରେ ନଈ ମଝିରେ ଗୋଟାଏ ବଡ ଭୀଷ୍ମ ମହାକାଳ ଦୂତପରି-ଛିଡ଼ା ହୋଇଥିଲା, ସବୁ ନାଆ ତା ଉପରେ ବାଡ଼େଇ ହୋଇ ଭାଙ୍ଗି ଚୂନା ହୋଇଗଲା। ଖଣ୍ଡେ ନାଆ ବର୍ତ୍ତି ପାରିଲା ନାହିଁ। ମନୁଷ୍ୟ ବା ବୋଝାଇ ଜିନିଷ କାହାରି ଚିହ୍ନବର୍ଣ୍ଣ ନାହିଁ, ଗୁଡ଼ାଏ ପଟା ଭାସି ଭାସି ଯାଉଛି।

ଆଜକୁ ଠିକ୍ ହାତଗଣତା ହେଲା ବରଷେ। ଯୋଗ ଦେଖ, ଆଜି ବି ମିଥୁନ କୃଷ୍ଣଦଶମୀ, ମହାନଦୀ ଦୁଇକୂଳ ଖାଉଛି, ଉଛୁଳି ପଡ଼ିଲା ଭଳି। ଲଙ୍ଗଳକଣ୍ଟା ଗାଁ ତଳେ କୂଳ ଉପରେ ଯୋଡ଼ାଏ କୁସୁମଗଛରେ ଯୋଡ଼ାଏ ଲମ୍ବ ଲମ୍ବ ଦଉଡ଼ିରେ ଯୋଡ଼ାଏ ଝାଡୁଆ ନାଆ ଆଗ ମଙ୍ଗ ଖଟା ହେଉଛି। ଟାଣ ସୁଅରେ ନାଆ ପଛ ମଙ୍ଗ ଅଳ୍ପ ଅଳ୍ପ ବିଞ୍ଚି ହେଉଛି। ବେଳେବେଳେ ନାଆଯୋଡ଼ାକ ନାଚି ଉଠୁଛନ୍ତି। ନାଉରୀଗୁଡ଼ାକ ଦିନ ଯାକ କାତ ପେଲି ଥକିଥିଲେ। ଯିମିତି ପଡ଼ିଯାଇଛନ୍ତି, ନିଘୋଡ଼ ନିଦ, ଘଙ୍ଗୁଡ଼ି ମାରୁଛନ୍ତି। ଆକାଶରେ ଗୋଟାଏ ତାରା ନାହିଁ, ଘୋର ଅନ୍ଧାର। ବେଳେ ବେଳେ ଲତା ବିଜୁଳି ଚମକି ଯାଉଛି। ଗୋଟାଏ ଭେଣ୍ଡିଆ ଖଣ୍ଡେ ନାଆ ପଛମଙ୍ଗରେ ଗାଲରେ ହାତ ଦେଇ ବସି କଣ ଚିନ୍ତା କରୁଛି। ରାତି ଅଧାଅଧି ଗଡ଼ିଲାଣି, କ୍ୟାଁ ଶୋଇବାକୁ ଯାଇ ନାହିଁ? ତପସ୍ୟା କଲା ପରି ଆଖିବୁଜା ଉଇହୁଙ୍କାଟି ପରି ତୁନି ହୋଇ ବସିଛି। ମଙ୍ଗଟା ଠିକ୍ ଗାଧୁଆତୁଠରେ ଅଣ୍ଟାଏ ସରିକି ପାଣିରେ ଭାସୁଛି। ଏତିକିବେଳେ ତୁଠର କିଛି ଦୂରରୁ "ହେ ଠାକୁରେ ! ହେ ଗଙ୍ଗାମାତା! ମୋ ଧର୍ମ ରଖ!" ବିକଳ ରଡ଼ି ଶୁଣି ମୌନୀ ଭେଣ୍ଡିଆଟି ଚମକି ପଡ଼ିଲା। ଯେମନ୍ତ ଦେବୀ ପ୍ରତିମାଟିଏ ଧାଇଁଛି, ତା ପଛରେଯେମନ୍ତ ଗୋଟାଏ କାଳିଆଭୂତ ମଡୁଆଲା ମଣିଷ ପରି ଟଳି ଟଳି ପଡ଼ି ଉଠି ଗୋଡ଼ାଉଛି। ନିତାନ୍ତ କର୍କଶ ଭାଷାରେ ପାଟିକରି କହୁଛି, "ଏ

ବରଷକୁତା ତୋ ପିଛା ଲାଗିଛି, କଥା ଶୁଣୁ ନଥିଲୁ ପରା? ଆଜି ଆଚ୍ଛା ବେଳେ ଆଚ୍ଛା ଜାଗାରେ ଆପେ ଆପେ ଭେଟ ମିଳିଗଲା। ଡାକିଲୁ ମୋ ମା'କୁ, ତା ବୋପା ଆସି ରଖୁ। ମୋ ବୋଉ ତତେ ଜଗି ବସିଥିଲା ! କେହି ତୋର ପିଠିରେ ପଡୁନାହିଁ?" ଯୁବତୀଟି ଆକୁଳରେ ରଡ଼ି ଛାଡ଼ିଛି, "ମହାପ୍ରଭୁ! ମୋ ଧର୍ମ ରକ୍ଷାକର। ମା' ଗଙ୍ଗା! ମୋତେ କୋଳକୁ ନିଅ। ମୋ ସ୍ୱାମୀ – ମୋ ମୁଣ୍ଡରେ ମଣି – ମୋ ପ୍ରାଣ ଦେବତାକୁ କୋଳକୁ ନେଇଛ, ମୋତେ ନିଅ।"

ନାଆ ମଙ୍ଗପାଖକୁ ଘଟଣା ଜାଗା ପାଞ୍ଚ ଛ' ହାତ ଛଡ଼ା। ଯୁବତୀ ଆଉ ଆଗନ୍ତୁକ ଭିଡ଼ାଭିଡ଼ି ଲାଗିଛନ୍ତି। ମଙ୍ଗ ଉପରେ ଲୋକ ଯୁବତୀର ସ୍ୱର ଶୁଣି ଚମକି ପଡ଼ିଲା। ସେତିକିବେଳେ ବିଜୁଳିଟାଏ ଚମକିଗଲା। ଯୁବକ ଆଖି ଝକ୍‌ଝକ୍ ପଦ୍ମାବତୀ ରୂପ ପରି ଦିଶିଗଲା। ଆଉ ସମ୍ଭାଳି ପାରିଲା ନାହିଁ। ଆଗରେ ଗୋଟାଏ କାଠୁଆ ଆହୁଲା ପଡ଼ିଥିଲା, ତାକୁ ଧରି ମଙ୍ଗଠାରୁ ସାତ ଆଠ ହାତ ଦୂରରକୁ ହୁଙ୍କାର ଦେଇ ଯେମିତି ଡେଇଁ ପଡ଼ିଛି, ସେହି ଉଦଣ୍ଡା ରାକ୍ଷସଟା ମୁଣ୍ଡରେ ଟାଣି ଏକ ପାହର। ଲୋକଟା 'ବାପାରେ' ବୋଲି କହି ନଈ ଭିତରେ ସାତ ଆଠ ହାତ ଦୂରକୁ ଛିଟିକି ପଡ଼ିଲା। ପାଣିଟା ଟବ୍ କରି ଯାହା ଶୁଭିଛି, ତେତିକି। ଯୁବକ ଆଉ ପାହାରେ ବାଡ଼େଇବାକୁ ଆହୁଲା ଉଞ୍ଚାଇଲା–ମଣିଷର ଚିହ୍ନ ନାହିଁ। ଯୁବତୀ ବିଜୁଳି ଆଲୁଅରେ ଏତିକି ମାତ୍ର ଦେଖିଲା ଯେମନ୍ତ ଆକାଶରୁ ଗୋଟିଏ ଦେବତା ଖସି ପଡ଼ି ପାଷାଣ୍ଡ ହାତରୁ ତାକୁ ରକ୍ଷା କଲେ। ଆକୁଳରେ 'ମୋ ପ୍ରଭୁ! ଦେବତା' ଏତିକି କହି ଯୁବକକୁ କୁଣ୍ଢେଇ ପକାଇଲା। ଆଉ ତାହାର ଜ୍ଞାନ ନାହିଁ।

ଯୁବକ ବଡ଼ କଷ୍ଟରେ ଯୁବତୀଟିକୁ ନାଆ ମଙ୍ଗ ଉପରକୁ ଟେକି ନେଇ ନାଉରୀମାନଙ୍କୁ ଉଠାଇଲା। ନାମ ଚାଳ ଟେକକି ଦେଇ ଅତି କଷ୍ଟରେ ଯୁବତୀଟିକୁ ନାଆ ଭିତରେ ଶୁଆଇଲା। ବିଦ୍ୟାଧର ଦେଖିଲା, ଯୁବତୀର ଚେତା ନାହିଁ, ମୁଣ୍ଡ ଲମ୍ବ ବାଳରୁ ଝରଝର କରି ପାଣି ବହିପଡୁଛି, ଦେହ ଗୋଟାକ କାଦୁଅ ଲଟପଟ, ଲୁଗା ଚୁପୁଡ଼ି ଦେଲେ ପାଣି ବୋହି ପଡ଼ିବ। ବିଦ୍ୟାଧର ବଡ଼ ହରବରରେ ପଡ଼ିଲା। ଭଲ କରି ଚିହ୍ନିଲାଣି ସତ, ତେବେ ବି ଡର ମାଡୁଛି। ପାଖରେ କେହି ନାହିଁ, ଯୁବତୀଟି କିପରି ଲୁଗା ପାଲଟିବ? ହଠାତ୍ ହାତରେ ନଜର ପଡ଼ିଗଲା, ଆଙ୍ଗୁଳିରେ ମୁଦି। ଆପଣା ମୁଦି ବୋଲି ଚିହ୍ନିଲା, ଆଉ ସନ୍ଦେହ ନାହିଁ। ଲୁଗା କାହିଁ? ଆପେ ତ ଦି'ଛୁଟିଆ- ଆପଣା ପାଛୁଡ଼ା ଖଣ୍ଡ ଯୁବତୀକୁ ପିନ୍ଧାଇ ଦେଇ ତା ଦେହରୁ କାଦୁଅ ପାଣି ପୋଛି ପକାଇଲା।

ଶ୍ୟାମସାହୁ ବିଦେଇର ନିଘନ ମଳାଶୁର। ଘର ଜୋରମେ ଇଲାକା ଖାଲପାଳ। ସାହୁ ଜଣେ କାରବାରିଆ ମଧ୍ୟଭଳି ଲୋକ। ବିଭା ସମୟରେ ବିଦ୍ୟାଧର ତାକୁ ଚିହ୍ନିଥିଲା, ଘର ଠିକଣା ଜାଣିଥିଲା। ଯୁବତୀର ଚେତା ବସୁ ନାହିଁ। ନାଆରେ ସବୁବେଳେ ଉହ୍ଲେଇରେ

ନିଆଁ ଥାଏ। ଲୁଗା ପେଣ୍ଡୁଳା କରି ବିଦ୍ୟାଧର ଯୁବତୀକୁ ସେକୁଥାଏ। ରାତି ଆଉ ପିଛିଲା ପହରେ ସରିକି ଅଛି, ବିଦ୍ୟାଧର ନାଉରୀମାନଙ୍କୁ ଡାକି କହିଲା, "ତୁମ୍ଭେମାନେ ଯେବେ ଦିନ ପହରକ ଭିତରେ ନାଆ ନେଇ ଖାଲପାଳ ତୁଠରେ ଭିଡାଇ ପାରିବ, ଜଣକା ପାଞ୍ଚ ଟଙ୍କା ବକ୍‌ସିସ୍ ଦେବି।"ନାଉରୀଆମାନେ ବସି ବିଚାର କଲେ ଖାଲପାଳ ଏଠାରୁ ଚାରିକୋଶ ବାଟ- ଏତେବେଳେ ନାଆ ମେଲିଦେଲେ କଷ୍ଟାକଷ୍ଟିରେ ନାଆ ପହଞ୍ଚିଯିବ। ଆକାଶରେ ଆଉ ମେଘ ନାହିଁ, ଟିକିଏ କାଳିଜହ୍ନିଆ ପଡ଼ିଗଲା। ନାଆଟା ଦକ୍ଷିଣ କୂଳ ଧରି ଯାଉଥିଲା। ଖାଲପାଳ ହେଉଛି ଉତ୍ତର କୂଳରେ। ଯିମିତି ରାତି ପାହିଛି, ନାଉରୀଏ ନାଆ କ୍ଷେପିଦେଲେ।

୧। ପ୍ରଚଳିତପାଠ- ମେଲିଦେଲେ

ଯୁବତୀ ଗୋଟିଏ କୋମଳ ବିଛଣାରେ ପଡ଼ିଛି, ଚେତା ନାହିଁ। ନାକରେ ତୁଳା ଦେଇ ଦେଖାଗଲା, ଅଳ୍ପ ଅଳ୍ପ ପବନ ଚାଲିଛି। ଗ୍ରାମର ପୁରୁଣା ବୈଦ୍ୟ ଦଳେଇ ବାହିନୀପତି ଭଲରୂପେ ନାଡ଼ି ଚିପି କହିଲେ, "କେବଳ ଇନ୍ଦ୍ରିୟଦୌର୍ବଲ୍ୟ-ବିପଦର ଆଶଙ୍କା ନାହିଁ।"ଲାଗ ଲାଗ ତିନିପାନ କସ୍ତୁରୀଭୂଷଣରସ, ଅଦାରସ, ମହୁ ଅନୁପାନରେ ପିଆଇଦେଇ କହିଲେ, "ଏହି ଔଷଧର କ୍ରିୟା ଆରମ୍ଭ ହେଲେ ଚେତନା ବସିବ।" ଘଟଣାର ତୃତୀୟ ଦିନ ଉପରଓଳି ଯୁବତୀ ଟିକିଏ ଆଖି ମେଲି ଚାହିଁଲା। ଚାଳବାଡ଼ ସବୁଆଡେ ଆଖିବୁଲାଇ ଅନାଇଲା- ଦେଖିଲା, ଗୋଟିଏ ପ୍ରୌଢ଼ା ସ୍ତ୍ରୀ ପାଖରେ ବସି ଧୀରେ ଧୀରେ ତା ଦେହରେ ହାତ ବୁଲାଉଛି। ଯୁବତୀର ଚେତା ବସିଲାଣି। ଅତି କ୍ଷୀଣ ସ୍ୱରରେ ତାକୁ ପଚାରିଲା, "ମୁଁ କେଉଁଠି ଅଛି ? "ପ୍ରୌଢ଼ା ଅତି ଧୀରେ, ଅତି କୋମଳରେ କହିଲା, "ମା ପଦ୍ମାବତୀ! ମୁଁ ପରା ତୋ ମାଉସୀରେ²- ମୋତେ କଣ ଚିହ୍ନି ପାରୁନାହୁଁ ? "ପଦ୍ମା ଉଠି ବସିଲାଣି। କାନ୍ଥବାଡ଼ ଧରି ସକାଳ ସଞ୍ଜ ଟିକିଏ ଟିକିଏ ଚାଲବୁଲ ହୁଏ। ବୈଦ୍ୟରାଜଙ୍କ ବ୍ୟବସ୍ଥା ଟିକିଏ ଟିକିଏ ଦୁଧ ଦିଆ ଯାଉଛି, ଅନ୍ୟ ପଥ୍ୟ ଦିଆଯାଇ ନାହିଁ।

୨। ପତ୍ରିକାପାଠ- ମୁଁ ଯେତେ ତୋ ମାଉସୀରେ

ଝିଅ ଜୁଆଇଁ ପହଞ୍ଚିବାକ୍ଷଣି ସାହୁ ଚାରିଜଣ ଭେଣ୍ଡିଆ ପାଇକ ହାତରେ ଯୁଧିଷ୍ଠିର ସାହୁ ପାଖକୁ ଭାଷା ଚାଳି ଦେଇଥିଲା। ଆଜି ଦଶମ ଦିନ। ତିରିଶ ବଣୁଆ ଆପଟ ଚାରିଖଣ୍ଡ ପାଲିକି ଧରି ହରିହରପୁରରୁ ଆସି ଉପସ୍ଥିତ। ଯୁଧିଷ୍ଠିର ସାହୁ ଲେଖିଛନ୍ତି, "ବାଟରେ ଆଠ ଜାଗା ଟପା ଆପଟ ବସିଲା। ତଡ଼େ ଦମ୍ ଝିଅ ଜୁଆଇଁଙ୍କୁ ଧରି ମଉସା ମାଉସୀ ଆସିବ। ଚାରିଦିନ ବାଟ ଦୁଇ ଦିନରେ ଆସିବ। କିଛି ମଠ କରିବ ନାହିଁ।"

ମହା ଆନନ୍ଦରେ, ଉତ୍ସବରେ ଯୁଧିଷ୍ଠିର ସାହୁ ଝିଅ ଜୁଆଇଁଙ୍କୁ ଘରକୁ ନେଲେ। କେତେ ଦିନ ପର୍ଯ୍ୟନ୍ତ ମନ୍ଦିରରେ ହରିଲୁଟ, କୀର୍ତ୍ତନ, ବୈଷ୍ଣବଖନ୍ଦା, ପ୍ରସାଦ ସେବା ଚାଲିଲା।

ଘୋର ଦୁର୍ଯୋଗ, ଘୋର ଦୁର୍ଦ୍ଦିନ ଉତ୍ତାରେ ତରୁଣାରୁଣ ଆଲୋକ ବଡ଼ ପ୍ରୀତିକର, ବଡ଼ ଆନନ୍ଦଦାୟକ ଜଣାଯାଏ। ବିଦ୍ୟାଧର, ପଦ୍ମାବତୀ ଦୁଇଜଣ ଦିନ ରାତି ଚକୁଆ ଚକୋଇ ପରି ଉଆସ ଭିତର ପଦ୍ମାବତୀ ଖଞ୍ଜାରେ ବସି ଆନନ୍ଦ ଉତ୍ସବରେ ଦିନ କାଟୁଥାନ୍ତି। ନାଆ ଭଙ୍ଗାଠାରୁ ବରଷେ କାଳ କିଏ କିପରି ଥିଲା, ସେହି ଦୁଃଖକାହାଣୀ କେହି କାହାକୁ ପଚାରି ନାହିଁ। ଆଜି କଥା କଥାକେ ସେହି କଥା ପଡ଼ିଗଲା। ବିଦ୍ୟାଧର କହିଲା, "ନାଆ ଯିମିତି ଭାଙ୍ଗିଗଲା, ମୁଁ ଖଣ୍ଡେ ପଟା ଉପରେ ପେଟେଇ ପଡ଼ି ଭାସୁଥାଏଁ। ତୁମେ କୁଆଡେ ଗଲ, ଅନାଇଲି। ତୁମେବି ଖଣ୍ଡେ ପଟା ଉପରେ ପଡ଼ି ଭାସୁଥିଲ, ଥରେ କେବଳ ଦେଖିଥିଲି। ପଛନ୍ତେ ଶୁଣିଲି, ତହିଁ ଆରଦିନ ସଖାଳେ ନଦୀ ମଧ୍ୟରେ ଭାସି ଭାସି ଯାଉଥିଲି, ଖଣ୍ଡେ ନାଆର ନାଉରୀ ମାନେ ମୋତେ ଦେଖି ଉଠାଇନେଲେ। ଚାରିଦିନ ବାଦେ ମୋର ଚେତା ବସିଲା, ଅନାଇ ଦେଖିଲି ଗୋଟାଏ ବଡ଼ ଘରେ ଶୋଇଛି। ପଛନ୍ତେ ଶୁଣିଲି, ସେଇଟା ଗୋବିନ୍ଦପୁର ଗାଁର ଗୋପାଳଜୀ ମଠ, କଟକଠାରୁ ଦୁଇକୋଶ ତଳକୁ। ବୁଢ଼ା ମହନ୍ତ ଲଳିତା ଦାସ ବାବାଜୀ ମୋତେ ବଞ୍ଚାଇବା ପାଇଁ ଖୁବ୍ ଯତ୍ନ କରୁଥାନ୍ତି। ମାସକ ବାଦେ ଚାଲିବୁଲି ପାରିଲି। ତୁମ ବାପା ଯେଉଁ ସୁନା ଗବତାରଟା ଦେଇଥିଲେ, ଅଣ୍ଟାରେ ଥିଲା, ମହନ୍ତଙ୍କୁ ଦେଲି। ବିକି ମୋ ପିଛେ ଖରଚ କରିବାକୁ କହିଲି। ମହନ୍ତ ନାହିଁ ନାହିଁ କରି ନେଲେ। ମୋର ଟିକିଏ ବଳ ଆସିଥାଏ, ତୁମ କଥା, ବାପାଙ୍କ କଥା ମନରେ ପଡ଼ିଲେ ପୁଣି ଦଶ ପନ୍ଦର ଦିନ ପଡ଼ିଯାଏଁ। ଏହିପରି ଆଠ ଦଶ ମାସ କାଳ ବିତିଗଲା। କଟକ ଜିଲ୍ଲାରେ ବାପାଙ୍କ ନାମଡାକ। ଲଳିତା ଦାସେ ବାପାଙ୍କ ନାମ ଶୁଣି ମୋତେ ଆହୁରି ଅଧିକ ଯତ୍ନ କଲେ, ଆମ ଘରଠାକୁ ଖବର ପଠାଇଲେ। ଲୋକେ ବାହୁଡ଼ି ମୋ ମାତାଙ୍କ ବିୟୋଗ କଥା କହିଲେ। ମୁଁ ଆହୁରି ଦି ମାସେ ଯାଏ ବିଛଣାରେ ପଡ଼ି ରହିଲି। ତହିଁ ଉତ୍ତାରେ ସ୍ଥିର କଲି, ଘରକୁ ଯିବି ନାହିଁ। ସନ୍ୟାସୀ ହୋଇ ତୀର୍ଥରେ ବୁଲିବି। ଦେହରେ ବଳ ହେବାରୁ ଚାଲି ଚାଲି ଘରକୁ ଗଲି। ଘରେ ଯାଇ ଯାହା ଦେଖିଲି, ଦଣ୍ଡେ ରହିବାକୁ ଇଚ୍ଛା ବଳିଲା ନାହିଁ। ପୁରୋହିତ ଦିବାକର ଦ୍ୱିବେଦୀ, ଶାସନର ଆଉ ଆଉ ଯେଉଁମାନଙ୍କର ଜମି ବାପା ନିଲାମରେ ଧରି ନେଇଥିଲେ, ଡକାଇ ସମସ୍ତ ଜମି ଫେରାଇ ଦେଲି। ରେଜେଷ୍ଟରୀ, ଅରେଜେଷ୍ଟରୀ ଗୁଜା ଯେତେ ଦଲିଲ ଥିଲା, ଆଉ ଧାନ କରଜା ପାଞ୍ଜି, ସବୁ ପୋଡ଼ି ପକାଇ ଖାତକମାନଙ୍କୁ ଖବର ଦେଲି, ଆଉ ସେମାନଙ୍କୁ ଟଙ୍କା ଦେବାକୁ ହେବ ନାହିଁ। ଧାନ, ଗୋରୁ, ବାସନକୁସନ ଯାହା କିଛି ଥିଲା, ଦେଶ ଲୋକଙ୍କୁ ବାଣ୍ଟି ଦେଇ ଦିନେ ରାତିରେ କାହାକୁ କିଛି ନ କହି ଘରୁବାହାରି ଆସିଲି। ମନରେ କଲି, ଆଉ ତ ଗୁରୁଜନ କେହି ନାହିଁ, ଶ୍ୱଶୁରଙ୍କୁ ଶେଷ ଦର୍ଶନ କରି ତାଙ୍କ ପାଦଧୁଳି ମୁଣ୍ଡରେ ଦେଇ ବାହାରି ଯିବି।

କଟକଯାଏ ଆସିଲି। ଝାଡ଼ ମୁଲକରେ ବାପାଙ୍କୁ ସମସ୍ତେ ଜାଣନ୍ତି। ମହାନଦୀ କୂଳ ଗଡ଼ଗଡ଼ିଆ ପାଖ ଘାଟରେ ଖଣ୍ଡେ ସୋନପୁରୀ ନାଆରେ ଉଠି ବସିଲି। ଆସୁ ଆସୁ ଲଙ୍ଗଳକଣ୍ଟା ଠାରେ- "ପଦ୍ମାବତୀ ପଣନ୍ତ କାନିରେ ବିଦ୍ୟାଧର ମୁହଁ ବୁଜି ଧରି କହିଲା, "ଆଉ କିଛି କହନା।" ବିଦ୍ୟାଧର ଆତ୍ମକାହାଣୀ ବର୍ଣ୍ଣନ ସମୟରେ ପଦ୍ମା ଆଖିରୁ ଦୁଇଧାର ଲୋତକ ବହୁଥାଏ।

ବିଦ୍ୟାଧର କହିଲା, "ଏବେ ତୁମ କଥା କହ।"ପଦ୍ମା ମୁହଁ ପୋଛି ଆତ୍ମକାହାଣୀ କହିବାକୁ ଲାଗିଲା, "ମୁଁ ଲଙ୍ଗଳକଣ୍ଟା ଦନେଇ ଦଳେଇ ଘରେ ଥିଲି। ଦଳେଇ ଗାଁ ମଧ୍ୟରେ ଥିଲାବାଲା ଲୋକ। ଗ୍ରାମର ସମସ୍ତ ଲୋକ ମାନନ୍ତି। ଘର ଆଗରେ ଗୋଟିଏ ଠାକୁର ମନ୍ଦିର କରିଛି, ସଦାବର୍ତ୍ତ ଦିଏ। ଶୁଣିଲି, ମୁଁ ତୁଠରେ ଅଚେତ ହୋଇ ପଡ଼ିଥିଲି। ଦଳେଇ ଘର ମାଇପେ ମୋତେ ଗୋଟାଇ ଘେନି ଯାଇଥିଲେ। ଦଳେଇ ଆଉ ତା ଭାର୍ଯ୍ୟା ମୋତେ ବଡ ଆଦରରେ ରଖିଥିଲେ, ଝିଅରୁ ବଳି ସ୍ନେହ କରନ୍ତି। ମୋ ପାଇଁ ମନ୍ଦିରରୁ ପ୍ରସାଦ ଆସେ। ମୁଁ କାନ୍ଦିଲେ ଦଳେଇ ଭାର୍ଯ୍ୟା ସାନ୍ତ୍ୱନା ଦିଏ, ମୋତେ ବାପା ପାଖକୁ ପଠାଇ ଦେବାକୁ କହେ। ଦଳେଇ ଯିମିତି ଧାର୍ମିକ, ତା ପୁଅଟା ସେହିପରି କୁଳାଙ୍ଗାର, ପାଷଣ୍ଡ। ମଦ, ଆପୁ, ଗଞ୍ଜେଇ କିଛି ନିଶା ତାକୁ ଅଣ୍ଟେ ନାହିଁ। ଘରେ ଯୁବତୀ ବୋହୂ, ତାକୁ ଅନାଏ ନାହିଁ। ଗାଁ ବୋହୂ ଝିଅ ତା ଡରରେ ଘରୁ ବାହାରନ୍ତି ନାହିଁ। ମୋ ଉପରେ ଅତ୍ୟାଚାର କରେ, ନାନା କୁକଥା କହେ। ଦଳେଇ ଭାର୍ଯ୍ୟା ସେଥିଲାଗି ମୋତେ କାନିଗଣ୍ଠିଲି କରି ରଖିଥାଏ। ମୁଁ ବି ତା ଶରଣ ପଶିଥାଏ। ତଥାପି ଟିକିଏ ବେଳ ପାଇଲେ ନାନା କୁକଥା କହେ। ଆଉ ସହି ପାରିଲି ନାହିଁ। ସେଦିନ ରାତିରେ ବୁଡ଼ି ମରିବା ପାଇଁ ଆସିଥିଲି। ଦୁଷ୍ଟଟା ବାଟରେ ଧରିଥିଲା, ତୁମେ ରକ୍ଷା କଲ। ତେତେବେଳେ ତୁମକୁ ଚିହ୍ନି ନ ଥିଲି। ମନରେ କଲି, ପ୍ରଭୁ ସ୍ୱର୍ଗରୁ ଆସି ମୋତେ କୋଳ କରି ନେଲେ।"

ଯୁଧିଷ୍ଠିର ସାହୁ ଆଉ ବିଷୟ ଅଶୟ କିଛିବୁଝେ ନାହିଁ। ଝିଅ ଜ୍ୱାଇଁଙ୍କୁ ସବୁ ସମ୍ପିଦେଇ ଦିନ ରାତି ବସି ହରି ନାମ ଜପୁଥାଏ।

ସଭ୍ୟ ଜମିଦାର

ବାବୁ ବଳରାମ ବଳ କଲିକତା ବଡ଼ ବଜାରର ଜଣେ ଗଦିଆନ ମହାଜନ। ଉତ୍କଳର ସମସ୍ତ ବେପରୀଙ୍କର ଦଣ୍ଡିଦାର। ସମସ୍ତ ମାଲ ଆମଦାନି ରପ୍ତାନି ତାଙ୍କ ହାତ ବାଟେ ହେଉଥିଲା। ଲକ୍ଷ ଲକ୍ଷ ଟଙ୍କାର କାରବାର। ଢେର ବର୍ଷ ତଳର କଥା। ରେଳ ନାମ ତ କେହି ଶୁଣି ନ ଥିଲେ, ଇଷ୍ଟିମାରଂ ମଧ୍ୟ ଚଳୁନଥିଲା। ବାଲେଶ୍ୱର ଜାହାଜରେ ମାଲ ଆମଦାନୀ ରପ୍ତାନୀ ହୁଏ। କଲିକତା ଆମଦାନୀ ମାଲ ମଧ୍ୟରେ ଧୁଆଁପତ୍ର ପ୍ରଧାନ। କଲିକତାରୁ ମାଲ ଆସି ବାଲେଶ୍ୱର ବନ୍ଦରରେ ଜାହାଜରୁ ଘାଟ ଭିଡ଼େ। ସେ ସ୍ଥାନରୁ ଶଗଡ଼ରେ ସମସ୍ତ ଉତ୍କଳକୁ ଚଲାଣ ହୁଏ, ଏଥିପାଇଁ ସମସ୍ତ ଉତ୍କଳରେ କଲିକତୀ ଧୂଆଁପତ୍ରର ନାମ ବାଲେଶ୍ୱରୀ। ହେଲେ ବାଲେଶ୍ୱରୀ ଲୋକେ ଧୂଆଁପତ୍ର କେବେ ଦେଖି ନାହାନ୍ତି।

୧। ପ୍ରଚଳିତପାଠ- ଷ୍ଟିମର

ଧୂଆଁପତ୍ର କାରବାର ବଡ଼ କଠିଣ। ଘୋଡ଼ାଚଢ଼ା; ମହାଜନ କଥା ପଦକେ ଘାସ କାଟେ-ଘାସକଟା ଘୋଡ଼ା ଚଢ଼େ। ମହାଜନେ ବୋଲନ୍ତି, 'ଦୋକ୍ତା କାରବାର ଆଉ ଗୋଖର ସାପ ଖେଳାଇବା ଏକା କଥା।' ବାସନାରେ ରଙ୍ଗରେ ମାଲ ସମାନ। ସେହି ମାଲ ମହଣ କୋଡ଼ିଏ ତ 'ସେହି ମାଲ ମହଣ ଚାଳିଶ ଟଙ୍କା। ଚିହ୍ନରା ଦଣ୍ଡିଦାର ନ ଧରି ଲୋକେ ଧୂଆଁପତ୍ର କିଣିବାକୁ ଭରସନ୍ତି ନାହିଁ। ବଳରାମ ବଳେ ଜଣେ ଭଲ ଚିହ୍ନରା, ଏଥିପାଇଁ ଓଡ଼ିଶାରେ ନାମଡାକ।

ମହାଜନଙ୍କ ଘର ଯାଜପୁର ଅଞ୍ଚଳରେ। ଗ୍ରାମ ନାମ ଜଣା ନାହିଁ। ମହାଜନ ଥରେ ଗ୍ରାମକୁ ଆସିଥିଲେ। ଦଶ ବାର ବର୍ଷର ଛେଉଣ୍ଡ ପିଲା ଗୋପାଳିଆ ଗାଁରେ ବୁଲୁଥିଲା। ଜାତିପୁଅଟା ଅନାସ୍ଥା ହେଇ ବୁଲୁଛି, ଦୟାକରି ସାଙ୍ଗରେ ଘେନିଗଲେ। ଗୋପାଳ ଗଦିରେ ଥାଏ। ଖାଉଛି ତ ଖାଉଛି, ଅଛି ତ ଅଛି, ତାକୁ ଦେଖୁଛି କିଏ- ପଚରାପଚରିର ଦରକାର କଣ ? ଦିନେ ରାତିରେ କଣ ହେଲା କି, ମହାଜନ ଜଣେ

ସଉଦାଗର ପାଖରୁ ପାଞ୍ଚଟା ଆକବରୀ ମୋହର କିଣିଲେ। ବାବୁଙ୍କ ମନ ଭାରି ଖୁସି। ମିଳିବା ପଦାର୍ଥ ନୁହେ, ବାକସରେ ରଖି ପୂଜା କରିବେ। ମୋହର ପୁଟୁଳାଟି ଧରି ବସିଥାନ୍ତି, କେତେବେଳେ ତଳେ ରଖି ଦେଲେଣି। ପାଇକାର, ମହାଜନ, ମୋଟିଆ, ମଜୁରିଆ ହିସାବପତ୍ର ଛିଡ଼ିବାକୁ ରାତି ଛ ଘଡ଼ି। ବାବୁଙ୍କର ହୋବ ନାହିଁ, ଗଦି ବନ୍ଦ କରି ଉଠିଗଲେ। ତାହିଁ ଆରଦିନ ସଖାଳେ ଗୋପାଳ ଯିମିତି ଉଠିଛି, ଗଦିରେ ମୋହର ପୋଟଳା ଉପରେ ନଜର ପଡ଼ିଗଲା, ହାତରେ ଧରି ବାବୁଙ୍କ ପାଖକୁ ଧାଇଁଲା। କୁକୁଡ଼ା ଡାକ ଆଗରୁ କଲିକତାରେ ଯିମିତି ତୋପ ପଡେ, ଗଦିଆନ ଧାର୍ମିକ ହିନ୍ଦୁ ମହାଜନମାନେ ଗଙ୍ଗାସ୍ନାନକୁ ବାହାରିଯାନ୍ତି। ଢେର ଜାଗାରେ ଠାକୁର ଠାକୁରାଣୀ ଦର୍ଶନ କରି ଗଦିକୁ ବାହୁଡିବାକୁ ବେଳ ଦୁଇ ଘଡ଼ି। ଧର୍ମକାର୍ଯ୍ୟ କରିବାକୁ ସେଇଟା ହେଲା ଅସଲ ବେଳ। ଫୁରୁସତ ବା କାହିଁ? ବାବୁଙ୍କୁ ନ ଭେଟି ଗୋପାଳ ତାଙ୍କ ପଲଙ୍କ ତକିଆ ତଳେ ପୋଟଳାଟି ଥୋଇ ଦେଲା। ତାହାର ବି ସେ କଥା ଆଉ ମନେ ନାହିଁ। ବାବୁ ସ୍ନାନ ସାରି ଆସିବା ବେଳକୁ ଚାକର ବିଦିଆ ବାରିକ ଗଦି ଝାଡ଼ଝୁଡ଼ କରି ଗଙ୍ଗାଜଳ ଛିଞ୍ଚି ଧୂପ ଚାରଗୁଳ ଧୂଆଁ ଜାଳିଦେଇ ସାରିଛି। ବାବୁ ବଡ଼ ମାଣ୍ଡିଟାକୁ ଆଉଜି ବସି ରୂପାବନ୍ଧା ହୁକାରେ ଭଡ଼ର ଭଡ଼ର କରି ଗୁଡାଖୁ ପିଇବାକୁ ବସିଲେ। ଆଗରେ ଦୁଇକଡ଼ା କଣା କଉଡ଼ି ବନ୍ଧା ବ୍ରାହ୍ମଣ ହୁକା, କାୟସ୍ଥ ହୁକା କଂସା ବଇଠକରେ ଥୁଆ ହୋଇଛି। ଏଇଟା ହେଲା କଲିକତା ସବୁ ଗଦିର ଦସ୍ତୁର।

ବେଳ ଛ' ଘଡ଼ି ବେଳେ ହଠାତ୍ ବାବୁଙ୍କର ମନରେ ପଡ଼ିଲା ମୋହର କଥା। ହଁ ମୋହର କାହିଁ? ବାବୁ ଛିଡ଼ା ହୋଇ ପଡ଼ିଲେ, ହୁକାଟା ହାତରୁ ଖସି ପଡ଼ି ନିଆଁ ପାଣି ଗଦିଯାକ ବୁଣି ପଡ଼ିଲାଣି, ଦେଖୁଛି କିଏ ! ପାଞ୍ଚଟା ମୋହର। ବଡ଼ କଥା ନୁହେଁ, ଏ ଯେ ହେଲା ଆକବରୀ ମୋହର। ସେହିପରି କପାଳିଆ ଲୋକକୁ ଲକ୍ଷ୍ମୀ ଆଲିଙ୍ଗନ କରନ୍ତି, ଆକବରୀ ମୋହର ମିଳେ। ସେ ମୋହର ଗଲେ ଲକ୍ଷ୍ମୀ ଛାଡ଼ିଯାଏ। ବାବୁ ତ ମୁଣ୍ଡରେ ହାତ ଦେଇ ଗୁମ୍ ମାରି ବସିଗଲେ। ଗୋପାଳ ରୋଷେଇ ଘରେ ବସିଥିଲା, ମୋହର ଖୋଜା ଶୁଣି ଧାଇଁ ଆସିଲା। ବାବୁଙ୍କୁ ହସି ହସି କହିଲା, ଆଜ୍ଞା ! ଆଜ୍ଞା ! ମୋହର ଅଛି।" ବାବୁ ଧାଇଁ ଆସି ଗୋପାଳକୁ କୁଣ୍ଢେଇ ପକାଇଲେ। ଗୋପାଳ ମୋହର କାଢ଼ି ଦେଇ, ପାଇବାର ଦାସ୍ତାନଂ ସବୁ କହିଲା, ବାବୁ ଦଣ୍ଡେଯାଏ ତାକୁ ଅନାଇ ନିଶ୍ୱାସଟାଏ ପକାଇଲେ।

୧। ପ୍ରଚଳିତପାଠ- ହାଲ

ସେହି ଦିନ କତିରୁ ତୁଚ୍ଛାଟାରେ ହେଲେ ବାବୁ ଦଶ ଥର 'ଗୋପାଳ ରେ, ଗୋପାଳ ରେ', ଡାକ ପକାଉଥିବେ। ଭୋଜନ ବେଳେ ଥାଳି ପାଖରେ ଗୋପାଳ ଅବଖୁରାରେ ଜଳ ଥୋଇ ନ ଦେଲେ ବାବୁଙ୍କୁ ଆଉ ଜଳ ଭଲ ଲାଗେ ନାହିଁ। ବାବୁଙ୍କ ବିଡ଼ିଆ ଗୋପାଳ ଭାଙ୍ଗିବ। ଶେଯ ପରାଟା ଗୋପାଳ ଜିମା। ବାବୁଙ୍କ ଶ୍ରଦ୍ଧା ଦେଖି ଗଦିର

ଆଇ ପାଞ୍ଚଜଣ ବି ତାକୁ ମାନିଲେଣି। ବାବୁଙ୍କ ଇଚ୍ଛା, ବଡ଼ ଗୋଟାଏ କିଛି ପାଇଟିରେ ତାକୁ ଲଗାଇବେ। ହେଲେ ଓଡ଼ିଆ ପିଲା; ମଫସଲ ଗାଁରେ ଘର, ଏଣେ ତ କଲିକତାଟା ଠକ, ଗଣ୍ଠିକଟା ଖଣି କଣ ବୋଲି କଣ ହୋଇଯିବ, ହେଉ, ଆଉ ଟିକିଏ ପାରି ଯାଉ।

ଦିନ ବେଳ ଛ ଘଡ଼ିଯାଏ ଚୁଲୀରେ ଲୁଣ୍ଡା ପଡ଼ିନାହିଁ। ରୋଷେଇଆ ବ୍ରାହ୍ମଣ କାହିଁ ? ହଁ, ଦେଖ ଦେଖ, ବାବୁଙ୍କ ଟଙ୍କା ସିନ୍ଦୁକ ଚାବି ଭଙ୍ଗା, ପାଞ୍ଚ ଶହ ଟଙ୍କାର ଥଳିଟା ନାହିଁ। ଢେର ଖୋଜ ତଲାସ ହେଲା। ଥାନାରେ ଏତଲା ଦିଆଗଲା, ଆଉ ପୁଝାରୀ ଏକା ବେଳକେ ଗୁମ୍ ! ଗୋଳମାଳରେ ବେଳ ଗଡ଼ିଗଲାଣି, ବାବୁ ଉପାସ ବସିଛନ୍ତି। ବଙ୍ଗାଳୀ ବ୍ରାହ୍ମଣ ହାତରୁ ତ ଖାଇବେ ନାହିଁ, ଏତେ ଚଞ୍ଚଳ ଓଡିଆ ବ୍ରାହ୍ମଣ ବା କାହୁଁ ଘଟୁଛି ? ଗୋପାଳ ହାତ ଯୋଡ଼ି କହିଲା, "ଆଜ୍ଞା! ମୁଁ ତେବେ ଦିଟା ଚଢ଼େଇ ଦିଏଁ ?" ବାବୁ କହିଲେ ତୁ ପାରିବୁ ରେ ? ଆଚ୍ଛା ହେଉ, ଏ ଓଳିଟା ଚଳିଯାଉ।"ବାବୁ ଠା ପିଢ଼ାରେ ବସି ଦେଖିଲେ, ଏତେ ଚଞ୍ଚଳ ପାଞ୍ଚତିଅଣ, ପୁଣି ବଡ଼ ଭଲ। ପଚାରିଲେ, "ଆରେ ଗୋପାଳ, ତୁ କିମିତି ରାନ୍ଧି ଶିଖିଲୁ ରେ ?" "ଆଜ୍ଞା ପୁଝାରୀ ରନ୍ଧା ଦେଖି ଦେଖି ଶିଖିଛି। ସେ ରାନ୍ଧୁଥିବା ବେଳେ ମୁଁ ବସି ଦେଖୁଥାଏ।"

ବାବୁ ଏଣିକି ଗୋପାଳ ହାତ ଛଡ଼ା ଆଉ କାହାରି ହାତରୁ ଜଳ ଛୁଅଁନ୍ତି ନାହିଁ। ପୁଣି ଦେଖିଲେ, ବଜାର ସଉଦା ଖର୍ଚ୍ଚ ଅଧା ଆଧି ଊଣା, ପରିବା ପତ୍ର ଦୁଇଗୁଣ ବେଶୀ, ପୁଣି ବଡ଼ ସୁନ୍ଦର ରନ୍ଧା। ବାବୁଙ୍କ ମନ ଜାଣି ବେଳ ମାପିକେ ଗୋପାଳ ରନ୍ଧା ବଢ଼ାରେ ଲାଗିଥାଏ। ପୁଝାରି ତ ବଜାର ସଉଦା ଘିଅ ତେଲ ସବୁଥିରୁ ରେଷା କାଟିବ; ସବୁବେଳେ ଆପଣା ରୋଜଗାରରେ ଲାଗିଥାଏ। ବାବୁ ଭଲ ଖାଇଲେ, ମନ୍ଦ ଖାଇଲେ, ତାର କଣ ଯାଏ ? ବାବୁ ଥରେ ଗାଁ କୁ ଯାଇ ଗୋପାଳକୁ ଗୋଟିଏ ଘର ବନାଇ ଦେଇ ବିଭା କରାଇ ଦେଲେ। କନ୍ୟାଟି ଯେମିତି ଦେଖିବାକୁ ଡଉଲ ଡାଉଲ, ସେମିତି ଗୁଣ। ପହରା ପଡ଼ିବା ଦିନରୁ ଦିନକୁ ଦିନ ଗୋପାଳର ଘର ବଢୁଛି। ଗୋପାଳ ରନ୍ଧାବଢ଼ା ସାରି ସବୁବେଳେ ଗଦିରେ ବାବୁଙ୍କ ପାଖେ ପାଖେ ଥାଏ। ତୁଚ୍ଛା ବସି ଥାଏ ନାହିଁ, କେତେବେଳେ କଣ୍ଟା ଧରିଛି ତ, କେତେବେଳେ ମାଲ ସାଇତାରେ ଅଛି।

ମାଲ କିଣା ବିକା ଛକ ଛକ ଗୋପାଳ ବେଶ ଜାଣିଗଲାଣି। ବାବୁ ଢେର ଥର ବିଡ଼ିଲେଣି, ଆପେ ଏଡ଼େ ପୁରୁଖା' ଲୋକ ହେଲେ ବି ଥରେ ଥରେ ଗୋପାଳ ବଳିପଡ଼େ, ତ କଥାରେ ଚାଲିଲେ ଠକିବାକୁ ହୁଏ ନାଇଁ, ବେଶ ଦି ପଇସା ଲାଭ ହୁଏ। ଗୋପାଳ ଆଉ ରୋଷେଇୟା ନୁହେଁ, ବେପାରରେ ବାବୁଙ୍କ ଡାହାଣ ହାତ। ବାବୁ ବୁଢ଼ା ହେଲେଣି, ପାଞ୍ଚ ଜାଗାକୁ ଯାଇ ଆସି ପାରନ୍ତି ନାଇଁ। ଧାଁ ଦୌଡ଼ କାମ ଗୋପାଳ ଜିମା। ଏବେ ଆଉ ସେ

ଗୋପାଳ ନୁହେଁ, ଗାଦିରେ ଡାକନାମ ସାନ ବାବୁ। କାଗଜପତ୍ରରେ ଗୁମାସ୍ତା ଲେଖେ, 'ବାବୁ ଗୋପାଳ ଚନ୍ଦ୍ର ମହାପାତ୍ର'।

ବାବୁ ଗୋପାଳ ଚନ୍ଦ୍ର ମହାପାତ୍ରେ ସନ୍ଧାନ କରି ବୁଝିଲେ, ଯଶୋଧର, ମୋତିହାର, ପାବନା ଅଞ୍ଚଳରୁ ଜେଉଁ ସବୁ ହଳଦୀ, ଧୂଆଁପତ୍ର, ସରକ[୨] ଆସେ, ପ୍ରଥମେ ଚାଷୀଠାରୁ କିଣେ ବୁଲା ବେପାରୀ, ସେ ବିକେ ପାଇକାରକୁ, ପାଇକାର ହାତରୁ କିଣେ ଗୋଦାମ ବାଲା, ଦଣ୍ଡିଦାର ତା ପାଖରୁ ମାଲ କିଣି ଚାଲାଣ ଦିଏ। କଲିକତାରେ ମାଲ ପହଞ୍ଚିବାବେଳକୁ ତିନିଟା ହାତରେ ଲାଭ ଲଗିଯାଏ। ମହାପାତ୍ରେ ଦିନେ ବେଳ ଉଣ୍ଡି ମହାଜନଙ୍କୁ ଜଣାଇଲେ, "ଆଜ୍ଞା ବେପାରର ଲାଭ ବିକା ଜାଗାରେ ନୁହେଁ, କିଣା ଜାଗାରେ। ଏହି ଯେ ଧୂଆଁ ପତ୍ର, ହଳଦୀ, ସରକ, ଆସୁଛି, ମୁଁ ଥରେ ଯାଇ ଠିକଣା ଜାଗାଟା ବୁଝିଆସେ"।

ମହାଜନ ଅନୁମତି ଘେନି ସାନବାବୁ ସଳଖେ ସଳଖେ ଠିକଣା ଜାଗାକୁ ଚାଲିଗଲେ। ମଝିରେ ଆଉ କାହାରିକୁ ନଗା ନ ରଖି ଚାଷମୁଣ୍ଡରେ ଚାଷୀମାନଙ୍କଠାରୁ ସଉଦା କଲେ। ଦୁଇବର୍ଷ ଯେହିପରି କାମ ଚଳିବାରୁ ଦେଖାଗଲା, ପୂର୍ବଠାରୁ ଦୁଇଗୁଣ ଲାଭ ବେଶୀ। ମହାପାତ୍ରେ ଏବେ ବଳଙ୍କର ଚାକର ନୁହନ୍ତି, ଲାଭରେ ଚାରିପଣି ଅଂଶଭାଗୀ[୩]।

୧। ପତ୍ରିକାପାଠ- ପାରଖା

୨। ବାଣିଜ୍ୟ ସକାଶେ ଦ୍ରବ୍ୟମାନ

୩। ପତ୍ରିକାପାଠ- ଶୂନ-ଭାଗୀ

ପାଞ୍ଚ ସାତ ବର୍ଷ ଏହିପରି କାମ ଚଳିଲାଣି- ମହାପାତ୍ରେ ବର୍ତ୍ତମାନ ଲକ୍ଷପତି। ସେ ମନା କରୁ କରୁ ମହାଜନ ବଳେ ଗ୍ରାମରେ ଦଶ ବାର ହଜାର ଟଙ୍କା ଲଗାଇ ଗୋଟାଏ ବଡ ଦୋମହଲା ଘର ବନାଇ ଦେଲେ। ଖଣ୍ଡେ ତାଲୁକ ବି କିଣି ଦେଲେଣି। ମହାଜନଙ୍କ ଇଛା, ଗୋପାଳ ଖୁବ ବଡ଼ ଲୋକ ହେଉ। ହେଲେ, ଗୋପାଳର ବଡ଼ଲୋକୀ ଚାଲିଚଳନ ନାଇଁ, ଦିନ ରାତି କାମରେ ଲାଗିଥିଲେ ଆନନ୍ଦ। ଗଦିର ସବୁ ମାମଲତ ତହବିଲ ଚାବି ମହାପାତ୍ରଙ୍କ ହାତରେ। ବଳେ ଏବେ ତୁନି ହୋଇ ଗଦିରେ ମାଲ ଗଡ଼ାଉଥାନ୍ତି।

ବାବୁ ଗୋପାଳଚନ୍ଦ ମହାପାତ୍ରଙ୍କର ଗୋଟିଏ ବୋଲି ପୁଅ, ନାମ ରାଜୀବଲୋଚନ। ପୁଅଟି ପାରି ଗଲାଣି, ଚଉଦ ପୁରି ପନ୍ଦର ଚାଲିଛି। ଗୋପାଳ ବାବୁ ଗ୍ରାମକୁ ଯାଇଥିଲେ, ଅବଧାନେ ଦେବୀ ଓଝା ଆସି କହିଲେ, "ସାନ ବାବୁ ଖୁବ ବୁଦ୍ଧିଆ, ଭାରି ପାଠୁଆ। ଖଡ଼ିପାଠ, ପୋଥିପାଠ ସବୁ ଛିଡ଼ିଲାଣି। ଆଉ ତାଙ୍କୁ ପଢ଼ାଇବାକୁ ପାଠ ନାହିଁ।" ଅସଲ କଥାଟା, ରାଜୀବଟା ଭାରି ଦୁଷ୍ଟ। ଚାଟଶାଳୀରେ ବଡ ଉତ୍ପାତ କରେ, ଅବଧାନଙ୍କ ସାଙ୍ଗରେ ବି ତୋଖଡ଼ ମୋଖଡ଼ ଲଗାଇଲାଣି। ବଡ଼ଲୋକ ପୁଅ, ଜମିଦାର ପୁଅ ବୋଲି ଅବଧାନେ ଶଙ୍କି ରହିଥାନ୍ତି, କିଛି କହି ପାରନ୍ତି ନାହିଁ। ବାବୁ ପୁଅର ପ୍ରଶଂସା

ଶୁଣି ଭାରି ଖୁସି। ଅବଧାନେ ଗୋଟିଏ କଥା, ପାଞ୍ଚୋଟି ଟଙ୍କା ପୁରସ୍କାର ପାଇ ଦଣ୍ଡବତଟା କରି ମେଲାଣି ଘେନିଲେ। ସାଆନ୍ତାଣୀ (ରାଜୀବଙ୍କ ମାତା) ସାଆଙ୍କୁ କହିଲେ, "ରାଜୀବ ମୋ ବୋଲ ମାନେ ନାହିଁ, ଦିନଯାକ ଗାଁ ଟୋକାଙ୍କ ସାଙ୍ଗରେ ଦାଣ୍ଡରେ ବୁଲୁଥାଏ। ତାକୁ ସାଙ୍ଗରେ ଘେନି ଯାଅ।" ରାଜୀବକୁ କଲିକତା ଘେନିଯାଇ କାମ ଶିଖାଇବାପାଇଁ ବାବୁଙ୍କର ବି ଇଚ୍ଛା ଥିଲା।

କଲିକତା ବଳବାବୁ ମହାଜନ ଗଦି ସାଙ୍ଗରେ ବଡ ବଡ ଇଂରାଜ ସଉଦାଗର ହାଉସମାନଙ୍କର କାରବାର। ମହାପାତ୍ର ବାବୁ କୋଠିର ବଡ଼ ବଡ଼ ସାହେବଙ୍କ ପାଖକୁ ଗଲେ, ଗୋଟାଏ ଦୋଭାକିଂ ଜରିଆରେ କଥା ଚଳେ। ବାବୁ ଇଂରାଜୀ ଜାଣନ୍ତି ନାହିଁ - ସାହେବ ବି ଓଡ଼ିଆ ବୁଝେ ନାହିଁ। ବାବୁ ଢେର ଥର ବିଡ଼ିଲେଣି ମଝିରେ ଦୋଭାଷୀ ଖାବଳେ ମାରିନିଏ। ରାଜୀବ ଯେବେ ଇଂରାଜୀ ପାଠପଢ଼ି କାମରେ ଲାଗିବ, କେହି ଠକାଇ ପାରିବ ନାହିଁ। ଗଦିର ସରକାର କେଲକାଟା ଏଣ୍ଟ୍ରୁ ଏକାଡେମିରେ ରାଜୀବ ବାବୁଙ୍କ ନାମ ଲେଖାଇ ଦେଇ ଆସିଲା। ପଢ଼ା ଚାଲିଛି ତ ଚାଲିଛି। ମାସକୁ ଥରେ ସ୍କୁଲ ଦରମା ଓ କିତାପର ଦାମ ନେବା ବେଳେ ବାପ ପୁଅଙ୍କର ଭେଟ। ବାପେ ପାଠ ସଇ ନେବେ କଣ, କିପରି ପଢୁଛି ପଚାରିବାକୁ ବି ବେଳ ନାହିଁ। ତିନି ଚାରି ବର୍ଷ ବିତି ଗଲାଣି, ମାସକୁ ମାସ ସ୍କୁଲ ଦରମା ଆଉ କିତାପର ଦାମ ପଚାଶ ଟଙ୍କାରୁ ବଳିଲାଣି। ଦିନେ ବାପେ ପଚାରିଲେ, "କିରେ ରାଜୀବ, ଏବେ ଏତେ ଖରଚ କାଁ ?" ରାଜୀବ ବାବୁ ଜବାବ ଦେଲେ, "ବାପା, ମୁଁ କିଲାସ ଢେର ଉପରକୁ ଉଠି ଗଲିଣି, ସେଥିପାଇଁ ଏତେ ଖରଚ।"ବାପେ କହିଲେ, "ତେବେ ଆଉ ପଢ଼ ନା, ଆ କାମରେ ଲାଗ।" ରାଜୀବ ବାବୁ କହିଲେ, "ନା ବାପା, ପାସ ନ କଲେ ଇଂରାଜୀ ପାଠ ହୁଏ ନାହିଁ।" ମହାପାତ୍ରେ ବି ଶୁଣିଥିଲେ, ଇଂରାଜୀରେ ଗୋଟାଏ ପାସ ହୁଏ। କହିଲେ, "ହଁ ରେ, ସେ କଥା ମତେ ଜଣା ଅଛି, ତୁ ବେଶି ବେଶି ପାସ କରି ପକା, ଯେତେ ଟଙ୍କା ଲାଗିବ ଲାଗୁ।" ବାପା ପୁଅ ଦୁହିଁଙ୍କ ମନ ଖୁସି।

୧। ପ୍ରଚଳିତପାଠ- ଦୋଭାଷୀ

ଚାରି ପାଞ୍ଚ ବର୍ଷ ମଧ୍ୟରେ ବାବୁଙ୍କ ଇଂରାଜୀ ପଢ଼ା କେତେ ଦୂର ହେଲା, ସେ କଥା ଜଣା ନାହିଁ; ମାତ୍ର ଢେର ଢେର ସଭା ସମିତିରେ ଉପସ୍ଥିତି, ଥିଏଟର ଆଉ ସୁସ୍ଥାନ କୁସ୍ଥାନ ଭ୍ରମଣ ବିଷୟରେ ବାବୁ ପକ୍କା ହୋଇଗଲେଣି। ସ୍ୱଦେଶର ଉନ୍ନତି ସାଧନ ନିମନ୍ତେ କେତେଜଣ ବନ୍ଧୁ ମିଳି ଏକାବେଳକେ ଯୋଡ଼ିଏ ସମିତି ସ୍ଥାପନ କଲେ। ମଙ୍ଗଳବାର ଦିନ 'କୁସଂସ୍କାର-ବିମର୍ଦ୍ଦିନି' ଶନିବାର 'ନାରୀସ୍ୱାଧୀନତା-ବିବର୍ଦ୍ଧିନୀ' ସଭାର ଅଧିବେଶନ ହୁଏ। ଦୁଇ ସଭାର ସମ୍ପାଦକ ନିଜେ ବାବୁ। ସଭାର ସମସ୍ତ ବ୍ୟୟ ବହନ କରିବା ତ ସମ୍ପାଦକ ପକ୍ଷରେ ଉଚିତ, ଏଇଟା ହେଲା କଲିକତାର ନିୟମ। ସଭାରେ ଢେର ଢେର ବକ୍ତୃତା ହୁଏ।

ସମ୍ପାଦକ ଢେର ଥର ବକ୍ତୃତା କଲେଣି। ତାଙ୍କ ବକ୍ତୃତାରେ ଯେଉଁଦିନ ବେଶି ହାତତାଳି ପଡ଼େ, ସେଦିନ ହୋଟେଲବାଲାର ବେଶ ଆୟ।

ଆକସ୍ମିକ ଗୋଟାଏ ସନ୍ନିପାତ ବେମାରୀ ଆସିଲା, ଦିନ ତିନିଟା ଭିତରେ ସଜ୍ଞାନରେ ବାବୁ ଗୋପାଳଚନ୍ଦ୍ର ମହାପାତ୍ରଙ୍କ ଗଙ୍ଗାଲାଭ। ପିତାର ମୃତ୍ୟୁରେ ଡକା ପକାଇ କାନ୍ଦିବା ଗୋଟାଏ କୁସଂସ୍କାର। ଶୋକ ପ୍ରକାଶ ଲାଗି ସଭାରେ ତିନିଦିନ ବକ୍ତୃତା ହୋଇଗଲାଣି। ବାବୁ ଖଣ୍ଡେ କଳା କନା ହାତରେ ବାନ୍ଧିଲେ। ସ୍ଥିର ହେଲା, ବ୍ରାହ୍ମଣ ଡାକି ଶ୍ରାଦ୍ଧ କରିବାଟା କୁସଂସ୍କାର, କେବଳ ସଭାଗୃହରେ ଭୋଜି ଆଉ ଦରିଦ୍ରମାନଙ୍କୁ ଅର୍ଥ ବିତରଣ, ଡାକ୍ତରଖାନାମାନଙ୍କୁ ଚାନ୍ଦା ଦିଆଯିବ। ମାତ୍ର ମହାଜନ ବଳ ବାବୁଙ୍କ ଡରରେ ଏ ସମସ୍ତ ପ୍ରସ୍ତାବ କାର୍ଯ୍ୟରେ ପରିଣତ ହୋଇପାରିଲା ନାହିଁ।

ମହାଜନ ବଳବାବୁ ପିଲାଟିକୁ ଯତ୍ନରେ ପାଖରେ ରଖିଲେ। ଇଚ୍ଛା, ପିତୃକାର୍ଯ୍ୟରେ ଉତ୍ତରାଧିକାରୀ ହେଉ। ମାତ୍ର ସେ ଇଂରାଜୀ ପାଠ ପଢ଼ିଛି ସତ, ବେପାର ବଣିଜ କାମ କିଛି ଶିଖି ନାହିଁ। ଆଶା, କାମରେ ବାପଠାରୁ ବଳି ପଡ଼ିବ, ଗୋପାଳ ଯେ ଅକ୍ଷର ଜାଣି ନ ଥିଲା। ଢେର ବର୍ଷ ଯାଏ ସ୍କୁଲ ପାଠ ପଢ଼ିଛି। ମହାଜନ ପାଖରେ ବସାଇ କାମ ଶିଖାଇବାକୁ ଲାଗିଲେ ମଧ୍ୟ ଶିଖାଇବାପାଇଁ କର୍ମଚାରୀମାନଙ୍କୁ ଉପଦେଶ ଦେଲେ। ଏଣେ ରାଜୀବ ବାବୁର ଗଦିରେ ବସିବାକୁ ମନ ନାହିଁ। ମହାଜନେ ଧରାଧରି କରି ବସାଇଲେ; କାମରେ ମନ ନାହିଁ, କଣଟାଏ ବସି ଭାବୁଥାଏ, ମଙ୍ଗଳବାର ଶନିବାର ରାତିରେ କୁଆଡ଼େ ଚାଲିଯାଏ। ବଳବାବୁ ମନରେ କଲେ, ହାତରେ ପାଇଟି ପଡ଼ିଲେ ବା ବାଟକୁ ଆସିବ। ଯେ କାମ ଦେଲେ, ଲାଭ ଥାଉ ମୂଳରୁ ତ୍ରୁଟି କରି ବସେ।

ଲାଗ ଲାଗ ଯୋଡ଼ାଏ ସଭାରେ ସମ୍ପାଦକ ଅନୁପସ୍ଥିତ ହେବାରୁ ସଭ୍ୟମାନେ ବଡ଼ ଖପା ହୋଇ ଗଲେଣି। ଅନୁପସ୍ଥିତିର କାରଣ ସନ୍ଧାନ କରି ଦିନେ ଜଣେ ସଭ୍ୟ ସ୍ୱାଧୀନତା ବିଷୟରେ ଭାରି ଗୋଟାଏ ବକ୍ତୃତା କଲେ। ସେଥିର ମର୍ମ -'ଶିକ୍ଷିତ ଜମିଦାର ସନ୍ତାନ ପକ୍ଷରେ ପର ଅଧିନରେ ଚାକିରୀ କରିବା ଉଚିତ ନୁହେଁ।"ବକ୍ତୃତା ସଙ୍ଗେ ସଙ୍ଗେ ଗୋଟିଏ କବିତା ପାଠ କରିଥିଲେ।

'ଯାହାର ଅଛି ଧନ ଜ୍ଞାନ ଅଧିକ;
ଚାକିରୀ କଲେ ତା ଜୀବନ ଧିକ ଧିକ।'

ସଭାରେ ଖୁବ୍ ହାତ ତାଳି ପଡ଼ିଲା। ରାଜୀବ ବାବୁଙ୍କ ମନରେ କଥାଟା ଲାଖିଗଲା।

ତହିଁ ଆରଦିନ ଦିନ ଯାକ ରାଜୀବ ବାବୁଙ୍କୁ ଢେର ଖୋଜତଲାସ୍ ହେଲା, ଭେଟ ମିଳିଲା ନାହିଁ। ମହାଜନ ଆଗରୁ ଭାରି ଖପା ହୋଇଥିଲେ, କେବଳ ଗୋପାଳକୁ ମନରେ

କରି କିଛି କହିପାରୁ ନ ଥିଲେ। ସଞ୍ଜବେଳେ ଭେଟ ପାଇବାରୁ ତାକୁ କାରବାରରୁ ଜବାବ ଦେଲେ। ରାଜୀବ ବାବୁ ତ ତାହି ଲୋଡୁଥିଲେ। ଇଚ୍ଛା ଥିଲା, ଅନ୍ୟ ଜାଗାରେ ବସା କରି ସଭା ସମିତି ଚଳାଇବେ, ମାତ୍ର ପାରିଲେ ନାହିଁ। ମହାଜନ ବଳବାବୁ ଧରାଧରି କରି ଗ୍ରାମକୁ ପଠାଇ ଦେଲେ।

ପାଞ୍ଜିଆ ଗୁମାସ୍ତା ପ୍ରଜାପାଠକଙ୍କ ମନ ଭାରି ଖୁସି। ନୂଅ ଜମିଦାରଙ୍କୁ ଅଧବାଟରୁ ପାଛୋଟି ନେଲେ। ଶୁଣିଥିଲେ, ନୂଆ ଜମିଦାର ସରକାରୀ ସ୍କୁଲରେ ଢେର ପାଠ ପଢ଼ି ତାଲିମ ହୋଇଛନ୍ତି। ଭେଟିବାପାଇଁ ତହିଁ ଆରଦିନ ସଖାଳେ ଗୋଟିଏ ସଭା ହେବାର ସ୍ଥିର ହେଲା। ସଭା ନାମ ଶୁଣି ଜମିଦାଙ୍କ ମନ ଭାରି ଖୁସି। ଠିକ୍ ନିରୂପିତ ବେଳରେ ପୁରୁଣା ବୁଢ଼ା ପାଞ୍ଜିଆ ରଙ୍ଗାଧର ମହାନ୍ତି ଜମିଦାରଙ୍କୁ ଗଦିରେ ବସାଇ ଦେଲେ। ତାଲୁକ କିଣା ଦିନଠାରୁ ମହାନ୍ତି ଶେଠ ପାଞ୍ଜିଆ କାମରେ ଅଛନ୍ତି। ଲୋକଟି ବଡ ବିଶ୍ୱାସୀ, କାମଦାର ଲୋକ, ସାଆନ୍ତାଣୀଙ୍କ ଡାହାଣ ହାତ। ତାଙ୍କ ଯତ୍ନରେ ଜମିଦାରୀ ଆୟ ଖୁବ୍ ବଢ଼ିଛି। ଜମିଦାର ତ ସବୁବେଳେ କଲିକତାରେ। ଏହାଙ୍କୁ ଧରି ସାଆନ୍ତାଣୀ ସବୁ ମାମଲତ ବୁଝାସୁଝା କରୁଥିଲେ।

ତାଲୁକ ମଧ୍ୟରେ ଶାମପୁର ଗ୍ରାମଟି ସବୁଠାରୁ ବଡ଼, ଥିଲାଲୋକ ଢେର। ଗୋପାଳ ବାବୁ ଢେର୍ ଲୋକଙ୍କୁ କଲିକତାରେ ନାନା କାମରେ ଦେଇ ରୋଜଗାର କରାଇ ଦେଇଥିଲେ। ବାବୁଙ୍କ ସାହାଯ୍ୟ ଓ ଯତ୍ନରେ ଢେର ପିଲା କଟକରୁ ଶିକ୍ଷିତ ହୋଇ ଆସିଛନ୍ତି। ବଡ଼ ବଡ଼ ଚାଷୀ, ସରକାରୀ ଚାକିରୀଆ, ମହାଜନ ଲୋଡ଼ିଲେ ଊଣା ଅଧିକ ଚାଳିଶ ପଞ୍ଚାଶ ସରିକି ବାହାରି ପାରିବେ। ନୂଆ ଜମିଦାରବାବୁ ଖୋଜି ବସିଲେ ଗ୍ରାମ ମଧ୍ୟରେ ଶିକ୍ଷିତ କୁସଂସ୍କାରବର୍ଜିତ ଲୋକ ଅଛନ୍ତି କି ନାହିଁ। ପ୍ରାଇମେରୀ, ଅପର ପ୍ରାଇମେରୀ ପାସ୍, ଛାତ୍ରବୃତ୍ତି ଫେଲ ଢେର ଶିକ୍ଷିତ ସ୍ୱାଧୀନମନା ଲୋକ ଗ୍ରାମରେ ବୁଲୁଥିଲେ। ଜମିଦାରଙ୍କ ଆହ୍ୱାନରେ ତୁରନ୍ତ ହାଜର ହୋଇଗଲେ। ଜମିଦାରୀ କଚେରି ଘରେ ସନ୍ଧ୍ୟା ସମୟରେ ପ୍ରଥମ ସଭା ବସିଲା। ନିଜେ ଜମିଦାର ବାବୁ ଢେର ବକ୍ତୃତା କଲେ। ସେଥିର ସାରମର୍ମ, 'ହେ ସଭ୍ୟ ମହୋଦୟଗଣ! ଏ ଦେଶର ଦୁଃଖ ଦୁର୍ଦ୍ଦଶାର କାରଣ ଲୋଡ଼ିଲେ ଦିନ ଆଲୁଅ ପରି ଜଣାଯିବ। ମୂର୍ଖତା, କୁସଂସ୍କାର, ଅବଳା, ଭଗିନୀମାନଙ୍କୁ ଘର ଭିତରେ ଲୁଚାଇ ରଖିବା ସମସ୍ତର ମୂଳ। ଏ ସମସ୍ତ ଦୂର କରିବା ସର୍ବାଗ୍ରେ ଉଚିତ।'ଆଉ ସମସ୍ତେ କିଛି ନ ବୁଝି ପାରି ମୁହଁ ଚାହାଁଚାହିଁ ହେଲେ। ବାବୁ ହରିବୋଲ ପଟ୍ଟନାୟକେ ଚଞ୍ଚଳ ଛିଡା ହୋଇ ପଡ଼ି କହିଲେ, "ସୁଶିକ୍ଷିତ ଜମିଦାର ମହୋଦୟଙ୍କ ପ୍ରସ୍ତାବ ଦ୍ୱିତୀୟ କରୁଛି। ଉଚିତ, ଖୁବ୍ ଉଚିତ, ନିଶ୍ଚୟ ଉଚିତ, ଶୀଘ୍ର ଉଚିତ।"ଜମିଦାର ବାବୁ ଭାରି ଖୁସି ହୋଇ ବାବୁଙ୍କର ପରିଚୟ ପଚାରିଲେ। ହରିବୋଲ ବାବୁଙ୍କ ଘର ଏହି ଗ୍ରାମରେ, ଇଂରାଜୀ ମାଇନର ପାସ। ବିଦୁପୁର ପୋଷ୍ଟ

ଅଫିସରେ ସବ୍ ପୋଷ୍ଟମାଷ୍ଟର ଥିଲେ, ଅନ୍ୟାନ୍ୟ କର୍ମଚାରୀ ଅର୍ଥାତ୍ ପିଅନମାନେ ବଡ଼ ଚୋର ଓ ଅଯୋଗ୍ୟ ଲୋକ ଥିଲେ। ବାବୁ ସେମାନଙ୍କୁ ଶାସନ କରିବାରୁ ସେମାନେ ସରକାରୀ ତହବିଲ ଟ୧୬୨ ଚୋରି କରି ବାବୁଙ୍କ ନାମରେ ଗଡ଼ାଇ ଦେଲେ। ମେଜେଷ୍ଟର ସାହେବ ତାଙ୍କୁ ଛ' ମାସ କଟକରେ ଅଟକାଇ ରଖିଲେ ସତ୍ୟ; ମାତ୍ର ପଛନ୍ତେ ଅସଲ ହାଲ ଜାଣିପାରି ନିର୍ଦ୍ଦୋଷ ବୋଲି ଛାଡ଼ି ଦେଇଥିଲେ। ବାବୁ ବିରକ୍ତ ହୋଇ ପର ଅଧିନରେ ଚାକିରୀ ଛାଡ଼ି ଦେଇଛନ୍ତି।

ଜମିଦାର ବାବୁ ଭାରି ଖୁସି। ଗ୍ରାମ ମଧ୍ୟରେ ତାଙ୍କୁ ଯୋଗ୍ୟ ଲୋକ ବୋଲି ସ୍ଥିର କଲେ। ଆପାତତଃ 'ଜ୍ଞାନବର୍ଦ୍ଧିନୀ ଓ ସ୍ତ୍ରୀ ସ୍ୱାଧିନତା ବର୍ଦ୍ଧିନୀ' ଯୋଡିଏ ସଭା ବସିବାର ସ୍ଥିର ହେଲା। ଦୁଇ ସଭାର ସମ୍ପାଦକ ହରିବୋଲ ବାବୁ। ପ୍ରତିଦିନ ନିୟମିତରୂପେ ସଭାକାର୍ଯ୍ୟ ଚଳିଲା। ସଭାକାର୍ଯ୍ୟ ଶେଷ ହେବାକୁ ଅଧିକ ରାତ୍ରି ହୋଇଯାଏ। ସଭ୍ୟ ମାନେ ଘରକୁ ଯାଇ ପାରନ୍ତି ନାଇଁ, କଚେରୀ ଘରେ ସେମାନଙ୍କ ଭୋଜନ ପାନର ବନ୍ଦୋବସ୍ତ୍ୟ ହୁଏ। ଗୋଟିଏ ବାଳିକା ବିଦ୍ୟାଳୟ ଓ ଜନାନା ସ୍କୁଲ ବସିବାର ବନ୍ଦୋବସ୍ତ ହେଲା।

ରୋଜ ରୋଜ ଟଙ୍କା ଦାଖଲ କରି କରି ବୁଢ଼ା ପଟ୍ଟନାୟକ ହଇରାଣ। ଟିକିଏ ବିଳମ୍ବ ବା ମୋଡ ମୋଡ ହେଲେ ବାବୁ ଭାରି ଖପା। ଟଙ୍କା ଗୁଡାକ କୁଆଡ଼େ ଯାଏ, କି କାରବାର ହୁଏ, ଇଦମିତ୍ଥ ନାହିଁ। ଦିନେ ସନ୍ଧ୍ୟାବେଳେ ମା ସାଆନ୍ତାଣୀ ଓ ପଟ୍ଟନାୟକଙ୍କ ମଧ୍ୟରେ କଥା ହେଲା।

ପଟ୍ଟନାୟକେ – "ଆଜ୍ଞା, ସବୁ ବୁଡ଼ି ବସିଲା !"

ମା ସଆନ୍ତାଣୀ – "ରହିବ ପରା।, ନିଜେ ମୂର୍ଖ, କିଛି ବୁଝିବାର ନହିଁ, ମୂଳକର ଚୋର ରୁଣ୍ଡ, ଟିକିଏ ଧର୍ମଭାବ ଭଲା ଥାଆନ୍ତା ! ଏହି ଘରେ ପୁଣି ମଦ ମାଂସ ! ରାଧେକୃଷ୍ଣ ରାଧେକୃଷ୍ଣ ! ପଟ୍ଟନାୟକେ ତୁମେ ଅଲଗା ହୋଇଯାଅ।"

ପଟ୍ଟନାୟକେ ନିଶ୍ୱାସଟାଏ ପକାଇଲେ।

ପଟ୍ଟନାୟକଙ୍କୁ କିଛି କହିବାକୁ ହେଲା ନହିଁ। ରାତ୍ରି ସଭାରେ ସ୍ଥିର ହୋଇଗଲା, 'ବୁଢ଼ାଟା ଅଯୋଗ୍ୟ, କୁସଂସ୍କାରୀ, ସଭାର ବିଘ୍ନକାରୀ - ସେ ବରଖାସ୍ତ। ହରିବୋଲ ବାବୁ ଭାରି ଯୋଗ୍ୟଲୋକ, ସଭା ଏବଂ ଜମିଦାରୀ ଦୁଇ କାର୍ଯ୍ୟ ତୁଲେଇ ପାରିବେ।'ଏଣିକି ସୁନ୍ଦର କାର୍ଯ୍ୟ ଚଳିଲା, ଟଙ୍କାର ଅଭାବ ନାହିଁ, ବାଧା ଦେବାକୁ କେହି ନାହିଁ। ଅମଲା ପଧାନମାନଙ୍କ ପ୍ରତି ସାଫ ହୁକୁମ, ଟଙ୍କା ଦାଖଲ କର। ପ୍ରଥମ ପ୍ରଥମ ସେମାନଙ୍କୁ ଅଡୁଆ ଲଗୁଥିଲା, ଏଣିକି ସାଫ ବୁଝିଲେଣି। ଦଶ ଖମାର ଧାନ, ଛ' ସାତଟା ଗୋରୁ ମଇଁଷିପଲ, ପଞ୍ଚବାଟୀ ହାତଚାଷ, ଯେଣିକି ଅନାଇଲେ ଟଙ୍କା; ରୋଜଗାରର ଦାଉ କିଏ ଛାଡ଼େ ?

ବାବୁ ଗୋପାଳଚନ୍ଦ୍ର ମହାପାତ୍ରେ ଉଆସ ଆଗରେ ଗୋଟିଏ ପକା ମନ୍ଦିର ତୟାର କରାଇ ରାଧାକୃଷ୍ଣ ଯୁଗଳ ମୂର୍ତ୍ତି ପ୍ରତିଷ୍ଠା କରାଇଥିଲେ। ମା ସାଆନ୍ତାଣୀ ବର୍ତ୍ତମାନ ଘରୁ ବାହାରି ଯାଇ ସେହି ମନ୍ଦିରରେ ଅଛନ୍ତି, ପ୍ରତିଦିନ ସନ୍ଧ୍ୟା ସମୟରେ ବକ୍ତେ ଠାକୁର ପ୍ରସାଦ ହବିଷ୍ୟାନ୍ନ। ବୁଢ଼ା ଛାମୁକରଣ ବି ସେହିଠାରେ ଥା'ନ୍ତି। ପ୍ରତିଦିନ ସନ୍ଧ୍ୟାଠାରୁ ଅଧରାତି ଯାଏଁ ଭାଗବତ ପାଠ ହୁଏ। ମା ସାଆନ୍ତାଣୀ ଦିନଯାକ ଠାକୁର ଆଗରେ ଆଖିବୁଜି ବସି ମାଳ ଗଡ଼ାଉଥାନ୍ତି। ଦିନେ ପଟ୍ଟନାୟକେ ସାଆନ୍ତାଣୀଙ୍କୁ କହିଲେ, "ଆଜ୍ଞା, ଶୁଣିଛନ୍ତି, ବାବୁଙ୍କ ମଙ୍ଗଳକୃତ୍ୟ ବଢ଼ିବାର ସଭାରେ ସ୍ଥିର ହେଲା। ମୁଁ କହୁଛି, ହେଉ ବୋହୂ ସାଆନ୍ତାଣୀ ଆସିଲେ ଅବା ଘରକରଣାଟା ସମ୍ଭଳାସମ୍ଭଳି କରିବେ।" ମା ସାଆନ୍ତାଣୀ ଆଁ ଟା କରି ପଟ୍ଟନାୟକ ମୁହଁକୁ ଘଡ଼ିଏ ଯାଏ ଚାହିଁଲେ, ତହିଁ ଉତ୍ତାରେ ପଚାରିଲେ - "ଆ - କନ୍ୟା, ?" ପଟ୍ଟନାୟକେ କହିଲେ, "ଆଜ୍ଞା, ମୁଁ ନିଜେ ସେ କଥା ବୁଝିବାକୁ ଯାଇଥିଲି, ବାବୁ ଜବାବ ଦେଲେ, ଦେଶୀ କନ୍ୟାଗୁଡ଼ିକ ଅଶିକ୍ଷିତା, କୁସଂସ୍କାର ଅସଭ୍ୟତାରେ ବୁଡ଼ିଛନ୍ତି, ଲୁଗା ଖଣ୍ଡେ ପିନ୍ଧି ଜାଣନ୍ତି ନାହିଁ, ଅଧାଲଙ୍ଗଳୀ ହୋଇଥାନ୍ତି, ମୁହଁ ଢାଙ୍କି ମୂଷା ପରି ଗାତରେ ଲୁଚିଥାନ୍ତି ! କଲିକତାରେ ପରା କନ୍ୟା ଠିକ୍ ହେଲାଣି।" ମା ସାଆନ୍ତାଣୀ ପାଠ କରି 'ରାଧେକୃଷ୍ଣ, ରାଧେକୃଷ୍ଣ' କହି ତୁନି ହେଲେ। ହାତ ଯୋଡ଼ି ଠାକୁରଙ୍କୁ ଅନାଇଥାନ୍ତି, ଦୁଇ ଆଖିରୁ ଯୋଡାଏ ଧାର ବହି ଯାଉଛି। ପଟ୍ଟନାୟକେ ପୁନର୍ବାର କହିଲେ, "କଲିକତାକୁ ବରଯାତ୍ରୀ କିଏ କିଏ ଯିବେ, କି କି ରୋଷଣି କେତେ ତୟାର ହେବ ପଚାରିଥିଲି। ବାବୁ ଠୋ ଠୋ ହସି ଉଠି କହିଲେ, 'ଅସଭ୍ୟତା, ଅସଭ୍ୟତା, କୁସଂସ୍କାର ! ତୁମେ ତ ଇଂରାଜୀ ଜାଣନା, ଦେଖି ବି ନାହଁ, ସଭ୍ୟ ବିବାହ କଥା କିପରି ଜାଣିବ ? ରୋଷନି ଆଉ ଆଉ ଖରଚ କଥା ଯେ କହିଲ, ତୁମ୍ଭମାନଙ୍କ ପରି ଅଶିକ୍ଷିତ ଲୋକେ କେତେ ଜମିଦାର ଘର ବୁଡାଇଲେଣି ବିହାର-ବିବାହ ବ୍ୟୟ ସଂକ୍ଷେପଣୀ ସଭାକୁ ଇଂରେଜୀ ଅଫିସିଏଲ ଚିଠି ଯାଇଛି, ସେଠାରୁ ଯେପରି ବ୍ୟବସ୍ଥା ଆସିବ, ସେହିପରି ବିଭା ହେବ।' ମୁଁ ଆଉ କିଛି କହିଲି ନାହିଁ, ସବୁବେଳେ ମିଜାଜ୍‌ଟା ଚଢ଼ି ରହିଛି, କାଚକୁମ୍ପାଗୁଡ଼ାକଂ ଓଳି ତଳେ ଗଣ୍ଡା ଗଣ୍ଡା ଗଡୁଛି।"

ସଭାର ସଭ୍ୟମାନଙ୍କୁ ସାଙ୍ଗରେ ଧରି ବାବୁ କଲିକତା ଚାଲି ଗଲେଣି। କଲିକତା ଗୋଟିଏ ବିଚିତ୍ର ଜାଗା। ଟଙ୍କା କାଢ଼, ମା ବାପା ଛଡ଼ା ସବୁ ମିଳିବ। ଖିଦିରପୁର ଗାର୍ଡ଼ନରିଚରେ ଗୋଟାଏ ବଡ଼ ଦୋତଲା ଘରେ ଝାଡ଼ ଲଣ୍ଠନ ଦେବାଲଗିରି ଶହେଖଣ୍ଡ ଦିନ ଆଲୁଅ ପରି ଜଳୁଛି, ତଳେ ଗାଲିଚା, ଶତରଞ୍ଜି ବିଛଣା। ରାତିରେ ଦୁଇ ତାଇଫା' ଖେମଟା ନାଚ। ଦୀୟତଂ-ପୀୟତଂ ଲାଗିଛି। ଆଖ ପାଖ ବଜାର ଲୋକେ ଜାଣିଲେ, ଓଡ଼ିଶାର ଗୋଟିଏ ରଜାପୁଅର ବିଭାଘର।

୧। ପତ୍ରିକାପାଠ- କାଚଶିଶିଗୁଡ଼ାକ

୨ । ପ୍ରଚଳିତପାଠ- ତରଫରୁ

କନ୍ୟାଟିର ନାମ ନୟନତାରା-ଦୁଃଖପାଶୋରା। ବାବୁ ଶୁଣିଥଲେ, ମଧ୍ୟ ପ୍ରତ୍ୟକ୍ଷ ଦେଖିଲେ। କନ୍ୟା ସୁନ୍ଦରୀ, ସଭ୍ୟା, ସ୍ୱାଧୀନ, ଶିକ୍ଷିତା। ଜମିଦାର ବାବୁ ବିମୋହିତ ହୋଇ ଗଲେଣି। ମନେ କଲେ, ସ୍ୱର୍ଗରୁ ଦେବକନ୍ୟାଟିଏ ଓହ୍ଲାଇ ଆସିଛି। ଦିନରାତି ଗିଲାସ ହାତରୁ ଛାଡ଼ ନାହିଁ। ଚାରିଦିନ ହେଲା ବରକନ୍ୟା ମଧ୍ୟରେ ପୂର୍ବାଳାପ ଅର୍ଥାତ୍ Courtship ଚାଲିଛି। ବଗି ଚଢ଼ି କେତେ ଜାଗା ବୁଲି ଆସିଲେଣି। କନ୍ୟା ବାପ ମାଙ୍କୁ ଏଇଟା ଭଲ ଲାଗୁନାହିଁ। କାଳେ ଜମିଦାର ପୁଅଟା ହାତରୁ ଖସିଯିବ, ସେହି ଡରରେ କିଛି କହି ପାରୁନାହାନ୍ତି। କନ୍ୟାର ଜାତି କୁଳ ଘର ବିଷୟ କେହି ସନ୍ଧାନ କରି କିଛି ଠିକଣା ପାଇଲେ ନାହିଁ।

ଗଳ୍ପ ଲେଖକମାନଙ୍କୁ ସମସ୍ତ ବିଷୟ ସନ୍ଧାନ କରି ନିରୋଳ ସତ୍ୟ କଥାଗୁଡିକ ଲେଖିବାକୁ ହୁଏ। ଆମ୍ଭେମାନେ ବହୁତ ଅନୁସନ୍ଧାନ ଯୋଗରେ ଏହିପରି ପରିଚୟ ପାଇଅଛୁ। ଆସାମ ଚା' ବଗିଚା ମେନେଜର ସାହେବ ଗୋଟାଏ କୁଲି ଟୋକାକୁ ବବୁର୍ଚି କାମରେ ବାହାଲ କରିଥିଲେ, ତା ନାମ ମକ୍ରା ମଳିକ। ସେ ବଢ଼ି ବଢ଼ି ପଦୋନ୍ନତିରେ ହେଲା ଖାନସମା। ସେହି ବଗିଚାରେ ୩୦/୪୦ବର୍ଷ ହେଲା ସାହେବମାନଙ୍କ ପାଖରେ ଅଛି। ଗ୍ରାମ, ଘର, ଜାତି, କୁଳ କିଛି ଜଣା ନାହିଁ- କୁଆଡ଼େ ବା ଯିବ ? ସେହିଠାରେ ଗୋଟିଏ କୁଲିଆଣୀକୁ ବାହା ହେଲା। ବାହା ହେଲା ହଁ, ଢେର୍ ଦିନଯାଏ ସନ୍ତାନ ମୁଖ ଦେଖିଲା ନାହିଁ। ତ୍ରିନାଥ ମେଳା, ସୁକୁଟୁନି ପୂଜା, ଗ୍ରାମଦେବତୀ ମାଜଣା, ଦୁଇଜଣଯାକ ଢେର୍ ଢେର୍ ଧର୍ମ କାର୍ଯ୍ୟ କଲେ। ଦରବୁଢା ବୟସରେ ଗୋଟିଏ କନ୍ୟା ଜାତ ହେଲା, ବୁଢ଼ାବୁଢ଼ୀ ଭାରି ଖୁସି। ମା ଝିଅର ନାମ ଦେଲେ, ନୟନତାରା-ବାପ ଡାକିଲେ ଦୁଃଖପାଶୋରା - ଶେଷରେ ନାମ ହେଲା ନାୟନତାରା - ଦୁଃଖପାଶୋରା। କନ୍ୟାଟି ଦିନକୁ ଦିନ ବଢ଼ିଲା। ଚା ବଗିଚା ପାଖରେ ଗୋଟିଏ ସ୍କଟିଶ୍ ବ୍ୟାପଟିଷ୍ଟ ଅର୍ଫେନ ବାଳିକା ସ୍କୁଲ ଥିଲା। ମିସ ଡଗଲସ ମିଷ୍ଟ୍ରେସ୍। ମା ବାପ ଭାରି ଶ୍ରଦ୍ଧା, ଭାରି ଖୁସିରେ କନ୍ୟାଟିକୁ ମୋଜା ଜୋତା ସେମିଜ ଜାକେଟ ପିନ୍ଧାଇ ଦେଇ ସ୍କୁଲ ଛାଡ଼ିଲେ। କନ୍ୟାଟି ବଢ଼ି ବଢ଼ି ପାଠ ପଢ଼ି ପଢ଼ି ତେର ବା ଚଉଦ ବର୍ଷ ହେଲାଣି। କନ୍ୟାଟି ସ୍କୁଲରୁ ଆସି ମା ବାପ ପାଖରେ ଢେର ଇଂରାଜୀ କଥା କହେ, ମୋଜା ବୁଣା ଦେଖାଏ, ଗୀତ ଗାଏ, ନାଚେ। ଖୁବ୍ ସ୍ୱାଧୀନା। ପୁରୁଷଗୁଡ଼ାଙ୍କୁ ଖାତର କରେ ନାହିଁ। ଏଣେ ମା ବାପ ମୁଣ୍ଡରେ ଉକୁଣି କାମୁଡ଼ିଲାଣି, କିମିତି ବାହା ଦେବେ। ଛୁଟି ନେଇ କଲିକତା ଆସିଲେ, ଢେର ଖୋଜାଖୋଜି କଲେ; ମାତ୍ର ବାପ ମା'ର ଜାତି କୁଳ, ଦେଶର ପତ୍ତା ନ ଲାଗିବାରୁ ବର ଯୁଟିଲା ନାହିଁ। ପ୍ରଜାପତି ଘଟସୂତ୍ର, ଜଣେ ଦଲାଲ ଠିକଣା ଲଗାଇ ଦେଲା। ସେହି ଦଲାଲ ବାବୁଙ୍କୁ ଜଣାଇଲା, "ଆପଣ ଜମିଦାର, କଲିକତା

ସହରରେ ଭାରି ନାମ ଡାକ। ସେହିପରି ମର୍ଯ୍ୟାଦାରେ ବିଭାଘର ହେବ। ବାବୁ ଝୁଙ୍କି ଝୁଙ୍କି କହିଲେ, "ଅବଶ୍ୟ, ଅବଶ୍ୟ, ନିଶ୍ଚୟ।" ମେନେଜର ବାବୁ, "ଟଙ୍କା ନାହିଁ ଯେ।" ଦଲାଲ କହିଲା, "ଏ କଣ ଗୋଟାଏ କଥା ? ବାବୁଙ୍କର ପୁଣି ଟଙ୍କାର ଅଭାବ ? ବାବୁ ଆଜ୍ଞା କରନ୍ତୁ, ଏଇଲାଗେ ଦଶ ହଜାର ଟଙ୍କା ଆଣିଦେବି।" ଟଙ୍କା ନାମ ଶୁଣି ବାବୁଙ୍କର ଟିକିଏ ହୋସ୍ ହେଲା, ଶୁଣି ମନ ଖୁସି, ସଳଖି ବସିଲେ। କଲିକତାରେ ମହାଜନ ଅଭାବ କଣ ? ଖୁବ୍ କାଏଦା କଟକଣାରେ ଜମିଦରୀ ଲେଖି ନେଇ ଦଶ ହଜାର ଟଙ୍କା ଦେବାକୁ କହିଲା। ଦଲିଲ ରେଜେଷ୍ଟରୀ କରିବାକୁ ତର ସହୁ ନାହିଁ, ଜଲଦି ଟଙ୍କା ଆଣ। କଲିକତାରେ ଅନେକ ବାବୁ ଅର୍ଥାତ ପୂର୍ବ ସଭାର ସଭ୍ୟମାନେ, ଆଉ ଖିଦିରପୁର ବଜାରର ଛୁଟକୁରିଆ ବଢିଆ ସମସ୍ତ ଦୋକାନୀ ନିମନ୍ତ୍ରିତ ହୋଇ ଗଲେ। ନାନାପ୍ରକାର ମିଷ୍ଟାନ୍ନ, ନାନାପ୍ରକାର ପେୟ, ଆସନ, ଦାନ୍ତଖୁଣ୍ଟା ପର୍ଯ୍ୟନ୍ତ ଧରି ଠିକାଦାର ହାଜର। ତିନି ଦିନଯାଏ ନାଚ ତାମସା ପିଆର ଖୁବ୍ ଧୁମ୍ ଲାଗିଛି।

କରଜ ଦଶ ହଜାର ଟଙ୍କାରୁ କାହିଁରେ କେତେ ଟଙ୍କା ଖରଚ ହେଲା, ଆମ୍ଭେମାନେ ସେଥିର ହିସାବ ଦେଇ ପାରିବୁ ନାହିଁ, କାରଣ ସେଥିର କିଛି ଲେଖା- ଲେଖି ନାହିଁ। ମେନେଜର ହରିବୋଲ ବାବୁଙ୍କ ହାତରେ ତହବିଲ। ନାନା କାର୍ଯ୍ୟରେ ବ୍ୟସ୍ତ ଏବଂ ଜମିଦାରଙ୍କ ସ୍ୱାସ୍ଥ୍ୟ ନିମନ୍ତେ ସଭ୍ୟଦେଶ ନିୟମାନୁସାରେ ପାନର ମାତ୍ରା କିଛି ବଳି ପଡ଼ିବାରୁ ଖର୍ଚ୍ଚ ଟଙ୍କାର ହିସାବ ରଖିବାକୁ ବେଳ ପାଇ ନାହାନ୍ତି।

ବିବାହ ଶେଷ। ଜମିଦାର ଜମିଦାରାଣୀ ଦେଶସ୍ଥ ସଭ୍ୟମାନଙ୍କୁ ଧରି ଦେଶକୁ ବାହୁଡିଲେ। ବର କନ୍ୟା ଉଆସ ମଧ୍ୟକୁ ପ୍ରବେଶ ବେଳେ ଉଆସର ପୋଇଲି ପଞ୍ଚା, ଗ୍ରାମର ଭଲ ଭଲ ଲୋକ ଘର ବୋହୂ ଝିଅମାନେ ଗୋଟିଏ ନୂଆ କୁଲାରେ ସେରେ ଅରୁଆ ଚାଉଳ, ଦୁବ, ବରକୋଳି ପତ୍ର ଦେଇ ତାହା ଉପରେ ଘିଅ ଦୀପଟିଏ ଥୋଇ ବର କନ୍ୟା ବନ୍ଦାଇ ନେବାକୁ ଆସିଲେ। ଶଙ୍ଖ ହୁଳହୁଳି ଶୁଣି ଜମିଦାର ଭାରି ରାଗିଯାଇ "କୁସଂସ୍କାର, କୁସଂସ୍କାର, ଅସଭ୍ୟତା" କହି ଭାରି ଗୋଟାଏ ପାଟି କଲେ। ସ୍ୱାମୀଙ୍କ ଦେଖାଦେଖି କନ୍ୟା ମଧ୍ୟ "ଏହା ନିତାନ୍ତ ବଡ଼ କୁସଂସ୍କାର ଅଛି, ଏହା ଅସଭ୍ୟତା" କହି ଠୋ ଠୋ କରି ହସି ଉଠିଲେ। ଗାଁ ଭୁଆସୁଣି ଗୁଡ଼ାକ ଏସବୁ ଦେଖି ଶୁଣି ଛାନିଆରେ ଡରରେ ଘୃଣାରେ କୁଲାଟା ତଳେ ଥୋଇ ଦେଇ ଯେ ଯାହା ଘରକୁ ପଳାଇଲେ।

ପୁଅ ବୋହୂ ହାତ ଧରାଧରି ହୋଇ ମା ସାଆନ୍ତାଣୀଙ୍କ ସହିତ ସାକ୍ଷାତ୍ କରିବାକୁ ବାହାରିଲେ। ମା ତେତେବେଳେ ଠାକୁରଙ୍କ ଆଗରେ ମାଳିଟି ହାତରେ ଧରି ଆଖି ବୁଜି ବସି ଫୁସ୍ ଫୁସ୍ 'ହରେ କୃଷ୍ଣ' ନାମ ଜପୁଛନ୍ତି। ବୋହୂର ଗୋଡ଼ରେ ଲେଡ଼ିଯୋତା ଏଡ଼ିର ଠକ୍ ଠକ୍ ଶବ୍ଦ ଶୁଣି, ଚମକି ପଡ଼ି ଠିଆ ହୋଇଗଲେ। ବୋହୂ ଟିକିଏ ହସି ହସି 'ଓ ଆମ୍ଭର ପ୍ରିୟ ଶାଶୁ !ନମସ୍କାର -ନମସ୍କାର।'କେମନ୍ତ କର ଆପଣ କର' କହି ହାତ ବଢାଇ ଯେମନ୍ତ ଶାଶୁ

ପାଖକୁ ଚାଲିଗଲେ, ବୁଢ଼ୀ ତ 'ଛୁଁ -ନା-ଛୁଁ -ନା -ଛୁଁ ନା - ଆରେ କିଏ ଅଛି ରେ, ମନ୍ଦିର ଅପ୍ରତିଷ୍ଠା ହେଲା ରେ, ବାହାର କରି ଦିଅ ରେ' ବୋଲି ରଡ଼ି ଛାଡ଼ିଲେ। ଜମିଦାର ବାବୁ ମିସେସ୍ ମହାପାତ୍ରଙ୍କ ହାତ ଧରି ଭିଡ଼ି ନେଲେ। ଭାରି ଖପାଟାଏ ହୋଇ କହିଲେ, "ଅସଭ୍ୟତା, ମୂର୍ଖତା, ଭାରି କୁସଂସ୍କାର ! ଓହୋ ! ଲେଡ଼ିକୁ ଇନସଲଟ।" ସେହି ମୂହୁର୍ତ୍ତରେ ମା ସାଆନ୍ତାଣୀ ବିଶ୍ୱାସୀ ପୋଇଲି ରାଧୀ ଆଉ ଗୋଟିଏ ପୁଟୁଳି ଧରି ଘରୁ ବାହାରି ଗଲେ ପୁରୀ। ମାତା ମଠରେ ରହିଥିବାର ଆଠ ଦିନ ବାଦ ସମ୍ବାଦ ଆସିଲା।

କେହି ବାଧା ଦେବାକୁ ନାହିଁ, କେହି କିଛି କହିବାକୁ ନାହିଁ, ସ୍ୱାଧୀନ ଭାବରେ କୁସଂସ୍କାର ନିବାରଣ ଆଉ ଦେଶ ଉଦ୍ଧାର ବିଷୟରେ ଲାଗି ପଡ଼ିଛନ୍ତି। ରାତି ସାରା ବକ୍ତୃତା ଓ ପାନାହାରରେ କଟିଯାଏ, ଶୋଇବାକୁ ବେଳ ମିଳେ ନାହିଁ। ମିସେସ୍ ମହାପାତ୍ର ବି ସଭାରେ ଛିଡ଼ା ହୋଇ କେତେଥର ବକ୍ତୃତା କଲେଣି। ଦିନଯାକ ଶୋଇଥାନ୍ତି, ପ୍ରଜା ପାଠକ କେହି ଗୁହାରିଆ ଆସିଲେ ଭେଟ ପାଏ ନାହିଁ। ଯଦି ଭେଟ ମିଳେ, ଏକ ଜବାବ, "ମେନେଜର ପାଖକୁ ଯାଅ।"

କେହି ବୋହୂସାଆନ୍ତାଣୀ ବୋଲି କହିଲେ ଜମିଦାର ବାବୁ ଭାରି ଖପା ହୋଇଯାଆନ୍ତି। ନାମ ହୋଇଛି, ମିସେସ୍ ମହାପାତ୍ର। ମାତ୍ର ପୋଇଲିମାନେ ଆଉ ମୂର୍ଖ ଚାକରଗୁଡ଼ାକ ଠିକ ନାମ ଧରି ଡାକି ପାରନ୍ତି ନାହିଁ। କେହି କହେ କିସ୍ ମିସ୍ ମହାପାତ୍ର - କେହି କହେ ମିସ୍ତ୍ରୀ ମହାପାତ୍ର - କେହି ଡାକେ ଫିସ୍ ଫିସ୍ ମହାପାତ୍ର। କିନ୍ତୁ ସେଥିରେ ମନା ନାହିଁ, ବରଞ୍ଚ ମିସେସ୍ ମହାପାତ୍ର ହସି ପକାଇ ବଡ଼ ଖୁସି ହୁଅନ୍ତି।

ମିସେସ୍ ମହାପାତ୍ର ପ୍ରାତଃ କାଳରେ ଚା ଖାଇଲା ବାଦ ପୋଷାକ ପିନ୍ଧି ଉଆସ ଚଉପିଠି ବଗିଚା ଆଉ ଆଗ ଦାଣ୍ଡରେ ପ୍ରାତଃଭ୍ରମଣ କରି ଆସନ୍ତି। ଦିନେ ବବୁର୍ଚିଖାନା ତଦାରକ କରିବାକୁ ଚାଲିଗଲେ। ତେତେ- ବେଳେ ପୋଇଲି ପରୀ ହାଣ୍ଡିଏ ଗୋବର ପାଣି ଧରି କନା ଖଣ୍ଡିକରେ ଚୁଲୀ ଲିପୁଥିଲା, ଯୋତାର ଠକ ଠକ ଶବ୍ଦ ଶୁଣି ଯିମିତି ମୁହଁ ବଙ୍କାଇ ପଛକୁ ଚାହିଁ ଦେଇଛି, ଭାରି ପାଟିଟାଏ କଲା, " ଆଲୋ ମୋ ମା ଲୋ! ଆଲୋ ମୋ ବାପା ଲୋ! ଯୋତା ମାଡି ହାଣ୍ଡିଶାଳରେ ପଶିଲା ଲୋ! ହାଣ୍ଡିପାଗ ମାରୁ ଗଲା ଲୋ !" କନା ଖଣ୍ଡ ଫୋପାଡି ଦେଇ ଏକମୁହାଁ ଧାଇଁଛି। ଆଉ ଉଆସରେ ତାକୁ କେହି କେବେ ଦେଖି ନାହିଁ। ଏଣେ ମିସେସ୍ ମହାପାତ୍ର 'ଉଆ ଉଆ ଉଆ' କହି ଅନ୍ୟ ଆଡକୁ ଧାଇଁଛନ୍ତି, ମୁହଁରେ ରୁମାଲ ଯାକି ନ ଥିଲେ, କେଜାଣି ବାନ୍ତି କରି ପକାଇଥାନ୍ତେ। ଏକାବେଳକେ ଶିଶିଏ ଲେଭେଣ୍ଡର ଦେହଯାକ ଢାଳି ହେବାରୁ ଟିକିଏ ସାବ୍ୟସ୍ତ ହେଲେ। ଗୋରୁଗୁହ ବବର୍ଚିଖାନାରେ ଢଳା ଯାଇଛି, ଜମିଦାର ଶୁଣି ଭାରି ଖପା; ମୂର୍ଖତା, ଅସଭ୍ୟତା, କୁସଂସ୍କାର! ସେ ଘରେ ରୋଷେଇ ହେଲେ ଲେଡିଙ୍କୁ ଖାନା ରୁଚିବ ନାହିଁ, ବାନ୍ତି କରି ପକାଇବେ। ଚାରି ବୋତଲ ଫେନାଇଲ ଘରସାରା ଢଳାଗଲା।

ଗଳ୍ପସ୍ୱଳ୍ପ: ପ୍ରଥମ ଭାଗ -:- ୯୩

ଏହି ପରି ଆଠ ଦଶ ମାସ ଗଲା ବାଦେ ଦିନେ କରଣମାନେ ମେଳି ବାନ୍ଧି ଆସି ମେନେଜରର ପାଖରେ ଜଣାଇଲେ, "ଖମାର ସବୁ ଖାଲି ପଡ଼ିଛି, ଗୋରୁ ମଇଁଷି ପଲରେ ଲାଙ୍ଗୁଡ ଖଣ୍ଡେ ବି ନାହିଁ, ପାଞ୍ଚ ବାଟି ହାତ ଚାଷ ପ୍ରଜା ଲଗାଇ ଦେଇ ଯେଉଁ ସଲାମୀ ମିଳିଥିଲା ତାହା ଆସି ସରିଲାଣି, ଆଉ ଏବେ କାହୁଁ ଖରଚ ଯୋଗାଇବୁଁ ? "ମେନେଜର ତୁରନ୍ତ ଜବାବ ଦେଲେ, "ମାରିପିଟି ପ୍ରଜାଙ୍କଠାରୁ ଆଗତୁରା ବର୍ଷକର ଖଜଣା ଅସୁଲ କର।"'କୁମ୍ଭୀର ଖୋଜେ ଗୋଳିଆ ପାଣି, 'ଅମଲାମାନେ ଆନନ୍ଦରେ 'ଆଜ୍ଞା' କହି ଦଣ୍ଡବତ ହୋଇ ଚାଲିଗଲେ।

ଆଉ ଦୁଇ ମାସ ବାଦେ କାର୍ତ୍ତିକ କିସ୍ତି ଟଙ୍କା ଦାଖଲ ନ ହେବାରୁ ତାଲୁକ ନିଲାମରେ ଚଢିବାର କଟକରୁ ଜବାବ ଆସିଲା। ଠିକ୍ ସେହିଦିନ କଲିକତା ମହାଜନ ଦଶ ହଜାର ଟଙ୍କା ମୂଳକୁ କଳନ୍ତର ଖର୍ଚ୍ଚା ଓଗେର ଭିଡି କୋଡିଏ ହଜାର ଟଙ୍କାପାଇଁ ଡିକ୍ରୀଜାରି ପିଆଦା କଲିକତା ହାଇକୋର୍ଟରୁ ଆସି ଚଳନ୍ତି ଅଚଳନ୍ତି ଯାନାସନ ସମସ୍ତ କ୍ରୋକ କରି ପକାଇଲା।

ସଖାଳୁ ଉଠି ମିଷ୍ଟର ଓ ମିସେସ୍ ମହାପାତ୍ର ବଗଲା - ବଗଲୀ ପରି ବସିଛନ୍ତି ; ଜନ ପ୍ରାଣୀ ପାଖରେ ନାହିଁ। ସଭାର ସଭ୍ୟମାନେ ଆଗରୁ ଏକ ଘରିଆ ହୋଇଥିଲେ, ଗୋବରପାଣି ପିଇ ଜାତିରେ ଉଠିଛନ୍ତି। ଆଉ କି ଆସିବେ ? ବେଳ ବୁଡିବାକୁ ବସିଲାଣି। ମିଷ୍ଟର ଓ ମିସେସ୍ ଦୁଇଜଣ ଭୋକରେ ଛଟପଟ ହେଉଛନ୍ତି। ସଞ୍ଜ ଲାଗିଲା ବେଳକୁ ମିସେସ୍ ମହାପାତ୍ର ବହୁ କଷ୍ଟରେ ଖଣ୍ଡେ ଅଳଙ୍କାର କାଢିଦେଲେ, ବିକିବାକୁ ଯାଇ ଦେଖିଲେ, ପିତଳ ଗିଲଟି ! ଖଣ୍ଡିଏ, ଆଉ ଖଣ୍ଡିଏ ଦେଖାଗଲା, ସବୁଗୁଡାକ ଗିଲଟି ! ବିଭାଘର ସମୟରେ ଅଢ଼େଇ ହଜାର ଟଙ୍କାର ଗହଣା କିଣା ଯାଇଥିଲା, ସବୁଗୁଡ଼ାକ ଗିଲଟି ! ଏତେବେଳେ ଦୁଇ ଜଣଙ୍କର ଚେତା ବସିଲା। ଆଉ ଡିକ୍ରୀଜାରି ପିଆଦା ଜୁଲମରେ ଘରେ ରହିପାରିଲେ ନାହିଁ। ରାତି ଅନ୍ଧାରରେ କାହିଁ ଅନ୍ତର୍ଦ୍ଧାନ !

ପାଞ୍ଚ ଛ' ବର୍ଷ ବାଦେ ଜମିଦାର ବାବୁ ତାଙ୍କ ଶଶୁର କାମରେ ଆସାମରେ ଖାନସମାଗିରି କାମ କରୁଥିବାର ଦେଶରେ ଶୁଣାଗଲା।

ବିରେଇ ବିଶାଳ

ମୁକୁନ୍ଦପୁରରର ମଙ୍କୁ ବିଶାଳ ଆଉ ତା ଭାର୍ଯ୍ୟା ବୁଢ଼ୀ ସନ୍ନିପାତ ବେମାରିରେ ଆଗ ପଛ ମାସକ ଭିତରେ ଚାଲିଯିବାବେଳେ ଗୋଟିଏ ମାତ୍ର ପୁଅ ବିରେଇର ବୟସ ହୋଇଥିଲା ପାଞ୍ଚ ବର୍ଷ। ଲଙ୍ଗଳା ପିଲାଟା କିଛି ବୁଝେ ନାହିଁ। ବାପ ମାଙ୍କୁ କୋକେଇରେ ଘେନି ଯିବା ବେଳେ ଦାଣ୍ଡରେ ଭୁଇଁରେ ଗଡ଼ି 'ବାପା ଲୋ' 'ମା ଲୋ' ବୋଲି ଡକା ପାରୁଥାଏ। ଘରେ କେହି ନାହିଁ, କିଏ ବା ପିଲାଟାକୁ ସମ୍ଭାଳି ନେଉଛି ? ବାର ମାସିଆ ମୂଲିଆ ତିନି ଜଣ ଥିଲେ ସତ; ହେଲେ ସେମାନେ କଣ ଜାଣନ୍ତି, କଣ କରିବେ ? ତେବେ କଣ ବିରେଇ ଅନାଥ ହୋଇ ଯିବ ? ନାହିଁ ନାହିଁ, ତିନି ପୁରୁଷର ଭିନେ ହେଲା ଭାଇ, ଲେଖାରେ ବିରେଇର ଖୁଡୁତା ଜେଜୁତା ଆଉ ମଉସା ପିଉସାମାନେ ଶୁଣି ଧାଇଁ ଆସିଲେ। ସେମାନଙ୍କର ଦୟାର ଶରୀର, ବିରେଇର ବିକଳ କାନ୍ଦଣା ଶୁଣି ଧାଇଁ ଆସିଲେ। ସମସ୍ତେ ଏକାବେଳକେ ପିଲାକୁ ଝାଡ଼ିଝୁଡ଼ି ଦେଇ କାଖେଇ ନେବା ଲାଗି ଟଣାଟଣି କଲେ। ଟଣା ଓଟରାରେ ପିଲାକୁ ବାଧିଲାଣି, ଆହୁରି ଅଧିକ ବିକଳ ଡକା ପକାଉଥାଏ। ସେ କଥା ଶୁଣୁଛି ବା ବା କିଏ ? ଦାଦି ପିଉସା ମଉସା ମଧରେ ବୋଲାବୋଲି ହୋଇଗଲା। ସମସ୍ତେ କହୁଛନ୍ତି, "ମୁଁ ଥାଉଁ ଥାଉଁ ପିଲାକୁ ପାଳିବାର ଆଉ କାହାର ଅଧିକାର ?" ଗୋଳମାଳ ଶୁଣି ଗାଁ ଲୋକେ ବି ରୁଣ୍ଡ ହୋଇଗଲେଣି। ଛୁଆଟା ସମସ୍ତଙ୍କ ମୁହଁକୁ ଚାହୁଁଛି--ସମସ୍ତେ ତ ଅଛନ୍ତି, ମା ବାପା କାହାନ୍ତି ? ଏତିକିବେଳେ ପହଞ୍ଚିଗଲେ ପିତେଇ ପାତ୍ରେ, ମାମୁଁ। ଧଇଁ ସଇଁ ହୋଇ ଧାଇଁଛନ୍ତି। ଦୂରରୁ ଡାକିଦେଲେ, "ଛାଡ଼ ଛାଡ଼, ଅଲଗା ହୋଇଯାଅ, ଛେଉଣ୍ଡକୁ ପାଳେ କିଏ ? ପାଳେ ତ ବାପର ମା; ଆଉ ପାଳେ ତ ମାର ମା। ମା'ର ମା ଆଈ ନାହିଁ ସତ !ମାଇଁତ ଅଛି ! ଯେଉଁ ପିଲାର କେହି ନାହିଁ, ତାକୁ ପାଳିବମାଇଁ! ତା'ମାଇଁ ତିନି ଦିନ ହେଲା ଅନ୍ନ ଜଳ ଛୁଇଁ ନାହିଁ। ପିଲାଟା ଲାଗି ଡକା ପକାଇଛି। ଦୂତୀ ଅପା ଘଟକିବା ବେଳେ ବାର ବାର କହି ଯାଇଛି, ବିରେଇକୁ ତା'ମାଇଁ ପାଳିବ। ଗୋଟାଏ କାମରେ ଆଉ ଗୋଟାଏ ଗାଁ କୁ ବାହାରି ଯାଇଥିଲି, ଏଣେ ଏତେ କଥା ହୋଇ ଗଲାଣି, ମୋତେ ଜଣା ନାହିଁ। ନୋହିଲେ ସମସ୍ତଙ୍କୁ ମୁକାବିଲା

କରାଇ ଦେଇଥାନ୍ତି।" ପଞ୍ଚୁଆତି ବସିଲା, ସମସ୍ତେ ରଫା କରି ଦେଲେ। ପିଲାକୁ ପାଳିବା ମାମୁଁର ଅଧିକାର। ଲୋକଙ୍କ ମୁହଁରୁ କଥା ବାହାରିଛି କି ନାହିଁ, ମାମୁଁ ତ ଚିଲ ପରି ଝାମ୍ପ ମାରି ପିଲାକୁ କାଖେଇ ଘରକୁ ଧାଇଁଲେ। ବିରେଇ ମାମୁକୁ କେଭେ ଦେଖିନାହିଁ। ନୂଆ ମଣିଷଟା କାହିଁ ଘେନିଯିବ ବୋଲି 'ମା ଲୋ' 'ମା ଲୋ' କରି ଆହୁରି ଡକାପାରୁଥାଏ। ମାମୁଁ ବିରେଇକୁ ଘେନି ଯାଇ ମାଇଁ ଗୁରୁବାରୀ ଜିମା କରିଦେଲେ, ତୁନି ତୁନି ଢେର ଗୁଡାଏ କି କଥା କହିଲେ। ମାଇଁମୁରୁକି ମୁରୁକି ହସି ହସି କହିଲେ, "ଆରେ ବିରେଇ ଆ, ଚଣ୍ଡୀ ସଙ୍ଗରେ ଖେଳିବୁ।" ଖଣ୍ଡିଏ ପୋଡ଼ପିଠା, ଚିମୁଟାଏ ଭଳି ଚିଟା ଗୁଡ଼ ହାତକୁ ବଢ଼ାଇ ଦେଲେ। ବିରେଇ ଢେର ବେଳୁଁ ଖାଇ ନ ଥିଲା, ବଡ଼ ଭୋକିଲା ଥିଲା, ତେତିକି ଖାଇ ଦେଇ ଗୁଡ଼ାଏ ପାଣି ପିଇଦେଲା।

ମାମୁ ପୀତେଇ ପାତ୍ରଙ୍କ ଘର ମାକଲପୁର। ମୁକୁନ୍ଦପୁରଠାକୁ ଅଧ କୋଶେ ଖଣ୍ଡେ ଛଡ଼ା। ଛେଉଣ୍ଡ ପିଲାଟି ଜାଣି ମାମୁ ଘରେ ପରମ ସୁଖରେ ରହିଲା, ତା ମାଲ୦ମତା ହେପାଜତ କରୁଛି କିଏ ? ପୀତେଇ ପାତ୍ରେ ଘରକରଣା ଲୋକ। ତାଙ୍କ ନିଜ ବିଷୟ ତାଙ୍କୁ ଅସମ୍ଭାଳ। ଅଧକୋଶେ ଦୂରକୁ ଆସି ପିଲାର ମାଲମତା, ଘରକରଣା ଦେଖିଯିବାକୁ ବେଳ କାହିଁ। ପାତ୍ରେ ନିହାତି ବ୍ୟାକୁଳ ହୋଇ ଗାଁ ଲୋକଙ୍କ ପାଖରେ ସବୁବେଳେ କହି ବୁଲୁଛନ୍ତି, ଏହି ଦିନ କେତେଟା ଭିତରେ ପିଲାଟାର ମାଲ ଗାଁ ଲୋକେ ଚୋରାଇ ଘେନି ଗଲେଣି। ସବୁ ମାଲଗୁଡିକ ଆପଣା ଘରକୁ ଘେନି ଯାଇ ନଜରରେ ନ ରଖିଲେ ସବୁ ବରବାଦ ହୋଇଯିବ।" ସମ୍ପତ୍ତି ମଧ୍ୟରେ କେତେ ପୌଟି ଧାନ, ହଡ଼ା ହଡ଼ି ଦି'ପୁଞ୍ଜା ! ଏ ସବୁ ନଜରରେ ରଖିବାର କଥା। ବୋଇଲା "ଜୋରୁ, ଗୋରୁ, ଧାନ-ଏ ତିନି ନଜର ଗୁଜୁରାଣ।"

୧। ନୋହିଲେ

୨। ପ୍ରଚଳିତପାଠ- ମାଲମତା

ପାତ୍ରଙ୍କୁ ଦିନବେଳେ ତର କାହିଁ ? ଅଧ ରାତିରେ ଗାଁ ଲୋକେ ଖାଇ ଶୋଇଲା ବାଦେ ପାତ୍ରଙ୍କୁ ବେଳ ମିଳେ। ନିଜର ଥୋରି ବଳଦରେ ଲଦି ପିଲାର ମାଲଗୁଡିକ ଆପଣା ଘରକୁ ଘେନି ଆସନ୍ତି। ଗାଁ ଦିଗବାର କହି ବୁଲେ, "ପାତ୍ରେ ଦଶଗୋଟା ବଳଦରେ କୋଡିଏ ଦିନ ପର୍ଯ୍ୟନ୍ତ ଧାନ ଚାଉଳ, ଲୁଗାପଟା, କଂସା ବାସନ ଚିଜବସ୍ତ ସବୁ ବୋହିଥିଲେ।" ଗାଁ ଲୋକେ ସେ କଥାକୁ ସତ ମଣିଲେ। ବିଶାଳର ଘରପରି ଘରଟାଏ ଥିଲା। ତାହାର ଚାରିଟା ମରେଇରେ ଚାଳିଶ ପଚାଶ ଭରଣ ଧାନ ମଜୁଦ ଥିଲା, ଏ କଥାଟା ସମସ୍ତଙ୍କୁ ଜଣା। ଏ ବାଦ ମକ୍କୁ ବିଶାଳ ଖାତକମାନଙ୍କୁ କୋଡିଏ ପଚାଶ ଭରଣ ସରିକି ଧାନ କରଜ ଦେଇଥିଲେ। ପାତ୍ରେ ମୂଳ କଳନ୍ତର ଅସୁଲ କରିନେଲେ, ବିଶ୍ୱାଏ ଧାନ କାହାରିକୁ ଛାଡ଼ି

ଦେଇନାହାନ୍ତି। ସେ କହନ୍ତି, "ଛେଉଣ୍ଡ ମାଲ କେମିତି ଛାଡ଼ିବେ ? ନିଜର ହେଲେ ଦଶ ଗୌଣୀ ଛାଡ଼ି ଦିଅନ୍ତେ।"

ଆଉ ପାତ୍ରେ ଗାଁ ଲୋକମାନଙ୍କ ଆଗରେ ସବୁବେଳେ କହି ବୁଲନ୍ତି, "ବିଶାଳଟା ବଡ ସାହାଖର୍ଚ୍ଚି ଲୋକ ଥିଲା। ସବୁ ଖାଇ ପିଇ ଉଡ଼ାଇ ଦେଇ ଯାଇଛି, ଛେଉଣ୍ଡଟି ଲାଗି କିଛି ରଖି ଯାଇ ନାହିଁ ଘରକରଣା ଭିତରେ ଯାହା ଥିଲା ପଲାଣ ପାଣ୍ଡି ଦିଖଣ୍ଡ, ମୁଁ ତାକୁ ସଙ୍ଗାରେ ଉଠାଇ ରଖିଛି। ପିଲାଟା ପାରିଲେ ତା ଜିମା କରିଦେବି। ମୁଁ କଣ ସେ ପଲାଣରେ ବାହିବି ? ରାମ ରାମ।"ମାଇଁପାଞ୍ଚ ମାଇକିନିଆଙ୍କ ଆଗରେ କହି ବୁଲନ୍ତି, "ମୋ ବିରେଇ ଆଗ ତ ଚଣ୍ଡୀ ପଛ। ତା ବାପର କିଛି ନ ଥିଲା ତ ନାହିଁ, ମୋର କଣ ଉଣା ଅଛି ? ବସି ବସି କୋଡ଼ିଏ ବରଷ ଖାଉ।"

ଦିନ ପାଣିସୁଅ ପରି ବହି ଯାଉଛି। ଦେଖୁ ଦେଖୁଁ ଚାରି ବର୍ଷ ଚାଲିଗଲାଣି। ଆସନ୍ତା ତୁଳା ଛ ଦିନରେ ବିରେଇର ଜନ୍ମଦିନ, ଆଠବର୍ଷ ପୁରି ଯାଇ ନ ବର୍ଷ ପଶିବ। ବିରେଇ ଆଉ ମାମୁଁ ପୁଅ ଚଣ୍ଡିଆ ଅବଧାନଙ୍କ ଚାଟଶାଳୀରେ ବସିଛନ୍ତି। ବିରେଇଟି ଧୀର, ପଢ଼ାରେ ବି ଖୁବ ମନ। ଖଡ଼ିପାଠ ମିଶାଣ ଫେଡାଣ ହରିଗୁଣ ଛିଡାଇ ରାସ ପୋଥି ଧରିଛି। ଚଣ୍ଡିଆର ତେର ବର୍ଷ ପୂରିଗଲାଣି, ହେଲେ କଣ, ଆଜିଯାଏ ଖଡ଼ିପାଠ ଓଡ଼ାଙ୍କ ବି ଛିଡ଼ିଲା ନାହିଁ। ମାଇଁର ଗୋଟିଏ ବୋଲି ଆଖି, ବଡ଼ ଗେହ୍ଲା˚ କରନ୍ତି। ମା ମୁହଁ ପାଇ ବଡ ଉତ୍ପାତିଆ ହୋଇଗଲାଣି, ଘରୁ ବାହାରିଲା ତ ପାଞ୍ଚଘରୁ ଦଶ ବୋଲଣା' ଆସିବ-ଚାଲିଲା ଶଗଡ଼ରେ ହାତ ଦିଏ। ତା ନାମରେ କେହି କିଛି ଆସି ଗୁହାରି କଲେ ମା ପୁଅକୁ ଦାବିବା˚ ଥାଉ, ଓଲଟା ଗାଁ ଲୋକଙ୍କ ସାଙ୍ଗରେ କଳି କରିବେ। ମା'ଙ୍କର ବିଶ୍ୱାସ, ଚଣ୍ଡିଆଟା ଦେଖିବାକୁ ବଡ ସୁନ୍ଦର ବୋଲି ଗାଁ ମାଇକିନିଆଏ ହିଂସାରେ ସହି ପାରନ୍ତି ନାହିଁ। ଚଣ୍ଡୀ ଚାଟଶାଳୀରେ ବଡ଼ ଗୋଳମାଳ କରେ। ଆପେ ତ ପଢ଼େ ନାହିଁ, ପିଲାମାନଙ୍କ ସାଙ୍ଗରେ ତୁଚ୍ଛାଟାରେ କଳି ଲଗାଏ, ମାରଧର କରେ। ଦିନେ ଅବଧାନେ ସହି ନ ପାରି ବେତରେ ଖୁବ୍ ପ୍ରସ୍ତେ ବାଡ଼େଇ ଗଲେ, ପିଠିରେ ଲମ୍ବ ଲମ୍ବ ନୋଳା ବସିଗଲା। ମା' ତ˚ ଦେଖି ଖୁବ୍ ଡକା ପାରି କାନ୍ଦିଲେ। ଅବଧାନଙ୍କ˚ ଚୌଦପୁରୁଷର ଶ୍ରାଦ୍ଧ କଲେ। କହିଲେ, "ମୋର କଣ ନାହିଁ ଯେ ପୁଅ ପାଠଟାଏ ପଢ଼ିବ ? ଆରେ ମୋର ଯେ ବିଷୟ ଅଛି, ତିନି ପୁରୁଷ ବସି ଖାଉ !" ଚଣ୍ଡୀର ପଢ଼ା ବନ୍ଦ। ସେ ତ ତାହା ଖୋଜୁଥିଲା। ଚଣ୍ଡୀ ଗାଁର ଦାଉରି, ଧୋଦା ଟୋକାମାନଙ୍କ ସାଙ୍ଗରେ ଦିନ ରାତି ବୁଲେ। ବାପେ କିଛି କାମ ପାଇଟିରେ ଲଗାଇଲେ, ମା ବାଘୁଣୀ ପରି ଗର୍ଜନ କରି କହନ୍ତି, "ମୋର ଦୁଧଖିଆ ଛୁଆଟା କାମ ପାଇଟି କରିବ କ'ଣ˚ ? ନଅଟା ନା ଛଅଟା ! ଗୋଟାଏ ବୋଲି ଆଖି, ସେ କଣ ଭିଡ଼ କାମ କରିପାରିବ ? ବୁଲୁଥାଉ।" ବିରେଇର ବି ପଢ଼ା ବନ୍ଦ। ମାଇଁଖପାଟାଏ ହୋଇ କହିଲେ, "ଏ ଅବଧାନଟା କିଛି ନୁହେ।

କଣ ବା ପଢ଼ାଏ, ମାସ ନ ପୁରୁଣୁ ଦୁଇ ଅଣା ପଇସା ଗଣ। ଫେର୍ କଣ ନା, ଆଜି ପଣିକିଆ ଲେଖିବ, ପୂଜା ଲୋଡ଼ା- ସେଥିରେ ଚାଉଳ, ଗୁଆଟାଏ। ଦିନ ପନ୍ଦରଟା ଯାଇନାହିଁ ତ ଓଡ଼ାଙ୍କ ଲେଖିବ, ଫେର୍ ପୂଜା ! ନା ନା, ତା ହେବ ନାହିଁ।" ଦୁଇ ଚାରି ଦିନ ବାଦେ ମାଇଁଦିନେ ମାମୁଙ୍କୁ ଡାକି କହିଲେ, "ଦେଖ ତ, ଭେଣ୍ଡିଆଟା ଦିନକୁ ତିନ ବେଳା ଠୁଙ୍କିବ, ତୁଚ୍ଛାଟାରେ ଗାଁରେ ବୁଲିବ କ୍ୟାଁ? ଗାଈରଖା ଟୋକାଟାକୁ ବାହାର କରି ଦଅ, ବିରିଆ ଗାଈ ଜଗୁ !' ମାମୁ ଟିକିଏ ମୋଡ଼ ମୋଡ଼ ହେଉଥିଲେ, ଡରରେ ପାଟି ଫିଟାଇ ପାରିଲେ ନାହିଁ। ବରେଇକୁ ଡାକ କଅଁଳେଇ କଅଁଳେଇ କହିଲେ, "ଆରେ ବାପ ବିରେଇ, ଏହି ଯେ ଗୋରୁପଲ ଦେଖୁଛୁ ଏଗୁଡ଼ାକ ସବୁ ତୋର ! ପର ଲୋକ ଉଲ ଚରାଉ ନାହାନ୍ତ, ଗାଈ ବଳଦଗୁଡ଼ାକ ହଡ଼ା ହୋଇ ଗଲେଣି। ପରଲୋକର କଣ ମାୟା ଥାଏ ? ତୁ ଯା ଥଣ୍ଡାଥଣ୍ଡା ଗଛ ମୂଳରେ ବସି ଗୋରୁ ଦି'ଟା ଦେଖିବୁ। କିଛି ମେହେନତ ନାହିଁ, ଖାଲି ଅଡ଼ାଇ ଘେନିଯିବୁ, ସଞ୍ଜବେଳେ ଆଣି ଗୁହାଳରେ ପୂରାଇଦେବୁ।' ବିରେଇ ପାଞ୍ଚଣ ଖଣ୍ଡେ ଧରି ଗୋରୁ ଚରାଇ ବାହାରିଲା। ଗାଁ ଲେକେ କିଛି କହିଲେ, ମାମୁ ଜବାବ ଦଅନ୍ତି, "ଆଚ୍ଛା ଛେଉଣ୍ଡର ଲାଞ୍ଜ ଦି'ଖଣ୍ଡ ପର ହାତରେ ପଡ଼ି ବୁଡ଼ିବାକୁ ବସିଲା, ତା ନିଜ ମାଲ ନିଜେ ଦେଖୁ।" ସତକୁ ସତ ଗୋରୁପଲଟା ଏକା ବିରେଇର। ତାହା ବାପା ମରିବାବେଳେ ମାଇ, ଅଣ୍ଡିରା– ଛଡ଼ା-ଦାମୁଡ଼ି ଦୁଇ ବୋଡି ଭଳି ଗୋରୁ ମାମୁ ଗାଁ ମଝି ଗୋହିରିରେ ଅଡ଼ାଇ ଆଣୁଥିବା ଗାଁ ଲୋକେ ସମସ୍ତେ ଦେଖିଛନ୍ତି।

୧। ପ୍ରଚଳିତପାଠ- ଗେଲ

୨। ପ୍ରଚଳିତପାଠ- ଦଶବୋଲଣା

୩। ପ୍ରଚଳିତପାଠ- ଦାଣ୍ଡିବା

୪। ପ୍ରଚଳିତପାଠ- ତା

୫। ଚୌଦପୁରୁଷଙ୍କ ସକାଶେ ନିତାନ୍ତ କୁତ୍ସିତଦ୍ରବ୍ୟ ଖାଦ୍ୟ ବ୍ୟବସ୍ଥା ଆଉ ନରକ ନାମକ ସ୍ଥାନକୁ ଯିବା ସକାଶେ ଆଦେଶ କଲେ।

୬। ପ୍ରଚଳିତପାଠ- କଣ ମ?

୧। ପ୍ରଚଳିତପାଠ- ଥଣ୍ଡେ ଥଣ୍ଡେ

ଆହୁରି ବି ଆଠ ନ' ବର୍ଷ ଗଲାଣି, ବିରେଇର ଉଛୁଣିକା ଅଠର ବର୍ଷ ବୟସ। ପିଲାଟା ନା ଆଉ କ'ଣ? ହେଲେ, କାମ ପାଇଟିକି ବଡ଼ ପାରିଲା। ମାମୁର ବାଟି ସଂଖ୍ୟା ଚାଷ, ଯୋଡ଼ାଏ ବାରମାସିଆଙ୍କୁ ଧରି ସବୁ ସମ୍ଭାଳିଛି। ଏବେ ମାମୁ ଚାଷକାର୍ଯ୍ୟଟା ତୁଚ୍ଛା ଉପରେ ଉପରେ ଦେଖନ୍ତି। ବିରେଇ ଦେଖିବାକୁ ଯେମନ୍ତ ଡୌଲ, କଥାଗୁଡ଼ାକ ବି ଖୁବ୍ ମଧୁର। ଦେହରେ ବାଘପରି ବଳ। ଦିନେ ପାଣ୍ଡେଇ ପାତ୍ର ସାନ ଝିଅ କମଳୀକୁ ଗୋଟାଏ

ମାରଣା ବଳଦ ବିନ୍ଧିବାକୁ ଗୋଡ଼ାଇଥିଲା-ବିରେଇ ବଳଦର ଲାଞ୍ଜ ଧରି ଭିଡ଼ି ରଖିଲା। ଗାଁର ପୁରୁଷ ସ୍ତ୍ରୀ ସମସ୍ତେ ବିରେଇକୁ ଭଲପାଆନ୍ତି, ଖୁବ୍ ପ୍ରଶଂସା କରନ୍ତି। ହେଲେ ସେ ପ୍ରଶଂସାଟା ମାଇଁ ଶୁଣିଲେ ଖପାଟାଏ ହୋଇଯାନ୍ତି, ଲୋକଙ୍କ ସଙ୍ଗରେ କଳି କରନ୍ତି। ଚଣ୍ଡୀର ପ୍ରଶଂସା କଲେ ମାଇଁ ମନ ବଡ଼ ଖୁସି।

ଚଣ୍ଡୀ ସଞ୍ଜ ସକାଳେ ଘରେ ପଶେ ନାହିଁ। ପାଞ୍ଚ ସାତଟା ବୁଲା ଟୋକାସାଙ୍ଗରେ ଦିନ ରାତି ବୁଲୁଥାଏ। ସେମାନଙ୍କ କାମ ଗଛ ଚଢ଼ା, ବାଗୁଡ଼ିଖେଳ, ଚୌପଟଖେଳ, ଗଞ୍ଜେଇ ଖିଆ। ହାଲକୁ ଗୋଟାଏ ମଦତ ଖଟି ଜାରି କଲାଣି। ଅଳି କରି କାନ୍ଦି, ଡରେଇ ହରେଇ ମା ପାଖରୁ ଟଙ୍କା ପଇସା ନିଏ, ଆପଣା ଗୋଠରୁ କୋଡ଼ିଏ ପଚିଶ ଟଙ୍କାରେ ଦାମୁଡ଼ିଗୁଡ଼ାକ ଗୁଆଲାଙ୍କୁ ଦୁଇ-ଚାରି ଟଙ୍କାରେ ବିକି ଦିଏ। ମା' ଜାଣିପାରି ବି ପୁଅ ଦୋଷ ଲୁଚାଏ। ମା' ଡରରେ ବାପ କିଛି କହିପାରେ ନାହିଁ। ମା ଆଗେ ଲୁଚାଚୋରା କରି ଚଣ୍ଡୀକୁ କିଛି କିଛି ଟଙ୍କା ପଇସା ଦେଉଥିଲେ। ଏବେ ହାତ ଖାଲି। ଚଣ୍ଡୀ ଟଙ୍କା ପଇସା ନ ପାଇ ମା'କୁ କେତେ ଥର ମାଡ଼ ଦେଲାଣି। ହେଲ, ମା' ମାଡ଼ ଖାଇ ତୁନି ହୋଇ ରହେ, ବାପା ଆଗରେ କିଛି କହେ ନାହିଁ।

ଗାଁ ଲୋକ ପାଞ୍ଚଜଣ ବିରେଇକୁ କହିଲେ, ଆରେ ବିରେଇ ! ତୁ କଣ ମାମୁ ଘରେ ସବୁଦିନେ ପେଟ ଭାତରେ ରହିଥିବୁ, ଆପଣାର ସଂସାର କରିବୁ ନାହିଁ? ବାପ ଦାଦିଙ୍କ ନାମ ବୁଡ଼ାଇବୁ? କଥାଗୁଡ଼ାକ ବିରେଇ ମନକୁ ପାଇଲା। ସେ ଏବେ ସବୁ କଥା ବୁଝିଲାଣି। ମାମୁ ମାଇଁ କାମର ପିଆରା। ଖିଆପିଆ ସବୁକଥାରେ ପୁଅ ଉପରେ ମାମୁ ମାଇଁଙ୍କର ଯେ ଶ୍ରଦ୍ଧା, ତା ଉପରେ ତାର କଣିକାଏ ବି ନାହିଁ। ଦେଢ଼ ହଜାର ଟଙ୍କା ଖରଚ କରି ପୁଅକୁ ବିଭା କଲେ, ତା ବିଭାର ନାମଚର୍ଚ୍ଚା ନାହିଁ। ଦିନ ରାତି ହାଡ଼ ଭାଙ୍ଗି ଯାହା ଅର୍ଜି ଆଣୁଛି, ଚଣ୍ଡୀ ଗଞ୍ଜେଇ ମଦତ ଖାଇ ସବୁ ଉଡ଼ାଇ ଦେଉଛି। ମାମୁମାଇଁ କିଛି ବୋଲିବାକୁ ନାହିଁ। ନିଶ୍ଚେ ସେ ଘରକରଣା ଉଜାଡ଼ି ଦେବ।

ଦିନେ ସଞ୍ଜବେଳେ ମାମୁମାଇଁ ପିଣ୍ଡାରେ ବସିଛନ୍ତି, ବିରେଇ କାମ ଧନ୍ଦା ସାରି ପାଖରେ ବସିଲା। ମାମୁମାଇଁ ଦିନ ବେଳର କାମ ପାଇଟି କଥା ପଚାରିଲେ। କାମ ପାଇଟି କଥା ଛଡ଼ା ମାମୁମାଇଁ ସାଙ୍ଗରେ ବିରେଇର ଆଉ କିଛି କଥା ଭାଷା ହୁଏ ନାହିଁ। ବିରେଇ ଜବାବ ଦେଇ ପାଖରେ ବସିଥାଏ। ମାମୁ ପଚାରିଲେ, "କି ରେ ବିରେଇ ! ଆଉ କିଛି କଥା ଅଛି ?" ବିରେଇ ଦଣ୍ଡେ ଗୁମ୍ ମାରି ବସି ଦୁଇଟା ହାଇ ମାରି କହିଲା, "ମାମୁ ମୁଁ ଏବେ ଆପଣା ଘରକୁ ଯିବି।" ମାମୁମାଇଁତ ଶୁଣି ଚମକି ପଡ଼ିଲେ, ତାଙ୍କ ମୁଣ୍ଡରେ ଯେମନ୍ତ ବଜ୍ରଟାଏ ଭାଙ୍ଗି ପଡ଼ିଲା। ମାମୁମାଇଁଦୁଇ ଜଣଙ୍କର ଦୁଇ ବର୍ଷ ହେଲା ଶ୍ୱାସ ବେମାରୀ। ସଞ୍ଜବେଳେ ଚାରି ଅଣାର ଟେଳାଏ ଟେଳାଏ ଆପୁ ଗିଳି ପକାଇଲେ ଟକିଏ ଚାଲବୁଲ

ହେଇ ପାରନ୍ତି। ମାମୁ ତ ପିଣ୍ଡାରୁ ଓହ୍ଲାଇବାକୁ ନାହିଁ, ଚଣ୍ଡିଆର ତ ଏହି ଦଶା, ବିରେଇ ବାହାରିଗଲେ ଆଉ କଣ ଘରକରଣା ରହିବ ? ମାମୁ ଦୁଇ ଚାରିଟା ନିଶ୍ୱାସ ପକାଇ କଅଁଳେଇ କଅଁଳେଇ କହିଲେ, "ହଁ ରେ ବାପ ଘରକୁ ଯିବୁ ନାହିଁ କଣ ? ରହ, ମୁଁ କନ୍ୟାଟିଏ ଖୋଜା ଖୋଜି କରୁଛି, ବାହାଘର କରାଇ ଦେବି, ଦି'ପ୍ରସ୍ତ ଘର ବନାଇ ଦେବି। ତୁ ଉଛୁଣିକା ପିଲାଟା, ଅଲଗା ଏକୁଟିଆ ହୋଇ କଣ ରହି ପାରିବୁ ? ଏ ଗାଁ ଲୋକଙ୍କ କଥା ବୁଝି ନାହୁଁ ? ମୁଁ ବୁଝି ବୁଝି ବୁଢା। ସବୁ ତୋ ପାଖରୁ ଛଡ଼ାଇ ନେବେ, ଭକୁଆ ହୋଇ ବସିଥିବୁ। କଣ କହୁଛୁ ରେ ବାପ ? ହେଉ ହେଉ ଆଉ ଯୋଡ଼ାଏ ବର୍ଷ ରହିଯା ? କଣ କହୁଛୁ ରେ ବାପ ?" ବିରେଇ କହିଲା, " ନା ମୁଁ ଘରକୁ ଯିବି।"ମାଇଁ ଟକିଏ ରାଗୀ - ଚଣ୍ଡୀ ହଜାର ଦୋଷ କରୁ, କିଛି କହିବେ ନାହିଁ, ଆଉ କେହି ତାଙ୍କ କଥା ଟିକିଏ ଅମାନ୍ୟ କଲେ ଘଡ଼ିଏ ଯାଏ ଗର୍ଜୁଥିବେ। ଟିକିଏ ରାଗିଯାଇ କହିଲେ, "କି ରେ ବିରେଇ ! ମାମୁ ସେ, ମୁରବି, ତାଙ୍କ କଥା ଅମାନ୍ୟ କରୁଛୁ ? ଗାଁ ଲୋକଙ୍କ ବୁଦ୍ଧିରେ ପଡ଼ିଲୁଣି କି ରେ ? ଆରେ କହିବାକୁ ଢେର, ବହିବାକୁ କିଏ ରେ ? ଯୋଗିନୀଖିଆ ଘରଭଙ୍ଗା ଲୋକଙ୍କ ବୁଦ୍ଧିରେ ପଡ଼ ନା। ପାଞ୍ଚ ବର୍ଷର ଛେଉଣ୍ଡ ଲଙ୍ଗଳା ହୋଇ ଦାଣ୍ଡରେ ପଡ଼ିଥିଲୁ, ଏଇ ମାମୁ ଥିଲେ ବୋଲି ଅଣ୍ଟାଟିରୁ ଭେଣ୍ଟିଆ ହୋଇ ଆଜି କଥା କହୁଛୁ। ଏହି ଯୋଗିନୀଖିଆଏ ସମସ୍ତେ ତ ଥିଲେ, ତୋ ତୁଣ୍ଡରେ ପେଜ ମନ୍ଦାଏ କେହି ଦେଲେ ନାହିଁ ? ନଣନ୍ଦେ ମରିବା ବେଳେ ମୋ ହାତ ଧରି ବାର ବାର କହି ଯାଇଛନ୍ତି, "ଖବରଦାର ! ମୋ ବିରେଇକୁ କାହିଁ ଛାଡ଼ିଦେବ ନାହିଁ ବରାବର ଘରେ ରଖିବ। ଅଳପାଇସିଆ ଗାଁ ଲୋକେ ତାକୁ ଫୁସୁଲାଇଲେ ଶୁଣିବାକୁ ଦେବ ନାହିଁ।" ତୁ ମା କଥା, ବାପ ବଦଳରେ ମାମୁ କଥା ଯଦି ନ ଶୁଣିବୁ, ଆପେ ପୋଡ଼ି ଉଡ଼ି ଯିବୁ, କାହାର କ'ଣ ଯିବ ? "ମାମୁ କହିଲେ, "ଥାଉ ଥାଉ, ସେ ସବୁ କଥା ପଛେ ହେବ, କଥା କଣ ପଳାଉଛି ? ଦିଅ ଦିଅ, ବୋହୂକୁ ଡାକିଦିଅ, ଛୁଆଟା କାମ ପାଇଟି କରି ଥକିଛି, ଆଗେ ତାକୁ ଭାତ ଦିଅ, ଚଣ୍ଡିଆ ନ ଆସିଲା ନାହିଁ।" ବିରେଇ ମନ ମଧ୍ୟରେ ବଡ଼ ହସିଲା, 'ଓହୋ, ଆଜି ଯେ ମାମୁଙ୍କର ବଡ଼ ଦୟା !' ରୋଜ ତ ଚଣ୍ଡୀ ନ ଆସିଲେ ଖିଆପିଆ ହୁଏ ନାହିଁ। ଚଣ୍ଡୀ ଗାଁ ବୁଲି ବାହୁଡ଼ିବାକୁ ରାତି ଛ ଘଡ଼ି। ମାମୁ ମାଇଁଙ୍କର ଶ୍ୱାସରୋଗ, ତାହା ଉପରେ ଆପୁର ନିଶା, ରାତିସାରା ନିଦ ହୁଏ ନାହିଁ, ଖୁଁ ଖୁଁ ହୋଇ କାଶୁଥାନ୍ତି, ପାହାନ୍ତିଆ ପହର ଥଣ୍ଡା ପବନ ବହିଲେ' ଟିକିଏ ନିଦ ମାଡ଼େ, ଚିନ୍ତା ଭାବନାରେ ଆଜି ସେ ନିଦ ବି ନାହିଁ।

ତହିଁ ଆରଦିନ ସଖାଳେ ବିରେଇ ଆଣ୍ଠୁ ଯୋଡିକ କୁଣ୍ଢେଇ ପିଣ୍ଡାରେ ତୁନି ହୋଇ ବସିଛି। ଖରା ପିଢ଼ା ଉପରୁ ମଝି ବାହାରରେ ପଡ଼ିଲାଣି, ମାମୁଁ ଉଠି ଆସି ବିରେଇକୁ ଦେଖି କହିଲେ, "କି ରେ ବାପ ! ତୁନି ହୋଇ ବସିଛୁ ? ଯା ଯା ବେଙ୍ଗଳା ଖେଳାଇ ଦେ ଯା। ଭଙ୍ଗା ପୁଞ୍ଜିଟା ରଣବଣ ହୋଇ ପଡ଼ିଛି।" ବିରେଇର ଏକା ପଦେ କଥା, "ନା, ମୁଁ ଘରକୁ ଯିବି।" ମାମୁ ଆଜବି ଢେର ବୁଝାଇଲେ। ଟେକା ଟେକି କରି କଥା କହିଲେ। ବିରେଇର ସେହି

ଉତ୍ତର, "ଘରକୁ ଯିବି।"ମାଇଁବିଛଣାରୁ ଉଠି ଆସି ଆଖ ମଳି ମଳି ସବୁ କଥା ଶୁଣୁଥିଲେ, ଏକାବେଳକେ ଖପାଟା ହୋଇ କହିଲେ, "ଯିବୁ ତ ଚାଲି ଯା। ଯିବି-ଯିବି ଭଜନମାଳ ଧରିଛୁ ଯେ !" ବିରେଇ କହିଲା, "ମୋ ବାପର ଯାହା ସବୁ ଚିଜବସ୍ତ ଆଣିଥିଲ, ଫେରାଇ ଦିଅ।" ମାଇଁ ସେହିପରି ତେଜରେ କହିଲେ, "ଚିଜବସ୍ତ କଣରେ ? ପାଣ୍ଡିପଲାଣ ଦିଖଣ୍ଡ ଆଣିଥିଲେ; ଯା, ଯା, ଉଇ ଖାଇଯାଇ ପଡ଼ିଛି ମୁଣ୍ଡାଇ ଘେନି ଯା। ବରଷେ ନୁହେଁ, ଦି ବରଷ ନୁହେଁ, କୋଡ଼ିଏ କୋଡ଼ିଏ ବର୍ଷ କାଳ ଖୁଆଇ ପିଆଇ ଭେଣ୍ଡିଆଟିଏ କରିଦେଲୁଁ, ଏଣିକି ମୁଣ୍ଡକୁ ହାତ ପାଇଲା କି ନା ? ମୁଁ ତାଙ୍କୁ ବାରବାର ସେତିକିବେଳେ କହିଥିଲି -'ପରପୁଅ ଗୁଞ୍ଜାରୁଅ' ସେ ବଲେଇରେ ପଶ ନା। ଶୁଣିଲେ ନାହିଁ, ଏବେ ଭୋଗ।" ବିରେଇ ତୁନି ହୋଇ ଏକକାନିଆ ପାଞ୍ଚଣଖଣ୍ଡ ଧରି ଉଠିଗଲା।

ମକ୍ଷୁ ବିଶାଳର ସରବରି ପନ୍ଦର ମାଣ ଚାଷଜମି ଥିଲା। ଜମିଟା ବଡ଼ ଭଲ, ମଟାଳିଆ, ଏକଚକିଆ, କଳିନ୍ଦ। ପୀତେଇ ପାତ୍ରେ ସେ ଜମିଟା ଆପଣା ନାମରେ କରିନେବା ଲାଗି ଢେର ଫନ୍ଦି ଫିକର କରିଥିଲେ। ଜମିଦାର ଶ୍ୟାମ ସ୍ୱାଇଁଙ୍କୁ ଲାଞ୍ଚ ରିସପତ୍ ଯାଚିଥିଲେ। ମାତ୍ର ସ୍ୱାଇଁଏ ବଡ଼ ବିବେକୀ ଲୋକ, ପୁଣି ଗାଁର ପାଞ୍ଚ ଜଣଙ୍କ ଡରରେ ସେହି ମକ୍ଷୁ ବିଶାଳ ନାମରେ ରଖି ଦେଇଛନ୍ତି। ବିରେଇ ଗାଁରେ ମୂଳ ଲାଗେ। ଚାଷ ସଜ ନାହିଁ, ଜମିଗୁଡ଼ାକ ବଖରା ଲଗାଇ ଦେଲା।

ବିରେଇଟି ବଡ଼ କାମିକା, ପର ନ-ଛରେ ନ ଥାଏ, ଆପଣା ଦୁଃଖ ଧନ୍ଦାରେ ଲାଗିଥାଏ। ସଞ୍ଜବେଳେ ପାଇଟିରୁ ଫେରିଆସି ମୁଢ଼ିମୁଢ଼ା ପୁଞ୍ଜାଏ ପାଟିରେ ପକାଏ। କୋଡ଼ିଟାଏ କାନ୍ଧରେ ପକାଇ ବାହାରି ପଡ଼େ। ଆପଣା ଡିହରେ ବର୍ତ୍ତମାନ ରହିବା ଭଳି ଗୋଟିଏ ସାନ ଘର ବନାଇଲା। କାନ୍ଥ ଯିମିତି ଛିଡ଼ା କରିଛି, ମଉସା ପିଉସା ଗାଁର ଆଉ ପାଞ୍ଚ ଜଣ ଡକରା ନାହିଁ, ହକରା ନାହିଁ, ବିରେଇ କାହାରିକୁ କିଛି କହି ନାହିଁ, ଧାଇଁ ଆସିଲେ, ଆପଣ ଆପଣା ଘରୁ କାଠ କୁଟା ବାଉଁଶ ଆଣି ଘରଟାଏ ଛିଡ଼ା କରାଇଦେଲେ। ବିରେଇର ଅଉଲ ବିଲ- ଭାରି କଳିନ୍ଦ। ଧାନ ପାଚିବାରୁ ତିରିଶ ଭରଣ ସରିକି ଭାଗ ପାଇଲା। ବର୍ଷକ ଖାଇବା ଭଳି କିଛି ରଖି ସବୁ ଧାନଗୁଡିକ ବିକି ପକାଇଲା। ସେହି ଟଙ୍କାରେ ହଳିଆ ବଳଦ, ଚାଷ ସରଞ୍ଜାମ କିଣି ଆପଣା ଚାଷରେ ଲାଗିଗଲା। ବର୍ଷଚାରିଟା ଭିତରେ ବିରେଇ ବାପ ଅମଳିକା ଘର ଛିଡ଼ା କରିଦେଲାଣି। ସେହିପରି ତିନି ପ୍ରସ୍ତ ଘର, ମାଇ ଅଣ୍ଡିରା ଦେଢ଼ ଦୋଡ଼ି ଗୋରୁ, ପରା ଧାନ ପାଞ୍ଚ ଛ'ଟା ମରେଇ ଛିଡ଼ା।

ବନ୍ଧୁ ବାନ୍ଧବ ହାମଦରଦୀ ପାଞ୍ଚ ଜଣ କେତେ ଥର କହିଲେଣି, "ଆରେ ବିରେଇ ! ତୁ କି ସବୁ ଦିନେ ଡାଙ୍ଗୁଆ ମାଙ୍ଗୁଆ ହୋଇ ରହିଥିବୁ ? ଏଣିକି ପିତୃଲୋକ ପାଣି ମୁଠାଏ ପାଇବାର ବାଟ କର।" ବିରେଇବି ବୁଝିଲାଣି, ବିଭାଟାଏ ନ ହେଲେ ନୁହେଁ। କାମପାଇଟିରୁ ଆସି ରନ୍ଧାବଢ଼ା କରିବାଟା ଏଣିକି ବଡ଼ ଦିକ୍ ଲାଗିଲାଣି। ବାଧିକା ପଡ଼ିଲେ ପାଣି ମନ୍ଦାଏ

ଦେବାକୁ, ଗୋଡ଼ ହାତରେ ହାତ ବୁଲାଇ ଦେବାକୁ କେହି ଭରସା ନାହିଁ। ବିଭା କରିବାକୁ ମନ କଲା ସତ, ହେଲେ ଏତେ ଟଙ୍କା କାହିଁ ? ଆଉ ପାଠକ ନୁହେଁ ଯେ, ମନ କଲା ତ ବିଭା ହୋଇ ପଡ଼ିଲା। କିପାଇଁ କେଜାଣି, ବଳରାମଗୋତ୍ରୀ ପନ୍ଥାରେ କନ୍ୟାର ବଡ଼ ଅଭାବ, ପୁଣି ଦର ଭାରି ଚଢ଼ା। ଗୋଟିଏ ଗୋଟିଏ କନ୍ୟା ପାଞ୍ଚଶ ଠାରୁ ହଜାରେ ଦୁଇ ହଜାର ଟଙ୍କାରେ ବିକ୍ରି ହେବାର ଏ ଲେଖକଙ୍କୁ ଜଣା। ଅଜଣା ପାଠକ ଆପଣେ ପଚାରିବେ, "କନ୍ୟାର ଦାମ ଏତେ ଉଣା ଅଧିକ କଁ୍ୟା ? କନ୍ୟାଗୁଡିକ ଫୁଟ ଗଜରେ ମାପ ବା ଦଣ୍ଡି ତରାଜୁରେ ଓଜନ ହେଉଥିବ, ମାପ ବା ଓଜନ ଉଣା ଅଧିକରେ ଦର ଉଣା ଅଧିକ ହୁଏ।" ନାହିଁ ନାହିଁ, ତାହା ନୁହେଁ, ଆମ୍ଭମାନଙ୍କୁ ଭିତିରିଆ କଥା ଭଲ ଜଣା। ସେଥିରେ ଅସଲ ହାଲ ଚୁମ୍ବକରେ ଦୁଇ ଚାରି କଥାରେ କହିବୁଁ। ବଳରାମଗୋତ୍ରୀ ପନ୍ଥାରେ ନ ଥିଲା ଲୋକ ନାହାନ୍ତି ବୋଲନ୍ତୁ, ସେମାନେ ଭାରି ପରିଶ୍ରମୀ ଏବଂ ଖରଚପତ୍ରରେ ଭାରି ଚିପା। ବଳେ ସମସ୍ତଙ୍କ ହାତରେ କିଛି କିଛି ଟଙ୍କା ଜମିଯାଏ। କନ୍ୟାର ବୟସ ବା ରୂପ ଗୁଣ ବିଷୟରେ କିଛି ଚିନ୍ତା ନାହିଁ - ବରର ବୟସକୁ ଧରି କନ୍ୟାର ଦର ଦାମ କଷାଯାଏ। ବରର ବିବାହର ବୟସ ହେଲା। ଏଣେ ଘରେ ତେତେ ଟଙ୍କା ନାହିଁ, ଆପେ ପରିଶ୍ରମ କରି ଟଙ୍କା ଜମାଏ। ଟଙ୍କାଟା ଠିକ୍ ହେଇଁ ହେଉଁ ବରର ବୟସ ହୋଇ ଗଲାଣି ପଚାଶ, କିମ୍ବା ଧନବନ୍ତ ଲୋକ ଦୋଜବର ଓ ତେଜବର ବୟସ ଷାଠିଏ। ଏଣେ କନ୍ୟାଟିର ବୟସ ୧୦/୧୧ ଭିତରେ। ସେହି ସମସ୍ତ ଜାଗାରେ କନ୍ୟାର ଦର ବଢ଼ିଯାଏ। ଦରର ଏହିପରି ହାଲ ଜାଣିବ। ବିରେଇ ବିଭା ହେବା ଲାଗି ଟଙ୍କାଏ ମଷାଏ ଯାହା ହାତରେ ପଡ଼େ ଥୋଇ ଦିଏ। ଘରକଣରେ ଅନ୍ଧାରିଆ ଗୋଟିଏ ଠେକି ପୋତିଛି, ସେଥିରେ ପକାଇ ଦିଏ।

ଆହୁରି ପାଞ୍ଚବର୍ଷ ଗଲାଣି। ବିରେଇର ଉଛୁଣିକା ବୟସ ତିରିଶ ଭିତରେ, ବିଭା ହେବା ଭଳି ଟଙ୍କା ଜମି ଗଲାଣି ବୋଲି ମନରେ ଠିକ କଲା। ବିଭାପାଇଁ ସଜ ହେଲା, ହେଲେ ସେ କଣ ଆପେ କନ୍ୟା ଖୋଜି ଯିବ ? ପୁରୋହିତ ଭୀମେଇ ମିଶ୍ରଙ୍କୁ ମଧ୍ୟସ୍ଥ କଲା। ମିଶ୍ରେ ଚାରିଆଡେ ଢେର ଆଖି ଫେରାଇଲେ। ବିରେଇ ଦିନେ ମିଶ୍ରଙ୍କୁ କମଳୀ କଥା ଇଶାରାରେ କହିଲା। ରାଘବ ପାତ୍ରର ସାନ ଝିଅର ନାମ କମଳୀ, କନ୍ୟାଟି ବେଶ ଡୌଲ, ଲାଜକୁଳୀ, ଦିନ ରାତି ଘର କାମରେ ଲାଗିଥାଏ, ବାପର ଢେର ସେବା କରେ। ଗାଁ ମାଇକିନିଆମାନେ ତାହାର ଢେର ପ୍ରଶଂସା କରନ୍ତି। ବିରେଇ ପିଲା ଦିନରୁ କମଳୀକୁ ବଡ ଭଲ ପାଏ। ରୋଜ ଦୁଇଓଳି ବିଲକୁ ଯିବା ଆସିବା ବେଳେ କନ୍ୟାଟିକୁ ଚାହିଁ ଚାହିଁ ଦେଖେ। ବିରେଇ ବିଲ ବାହୁଡ଼ା ବେଳେ କମଳୀ କଳସୀଟିଏ କାଖେଇ ପାଣି ଆଣି ଯାଉଥିବାର ଦେଖେ। କମଳୀର ଠିକ ସେଇଟା ପାଣିଅଣା ବେଳ, ଘରେ ମାଠିଆରେ ପାଣି ଥିଲେ ବି

ସେ ପାଣିଗୁଡାକ ନାଳରେ ଢାଳିଦେଇ କଳସୀ କାଖେଇ ବାହାରି ପଡ଼େ। ଚାରିଆଡକୁ ଚାହେଁ; କେହି କୁଆଡ଼େ ନ ଥିଲେ କଣେଇ କଣେଇ ବିରେଇକୁ ଦେଖୁଥାଏ।

ପାଞ୍ଜିରୁ ଭଲ ଦିନଟିଏ ଦେଖି ମିଶ୍ରେ ରାଘବ ପାତ୍ରଙ୍କ ପାଖରେ ପହଞ୍ଚିଲେ। ପାତ୍ର ବୋଧ କରୁଁ କିଛି ଗନ୍ଧ ପାଇ ଗଲେଣି। ଅଖାପାଲ ଖଣ୍ଡେ ପାରି ଦେଇ ମିଶ୍ରଙ୍କୁ ବହୁ ଆଦର ସମ୍ମାନରେ ବସାଇଲେ। ନାସ ଶୁଙ୍ଘାଶୁଙ୍ଘି ଦୁଃଖ ସୁଖ ଚାରି ପଦ ହୋଇଗଲା ଉତ୍ତାରେ ମୂଳକଥା ଆରମ୍ଭ ହେଲା।

ମିଶ୍ରେ କହିଲେ, "ପାତ୍ରେ ! ତୁମ କମଳୀଟିକୁ ବିରେଇକୁ ଦେଲେ ଭଲ ହୁଅନ୍ତା ନାହିଁ ?"

ପାତ୍ରେ- ହେଉ, ମୋର ମନା ନାହିଁ।

ମିଶ୍ରେ-ପାତ୍ରଟି ବଡ ଭଲ, ଖୁବ୍ ଦୁଃଖସୁଖିଆ।

ପାତ୍ରେ- ହେଉ ହେଉ, ମୋର ମନା ନାହିଁ।

ମିଶ୍ରେ- ଝିଅଟି ଖୁବ୍ ସୁଖରେ ରହିବ।

ପାତ୍ରେ- ହେଉ ହେଉ, ମୋର ମନା ନାହିଁ।

ମିଶ୍ରେ- ତେବେ ଖର୍ଚ୍ଚପତ୍ର କଥା।

ପାତ୍ରେ- "ହଁ ହଁ, ସେହି ଅସଲ କଥାଟା ଆଗେ ହେଉ। ମୁଁ ସାଫ କହିଦେଉଛି; କନ୍ୟାସୁନା ନଗଦ ହଜାରେ ଟଙ୍କା, ଏଥିରୁ ପଇସାଏ ମଷାଏ କଡ଼ାଏ ଉଣା ଅଧିକ ନାହିଁ, ବୁଝିଲେ ମିଶ୍ରେ ! ମୁଁ ନ-ଛ ଜାଣେ ନାହିଁ, ଯାହା କହିବାର ସଫା କହିଦିଏଁ, ଏଁ, କଣ କହୁଛନ୍ତି ମିଶ୍ରେ ?"

ମିଶ୍ରେ ଟିକିଏ ଗୁମ୍ ଖାଇ କହିଲେ, "ଟିକିଏ ବୁଝିସୁଝି ବୋଲନ୍ତୁ, ବିରେଇ ବିଚରା ଏତେ ଦେଇ ପାରିବ କାଁ୍ୟା ? ସେ ପାଞ୍ଚଶହ ତକ ଯାଇ ପାରେ।"

ପାତ୍ରେ ଟିକିଏ ତେଜରେ କହିଲେ, "ମୋର ଆଉ ଦୁଇ କନ୍ୟା ସକାଶେ ରୋକଠୋକ ଦୁଇ ହଜାର ପାଇଛି, ସେଇଟା ତ ତୁମ ଆଗର କଥା, ଫେର ଏପରି ଅନ୍ୟାୟ କଥା କାଁ୍ୟା କହୁଛ ?"

ମିଶ୍ରେ କହିଲେ, "ସେ କଥା ଏ କଥା ଢେର ତଫାତ୍। ସେ ବର ଯୋଡ଼ାକର ବୟସ ଷାଠିଏ ଷାଠିଏ ହୋଇଥିଲା, ଦୁହେଁଯାକ ଥିଲେ ଦୋଜବର। କନ୍ୟା ଯୋଡ଼ିକ ରାଣ୍ଡ ହୋଇ କିପରି ଦୁଃଖରେ ଅଛନ୍ତି, ଦେଖୁ ନାହାନ୍ତି ? ଏଣେ ଦେଖନ୍ତୁ, ବିରେଇ କାଲିକା ପିଲା।"

ପାତ୍ରେ ଖପାଟା ହୋଇ କହିଲେ, "ହୋଇ ହେ ମିଶ୍ରେ ! ତୁମେ ପାଠୁଆ ଲୋକଟା ହୋଇ ଏପରି ଅନ୍ୟାୟ କଥା କିମିତି କହିଲ ହେ ? ଆରେ ସେମାନଙ୍କ

କପାଳରେ ଥିଲା, ରାଣ୍ଡ ହେଲେ। ମୁଁ କଣ କହି ଦେଇଥିଲି, ରାଣ୍ଡ ହୁଅ ? ବାପ ଜନ୍ମ ଦେଇଛି ବୋଲି କଣ କର୍ମ ଦେଇଛି ?"

ମିଶ୍ରେ- "ଯାଉ ସେ କଥା, ଆପଣଙ୍କ ସାଙ୍ଗରେ ବୋଲାବୋଲି କରିବି କ'ଣ ? ଆପଣ ଛେଉଣ୍ଡଟିକୁ ଟିକିଏ ଦୟା କରନ୍ତୁ, ସେହି ପାଞ୍ଚଶରେ ମଙ୍ଗିଯାନ୍ତୁ।"

ପାତ୍ରେ- "ହକ୍ ବ୍ୟବହାରରେ ଦୟା ମାୟା କଣ ମିଶ୍ରେ ? ହଁ, ଆଉ ଗୋଟାଏ କଥା ବୁଝ, ମୋର ଆର ଦି ଝିଅଙ୍କର ୯ ବର୍ଷ ଲେଖାଏଁ ହୋଇଥିଲା, ଏ ତ ଚଉଦ ବର୍ଷର ଝିଅ, ଯିମିତି ଯିବ, ଈଶାଣରେ ପଶିବ। ଆମ ପଛାରେ ଏଡେ ବଡ଼ କନ୍ୟା କାହିଁ? ୟା ପିଛେ ଭାତ ଲୁଗାରେ କେତେ ଟଙ୍କା ସାରିଲିଣି ? ପାଞ୍ଚଶ କହୁଛ - ଶିବପୁରରେ ଦୀନୁ ପରିଡ଼ା ଓ ଗୋବିନ୍ଦପୁରର ଶାମ ମହାପାତ୍ର ଟଙ୍କା ଥଳି ଧରି ଆସି ମୋ ଦୁଆରେ ବସି ଗଲେ, ତେତେବେଳେ ପାଞ୍ଚଶରେ ନ ଦେଇ ଏବେ ଦେବି କ୍ୟାଁ ? ଆଉ ଗୁଡ଼ାଏ ବଜର ବଜର କରନା ମିଶ୍ରେ। ହଜାରେ ହେଲା ତ ବସ, ନୋହିଲେ, ସିଧା ଦାଣ୍ଡ ପଡ଼ିଛି।"

କମଳୀ କବାଟ କଣରେ ବସି ସବୁ କଥା ଶୁଣୁଥିଲା। ସେ ଏତେବେଳେ ସବୁ କଥା ବୁଝିଲାଣି, ଭଉଣୀମାନଙ୍କ ଅବସ୍ଥା ଆଖିରେ ଦେଖୁଛି, ଆଉ ଜଣାଯାଏ, ବିରେଇକୁ ବଡ଼ ଭଲପାଏ। ଟଙ୍କା ଦରଦାମ ନ ପଟିବାରୁ ମିଶ୍ରେ ଉଠିଗଲେ। କମଳୀ ତୁନି ତୁନି ଢେର କାନ୍ଦିଲା। ଦୁଇ ତିନି ଦିନ ହେଲା ଖିଆପିଆ ଛାଡ଼ିଲାଣି, କେବଳ କାନ୍ଦୁଛି। ମା ନାହିଁ, ତା ମନ କଥା ବା କିଏ ବୁଝୁଛି ? ଶେଷରେ ଖୁବ୍ ଗୋଟାଏ ହେମତ ବାନ୍ଧିଲା। ଗାଁର ଲେଖାଯୋଖା ଅପି ଆଈକୁ ଧରିଲା। ମନର କଥା ଫିଟାଇ କହିଲା, "ଆଈ ! ବାପା ଟଙ୍କା ଲୋଭରେ ଗୋଟାଏ ବୁଢ଼ା ବରକୁ ମୋତେ ବିଭା ଦେଲେ ମୁଁ ପୋଖରୀକୁ ଡେଇଁ ପଡ଼ିବି।" ଅପି ଆଈ ଆସି ରାଘବ ପାତ୍ରଙ୍କୁ କମଳୀ କଥା କହିବାରୁ ପାତ୍ରେ ଖୁବ୍ ଗୋଟାଏ ଖପା ହୋଇ ଝିଅକୁ ଢେର ଗାଳି ଦେଲେ।"ମୁଁ ତୋତେ ଚଉଦ ବରଷ କାଳ ଖୁଆଇ ପିଆଇ ବଢ଼ାଇଲି -ଆଜି କଣ ନା ପାଣିକି ଡେଇଁ ପଡ଼ିବୁ ? ମର; ଦେଖେଁ ଭଲା କେମିତି ମରିବୁ ? ଚଉଦ ବରଷ କାଳ ଖାଇଛୁ ପିଇଛୁ, ଭାତ ଲୁଗା ଦାମ ପାଞ୍ଚଶ ଟଙ୍କା ଗଣି ଥୋ -ତା ବାଦେ ମରିବୁ ତ ମର ଯା, ମୋର ମନା ନାହିଁ।"

ପାତ୍ରେ ରାଗ ମୁହଁରେ ଝିଅଟାକୁ ଗାଳିଗୁଲଜ କଲେ ସିନା, ହେଲେ ରାତିରେ ବସି ଢେର ଚିନ୍ତା କଲେ। ଝିଅଟାର ଖିଆପିଆ ନାହିଁ, ମଲାଟା ପରି ପଡ଼ିଛି। ସତକୁ ସତ ମନ ଦୁଃଖରେ ଯେବେ ବୁଡ଼ି ମରିବ, ତେବେ ମୂଳ ବୁଡିବ ସିନା ! ଖୁବ ଆଖି ଫେରାଇ ଦେଖିଲେ, ଜାତି ଭିତରେ ଦୋଜବର ବା ଅଭିଆଡା କେହି ନାହିଁ। ଏଣିକି ଝିଅଟାକୁ ପୋଷିବା ଖର୍ଚ୍ଚାନ୍ତ କଥା। ତହିଁ ଆରଦିନ ସଖାଳେ ମିଶ୍ରଙ୍କୁ ଡାକି ପଠାଇଲେ। ଆଜି ପାତ୍ରଙ୍କ କଥା ଖୁବ୍ କଅଁଳ -ସାକୁଲା ସାକୁଲି ଭଳି। ଦୁଇଜଣ ବସି ଦରଦାମ ଠିକ୍ କରିନେଲେ।

|

ସାତଶ ଟଙ୍କାରେ କଥା ଛିଡ଼ିଲା। ବର୍ତ୍ତମାନ ଗାଆଁ ପାଞ୍ଚ ଭଲଲୋକ ଆଗରେ ବିରେଇ ଦେବ ଦୁଇଶ ଟଙ୍କା, ବାକି ପାଞ୍ଚଶ ବେଦୀମୁଣ୍ଡରେ।

ବିରେଇ ହିସାବ କରି ଦେଖିଲା, କନ୍ୟା ସୁନା ପଡ଼ିବ ସାତଶ, ବିଭା ଖର୍ଚ୍ଚ ତିନିଶରୁ ଊଣା ନୁହେଁ, ଗାଏ ଦୁଇପଦକୁ ହଜାରେ। ଘର ଭିତରେ ପୋତାପୋତି କରି ଯାହା ରଖିଥିଲା, ଖୋଳାଖୋଳି କରି କାଢିଲା, ଟଙ୍କା ପଇସା ମିଶାଇ ଟ ୬୦୬/୬। ମଲା ଯା, ଆହୁରି ଯେ ଚାରିଶ ଲୋଡ଼ା। ଦୁଇଶ ଟଙ୍କା ଘରୁ କାଢ଼ି ଦେଲାଣି, ବିଭା ବନ୍ଦ କଲେ ସେ ଦୁଇଶର ଆଶା ଛାଡ଼ିବାକୁ ହେବ। ହେଉ, ପଛନ୍ତେ ବୁଝାବୁଝି। ଘରେ ବିହନ ଭାଗ ରଖି ଧାନ ସବୁ ବିକି ଦେଲା। ତୁଚ୍ଛା ହଳିଆ ବଳଦ ହଳେ ରଖି ଗୋରୁ ଗୁଡ଼ାକ ବିକି ପକାଇଲା।

ଆଜି ବିଭା ଦିନ। ବାଜା ପାଲିଙ୍କି କରି ବିରେଇ ସଞ୍ଜବେଳେ ଶଶୁର ଦୁଆରେ ହାଜର। ବର ପାଲିଙ୍କିରେ ବସିଛି, ପାତ୍ରେ ପିଣ୍ଡାରେ ବସି ନାସ ଶୁଙ୍ଘୁଥିଲେ। ଘଡିଏ ବିତିଗଲା, ପୁରୋହିତ ତିନି ଚାରି ଥର ଡାକିଲେଣି, "ଆସ ପାତ୍ରେ ! ବରକୁ ବାଟବରଣ କରି ନିଅ।" ପାତ୍ରଙ୍କ ମୁହଁରେ କଥା ନାହିଁ। ବୁଦ୍ଧିଆ ମିଶ୍ରେ କଥାଟା ବୁଝିଗଲେ, କହିଲେ, "ପାତ୍ରେ ! ବିରେଇ ହାତରେ ଟଙ୍କା, ବାଟବରଣ କରି ଘରକୁ ଆଣ, ଟଙ୍କା ଗଣିଦେବ।" ପାତ୍ରେ ଧଡପଡ ହୋଇ ଉଠି ବରକୁ ବାଟବରଣ କରି ନେଲେ। ଟଙ୍କା ଗଣାଗଣି ପରଖା ପରଖିରେ ଘଡିଏ ବିତିଗଲା। ମଲା ଯା ! ଛ'ଟା ଟଙ୍କା ପଡ଼ିଲା ଭେଣ୍ଡି ! ଗାଁ ଲୋକେ ଢେର କୁହାବୋଲା କଲେ, ଜାମିନ ହେଲେ -ବର୍ତ୍ତମାନ ଶୁଭ କାର୍ଯ୍ୟଟା ସମାଧା ହୋଇଯାଉ, କାଲି ଟଙ୍କା ବଦଳାବଦଳି ହେବ। ପାତ୍ରେ ଠୁଳରେ ବସିଲେ ନାହିଁ। ବିରେଇର ଆଉ ବାଟ ନାହିଁ, ସେହିଠାରେ ବର ବେଶରେ ବସି ଘରର ପଲାଣ ପାଣ୍ଡି ହଳ ସରଞ୍ଜାମ ସବୁ ଗାଁର ମଧୁ ମହାନ୍ତିଙ୍କୁ ଛ ଟଙ୍କାରେ ବିକି ଦେଲା। କୁଆ କା କରିବାକୁ ହାତ ଗଣ୍ଠି ଫିଟିଲା। ପାତ୍ରେ ବର ବିଦା କରିବା ପାଇଁ ଦାଣ୍ଡ ଦୁଆରେ ଲହର ପହର ହେଉଛନ୍ତି, ଘରେ ପଶିବାକୁ ନାହିଁ, ଯଦି ବେଳ ଉଛୁର ହୋଇଯାଏ, ବାଜାବାଲା ବେହେରା ଜଳଖିଆ ମାଗିବେ।

ବିରେଇ ତ ଘରକୁ ଡାଙ୍ଗୁଆ ମଣିଷ, ବର କନ୍ୟାକୁ ବନ୍ଦାଇ ନେଉଛି କିଏ ? ବିରେଇ ଖୁଡ଼ୀ, ମାଉସୀ, ଅପା ପାଞ୍ଚଜଣ ଅହିଅଙ୍କୁ କହି ଆସିଥିଲା। ଆଡକରାରେ ଗାଁ ମାଇକିନିଆମାନେ ବି ଧାଇଁ ଆସି ବିରେଇ ଘରେ ଭର୍ତ୍ତି ହୋଇ ଯାଇଛନ୍ତି। କନ୍ୟାଟି ଦୋଳମୁକୁଟ ମୁଣ୍ଡରେ କଜଳପାତିଟି ଧରି ନଇଁ ନଇଁ ଆଗରେ ଚାଲିଛି, ଖିଲକାଡିଟିଏ ନଡିଆଟିଏ ଧରି ବର ପଛରେ। ଭଣ୍ଡାରୁଣୀଟା ଆଗେ ଦେଖି ପକାଇଲା, କନ୍ୟାର ପେଟଟା ବାହାରି ପଡ଼ିଛି, ନସରପସର ହୋଇ ଚାଲୁଛି, ଭଲ କରି ଚାଲି ପାରୁନାହିଁ। ଭଣ୍ଡାରୁଣୀ ଆଉ ପାଞ୍ଚ ମାଇକିନିଆଙ୍କ ବାହୁ ଟିପି ଦେଇ ଖାଇଲା ହାତ ଆଙ୍ଗୁଳି ବଢ଼ାଇ କଣ ଦେଖାଇ ଦେଖାଇ ଦେଲା। ସବୁ ଅହିଅଯାକ କନ୍ୟାକୁ ଛାଡ଼ି ଅଲଗା ହୋଇଗଲେ, ଟୋକୀଗୁଡାକ ହସି ହସି କେହି ହାୟ ହାୟ କରି ଆପଣା ଘରକୁ ପଳାଇ ଗଲେ। କେହି କହୁଥାଏ ପାଞ୍ଚ

ମାସ, ଜାଣିବା ମାଇକିନିଆମାନେ ଠିକ କରିନେଲେ, ସାତ ମାସରୁ ଊଣା ନୁହେଁ। ହାମଦରଦୀ ମାଉସୀ ପିଉସୀମାନେ ଘରକୁ ଯାଇ କାନ୍ଦିବାକୁ ବସିଗଲେ। ହାୟ ! ହାୟ ! ଛୁଆଟା ଅଭିଆଡ଼ା ଥିଲା ତ ଥିଲା, ସର୍ବସ୍ୱ ସାରି ସାତ ପୁରୁଷକୁ ନରକକୁ ଦେଲା। ଘର ଶୂନଶାନ, ବିରେଇ ଗାଲରେ ହାତ ଦେଇ କାନ୍ଥକୁ ଆଉଜି ବସିଛି। କମଳୀ କବାଟ ଉହାଡ଼ରୁ ଭିତରେ ଚୁଁ- ଚୁଁ କରି ବିରେଇକୁହାତ ଠାରି ପାଖକୁ ଡାକିଲା। ପେଟ ଉପରେ ମୁଣିଏ ଟଙ୍କା ତା ଉପରେ ଯୋଡାଏ ବେଢ଼ାଣ ଖଦୀ କଷି ଗୁଡ଼ିଆ ହୋଇଛି, ଫିଟାଇ ପକାଇ ଝଣ କରି ଥଳିଟା ତଳେ ପକାଇ ଦେଲା। ବିରେଇ ଯେମନ୍ତ ସ୍ୱପ୍ନ ଦେଖୁଛି ସ୍ୱର୍ଗରୁ ଦେବୀଟିଏ ଓହ୍ଲାଇ ଆସିଲେ। ପଚାରିଲା, "ଏ କଣ ?" କମଳୀ କହିଲା, "ଏ ତୁମ ଟଙ୍କା, ବଳଦ ଗାଈ ପାଣ୍ଡି ପଲାଣ ଯାହା ବିକିଛ, ଟଙ୍କା ଦେଇ ଆଗେ ଫେରାଇ ଆଣ, ତା ବାଦେ ଏ ଘରେ ପାଣି ଛୁଇଁବି।" ବିରେଇ ଗଣି ଦେଖିଲା, ପୂରା ହଜାରେ ଟଙ୍କା। ପଚାରିଲା, "ଆଉ ତିନିଶ କଣ ?" କମଳୀ କହିଲା, "ଦୁଇ ଅପାଙ୍କୁ ବିକି ଯେ ଟଙ୍କା ବାପା ପାଇଥିଲା, ଦଶ ମାଣ ବିଲ କିଣିଛି, ବାକି ତିନିଶ ଅଛି। ଅପାମାନେ ବଡ଼ ଦୁଃଖରେ ଅଛନ୍ତି, ଏତକ ଟଙ୍କା ଉଚ୍ଛୁଣିକା ସେମାନଙ୍କ ପାଖକୁ ପଠାଇ ଦିଅ।"

ଉପର ଓଳି ଗାଁ ଗୋହିରୀ ମଝିରେ ରାଘବ ପାତ୍ରେ ଡକା ପକାଇ ବାୟା ପରି ଧାଇଁଛନ୍ତି। ବିରେଇ ଦୁଆରେ ଡକା ପକାଇ ପରସ୍ତେ ଗଡ଼ିଲେ, ଖାଲି କହୁଛନ୍ତି, "କମଳୀ ମୋ ବେକରେ ଛୁରୀ ମାରିଲୁ, ମୋ ଟଙ୍କା ଦେ।" କମଳୀ କହିଲା, "ବାପା ! ତୋର କି ଟଙ୍କା ? ମୋ ଟଙ୍କା ମୁଁ ଆଣିଛି।" ଗାଁ ଲୋକେ ଶୁଣି ଧାଇଁଲେ। ସେମାନେ ରାଘବ ପାତ୍ର ଉପରେ ଆଗରୁ ବଡ଼ ଖପା ହୋଇଥିଲେ। ତିନି ତିନିଟା ଝିଅ ତିନି ହଜାରେ ବିକିଲା, ସେମାନଙ୍କ ମୁହଁରେ ମୁଢ଼ି ଗୁଣ୍ଡିଟାଏ ବି ବାଜି ନାହିଁ। ବିଭାବେଳେ ନାନ୍ଦୀମୁଖୀ ଆଉ ତିଳକାଞ୍ଚନ ଦକ୍ଷିଣା ବିଷୟରେ ପୁରୋହିତଙ୍କ ସାଙ୍ଗରେ କିଛି ବୋଲାବୋଲି ହୋଇଥିଲା। ସେ ତ ଆଗରୁ ନିଆଁ ହୋଇଥିଲେ। ପହଞ୍ଚିଯାଇ ହୁକୁମ ଦେଲେ, "ମାର ଚଣ୍ଡାଳ ମାଉଁସ ବିକାକୁ।" ପାତ୍ରେ ଦେଖିଲେ ଗ୍ରାମ ଲୋକେ ସମସ୍ତେ ମାର ମାର କହି ଧାଇଁଛନ୍ତି, ତାଙ୍କ ପଟକୁ କେହି ନାହିଁ। ଯୋଡ଼ାଏ ତିନିଟା ଧକା ବିଧା ଚାପୁଡ଼ା ବି ବାଜିଗଲାଣି। ଟଙ୍କା ମାଗିବେ କଣ, ଘରମୁହାଁ ଧାଇଁଛନ୍ତି। ପିଲାଗୁଡ଼ାକ ହାତତାଳି ଦେଇ ପଛରେ ଧାଇଁଛନ୍ତି, ପାତ୍ରଙ୍କ ଉପରେ ଢେଲା ଧୂଳି ବୃଷ୍ଟି ହେଉଛି, ତିନି ଜାଗା ହାବୁଡି ପଡ଼ି ଆଣ୍ଠୁଗଣ୍ଠି ଛିଡ଼ି ଗଲାଣି। ପାତ୍ରଙ୍କୁ ଦିନବେଳେ ଆଉ କେହି କେଭେ ଗାଁ ଦାଣ୍ଡରେ ଦେଖିନାହିଁ। କମଳୀ ନାମରେ ଧନ୍ୟ ଧନ୍ୟ ପଡ଼ିଗଲା।

ବିରେଇ ବାହାରି ଆସିବା ଦିନ ଠାରୁ ମାମୁ ମାଇଁ ବଡ ବେହାଲରେ ପଡ଼ିଲେଣି। ଆଗେ ବିରେଇ ଡରରେ ଚଣ୍ଡୀ ଗୋଠରୁ ଗୋରୁ ବା ମରେଇରୁ ଧାନ ଲୁଚା ଚୋରା କରି

ବିକୁଥିଲା, ଏବେ ଡାକଫୁଙ୍କାର ଦିନ ବେଳେ ବିକି ଦେଉଛି। ବାପ ମା କିଛି କହିଲେ ବାଡ଼େଇବାକୁ ଧାଏଁ, ସେମାନେ ଡରରେ କିଛି କହି ପାରନ୍ତି ନାହିଁ। ପୁଅଟା କଥା କାହାକୁ ବା କହିବେ, ତୁନି ହୋଇ ପଡ଼ିଥାନ୍ତି। ବର୍ଷ ଦୁଇଟା ଭିତରେ ଅଢ଼େଇ ବୋଡ଼ିଆ ପଲାଟାରେ ଛଡ଼ା ଲାଞ୍ଜି ଖଣ୍ଡେ ବି ନାହିଁ। ଗଛ ପରି ତିନିଟା ମରେଇ ଝାଡ଼ଝୁଡ଼। ଏଣେ ଚାଷଟା ବି ସେହିପରି। ଶ୍ୱାସ ବେମାରିଟା ପାତ୍ରଙ୍କୁ ବଳିପଡ଼ିଲାଣି, ପିଣ୍ଡାରୁ ଓହ୍ଲାଇବାକୁ ନାହିଁ, ବିଲବାଡ଼ି ଯିବେ କଣ ? ଚଣ୍ଡି ତ ମୌଜରେ ଲାଗିଛି, ବିଲକୁ ଯିବ କଣ ? ଚାଷଗୁଡ଼ିକ ମୂଲିଆଙ୍କ ଜିମା, ମୂଲିଆ ଦଶ ଗୌଣୀ ବୁଣିବାକୁ ଘେନିଗଲେ ତ ପାଞ୍ଚଗୌଣୀ ପଡ଼ିଲା ବିଲରେ, ଆଉ ପାଞ୍ଚ ଗୌଣୀ ମୂଲିଆଣୀର ଢେଙ୍କିଶାଳରେ। ପାତ୍ରଙ୍କ ପାଖରୁ ମୂଳ ନେଇ ଆପଣାର ବିଲ ବାଛି ଯାନ୍ତି। ଏଥିରୁ ଯାହା ଚାଷ ହେବ, ସମସ୍ତଙ୍କୁ ଜଣା।

ବୋଇଲା--"ଆପେ ଚଷିବୁ ପୂରା ଚାଷ
ଛତା ଯୋତା ଅଧା ଚାଷ,
ମୂଲିଆ ଚାଷ ଫସରଫାସ।"

ଯେ କେତେ ପୁଞ୍ଜା କଳେଇ ଖଳାକୁ ଆସେ, ଖଜଣାକୁ ନିଅଣ୍ଟ।

ଏତିକିବେଳେ କଣ ହେଲା କି ଗାଁରୁ ଢେର ବଳଦ ଗାଈ ଚୋରି ଗଲା। ଆଜି ଶୁଣାଗଲା ଶାମଲ ଘର ବଳଦ ଚୋରି ତ, କାଲି ପରିଡ଼ା ଘର ଯୋଡ଼ାଏ ଗାଈ ମିଳୁ ନାହାନ୍ତି। ମାସ ଛଅଟା ମଧ୍ୟରେ ଦଶ ପାଞ୍ଚ ଗଣ୍ଡା ଗୋରୁ ଚୋରି ଗଲାଣି। ଗାଁଯାକ ଡକା ପଡ଼ିଗଲା। ଚୋର ଧରିବା ଲାଗି ଗାଁଯାକ ତୁନି ତୁନି ବିଚାର କରି ଛକଛାକରେ ରହିଗଲେ।

ଦିନେ ଅଧରାତି ବେଳେ ପାଣ୍ଡିଆ ପାତ୍ରପୁଅ ଚଣ୍ଡିଆ ଆଉ ଚାରି ଜଣ ବାଉରି ଟୋକା ଯୋଡ଼ାଏ ବଳଦ ବାନ୍ଧି ଘେନି ବିଲ ମଝିରେ ଯାଉଥିଲେ, ଗୋଟାଏ ଲୋକ କୁହାଟଟାଏ ମାରିଦେଲା, କୋଡ଼ିଏ ତିରିଶ ଜଣ ଚାରି ପଟରୁ ବେଢ଼ି ଗଲେ। ଆଉ ଚୋର କାହିଁ ଯିବେ ? ଲଙ୍ଗଳ ଦଉଡ଼ାରେ ବାହୁକୁ ବାହୁ ଛନ୍ଦି କାଠମୁଠିଆ କରି ବାନ୍ଧି ପକାଇଲେ। ମାଡ଼ ତ ମାଡ଼, ଚୋରଗୁଡ଼ାଙ୍କ ଚେତା ବୁଡ଼ିଗଲାଣି। ଚୌକିଆ ଗୋରୁ ସହିତ ଚୋରମାନଙ୍କୁ ଥାନାକୁ ଘେନିଗଲା। 'ଚୋର ମା ଲାଜରେ ନ କାନ୍ଦେ,' ପାତ୍ର ପାତ୍ରାଣୀ ବୁଢ଼ା ବୁଢ଼ୀ ଯୋଡ଼ିକ କବାଟ ଦେଇ ଘର ଭିତରେ ଧକେଇ ଧକେଇ କାନ୍ଦୁଛନ୍ତି। ଗାଁ ଗୋଟାକ ବାଡ଼େ, ହେଲେ ବିରେଇ ମାମୁ ମାଇଁଙ୍କର ବିକଳ ସହିପାରିଲା ନାହିଁ। ସଦର କଚେରୀକୁ ଧାଇଁଲା, ଟାଣୁଆ ଟାଣୁଆ ଓକିଲ ମୁକ୍ତାର ଯୋଡ଼ାଏ ଦେଲା, ଖୁବ୍ ଲଢ଼ିଲା। ବମାଲ ଗ୍ରେପ୍ତାର, ଆଉ କଣ ରକ୍ଷା ଅଛି, ଚଣ୍ଡିଆର କଠିନ ପରିଶ୍ରମ ସହିତ ମିଆଦ ଦେଢ଼ ବର୍ଷ।

ବିପଦ ଯେ ସଞ୍ଜୁଆ ଅନ୍ଧାରପରି ଚାରିଆଡ଼ୁ ମାଡିଆସେ। ଚଣ୍ଡୀ ବିଭାଘରକୁ ପାତ୍ରେ ମଧୁସାହୁ ମହାଜଙ୍କୁ ଗୁଜା ଲେଖିଦେଇ ପାଞ୍ଚଶ ଟଙ୍କା କରଜ ଆଣିଥିଲେ। ପାତ୍ରଙ୍କ ମରେଇରେ ଢେର ଧାନ ଥିଲା, ପାତ୍ରେ ସେ ଧାନ ବିକିଦେଇ ଦେଣା ଶୁଝିବାକୁ ବସିଥିଲେ,

ପାତ୍ରାଣୀ କରିବାକୁ ଦେଲେ ନାହିଁ। କହିଲେ, "ବିରେଇ ବିଲରୁ ଯେ ଧାନ ଆସିବ, ଅଲଗା ଅଲଗା ଖଳା ମୁଣ୍ଡରେ ବିକିଦେଇ ଦେଣା ଶୁଝିଟ ହେବ। ବିରେଇ ତ ତାହାର ବିଲ ଘେନିଗଲା, ଚାଷରୁ ତ ଧାନ ମିଳିଲା ନାହିଁ, ଦେଣାଟା ବଢ଼ିଗଲା। କଳନ୍ତର ଆଗରେ ଘୋଡ଼ା ଦଉଡ଼ି ପାରେ ନାହିଁ। ମହାଜନ ମୂଳ କଳନ୍ତର ମାମଲା ଖର୍ଚ୍ଚା ବାରଶ ଟଙ୍କାତକ ଡିଗ୍ରୀ କରି ରଖିଥିଲା, ଏତିକିବେଳେ ପାତ୍ରଙ୍କ ଘର ଦୁଆର ସହିତ ବିଲବାଡ଼ି ନିଲାମ କରି ନେଇ ପାତ୍ର ପାତ୍ରାଣୀଙ୍କୁ ଘରୁ କାଢ଼ି ଦେଲା। ମଳିଆ ଚିରକୁଟ ଲୁଗା, ଦେହରେ ଅଧ ଆଙ୍ଗୁଳିଏ ବହଳ ମଳି, ଖଡ଼ିଗାର କାଟି ଯାଉଛି, ଗେଧ ଗେଧୁଣି ପରି ଯୋଡ଼ାକଯାକ ଦାଣ୍ଡ ବରଗଛ ମୂଳରେ ପଡ଼ିଛନ୍ତି।

ବିରେଇ ଶୁଣି ଧାଇଁଲା। ଦେଖିଲା, ମାଇଁର ଚେତା ନାହିଁ, ମାମୁ ବେକ ଭାଙ୍ଗି ଆଣ୍ଠୁ କୁଣ୍ଢେଇ ବସିଛନ୍ତି। ବିରେଇ କାହାରିକୁ କିଛି ନ କହି ମାଇଁକୁ ଲାଉ କଲା, ମାମୁ ହାତ ଧରି ଧୀରେ ଧୀରେ ଆପଣା ଘରକୁ ଘେନିଆସିଲା। ବିରେଇ କମଳୀ ଦୁଇଜଣ ଦୁଇ ଗିନା ତେଲ ଲଗାଇ ଦେଇ ଦୁଇଜଣଙ୍କୁ ଗାଧୁଆ ପାଧୁଆ କରାଇ ଦେଇ ଦୁଇଖଣ୍ଡ ଧୋବ ଲୁଗା ପିନ୍ଧାଇ ଦେଲେ। ମାଇଁ ତଣ୍ଟିରେ ଭାତ ଗଲୁ ନାହିଁ। କମଳୀ ଅଧସେରେ ସରିକି ଦୁଧରେ ମୁଠାଏ ଭାତ ଚକଟି ପିଆଇ ଦେଲେ।

ମାମୁ ମାଇଁ ତ ଘରେ ଥାନ୍ତି। ଅଧିକରେ ବିରେଇ ଦୁଇଜଣଙ୍କ ପାଇଁ ଚାରିଅଣାର ଆପୁ ଆଉ ସେରେ ଦୁଧ ବନ୍ଦୋବସ୍ତ କରିଦେଲା। କମଳୀ ଦୁଧ ଢାଳୁଢାଳୁ କେବେକେବେ ଦେଢ଼ସେର ସରିକି ପଡ଼ିଯାଏ। ବିରେଇ ଘରେ ପୁଞ୍ଜାଏ ଦୁହାଁଳୀ ଗାଈ ବଂଧା। ମାମୁ ସବୁବେଳେ ଦାଣ୍ଡପିଣ୍ଡାରେ ତୁନିହୋଇ ବସିଥାନ୍ତି- ମାଇଁ ହେଁସଟା ପାରି ଶୋଇପଡ଼ିଥାନ୍ତି। କମଳୀ ତେଲ ଲଗାଇ ଦେଇ ଗାଧୋଇ ଆଣେ। ସଞ୍ଜବେଳେ ଅଧଗିନାଟି ତେଲଧରି ମଉଳା ଶାଶୁ ଗୋଡ଼ ଘଷେ। କମଳୀ ଘଡ଼ିଏ ଯାଏଁ ଗୋଡ଼ ଘଷୁଥାଏ। ମାଇଁ ଦିନେହେଲେ କହିଲେ ନାଇଁ ଯେ, “ଥାଉ ରେ ମା – ତୋ ହାତ ବଥା କରିବ।” ଗାଁ ମାଇପେ କିଛି କହିଲେ କମଳୀ କହେ “ହେଉ ହେଉ ବୁଢୀଲୋକ, ମନଦୁଃଖରେ ଅଛନ୍ତି।

ଡାକମୁନ୍‌ସି

ହରି ସିଂହ ସରକାରୀ କର୍ମରେ ବାହାଲ ହେବା ଦିନଠାରୁ ମଫସଲର ସାନ ବଡ଼ ଅନେକ ପୋଷ୍ଟ ଅଫିସ୍‌କୁ ବଦଳି ହୋଇ କର୍ମ ଇଞ୍ଜାମ କରି ଆସିଲେଣି। ଆଜକୁ ଦଶ ବରଷ ହେଲା କଟକ ସଦର ପୋଷ୍ଟଅଫିସ୍‌ରେ ବରାବର ରହି କର୍ମ କରୁଛନ୍ତି। ଭଲରୂପେ କର୍ମ କରିବାରୁ ପ୍ରମୋଶନ ପାଇଲେଣି। ବର୍ତ୍ତମାନ ହେଡ଼ ପିଅନ, ଦରମା ମାସକୁ ନଅ ଟଙ୍କା। କଟକ ସହରରେ ସବୁ ଜିନିଷ କିଣା। ନିଆଁ ଟିକକ ପାଇଁ ଦିଆସିଲ୍ ଲାଇଟା ମଧ୍ୟ ନ କିଣିଲେ ନୁହେଁ। ଅତି କଷ୍ଟରେ ଚଳି ସୁଦ୍ଧା ମାସକୁ ପାଞ୍ଚ ଟଙ୍କାରୁ ଊଣା ଖରଚ ପଡ଼େ ନାହିଁ। କୌଣସି ରୂପେ ଘରକୁ ଚାରିଟଙ୍କା ନ ପଠାଇଲେ ନୁହେଁ। ଘରେ ସ୍ତ୍ରୀ ଆଉ ଆଠ ବରଷର ପୁଅ ଗୋପାଳ। ମଫସଲ ଜାଗା, ଚାରି ଟଙ୍କାରେ କୌଣସି ରୂପେ ଟାଣଟୁଣ ହୋଇ ଚଳିଯାଏ। ସେଥିରୁ ପଇସାଏ ଊଣା ହେଲେ ଅଚଳ। ଗୋପାଳ ଅପର ପ୍ରାଇମେରୀ ସ୍କୁଲରେ ପଢ଼େ। ସ୍କୁଲରେ ଦରମା ମାସକୁ ଦୁଇଅଣା। ସ୍କୁଲ ଦରମା ଛଡ଼ା ଆଜି ବହି ଖଣ୍ଡେ, କାଲି ସ୍ଲେଟ୍ କାଗଜ ଏ ସବୁ ଜିନିଷ କିଣିବାକୁ କେବେ କେବେ କିଛି କିଛି ବେଶି ଖରଚ ପଡ଼େ। ଏପରି ଉପୁରି ଖରଚ ପଡ଼ିଗଲେ ସେ ମାସରେ ଭାରି କଷ୍ଟ। ଦିନେ ଦିନେ ବୁଢ଼ାକୁ ଉପାସ ରହିଯିବାକୁ ହୁଏ। ଉପାସ ହେଉ ପଛେ, ମୋ ଗୋପାଳଟି ପଢୁ।

ଦିନେ ପୋଷ୍ଟମାଷ୍ଟର ସର୍ଭିସ୍ ବୁକ୍ ଦେଖି କହିଲେ, "ହରି ସିଂହ, ତୁମ୍ଭର ପଞ୍ଚାବନ ବର୍ଷ ବୟସ ହୋଇଗଲା, ପେନ୍‌ସନ୍ ନେବାକୁ ହେବ, ଆଉ ଚାକିରୀ କରି ପାରିବି ନାହିଁ।" ସିଂହଙ୍କ ମୁଣ୍ଡରେ ତ ବଜ୍ର ଭାଙ୍ଗି ପଡ଼ିଲା। କଣ କରିବେ, ସଂସାର ଚଳିବ କିପରି ? ସଂସାର ଯାହାହେଉ, ଗୋପାଳର ଯେ ପଢ଼ା ବନ୍ଦ। ଗୋପାଳ ଜନ୍ମଦିନଠାରୁ ସିଂହେ ମନ ମଧ୍ୟରେ ଭାରି ଗୋଟାଏ ଉଚ୍ଚ ଆଶା ପୋଷିଛନ୍ତି-ଗୋପାଳ ମଫସଲ ପୋଷ୍ଟଅଫିସ୍‌ରେ ସବ୍‌ପୋଷ୍ଟମାଷ୍ଟର ହେବ-ଅତି ନିକୁଛରେ ଭିଲେଜ୍ ପୋଷ୍ଟମାଷ୍ଟର ହେବ। ମାତ୍ର ଟିକିଏ ଇଂରାଜୀ ନ ଜାଣିଲେ ତେଡ଼େବଡ଼ ଚାକିରୀଟା ମିଳିବା ମୁସ୍କିଲ। ମଫସଲରେ ସୁବିଧା ନାହିଁ, କଟକ ଆଣି ଇଂରାଜୀ ପଢ଼ାଇବାକୁ ହେବ। ଚାକିରୀ ଗଲେ କେଡ଼େ ବଡ଼ ଆଶାରୁ

ଏକାବେଳକେ ନିରାଶ। ସବୁବେଳେ ସେହି କଥା ଭାବି ଭାବି ଦେହଟା କଳାକାଠ ପଡ଼ିଗଲାଣି। ଦିନେଦିନେ ରାତିରେ ନିଦ ହୁଏ ନାହିଁ, ଭାବି ଭାବି ରାତି ପାହିଯାଏ।

ସିଂହଙ୍କ ଉପରେ ପୋଷ୍ଟମାଷ୍ଟର ବାବୁଙ୍କର ଭାରି ମେହେରବାନି। ବସାରେ ମୁକରରି ଚାକର ଥିଲେ ମଧ୍ୟ ସରକାରୀ କାମ ସାରି ସଞ୍ଜବେଳେ ସିଂହେ ବାବୁଙ୍କ ବସାରେ ଦୁଇ ଚାରିଟା କାମଦାମ କରିଦେଇ ଆସନ୍ତି। ସଞ୍ଜବେଳେ ଗୋଟାଏ ଆରାମ୍ ଚୌକିରେ ପଡ଼ି ବାବୁ ଇଂରାଜୀ ଖବରକାଗଜ ପଢ଼ିବାବେଳେ ସିଂହେ ଯେଉଁ ମିଠା କଡ଼ା ଗୁଡ଼ାଖୁ ଚିଲମେ ସାଜି ଦିଅନ୍ତି, ସେପରି କେହି ଜାଣେ ନାହିଁ। ଦିନେ ସଞ୍ଜବେଳେ ସିଂହେ ଭଲ କରି ଗୁଡ଼ାଖ ଚିଲମେ ସାଜି ଆଣି ଭଲ କରି ଚିଲମଟା ଫୁଙ୍କିଦେଲେ। ବାବୁଙ୍କ ମୁହଁରୁ ଇଞ୍ଜିନ ପାଇପରୁ ବାହାରିଲା ପରି ଧୁଆଁଗୁଡ଼ାକ ଭକ୍ ଭକ୍ କରି ବାହାରୁଛି, ଟିକିଏ ଟିକିଏ ଆଖି ବୁଜି ଆସିଲାଣି। ସିଂହେ ବୁଝି ନେଲେ ଏହିଟା ଠିକ୍ ସମୟ। ସିଂହେ ବାବୁଙ୍କ ଗୋଡ଼ତଳେ ଦଣ୍ଡବତ ହୋଇ ହାତ ଯୋଡ଼ି ଖୁବ୍ ଭକ୍ତିରେ, ଖୁବ୍ ବିନୟରେ, ଖୁବ୍ ଧୀରେ, ଖୁବ୍ ମିଠା କଥାରେ ଆପଣାର ଦୁଃଖ ହାଲ ଚୁମ୍ବକ ଚୁମ୍ବକ ସମସ୍ତ କଥା ଜଣାଇଲେ। ଗୋପାଳ ସମ୍ବନ୍ଧରେ ତାଙ୍କର ଯେଉଁ ଉଚ୍ଚ ଆଶା, ତାହା ମଧ୍ୟ ଜଣାଇବାକୁ ପାଶୋରିଲେ ନାହିଁ। ବାବୁ ସେହିପରି ନୟନ ମୁଦ୍ରିତାବସ୍ଥା-ଧୀର ଗମ୍ଭୀର ଭାବରେ କହିଲେ, "ଆଚ୍ଛା, ଦରଖାସ୍ତ ଖଣ୍ଡେ ଲେଖି ଆଣ।" ବାବୁଙ୍କର ସାହସ ଥିଲା, କାରଣ ପୋଷ୍ଟାଲ ଇନ୍ସପେକ୍ଟର ବା ସୁପରିଣ୍ଟେଟେଣ୍ଡେଣ୍ଟ ବାବୁମାନେ ଆସିଗଲେ ପୋଷ୍ଟମାଷ୍ଟର ବାବୁଙ୍କ ବସାରେ ରହନ୍ତି। ଉପର ହାକିମମାନଙ୍କ ମନତୁଷ୍ଟି ପାଇଁ ଖାଦ୍ୟପେୟ ବିଷୟରେ ଯେପରି ଆୟୋଜନ ହେବାର ଉଚିତ୍, ସେଥିରୁ ତ୍ରୁଟି ହୁଏ ନାହିଁ। ସେ ରାତ୍ରରେ ପୋଷ୍ଟମାଷ୍ଟର ବାବୁ 'ହରି ସିଂ, ହରି ସିଂ' କରି ଦଶଥର ପାଟି କରୁଥିବାର ଶୁଣାଯାଏ। ହରି ସିଂହେ, ପୁରୁଣା ଲୋକ, ଢେର ଢେର ହାକିମହୁକୁମା ଅମଳ କଲେଣି। କାହାର କି ରକମ ମିଜାଜ, କିଏ କାହିଁରେ ଖୁସି, ଜାଣନ୍ତି। ସେ ଦିନ ଅଧରାତିଯାଏ ସିଂହଙ୍କୁ ବାବୁଙ୍କ ବସାରେ ରହିବାକୁ ହୁଏ। କାରଣ ଓଡ଼ିଶାର କଦର୍ଯ୍ୟ ହାଓଆ ହେତୁରୁ କେହି ବାବୁ ହଠାତ୍ ପୀଡ଼ିତ ହୋଇ ବାନ୍ତିଫାନ୍ତି କରି ପକାଇଲେ ହରି ସିଂହେ ସୋଡ଼ା କାଗଜିଲେମ୍ବୁ ପ୍ରଭୃତି ହାଜର କରାଇ ବାବୁଙ୍କୁ ସମ୍ଭାଳି ନିଅନ୍ତି। ବାବୁମାନେ ଆରାମରେ ଶୟନ କଲା ଉତ୍ତାରେ ସିଂହେ ଅଧରାତିରେ ବସାକୁ ଯାଇ ଆପଣା ପାଇଁ ରୋଷେଇ କରନ୍ତି। ଏହି ସୂତ୍ରରେ ସିଂହେ ଉପରବାଲା ହାକିମମାନଙ୍କଠାରେ ପରିଚିତ।

ହରି ସିଂହଙ୍କ ଦରଖାସ୍ତ ପିଠିରେ ପୋଷ୍ଟମାଷ୍ଟର ବାବୁ ଭଲ ରୂପେ ସୁପାରିସ କରି ସଦରକୁ ପଠାଇ ଦେଲେ, ଅଳ୍ପଦିନ ମଧ୍ୟରେ ଏକଷ୍ଟେନ୍ସନ୍ ହୁକୁମ ପହଞ୍ଚିଲା। ସିଂହେ ତ ମହାଖୁସି, ଏହି ଖୁସି ଖବରଟା ଗାଁକୁ ଲେଖି ପଠାଇଲେ। ବର୍ତ୍ତମାନ ସର୍ବସ୍ୱ ଲୋକ ଉପସ୍ଥିତ ସୁଖ ବା ଦୁଃଖରେ ବିମୋହିତ ହୋଇ ପଡ଼ିଥାନ୍ତି। ଭବିଷ୍ୟତ ବିଧାତା ତାଙ୍କ ପାଇଁ କଣ

ବିଧାନ କରୁଛନ୍ତି, ତେଣିକି ଥରେ ହେଲେ ଅନାଇବା ଦରକାର ମଣନ୍ତି ନାହିଁ। ସିଂହଙ୍କର ଏତେ ବଡ଼ ଆନନ୍ଦଟା ପାଣିଫୋଟକା ପରି ଫାଟିଗଲା। ଘରଠାରୁ ଚିଠି ଆସିଲା, ଗୋପାଳ ମାଆର ସନ୍ନିପାତ ରୋଗ, ଜୀବନର ଆଶା ନାହିଁ। ସିଂହେ ପୋଷ୍ଟମାଷ୍ଟର ବାବୁଙ୍କୁ ଚିଠିଖଣ୍ଡକ ଦେଖାଇଲେ। ବାବୁ ବଡ଼ ଦୟାଳୁ ଲୋକ, ତତ୍‌କ୍ଷଣାତ୍ ଛୁଟି ଦେଲେ। ସିଂହେ ଏକନିଶ୍ୱାସରେ ଘରକୁ ଧାଇଁଲେ, ଘରେ ପହଞ୍ଚି ଯାହା ଦେଖିଲେ, ତାଙ୍କ ଆଖିର ଜ୍ୟୋତି ହଜିଗଲା। ଜଗତଟା ଯେମନ୍ତ ଅନ୍ଧକାରମୟ। ବୁଢ଼ୀର କଥା ଶେଷ ପ୍ରାୟ ହେଲାଣି। ସ୍ୱାମୀଙ୍କୁ କ୍ଷୀଣ ଦୃଷ୍ଟିରେ ଭଲ କରି ଅନାଇଲେ, ଦୁଇ ହାତ ଅଳ୍ପ ଉଠାଇ ଦଣ୍ଡବତ କଲେ, ସ୍ୱାମୀଙ୍କ ଗୋଡ଼ଧୂଳି ନେବାକୁ ଠାରିଲେ। ସେହି ଧୂଳି ଟିକେ ପାଇଁ କି ଅନାଇ ରହିଥିଲେ ? ସବୁ ଶେଷ ହେଲା ! ସିଂହଙ୍କର ପ୍ରକୃତ ଗୃହ ଭଗ୍ନ ହେଲା। ସେ ଘର ମାଲମତା ଦୁଇ ଖଣ୍ଡ ବିକି ପିଲାଟିକୁ ଧରି କଟକ ପଳାଇ ଆସିଲେ।

ଗୋପାଳ ମାଇନର ପଢ଼େ। ସିଂହଙ୍କର ବର୍ତ୍ତମାନ ଭାରି କଷ୍ଟ, ପେନ୍‌ସନ୍ ହୋଇଗଲାଣି, ଭାରି ଅଚଳ। ଘରେ ଲୋଟା କଂସା ଯାହା ଦୁଇଖଣ୍ଡ ଥିଲା, ବିକିବାକି ଖାଉଛନ୍ତି, ଚାକିରୀରେ ଥିବାବେଳେ ଅତି କଷ୍ଟରେ ମାସକୁ ଦୁଇ ଚାରି ଅଣା ସଞ୍ଚି ସେଭିସଂ ବେଙ୍କରେ ରଖିଥିଲେ, ଗୋପାଳ ପଛରେ ମାଇନର ପଢ଼ାରେ ସବୁ ସାରିଲେ। ସିଂହଙ୍କର ପ୍ରବଳ ଆଶା, ଗୋପାଳ ପାସ୍ କଲେ ସବୁ କଷ୍ଟ ମେଣ୍ଟିବ। ଗୋପାଳ ମଧ୍ୟ କେତେଥର ଭରସା ଦେଇ କହିଲାଣି, "ବାପା, ଧାର କରଜ କରି ମୋତେ ପଢ଼ାଅ, ଚାକିରୀ କରି ଶୁଝିବି।"

ହରି ସିଂହଙ୍କର ଆର୍ତ୍ତ ପ୍ରାର୍ଥନା ଦୀନବନ୍ଧୁ ପ୍ରଭୁ ଭଗବାନ୍ ଶୁଣିଲେ। ଗୋପାଳ ମାଇନର ପାସ୍ କଲା। ସିଂହଙ୍କର ଆନ୍ଦର ସୀମା ନାହିଁ। ସେହି ପୁରୁଣା ପୋଷ୍ଟମାଷ୍ଟର ବାବୁ ଅଛନ୍ତି, ସିଂହେ ତାଙ୍କୁ ଧରି ବହୁତ ନିବେଦନ କଲେ। ଉପର ହାକିମମାନଙ୍କର ମଧ୍ୟ କିଛି ଅନୁଗ୍ରହ ଥିଲା, ଗୋପାଳ ଏକାବେଳକେ ମଫସଲ ମକ୍ରାମପୁର ପୋଷ୍ଟ ଅଫିସରେ ସବ୍ ପୋଷ୍ଟମାଷ୍ଟର ନିଯୁକ୍ତ ହେଲେ, ବେତନ ମାସକୁ କୋଡ଼ିଏ ଟଙ୍କା। ବର୍ତ୍ତମାନ ସଦର ପୋଷ୍ଟଅଫିସରେ ଚାରିମାସ କାମ ଶିଖି ମଫସଲ ଯିବେ।

ହରି ସିଂହଙ୍କର ଆନନ୍ଦର ସୀମା ନାହିଁ, ଅନବରତ ପ୍ରଭୁଙ୍କ ଅନାଇ ମୁଣ୍ଡିଆ ମାରି ମାରି ଜଣାଉଛନ୍ତି, "ଧନ୍ୟ ପ୍ରଭୁ ତୁମ୍ଭର କରୁଣା, ଦୁଃଖୀର ଗୁହାରି ଶୁଣିଲ।" ଚାକିରୀ ଖବର ଆସିବା ଦିନ ରାତିରେ ବୁଢ଼ା ସିଂହେ ନିରୋଳାରେ ବସି ଢେର କାନ୍ଦିଲେ। ହାୟ ! ଆଜି ବୁଢ଼ୀ ଥିଲେ କେଡ଼େ ଆନନ୍ଦଟା ହୁଅନ୍ତେ, ତାଙ୍କ ଗୋପାଳ ହାକିମ ଚାକିରୀ ପାଇଲା, ଆନନ୍ଦ ଉତ୍ସବରେ ଗଡ଼ି ଯାଉଥାନ୍ତେ। ହାୟ ! ଅଭାଗୀ କପାଳିରେ ଦେଖିବାକୁ ନାହିଁ। ହେଉ ହେଉ, ଗୋପାଳ ତ ହାକିମ ହେଲା। ପ୍ରଭୁ ଗୋପାଳଟିକୁ ରକ୍ଷାକରନ୍ତୁ।

ଗୋପାଳ ପ୍ରଥମ ମାସ ଦରମାଟା ପାଇ ବୁଢ଼ା ହାତରେ ଦେଲେ। ବୁଢ଼ାର ଆନନ୍ଦ କହିଲେ ନ ସରେ, ଗୋଡ଼ ତଳେ ପଡୁନାହିଁ। ପୁଅ ହାକିମ; ଏତେ ଗୁଡ଼ାଏ ଟଙ୍କା ମାସକ ମଧ୍ୟରେ ଆଣିଲା। ଟଙ୍କା ଗୁଡ଼ାକ ଚାରି ପାଞ୍ଚ ଥର ଗଣି ଅଣ୍ଟିରେ ବାନ୍ଧି ଶୋଇଲେ। ଆରଦିନ ସଖାଳେ ଲଣ୍ଡଭଣ୍ଡ ହୋଇ ବଜାରକୁ ଧାଇଁଲେ। ଜୁତା, କୁରୁତା, ଲୁଗା ଯାହା ଯାହା ଦରକାର କିଣାଗଲା। ଗୋପାଳ ଯେ ହାକିମ ହେଲାଣି, ସେ କଣ ଯେ ସେ ଲୁଗା ପିନ୍ଧିବ ? ଭେକ ଦେଖି ସିନା ଭିକ! ସେହିପରି ପୋଷାକ ଲୋଡ଼ା।

ଏଣେ ଗୋପାଳବାବୁ ଅଫିସରେ ପାଞ୍ଚଜଣ ବାବୁଙ୍କ ସାଙ୍ଗରେ ବସି ଇଂରାଜୀ ଲେଖନ୍ତି। ବାବୁମାନଙ୍କ ସହିତ ସବୁବେଳେ କାରବାର, ସମସ୍ତେ ଡାକନ୍ତି 'ଡାକ ମୁନ୍‌ସି ବାବୁ', ପୁରା ନାମ ଗୋପାଳଚନ୍ଦ୍ର ସିଂହ। ଏଣେ ବସାରେ ଆସି ଦେଖନ୍ତି କଣ, ନା ବୁଢ଼ାଟା ଧୂଳିଆ ଲୁଗା ଖଣ୍ଡେ ପିନ୍ଧି କାମରେ ଲାଗିଛି, ଗୋପାଳ କିମିତି ଭଲ କରି ଦିଟା ଖାଇବ- ଗୋପାଳ ଗାଧୋଇ ଗଲା, ଓଦା ଲୁଗା ଶୁଖି ନାହିଁ-ପିଲାଟା କାମ କରି କରି ଧନ୍ଦି ଗଲାଣି, ଏହି ସମସ୍ତ ଦିନ ରାତି ଚିନ୍ତା। ଆଗେ ବୁଢ଼ା ସିଂହେ ବେଳେ ବେଳେ ହରିନାମ କରୁଥିଲେ, କିଛି କିଛି ଧର୍ମ କର୍ମ କରୁଥିଲେ, ଏବେ ଗୋପାଳ ବାବୁଙ୍କ ପାଇଁ ସବୁ ଭୁଲିଗଲେଣି। ବୋଧ କରି, ହରି ଏ ସବୁ ଦେଖି ବୁଢ଼ା ଉପରେ ଖପା ହୋଇ ଗଲେଣି- ଧମକାଇ କହିଲେ, "ଆରେ ନିର୍ବୋଧ ଏ କଣ ରେ ! ଆଚ୍ଛା ବୁଝିବୁ !"

ଏଣିକି ଗୋପାଳ ବାବୁଙ୍କର ଭାବ କିଛି କିଛି ବଦଳି ଗଲାଣି। ଏବେ ବାପକୁ ଦେଖିଲେ ମିଛଟାରେ ହେଲେ ରଗ ରଗ ସିଂ ସିଂ ହୁଅନ୍ତି। ଏଟା ମୁର୍ଖ, ଇଂରାଜୀ ଜାଣେ ନାହିଁ-ମୂଳିଆ-ମଳିଆ ଲୁଗା ପିନ୍ଧିଥାଏ, ଏଟାକୁ ବାପ ବୋଲି ଡାକିବି, ଲୋକେ କଣ କହିବେ ! ସେ ଦିନ ଶିକ୍ଷିତା କେତେ ଜଣ ସ୍ତ୍ରୀଲୋକ ସେମିଜ ପିନ୍ଧି ପୋଷାକ ପିନ୍ଧି ଠିଆ ହୋଇଥିଲେ-ବୁଢ଼ାଟା ଦେହରେ କୁରୁତା ନାହିଁ, ସେମାନଙ୍କ ଆଗ ଦେଇ ଚାଲିଗଲା। କି ଲଜ୍ଜା, କି ଲଜ୍ଜା, ଏଟାକୁ ବସାରୁ ନ ତଡ଼ିଲେ ଆଉ ଇଜ୍ଜତ ରହିବ ନାହିଁ।

ଦିନେ ଡାକ ମୁନସୀ ବାବୁ ବାପକୁ କହିଦେଲେ, "ଦେଖ, ତୁମେ ମୋର କିଛି ଉପକାର କରି ନାହଁ, ଇଚ୍ଛା ହେଲେ ବସାରେ ରହ, ନୋହିଲେ ଚାଲିଯାଅ। ଆଉ ଦେଖ, ବାବୁମାନେ ଆମ ଦୁଆରକୁ ଆସିଲେ ତୁମେ ଘରୁ ବାହରିବ ନାହିଁ।" ଗୋପାଳ କଥା ଶୁଣି ବୁଢ଼ାର କାନ ମୁଣ୍ଡ ଭାଁ ଭାଁ କଲା, ଚୁପ୍ ହୋଇ ବସି ପଡ଼ିଲା। କାହାକୁ କହିବ ପୁଅ କଥା? ଅଜାଗା ଘା ଦେଖି ହୁଏ ନାହିଁ, ଦେଖାଇ ହୁଏ ନାହିଁ। ଯାହାକୁ ମନର କଥା କହନ୍ତା, ସେ ଯାଇଛି। ବୁଢ଼ୀ କଥା ମନରେ ପଡ଼ିଲା, ଢେର କାନ୍ଦିଲା, ଚାରିଆଡ଼କୁ ଅନାଇଲା କେହି ଭରସା ନାହିଁ। ବୁଢ଼ା ଦୁଃଖ ବେଳେ ବୁଢ଼ୀ କଥା ମନରେ କରେ, ସୁଖ ବେଳେ ମନରେ କରେ। ମୁହଁ ପୋଛିଲା, ଆଉ କାନ୍ଦିଲା ନାହଁ, ଗୋପାଳର କାଳେ ଅମଙ୍ଗଳ ହେବ।

ଗୋପାଳ ବାବୁ କାଲି ସଖାଳେ ମଫସଲର କାମ ଜାଗାକୁ ଯିବେ, ବୁଢ଼ାକୁ ଜଣାଇ ନାହାଁନ୍ତି। ସକାଳୁ ଉଠିଲେ, ଅବଜ୍ଞା ଭାବରେ କହିଲେ, "ଏ ବାବା, ମୁଁ ମଫସଲ ବାହାରିଲି। ଏହି ଜିନିଷପତ୍ର ସବୁ ଘେନି ଆସ। କେତେ ବା ଜିନିସ, ବୁଝି ଖବରଦାର, ମୁଲିଆ କରିବ ନାହିଁ, କଲେ ତୁମେ ଜାଣ ମୁଁ ପଇସା ଦେବି ନାହିଁ।" ବାବୁ ପୋଷାକ ପିନ୍ଧି କାଖରେ ଛତା ଯାକି ବାଡ଼ି ଘୂରାଇ ଘୂରାଇ ଚାଲିଗଲେ। ବୁଢ଼ା କଣ କରିବ, ସବୁ ଜିନିଷ ରୁଣ୍ଡାଇ ପୁଣ୍ଡାଇ ଗୋଟାଏ ଗଣ୍ଠିରି ବାନ୍ଧି ମୁଣ୍ଡାଇଲା। ଚାଲି ପାରୁ ନାହିଁ, ଦେହରେ ବଳ ନାହିଁ, ଆଖିରୁ ବେଳେ ବେଳେ ପାଣି ବହି ପଡୁଛି, ଦଶ ଜାଗା ବସି ଉଠି ସଞ୍ଜ ସରିକି ମକ୍ରାମପୁରରେ ପହଞ୍ଚିଲା। ଡେରି ହେବାରୁ ବାବୁ ଫଜିତଟାଏ କଲେ, ବୁଢ଼ା ଗୁମ୍ ହୋଇ ବସି ଥକା ମେଣ୍ଟାଉଥାଏ।

ବାବୁ ସଖାଳେ ସଞ୍ଜ ଅଫିସକୁ ଯାଆନ୍ତି, ବୁଢ଼ାଟା ମୁହଁ ବୁଜି ବସାରେ କାମ ପାଇଟିରେ ଲାଗିଥାଏ। ବାପ ପୁଅ ଦୁଇଜଣ ଏକ ଜାଗାରେ ବସି ଦୁଇଟା ସୁଖ ଦୁଃଖ କଥା ହେଉଛନ୍ତି, ଏ କଥା କେହି କେବେ ଦେଖି ନାହିଁ। ଡାକମୁନସି ହେଲେ ମଫସଲର ଗୋଟାଏ ହାକିମ। କେତେ ଲୋକ ଆସି ଦଣ୍ଡବତ କରି ଯାଉଛନ୍ତି, ମୁର୍ଖ ବୁଢ଼ାଟା କଣ ଜାଣେ ଯେ ତା ସାଙ୍ଗରେ କଥା କହିବେ!

ବୁଢ଼ା ଦେହରେ ମଫସଲର ପାଣି ଚଳିଲା ନାହିଁ, ଜର ହେଲେ ଖୁଁ ଖୁଁ କରି କାଶେ, ସେ କାଶଟା ରାତିକି ବେଶି ହୁଏ। ବାବୁ ଶୋଇବାରେ ହରକତ ହେଲେ। ପିଅନକୁ ହୁକୁମ ଦେଲେ, "ବୁଢ଼ାଟାକୁ କିଆବାଡ଼ରେ ଫୋପାଡ଼ି ଦେଇ ଆସ।" ସେ ପିଅନଟା ମୁର୍ଖ; ଇଂରାଜୀ ପଢ଼ି ନାହିଁ, ତାର ଗୋଟାଏ ଦେଶୀ ହୃଦୟ ଅଛି, ବିଚାର କଲା 'କଣ ଏ ? ବୁଢ଼ା ରୋଗୀଟିକୁ କିଆ-ବାଡ଼ରେ ଶୁଆଇ ଦେବି?' ଦିନେ ବୁଢ଼ାର ଭାରି ଜର, ତିନିଦିନ ଖାଇ ନାହିଁ, ଅଧରାତି, ଅନ୍ଧାର, ଥଣ୍ଡା ପାଇ ବୁଢ଼ାର କାଶ ବଳି ପଡ଼ିଲା। ବାବୁ ତ ଭାରି ଖପା, ବୁଢ଼ା ଛାତିରେ ଦୁଇଟା ଇଂରାଜୀ ଘୁଷି ମାରିଲେ, ବିଛଣାପତ୍ର ବାହାରକୁ ଫୋପାଡ଼ି ଦେଲେ। ବୁଢ଼ା ଗାଁକୁ ପଳାଇଲା।

ପାଖରେ ଥିବା ଖୁବ୍ ଭଲ ଲୋକଙ୍କଠାରୁ ଶୁଣା ଯାଇଛି, ଗୋପାଳ ବାବୁଙ୍କ ମନ ସେହିଦିନଠାରୁ ବଡ଼ ଖୁସି। ଆଉ ଏଣେ ବୁଢ଼ା ଗାଁକୁ ଆସି ତାହାର ଯେଉଁ ଦୁଇ ମାଣ ଜମି ଥିଲା ଭାଗରେ ଲଗାଇଦେଲା, ଘରେ ବସି ଧାନ ପାଏ। ପେନସନ୍ ଟଙ୍କାରେ ଲୁଗାପଟା, ଲୁଣ ତେଲ ଖର୍ଚ୍ଚ ଚଳେ। କାଶ ହେଲା ଦିନଠୁଁ ବୁଢ଼ା ଟିକିଏ ଟିକିଏ ଅଫିମ ଧରିଛି। ସବୁ ଖର୍ଚ୍ଚ ଚଳେ, ଘରଠାରେ ପିଣ୍ଡାରେ ବସି ହରିନାମ କରେ। ଉଚ୍ଛୁଣି ବାପ ପୁଅ ଦୁହେଁ ଖୁସି। ପରର ସୁଖ ଦେଖି ପାଠକ ମହାଶୟ ଖୁସି ହୁଅ।

ସୁନାବୋହୂ

ରାମ ହରି ପଟ୍ଟନାୟକ ଥିଲେ ପୋଲିସର ଦାରୋଗା। ସାଲେପୁର ପ୍ରଗନା ଗୋପୀନାଥପୁର ଗାଁରେ ଜଣେ ଜଣାଶୁଣା ଲୋକ। ଭଲମନ୍ଦ କଥା ପଡ଼ିଲେ ଆଖପାଖ ଦଶ ଖଣ୍ଡ ଗାଁ ଲୋକେ ପରାମର୍ଶ ଲୋଡ଼ିବାକୁ ତାଙ୍କ ପାଖକୁ ଧାଇଁ ଆସନ୍ତି। ପଞ୍ଚାୟତ ଲୋକେ ଚାହିଁ ବସିଥାନ୍ତି, ରାମହରିବାବୁ ଆସିବେ, ତେବେ କଥା ପଡ଼ିବ। ବାବୁ ପେନ୍‌ସନ୍ ପାଇ ପାଞ୍ଚବର୍ଷ ଯାଏ ଘରେ ବସିଥିଲେ। ତାଙ୍କ ବିୟୋଗ ବେଳକୁ ପୁତ୍ର ଶିବସୁନ୍ଦରର ବୟସ ଦଶ। କନ୍ୟା ଚମ୍ପାଦେଈକୁ ପାଞ୍ଚବର୍ଷ ପଶିଥିଲା। ବିଧବା ବିମଳାଦେଈ ବଡ଼ ଦୟାବତୀ, ବଡ଼ ହେଙ୍ଗୁଳୀ, ବଡ଼ ସରଳା ଥିଲେ। ଏବେ ବଡ଼ ଦୁଃଖରେ ପଡ଼ି ବଡ଼ ଘରଣୀ ହୋଇପଡ଼ିଲେଣି। ପିଲା ଦିଓଟି ଆଉ ଘରକରଣା ସମ୍ଭାଳି ସୁମ୍ଭଳି ରଖିଥିଲେ। ରାମହରିବାବୁଙ୍କର ଦରମା ଉପୁରି ସୁପରି ମିଶାଇ ବେଶ୍ ଦଶଟଙ୍କା ରୋଜଗାର ଥିଲା। ହେଲେ କଣ ହେଲା, ମଣିଷଟା ଥିଲେ ବଡ଼ ସାହାଖର୍ଚ୍ଚୀ, ତୁଚ୍ଛା ହାତରେ ମରିଛନ୍ତି। ବିମଳା ଦେଈ ଲୁଚାଛପା କରି ହାତରେ ଯେ ଦଶଟଙ୍କା ରଖିଥିଲେ, ଆଉ ଦେହର ଗହଣାଗାଣ୍ଠି ଦିଖଣ୍ଡ ବିକାବିକି କରି ଆଜିଯାଏଁ ଘର ଚଳାଇ ନେଲେ। ଆଉ ଆଉ ଖରଚ ଟାଣଟୁଣ କରି ପୁଅଟିର ପାଠ ପଢ଼ାରେ ସବୁ ସାରିଛନ୍ତି। ସବୁବେଳେ ବୋଲୁଥାନ୍ତି, "ଶିବୁ ଦି' ଅକ୍ଷର ପଢୁ, ଦେହରେ ଗୁଣ ଥିଲେ କାଲି ସଖାଳେ ଘରକରଣା କରି ବସିବ।"

ଝିଅ ଚମ୍ପାଟି ଦେଖିବାକୁ ବେଶ ଡୌଲଡାଉଲ, ନାକଟି ଖଣ୍ଡାଧାର ପରି ସିଧା। କଳା କଳା ବଡ଼ବଡ଼ ଆଖି ଯୋଡ଼ିକ ଢଳ ଢଳ ଦିଶୁଥାଏ। ମୁଣ୍ଡର ଅଳକା ଆଉ ଦାନ୍ତଗୁଡିକ ସୁନ୍ଦର, ମୁହଁଟିକୁ ସୁନ୍ଦର ମାନେ। କୁଙ୍କୁମ ବୋଲି ହେଲା ପରି ଦେହଟିର ରଙ୍ଗ। ଯିମିତି ରୂପ ସିମିତି ଗୁଣ। ମା ପାଖରୁ ବେଶ ରନ୍ଧାବଢ଼ା ଶିଖିଛି। ଆଉ ଆଉ ଗୁଣରେ ତାକୁ କେହି ବାରି ପାରିବ ନାହିଁ। ଶିବୁଭାଇ ଶ୍ରଦ୍ଧା କରି କିଛି ପାଠ ପଢାଇ ଦେଇଛନ୍ତି। ହାତରେ କାମ ପାଇଟି ନ ଥିଲେ ସଞ୍ଜବେଳେ ମା ପାଖରେ ବସି 'କୃପାସିନ୍ଧୁ ବଦନ' ଆଉ ଛାନ୍ଦମାଳାରୁ କେତେ

ଗୀତ ବୋଲେ। ଶିବୁ ବାବୁ କଚେରିରେ କିରାଣୀଗିରି କାମ କରନ୍ତି ଚାକିରୀ ଖଣ୍ଡକ ପାଇଲା ଦିନରୁ ତାଙ୍କର ଇଚ୍ଛା, ଅଳ୍ପସଳ୍ପ ଦରମା ଦେଇ ପିଲାଭଳିଆ ଗୋଟିଏ ରୋଷେୟା ରଖିଲେ ମା ଟିକିଏ ଆରାମରେ ରହିବେ। ବିମଳା ଦେଈ ପୁଣି ନିହାତି ନାରାଜ। ଚାଉଳ ଅଧସେରେ ଫୁଟାଇ ଦେଲେ ପାଇଟି ଛିଡ଼ିଲା, ପିଲାଟା କେତେ ଦରମା ପାଏ ଯେ ଖର୍ଚ୍ଚଟାଏ ବଢ଼ାଇ ବସିବ ?

ଦିନ ପାଣି ପରି ବହି ଯାଉଛି। ଆସନ୍ତା ବିଛା ଛ ଦିନକୁ ଚମ୍ପାର ବାର ପୁରି ଯାଇ ତେର ବର୍ଷ ପଶିବ। ତେଣିକି ଚଉଦ ଯୋଡ଼ା ବୟସ ପଶିଲେ ବାହା ମନା। ଏହି ବର୍ଷ ବିଭା ନ ହେଲେ ନୁହେଁ। କରଣ ଘର ବୋଲି ଝିଅଟାକୁ ଥୁବୁଡ଼ୀ କରି ଘରେ ରଖିବା, ସେହିଟା ନିହାତି ନିଲଠାପଣଂ କଥା। ଘର ଭଲ, କନ୍ୟାଟି ସୁଲକ୍ଷଣୀ, ଭଲ ଭଲ ଜାଗାରୁ ଜବାବ ଆସିଲାଣି। ବିମଳା ଦେଈଙ୍କର ତୁରନ୍ତ ଜବାବ, ନା। ଯେ ଯେତେ ବୁଝାଉ, ଏକା ରା - ନା।

୧। ପ୍ରଚଳିତପାଠ- ନିର୍ଲଜ୍ଜପଣିଆ

ଦିନେ ସଞ୍ଜବେଳେ ବିମଳା ଦେଈ ଆନୀ ପିଉସୀ ଆଉ ଶିବୁ ବାବୁଙ୍କୁ ପାଖରେ ବସାଇ ଆପଣା ମନ କଥା ଫିଟାଇ କହିଲେ, "ଦେଖ ପିଉସୀ, 'ଝିଅକୁ ଜୁଆଇଁ ନେଲେ ଗଲା, ଯମ ନେଲେ ମଲା।' ବଡ଼ ଲୋକ ଦେଖି ଦୂରଦୂରାନ୍ତରକୁ ଝିଅଟାକୁ ପେଲି ଦେବି, ଆଉ ତ ଆଖିସୁଲଭ ଦେଖି ପାରିବି ନାହିଁ। କରଣକୁଳ, ଯେ ଗଲା, ଏକମୁହାଁ ସେହି ଗଲା। ମୋର ଦିଓଟି ଆଖି; ଗୋଟିଏ ଗଲେ କାଣୀ ହୋଇ ମରିଯିବି ଯେ। ଇମିତି ଆଖପାଖରେ ଦେବି ଯେ ଯିମିତି ଡାକିଦେଲେ 'ଓ' କରୁଥିବ। ଏ ତ ଗଲା ଗୋଟିଏ ବାଡ଼। ଅସଲ କଥା ମୁଁ ସତ୍ୟ ଲଙ୍ଘିବି ନାହିଁ। ବାବୁମାନେ ଆଉ ବଉଳ ଚାଲି ଯାଇ ସ୍ୱର୍ଗରେ ଅଛନ୍ତି, ମୁଁ ନରକରେ ଘାଣ୍ଟି ହେଉଛି। ସତ୍ୟ ଲଙ୍ଘିଲେ ମୋତେ ନରକରେ ବି ଠାବ ହେବ ନାହିଁ।"

ରାମହରି ବାବୁଙ୍କ ଚାରି ଘର ଛଡ଼ା ପଡ଼ୋଶୀ ନବଘନ ଦାସେ ପୋଲିସର ଜମାଦାର ଥିଲେ। ଗୋଟିଏ ଥାନାରେ ଏକ ସଙ୍ଗରେ ଚାକିରୀରେ ଢେର ଦିନ ବିତି ଯାଇଥିଲା। ନବଘନ ବାବୁଙ୍କ କୁଟୁମ୍ବ ମଧ୍ୟରେ ଭାର୍ଯ୍ୟା କମଳା ଦେଈ ଆଉ ଗୋଟିଏ ପୁଅ ଦିବାକର। ଦୁଇ ବାବୁଙ୍କ ମଧ୍ୟରେ ଯିମିତି ମନ ମିଳେ, ଖୁବ୍ ଭାବ, ଏଣେ ଘରଆଡ଼େ ବିମଳା ଦେଈ ଆଉ କମଳା ଦେଈଙ୍କ ମଧ୍ୟରେ ସିମିତି ମିଳାପ, ସିମିତି ଏକ ମନ। ଦୁଇଜଣ ଯେତେବେଳେ ଭୁଆସୁଣୀ ଥିଲେ, ରୋଜ ସକାଳେ ବାଡ଼ିଆଡ଼େ ପୋଖରୀ ତୁଠରେ ଘଡ଼ିଏ ଯାଏ ବସି ଦାନ୍ତ ଘଷନ୍ତି, ଆଉ ଦୁଃଖ ସୁଖ କଥା, ହସି ଖୁସି କଥା, ରନ୍ଧାବଢ଼ା କଥା, ଘରକରଣା କଥା ହୁଅନ୍ତି। ଦୋଳପୂର୍ଣ୍ଣିମୀ ଦିନ ଦୁଇ ଜଣ ଆମ୍ବ ବଉଳ ବସିଲେ। ଚମ୍ପା ଯେତେବେଳେ ପେଟରେ ଥାଏ, କମଳା ଦେଈ କହିଲେ, " ବଉଳ ତମର ଯେବେ ଗୋଟିଏ ଝିଅ ହେବ, ମୋ ଦିବୁକୁ ଦେବ।" ବିମଳା ଦେଈ କହିଲେ, "ହଁ ବଉଳ ଦେବି।" କମଳା ଦେଈ, 'ସତ୍ୟ ?' ବିମଳା, 'ସତ୍ୟ। କମଳା 'ସତ୍ୟ' ?' ବିମଳା, 'ସତ୍ୟ।' କମଳା, 'ସତ୍ୟ ?'

ବିମଳା, 'ସତ୍ୟା' ତିନି ସତ୍ୟ ଉତ୍ତାରେ ଆଉ କଣ କଥା ଥାଏ ? ନବଘନ ବାବୁ, କମଳା ଦେଈ ଚାଲି ଯାଇଛନ୍ତି। ପୁଅ ଦିବାକର ଘରକୁ ଏକୁଟିଆ। ପିଲାଟା ଯୋଗାଂ, ଇଂରାଜୀ ବି ଦି ଅକ୍ଷର ଜାଣେ, ଯୁବା ବୟସ, ଦେଖିବାକୁ ସୁନ୍ଦର, କାକଟପୁର ଜମିଦାର ସିରସ୍ତାର ନାଏବ। ବିମଳା ଦେଈ ସେ ସତ୍ୟକୁ ହୃଦରେ ଲେଖି ରଖିଛନ୍ତି। କହିଲେ, "ମୁଁ ସତ୍ୟ ଲଘିଂବି ନାହିଁ, ଛେଉଣ୍ଡ ପିଲାଟିକି ଥାଏ କରିବି।" ବିଭା ହୋଇଗଲା। ଦିବାକର ଚମ୍ପା ମାଣିକଯୋଡ଼ା ପରି ପରମ ସୁଖରେ ଘରେ ଥାନ୍ତି। ଦୁଇ ଜଣଙ୍କର ଏକ ମନ, ଏକ କଥା, ଏକ ଇଚ୍ଛା। ପୃଥିବୀରେ ସ୍ୱର୍ଗୀୟ ସୁଖ ଯଦି କିଛି ଥାଏ, ସେହିଟା ହେଲା ଦାମ୍ପତ୍ୟପ୍ରେମ।

୧। ପ୍ରଚଳିତପାଠ- ଯୋଗ୍ୟ

ମା' ବିମଳା ଦେଈ ଏଣିକି ଅଡ଼ି ବସିଲେଣି, ଘରକୁ ବୋହୂଟିଏ ଆଣିବାକୁ ହେବ। ଦିନେ ରବିବାର, କଚେରି ବନ୍ଦ, ପୁଅ ଘରେ ଅଛି। ଶିବୁ ବାବୁ ବସି ଖଣ୍ଡିଏ ପୋଥି ପଢୁଥିଲେ। ବୁଢ଼ୀ ଧିରେ ଧିରେ ଯାଇ ପାଖରେ ବସିଲେ। କଅଁଳେଇ କଅଁଳେଇ କହିଲେ, "ଆରେ ବାପା ଶିବୁ ! ଆଜିକି ପାଞ୍ଚ ବରଷ ହେଲା ତୋ ସାଙ୍ଗରେ ଲାଗିଛି, କେତେ ଥର କହିଲି ! ଶୁଣିଲୁ ନାହିଁ। ପହିଲୁ ପହିଲୁ କହିଲୁ, ପାଠ ପଢ଼ି ସାରିଲେ ବାହା ହେବୁ। ପଢ଼ା ସରିଲା। ଫେର ଧରିଲୁ, ଚାକିରୀ କଲେ ବାହାଘର ହେବ। ଚାକିରୀ ବି ହେଲା। କାହିଁ, ବାହାଘରର ନା ଚର୍ଚ୍ଚା ବି ନାହିଁ। ମୋର କଣ ଆଉ ବଳ ବୟସ ଆସୁଛି ରେ ? ମୁଁ କଣ ଆଉ କାମ ପାଇଟିକି ପାରିବିରେ ? ବିଦ୍ୟା ମା' ସିନା ବାହାରଘର କାମ ପାଇଟି କରି ଦେଇଗଲା, ଭିତର ପାଇଟି ରନ୍ଧାବଢା କରୁଛି କିଏ ?ଏଣିକି ସଞ୍ଜ ହେଲା ତ ଆଖିକି କିଛି ଦିଶିବ ନାହିଁ, ପାଞ୍ଚ ଜାଗା ହାବୁଡ଼ି ପଡ଼ିବି, କାମ ପାଇଟି ହାତକୁ ଲାଗିବ ନାହିଁ। ଦିନେ ଦିନେ ଦିହପାକୁ ଲାଗିଲେ ଚମ୍ପା ଆସି ଦିଟା ସିଝାସିଝି କରି ଦେଇ ଯାଏ, ସେ କଣ ସବୁଦିନେ ଆସୁଥିବ ? ଯେତେ ହେଲେ ସେ ହେଲା ପରଘରୀ, ତାର ଫେର ଘରକରଣା ଅଛି ନା ? ପୁଣି ଘରକୁ ଏକୁଟିଆ, ଶାଶୁ ନଣନ୍ଦ କେହି ନାହିଁ ବୋଲି ସିନା ଯେତେବେଳେ ପାରେ ଧାଇଁ ଆସେ, ନୋହିଲେ କଣ ଆସି ପାରନ୍ତା ? ଆଉ ଦେଖ, ତିନି ପ୍ରସ୍ତ ଘର, ମୁଁ ଗୋଟାଏ କଣରେ କେଉଁଠି ପଡ଼ି ରହିଥାଏଁ, ତୁ କଚେରିକୁ ବାହାରିଗଲେ ଘରଗୁଡାକ କିମିତିକା ଖାଁ ଖାଁ ଗୋଡାଏ। ଏଇ ଘର କଣ ଥିଲା, କଣ ହେଲା। ହାଇରେ -ହା ! ମୁଁ ଆଉ କେତେ କାଳ ବଞ୍ଚି ରହିବି ରେ ! ମତେ ଟିକିଏ ଅନାରେ ଭଲା ! ସେ ନାହାନ୍ତି ବୋଲି ସିନା, ତୁ କଣ ଆଜିଯାଏ ଅଭିଆଡ଼ା ବସିଥାନ୍ତୁ ?" ବୁଢ଼ୀ ଆଉ କିଛି କହି ପାରିଲେ ନାହିଁ, ଧକେଇ ଧକେଇ କାନ୍ଦି ବସିଲେ, ସୁଁ ସୁଁ କରି ନାକ ପୋଛି ପକାଉଥାନ୍ତି।

ମା'ଙ୍କ ଦୁଃଖ ଦେଖି ଶିବୁ ବାବୁଙ୍କ ମନରେ ଭାରି ଦୁଃଖ ହେଲା, ପୋଥି ଖଣ୍ଡିକ ମେଜ ଉପରେ ଥୋଇ ଦେଇ ଆନୀଂ ଆଇ ଦୁଆରକୁ ଚାଲିଗଲେ। ଆନୀ ଆଇ ଲେଖାଯୋଖାରେ ବିମଳା ଦେଈଙ୍କ ପିଉସୀ, ଶିବୁ ଆଉ ଚମ୍ପାକୁ କୋଳରେ କାଖରେ କରି

ବଢ଼ାଇଛି। ବିମଳା ଦେଈ ତାକୁ ମା ପରି ମାନନ୍ତି, ଆନୀ ବି ବିମଳା ଦେଈଙ୍କୁ ଝିଅ ପରି ମଣେ, ଭଲ ପାଏ, ସବୁ କଥାରେ ସାହା ହୁଏ। ଆନୀ ଘର ଆଉ ବିମଳା ଦେଈଙ୍କର ପାଚିରୀ ଲଗାଲଗି, ଦୁଆର ଅଲଗା ଅଲଗା। ଆନୀ ଆଈ ବଂଶଲତା[୨] ଆମ୍ଭେମାନେ ପାଇ ନାହୁଁ, ଏଥକୁ ଉପର ପୁରୁଷର କାହାରି ପରିଚୟ ଦେବାକୁ ଅକ୍ଷମ। ବିଭାପ୍ରସଙ୍ଗରେ ଆଈ ନାତି ମଧ୍ୟରେ ଢ଼େର କଥାଭାଷା ହେଲା। ଆଈ କହିଲେ, " ଆଚ୍ଛା ଶିବୁ, ତତେ ଗୋଟିଏ ଭଲ ସୁନ୍ଦରୀ ବୋହୂ ଆଣି ଦେବି, ମାଣିଅବନ୍ଧ ଲୁଗାଟିଏ ପିନ୍ଧାଇବୁ ଏକା।"

ବୟସ ଥିବାବେଳେ ଆନୀ ଆଈ ବଡ କଳିହୁଡ଼ି ଥିଲା। ପର ଉପକାର କରିବାକୁ, ଭାବ କରିବାକୁ ବି ଆଗ। ବୁଦ୍ଧିମତୀ, ଦରକାର ପଡ଼ିଲେ ଗୋଟାଏ ଠକ ବୁଦ୍ଧି[୩] ଫାନ୍ଦି ଦେବାକୁ ବି ଖୁବ୍ ପାରେ। ରାଣ୍ଡ ମାଇକିନିଆଟିଏ ହେଲେ କଣ ହେଲା, ଭୁଲ ଭଟକାରେ ଗାଁ ଲୋକେ ତାକୁ ପରାମର୍ଶ ପଚାରନ୍ତି। ଉଛୁଣି ଆଈ ବଡ଼ ବୁଢ଼ୀ ହୋଇ ଗଲାଣି। ବାଡ଼ି ଖଣ୍ଡିଏ ଧରି ଠୁକୁରୁ ଠୁକୁରୁ କରି ବାହାରିଲା। ଦାଣ୍ଡ ଦୁଆରୁ "ରେ ବିମଳା ! ରେ ବିମଳା !" ଡାକି ଡାକି ଯାଇ ଝିଆରୀ ପଖରେ ବସିଲା। ଏ କଥା, ସେ କଥା, ଦୁଇଟା କଥା ବାଦେ କହିଲା, "ଆରେ ମା ! ଶିବୁ କହିଛି, ବାହା ହେବ। ହଁ, ଭଲଲୋକ ଘର ଝିଅଟିଏ ହୋଇଥିବ, ଦି ଅକ୍ଷର ପଢିଥିବ, ଇମିତିକା କନ୍ୟାଟିଏ ପାଇଲେ ବାହା ହେବ।" ଶିବୁ ବାବୁଙ୍କର ଆଉ ଗୋଟିଏ କଥା, କନ୍ୟାଟି ସୁନ୍ଦରୀ ହୋଇଥିବ; ଆଈ କିନ୍ତୁ ଏ କଥାଟା ଝିଆରୀକୁ କହିଲେ ନାହିଁ। ଏକା ଶିବୁ ବାବୁ କ୍ୟାଁ, ସୁନ୍ଦରୀ କନ୍ୟା ବିଭା ହେବାକୁ କାହାର ଇଚ୍ଛା ନ ବଳେ ? ପାଠକ ପାଠିକା ବୋଲନ୍ତୁ ଭଲା, କଥାଟା କଣ ମିଛ ?[୪] ବିମଳା ଦେଈ ଆନନ୍ଦରେ ପିଉସୀକୁ କୁଣ୍ଢାଇ ପକାଇ କହିଲେ, "ପିଉସୀ, ତୁ ଟକିଏ ଲାଗି ଯା, ମୋର ଆଉ କିଏ ଅଛି ? ବାପ ଛେଉଣ୍ଡଟି ଲାଗି କିଏ ଧାଇଁବ ? ଯାହା କରିବେ ଜୁଆଇଁ ବାବୁ। ମୁଁ ତ କହିବି ନାହିଁ, ତୁ ଯା ତାଙ୍କୁ କହିବୁ, ସେ ଖୋଜା ଲୋଡ଼ା କରି ଘଟଣା କରି ଦିଅନ୍ତୁ। ଚମ୍ପାକୁ କହିବି, ସେ ବି ଜୁଆଇଁ ବାବୁଙ୍କୁ କହିବ। ଯେତେ ହେଲେ ସେଇଟା ହେଲା ପିଲାଲୋକ। କହି ଜାଣିବ ନାହିଁ, ତୁ ଯା, ତାଙ୍କୁ ବୁଝେଇ ବାଝେଇ କହିବୁ।"

୧। 'ଅନୀ' ମାତ୍ର ପତ୍ରିକା ପ୍ରକାଶନର ସର୍ବତ୍ର ଆନୀ ଭବେ ଲିଖିତ-ସଂପାଦକ

୨। ପତ୍ରିକାପାଠ-କୃଷିନାମା-ସଂପାଦକ

୩। 'ଠିକ୍‌ବୁଦ୍ଧି', ଗଳ୍ପର ଉଭରଣରେ 'ଠକବୁଦ୍ଧି'ର ତାତ୍ପର୍ଯ୍ୟ ପ୍ରକାଶିତ-ସଂପାଦକ

୪। ପତ୍ରିକା ପ୍ରକାଶନରେ ରେଖାଙ୍କିତ ଧାଡ଼ିଟି ନାହିଁ

ଦିବୁବାବୁ ବର୍ତ୍ତମାନ ମହା ହଲରାଣରେ ପଡ଼ିଲେଣି। ଉଠୁଣୁ ବସୁଣୁ ଚମ୍ପା ତାଙ୍କ ସଙ୍ଗରେ ଲାଗିଛି "ମୋ ଭାଇପାଇଁ ଗୋଟିଏ କନ୍ୟା ଠିକଣା କରିଦିଅ।" ଦିବୁ ବାବୁ ବାହାରୁ କୁଆଡୁ ବୁଲି ଆସି ଘରେ ଗୋଡ଼ ଦେଇଥିବେ କି ନାହିଁ, ଚମ୍ପା ଧାଇଁ ଆସି ପଚାରିବ "କଣ

କନ୍ୟା ଠିକଣା ହେଲା ?" "ମଲା ଯା ! କନ୍ୟାଟାଏ କଣ ପଡ଼ିଆରେ ପଡ଼ିଛି ଯେ ଧାଇଁ ଯାଇ ଗୋଟାଇ ଆଣିଲେ ହେଲା ?" ଚମ୍ପାଟା ଯୋକ ପରି ଲାଗି ରହିଛି।

ଦିବୁ ବାବୁ ଜମିଦାର ନାଏବ। ମଫସଲର ଖବର ଜଣା। ପାଞ୍ଚ ଜାଗାକୁ ଖବର ପଠାଇଲେ। ଦୁଇପକ୍ଷରୁ ଲୋକ ଯା ଆସ କଲେ। କଥା ପଟିଲା ନାହିଁ, ଭାଙ୍ଗିଗଲା। ଶେଷରେ ପ୍ରସଙ୍ଗ ଚଳିଲା। ଦୁମଦୁମପୁରରେ କନ୍ୟାଟି ଘରଯୋଗା ହେଲାଣି। ବୟସ ସତର ବରଷ ଚାଲିଛି। ବିଧବାର ଝିଅ, ବଡ଼ଭାଇ ବଳରାମ ଦାସେ ଗାଁର ଅବଧାନ।

ସବୁ ପ୍ରସଙ୍ଗ ଶୁଣି ଶିବୁ ବାବୁ ଟିକିଏ ମୋଡ଼ ମାଡ଼ ହେଉଥିଲେ। କନ୍ୟାଟି ବଡ଼ ଲୋକର ଝିଅ, ଆଉ ସୁନ୍ଦରୀ ହୋଇଥିବ, ଏଇଟା କିଏ ନ ଲୋଡ଼େ ? ହେଲେ ସେଇଟା କଣ ସମସ୍ତଙ୍କ କପାଳକୁ ଘଟିଥାଏ ? ବିଭା କଥାଟା ଜାଣ ପ୍ରଜାପତି ଘଟସୂତ୍ର କଥା, ତାଙ୍କ ନିର୍ବନ୍ଧକୁ କିଏ ମେଣ୍ଟିବ ? କନ୍ୟା ଯେ ଇଶାଣରେ ଚାଉଳ ଦେଇଛି, ଧରି ବାନ୍ଧି ସେଇଠିକି ଯିବ। ଶିବୁ ବାବୁ ଆଖି ଫେରାଇ ଦେଖିଲେ, ଆଉ କେଉଁଠି ଠିକଣା ନାହିଁ। ଏଣେ ମା ହେଲେଣି ଅଥୟ। କଣ କରିବେ, ରାଜି ହୋଇଗଲେ। ବିମଳ ଦେଈଙ୍କ ଆନନ୍ଦ ଦେଖେ କିଏ, ଭୋକିଲା ଲୋକକୁ ପେଜ ମନ୍ଦାକ ବି ଅମୃତ। ବୋହୂ ବୋହୂ ଭଜି ହେଉଥିଲେ, ବୋହୂ ଠିକଣା ହେଲା, ଆଉ କଣ ? ଚମ୍ପା ମନରେ କଲା, 'ପାରିଲା ବୋହୂ ଆସିବ, ଏକାବେଳକେ ହାଣ୍ଡିଶାଳରେ ପଶିଯିବ, ମା' ଖଲାସ ପାଇଲେ, ଭଲ ହେଲା।'

ଦିବୁ ବାବୁ ଖବର ଆଣିଲେ, କନ୍ୟା ଦେହ ବର୍ଣ୍ଣ ଟିକିଏ କଳା, ନାମ - ନିମା। ନାମଟା ବିଚିକିଟିଆ କ୍ୟାଁ, ସେଥିର ମଧ୍ୟ ଖବର ଆସିଲା। କନ୍ୟାର ଉପର ଦୁଇ ଭାଇ ଲାଗ ଲାଗ ବାହୁଡ଼ିବା ବାଦେ କନ୍ୟାଟି ଜନ୍ମ ହେଲା। ମା ଦେଖିଲେ, କନ୍ୟାଟି ବଡ଼ ସୁନ୍ଦର, ଚମକି ପଡ଼ିଲେ, ଉପର ଦିଓଟି ସୁନ୍ଦର ପୁଅଙ୍କୁ ଯମ ନେଇ ଯାଇଛି, ଏ କନ୍ୟାଟିକୁ କାଳେ ଘେନିଯିବ, ନାମ ଦେଲେ ନିମା। ଅର୍ଥାତ୍ ନିମ ଭାରି ପିତା, ଯମକୁ ରୁଚିବ ନାହିଁ।

ସେ ସବୁ କଥା ଯାଉ, ନିମା ସଙ୍ଗରେ ଶିବୁର ବିଭା ହୋଇଗଲା। ବଡ଼ ପ୍ରେମରେ, ବଡ ଆନନ୍ଦରେ ଶାଶୁ ବୋହୂଟିକୁ ଘରକୁ ନେଲେ।

ନୂଆବୋହୂଟି ଘରେ ପଶିଛି, ତାକୁ ହଠାତ୍ କିମିତି କିଏ କହିବ, ତୁ ଏ କାମ କର, ସେ କାମ କର। ବୋହୂଟି ଡାଙ୍କିଡୁଙ୍କି ହୋଇ ଘରେ ପଶିଥାଏ। ଚମ୍ପା ଆପଣା ଘର ବାସିପାଇଟି ସାରି ଆସି ବୋହୂକୁ ଉଠାଏ। ସାଙ୍ଗରେ ଘେନି ଯାଇ ଗାଧୁଆପାଧୁଆ କରାଇ ଆଣେ। ବିମଳା ଦେଈ ରନ୍ଧାବଢ଼ା କରି ଭାତ ପରଷି ଦିଅନ୍ତି, ବୋହୂ ଖାଇ ହାତ ଧୋଇ ଶୋଇପଡ଼େ। ବିଦାମା' ଆସି ସଙ୍ଖୁଡି ବାସନ ଖଣ୍ଡ ଧୋଇ ପକାଏ।

ପନ୍ଦର ଦିନ ଗଲା, ଦି ମାସ ବି ଗଲାଣି। କାହିଁ, ବୋହୂ ତ ଗମ୍ଭିରରୁ ବାହାରୁ ନାହିଁ ? କାମ ପାଇଟି କିଛି କରୁ ନାହିଁ ? ଚମ୍ପା ଦି'ଥର, ଚାରିଥର କହିଲାଣି, "ବୋହୂ ଉଠ, କାମ ପାଇଟିରେ ଲାଗ, ରନ୍ଧାବଢ଼ା କର, ତୁଚ୍ଛାଟା ବିଛଣାରେ ପଡ଼ିଛୁ କ୍ୟାଁ ?" ବୋହୂ

ଘାଲେଇ ଦିଏ, ଶୁଣି ନ ଶୁଣିଲା ପରି କିଛି କଥା କହେ ନାହିଁ। ମନରେ କଲା, "କଣ ! ମା କହିଛି, ମୋ ଗେରସ୍ତ ରୋଜଗାରିଆ, ମୁଁ ଏ ଘରେ ସାଆନ୍ତାଣୀ। ଏ ଗୁଡ଼ାକ ମୋ ଘରେ ଖାଇବେ, କାମ ପାଇଟି କରିବେ ସିନା, ମୁଁ କ୍ୟାଁ ଗତର ଖଟାଇବି ?" ମା ଯେତିକି ଉପଦେଶ ଦେଇଥିଲା, ବୋହୂ ଭଲ କରି ମନରେ ରଖିଛି। ମା କହିଛି, ଶାଶୁକୁ ଅନାଇ କଥା କହିବୁ ନାହିଁ, ଠାରି ଠାରି ଦେବୁ। ବୋହୂ ଖାଇ ବସିଥାଏ, ଭାତ ତିଅଣ ଲୋଡ଼ା ହେଲେ କଂସା କି ଗିନାଟା ମାଟିରେ ଠୁକ୍ ଠୁକ୍ ମାରି ଠାରି ଦିଏ। ବୋହୂଟି ଟକିଏ ଭୋକ କାଉଳି, ଭାତ ରନ୍ଧାରେ ଶାଶୁ ଟିକିଏ ଡେରି କଲେ ବୋହୂ ରୋଷେଇ ଘରକୁ ଯାଇ ହୁଁ ହୁଁ କରି ପେଟରେ ହାତ ବୁଲାଇ ଠାରିଦିଏ। ବିମଳା ଦେଈ ବି ବୁଝି ପାରନ୍ତି ବୋହୂଟିକୁ ଭୋକ ଲାଗିଲାଣି।

ଚମ୍ପା ଆଉ ସହି ପାରିଲା ନାହିଁ। ବୋହୂକୁ ବକାବକି କଲାଣି। ବୋହୂ ବି କେତେ ସହିବ ? କ୍ୟାଁ ସହିବ ? ସେ ଯେ ଘରର ସାଆନ୍ତାଣୀ। ପହିଲୁ ପହିଲୁ ରାଗରେ ଗୁଇଁ ଗାଇଁ ହେଉଥିଲା, ଏଣିକି ସାଫ ଜବାବ୍ ଦେଲାଣି। ଦିନେ ଚମ୍ପା ଭାରି ରାଗିଯାଇ ବୋହୂକୁ ଗାଳିଦେଲା। ବୋହୂ ବି ଗାଳି ଆରମ୍ଭ କଲା। ବିମଳା ଦେଈ ଧାଇଁ ଆସି କହିଲେ, "ନା ରେ ମା ଚମ୍ପା ! ଛୁଆଟା ମା କୁ ଛାଡ଼ି ଆସି ମନ ଦୁଃଖରେ ଅଛି, ସବୁ କାମ ପାଇଟି ପଛେ କରିବ ଯେ। ଢୋଲ କାନ୍ଧରେ ପଡ଼ିଲେ ଆପେ ବଜାଇବ।" ଚମ୍ପା କହିଲା, "ନାହିଁ ମା ! ଯେ ବୋହୂ ଦେଖୁଛି, ଢୋଲ ତ ଢୋଲ, ଢେଙ୍କି କାନ୍ଧରେ ପଡ଼ିଲେ ବି ହଲଚଲ ହେବାର ନୁହଁ।"

ଦିନେ ଆନୀ ଆଈ ନାତୁଣୀକୁ ପଚାରିଲା, "କି ଲୋ ଚମ୍ପି ! ତୁ ତ ବୋହୂକୁ ଏତେ ବୁଝାଉଛୁ, ଏଣିକି ଉଠି କାମ ପାଇଟି କଲାଣି ନା ?"

ଚମ୍ପା କହିଲା, "ନାହିଁ ଲୋ ଆଈ, ତୁ ଯେତେ ମାଠିବୁ ମାଠ, ସେ ତ ସେଇ ଦରପୋଡ଼ା କାଠ !"

ରନ୍ଧା ବଢ଼ାରେ ଟକିଏ ଉଛୁର ହେଲେ ବା ଆଉ କିଛି କଥାରେ ବୋହୂଟା ଶାଶୁ ସଙ୍ଗରେ ଭଟ୍ ଭଟ୍ ଲଗାଇଲାଣି। ହେଲେ, ବୋହୂ ତା ମା କଥା ଭୁଲି ନାହିଁ। ଶାଶୁ ମୁହଁକୁ ଚାହିଁ ଗାଳି ଦିଏ ନାହିଁ; ଓଢ଼ଣା ପଡ଼ିଥାଏ, ପଛ କରି ବରବର କରି ବକିଯାଏ।

ବୋହୂର ଯେ ଏତେ ଗୁଣ, ଶିବୁ ବାବୁ ସବୁ ଜାଣନ୍ତି ନାହିଁ। ମା ତ କିଛି କହିବେ ନାହିଁ, ଚମ୍ପା ବି କିଛି କହେ ନାହିଁ। ହେଲେ ଘର କଥା ବାବୁ କଣ ବୁଝି ପାରିବେ ନାହିଁ?ସବୁ ନ ଶୁଣନ୍ତୁ, କେତେ କଥା ବୁଝିଲେଣି। ଏଣିକି ଚମ୍ପାକୁ ବଳେଇ ଧାଇଁ ଆସି ପାଟି ବନ୍ଦ କରାଇବ, ସବୁ କଥା କୁହାଇ ଦେବ ନାହିଁ।

ଦିନେ ସଞ୍ଜବେଳେ ଆନୀ ଆଈ ଦୁଆରେ ନାତି ନାତୁଣୀ ଆଈ ତିନିହେଁ ବସି ଢେର ବେଳ ଯାଏ କଣ ପରାମର୍ଶ କଲେ। ଅର୍ଥାତ୍ ସାଧୁ ଭାଷାରେ ଲେଖା ଯିବ, କମିଟି ବସିଲା। ଏତେ ତୁନି ତୁନି କଥା ହେଲେ ଯେ, କେହି କିଛି ଜାଣି ପାରିଲେ ନାହିଁ। ଶେଷରେ

ଶିବୁ ବାବୁ କହିଲେ, ଅର୍ଥାତ୍ ରିଜଲ୍ୟୁଶନ୍ ପାସ ହେଲା - "ଦେଖ ଚମ୍ପା ! ଆସନ୍ତା ଶୁକ୍ରବାର କତିରୁ ସୋମ ବାର ଯାଏ ଗୁଡଫ୍ରାଇଡେ, ଚାରିଦିନ କଚେରି ବନ୍ଦ ହେବ, ସେହି ସମୟରେ ସବୁ କଥା ଠିକ ଠିକଣା କରିବା।"

ଆଜି ଶୁକ୍ରବାର। ଜୁଆଇଁ ଦିବୁବାବୁ ସକାଳୁ ଉଠି କାକଟପୁର ଜମିଦାର ଘରକୁ ଗଲେଣି, ଦୁଇ ଦିନ ଆସିବେ ନାହିଁ। ଚମ୍ପା ଦୁଆରେ କଞ୍ଚି ଲଗାଇ ଦେଇ ମା ଘରକୁ ଅଇଲା। ଭାଇ ପିଣ୍ଡାରେ ବସିଥିଲେ, ଚମ୍ପାକୁ ଦେଖି ଟିକଏ ହସିଦେଇ ଦାଣ୍ଡ ପଟକୁ ଚାଲିଗଲେ ! ଚମ୍ପା ଏକାବେଳକେ ବୋହୂ ବିଛଣା ପାଖକୁ ଚାଲିଗଲା। ବୋହୂର ନିଦ ଭାଙ୍ଗିଲାଣି, ତୁଚ୍ଛାଟାରେ ବିଛଣାରେ ପଡ଼ି ଏକଡ଼ ସେକଡ଼ ଗଡ଼େଇ ପଡ଼େଇ ହେଉଛି। ଚମ୍ପା ଭାରି ଖପା ହେଲାପରି ଗର୍ଜନ କରି କହିଲା, "କି ଲୋ ବୋହୂ ! କିମ୍ଭୀରଟା ପରି ପେଟେ ଖାଇ ବିଛଣାରେ ପଡ଼ି ଗଡ଼େଇ ହେଉଛୁ, ଘରେ ପାଇଟି କରିବ କିଏ ଲୋ ? ତୁ ସାଙ୍ଗରେ କଣ ଗୋଟାଏ ପୋଇଲୀ ଆଣିଛୁ କି ଲୋ।" ଆଉ କଣ ସମ୍ଭଳା ଯାଏ ? ବୋହୂଟା ତ ସହଜରେ ଥିଲା ବଦରାଗୀ; ପୁଣି ତାର ବିଶ୍ୱାସ, ସେ ହେଲା ଘରେ ସାଆନ୍ତାଣୀ, ଏମାନେ କେହି ନୁହନ୍ତି। ଏଇଟା ପୁଣି ଆସି ଗାଳି ଦେବ ? କୋପରେ ଧଡ଼ପଡ଼ ହୋଇ ଉଠିଲା, ଲୁଗାଖଣ୍ଡ ସଜାଡ଼ି ପିନ୍ଧିବାକୁ ବେଳ ନାହିଁ, ମୁଣ୍ଡ ମୁକୁଳା, ଗର୍ଜନ କରି ଏକାବେଳକେ ଆରମ୍ଭ କରିଦେଲା, "ପୋଇଲି ! ନିଆଁଲାଗି, ଦୂର ହୋ ! ମୋ ଘରୁ ଦୂର ହୋ ! ମୁଁ ତ ସାଆନ୍ତାଣୀ, ତୁ କିଏ ଲୋ ?" ଗାଳି ଦେଉଛି ତ ଦେଉଛି, ସେଇ କଥା ସେଇ କଥା ବାରବାର କହୁଛି ! ଏଣେ ଚମ୍ପା ହସି ହସି ଯାଇ ମା ହାତରୁ ଛାଞ୍ଚୁଣୀଟା ଛଡ଼ାଇ ନେଇ ଘର ପହଁରି ବସିଲା।

ବିମଳା ଦେଈଙ୍କୁ କିଛି ଜଣା ନାହିଁ। କଳି ଶୁଣି ଅଥୟ ହେଲେ। କଳିକୁ ସେ ବଡ଼ ଡରନ୍ତି, କଳି ଜାଗାରୁ ପଳାନ୍ତି। ଦାଣ୍ଡରେ କେହି କଳି କଲେ କବାଟ କିଳି ପକାନ୍ତି। ବୋହୂକୁ ତୁନି କରାଇବାକୁ ଆସୁଥିଲେ, ଚମ୍ପା ହାତ ଧରି ଭିଡ଼ି ଘେନିଗଲା।

ବୋହୂଟା ଗର୍ଜି ଗର୍ଜି ଥକି ଯାଇ ଦୁଲକରି ବିଛଣାରେ ପଡ଼ିଗଲା। ତେତିକି ବେଳେ ଚମ୍ପା ପାଇଟି ଛାଡ଼ି ହସି ହସି ଆସି ଖୁବ୍ ଗୋଟାଏ କ୍ରୋଧ କଲାପରି କହିଲା, "କାହିଁ ଗଲା ସେ ସେ ପୋଇଲୀ ନିଆଁଲଗୀ ? ଛାଞ୍ଚୁଣୀରେ ତା ମୁଣ୍ଡରେ ଦଶ ପାହାର ପିଟିବି ! ଅଳପାଇସିଆ ନିଆଁଲଗା ତା ଭାଇକୁ ଧରି ଆଣି ଗୋଟ ଗୋଟି ଗଣି ଗଣି ତା ମୁଣ୍ଡରେ ବୋଡ଼ିଏ ଛାଞ୍ଚୁଣୀ ପିଟିବି !" ପୁଣି ବୋହୂ ରାଗି ଉଠିଲା, ଚମ୍ପାକୁ ଗାଳି ଦେବାକୁ ଲାଗିଲା। ବିମଳା ଦେଈ ଧାଇଁ ଆସି କହିଲେ, "ନାହିଁ ରେ ମା, ନାହିଁ ରେ ତାକୁ ଗାଳି ଦେ ନା ରେ ମା, ତା ମା କତିରେ ନାହିଁରେ, ଶୁଣିଲେ କାନ୍ଦିବ ରେ।" ଚମ୍ପା କହିଲା, "ତା ମା କାନ୍ଦୁ, ଏ ନିଆଁ ଝିଅକୁ କିଆଁ ମାରି ନ ପକାଇ ଏଠିକି ପଠାଇଛି ? ଏଇ ଛାଞ୍ଚୁଣୀରେ ଏ ପୋଇଲୀଟାକୁ ମାରି ପକାଇବି। ଗୋଟିଏ ବଡ଼ ସୁନ୍ଦର ବୋହୂ ଠିକ୍ ହେଲାଣି, ଆଜି ବାହାଘରର ସବୁ ଠିକ ହୋଇଯିବ।"

ଶିବୁ ବାବୁ ଦାଣ୍ଡ ପଟରେ ଥିଲେ, ଧାଇଁ ଆସି ଚମ୍ପା ହାତ ଧରି ଭିଡ଼ି ଭିଡ଼ି ନେଇ ଚାଲିଗଲେ, "ଆ ଚମ୍ପା ଆ, ମା ତାଙ୍କ ସୁନାବୋହୂକୁ ନେଇ ଘରେ ଥାନ୍ତୁ, ଆମେ ଦୁଇ ଜଣ ଘରୁ ବାହାରିଯିବା।" ଦୁଇ ଜଣ ମୁହଁରେ ଲୁଗା ଦେଇ ଟିକିଏ ହସି ହସି ଦାଣ୍ଡକୁ ଚାଲି ଅଇଲେ। ବୁଢ଼ୀ ନସରପସର ହୋଇ ପଛରେ ଧାଇଁଛନ୍ତି, "ଆରେ ତୁମ୍ଭେମାନେ ଯା' ନାହିଁ ରେ, ଆରେ ଶିବୁ, ଢ଼େର ବେଳ ହେଲାଣି ରେ, ଚମ୍ପା ଭାତ ବସାଇଛି, ଦିଟା ଖାଇ'ଯା' ରେ।"

୧। ପ୍ରଚଳିତପାଠ- ମୁହଁରେ ଦେଇ

ଶିବୁ - ଆଚ୍ଛା, ତୁ ଏଇ ଝିଅ ରାଣ ପକା, କିଛି କହିବୁ ନାହିଁ। ନୋହିଲେ ଆମେ ଦୁହେଁ ଖାଇବା ପିଇବା ନାହିଁ, ଘରୁ ବାହାରିଯିବା।

ବିମଳା ଦେଈ - ମୋ ମା ରାଣ ପକାଉଛି, ଆଖି ଛୁଉଁଛି, କିଛି କହିବି ନାହିଁ।

ଏଣିକି ପୁଅ ଝିଅ ଡରରେ ବିମଳା ଦେଈ କିଛି କହି ପାରୁନାହାନ୍ତି, ଖାଲି ବାଡ଼ି ଘର ହେଉଛନ୍ତି। ପୁଅ ଝିଅ ନ ଥିବା ବେଳେ ଟିକିଏ ବୋହୂ ଦୁଆରକୁ ଚାହିଁ ଦେଉଛନ୍ତି।

ଚମ୍ପା ଭାତ ଗାଳି ପକାଇ ଫେର ବୋହୂ ଦୁଆରକୁ ଗଲା। ପୁଣି ଗାଳି ଆରମ୍ଭ କଲା। ଦେଖିଲା, ବୋହୂର ଆଉ ଉଠିବାର ଶକ୍ତି ନାହିଁ। ବାଛୁରୀ ତତଲା ଲୁହା ଦାଗ ଦେବାବେଳେ ଯିମିତି ଗଁ, ଗଁ ଗର୍ଜେ, ସେହିପରି ଗର୍ଜୁଛି।

ବୋହୂ ବିଛଣାରେ ପଡ଼ି ପଡ଼ି ମନରେ କଲାଣି, "ମୁଁ ଆଉ କଣ ସାଆନ୍ତାଣୀ ? ନଣନ୍ଦଟା ଏତେ ଗାଳି ଦେଉଛି, ମୋ ଲାଗି କେହି ପଦେ କହୁ ନାହିଁ। ପୁଣି ଭାଇ ଭଉଣୀ ମିଳି ଗଲେଣି ! କଣ, ସେ ପୁଣି ଆଉ ଗୋଟାଏ ବିଭା ହେବେ ? ମୋ ଦଶା କଣ ହେବ ? ଶାଶୁ ତ ପାଖ ପଶୁ ନାହାନ୍ତି। ମୁଁ କଣ କରିବି ?" ତୁନି ହୋଇ ବିଛଣାରେ ପଡ଼ିଥାଏ, ବାହାରେ କଣ କଥା ହେଉଛି, କାମ ଡେରି ଶୁଣୁଥାଏ।

ସେତିକିବେଳେ ଚମ୍ପା ଭୋଁ, ଭୋଁ କରି ଶଙ୍ଖଟାଏ ବଜାଇ ଦେଲା। ଆଲୋ ବାରିକାଣି ! ଯା, ଦୂବ ବରକୋଳିପତ୍ର ଚନ୍ଦନ ସିନ୍ଦୂର ଆଉ ଆଉ ଚିଜ ସବୁ ସଜିଲ କରି ରଖି ଦେ। ଏ ବାରିକପୁଅ, ବଡ଼ ଘର ଝାଡ଼ିଝୁଡ଼ି ଆସନ ପକାଇ ରଖ, ପାଣିପଣା ସବୁ ଠିକ କର, ଆଉ କଣ ବେଳ ଆସୁଛି ? ସେତେବେଳକୁ ସାଆନ୍ତମାନେ ଆସିଲେ କଣ କରିବୁ ? ଭୋଁ, ଭୋଁ, ଭୋଁ ଶଙ୍ଖ ବାଜିଲା' ଆରେ ଶାମା ! ମିଠାଇ ଥଳିଟା ଭିତରେ ରଖିଦେ। କଣ କହିଲୁ ରାଧିକା ? ଦହି ସର ବିଲେଇ ଖାଇଗଲା ? ମଲା ଯା ! ସାଆନ୍ତମାନେ ଜଳଖିଆ କରିବେ କଣ ?

୧। ବାକ୍ୟଟି ପ୍ରଚଳିତପାଠରେ ବଂଧନୀ ମଧ୍ୟରେ ଉପଲଭ୍ୟ

ଚମ୍ପା ରନ୍ଧା ବଢ଼ା କରି ଭାଇଙ୍କୁ ମା'ଙ୍କୁ ଖୁଆଇଲା। ମା କହିଲେ, "ତୁ ଦିଟା ଖା, ଆଉ ବୋହୂ -" ପୁଅ ଉପରେ ନଜର ପଡ଼ିଗଲା - ଡରି ଯାଇ କହିଲେ, "ନାହିଁ, ନାହିଁ ମୁଁ

କହୁଛି, ଚମ୍ପୀ ଏକା ଖାଇବ।" ଶିବୁବାବୁ କହିଲେ, "ହଁ ଖବରଦାର, ବୋହୂ ନାମ ଧର ନା !" ମା ବାଡ଼ି ଦୁଆରକୁ ପଳାଇଲେ।

ବେଳ ବୁଡ଼ ବୁଡ଼ ହେଲାଣି। ଆନୀ ଆଈ ବାଡ଼ି ଖଣ୍ଡିଏ ଧରି ଅଇଲେ। ବୋହୂକୁ ଶୁଣାଇ ଶୁଣାଇ କହିଲେ, "କିଲୋ ଚମ୍ପୀ ! କଣ ହେଉଛି ? ଏ ଫୁଲମାଳ ଚନ୍ଦନ ସିନ୍ଦୂର ସବୁ କଣ ହେବ ?"

ଚମ୍ପା - ଏଇ ଦେଖୁନାହୁଁ, ଭାଇ ସାଆନ୍ତ ଆଉ ଗୋଟିଏ ବିଭା ହେବେ ପରା ! ଆଜି ମହାପ୍ରସାଦ ଉଠା ପରା। ତୁ ଯା, ସେଇ ଘରେ ମିଠାଇ ଦହି ଅଛି, ଆଣ, ଖା ଯା, ତତେ ବାଡ଼ି ଦେବାକୁ ମୋର ବେଳ ନାହିଁ।

ଭୋଁ -ଭୋଁ -ଭୋଁ ଶଙ୍ଖ ବାଜିଲା ! ସାଙ୍ଗେ ସାଙ୍ଗେ ହୁଳହୁଳି।

ଆଈ - ଆଚ୍ଛା, ନୁଆବୋହୂ ଆସିବ, ଏ ବୋହୂଟା କ'ଣ କରିବ ?

ଚମ୍ପା - ମଲା ଯା ! ଏଇଟା କି ବୋହୂ ମ ! ଘର ଦୁଆର ପାଇଟି କରିବ, ରନ୍ଧାବଢ଼ା କରିବ, ଏଇଥିଲାଗି ସିନା ଭାଇ ଏଟାକୁ ଆଣିଥିଲେ - ଏଟା ତ କିଛି କଲା ନାହିଁ, ବୋହୂ କଣ ?

ଆଈ - ଆଚ୍ଛା ଏ ବୋହୂଟା ଖାଇବ କ'ଣ ?

ଚମ୍ପା - କଣ ଖାଇବ ? ସେ ବୋହୂ ଖାଇଲେ ଯାହା ଛାଡ଼ି ଯିବ, ଏଟା ତା ଅଇଁଠା ଖାଇ ବାସନ ମାଜି ପକାଇବ।

ଆଈ - ଆଚ୍ଛା, ମୁଁ ଟିକିଏ ବୋହୂଟାକୁ ଦେଖି ଆସେ।

ଚମ୍ପା - ନା ଲୋ ଆଈ, ନା -ନା, ତା ପାଖକୁ ଯା ନା। ସେଟା ସିମିତି ପଡ଼ି ପଡ଼ି ଉପାସରେ ମରି ଯାଉ।

ଚମ୍ପା ମୁରୁକି ମୁରୁକି ହସି କଣ ଠାରି ଦେଲା।'ଆଚ୍ଛା ଆଚ୍ଛା ଥରେ ଦେଖେଁ 'କହି ଆନୀ ଆଈ ଯିମିତି ପାଖକୁ ଯାଇଛି, ବୋହୂ ଉଠିପଡ଼ି ବୁଢ଼ୀର ଦୁଇ ଗୋଡ଼ ଜାବୁଡ଼ି ଧଇଲା। କଥା କହି ପାରୁ ନାହିଁ, ଗୋଡ଼ ଯୋଡ଼ାକ ଧରି ଧକେଇ ହେଉଛି। ବହୁତ କଷ୍ଟରେ କହିଲା, "ଆଈ-ତା-ଙ୍କୁ-କ-ଅ- ବା-ଏ-ବେ-ନା-ଇଁ।"

ଆନୀ ଆଈ - ମୋ କଥା କଣ ସେ ଶୁଣିବ ? ତୁ ତ ଘରେ କିଛି କାମ ପାଇଟି କରିବୁ ନାହିଁ, ଭାତ ରାନ୍ଧିବୁ ନାହିଁ, ସବୁ କଥାରେ କଳି କରିବୁ, ସେଥିଲାଗି ଆଉ ଗୋଟାଏ ବୋହୂ ଆସୁଛି।

ବୋହୂ- ମୁଁ -ସ -ବୁ - କ -ରି -ବି।

ଆନୀ ଆଈ - ଆଚ୍ଛା, ତୁ ଶିବୁକୁ କହ।"ଆରେ ଶିବୁ, ଏଠିକି ଆ'ତ, ବୋହୂ କଣ କହୁଛି, ଶୁଣ।"

ଶିବୁ- ନା, ନା, ମୁଁ ଯାଇ ପାରିବି ନାହିଁ।

ଏଣେ ବୋହୂର ଯେତେ ବଳ, ଆନୀ ଆଇର ଗୋଡ଼ ଜାବୁଡ଼ି ଧରିଛି। କେଜାଣି ଗୋଡ଼ ଯୋଡ଼ାକ ଭାଙ୍ଗି ପକାଇବ। ସେହି ଆଇ ପଦ୍ମପାଦ ଛଡା ଯେ ବର୍ତ୍ତମାନ ନିମା ଦେଈଙ୍କର ସଂସାରରେ ଭରସା ନାହିଁ। ଆନୀ ଆଇ ପାଟି କରି ଡାକିଲେ, "ଆରେ ଶିବୁ, ଆ, ମୋ ଗୋଡ଼କୁ ବଡ଼ କାଟିଲାଣି ରେ !"

ଶିବୁ ବାବୁ ଯିମିତି ପାଖକୁ ଆସିଛନ୍ତି, ଆନୀ ଆଇ ତ ତାଙ୍କ ଗୋଡ଼ ଯୋଡିକ ବୋହୂ ଜିମା କରି ଦେଇ ଅଲଗା ହୋଇଗଲେ। ବୋହୂ ଭଲ କରି ସ୍ୱାମୀର ଗୋଡ଼ ଜାବୁଡ଼ି ଧଇଲା। ଗୋଡ଼ ଛାଡ଼ିଲେ ସିନା କୁଆଡ଼େ ଯିବେ ? ସଂସାରଯାକ ସବୁ ଅନ୍ଧାର - 'ପଦ୍ମପାଦ ଯୋଡ଼ିକ ଭରସା।' ଆନୀ ଆଇ ବୋହୂଲାଗି ସୁପାରିସ କରି କହିଲା, "ଆରେ ଶିବୁ ! ବୋହୂ ଏଣିକି ଘର କାମ ପାଇଟି ସବୁ କରିବ, ତୁ ବାହା ହୋ ନା।" ଶିବୁ ବାବୁ କହିଲେ, "କାହିଁ ସେ ତ ଆପେ କହୁ ନାହିଁ ?" ଏହି କଥା ପଦକ ଶୁଣି ବୋହୂର ବଡ଼ ଭରସା ହୋଇଗଲାଣି। ଚଞ୍ଚଳ କହି ପକାଇଲା, "ହୁଁ -ହୁଁ -ଉଁ -ଉଁ।"

ଶିବୁ ବାବୁ କହିଲେ, "ମୁଁ ହୁଁ -ହୁ-ଉଁ- ଉଁ ବୁଝେ ନାହିଁ।" ସଫା କରି ଗୋଟି ଗୋଟି କଥା କହୁ। ଶିବୁ ବାବୁ ଯେମିତି କହିଲେ, "ବୋହୂ ଠିକ୍ ସିମିତି ଗୋଟି ଗୋଟି କରି ସବୁ କଥା ଜବାବ କଲା।"

ଶିବୁ ବାବୁ ତାହା ବାଦେ କହିଲେ, "ଆଚ୍ଛା ଆଇ, ସେ କ୍ୟାଁ ଚମ୍ପୀ ସାଙ୍ଗରେ କଳି ଲଗାଇଲା ? ଘଷୁ ଭୂଇଁରେ ନାକ।" କିଛି ଓଜର ନାହିଁ - ବୋହୂ ଭୂଇଁରେ ନାକ ଘଷିଲା। ଚମ୍ପା ଠିଆ ହୋଇ ହସୁଥିଲା, ବୋହୂ ନାକଘଷା ବେଳେ ପଳାଇଲା। ବୋହୂ ଆଇ ପାଖରେ ବି ନାକ ଘଷିଲା। ଶିବୁ କହିଲେ- "ଆଚ୍ଛା ଆଇ, ମାଙ୍କ ପାଖରେ ଏହିପରି କହୁ।" ଗଲେ ସମସ୍ତେ ମା'ଙ୍କ ପଖକୁ। ବୋହୂ ଗୋଟି ଗୋଟି କରି ସବୁ କଥା କହିଲା। ମାଟିରେ ନାକ ଘଷିବା ବେଳେ ମା ଟିକିଏ ଦୁଃଖ କରି କହିଲେ, "ହଁ ରେ ହେଲାଣି ରେ, ବୋହୂ ସବୁ କରିବ ରେ।" ଶିବୁ ବାବୁ କଟମଟ କରି ଚାହିଁବାରୁ 'ନା ରେ -ନା ରେ' କହି ବିମଳା ଦେଈ ବାଡିଆଡକୁ ପଳାଇଲେ।

ଶିବୁ ବାବୁ କହିଲେ, "ଆଚ୍ଛା, ଏଥର ଚମ୍ପା ଗୋଡ଼ ଧରୁ।" ଚମ୍ପା ଧାଇଁଆସି ବୋହୂକୁ କୁଣ୍ଢାଇ ପକାଇଲା।"ନା, ନା, ଯେତେହେଲେ ମୋ ବଡ଼ ଭାଉଜ, ମା ପରି, ମୁଁ ସିନା ତା ଗୋଡ଼ ତଳେ ପଡ଼ିବି।" ଚମ୍ପା ବୋହୂକୁ ଜୁହାରଟିଏ କରି କୁଣ୍ଢେଇ ପକେଇଲା। ନଣନ୍ଦ ଭାଉଜ ଦୁହେଁ ଟିକିଏ କନ୍ଦାକନ୍ଦିହେଲେ। ଚମ୍ପା କ୍ୟାଁ କାନ୍ଦିଲା ? ମାତ୍ର ସେ କାନ୍ଦିଛି। ଚମ୍ପା ବୋହୂକୁ ବାଡିଆଡକୁ ଭିଡ଼ି ନେଇଗଲା। ଅଧଗିନାଏ ମାଲପା ଲଗାଇ ଦେଇ ଗାଧୋଇ ଆଣିଲା। ଚମ୍ପା ରନ୍ଧାବଢ଼ା କରି ମା ଭାଇଙ୍କୁ ଖୁଆଇଲା। ବୋହୂଟା ଉପାସ ଅଛି,

ନିଜେ କିମିତି ଖାନ୍ତା ? ନଣନ୍ଦ ଭାଉଜ ଏକ ସାଙ୍ଗରେ ବସି ଖାଇଲେ। ବୋହୂ ଟୁକୁଣାଏ ପାଣି ପିଇ ଲଠକରି ଭୂଇଁରେ ପଡ଼ିଗଲା।

ତହିଁ ଆରଦିନ କାଉ କା କରିବାବେଳକୁ ବୋହୂ ବାସି ପାଇଟି ସାରି ବସିଛି। ଟିକିଏ ଖରା ଉଠିଲା ବେଳକୁ ଚମ୍ପା ଆସି ଦେଖିଲା, ସବୁ ବାସି ପାଇଟି ସରିଲାଣି। ମନ ମଧ୍ୟରେ ଟିକିଏ ଖୁସି ହେଲା। ନଣନ୍ଦ ଭାଉଜ ଦୁହେଁ ସାଙ୍ଗସୁଙ୍ଗା ହୋଇ ଗାଧୋଇ ଗଲେ। ପ୍ରଥମ ପ୍ରଥମ ବୋହୂ ରାନ୍ଧି ଜାଣୁ ନ ଥିଲା, ଚମ୍ପା ଶିଖାଇ ଦେବାରୁ ଏବେ ବେଶ୍ ରାନ୍ଧେ। ଶାଶୁ କିଛି ପାଇଟି କରିବାକୁ ଗଲେ ବୋହୂ ହାତରୁ ଛଡ଼ାଇନିଏ। ପୁଅ ଝିଅ ଡରରେ ବି ବୁଢ଼ୀ କିଛି ପାଇଟିରେ ହାତ ଦିଅନ୍ତି ନାହିଁ। ଏକ ଜାଗାରେ ବସି ବୋହୂକୁ କହି ଦେଉଥାନ୍ତି।

ବିମଳାଦେଈ ଏକ ଜାଗାରେ ବସି ଦିନ ରାତି ମାଳାଟିଏ ଗଡ଼ାଉଥାନ୍ତି। କେହି ଲୋକ ଗାଁରୁ ଆସିଲେ ତା ପାଖରେ ଖାଲି ବୋହୂର ପ୍ରଶଂସା। ଦିନକୁ କୋଡ଼ିଏ ଥର ଯାହା ତାହା ପାଖରେ କହନ୍ତି "ମୋର ତ ସୁନା ବୋହୂ।"

ଧୂଳିଆ ବାବା

ଦେ ଗାଁର ହନୁମାନ୍ ଜୀ ପ୍ରତ୍ୟକ୍ଷ ଦେବତା। ସେ ତ କିଛି ଆଜିକାଲିକା କଳିଯୁଗର ଦେବତା ନୁହନ୍ତି ; ସତ୍ୟଯୁଗରୁ ବିରାଜୁଛନ୍ତି। ମହନ୍ତ ମହାରାଜାଙ୍କ ନାମ ହନୁମାନ୍ ଦାସ। ତାଙ୍କର ବି ସେହିପର ମହିମା। ବଡ ବଚନସିଦ୍ଧ ପୁରୁଷ ଥିଲେ। ଯାହାକୁ ଯାହା ଆଜ୍ଞା କରୁଥିଲେ, ତୁରନ୍ତ ଫଳି ଯାଉଥିଲା। ତାଙ୍କ ମହିମା କଥା ପୃଥିବୀଯାକ ଜାରି। ନାଗପୁର ମରହଟ୍ଟା ଫୌଜଦାର ସବୁ କଥା ଶୁଣି ପାରି ତାଙ୍କୁ ଦର୍ଶନ କରିବାକୁ ଅଇଲା। ସକାଳଓଳିଆ ମହନ୍ତ ମହାରାଜ ଗୋଟାଏ କାନ୍ଥଡ଼ା ଉପରେ ବସି ଗଞ୍ଜେଇ ଟିପୁଥିଲେ। ଦୂରକୁ ଅନାଇ ଦେଲେ ଯେ ଗୋଟାଏ ଖୁବ୍ ବଡ ଦନ୍ତାହାତୀ ଉପରେ ଅମାରି କସା, ତା ଉପରେ ପାଠଛତା ଉଡୁଛି, ଫୌଜଦାର ତା ଉପରେ ବସି ଆସୁଛି। ମହନ୍ତ ମହାରାଜ ଖାଲି ଏତିକି କହିଲେ, "ହୁଁ - ଚେଲ୍ ବାବା କାନ୍ଥଡ଼ା ଚେଲ୍।" ଆଉ କଣ କାନ୍ଥଡ଼ା ରହିପାରେ, ଚାଲିଲା। ତେଣୁ ଆସୁଛି ହାତୀ, ଏଣୁ ଯାଉଛି କାନ୍ଥଡ଼ା, ଅଧ ବାଟରେ ଭେଟାଭେଟି। ଫୌଜଦାର ଯିମିତି ଅନାଇ ଦେଇଛି, ଆଉ କଣ ହାତୀରେ ବସିପାରେ ! ଖପ୍ କରି ହାତୀରୁ ଡେଇଁପଡ଼ି ଲମ୍ ତମ୍ ଗୋଡ଼ତଳେ ପଡ଼ିଗଲା। ମହନ୍ତ ମହାରାଜ କଲ୍ୟାଣ କଲେ, "ଜୀତେ ରହୋ - ଜୀତେ ରହୋ - ବଚ୍ଚା, ଉଠ - ଉଠ।" ଫୌଜଦାର ଯିମିତି ଉଠିଛି, ସାଙ୍ଗେ ସାଙ୍ଗେ ତମ୍ବା ପାଟିଆରେ ବାରବାଟୀ ଜମି ଅକରା ସନନ୍ଦ କରିଦେଲା। ଏହି ମହନ୍ତ ଗାଦିରେ ବସିଥିଲେ - ବାରଶ ବାର ମାସ ବାର ଦିନ। ସେ ତ ଥିଲେ ଇଚ୍ଛାମୟ ପୁରୁଷ, ଆଉ ପୃଥିବୀରେ ରହିବାକୁ ମନ ବଳିଲା ନାହିଁ। ଅଯୋଧ୍ୟାକୁ ଖବର ଗଲା। ହନୁମାନ ଗାଦିରୁ ଜଣେ ଚେଲା ଆସିଲେ। ଏହାଙ୍କ ହାତରେ ଗାଦି ଦେଇ ସ୍ୱର୍ଗକୁ ଚାଲିଗଲେ। ଏ ଚେଲାଙ୍କ ନାମ ମର୍କଟ ଦାସ ମହନ୍ତ ମହାରାଜ। ଗାଦିର ମହିମା - ଏ ମହନ୍ତ ବି ସେହିପରି। ୟାଙ୍କ ସମୟରେ ପଡ଼ିଲା ଫିରିଙ୍ଗି ଅମଳ ଜାରି। କଟକ ସାହେବ କହିଲା, "କ୍ୟା, ହିନ୍ଦୁ ଫକୀରଟା ଖଜଣା ନ ଦେଇ କେଉଁ ଏତେଗୁଡ଼ାଏ ଜମି ମାହାଲିଅ ଖାଏଗା ? ବୋଲାଓ ଉସ୍କୁ, ହାମ୍

ଦେଖେଙ୍ଗା।" ପରୁଆନା ପାଇ ମହନ୍ତ ଘୋଡ଼ାରେ ଚଢ଼ି ବାହାରିଲେ। ଆଗରେ ବାନା ବୈରଖ ଉଡୁଛି, ହରିବୋଲ ପଡୁଛି, କୀର୍ତ୍ତନ ଲାଗିଛି, ଯାଇ ବିଜେ ହୋଇଗଲେ ମହାନଦୀ କୂଳରେ। ଭୋଦୁଅ ମାସିଆ ଦିନ, ମହାନଦୀ ଏ କୂଳ ସେ କୂଳ ଖାଉଛି, ବର୍ଷା ତୋଫାନ ବୋଲେ ମୁହିଁ - ନାଉରୀ କହିଲା ନାଆ ଫିଟାଇବ ନାହିଁ। ପାରି ହେଉଛନ୍ତି କିମିତି ? ମହନ୍ତ ମହାରାଜ ଆଜ୍ଞା କଲେ "ପରବା ନାହିଁ !" କାଖରେ ସେ ବାଘ ଛାଲ ଥିଲା, ପାଣିରେ ପାରି ଦେଲେ - ଆପେ ବିଜେ ହୋଇଗଲେ, ଅଧିକାରୀ ଟହଲିଆ ସୁଆର ଚଳିବା ଭଳି ଲୋକଙ୍କୁ ପାଖରେ ବସାଇ ନେଲେ। ଜଣେ ଛତିଆ ମହନ୍ତଙ୍କ ମୁଣ୍ଡ ଉପରେ ପାଠ ଛତା ଟେକିଥାଏ। ଦୁଇ ଜଣ ବାହିଆ ଛାଲ ବାହି ଯାଉଥାନ୍ତି। ଏଣେ ମହାନଦୀ ଆର କୂଳରେ ସାହେବ ରାଉଟି ପକାଇ ବସିଥିଲା। ଦୂରବୀନ୍ ରେ ଚାହିଁ ଦେଲା, ପାଖ ଲୋକଙ୍କୁ ପଚାରିଲା, "ଏ କ୍ୟା ?" ଲୋକେ କହିଲେ, "ହିନ୍ଦୁ ଫକୀର ବିଜେ ହୋଇ ଆସୁଛନ୍ତି।" ସାହେବ ଆଉ କଣ ଚୌକିରେ ବସିବ, ନଈ କୂଳକୁ ଧାଇଁ ଅଇଲା। ମୁଣ୍ଡରୁ ଟୋପି ତଳେ ରଖି ତିନି ସଲାମ କଲା। କହିଲା – "ହାଲୋ ଫକୀର, ତୁମାରା ଜମିନ୍ ବାହାଲ।" ଏ ମହନ୍ତ ଦେଢ଼ ହଜାର ବର୍ଷ ଗାଦିରେ ବସିଥିଲେ। ତାଙ୍କ ଉତ୍ତାରେ ଗାଦିରେ ବସିଲେ ଜମ୍ବୁବାନ୍ ମହନ୍ତ ମହାରାଜ। ମନ୍ଦିର ପଛପଟରେ ଯେଉଁ ଦିଫାଙ୍କୁଡିଆ ବୁଢ଼ା ସାହାଡ଼ା ଗଛ ଦେଖୁଛ, ଏଇଟା କଣ ଜାଣ ? ମହନ୍ତ ଦିନେ ସାହାଡ଼ା ଦାନ୍ତ କାଠିରେ ଦାନ୍ତ ଘଷୁଥିଲେ, କାଠିଖଣ୍ଡ ଦାନ୍ତରେ ଚିରି ଛେଲିପକାଇ ଦୁଇଖଣ୍ଡ କାଠି ଯୋଡି ମାଟିରେ ପୋତି ଦେଲେ। ତା ଉପରେ ଯିମିତି ଟୋପାଏ ପାଣି ପକାଇଛନ୍ତି, ସିମିତି ଗଜେଇ ଗଲା। ଏଇଟା ସେଇ ଗଛ। ବର୍ତ୍ତମାନ ମହନ୍ତଙ୍କ ନାମ ବାନ୍ଦର ଦାସ ମହନ୍ତ ମହାରାଜ। ଏପରି ପୁରୁଷ କାହିଁ ଦେଖା ନାହିଁ, ନ ଥିବ। ପଞ୍ଚ ହତା ମର୍ଦ, ଗାଲ ଓଠ ଛାତିରେ ଲାଗିଯାଇଛି, ବେକ ଦିଶେ ନାହିଁ। ବାହୁ ଆଉ ଲୋକଙ୍କ ଜଙ୍ଘ ପରି ମୋଟା, ପେଟଟି ଗୋଟିଏ ଦଶ ନୌତିଆ ଘୁମା। ଅଜଣା ଲୋକେ ଦେଖି କହିବେ, ମହନ୍ତ ଲଙ୍ଗଳା। ନାହିଁ, ନାହିଁ ଚାଖଣ୍ଡେ ଚୌଡ଼ା ଦେଢ ହାତ ଲମ୍ବ ଖଣ୍ଡେ କନା କୌପୀନ ମାରିଥାଆନ୍ତି। ଜଙ୍ଘକୁ ଜଙ୍ଘ ଲାଗିଯାଇଛି, ପେଟଟି ଝୁଲି ପଡ଼ିଛି, କୌପୀନ ଦିଶେ ନାହିଁ। ଏ ମହନ୍ତଙ୍କର ବି ମହିମା ଅପାର। ମନ୍ଦିରରେ ଏତେ ଖଟ ପଲଙ୍କ, କାହିଁରେ ଶୋଇବେ ନାହିଁ, ସବୁବେଳେ ଧୂଳିରେ ଗଡୁଥାନ୍ତି। ଦେହଯାକ ଧୂଳିଧୂସର। ସ୍ନାନ କେବେ କରନ୍ତି ନାହିଁ, ପାଣି ଛୁଅନ୍ତି ନାହିଁ। ଏଥିପାଇଁ ଲୋକମାନେ ମହନ୍ତ ମହାରାଜାଙ୍କୁ ଧୂଳିଆ ବାବା ବୋଲି ଡାକନ୍ତି। ମନ୍ଦିରରେ ଏତେ ଧନ ଦୌଲତ, ଏତେ ପିଠା ଖଜା କିଛି ଛୁଇଁବେ ନାହିଁ। ଦଶ ସେର ନିରୁତା ଦୁଧ ଆଉଟି ଆଉଟି ପାଞ୍ଚ ସେର ରହିବ। ଅଳତା ଫଡ଼ା ପରି ଉପରେ ସର ପଡ଼ିବ। ଦିପହର ଧୂପରେ ଠାକୁରଙ୍କ କତିରେ ଭୋଗ ଲାଗେ। ମହନ୍ତ ମହାରାଜ ତେତିକି ସେବା କରନ୍ତି। ଆଉ ତୋଳାଏ ଆପୁ, ପାଏ ଗଞ୍ଜେଇ ଖଞ୍ଜା। ଦିନ ରାତି ଗଞ୍ଜେଇ ଚିଲମ ହାତରୁ

ଛୁଟଣ ନ ଥାଏ। ଆଖି ଯୋଡ଼ିକ ସାନ ସାନ ସିନ୍ଦୂର ବିନ୍ଦୁ ପରି ଲାଲ। ସବୁବେଳେ ମିଞ୍ଜି ମିଞ୍ଜି କରି ଚାହାଁନ୍ତି। ତାଙ୍କ ଗଞ୍ଜେଇ ଚିଲମଟା ହାତେ ଲମ୍ବ। ଦଶ ପନ୍ଦର ଜଣ ଭକତ - ଚେଲା ସବୁବେଳେ ବେଢ଼ି ବସିଥାନ୍ତି। ଗଞ୍ଜେଇଟିପା କାମ ପାଞ୍ଚ ଛ ଜଣଙ୍କ ହାତରେ ଲାଗିଥାଏ। ମନ୍ଦିରରୁ ପ୍ରସାଦ ସେବା କରି ସବୁବେଳେ ଏମାନେ ପାଖରେ ହାଜର।

ଆଗ ଆଗ ମହନ୍ତ ମହାରାଜମାନଙ୍କ ମହିମା କଥା ଦେଶ ଲୋକଙ୍କୁ ଜଣା। ପୁଣି ସେ ସବୁ କଥା ଭୁର୍ଜପତ୍ରରେ ଦେବନାଗର ଅକ୍ଷରରେ ରକ୍ତଚନ୍ଦନରେ ଲେଖା ହୋଇ ଦେଉଙ୍କ ସିଂହାସନ ତଳେ ଅଛି। ଏ ଧୂଳିଆ ବାବା ସେ ସବୁ ପଢ଼ି ଆସି ବିଶ୍ୱାସୀ ଭକ୍ତମାନଙ୍କ ପାଖରେ ଗୋପନରେ କହନ୍ତି। କେହି କେହି ଅବିଶ୍ୱାସୀ ଭକ୍ତ ଲୋକଙ୍କ ପାଖରେ ପ୍ରକାଶ କରି ପକାଏ।

ଧୂଳିଆ ବାବା ସବୁଦିନେ ଚେଲାମାନଙ୍କ ଆଗରେ କହନ୍ତି, ଏହି ପୁରୀରେ ଯେ ଜଗନ୍ନାଥ ଦେଉଳ ଦେଖୁଛ, ତିଆରି ହେଲା ବାଦ ପ୍ରତିଷ୍ଠାକୁ ଅଯୋଧ୍ୟାରୁ ହଜାରେ ଆଠ ମୁରତି ସାଧୁ ମହନ୍ତ ଭୋଜୀ ଖାଇବାକୁ ଆସିଥିଲେ। ଏ ବି ସେମାନଙ୍କ ମଧ୍ୟରେ ଆସିଥିଲେ। ଚେଲାମାନଙ୍କ ଭକ୍ତି ଏଡ଼ି ନ ପାରି ରହି ଯାଇଛନ୍ତି - ଆଉ ଏ ମିଛୁଆ ଦେଶଟା ଭଲ ଲାଗୁନାହିଁ, ଅଯୋଧ୍ୟା ହନୁମାନ ଗାଦିକୁ ଫେରିଯିବେ। ପ୍ରସାଦସେବାକାରୀ ଚେଲାମାନେ ଗୋଡ଼ତଳେ ପଡ଼ି ଗଡ଼ନ୍ତି। ସେମାନଙ୍କ ଉପରେ କୃପା କରି ଧୂଳିଆ ବାବା ରହି ଯାଇଛନ୍ତି। ଏପରି ଘଟଣା ଶହକୁ ଶହ ଥର ହୋଇ ଗଲାଣି।

ମହନ୍ତଙ୍କର ଧନ ଦୌଲତ ଅମାପ। ଗାଈ ମଇଁଷି ପଲକୁ ପଲ, ଧାନ ଟଙ୍କାର ସୀମା ନାହିଁ। ଆୟ ଢେର। ଆୟ ମଧ୍ୟରୁ ଗୋଟିଏ ବିଶେଷ ଆୟ ଏହି, ଦେଶ ମଧ୍ୟରେ ମାଲି ମକଦ୍ଦମା ଉପସ୍ଥିତ ହେଲେ ମୁଦେଇ ମୁଦାଲା ଦୁଇ ପକ୍ଷ ପ୍ରଭୁଙ୍କ ପାଖରେ ମନାସି ଯାନ୍ତି, ମାମଲା ଡିଗ୍ରୀ ହେଲେ କିଏ କେତେ ଟଙ୍କା ଦେବେ, ପାଞ୍ଜିଆ ଲେଖି ରଖେ। ଯାହାର ମାମଲା ଡିଗ୍ରୀ ହୁଏ ଜଣେ ସାଧୁଙ୍କୁ ପଠାଇ ତାଠାରୁ ଟଙ୍କା ଅସୁଲ କରାଯାଏ। ।

ରାମ ସାଉ ଶାମ ସାଉ ଦୁଇ ଭାଇ। ଭାଇଭାଗ ବଣ୍ଟୁଆରା ପାଇଁ କଟକ ଅଦାଲତରେ ମକଦ୍ଦମା ଦାଏର ହେଲା। ରାମ ସାଉ ପ୍ରଭୁଙ୍କଠାରେ ମନାସି ଗଲା, ମାମଲା ଡିଗ୍ରୀ ହେଲେ କେତେ ଟଙ୍କା ଦେବ, ପାଞ୍ଜିଆ ପାଖରେ ଲେଖି ଦେଇଗଲା। ଶାମ ସାଉ ଆସେ ନାହିଁ। ବୁଝ ବୁଝ ଶାମା କ୍ୟାଁ ଅଇଲା ନାହିଁ। ଜଣେ ଚେଲା ବୁଝି ଆସି ଜଣାଇଲା, "ପ୍ରଭୁ ! କଣ କହିବି, କହିବାକୁ ଡର ମାଡୁଛି। ଆଜ୍ଞା, ଶାମାର ଏଡ଼େ ବହପ, ପାଞ୍ଚ ଜଣଙ୍କ ଆଗରେ ସାଫ ଫିଟେଇ କହିଲା, କଳିକାଳରେ ମହନ୍ତଙ୍କ କରାମତ କାହିଁ ଯେ ମୁଁ ମନାସିବାକୁ ଯିବି ?" ମହନ୍ତ ତେତେବେଳେ ଗଞ୍ଜେଇ ଭିଡୁଥିଲେ, ରାଗରେ ଖୁବ୍ ବଳରେ ଚିଲମଟା ଭିଡ଼ି ନେଲେ, ଦପ୍ କରି ଜଳି ଉଠିଲା। ମହନ୍ତ ଅଳ୍ପ ଅଳ୍ପ ଭକ୍ ଭକ୍ କରି ପାଟିରୁ ଧୁଆଁ ଛାଡୁ ଥାନ୍ତି, କଥାଟା ଚିପି ଚିପି କହିଲେ, "ଦେଖ ଚେଲାମାନେ, ଆମେ ହୁକୁମ କରିବୁଁ,

ଏହି ଚିଲମ ନିଆଁ କଥା କହିବ।" ଚେଲାମାନଙ୍କର ତ ଆନନ୍ଦର ସୀମା ନାହିଁ। ସେମାନଙ୍କର ଦୃଢ ବିଶ୍ୱାସ, ମହନ୍ତଙ୍କ ଆଜ୍ଞା ମେଣ୍ଟଣ ହେବାର ନୁହେଁ। ସେହି ଦିନ ମଧ୍ୟରେ ଦେଶଯାକ ହାଟ ହୋଇଗଲା, "ଧୂଳିଆ ବାବାଙ୍କୁ ପ୍ରଭୁଙ୍କର ସ୍ୱପ୍ନ ହୋଇଛି, ସେ ସିଦ୍ଧ ପୁରୁଷ ହୋଇଗଲେଣି, ତାଙ୍କ ଗଞ୍ଜେଇ ଚିଲମ କଥା କହିବ।" ଥୋକେ ଚେଲା ପ୍ରକାଶ କଲେ, "ନାହିଁ ନାହିଁ ଚିଲମ ନୁହେଁ, ଚିଲମ ନିଆଁ କଥା କହୁଛନ୍ତି।" ଦଶଜଣଙ୍କୁ ଆଜ୍ଞା ହେଲା, ସେ ନିଜେ ଶୁଣି ଆସିଲା, ଆଉ ଯାଏ କାହିଁ ? ତହିଁ ଆର ଦିନ ସକାଳୁ ସଞ୍ଜଯାଏ ଶହକୁ ଶହ ଲୋକ ଧାଇଁଛନ୍ତି। କାହାକୁ ବେମାରୀ ଛାଡୁ ନାହିଁ, କାହାର ବଳଦ ହଜିଛି ମିଳୁନାହିଁ, କାହାର ମାମଲା ଦାଏର ଅଛି, ଡିଗ୍ରୀ ହେଉ। ଢେର ଢେର ତିରିଲା ପା'ପୂଜା ପଠାଇଛନ୍ତି, ସେମାନଙ୍କର ପୁଅ ହେଉ ନାହିଁ, ଚିଲମ ପ୍ରଭୁ ବର ଦେଉନ୍ତୁ। ଲୋକେ ପାଦପୂଜା ଟଙ୍କା ଅଧୂଲି ସୁକି ମହନ୍ତଙ୍କ ପାଦତଳେ ଦେଇ ଅଧା ପଡ଼ିଛନ୍ତି।

ମହନ୍ତ ମହାରାଜ ଆଜ୍ଞା କଲେ, "ଉଠ ଉଠ ବାବାମାନେ ! ଆମେ କିଛି କହିବୁ ନାହିଁ, ଏହି ଯେ ଆମ ଗଞ୍ଜେଇ ଚିଲମରେ ଅଗ୍ନି ଦେଖୁଛ, ସେଥିରେ ଧୁନୀ ଥାପନା ହେବ, ସେହି ଧୁନୀରେ ଅଗ୍ନି ଦେବତା ବିଜେ କରିବେ, ସମସ୍ତଙ୍କ ଗୁହାରି ଶୁଣି ବର ଦେବେ। ଆସନ୍ତା ଅଗିରା ପୂନେଇ ଦିନ ଅଗ୍ନି ଦେବତା ସ୍ୱର୍ଗରୁ ବିଜେ ହୋଇ ପୃଥିବୀ ଭ୍ରମଣ କରିବେ। ଆମ୍ଭଙ୍କୁ ସ୍ୱପ୍ନରେ ଆଜ୍ଞା କରିଛନ୍ତି, ଆମେ ଧୁନୀ ଥାପି ତାଙ୍କୁ ବିଜେ କରାଇ ରଖିବୁଁ, ଯାହାର ଯାହା ଗୁହାରି ଥିବ ପୂଜା ଦେଇ ଜଣାଇଲେ ତତକ୍ଷଣାତ୍ ବର ମିଳିଯିବ।" ପୂଜାର ବିଧାନ ସମସ୍ତଙ୍କୁ ଶୁଣାଇ ଦେଲେ, ଧୁନୀରେ ଶଏ ଆଠ ଆହୂତି ଦିଆଯିବ, ସେଥି ସକାଶେ ଖଣ୍ଡିଏ ନବ ବସ୍ତ୍ର, ପାଞ୍ଚ ପା' ଘିଅ, ପଞ୍ଚ ବର୍ଣ୍ଣ ଭୋଗ, ପଞ୍ଚ ବର୍ଣ୍ଣ ପୁଷ୍ପ। ଗାଦି ପୂଜା ଦକ୍ଷିଣା ଯାହାର ଯାହା ଶକ୍ୟ; କିନ୍ତୁ ପାଞ୍ଚ ସୁକାରୁ ଊଣା ନୁହେଁ।

ଅଗିରା ପୂର୍ଣ୍ଣିମା ଅଧରାତିଠାରୁ ଧୁନୀ ପୂଜା ଆରମ୍ଭ ହେଲା। ମହନ୍ତ ମହାରାଜ ଆହୂତି ଦେବାରୁ ଅଗ୍ନି ଦେବତା ବିଜେ ହୋଇଗଲେ। ଧୂ-ଧୂ ହୋଇ ଜଳୁଛନ୍ତି। ଯାହାର ଯାହା ପ୍ରାର୍ଥନା, ହାତ ଯୋଡି ଜଣାଇଲେ ଧୁନୀ ଭିତରୁ ଅଗ୍ନି ଦେବତା ଗମ୍ଭୀର ସ୍ୱରରେ "ହୁଁ - ନା - ହେବ" ଏହିପରି ଆଜ୍ଞା କରୁଛନ୍ତି। ପ୍ରତ୍ୟକ୍ଷରେ ଅବିଶ୍ୱାସ କଣ ? ଲୋକମାନେ ଶୁଣି ତାଟକା, ଭକ୍ତିରେ ଭୂଇଁରେ ପଡ଼ି ଗଡ଼ି ଯାଉଛନ୍ତି। ହରିଧ୍ୱନିରେ ମଠ ଉଛୁଳି ପଡୁଛି।

ଶାମ ସାଉ ସବୁ କଥା ଶୁଣିଲା, ଘର ମଧ୍ୟରେ ଡକା ପାରି ମୁଣ୍ଡ ବାଡ଼େଇ ହେଉଛି। ଲୋକମାନେ ଧୁନୀ ପୂଜା କରି ବର ଘେନି ଯାଉଛନ୍ତି। ରାମା ଭାଇ ବି ପୂଜା ଦେଇ ବର ପାଇବ, ମୋହର ସର୍ବନାଶ ହେବ। ଇଜମାଲୀ ଧନ ଊଣା ନୁହେ, ଲକ୍ଷକରୁ ବଳି ପଡ଼ିବ, ସବୁ ରାମା ଭାଇ ଘେନି ଯିବ। ମହନ୍ତ ମହାରାଜ ଖପା ହୋଇ ଆଜ୍ଞା କରିଛନ୍ତି, "ଆଚ୍ଛା, ସେ ତେଲି ଟୋକାକୁ ଦେଖିବୁ।" ଏ କଥା ଶୁଣିଲାବେଳୁ ଶାମାର ଫାକାଶି ଉଡ଼ିଲାଣି। କଣ କରିବ, ଭାଳୁ ଭାଳୁ ଗୋଟାଏ ବୁଦ୍ଧି ଦିଶିଗଲା। ମହନ୍ତ ମହାରାଜଙ୍କ

ଗଞ୍ଜେଇ ପ୍ରସାଦ ସେବକମାନଙ୍କୁ ଯାଇଁ ଧରିଲା। କାହାକୁ ଦଶ, କାହାକୁ ପାଞ୍ଚ ଦେଇ ସମସ୍ତଙ୍କ ଗୋଡ଼ ତଳେ ପଡ଼ିଲା, ସମସ୍ତେ ଅଭୟ ଦେଇ ମହନ୍ତଙ୍କ ଗୋଡ଼ତଳେ ପଡ଼ିବାକୁ ଉପଦେଶ ଦେଲେ।

ବେଳ ଛ' ଘଡ଼ି, ସେବକମାନେ ବେଢ଼ି ବସିଛନ୍ତି। ମହନ୍ତ ଧୂଳିଟାରେ ବସି ଗଞ୍ଜେଇ ଭିଡୁଛନ୍ତି, ଜାଗାଟା ଧୂଆଁମୟ। ଶାମ ଛାତି ଦାଉଁଦାଉଁ ପଡୁଛି। ଡରି ଡରି ଯାଇ ମୁଠାଏ ଟଙ୍କା ପାଦପୂଜାପାଇଁ ଝଣ କରି ମହନ୍ତଙ୍କ ପାଦ ତଳକୁ ଫୋପାଡ଼ି ଦେଇ ଲମ୍ବ ଲମ୍ବ ଗୋଡତଳେ ପଡ଼ିଗଲା।" ପ୍ରଭୁ ! ମୁଁ ପିଲା, ମୁଁ ମହାପାପୀ, ମୋ ଅପରାଧ କ୍ଷମା କରନ୍ତୁ।" ମହନ୍ତ ଆଖି ବୁଜି ବସି ଗଞ୍ଜେଇ ଭିଡୁଛନ୍ତି, କିଛି ଆଜ୍ଞା ହେଲା ନାହିଁ। ସମସ୍ତ ସେବକ ଏକାବେଳକେ ମହନ୍ତ ମହାରାଜାଙ୍କ ଗୋଡ଼ତଳେ ପଡ଼ି ପ୍ରାର୍ଥନା କଲେ - "ହେ ମହାପ୍ରଭୁ ! ଆମ୍ଭେମାନେ ମହାପାପିଷ୍ଠ, ଅପରାଧୀ, ପ୍ରଭୁ କ୍ଷମା ନ କଲେ ଆଉ କିଏ ଜଗତରେ ଅଛି ?" ଦୟାମୟ ପ୍ରଭୁ ଏକାବେଳକେ ଆଜ୍ଞା କଲେ, "ଯାଓ ବେଟା, ପୂଜା ଲେଆଓ।" ଶାମ ସାଉର ଆନନ୍ଦର ସୀମା ନାହିଁ, ପୂଜା ଆୟୋଜନରେ ଧାଇଁଛି। ଯେଡ଼େ ମହାଜନ, ପୂଜା ଆୟୋଜନ ସେହିପରି। ଘିଅ ପାଞ୍ଚପା ଜାଗାରେ ପାଞ୍ଚ ସେର, ଆଉ ଆଉ ସରଞ୍ଜାମ ତା ମାଫିକେ। ସମସ୍ତେ ଖଣ୍ଡେ ଖଣ୍ଡେ ସୂତା ଶାଢ଼ୀ ଆହୂତି ଦିଅନ୍ତି। ଶାମ ସାଉ କୁମ୍ଭକର୍ଣ୍ଣୀ କିନାରି ସଚ୍ଚା ଜରିମୁହୁଣ୍ଡା ଖଣ୍ଡେ ବରମପୁରୀ ପାଠ ଶାଢ଼ୀ ଆହୂତି ଦେବାଲାଗି ଆଣିଛି। ଶାମ ସାଉର ଭାରି ବଡ଼ ପୂଜା ହେବ। ଗାଁରେ ବି ସେ ଦୁଇ ଭାଇ ବଡ ଟାଣୁଆ ମହାଜନ। ଅଗ୍ନିଦେବ ତାକୁ କି ବର ଦେବେ ଶୁଣିବାପାଇଁ ଆଖ ପାଖ ପାଞ୍ଚ ଖଣ୍ଡ ଗାଁରୁ ମଣିଷ ଧାଇଁଛନ୍ତି। ଊଣା ଅଧିକ ପାଞ୍ଚ ଶହ ଲୋକ ଜମା ହୋଇ ଗଲେଣି। ବେଢ଼ା ଭିତରେ ଜାଗା ନାହିଁ।

ମନ୍ଦିର ବେଢ଼ା ପାଚେରିଲଗା ଧାଡ଼ିଏ ଘର ଅଛି। ଗୋଟାଏ ଘରେ ମେଳା ମଉଛବରେ ପିଠା ଖଜା ତିଆରି ହୁଏ, ତା ପାଖଟା ସରଘର। ସେହି ପିଠା ତିଆରି ଘରେ ଧୁନୀ ଥାପନା ହୋଇଛନ୍ତି। ରାତି ଅନ୍ଦାଜ ଛ ଘଡ଼ି ସମୟରେ ମହନ୍ତ ମହାରାଜ ମନ୍ଦିର ପାଖ ଗମ୍ଭିରୀରୁ ବାହାରିଲେ। ଆଜି ପ୍ରଭୁଙ୍କ ମନରେ ଭାରି ଆନନ୍ଦ। ଅନେକ ଟଙ୍କା ରୋଜଗାର ମାମଲା। ତୋଳାଏ ଆପୁ ଉପରେ ସଞ୍ଜବେଳେ ଆହୁରି ତୋଳାଏ ପକାଇଛନ୍ତି। ଗଞ୍ଜେଇ ବି ବେଶି କରି ଭିଡ଼ିଛନ୍ତି। ଚାଲିବା ବେଳେ ଗୋଡ ଟଳି ଯାଉଛି, ଚାରି ଜଣ ଚେଲା ଧରାଧରି କରି ନେଉଛନ୍ତି। ମହନ୍ତ ବାବାଙ୍କୁ ଦର୍ଶନ କରି ସମସ୍ତ ଦେଖଣାହାରୀ ହରିବୋଲ ପକାଇ ଗୋଡତଳେ ପଡ଼ିଗଲେ। ପୂଜା ଆରମ୍ଭ ହେଲା, ପାଞ୍ଚ ସେର ଘିଅ ଆହୁତି, ଖୁବ୍ ମୋଟା ମୋଟା ଢେର ଗୁଡାଏ କାଠ ଧୁନୀରେ ଲଦି ଦେଲେ। ଆହୂତି ପାଇ ଚାରି ହାତ ଉଚ୍ଚ ଶିଖା ଟେକି ନିଆଁ ଧୂ-ଧୂ ଜଳୁଛି। ଘର ଭିତରେ ମହନ୍ତ ଏକାକୀ। ପ୍ରଭୁଙ୍କର ସେହିପରି ମହିମା, ନୋହିଲେ ନିଆଁ ତେଜରେ ଆଉ କିଏ ସେ ଘରେ ପଶି ପାରିବ ? ଶାମ ସାଉ

ବେକରେ ପଟକା ପକାଇ ହାତ ଯୋଡି ଦୁଆରବନ୍ଧ ବାହାରେ ଛିଡା ହୋଇ ଧୁନୀ ମହାପ୍ରଭୁଙ୍କୁ ଅନାଇ ପ୍ରାର୍ଥନା କରୁଛି। ମହନ୍ତ ଆଖି ବୁଜି ଖୁବ୍ ପାଟି କରି ପ୍ରାର୍ଥନା କଲେ, "ଧୁନୀ ଜୀ ! ଶାମା ବେଟାକୁ ବର ଦିଅ - ବର ଦିଅ - ବର ଦିଅ, ତା ମାମଲା ଫତେ ହେଉ।" ଧୁନୀ କିଛି ଜବାବ ଦେଲେ ନାହିଁ। ମହନ୍ତ ଆପଣାର କରାମତ ଲୋକଙ୍କୁ ଦେଖାଇବା ପାଇଁ ଛିଡ଼ା ହୋଇଗଲେ, ହାତରେ ଯେଉଁ ଦଶ ସେରିଆ ଲୁହା ଚିମୁଟା ଥିଲା, ଖୁବ୍ ବଳରେ ପାହାରେ ବାଡେଇଲେ। ଭୁଷ୍ କରି ଭାରି ଗୋଟାଏ ଶବ୍ଦ ହେଲା। ଶାମ ସାଉ ଚମକିପଡ଼ି ଅନାଇଲା, ଘର ଭିତରେ ଛାତିଏ ଗହୀର ଗୋଟାଏ ଗାତ। ଗାତ ଅଧାଅଧି ପୂରି ନିଆଁ ଜଳୁଛି - ତା ମଧ୍ୟରେ ଦୁଇଜଣ ଲୋକ ଭାରି ଗୋଟାଏ ଧରାପରା ଲାଗିଛନ୍ତି। ଶାମ ପ୍ରଥମରେ କିଛି ବୁଝି ପାରିଲା ନାହିଁ। ମୁହୂର୍ତ୍ତକ ବାଦ ଭକ୍ତିବଳରେ ବୁଝିଗଲା, ଧୁନି ଦେବତା ଦେହ ଧରି ବିରାଜମାନ ହୋଇ ଗଲେଣି, ମହନ୍ତଙ୍କ ସଙ୍ଗରେ କୋଳାକୋଳି କରୁଛନ୍ତି। ତାହାର ଭାଗ୍ୟ ଫିଟିଲା, ବର ମିଳିଯିବ। ମୁହୂର୍ତ୍ତକ ମଧ୍ୟରେ ଏତେ କଥା ବୁଝି ନେଲା। ଖୁବ୍ ପାଟି କରି ହରିବୋଲ ପକାଇ କହିଲା, ଧୁନୀ ଦେବତା ରୂପ ଧରି ବିଜେ ହେଲେଣି। ଯେତେ ଲୋକ ଥିଲେ, ଆନନ୍ଦରେ ହରିବୋଲ ପକାଉଛନ୍ତି। ମନ୍ଦିରରୁ ଘଣ୍ଟ କାହାଳି ଝାଞ୍ଜ ବାଜୁଛି, ସମୁଦ୍ର ଗର୍ଜନ ପରି ଶବ୍ଦ ଉଠୁଛି। ଅଗ୍ନି ଦେବତାଙ୍କୁ ଦର୍ଶନ କରିବାକୁ ଲୋକ ଧାଇଁଲେ। ଗୋଟିଏ ବୋଲି ଦୁଆର, ଘର ଭିତରଟା ଧୂଆଁରେ ପୁରିଛି। ଦୁଆର ପାଖରେ ଧରାପରା ହୋଇ କେତେ ଲୋକ ମଡ଼ା ଦଳାରେ ଆଣ୍ଠୁ ଛିଡି ଘାଉଲା ହୋଇଗଲେଣି।

ପହରେ ବିତି ଗଲାଣି, ଲୋକେ ନାଚି କୁଦି ହରିବୋଲ ଦେଇ ହାଲିଆ ହୋଇ ପଡ଼ିଲେଣି। ଏ କଣ ? ମଡ଼ା ପୋଡ଼ାର ଉତ୍କଟ ଗନ୍ଧ, ଲୋକେ ନାକରେ ଲୁଗା ଯାକୁଛନ୍ତି। କେତେ ଜଣ ଜଣାଶୁଣା ଲୋକ ଦୁଆର ପାଖକୁ ଯାଇ ଭଲକରି ଅନାଇଲେ - "ଆରେ ମହନ୍ତ ମହାରାଜ ପୋଡ଼ି ମଲେଣି ରେ।" ବାଜେ ଲୋକ ବୁଝିଲେ, ଅଗ୍ନି ଦେବତା ବିଜେ ହୋଇ ମହନ୍ତ ବାବାଙ୍କୁ ଖାଇ ଗଲେଣି - କାଳେ ଧାଇଁ ଆସି ଆଉ ସମସ୍ତଙ୍କୁ ଖାଇଯିବେ। ପଳା- ପଳା- ପଳା ! ପଡ଼ି ଉଠି ଗୋଟାକ ଉପରେ ଗୋଟାଏ ପଡ଼ି ଧାଇଁଛନ୍ତି। ଶେଷକୁ ମନ୍ଦିରର ପୂଜାହାରୀ ଟହଲିଆ ଚାକରମାନେ ବି ଛାଡ଼ି ପଳାଇଲେଣି। ଦଣ୍ଡକ ମଧ୍ୟରେ ଏଡେ ମନ୍ଦିରଟା ନିଶୂନ। ଖାଲି ଧୁନୀ ଘରୁ ପଡ୍ ପଡ୍ ଶବ୍ଦ ଶୁଭୁଛି, ଦୁର୍ଗନ୍ଧ ବାହାରୁଛି।

ଦେଗାଁ ପାଖକୁ ଗୋପାଳପୁର ସରକାରୀ ଥାନା ପୂରା ଅଢେଇ କୋଶ ବାଟ। ସକାଳୁ ସକାଳୁ ସେଠାରେ ଖବର ପହଞ୍ଚିଗଲା। ଦାରୋଗା ସାହେବ ପାଞ୍ଚ ଛ ଜଣ ବରକନ୍ଦାଜ, ଆଠ ଦଶ ଜଣ ଚୌକିଦାର ଧରି ଧାଇଁଲେ। (ଢେର ଦିନ ତଳର କଥା, ତେତେବେଳେ କନେଷ୍ଟବଳ ନ ଥିଲେ।) ଦାରୋଗା ପହଞ୍ଚି ଦେଖିଲେ, ମନ୍ଦିର ତ ମନ୍ଦିର, ଗାଁ ଗୋଟାକରେ ଜଣେ ମଣିଷ ବି ନାହିଁ, ସମସ୍ତଙ୍କ ଘରେ ତାଟି କବାଟ ବନ୍ଦ।

ଚଉକିଆମାନେ ବହୁତ ଡକାହକା କରିବାରେ ଭିତରୁ ମାଇକିନିଆମାନେ ଜବାବ ଦେଲେ, "ପୁରୁଷ କେହି ଘରେ ନାହିଁ। କେହି ଯାଇଛି ଗୋରୁ ଖୋଜି, କେହି ଯାଇଛି କୁଣିଆ ଘର, କେହି ଜାତିଆଣ ଭୋଜୀ ଖାଇ, ଢେର ଲୋକ ଯାଇଛନ୍ତି କଟକ ମାମଲାରେ।" ବହୁତ ଖୋଜ ତଲାସରେ ମନ୍ଦିର ପୂଜାହାରୀ ଆଉ କେତେ ଜଣ ଚାକର ବାହାରିଲେ। ଦାରୋଗା ସରଜମିନ ତଦାରଖ କରି ବୁଝିଲେ ଯେ, ସର ଘର ଭିତରୁ ଧୁନୀ ମଝିଯାଏ ମନୁଷ୍ୟ ଗୋଟାଏ ଗଳି ଯିବା ଭଳି ବିଳ ଖୋଳା ଯାଇଛି। ଧୁନୀ ତଳେ ଅଢେଇ ହାତ ଲମ୍ବା ଚଉଡ଼ା, ଅଢ଼େଇ ହାତ ଗହୀର ଗୋଟାଏ ଗହିଡ଼ା ଖୋଳା ହୋଇଛି, ତା ଉପରେ ଚାଖଣ୍ଡେ ମୋଟା ମାତ୍ର ମାଟି ଅଛି। ସେହି ମାଟି ଉପରେ ଧୁନୀ ଜଳେ। ସେ ଘର ଭିତରୁ ବିଳ ବାଟରେ ମଣିଷ ଗଳି ଆସି ଧୁନୀ ତଳେ ବସିଥାଏ, ମହନ୍ତ କିଛି ପଚାରିଲେ ଲୋକଟା ଭିତରୁ ଜବାବ ଦିଏ। ଘଟଣା ରାତ୍ରିରେ ଗୋଟାଏ ଗଞ୍ଜୋଡ଼ି ଚେଲା ଧୁନୀ ତଳେ ବସିଥିଲା, ତା ନାମ ହୁଣ୍ଡା ଦାସ। ସେଦିନ ମହନ୍ତଙ୍କର ଭାରି ନିଶାରେ ଜ୍ଞାନ ଲୋପ ହୋଇଥିଲା। ଲାସ ଭାରି ମଣିଷ, ଭାରି ଚିମୁଟାଟାରେ ଖୁବ୍ ବଳରେ ପାହାରେ ମାରିବାରୁ ଉପର ମାଟି ଆଉ ନିଆଁ ସବୁ ଗାତରେ ପଡ଼ିଗଲା। ଦୁଇଟା ଲୋକ ଧରା-ପରା ହୋଇ ପୋଡ଼ିମଲେ। ବାହାରେ ବଡ ଗୋଳମାଳ ହେଉଥିବାରୁ ସେମାନଙ୍କ ଆକୁଳ ଚିତ୍କାର କେହି ଶୁଣିପାରିଲେ ନାହିଁ।

ଦାରୋଗା ସାହେବ ରିପୋର୍ଟ ଲେଖି ମାଇନା ସକାଶେ ଅଧପୋଡ଼ା ଲାସ ଯୋଡ଼ାକ ସଦରକୁ ପଠାଇ ଦେଲେ।[୧]

୧। ଘଟଣାଟି ଆଂଶିକ ସତ୍ୟ-ଘଟଣା ସ୍ଥାନ ଦଶପଲ୍ଲା। ସେ ମହନ୍ତ ପୋଡ଼ି ମରି ନ ଥିଲେ, ଗୁଡ଼ିଏ ଟଙ୍କା ଉପାର୍ଜନ କରି ଧରା ପଡ଼ିଥିଲେ ବୋଲି ପ୍ରଥମ ପତ୍ରିକା ପ୍ରକାଶନରେ ଉଲ୍ଲେଖ ଅଛି। -ସଂପାଦକ

ଗଳ୍ପସ୍ୱଳ୍ପ

ଦ୍ୱିତୀୟ ଭାଗ

ଅଜା ନାତି କଥା

(ସତ୍ୟ ଘଟଣାମୂଳକ)

ଅଜା ରାମ ଦ୍ୱିବେଦୀଏ-ଆରେ ଗଣି! ଆମ ଜମିର ରୋଡସେସ୍ ଟଙ୍କା ଦାଖଲ କରିବା ଲାଗି କଚେରିକୁ ଯାଇଥିଲି। କାଲି ସଞ୍ଜବେଳେ ଘରକୁ ଫେରିଆସିଛି। ଆମ ମୁକ୍ତାର ରାମ ମିଶ୍ରେ, ଆଉ ଦି'ଚାରି ଜଣ ଓକିଲଙ୍କୁ ପଚାରିଲି, କାହିଁକେହି ତ ସେ ମକଦ୍ଦମା କଥା ଶୁଣିଥିବାର କ ହିଲେ ନାହିଁ!ପୁରୀ ସହର ଭିତରେ ବି କେତେ ଲୋକଙ୍କ ସାଙ୍ଗରେ ଦେଖା ହେଲା। ଯାହାକୁ ପଚାରିଲି, ସମସ୍ତେ କହିଲେ, ପୁରୀରେ ଏ କଥା ଶୁଣା ନାହିଁ। ଏ କିମିତିକା କଥା ରେ?

ନାତି ଗଣପତି-କେଉଁ ମକଦ୍ଦମା କଥା ଅଜା?

ଅଜା-ଆରେ ତୁ ସେଦିନ ପରା ଗେଜେଟ୍‌ରେ ପଢ଼ି ଶୁଣାଉଥିଲୁ, ଗୋଟିଏ ମାଇକିନିଆ, ଗୋଟିଏ ପୁରୁଷ, ଦୁଇଜଣ ଚୋର-ଚୋରଣୀ, ମଉନା-ମଉନୀ ବାବାଜି ସାଜି ଖଣ୍ଡଗିରିର ଗୋଟାଏ ଗୁହା ଭିତରେ ବସି ମିଛରେ ତପସ୍ୟା କରୁଥିଲେ। ପୁଲିସ ସେମାନଙ୍କୁ ଚଲାଣ ଦେଲା। ମେଜେଷ୍ଟର ସାହେବ ଦି ଦି ବରଷ ମିଆଦ ଦେଲେ।

ଗଣପତି-ହୋଃ ହୋଃ ହୋଃ! ଏଇ କଥା। ନାହିଁ ନାହିଁ ଅଜା, ସେଇଟା ଗେଜେଟ୍ ନୁହେଁ, ସେଇଟା "ସାହିତ୍ୟ" ମାସିକପତ୍ରିକା। ସେଥିରେ ମଉନା-ମଉନୀ ବୋଲି ଗୋଟିଏ ଗଳ୍ପ ଲେଖାଥିଲା, ସେଇଟା ପଢ଼ି ଶୁଣାଉଥିଲି।

ଅଜା-ଆରେ, ଗେଜେଟ୍‌ରେ କ'ଣ ମିଛ କଥା ଲେଖାହୁଏ? ସେଗୁଡ଼ାକ ତୁ କାଁା ପଢୁ? ମଲା ଯା! ମୁଁ ଜାଣିଥିଲି ସରକାରରୁ ଯେତେ ଛାପା ଗେଜେଟ୍ ଆସେ, ସେଥିରେ ସବୁ ସତ କଥା ଲେଖାଥାଏ। ତେବେ ଏଇଭଳି ମିଛକଥା ଗୁଡ଼ାଏ ଥାଏ? ସେ ଗୁଡ଼ାକ ତୁ କାଁା ପଢୁରେ? ତୁମ ସ୍କୁଲରେ କ'ଣ ଏଇ ମିଛ କଥାଗୁଡ଼ାକ ପଢ଼ା ହୁଏ? ହବ ନାହିଁ? ମ୍ଲେଚ୍ଛ ପାଠ ତ?

ଗଣପତି-ନାହିଁ ଅଜା, ସେ ଗୁଡ଼ାକ ମିଛ ନୁହେଁ; ମନୁଷ୍ୟ କେତେ ରକମ କାର୍ଯ୍ୟ କରିପାରେ, କଥା ଛଳରେ ସେହି ଚରିତ୍ର ବର୍ଣ୍ଣନା କରାଯାଇଛି।

ଅଜା-କ୍ୟାଁ? ମିଛ କଥା ଗୁଡ଼ାଏ ଲେଖି ବର୍ଣ୍ଣନା କରିବା ଦରକାର କ'ଣ? ପଢ଼ିଲୁ, ଆମର ଏତେ ପୁରାଣ ଅଛି, ପଦେ ମିଛ ପାଇବୁ କି?

ଗଣପତି-ଆଚ୍ଛା, ସେ କଥା ପଛେ ହେବ। ଆଉ କଥା ହେଉ ଅଜା, ଏହି କାନ୍ଥବାଡ଼ରେ କି ଚିତ୍ର? କ'ଣ ଲେଖାହୋଇଛି?

ଅଜା-ଆରେ, ଏତିକି ବୁଝି ପାରୁ ନାହୁଁ? ତୋ ଆଈ ଗେରୁ, ହରତାଳକଳାରଙ୍ଗ, ନଡ଼ିଆ ସଢ଼େଇରେ ଗୋଳେଇ କନାତୂଳିରେ ଏ ସବୁ ଚିତ୍ର କରିଛି। ସେ ଖୁବ୍ ଚିତ୍ର କରି ଜାଣେ। ଏଇ ଦେଖ, ଏଇଟା ହେଲା କଦମ୍ବଗଛ, ଫୁଲ ଫୁଟିଛି, ତା' ମୂଳରେ ଶ୍ରୀକୃଷ୍ଣ ରାଧିକା ଯୁଗଳମୂର୍ତ୍ତି ଛିଡ଼ା ହୋଇଛନ୍ତି। ଶ୍ରୀକୃଷ୍ଣ ବଇଁଶୀ ବଜାଉଛନ୍ତି।

ଗଣପତି-କାହିଁ ଅଜା, ବଇଁଶୀ ତ ଶୁଭୁ ନାହିଁ?

ଅଜା-ହୋଃ ହୋଃ ହୋଃ! ତୁ କିମିତିକା ଓଲା ଟୋକାଟା ରେ! ହବ ନାହିଁ କ୍ୟାଁ? ମ୍ଳେଛ ପାଠ ପଢ଼ି ତୁମମାନଙ୍କ ବୁଦ୍ଧି ବିଗିଡ଼ି ଯାଇଛି! ଆରେ ଏ କ'ଣ ସତକୁ ସତ ଶ୍ରୀକୃଷ୍ଣ ବଇଁଶୀ ବଜାଉଛନ୍ତି? ଏଇ ହେଲା ଛବି।

ଗଣପତି-ତେବେ ଏ ସତ କୃଷ୍ଣ ନୁହେଁ, ମିଛ କୃଷ୍ଣ କହ।

ଅଜା-(ଟିକିଏ ଖପା ହୋଇ ତେଜରେ) ଏ ରାମ! ରାମ! ରାମ! ମିଛ କୃଷ୍ଣ କ'ଣ ରେ? ଏ ହେଲା କୃଷ୍ଣଙ୍କ ଚିତ୍ର।

ଗଣପତି-ତେବେ ଅଜା, ଶୁଣନ୍ତୁ। କଥା କ'ଣ କି, ଚିତ୍ରବିଦ୍ୟା ଗୋଟିଏ ଲଳିତକଳା। ସେ ଦୁଇରକମ-ଗୋଟିଏ ଚିତ୍ର ବାହାରର ଜଡ଼ ଦେହରେ, ଆଉ ଗୋଟିଏ ମାନସିକ କ୍ରିୟାର। ଆଚ୍ଛା, ଆପଣଙ୍କ ବୁଝିବା ପାଇଁ ମୁଁ ଗୋଟାଏ କଥାରେ କହେଁ-ଗୋଟିଏ ଆଧିଭୌତିକ ଚିତ୍ର, ଆଉ ଗୋଟିଏ ଆଧ୍ୟାତ୍ମିକ ଚିତ୍ର। ଚିତ୍ରକର ଯେ, ସେ ତୂଳି ଗୋଟାଏ ଧରି ମନୁଷ୍ୟ ଶରୀର ଚିତ୍ର କରେ; କବି କ'ଣ କରେ କି, ମନୁଷ୍ୟ ମନର ଦଡି, କାର୍ଯ୍ୟପ୍ରଣାଳୀ, କ୍ରିୟା ଇତ୍ୟାଦି ମଲମରେ ଲେଖେ। ଏଇଟାକୁ ମାନସିକ ଚିତ୍ର ବୋଲାଯାଇପାରେ। ଲୋକଶିକ୍ଷା ପାଇଁ କିମ୍ବା ଲୋକନେତ୍ର ରଞ୍ଜନ ପାଇଁ କବି ଆଉ ଚିତ୍ରକରମାନେ ଏହିପରି ଚିତ୍ର କରିଥା'ନ୍ତି।

ଅଜା-ଆଚ୍ଛା, ଆମ ପୂର୍ବ ମହର୍ଷିମାନେ ଲୋକଶିକ୍ଷାପାଇଁ ଏତେ ପୁରାଣ ଗ୍ରନ୍ଥ ରଚନା କଲେ, ଗୋଟିଏ ହେଲେ ତ ମିଛ କଥା ଲେଖିନାହାନ୍ତି। ଜ୍ଞାନ ପାଇଁ ସେ ସବୁକୁ ପଢ଼। ଏପରି ମିଛ କଥାଗୁଡ଼ାକ କ୍ୟାଁ ପଢ଼ିବ?

ଗଣପତି-ଆଚ୍ଛା ଅଜା, ମୁଁ ଯାହା କହୁଛି, ଧୀର ହୋଇ ଶୁଣନ୍ତୁ। ଖପା ହୋଇ ଯିବେ ନାହିଁଟି? ଆପଣ ତ ମହାଭାରତ ବନପର୍ବରେ ପଢ଼ିଥିବେ, ଅଜଗର ସାପଟାଏ ଭୀମସେନଙ୍କୁ ଗିଳିବ ବୋଲି ଖୁବ୍ ଆଣ୍ଟ କରି ଧଇଲା। ଭୀମ ଭାରି ବଳୁଆ କି ନା! ପଳେଇ ଯିବାପାଇଁ ଖୁବ୍ ଗୁଡ଼ାଏ ଟଣାଓଟରା କଲେ; ସାପ ତ ନଛାଡ଼େ! ତା' ବାଦ ଭୀମ ଢେର୍

ରକମ କଥା କହି ନେହୁରା ହେଲେ। ଅଜଗରକୁ ଦାତାରାମ, ଏତେଦିନ ଭୋକିଲା ପଡ଼ିଥିଲା, ଆଜି ମୋଟା ମଣିଷଟାଏ ପାଇଛି, ସେ କି ଛାଡ଼େ!ଏତିକିବେଳେ ଯୁଧିଷ୍ଠିର ପହଞ୍ଚିଲେ। ଅଜଗର ଯୁଧିଷ୍ଠିର ଭିତରେ ଢେର୍ କଥା-ଭାଷା ଚଳିଲା। ଆଚ୍ଛା ଅଜା, ଅଜଗର ସାପ କ'ଣ କଥା କହୁଥିଲା?

ଅଜା-ହୋଃ ହୋଃ ହୋଃ! ଆରେ, ତୁମେ ପିଲାଗୁଡ଼ାକ ତ ଧର୍ମଗ୍ରନ୍ଥ ପୁରାଣ ଆଦି ପଢ଼ିଲ ନାହିଁ!ତୁଚ୍ଛା ମିଛ ଗେଜେଟ୍‌ଗୁଡ଼ାକ ପଢ଼ିବ, ମୂଳଜ୍ଞାନ କଥା କାହୁଁ ଜାଣିବ? ଆରେ ଜାଣୁ, ଏ ହେଲା ଦ୍ୱାପରଯୁଗର ପୁରାଣ କଥା। ଇଏ କ'ଣ ଆଜିକାଲିକାର କଥା? ତୁ ତ ଜ୍ଞାନଶାସ୍ତ୍ର ପଢ଼ି ନାହୁଁ, ଜାଣିବୁକେଉଁଠୁ? ତୁ ଯାହାକୁ ଅଜଗର ସାପ କହୁଛୁ, ସେ ସାପ ନୁହେଁ-ସୂର୍ଯ୍ୟବଂଶର ରାଜା ନହୁଷ। ବ୍ରାହ୍ମଣମାନଙ୍କୁ ଆପଟ କରି ତାଙ୍କ କାନ୍ଧ ଉପରେ ଚଢ଼ିଥିଲା। ବ୍ରାହ୍ମଣମାନେବି ସିମିତି ଖପା ହୋଇ ଅଭିଶାପ ଦେଲେ। ରାଜା ସାଙ୍ଗେ ସାଙ୍ଗେ ଅଜଗର ସାପ ପାଲଟିଗଲା। ଦେଖିଲୁ, ଆଗେ କିମିତି ବ୍ରାହ୍ମଣମାନଙ୍କର ତେଜ ଥିଲା?

ଗଣପତି-ଆଜି ବି କ'ଣ ତେଜ ନାହିଁ? ଯଜମାନଙ୍କୁ, ଯାତ୍ରୀଙ୍କୁ ଛାନିଆ କରି ପକାଉଛନ୍ତି।

ଅଜା-(ଟିକିଏ ରାଗିଯାଇ କହିଲେ) କ'ଣ? ବ୍ରାହ୍ମଣ ନିନ୍ଦା କରୁଛୁ?

ଗଣପତି-ନାହିଁ ନାହିଁ ଅଜା, ମୁଁ ଥଟ୍ଟା କରି କହିଲି। ଆଚ୍ଛା, ମହାଭାରତର ଆଉ ଗୋଟିଏ କଥା ଶୁଣନ୍ତୁ। ଗୋଟିଏ ଶୁଆ ଚଢ଼େଇ ବଣ ଭିତରେ ବସା ବାନ୍ଧିଥିଲା। ସଞ୍ଜବେଳେ ଜଣେ ଅତିଥି ତା ଦୁଆରେ ପହଞ୍ଚିଲେ। ଶୁଆଟି ବଡ଼ ଅତିଥିସେବା କରେ। ସେ କ'ଣ କଲା ନା, ଧାଇଁଯାଇ ଚଞ୍ଚଳ ଅତିଥିଙ୍କୁ ଗୋଡ଼ ଧୋଇବାକୁ ପାଣି ଦେଲା, ଆସନ ଖଣ୍ଡିଏ ପକାଇଦେଲା, ଆଉ ଭୋଜନପାଇଁ କିଛି ଚାଉଳ ଆଣିଦେଲା। ଅତିଥି ଭାତ ରାନ୍ଧିଲେ। ମଲା ଯା! ତିଅଣ ଯେ ନାହିଁ! ଅତିଥି କ'ଣ କଲେ କି, ତୁନି ଯାଇ ଶୁଆ ବେକ ମୋଡ଼ିଦେଲେ। ତା ମାଉଁସ ତରକାରି କରି ସୁନ୍ଦର ଭୋଜନ କଲେ। ଆଚ୍ଛା ଅଜା, ଶୁଆ ଯେ ଚାଉଳ ଆଣିଦେଲା, ତା' ଘରେ ଚାଉଳ କିଏ କୁଟିଦେଲା? ଶୁଆଣୀ କୁଟିଦେଲା ପରା!

ଅଜା ତ ଟିକିଏ ହଇରାଣରେ ପଡ଼ିଗଲେ- ନାସଦାନ କାଢ଼ି ଲାଗ ଲାଗ ତିନି ଚାରି ଟିପା ନାସ ଶୁଙ୍ଘି ଦେଲେଣି। ତହିଁ ଉତ୍ତାରେ ଖନେଇ ଖନେଇ କହିଲେ, "ଆଚ୍ଛା ଗଣି, ମୁଁ ଉଚ୍ଛୁଣି ଭଲ ବୁଝି ପାରୁନାହିଁ। କାଲି ମୁଁ ତତେ ବେଶ୍ କରି କହିବି, ବେଶ୍ ବୁଝିପାରିବୁ। ମୁଁ ଟୀକା ପଢ଼ି ନାହିଁ। ରାମ ମିଶ୍ରେ ବେଶ୍ ସଂସ୍କୃତ ଜାଣନ୍ତି। ସେ ଟୀକା ପଢ଼ିଛନ୍ତି-ସେ ବୁଝାଇ ଦେବେ।"

ଗଣପତି-ଆଚ୍ଛା ଅଜା, ଆଉ ଦିନେ ଦୁଇଜଣ ସାଙ୍ଗସୁଙ୍ଗା ହୋଇ ମିଶ୍ରଙ୍କ କତିକି ବୁଝାବୁଝି କରିବାଲାଗି ଯିବା। ଆଉ ଗୋଟିଏ କଥା ମୋତେ ବୁଝାଇ ଦିଅନ୍ତୁ, ଦେଖେଁ। ପିଲା ଶ୍ରୀକୃଷ୍ଣ ଗୋପପୁରେ ଥିଲେ। ତାଙ୍କୁ ମାରିପକାଇବାପାଇଁ କଂସ ପୂତନା ରାକ୍ଷସୀକୁ

ପଠାଇଦେଲା। ସେ ପୂତନା କ'ଣ କଲା କି, ନାରୀବେଶ ଧରି ଆପଣା ସ୍ତନରେ ବିଷ ଭର୍ତ୍ତିକରି ହୋପପୁରକୁ ଆସିଲା। ଶ୍ରୀକୃଷ୍ଣ ବିଷମିଶା କରି ତା ସ୍ତନ ଚଁ କରି ଟାଣିଦେଲେ, ପୂତନା ରଡ଼ିଟାଏ କରି ମରି ପଡ଼ିଗଲା। ସେକଥା ମହାଭାରତରେ ବି ଲେଖା ଅଛି। ଶ୍ରୀକୃଷ୍ଣ ଜନ୍ମବେଳେ ଗୋଟାଏ ଶକୁନି ଗ୍ରାମରେ ଆସି ବସିଲା। ଶକୁନି ଅର୍ଥ ପୂତନା। ମହାଭାରତରେ ପୂତନା କଥା ଏହିପରି ଲେଖା। ଆଉ ଗୋଟାଏ ପୁରାଣରେ ଲେଖାଅଛି- ପିଲାବେଳେ ଶ୍ରୀକୃଷ୍ଣଙ୍କୁ ପିହୁଡ଼ା ରୋଗ ହୋଇଥିଲା। ପିହୁଡ଼ା ରୋଗ ପୂତନା। ବୋଇଲ ଅଜା, କେଉଁ ପୁରାଣଟା ସତ? ଆଚ୍ଛା ଅଜା! ଆହୁରି ଗୋଟାଏ କଥା କହନ୍ତୁ ତ? ପୂତନା ତ ଊଣେଇଶ ଯୋଜନ ମାଡ଼ି ପଡ଼ିଲା, ତେବେ ଗୋପପୁରରେ ଯେତେ ମଣିଷ, ଗୋରୁ, ପଶୁ, ପକ୍ଷୀ ଥିଲେ, ସବୁ ତ ଚାପାପଡ଼ି ମରିଗଲେ-ଗୋପପୁରରେ ସବୁ ଗଉଡ଼ ବଂଶ ବି ମରିଗଲେ? କାହିଁ, ସେ କଥା ତ କେଉଁ ପୁରାଣରେ ହେଲେ ଲେଖା ନାହିଁ!

ଅଜା ତ ବଡ଼ ହ ଇରାଣରେ ପଡ଼ିଲେଣି। କିଛି ଉତ୍ତର ନ ଦେଇପାରି କେବଳ ନାସ ଶୁଙ୍ଘୁଛନ୍ତି। ଶେଷରେ କହିଲେ, "ହଇରେ ଗଣି, ମୁଁ ତ ବୃନ୍ଦାବନ ଯାଇଥିଲି। ସତ, ଗୋପପୁରଟା ତ ଏତେ ବଡ଼ନୁହେଁ! ପୂତନା ମଡ଼ଟା ଊଣେଇଶ ଯୋଜନ ମାଡ଼ି ଗୋପପୁରରେ କିମିତି ପଡ଼ିଲା? ପୁଣି ପୁରାଣରେ ଲେଖାଅଛି, ସେ ଗୋପପୁରରେ ପଡ଼ିଲା।"

ଗଣପତି-ଜାଣ ତ ଅଜା, ପୁରାଣ ବୋଲ, କି ଉପନ୍ୟାସ ବୋଲ, କି ଗଳ୍ପ ବୋଲ, ଲୋକଶିକ୍ଷା ଲାଗି କବିମାନେ ଏହିପରି ଲେଖି ଯାଇଛନ୍ତି। ପୁରାଣ ଅର୍ଥ କ'ଣ ନା, ପୁରୁଣା କଥା। ଆଜିକାଲି ଯେ ଉପନ୍ୟାସ ସବୁ ବାହାରୁଛି, ତାକୁ ହଜାର ବରଷ ଉତ୍ତାରେ ଲୋକମାନେ ପଢ଼ିଲେ, କେହି କେହି ସତ ବୋଲି ମଣିବା ଆଶ୍ଚର୍ଯ୍ୟ ନୁହେଁ।

ଅଜା-ନାହିଁ ରେ ଗଣି! ମୋ ମନ ମାନୁନାହିଁ। ଆଚ୍ଛା, ମୁଁ ପଣ୍ଡିତ ରାମ ମିଶ୍ରଙ୍କୁ ଏ କଥା ପଚାରି ତତେ କହିବି।

ବାଲେଶ୍ୱରୀ ରାହାଜାନି

(ସତ୍ୟ ଘଟନା)

ରେଳ ତ କାଲିକା କଥା,କଲିକତାଠାରୁ ପୁରୀ ପର୍ଯ୍ୟନ୍ତ ଯେଉଁ ଉପଯୁକ୍ତ ବହୁଳ ଶଙ୍ଖବିଶିଷ୍ଟ ସମତଳ, ପରିଷ୍କୃତ ସଡକଦାଣ୍ଡ ବିସ୍ତୃତ ଅଛି,ପୂର୍ବକାଳରେ ସେଥିର ଚିହ୍ନ ସୁଦ୍ଧା ବିଦ୍ୟମାନ ନଥିଲା।ସେ ସମୟରେ ବଙ୍ଗଦେଶୀୟ ବା ଉତ୍ତର-ପଶ୍ଚିମାଞ୍ଚଳସ୍ଥ ଜଗନ୍ନାଥଦର୍ଶନାର୍ଥୀ ଯାତ୍ରାମାନେ ଭୁଜଙ୍ଗଗତିବତ୍ କୁଟିଳ, ଶ୍ୱାପଦସଙ୍କୁଳ, ଅଣ୍ୟମୟ, ବନ୍ଧୁର, କଦାଚିତ୍ ପ୍ରାନ୍ତର ମଧ୍ୟଗତ ଅପ୍ରସ୍ତୁତ ସଂକୀର୍ଣ୍ଣ ମାର୍ଗେର ଗତାୟାତ କରୁଥିଲେ। ବର୍ଷାକାଳରେ ଅସଂଖ୍ୟ ନଦୀନାଳ-ଜଳବହୁଳତା ପ୍ରଯୁକ୍ତ ଉକ୍ତ ମାଗର୍ମାନ ଜନଶୂନ୍ୟ ଅବସ୍ଥାରେ ପଡ଼ିଥାଏ। ଚୈତନ୍ୟଦେବଙ୍କ ସମୟରେ ନବଦ୍ୱୀପବାସୀ ଯାତ୍ରୀମାନଙ୍କୁ ପୁରୀରେ ଉପସ୍ଥିତ ହେବା ସକାଶେ ତିନିମାସ କାଳ ଲାଗୁଥିଲା। ବର୍ତ୍ତମାନ ଅଷ୍ଟପ୍ରହରରୁ ଅଧିକ ନୁହେଁ।

ଇଷ୍ଟଇଣ୍ଡିଆ-କମ୍ପାନୀ କଲିକତାବାସୀ ରାଜା ସୁଖମୟଙ୍କଠାରୁ କେତେ ଲକ୍ଷ ଟଙ୍କା ଋଣ ଗ୍ରହଣ କରିଥିଲେ। କମ୍ପାନୀ ଋଣ ପରିଶୋଧ କରିବାକୁ ରାଜା ମହୋଦୟ ତାହା ଗ୍ରହଣ ନ କରି କଲିକତାଠାରୁ ଶ୍ରୀକ୍ଷେତ୍ରଧାମ ପର୍ଯ୍ୟନ୍ତ ଗୋଟିଏ ମାର୍ଗ ପ୍ରସ୍ତୁତ କରିବା ସକାଶ କମ୍ପାନୀ ହସ୍ତରେ ତାହା ପ୍ରତ୍ୟର୍ପଣ କଲେ। ସେହି ଟଙ୍କା ବଳରେ ବର୍ତ୍ତମାନ ସଡ଼କ ନିର୍ମାଣର ସୂତ୍ରପାତ ହୋଇଥିଲା। ସଡ଼କ ଉପରେ ଅନେକ ପ୍ରସ୍ତରମୟ ସେତୁ ନିର୍ମିତ ହୋଇଥିଲା। କାଳକ୍ରମେ ସରକାର ବାହାଦୁର ସେହି ସମସ୍ତ ସେତୁ ଭଗ୍ନ କରି ତାହା ପରିବର୍ତ୍ତରେ ବୃହଦାକାର ଇଷ୍ଟକମୟ ସେତୁ ନିର୍ମାଣ କରି ଦେଇଅଛନ୍ତି। ବର୍ତ୍ତମାନ ମଧ୍ୟ ଅନେକ ସ୍ଥାନରେ ପୁରାତନ କ୍ଷୁଦ୍ର କ୍ଷୁଦ୍ର ସେତୁ ବିଦ୍ୟମାନ ଅଛି। ସୋର ସମୀପବର୍ତ୍ତୀ କାଂଶବାଂଶ କ୍ଷୁଦ୍ର ନଦୀ ଉପରେ ନିର୍ମିତ ବୃହଦାକାର ସେତୁର ପ୍ରସ୍ତରାଂଶ 'ସୁଖମୟୀ' ଅଟେ। କଲିକତାଠାରୁ ପୁରୀ ପର୍ଯ୍ୟନ୍ତ ନବନିର୍ମିତ ମାର୍ଗ ପାର୍ଶ୍ୱରେ ପ୍ରତ୍ୟେକ ଦଶକ୍ରୋଶ

ଅନ୍ତର ଇଷ୍ଟକମୟ ଖିଲାଣଯୁକ୍ତ, ପ୍ରାୟ ଚାରିଶତ ଲୋକଙ୍କ ବାସୋପଯୋଗୀ ଦୁଇ ସାହାଲା ପାନ୍ଥନିବାସ (ଧର୍ମଶାଳା) ନିର୍ମିତ ହୋଇଥିଲା। ଉକ୍ତ ଧର୍ମଶାଳା ନିକଟରେ ଦୁଇଗୋଟି କରି ସୁଗଭୀର କୂପ ମଧ ଖୋଳା ହୋଇଥିଲା। କାଳକ୍ରମରେ ସେହି ସମସ୍ତ ପାନ୍ଥନିବାସ ଜୀର୍ଣ୍ଣ ଓ ଅନାବଶ୍ୟକ ବୋଧ ହେବାରୁ ସରକାର ବାହାଦୁର ସେ ସମସ୍ତ ଭଗ୍ନକରି ଇଷ୍ଟକରାଶି ସଡ଼କରେ ପକାଇଅଛନ୍ତି। ଭଦ୍ରକ, ବସ୍ତା, ବ୍ରାହ୍ମଣୀକୂଳ ଓ କଟକରେ ସେହି ସମସ୍ତ ଧର୍ମଶାଳା ଅଦ୍ୟାବଧି ବିଦ୍ୟମାନ ଅଛି।

ରାସ୍ତା ପ୍ରସ୍ତୁତ, କେତେକ ପରିମାଣରେ ପାନ୍ଥନିବାସର ଅଭାବ ମଧ ଦୂରୀଭୁତ ହେଲା; ମାତ୍ର ଯାତ୍ରୀମାନଙ୍କର ଖାଦ୍ୟାଦି ସଂଗ୍ରହ କରିବାର ଉପାୟ ନାହିଁ। ଜନ୍ ବିଚର ନାମକ ଜଣେ ସାହେବ ସରକାର ବାହାଦୂରଙ୍କ ଠାରୁ କେତେକ ଭୂମି ନିଷ୍କର ରୂପେ ଗ୍ରହଣ କରି ବାଲେଶ୍ୱରରେ ବିଚରଗଞ୍ଜ, ବସ୍ତାରେ ମୁଳିଦା, ବାଲଗାଁ, ମାର୍କଣା, ଟାଙ୍ଗି, କଟକ ପ୍ରଭୃତି ସ୍ଥାନରେ ସରେଇ ଘର ନିର୍ମାଣ ଓ ଦୋକାନ ବସେଇଦେଲେ। ସୁଖମୟୀ ଧର୍ମଶାଳାରେ ସର୍ବଜାତୀୟ ଲୋକ ବାସ କରୁଥିବାରୁ ହିନ୍ଦୁଧର୍ମାବଲମ୍ବୀ ତୀର୍ଥଯାତ୍ରୀମାନେ ସେ ସ୍ଥାନରେ ପାକାଦି କରିବାକୁ ଅସମ୍ମତ ହୋଇ ବିଚର ସାହେବଙ୍କ ସରେଇ ଘରେ ବାସ କରିବାକୁ ଲାଗିଲେ। ସ୍ଥାନୀୟ ଲୋକମାନେ ମଧ ଆବଶ୍ୟକ ସ୍ଥାନମାନଙ୍କରେ ଚଟି ଘର ନିର୍ମାଣ ଓ ଦୋକାନ ବସାଇ ସମସ୍ତ ଅଭାବ ଦୂର କଲେ। ରେଳମାର୍ଗ ଫିଟିବାରୁ ସେ ସମସ୍ତ ଚଟି ଘର ଉଠିଗଲାଣି। ଜନ୍ ବିଚର ସାହେବ ସରକାର ବାହାଦୂରଙ୍କଠାରୁ ଯେଉଁ ନିଷ୍କର ଭୂମି ଗ୍ରହଣ କରିଥିଲେ, ତାହା ବିଲାତବାସୀ ଉତ୍ତରାଧିକାରୀଠାରୁ ସେଥିର ସ୍ୱତ୍ୱାଧିକାର କ୍ରୟ କରି ଭଦ୍ରକନିବାସୀ ବାବୁ ବ୍ରଜଗୁପ୍ତ ଭୋଗ ଦଖଲ କରୁଅଛନ୍ତି।

ପାନ୍ଥମାନଙ୍କର ସମସ୍ତ ଅଭାବ ଦୂର ହେଲା। ଶ୍ୱାପଦ ଜନ୍ତୁମାନଙ୍କ ହସ୍ତରୁ ଅନେକ ପରିମାଣରେ ରକ୍ଷା ପାଇଲେ। ମାତ୍ର ନର-ରାକ୍ଷସ ଡକାଏତମାନଙ୍କ ଅତ୍ୟାଚାର ସେମାନଙ୍କୁ ଦୀର୍ଘକାଳ ପର୍ଯ୍ୟନ୍ତ ଭୋଗ କରିବାକୁ ହୋଇଥିଲା। ମେଦିନୀପୁର ଠାରୁ ଭଦ୍ରକ ପର୍ଯ୍ୟନ୍ତ ରାଜମାର୍ଗ ଡକାଏତମାନଙ୍କର ଲୀଳାକ୍ଷେତ୍ର। ମାର୍ଗର ପଶ୍ଚିମ ଦିଗ ନିବିଡ଼ ଜଙ୍ଗଲମୟ ଥିବାରୁ ସେମାନେ ମାନବନେତ୍ରାନ୍ତରାଳ ଜଙ୍ଗଲ ମଧରେ ଖଟି ସ୍ଥାପନ କରି ଆପଣାର ନୃଶଂସ ନାରକୀୟ ବ୍ୟବସାୟ ସୁଚାରୁରୂପେ ଚଳାଇବାକୁ କ୍ଷମ ହୋଇଥିଲେ। ସରକାର ବାହାଦୁର ଦୀର୍ଘକାଳ ପର୍ଯ୍ୟନ୍ତ ବିଶେଷ ଚେଷ୍ଟା କରି ମଧ ସେମାନଙ୍କୁ ଶାସନ କରିବାକୁ ସମର୍ଥ ହୋଇନଥିଲେ। ଡକାଏତମାନଙ୍କର ଗୋଟିଏ ପ୍ରଧାନ ଘାଟି ଥିଲା 'ନାରାୟଣଗଡ଼।' ଉକ୍ତ ଗଡ଼ର ବାଉଁଶ ବଣ ମଧରେ ଶତ ଶତ ନିର୍ଦ୍ଦୋଷ ମହାପ୍ରାଣୀଙ୍କ ମସ୍ତକ ବିଲୁଣ୍ଠିତ ହୋଇଥିବାର ଆମ୍ଭେମାନେ ଶତସହସ୍ର ଥର ଶୁଣିଅଛୁଁ। ଚାଳିଶବରଷ ପୂର୍ବେ ଲେଖକ ଗୋ-ଶକଟରେ କଲିକତା ଗମନାଗମନ ସମୟରେ ଶକଟଚାଳକ ଓ

ଅନ୍ୟାନ୍ୟ ପଥିକମାନେ ଅଙ୍ଗୁଳି ନିର୍ଦ୍ଦଶ କରି ଉକ୍ତ ଭୟଙ୍କର ସ୍ଥାନମାନ ନିର୍ଦ୍ଦେଶ କରାଇ ଦେଉଥା'ନ୍ତି। ଦେଶ ମଧ୍ୟରେ ଗୋଟିଏ ଚଳିତ କଥା ବହୁକାଳ ପର୍ଯ୍ୟନ୍ତ ଶୁଣା ଯାଉଥିଲା।

"ହଳଦୀ ମଖାମଖି,
ନାରାୟଣଗଡ଼ ପାର ହେଲେ କୁଟୁମ୍ବ ଦେଖଦେଖି।"

ପୂର୍ବେ ନିତାନ୍ତପକ୍ଷେ ଯାତ୍ରୀମାନେ ନାରାୟଣଗଡ଼ ସୀମା ମଧ୍ୟରେ ସୂର୍ଯ୍ୟାସ୍ତ ଉତ୍ତାରେ (ଦିବା ଭାଗରେ ମଧ୍ୟ) ଦଳବଦ୍ଧ ନହୋଇ ଗତାୟତ କରୁ ନଥିଲେ। ଅଜଣା ଯାତ୍ରୀମାନଙ୍କର ରକ୍ଷା ନ ଥିଲା। ପୂର୍ବେ ଅବସ୍ଥାପନ୍ନ ଯାତ୍ରୀମାନେ ଗୋ-ଶକଟରେ ଗତାୟାତ କରୁଥିଲେ। ଭାଗ୍ୟବନ୍ତ ଲୋକମାନଙ୍କ ସକାଶେ ପାଲିଙ୍କି ଡାକର ବନ୍ଦୋବସ୍ତ ଥିଲା। କଟକ, ପଦ୍ମପୁର ପ୍ରଭୃତି ଅଞ୍ଚଳର ସହସ୍ର ସହସ୍ର ଗୋ-ଶକଟ ଯାତ୍ରୀ ତଥା ବାଣିଜ୍ୟ ଦ୍ରବ୍ୟ ବହନରେ ନିଯୁକ୍ତ ଥିଲେ। ରେଳ ଓ ଷ୍ଟିମର ପ୍ରଭାବରୁ ହତଭାଗ୍ୟମାନଙ୍କ ଦାନା ପାଣି ଉଠି ଯାଇଅଛି।

ଈଶ୍ୱରଙ୍କ ପବିତ୍ର ରାଜ୍ୟରେ ପାପୀ ଦଳର ପତନ ଅନିବାର୍ଯ୍ୟ। ଡକାୟତମାନେ ଖୁବ୍ ସତର୍କତା ସହିତ ବ୍ୟବସାୟ ଚଳାଇ ଆସୁଥିଲେ ମଧ୍ୟ ଏତେଦିନ ଉତ୍ତାରେ ସେମାନଙ୍କ ବିନାଶର କାରଣ ଉପସ୍ଥିତ ହେଲା।

ବାଲେଶ୍ୱର ଜିଲ୍ଲାର ଆସିଷ୍ଟାଣ୍ଟ ମେଜେଷ୍ଟର(ପରେ ହାଇକୋର୍ଟରେ ଜଜ୍) ମିଷ୍ଟର ରେମ୍ସିନି ସାହେବ ପାଲିଙ୍କି-ଡାକରେ ବାଲେଶ୍ୱରରୁ କଲିକତା ଯାଉଥିଲେ। ବସ୍ତାଓ ହଳଦୀପଦ ଚଟି ମଧ୍ୟବର୍ତ୍ତୀ ସ୍ଥାନରେ ଡକାଏତ ପଡ଼ି ତାହାଙ୍କ ପାଲିଙ୍କି ଲୁଟିନେଲେ। ଡକାଏତମାନେ ପାରତପକ୍ଷେ ଇଂରେଜଙ୍କ ଉପରେ ଡକାଏତି କରନ୍ତି ନାହିଁ। ସେମାନେ ଜାଣନ୍ତି, ଦେଶୀୟ ରାଜା ମହାରାଜାଙ୍କୁ ହତ୍ୟା କଲେ କାଳେ ରକ୍ଷା ପାଇପାରିବେ; ମାତ୍ର ପବିତ୍ର ଶ୍ୱେତଚର୍ମ ସ୍ପର୍ଶ କଲେ ରକ୍ଷା ନାହିଁ। ଡକାଏତମାନେ ଭ୍ରମରେ ପଡ଼ି ରେମ୍ସିନି ସାହେବଙ୍କ ପାଲିଙ୍କି ଲୁଣ୍ଠନ କରିଥିଲେ। ସେହି ସମୟରେ ବାଲେଶ୍ୱରରେ ଜଣେ ତୈଲଙ୍ଗ ମହାଜନ ଥିଲେ। ନାମ ନାରିକେଲି ମେଳି ଯୋଗେୟା। ଏ ଜଣେ ସାମାନ୍ୟ ଅବସ୍ଥାର ଲୋକ। ପ୍ରଥମେ ଲବଣର କଣ୍ଟ୍ରାକ୍ଟରୀ କରି ବିପୁଳ ଅର୍ଥ ଉପାର୍ଜ୍ଜନ କରିଥିଲେ। ଯୋଗେୟାବାବୁଙ୍କର ଡାକ ବସିଥିବାର ଡକାୟତମାନେ ସନ୍ଧାନ ପାଇଥିଲେ। ଦୈବଗତ୍ୟା ତାହାଙ୍କ ଯିବା ରହିତ ହେବାରୁ ସେହି ଡାକରେ ରେମ୍ସିନି ସାହେବ କଲିକତା ଯାଉଥିଲେ। ସାହେବ ଉପରେ ଡକାଏତି ତୁଚ୍ଛ କଥା ନୁହେଁ! ହାକିମ ମହଲରେ ଚହଳ ପଡ଼ିଗଲା। ପୋଲିସ ଦଳ ଯାଇ ବସ୍ତାଥାନା ଇଲାକାଟା ଓଲଟପାଲଟ କରି ପକାଇଲେ। କେତେ ବଣଜଙ୍ଗଲ ଖୋଜାଗଲା,ସରକାରୀ ଖରଚରେ କେତେ ପୋଖରୀ ପାଣି ବୁହାଗଲା, କେତେ ନିର୍ଦ୍ଦୋଷ ଲୋକ ଟଣାଘୋଷରାରେ ପଡ଼ିଲେ, କାହିଁରେ କିଛି ହେଲା ନାହିଁ। ଡକାଏତଗୁଡ଼ାକ ଯେମନ୍ତ ଆକାଶରୁ ଆସିଥିଲେ, ମାଲଗୁଡ଼ାକ ପବନରେ ମିଶିଯାଇଛି। ଏହି ଡକାଏତି ତଦନ୍ତ ରହିତ ହେବା ମାତ୍ରକେ ଉପର୍ଯ୍ୟୁପରି ଆହୁରି ତିନି ଚାରିଟା ଡକାଏତି ହୋଇଗଲା।

ବାଲେଶ୍ୱର ନିବାସୀ ଜମିଦାରବାବୁ ମଦନମୋହନ ଦାସଙ୍କ ବସ୍ତା ଥାନା ଇଲାକାରେ ଖଣ୍ଡେ ତାଲୁକ ଅଛି। ନାଟବନ୍ଦୀ ଖଜଣା ଅସୁଲ ହୋଇ କଚେରି ଘରେ ପ୍ରାୟ ବାର ଶତ ଟଙ୍କା ଜମା ଥିଲା, ଡକାଏତ ପଡ଼ି ଘେନିଗଲେ। ସେହି ସମୟରେ ଯେଉଁ ସମସ୍ତ ଡକାଏତି ହୋଇଥିଲା, ଗୋଟିଏ ଡକାଏତି ଉଲ୍ଲେଖଯୋଗ୍ୟ। ବସ୍ତା ଥାନାଠାରୁ ପ୍ରାୟ ଚାରିକ୍ରୋଶ ଦୂର ଚାରିଗାଁ ନାମକ ଗ୍ରାମରେ ଜଣେ ସଙ୍ଗତିସମ୍ପନ୍ନ ଲୋକର ବାସ,ନାମ ବାଆନ ଭୂୟାଁ। ଡକାଏତ ଦଳ ଏହା ଘରେ ଭୟଙ୍କର ଅତ୍ୟାଚାର କରିଥିଲେ। ତାହାର ଦୁଇ ସ୍ତ୍ରୀ, ଗୋଟିଏ ସ୍ତ୍ରୀ ପୂର୍ଣ୍ଣଗର୍ଭା। ନିଷ୍ଠୁର ଡକାଏତମାନଙ୍କର ଦାରୁଣ ପ୍ରହାରରେ ତାହାର ଗର୍ଭପାତ ଏବଂ ଚାରିଦିନ ଉତ୍ତାରେ ଜୀବନପାତ ହୋଇଥିଲା। ଦ୍ୱିତୀୟ ସ୍ତ୍ରୀ ପଳାୟନ ଦ୍ୱାରା ଆତ୍ମରକ୍ଷା କଲା। ବାଆନ ଭୂୟାଁକୁ ଡକାଏତମାନେ ଅନେକ ପ୍ରହାରକରି ତାହାର ବେକ ମୋଡ଼ି ଦେଇ ଯାଇଥିଲେ। ତାହାର ମୁଖ ପୃଷ୍ଠ ଦିଗକୁ ବୁଲିଯାଇଥିଲା। ବାଆନ ଭୂୟାଁ ମଧ୍ୟ ଡକାଏତମାନଙ୍କୁ ସହଜରେ ଛାଡ଼ି ଦେଇ ନାହିଁ।ଦୁଇ ତିନିଜଣଙ୍କୁ ଅସ୍ତ୍ରାଘାତ ଓ ଜଣେ ଡକାଏତକୁ ହତ୍ୟା କରିଥିଲା। ସଙ୍ଗୀ ଡକାଏତମାନେ ହତ ଡକାଏତର ଶବ ଘେନି ପଳାଇ ଯାଇଥିଲେ।

ଅଳ୍ପଦିନ ପୂର୍ବେ ପୁରାତନ ପୋଲିସ ଉଠିଯାଇ ନୂତନ ବେଙ୍ଗଲ ପୋଲିସ ସ୍ଥାପିତ ହୋଇଛି। ବାଲେଶ୍ୱର ଜିଲ୍ଲାର ପ୍ରଥମ ପୋଲିସ ଡିଷ୍ଟ୍ରିକ୍ଟ ସୁପରିଣ୍ଟେଣ୍ଡେଣ୍ଟ ମିଷ୍ଟର ସଟଲଓୟାର୍ଥ ସାହେବ ପ୍ରାଣପଣେ ଯତ୍ନ କରି ମଧ୍ୟ ବସ୍ତା ଇଲାକାରୁ ଫେରିଆସିଲେ ଏବଂ ଡକାଏତ ଦଳ ଆବିଷ୍କାର ନିମନ୍ତେ ସବ୍‌ଇନ୍‌ସ୍ପେକ୍ଟର ବାବୁ ରାଜକିଶୋର ଚୌଧୁରୀଙ୍କୁ ନିଯୁକ୍ତ କଲେ। ଚୌଧୁରୀ ମହାଶୟ ପୋଲିସ ଇଲାକାରେ ଜଣେ ସୁଯୋଗ୍ୟ କର୍ମଚାରୀ ବୋଲି ତାଙ୍କର ଖ୍ୟାତି ଥିଲା। ରାଜଘାଟ ଥାନା ମୁନସିବାବୁ ଦିଗମ୍ବର ଦାସ, ଜଳେଶ୍ୱର ଥାନା ମୁନସିବାବୁ କିଣାରାମ ପ୍ରଧାନ ତାଙ୍କୁ ସାହାଯ୍ୟ କରିବାକୁ ଗଲେ।

ଉପରିସ୍ଥ ହାକିମଙ୍କ ଆଦେଶାନୁସାରେ ବାବୁ ରାଜକିଶୋର ଚୌଧୁରୀ ପୋଲିସ ଦଳବଳ ସହିତ ଉକ୍ତ ଡକାଏତି ଉକ୍ତସ୍ଥାନ ଚାରିଗାଁରେ ବାସ କରିବାକୁ ଲାଗିଲେ। ବହୁ ଦିନ ପର୍ଯ୍ୟନ୍ତ ବୃଥା ପରିଶ୍ରମ କରିଅକୃତକାର୍ଯ୍ୟତା ବିଷୟ ରିପୋର୍ଟ କରିବାରୁ ସୁପରିଣ୍ଟେଣ୍ଡେଣ୍ଟ ସାହେବ ତାଙ୍କୁ ଉତ୍ସାହ ଦେଇ ଲେଖିଲେ, "ତୁମ୍ଭର ଅନୁସନ୍ଧାନ ପ୍ରଣାଳୀ ସନ୍ତୋଷଜନକ, ଯେପର୍ଯ୍ୟନ୍ତ ଡକାଏତ ଦଳ ଧରାଯାଇନାହାନ୍ତି, ସେ ପର୍ଯ୍ୟନ୍ତ ତୁମ୍ଭେ ଚାରିଗାଁ ତ୍ୟାଗ କରିବ ନାହିଁ।" ଏହାହିଁ ଇଂରେଜ ଚରିତ୍ରର ବିଶେଷତ୍ୱ।ଏଥିସକାଶେ ଆମ୍ଭେମାନେ ଜିତ ଓ ଇଂରେଜ ଜାତି ଜେତା। କୌଣସି ବିଷୟରେ ଅକୃତକାର୍ଯ୍ୟ ହେଲେ ଆମ୍ଭେମାନେ ହତୋଽଦ୍ୟମ ଓ ନିରାଶ ହୋଇପଡୁ। ମାତ୍ର ଇଂରେଜ ଜାତିର କାର୍ଯ୍ୟପ୍ରଣାଳୀ ସ୍ୱତନ୍ତ୍ର ପ୍ରକାର ଅଟେ। ପ୍ରକୃତ ସେମାନେ 'ଆଫଳୋଦୟକର୍ମା' ଅଟନ୍ତି। ଲୋକେ କଥାରେ ବୋଲନ୍ତି, "ଲାଗିଥିବା ଲୋକ ମାଗି ଖାଏ ନାହିଁ।"- ଉପସ୍ଥିତ ଘଟନା ସେଥିର ଗୋଟିଏ ଦୃଷ୍ଟାନ୍ତସ୍ଥଳ ଅଟେ।

ରାଜକିଶୋରବାବୁଙ୍କ ଅନୁସନ୍ଧାନପ୍ରଣାଳୀ ଏହିପରି ଥିଲା କି, ସନ୍ଧ୍ୟା ଉତ୍ତାରେ ଦୁଇ ତିନିଜଣ ପୋଲିସ କର୍ମଚାରୀ ସଙ୍ଗରେ ଘେନି ଚାରିଗାଁ ଚତୁଃପାର୍ଶ୍ୱସ୍ଥ ତିନି ଚାରି କ୍ରୋଶ ଦୂରବର୍ତ୍ତୀ ଗ୍ରାମମାନଙ୍କରେ ପ୍ରଚ୍ଛନ୍ନ ଭାବରେ ଭ୍ରମଣ କରନ୍ତି। ରାତ୍ରିରେ ଗ୍ରାମବାସୀମାନଙ୍କ କଥୋପକଥନ ଶୁଣିବା ଓ ସେମାନଙ୍କ କାର୍ଯ୍ୟ ଦେଖିବା ତାଙ୍କର ଉଦ୍ଦେଶ୍ୟ ଅଟେ। ମଫସଲର ପାଣମାନେ ପ୍ରାୟ ଚୋରି କାର୍ଯ୍ୟରେ ଲିପ୍ତ ଥାଆନ୍ତି। ସେଥିସକାଶେ ପାଣ ଗ୍ରାମମାନଙ୍କରେ ଅଧିକାଂଶ ରାତ୍ରିକ୍ଷେପଣ କରିବାକୁ ହୁଏ। ପ୍ରାୟ ପ୍ରତ୍ୟହ ପାଣସାହି ଓଳିରେ ବସି ଘର ମଧ୍ୟସ୍ଥ କଥୋପକଥନ ଶୁଣନ୍ତି। ଏହା ଭଦ୍ରଲୋକ ପକ୍ଷରେ ଯେ କେତେଦୂର କଷ୍ଟସାଧ କାର୍ଯ୍ୟ, ପାଠକ ସହଜରେ ବୁଝି ପାରିବେ। ପାଣମାନଙ୍କ ପଲାଘର ପଛଓଳି ଏତେ ନୁଆଁଣ ଯେ, ବସିଲେ ମଧ ଚାଳ ମୁଣ୍ଡରେ ବାଜେ। ଓଳିତଳ ଅପରିଷ୍କାର, କଦର୍ଯ୍ୟ, ଦୁର୍ଗନ୍ଧମୟ। ସହସ୍ର ସହସ୍ର ମଶକ ବେଢ଼ି ଭଣଭଣ କରି ଖାଉଛନ୍ତି, ଘଉଡ଼ିବାର କ୍ଷମତା ନାହିଁ। ସର୍ପ ଭଲ୍ଲୁକର ମଧ ଭୟ ନଥିଲା, ଏମନ୍ତ ନୁହେଁ। ପୁଣି ଗ୍ରାମସ୍ଥ ପାଣମାନେ ଜାଣିପାରିଲେ ଭୟଙ୍କର ବିପଦ ଘଟିବାର ସମ୍ଭାବନା। କ'ଣ କରିବେ, ଚାକିରିଖଣ୍ଡ ତ ରକ୍ଷାକରିବାକୁ ଧନ୍ଦ!

ଏକଧଣ୍ଟବସ ଅନ୍ଧଧରଙ୍କାତ୍ର ଧମରେ ଗୋଟିଏ ପାଣ ଓଳିରେ ବସିଛନ୍ତି, ଘର ମଧରୁ ଶୁଣିଲେ, ଗୋଟିଏ ଯୁବତି ସ୍ତ୍ରୀ କାନ୍ଦି କାନ୍ଦି ତାହାର ମାତାକୁ ଅନୁଯୋଗ କରୁଅଛି-

୧। ପତ୍ରିକା ପ୍ରକାଶ କାଳରେ ଉକ୍ତ ପାରାଗ୍ରାଫ ଶେଷରେ ଏହି ବାକ୍ୟଟି ଥିଲା- 'ରାଜକିଶୋରବାବୁ ବର୍ତ୍ତମାନ ଅତିବୃଦ୍ଧ ଓ ପେନସନପ୍ରାପ୍ତ ଅଟନ୍ତି'।-ସଂପାଦ

"ସେ ଯିବାକୁ ରାଜି ନ ଥିଲେ, ବାବା ଜୋର୍‌କରି ଘେନିଗଲା। ଅକାରଣେ ପ୍ରାଣଟା ସିନା ଗଲା! ମୁଁ ଏବେ କରେକ'ଣ?"

ଆରଦିନ ପ୍ରାତଃକାଳରେ ପୋଲିସ ଦଳବଳ ସହିତ ସବ୍‌ଇନ୍‌ସ୍ପେକ୍ଟର ରାଜକିଶୋରବାବୁ ଗ୍ରାମରେ ଉପସ୍ଥିତ। ତଦନ୍ତରେ ଜଣାଗଲା, କ୍ରନ୍ଦନକାରିଣୀ ସ୍ତ୍ରୀର ସ୍ୱାମୀ ଓ ପିତା ଡକାଏତ। ତାହାର ସ୍ୱାମୀ ଡକାଏତି ସମୟରେ ହତ ଓ ପିତା ଆହତ। ଅନ୍ୟ ଦୁଇଜଣ ଆହତ ଡକାଏତ ମଧ ଧରାଗଲେ। ଡକାଏତି ମାଲ ମଧ ବରାମଦ ହେଲା। ସେସନକୋର୍ଟ ବିଚାରରେ ପ୍ରାୟ ପନ୍ଦର ଜଣ ଡକାଏତ ଗୁରୁତର ଦଣ୍ଡପ୍ରାପ୍ତ ହେଲେ। ବୋଧକରୁଁ, ସେମାନଙ୍କୁ ଆଉ ସ୍ୱ-ଗୃହକୁ ବାହୁଡ଼ିବାକୁ ହୋଇନଥିଲା।

ଏହି ଡକାଏତ ଦଳ ଦଣ୍ଡପ୍ରାପ୍ତ ହେଲେ ମଧ ହାକିମମାନେ ନିଶ୍ଚିନ୍ତ ହୋଇ ପାରିଲେ ନାହିଁ, କାରଣ ପ୍ରକାଶ ପାଇଲା ରେମ୍ପିନିଙ୍କ ପ୍ରତି ଯେଉଁମାନେ ଅତ୍ୟାଚାର କରିଥିଲେ, ସେ ସ୍ୱତନ୍ତ୍ର ଓ ପ୍ରଧାନ ଡକାଏତ ଦଳ ଅଟନ୍ତି। ମୟୂରଭଞ୍ଜର ଘୋର ଜଙ୍ଗଲ ମଧରେ ସେମାନଙ୍କର ଖଟି। ଏହି ପ୍ରଧାନ ବା ମୂଳ ଦଳର ଡକାଏତ ସଂଖ୍ୟା ପ୍ରାୟ ପଞ୍ଚାଶ

ଜଣ। କଦାଚିତ୍ ଏକତ୍ର, କେବେ ବା ଭିନ୍ନ ଭିନ୍ନ ରୂପେ ଦଳବଦ୍ଧ ହୋଇ ଡକାଏତି କରିଥା'ନ୍ତି।

ବାଲେଶ୍ୱର ସଦର ଥାନାର ଇନସ୍ପେକ୍ଟର ବାବୁ ସାରଦାପ୍ରସାଦ ଘୋଷ ପୋଲିସ ବିଭାଗରେ ଜଣେ କର୍ମଚାରୀ ବୋଲି ଉପରିସ୍ଥ କର୍ମଚାରୀମାନଙ୍କର ବିଶ୍ୱାସ ଥିଲା। ଡକାଏତ ଦଳର ଆବିଷ୍କାର ଓ ଗ୍ରେପ୍ତାର ନିମନ୍ତେ। ବହୁକାଳ ପରିଶ୍ରମ ଉତ୍ତାରେ ସାରଦାବାବୁ ଡକାଏତ ଦଳର ଖଟିସ୍ଥାନର ମାତ୍ର ସନ୍ଧାନ ପ୍ରାପ୍ତହେଲେ।

ମୟୂରଭଞ୍ଜର ବାରିପଦାଗଡ଼ଠାରୁ ଜଳେଶ୍ୱର ପର୍ଯ୍ୟନ୍ତ ନିବିଡ଼ ଅରଣ୍ୟ ମଧ୍ୟରେ ଗୋଟିଏ ସଂକୀର୍ଣ୍ଣ ବନ୍ୟମାର୍ଗ ଅଛି। ଦିନେ ପୂର୍ବାହ୍ଣ ଦିବା ପ୍ରହରକ ସମୟରେ ତିନିଜଣ ଭିକ୍ଷୁକ ଅର୍ଦ୍ଧକୋଶ ଅନ୍ତର ଆଗପଛ ହୋଇ ବାରିପଦା ଆଡ଼ୁ ଜଳେଶ୍ୱର ଆଡ଼କୁ ଯାଉଅଛନ୍ତି। ସର୍ବପଶ୍ଚାତରେ ଜଣେ ଜ୍ୟୋତିଷ। ଚେହେରା ଦେଖିଲେ ଜଣେ ସମ୍ଭ୍ରାନ୍ତ ଲୋକ ବୋଲି ବୋଧ ହୁଏ,ମାତ୍ର ବେଶ ନିତାନ୍ତ ଦାରିଦ୍ର୍ୟବ୍ୟଞ୍ଜକ। ପରିଧାନ ଖଣ୍ଡେ ଆଣ୍ଠୁଲୁଚା ଲୁଗା, ମୋଟା ମଳିନ ତନ୍ତବୁଣା ଖଦି। ମୁଣ୍ଡରେ ଖଣ୍ଡେ ତଦ୍‌ବତ୍ ମଳିନ ଗାମୁଛା ପାଗ, ଅନ୍ୟ ଖଣ୍ଡିଏ ଗାମୁଛାରେ ସେର ଦୁଇ ଅନ୍ଦାଜ ଚାଉଳ ଓ କେତେ ଅଣା ପଇସା ବନ୍ଧା। କାଖରେ ଲିଖନଗୁଞ୍ଜା ତାଳପତ୍ର ପାଞ୍ଜି। ହସ୍ତରେ ଖଣ୍ଡିଏ ବାଂଶଯଷ୍ଟି। କାନ୍ଧରେ ତାଳପତ୍ର ଛତା (ସେ ସମୟରେ କନା ଛତାର ବିରଳ ବ୍ୟବହାର ଥିଲା)। ଦୁର୍ଭାଗ୍ୟ ବା ସୌଭାଗ୍ୟବଶତଃ ଜ୍ୟୋତିଷ ଦୁଇଜଣ ବନ୍ୟଦସ୍ୟୁ ହାତରେ ପଡ଼ିଲେ। ଜ୍ୟୋତିଷ ବହୁତ ଅନୁନୟ ବିନୟ କରି ଆପଣାର ହୀନଦଶା ଏବଂ ଆପଣା ବିଦ୍‌ବତ୍ତା ବିଷୟ ଦସ୍ୟୁମାନଙ୍କୁ ଜଣାଇଲେ। ଜ୍ୟୋତିର୍ବିଦଙ୍କ ବକ୍ତୃତାର ସାରାଂଶ- ସେ ଜଣେ ଭଲ ଜ୍ୟୋତିଷ, ତାଙ୍କର ଗଣନା ବଡ଼ ଠିକ୍, ମୟୂରଭଞ୍ଜ ମହାରାଜ ତାଙ୍କୁ ଖୁବ୍ ଖାତର କରନ୍ତିଇତ୍ୟାଦି।

ଦସ୍ୟୁ ଦୁଇଜଣ ପରସ୍ପର କ'ଣ ପରାମର୍ଶ କରି କହିଲେ, "ତୁ ଆମ ସର୍ଦ୍ଦାର ନିକଟକୁ ଚାଲ। ଯେବେ ଠିକ୍ ବୁଝିଦେବୁ, ତୋ ଚାଉଳ ଲୁଗା କିଛି ନେବୁଁ ନାହିଁ।" ଜ୍ୟୋତିଷ ଅନିଚ୍ଛାସତ୍ତ୍ୱେ ସମ୍ମତ ହେବାରୁ ଦସ୍ୟୁଯୁଗଳ ତାହାର ଆଖି ବାନ୍ଧି ହାତଧରି ନିବିଡ଼ ଜଙ୍ଗଲମୟ, କୁଟିଳ, ବନ୍ଧୁର ମାର୍ଗରେ ଘେନିଗଲେ। ଯିବା ସମୟରେ ଜ୍ୟୋତିଷ ଅତି ସତର୍କତା ସହିତ ମାର୍ଗ ପାର୍ଶ୍ୱସ୍ଥ କ୍ଷୁଦ୍ର କ୍ଷୁଦ୍ର ବୃକ୍ଷ ଡାଳ ଭାଙ୍ଗିଦେଇ ଯାଉଥାଏ। ଅନୁମାନିକ ଦୁଇ ତିନି କ୍ରୋଶ ଭ୍ରମଣ ଉତ୍ତାରେ ଡକାଏତ ଦଳର ଖଟିସ୍ଥାନରେ ଉପସ୍ଥିତ ହେଲେ। ଆଖିର ପଟି ଫିଟାଇ ଦିଆଯିବାରୁ ଖଟିସ୍ଥାନର ଅବସ୍ଥା ଦେଖି ଜ୍ୟୋତିଷଙ୍କ ଅନ୍ତରାତ୍ମା ଶୁଷ୍କ ହୋଇଗଲା। ନିତାନ୍ତ ସାହସୀ ପୁରୁଷ ବିନା ସେ ସ୍ଥାନରେ ଧୈର୍ଯ୍ୟାବଲମ୍ବନ କରି ରହିବା ନିତାନ୍ତ କଠିନ କଥା।

ନିବିଡ଼ ଜଙ୍ଗଲ ମଧ୍ୟରେ ଅଳ୍ପ ପରିସର ଭୂମିଖଣ୍ଡ ପରିଷ୍କୃତ। ଦୁଇ ତିନିଟା ଧୂନି ଲାଗିଅଛି,ଚାରି ଛଅଟା ଭାତରନ୍ଧା ହାଣ୍ଡି ଏକ ସ୍ଥାନରେ ପଡ଼ିରହିଅଛି। ପର୍ଯ୍ୟୁଷିତ ମାଂସ ଓ

ଶୁଷ୍କ ମାଂସରେ ସ୍ଥାନଟା ନିତାନ୍ତ ଦୁର୍ଗନ୍ଧମୟ। ଟାଙ୍ଗିଆ, ବର୍ଚ୍ଛା, ତରବାଲ, ତୀର, ଧନୁକ ପ୍ରଭୃତି ଭୟଙ୍କର ଅସ୍ତ୍ରମାନ ଗଛଡାଳମାନଙ୍କରେ ଝୁଲୁଅଛି। ମଦମତ୍ତ ବିକଟାଳ ନରରୂପୀ କେତେଟା ରାକ୍ଷସପ୍ରକୃତି ପ୍ରାଣୀ ଧୂଳିରେ ପଡ଼ି ଗଡୁଅଛନ୍ତି। ସମସ୍ତଙ୍କର ପରିଧାନ କୌପୀନ, ମହିଷବତ୍ ବଳିଷ୍ଠ। କେହି କର୍କଶ ଭାଷାରେ ଅକାରଣ ଅନ୍ୟଜଣକୁ ଗାଳି ଦେଉଅଛି, କେହି ବା ବିକୃତ ସ୍ୱରରେ ସଙ୍ଗୀତ ଆରମ୍ଭ କରିଅଛି। ଜ୍ୟୋତିଷକୁ ସମସ୍ତେ କଟମଟ କରି ଅନାଇଲେ, ବିଶେଷରେ ସର୍ଦ୍ଦାର ଅନେକକ୍ଷଣ ପର୍ଯ୍ୟନ୍ତ ଆପାଦମସ୍ତକ ଅନାଇ ଆଗନ୍ତୁକ ଦସ୍ୟୁ ଦୁଇଜଣଙ୍କୁ କର୍କଶ ଭାଷାରେ ପଚାରିଲା, 'ଏଟା କିଏ, କାହିଁକି ଆଣିଲ?'ଆଗନ୍ତୁକ ଦୁଇଜଣ ଜ୍ୟୋତିଷର ପରିଚୟ ଦେଲେ।

ଏହି ସର୍ଦ୍ଦାରର ପରିଚୟ ଆବଶ୍ୟକ। ସେହି ସମୟରେ ଡକାଏତ ଦଳରେ ଦୁଇଜଣ ସର୍ଦ୍ଦାର ଥିଲେ। ପ୍ରଥମ ନାଲୁ ମିର୍ଦ୍ଧା, ଦ୍ୱିତୀୟର ନାମ ବୈଦୀ ସେଠୀ। ନାଲୁ ମିର୍ଦ୍ଧା ଦୀର୍ଘାକାର, ଖୁବ୍ ବଳିଷ୍ଠ, ଚକ୍ଷୁ ଦୁଇଟା କାକଡିମ୍ବ ପରି ବୃହତ୍ ଓ ରକ୍ତବର୍ଣ୍ଣ। ରାକ୍ଷସବତ୍ ଆକୃତି, ଭୟଙ୍କର। ଅଦ୍ୟ ନାଲୁ ମିର୍ଦ୍ଧା ଉପସ୍ଥିତ ଥିଲା।ନାଲୁ ଓ ଜ୍ୟୋତିଷ ମଧ୍ୟରେ ଏହିପରି କଥୋପକଥନ ହେଲା।

ନାଲୁ - ତୁ ଜୁତିଷ?

ଜ୍ୟୋତିଷ - ଆଜ୍ଞା ହଁ।

ନାଲୁ - ବୋଇଲୁ, ମୋ ମନରେ କି କଥା ଅଛି?

ଜ୍ୟୋତିଷ - ଖଡ଼ି ପକାଇ ଅନେକ ଶ୍ଳୋକ ପଢ଼ିଲେ।ସେଥିରେ କେବଳ ଗ୍ରହ ନକ୍ଷତ୍ର ନାମ ଛଡ଼ା ଆଉ କିଛି ନ ଥିଲା। କହିଲେ, "ପାଠ କହିଲା, ଶନିଗ୍ରହ- ଏହି ଗ୍ରହରେ ଟଙ୍କା କଉଡ଼ି ଦ୍ରବ୍ୟାଦି ଲାଭକଥା।"

ନାଲୁ- ବୋଇଲୁ, ସେ ଦ୍ରବ୍ୟ କେଉଁ ଦିଗରେ?

ପୁନର୍ବାର ଶ୍ଳୋକ ପାଠକରି ଜ୍ୟୋତିଷ କହିଲେ, "ପୂର୍ବ ଦିଗରେ।"୧

ସବୁ ଡକାଏତ ଏକାବେଳକେ ଚିତ୍କାର କଲେ, "ସାବାସ୍, ସାବାସନୋହିଲେ କି ମୟୂରଭଞ୍ଜ ରାଜା ଦରବାରକୁ ଯାଏ।"

ନାଲୁ- ବୋଇଲୁ, କେଉଁ ଦିନକେତେବେଳେ ଗଲେ ସେ ଦ୍ରବ୍ୟ ସବୁ ମିଳିବ।

ଜ୍ୟୋତିଷ- ଆସନ୍ତା କୃଷ୍ଣପକ୍ଷ ଦ୍ୱାଦଶୀ ଶନିବାର ସନ୍ଧ୍ୟା ସମୟରେ ଯାତ୍ରା କରି ଗଲେ କାମଫତେ - ଅର୍ଥ ମିଳିବ।

ସବୁ ଡକାଏତ ଏକାବେଳକେ ଚିତ୍କାର କରି କହିଲେ, "ଭଲ ଭଲ, ସଞ୍ଜବେଳେ ଏଠାରୁ ବାହାରିଲେ, ଅଧରାତିବେଳେ ସେଠାରେ ପହଞ୍ଚିବା।" ଜ୍ୟୋତିଷ ବିଦାୟ ଗ୍ରହଣ କଲେ।ପୁନର୍ବାର ଆଖି ବନ୍ଧାଗଲା, ପୂର୍ବକଥିତ ଦସ୍ୟୁ ଦୁଇଜଣ ବାଟରେ ଛାଡ଼ିଦେଇ ଗଲେ।

ନିରୂପିତ ଦିବସ ଉପସ୍ଥିତ। ପୁଲିସ ଦଳବଳ ସଜ ହୋଇ ଡକାଏତ ଧରିବା ସକାଶେ ଗୋଟିଏ ଗ୍ରାମରେ ସଜ୍ଜିତ ହୋଇ ରହିଲେ। ଜ୍ୟୋତିଷର ଗଣନା ଠିକ୍ ହେଲା,କିନ୍ତୁ ଅନ୍ୟ ଗ୍ରାମରେ। ଯେଉଁ ଗ୍ରାମରେ ଡକାଏତି ହେବାର ଜ୍ୟୋତିଷ ଅନୁମାନ କରି ସଜ ହୋଇ ବସିଥିଲେ, ସେ ଗ୍ରାମକୁ ଡକାଏତମାନେ ଗଲେ ନାହିଁ। ଡକାଏତି କରି ଡକାଏତମାନେ ସ୍ୱଚ୍ଛନ୍ଦରେ ଚାଲିଗଲେ। ପାଠକ ମହାଶୟ ଅନୁମାନରେ ବୁଝିଥିବେ, କଥିତ ଜ୍ୟୋତିଷ ଅନ୍ୟ କେହି ନୁହେଁ, ପୋଲିସ ଇନସ୍‌ପେକ୍ଟର ସ୍ୱୟଂ ବାବୁ ସାରଦା ପ୍ରସାଦ ଘୋଷ।

କ୍ରମଶଃ ଦୁଇ ଚାରି ମାସ ଗତ। ଏଥିମଧ୍ୟରେ ଆହୁରି ଦୁଇ ଚାରିଟା ଡକାଏତି ଉପର୍ଯ୍ୟୁପରି ହୋଇଗଲାଣି। ହାକିମ ଓ ପୋଲିସ ଦଳ ଅସ୍ଥିର। ସାରଦାବାବୁ ଡକାଏତମାନଙ୍କ ଖଟିସ୍ଥାନର ଯେପରି ଅବସ୍ଥା ଦେଖି ଆସିଥିଲେ, ସେଥିରେ ପୋଲିସଦଳ ଯାଇ ସେମାନଙ୍କୁ ଗ୍ରେପ୍ତାର କରିବା ସହଜ କଥା ନୁହେଁ। ଡକାଏତଦଳ ଯେପରି ଭାବରେ ସର୍ବଦା ଅସ୍ତ୍ରଶସ୍ତ୍ରରେ ସଜ୍ଜିତ ଓ ଉନ୍ମତ୍ତ ଭାବରେ ଥା'ନ୍ତି, ଧରିବାକୁ ଗଲେ ଅନେକ ଲୋକଙ୍କ ପ୍ରାଣନାଶର ସମ୍ଭାବନା।

୧। ଜ୍ୟୋତିଷଙ୍କ ସହିତ ଲେଖକର ଦିନେ ଏହିପରି କଥୋପକଥନ ହୋଇଥିଲା। ମୁଁ ପଚାରିଲି, 'ପୂର୍ବ ଦିଗ କିପରି ସାହାସରେ କହିଲେ?'ଜ୍ୟୋତିଷ ଅର୍ଥାତ୍ ସାରଦାବାବୁ କହିଲେ, ଚୋରି, ଡକାଏତି, ଧନଚିନ୍ତା,ଛଡ଼ା ଆଉ କ'ଣ ହୋଇପାରେ?ଆଉ ତିନିଦିଗ ଅରଣ୍ୟ। ପୂର୍ବଦିଗରେ କେବଳ ଗ୍ରାମ, ସେ ଦିଗରେ ଡକାଏତି ହବ।"

ଅନେକ ଅନୁସନ୍ଧାନ ଉତ୍ତାରେ ବସ୍ତା ଇଲାକାର ଜଣେ ଜମିଦାରଙ୍କର ଗୋଟିଏ ଚାକର ଡକାଏତ ଦଳରେ ଲିପ୍ତ ଥିବାର ପ୍ରକାଶ ପାଇଲା। ସାରଦାବାବୁ ଉକ୍ତ ଜମିଦାରଙ୍କ ସହାୟତାରେ ଚାକରଟାକୁ ହସ୍ତଗତ କଲେ। କେତେକ ନଗଦ ଟଙ୍କା ଦେଇ ପ୍ରଲୋଭନ ଦେଖାଇ, ଅଭୟ ଦେଇ, ଚାକରଠାରୁ ସମସ୍ତ ସନ୍ଧାନ ପ୍ରାପ୍ତ ହେଲେ। ସାରଦାବାବୁଙ୍କ ଉପଦେଶ ଅନୁସାରେ ଉକ୍ତ ଚାକର ଡକାଏତ ଦଳର ସର୍ଦ୍ଦାର ନାଲୁ ମିର୍ଦ୍ଧାଠାରେ ଜଣାଇଲା, ଦୁଇଜଣ ଡକାଏତ ବର୍ଦ୍ଧମାନ ଜେଲଖାନାରୁ ପଳାଇ ଆସି ଏକ ଗ୍ରାମରେ ଲୁଚିଅଛନ୍ତି। ସର୍ଦ୍ଦାର ସମ୍ବାଦ ପାଇ ଆଗ୍ରହସହିତ ସେମାନଙ୍କୁ ଡାକି ପଠାଇଲା। ଉକ୍ତ ଚାକର ସହିତ ପଳାତକ ଡକାଏତ ଦୁଇଜଣ ଖଟି ସ୍ଥାନରେ ଉପସ୍ଥିତ ହେଲେ। ପ୍ରଥମେ ସର୍ଦ୍ଦାର ଓ ଅନ୍ୟାନ୍ୟ ଡକାଏତମାନେ ସନ୍ଦେହ ନେତ୍ରରେ ଦେଖୁଥିଲେ; ମାତ୍ର ନବାଗତ ଡକାଏତମାନଙ୍କ ଆକାର ପ୍ରକାର ଓ କଥୋପକଥନ ଶୁଣି ସେମାନଙ୍କ ସନ୍ଦେହ ଦୂର ହେଲା। ଏହି ଦୁଇଜଣ କେଉଁ କେଉଁ ସ୍ଥାନରେ ଡକାଏତି କରିଥିଲେ, ଡକାଏତି ପୂର୍ବେ କିପରି ସନ୍ଧାନ ନେବାକୁ ହୁଏ, କି କୌଶଳରେ ଡକାଏତି କରାଯାଏ ଓ ବିପଦ ପଡ଼ିଲେ କିପରି ପଳାଇବାକୁ ହୁଏ ଓ ଜେଲଖାନା ଭାଙ୍ଗି କିପରି ପଳାଇ ଆସିବାକୁ ହୁଏଇତ୍ୟାଦି

ବିଷୟ ଏପରି ଭବରେ ବ୍ୟାଖ୍ୟା କଲେ ଯେ, ନାଲୁମିର୍ଦ୍ଧା ଏମାନଙ୍କୁ ପକ୍କା ଓସ୍ତାଦ ବୋଲି ଜ୍ଞାନ କଲା।ବହୁତ ସମାଦର କରି ନିକଟରେ ରଖିଲା। ନବାଗତ ଡକାଏତମାନେ ଅନେକଦିନ ପର୍ଯ୍ୟନ୍ତ ଖଟି ସ୍ଥାନରେ ରହିଲେ। ସେମାନଙ୍କ ସମ୍ବାଦ ଚଳାଚଳ ଉକ୍ତ ଜମିଦାର ଚାକରଦ୍ୱାରା ହେଉଥାଏ।

ଦିନେ ନବାଗତ ଡକାଏତମାନେ ସର୍ଦ୍ଦାର ନିକଟରେ ପ୍ରସ୍ତାବ କଲେ, ଆମ୍ଭେମାନେ କ୍ଷୁଦ୍ର କ୍ଷୁଦ୍ର ଡକାଏତି କରୁନାହିଁ,ଆସନ୍ତୁ ସମସ୍ତେ ମିଳି ଜଣେ ଲକ୍ଷପତି ଘରେ ଡକାଏତି କରିବା। ବର୍ଷେ ପର୍ଯ୍ୟନ୍ତ ଯେପରି ନିଶ୍ଚିନ୍ତରେ ବସି ମଜା କରିବା। ସର୍ବଦା କାମରେ ଲାଗିଲେ ମଜା କରିବୁଁ କେଉଁଦିନ?ଆଉ ବାରମ୍ବାର ଡକାଏତି କରିବାକୁ ଗଲେ ଧରାପଡ଼ିବାର ସମ୍ଭାବନା। ସର୍ଦ୍ଦାର ଓ ସଙ୍ଗୀମାନଙ୍କର ଏହି ସାଧୁ ପ୍ରସ୍ତାବଟି ମନୋନୀତ ହେଲା। ସମସ୍ତେ 'ସାବାସ୍ ସାବାସ୍' କହିବାକୁ ଲାଗିଲେ। ଏହି ବିଷୟ ସ୍ଥିର କରିବା ନିମନ୍ତେ ଗୋଟିଏ ଦିନ ନିରୂପିତ ହେଲା ଓ ନିର୍ଦ୍ଧାରିତ ଦିବସ ରାତ୍ରରେ ଉପସ୍ଥିତ ହେବା ନିମନ୍ତେ ଭଦ୍ରକଠାରୁ ମେଦିନୀପୁର ପର୍ଯ୍ୟନ୍ତ ସମସ୍ତ ଦଳକୁ ସମ୍ବାଦ ଦିଆଗଲା। ସେହି ସମୟରେ ଅନେକ କ୍ଷୁଦ୍ର କ୍ଷୁଦ୍ର ଦଳ ସ୍ଥାନେ ସ୍ଥାନେ ବାସକରୁଥିଲେ,ମାତ୍ର ସମସ୍ତ ଦଳର ସର୍ଦ୍ଦାର ନାଲୁ ମିର୍ଦ୍ଧା ଓ ବୈଦି ସେଠୀ। ଏମାନେ ସମସ୍ତ ଡକାଏତିରୁ ସର୍ଦ୍ଦାରି ଭାଗ ପାଇଥା'ନ୍ତି।

ଆଜି ପୂର୍ବୋକ୍ତ ଡକାଏତି ଖଟିରେ ଭାରି ଜାରି। ମେଦିନୀପୁରଠାରୁ ଭଦ୍ରକ ପର୍ଯ୍ୟନ୍ତ ସମସ୍ତ ଡକାଏତ ଠୁଳ ହୋଇଅଛନ୍ତି। ଗୋଟାଏ ବଡ଼ ଡକାଏତିର ବନ୍ଦୋବସ୍ତ କରାଯିବ। ଚାରି ପାଞ୍ଚ ଭାର ତାଡ଼ି, ତତ୍ତୁଲ୍ୟ ମଦ ଗଞ୍ଜେଇ ଅଣାଯାଇଅଛି। ଯାହାର ଯେତେ ଇଚ୍ଛା ଖାଉ, ମାଗିବାକୁ ନାହିଁ। ଆଠ ଦଶଟା ଛେଳି, ମେଣ୍ଢା ଗ୍ରାମମାନଙ୍କରୁ ଚୋରିକରି ଅଣାଯାଇଥିଲା। କେତେ ଜଣ ମାଂସ ଓ ଚାଟ ପ୍ରସ୍ତୁତ କରିବାରେ ଲାଗିଯାଇଅଛନ୍ତି। ଆଜିକା ସମସ୍ତ ଖରଚ ନବାଗତ ଡକାଏତ ଦୁଇଜଣଙ୍କ ଜିମା। ଅତିରିକ୍ତ ମାଦକ ସେବନରେ ଅନେକ ଡକାଏତ ତଳେ ପଡ଼ିଗଲେଣି। ନୃତ୍ୟଗୀତ ଓ ଆମୋଦପ୍ରମୋଦର ଧୂମ ଲାଗିଅଛି। ଘୋର ଜଙ୍ଗଲ ମଧ୍ୟରେ ଖଟି ଚାରିପାଖ ତିନିଚାରିକ୍ରୋଶ ପର୍ଯ୍ୟନ୍ତ ଗ୍ରାମର ଚିହ୍ନ ନାହିଁ। ରାତ୍ରି ପ୍ରାୟ ଏକପ୍ରହର ସମୟରେ ଖଟି ଚତୁର୍ଦ୍ଦିଗରେ ମୁହୁର୍ମୁହୁଃ ବନ୍ଧୁକ ଆୱାଜ ହେଲା। ଘୋର ଚିତ୍କାର କରି ପ୍ରାୟ ପଚାଶ ଜଣ କନେଷ୍ଟବଲ ଓ ଦେଢ଼ଶହ ପାଇକ, ଚୌକିଦାର, ପୋଲିସ,ସବ୍‌ଇନ୍‌ସ୍ପେକ୍ଟର ଡକାଏତମାନଙ୍କ ଉପରେ ପଡ଼ିଲେ। ଡକାଏତମାନେ ନିଶାରେ ଅଚେତନ ହୋଇଥିଲେ ମଧ୍ୟ ସମୟରେ ସାବଧାନ। ଅନ୍ଧକାର ମଧ୍ୟରେ ପ୍ରାୟ ଏକ ଘଣ୍ଟା ପର୍ଯ୍ୟନ୍ତ ଖୁବ୍ ମାରଧର, ଘୋର ବାହୁଯୁଦ୍ଧ ହେଲା। ଅବଶେଷରେ ଡକାଏତମାନେ ବନ୍ଧନରେ ପଡ଼ିଲେ।

ସର୍ବଶେଷରେ ଆଲୋକ ଜଳାଯିବାରୁ ଦେଖାଗଲା, ସରଦାର ନାଲୁମିର୍ଦ୍ଧା ଓ ବୈଦି ଶେଠୀ ପଳାଇ ଯାଇଅଛନ୍ତି। କେତେଗୁଡ଼ିଏ ଡକାଏତ ମଧ୍ୟ ନାହାନ୍ତି।ଡକାଏତ

ଭ୍ରମରେ କେତେଜଣ କନେଷ୍ଟବଲ ଓ ପାଇକ ପ୍ରହାରିତ ଓ ବନ୍ଧନ ଦଶାରେ ପଡ଼ିଅଛନ୍ତି। ନବାଗତ ବର୍ଦ୍ଧମାନୀ ଡକାଏତ ଦୁଇଜଣ ଅର୍ଥାତ୍ ଛଦ୍ମବେଶୀ କନେଷ୍ଟବଲ ଦୁଇଜଣ ମଧ୍ୟ ବନ୍ଧନରେ ପଡ଼ିଅଛନ୍ତି।

ଅଧିକାଂଶ ଡକାଏତ ଦ୍ୱୀପାନ୍ତରିତ। କେତେଜଣ ଦୀର୍ଘକାଳ ପର୍ଯ୍ୟନ୍ତ କାରାବାସ ଦଣ୍ଡ ପ୍ରାପ୍ତ ହେଲେ। ସେହିଦିନଠାରୁ ବାଲେଶ୍ୱର ଜିଲ୍ଲାର ଉତ୍ତରାଞ୍ଚଳରେ ବଡ଼ ଡକାଏତି ହେବାର ଶୁଣାଯାଇନାହିଁ।

ପାଠୋଇ ବୋହୂ

ଢେର୍ ବର୍ଷ ତଳର କଥା। ବାଲେଶ୍ୱର ସହର ଦକ୍ଷିଣାଧାର ସରଗଡ଼ିଆ ପଡ଼ାର ଉତ୍ତର-ଦକ୍ଷିଣ ଲମ୍ବା ସଡ଼କର ଦୁଇ ତରଫ ଲମ୍ବାଲମ୍ବି ଦୁଇ ସାହାଲା ଘର। ସବୁଗୁଡ଼ିକ ଅମଲା ମୁକ୍ତାର ଓକିଲମାନଙ୍କ ବସା। ଗିରସ୍ତି ଘର ଗୋଟିଏ ବୋଲି ନାହିଁ। କଟକ, ପୁରୀ, ଯାଜପୁରବାସିନ୍ଦା ବିଦେଶୀ ଅମଲାମାନେ ସେହି ପଡ଼ାରେ ବସା କରି ରହନ୍ତି।

ମୁକ୍ତାରବାବୁ ଗୋପାଳଚରଣ ପଟ୍ଟନାୟକଙ୍କ ବସା ପଶ୍ଚିମପଟ ସାହାଲର ମଝିରେ। ବସାରେ କୁଟୁମ୍ବ ବୋଇଲେ ବୁଢ଼ୀ ମାଆଟି, ଆଉ କେହି ନାହିଁ। ପାଖ ପଡ଼ିଶା ପେସ୍କାର ରାଜକିଶୋରବାବୁ। ତାଙ୍କ ବସାରେ ବୁଢ଼ୀମା', ସ୍ତ୍ରୀ ଆଉ ଆଠ ବର୍ଷର ଝିଅଟି ରାଧୀ। ପେସ୍କାର ଆଉ ମୁକ୍ତାରବାବୁଙ୍କ ମାଆମାନଙ୍କର ଖୁବ୍ ମନ ମିଳେ। ତାହା ତ ମିଳିବ, ଦୁହେଁ ଏକ ବୟସୀ, ପୁଣି ବୁଢ଼ୀ। ବିଦେଶରେ ସାଙ୍ଗସୁଙ୍ଗା ଆଉ, କେହି ନାହିଁ। ଦୁଇ ବୁଢ଼ୀ ଭିତରେ ଏ ତା' ବସାକୁ, ସେ ୟା ବସାକୁ ଦିନମାନରେ ଦୁଇ ତିନିଥର ଯିବାଆସିବା କରନ୍ତି। ପେସ୍କାର ମା' କିନ୍ତୁ ମୁକ୍ତାର ବସାକୁ ଦିନ ଭିତରେ ଢେର୍ ଥର ଆସନ୍ତି। ବୋହୂଟା କିଛି ପାଇଟି କରିବାକୁ ଦିଏ ନାହିଁ, ତୁଚ୍ଛା ବସାଟାରେ ବସି କ'ଣ କରିବେ?ପଛ ବାଡ଼ିପଟ ଓଳିଏ ଓଳିଏ ବାଟ, ସେ ପଟରେ ମଣିଷ ନାହିଁ। ଯେତେବେଳେ ଇଚ୍ଛା ଯା' ଆସ କରନ୍ତୁ। ଆଉ ବେଳେ ଯାହାହେବ - ବେଳବୁଡ଼, ଚଉଦ ଘଡ଼ିଆ ବୁଢ଼ୀ ଦୁଇଟା ଚମ ଧୁଡୁଧୁଡୁ ହାଡୁଆ ଗୋଡ଼ ପୁଞ୍ଜାକ ମେଲାଇ ଦେଇ ବସି ଢେର୍ ସୁଖଦୁଃଖ କଥାଭାଷା ହୁଅନ୍ତି। ଦିନେ ଏଣୁତେଣୁ କଥା କୁହାକୁହିଁ ହେଉଁ ହେଉଁ ନା'ପଚରାପଚରି ହେଲେ। ମୁକ୍ତାର ମା' କହିଲେ, "ମୋ ନା'ପଦ୍ମା।" ପେସ୍କାର ମା' ହସି ହସି, କହିଲେ, "ମଲା ଯା - ମୋ ବଡ଼ଅପା ନାଁଯେ ପଦ୍ମାବତୀ। ତୁମେ ଯେ ମୋ ଅପାହେଲ, ମୁଁ ଏବେ ଅପା ବୋଲି ଡାକିବି। ମୋ ନାଁ'ସୀତା, ମତେ ତମେ ସୀତା ବୋଲି ଡାକିବ। କ'ଣ ଏଇ କଥା ହେଲା ନା?"ପଦ୍ମା ଦେଈ ହସି ହସି କହିଲେ, "ହେଉ ତାହିଁ ହେବ।"

ମୁକ୍ତାରବାବୁ ପାଞ୍ଚବର୍ଷ କାଳୁ ବାପଛେଉଣ୍ଡିଆ। ତାଙ୍କ ବାପେ କମଳଲୋଚନ ପଟ୍ଟନାୟକେ ବରଷକୁ ଚାଳିଶ ଟଙ୍କା, ଦୁଇଯୋଡ଼ ଖଦି, ଯୋଡ଼ାଏ ଗାମୁଛା ଦରମାରେ ଜଣେ କାପୁଡ଼ିଆର ଗୁମାସ୍ତା ଥିଲେ। ଯାହା ଦରମା ଗଣ୍ଡାକ ପାଉଥିଲେ;ପେଟ ପିଠିକୁ ନିଅଣ୍ଟ, ବିଧବା ଲାଗି ସାଇତି ଯିବେ କ'ଣ।

ବିଧବା ପଦ୍ମାଦେଇ ଗ୍ରାମର ଯା' ତା' ଘରେ ଢେଙ୍କିମାଡ଼ି ପାଞ୍ଚପାଇଟି କରି ବଡ଼ କଷ୍ଟରେ ପୁଅଟିକୁ ମଣିଷ କରାଇଥିଲେ। ପିଲା ଗୋପାଳଟି ବି ଖୁବ୍ ବୁଦ୍ଧିଆ ଥିଲା,ପାଠରେ ଖୁବ୍ ମନ ରଖିଥାଏ, ଏଥିପାଇଁ ମଣିଷ ହୋଇଥିଲା। ପିଲାଦିନୁ ଆପଣା ଅବସ୍ଥା ବୁଝିଲାଣି।ମାଆର ଦୁଃଖ ଦେଖି ଉହାଡ଼ରେ ଯାଇ କାନ୍ଦେ। ମନରେ କହେ "ମୁଁ ରୋଜଗାର କଲେ ମା'କୁ ଖୁବ୍ ସୁଖରେ ରଖିବି।"ଗୋପାଳବାବୁ ମୁକ୍ତାରୀ ପାସ୍ କରି ବାଲେଶ୍ୱରକୁ ଆସିବେ, ସୁଖରେ ରଖାଇବେ ବୋଲି ମା'ଙ୍କୁ ଗାଁରୁ ଅଣାଇ ବସାରେ ରଖାଇଥିଲେ, ମାତ୍ର ପାରିଲେ ନାହିଁ। ବାବୁଙ୍କର ଇଚ୍ଛା, ମା' ଭଲ ଖାଇ ଭଲ ଖଣ୍ଡେ ପିନ୍ଧି ବସାରେ ତୁନି ହୋଇ ବସିଥା'ନ୍ତୁ।ମା' ସେ କଥା ଶୁଣିବେ କ୍ୟାଁ?ବସାରେ ସବୁ ପାଇଟି କରିବେ, ପିନ୍ଧିବାକୁ ସେଇ ମୋଟା ଖଦିଟାଏ। ଭଲ ଲୁଗା ଆଣିଲେ କହିବେ, ଆରେ ଗୋପାଳ ଏତେ ପାତଳ ଲୁଗା କ୍ୟାଁରେ - ମାସ ଚାରିଟାରେ ଚିରି ଫାଳ ହୋଇଯିବ, ଦେହକୁ କନା ପରି ଲାଗିବ, ଲୁଗା ପିନ୍ଧିଲା ପରି ଜଣାପଡ଼ିବ ନାହିଁ। ମଲା ଯା - କେତେ ଓସାର ମ! ଗୋଡ଼ରେ ଛନ୍ଦି ହେବ, ଚାଲିବି କିମିତିରେ?"ବୁଢ଼ୀର ଇଚ୍ଛା, ମୋ ଛୁଆଟା ପିଲାଦିନେ ବଡ଼ ଦୁଃଖ ପାଇଛି, ଭଲ ଖାଇ ନାହିଁ, ଭଲ ପିନ୍ଧି ନାହିଁ, ମୋର ତ ଚଳିଯାଉଛି, ତା ଅର୍ଜନରେ ଟଙ୍କାଗୁଡ଼ାକ ଖର୍ଚ୍ଚ କରିବି କ୍ୟାଁ?ଯେତେ ଗୋଡ଼ ହାତ ଧରି ନେହୁରା କଲେ ବି ଶୁଣିବାକୁ ନାହିଁ। 'ତୁ ଯେତେ ମାଠିବୁ ମାଠ, ମୁଁ ସେଇ ଦର ପୋଡ଼ା କାଠ।'ଗୋପାଳବାବୁ କଚେରି ବାହୁଡ଼ା ସଞ୍ଜବେଳେ ମା'ପାଖରେ ଘଡ଼ିଏ ବସି ଦୁଃଖସୁଖ କଥା କହନ୍ତି। ଯେଉଁଦିନ ଯେତେ ରୋଜଗାର ହୁଏ, ମା' ପାଖରେ ଥୋଇ ଦିଅନ୍ତି। ଟଙ୍କା ଦେଖି ବୁଢ଼ୀ ଛାତି କୁଣ୍ଢେ ହୋଇଯାଏ। ଭଲକରି ଓଲଟା ଓଲଟି କରି ଦେଖେ, ଠାକୁର ଦେବତା ନାମ ଡାକି ଟଙ୍କାଗୁଡ଼ିକ ଛ'ଥର ମୁଣ୍ଡରେ ମାରେ; ଗଣି ପୋଛି ଭଲକରି ବାନ୍ଧି ପେଡ଼ିରେ ରଖେ। ନିଜପାଇଁ ପଇସାଟାଏ ବି ଖରଚ କରେ ନାହିଁ। ପୁଅ ପାଇଁ ହେଲେ ପାଞ୍ଚଟା ଜିନିଷ ଅଣାଇ ପାଞ୍ଚ ତିଅଣ କରି ଖୁଆଏ।ପୁଅ ବି ତେତିକିବେଳେ ଅଡ଼ି ବସେ,"ନା, ମା', ତୁ ନ ଖାଇଲେ ମୁଁ ଖାଇବି ନାହିଁ।"

ଗୋପାଳବାବୁ ଦିନେ ସଞ୍ଜବେଳେ ବହୁତ ସାକୁଲାସାକୁଲି କରି କହିଲେ, "ମା, ତୁ ତ ରାନ୍ଧିପାରିବୁ ନାହିଁ, ଗୋଟାଏ ପୂଝାରୀ ଆଣି ରଖିବି।"

ମା- ପୁଝାରୀକ'ଣରେ?କି ବାହ୍ମଣ ବୋଲି କି ବାହ୍ମଣ- ସୂତା ଗୋଛାଏ ବେକରେ ପକାଇଲେ ହେଲା ପରା?ସେ ମୋରଈଶାଣରେ ପଶି ହାଣ୍ଡି ଛୁଇଁବ, ତା' ହାତରୁ ଖାଇବି?ତିନିକାଳ ଗଲା, ଏବେ ଯଥାକାଳକୁ ବିଦେଶରେ ଜାତିପତି ହରେଇବି ପରା?

ଗୋପାଳବାବୁ ତୁନି।ଆଉ ଦିନେ ଗୋଟାଏ ମାଇକିନିଆ ବସାରେ ଉପସ୍ଥିତ।

ମା'- ଏ କିଏରେ ଗୋପାଳ?

ଗୋପାଳ – ମା', ଏ ଗୋଟିଏ ଦାସୀ। ଆସିଛି ବାହାର ପାଇଟି କରିବ।

ମା - ବାହାର ପାଇଟି କ'ଣରେ?ଆରେ ଅଇଣ୍ଠା ବାସନ ଦି'ଖଣ୍ଡ ପିଛୁଳି ପକାଇଲେ ଗଲା। ଘର ବାହାରଟା ଖର୍କାଖର୍କି କରିଦେଇ ଛୁଞ୍ଚକନାଟା ବୁଲେଇ ଆଣିଲେ ପାଇଟି ଛିଡ଼ିଲା। ଦାସୀ କ'ଣ ରେ?ଦେଦେ, ବିଦାକରି ଦେ!

ଏକଥା ବି ସତ, ଏପରି ଅଭ୍ୟାସ ହୋଇଯାଇଛି ଯେ, ବୁଢ଼ୀ କାମ ପାଇଟିକୁ କଷ୍ଟ ମଣେ ନାହିଁ, କାମ ନ କରି ରହିପାରେ ନାହିଁ।

ଗୋପାଳବାବୁଙ୍କର ବାଇଶ ତେଇଶ ବର୍ଷ ପାରି ହୋଇଗଲାଣି, ଏହି ତ ବିଭା ବୟସ। ମା' ବିଭାକଥା କେତେଥର କହିଲାଣି। ମାଆଙ୍କ କୌଣସି କଥା ତଳେ ପଡ଼େ ନାହିଁ, ହେଲେ ବିଭାକଥା ଶୁଣି ଗୋପାଳବାବୁ ଶୁଣି ନଶୁଣିଲା ପରି ପିଠେଇ ଚାଲିଯା'ନ୍ତି।ଶେଷକୁ ପୁତୁରା ପେସ୍କାରବାବୁଙ୍କୁ ଧରିଲେ, ତାଙ୍କ କଥା ବି ଶୁଣିବାକୁ ନାହିଁ। ଗୋପାଳବାବୁ ମନରେ ସ୍ଥିର କରିଛନ୍ତି, ମା' ତ ବୁଢ଼ୀ ହେଲାଣି, ବସାରେ ତ ଆଉ କେହି ନାହିଁ। କଚେରି ଦରବାରରୁ ଆସି କାହା ସାଙ୍ଗରେ ବସି ଦି'ଟା କଥାଭାଷା ହେବେ?ବସାରେ ଖର୍ଚ୍ଚ ପତ୍ର ହିସାବ ବୁଝିପାରିବ, ଭାଷାପତ୍ର ଖଣ୍ଡେ ଲେଖି ପାରୁଥିବ, ଏପରି ପାଠୋଇ କନ୍ୟାଟିଏ ପାଇଲେ ବିଭାହେବ। ମୂର୍ଖ କନ୍ୟାଟାଏ ବିଭା ହେଲେ କ'ଣ ହେବ?

ବୁଢ଼ୀ ଏବେ ଗୋଟାଏ ଫିକର ବାହାର କଲାଣି। ପୁଅକୁ ଶୁଣାଇ ଶୁଣାଇ ତୁଚ୍ଛାଟାରେ ହେଲେ କହେ "ଓହୋ, ଚାଲିପାରୁ ନାହିଁ, ପାଣି ଆଣିପାରୁ ନାହିଁ, ଆଜି ରାତିରେ କିମିତି ଦି'ଟା ଫୁଟାଫୁଟି କରିଦେବି!"

ଗୋପାଳ - ମୁଁ ତ ସେହି କଥା କହୁଛି ମା', ଏବେହେଲେ ଗୋଟାଏ ରାନ୍ଧୁଣୀ ଆଣେ।

ମା' - କ'ଣ ଯଥାକାଳକୁ ଧର୍ମ ନଷ୍ଟ କରିବି?

ଗୋପାଳବାବୁ ଏବେ ଅଥୟ। ଲାଗିଲା କନ୍ୟା ଖୋଜାଖୋଜି। ଏ ବିଷୟରେ ପେସ୍କାରବାବୁଙ୍କର ଭାରି ତନାଘନା ଲାଗିଛି। ଢେର୍ଖୋଜାଖୋଜିରେ କନ୍ୟାଟିଏ ଠିକଣା ହେଲା, ନୀଳଗିରି ଇଲାକା ମୟୂରଭଞ୍ଜ ଦୋସମାଳୀ ଭାଲୁକପୋଷି ଗାଁରେ। ଭାଲୁକପୋଷି ଗୋଟିଏ ପାହାଡ଼ମୂଳିଆ ବଣଭିତିରିଆ ଗାଁ, ଆଖପାଖ ଦୁଇ ତିନିକୋଶ ଭିତରେ ଆଉ ଗାଁ ନାହିଁ। ଗାଁରେ' ସାନ୍ତାଳ ଚାଳିଶ ପଚାଶ ଘର। ବେପାରୀ ତେଲୀ ମହାଜନ ଦୋହରା ଘର ଯୋଡ଼ାଏ। ରାଜାଙ୍କ ଗଡ଼ ପାଖରୁ ଗାଁଟା ଢେର୍ ଦୂର, ଖଜଣା ଅସୁଲ କରିବାପାଇଁ ପିଆଦା ପଇଦଳ ବାଘ ଭାଲୁ ଡରରେ ଏକୁଟିଆ ଯିବାକୁ ମଙ୍ଗନ୍ତି ନାହିଁ। ଦୁଇ ତିନିଜଣ ସାଙ୍ଗସୁଙ୍ଗା ହୋଇ ଗଲେ ସାନ୍ତାଳଗୁଡ଼ାକ ବଣରେ ପଶିଯାନ୍ତି। ପିଆଦାମାନେ ଭେଟି ପାରନ୍ତି ନାହିଁ।

ଦେବାକୁ ମରିବାକୁ କିଏ ସହଜରେ ରାଜି ହୁଏ?ବଣୁଆଗୁଡ଼ାକ ଖଜଣା ଗଣ୍ଡାକ ଦେବାକୁ ନାରାଜ, ଟିକିଏ ଟାଣ କଲେ ଗାଁ ଛାଡ଼ି ପଳାଇବେ, ନୋହିଲେ ଅମାନିଆ ହୋଇ ଗଣ୍ଡି ଫେରାଇ ଦେବେ। ସେଗୁଡ଼ାଙ୍କୁ କରଗତ ରଖିବା ଲାଗି ରାଜାଙ୍କ ଛାମୁରୁ ଦଶମାଣ ହେତା ଜମି ଦେଇ ସଇ ସେହି ଗାଁରେ ସବୁଦିନ ରହିବା ପାଇଁ ଜଣେ ପଧାନ ରଖିଲେ। ସେହି ହେତା ଜମି ଲୋଭରେ ଏବକା ପ୍ରଧାନ ଘନଶ୍ୟାମ ମହାନ୍ତିଙ୍କ ବାପେ ରାମ ମହାନ୍ତିଏ ଦୋହରା ଘର କରୁ କରୁ ସେ ଜାଗାରେ ରହି ଯାଇଛନ୍ତି।

ଘନଶ୍ୟାମଙ୍କ ପରିବାର ବୋଇଲେ ମାମୁ ମାଇଁ ଦି' ପ୍ରାଣୀ, ଆଉ ପନ୍ଦର ବର୍ଷ ବୟସର ଗୋଟିଏ ଅଭିଆଡ଼ୀ ଝିଅ, ନାମ ସରସ୍ୱତୀ। ଗାଁଟା ବଡ଼ ବଣୁଆ, ସଞ୍ଜ ବାଜିଲା ତ ବାଘ ଭାଲୁ ମେଳା ମେଳା, ଦିନ ଥାଉଁ ଥାଉଁ ଲୋକମାନେ ଖାଇପିଇ ତାଟି କବାଟ କିଳି ଶୋଇପଡ଼ନ୍ତି। ସେହିଠାରେ କନ୍ୟା ଠିକଣା ହେଲା। ବୋଇଲା ବାର କଥାରେ ବାହା, ଢେର୍ ଥର କଥାବାର୍ତ୍ତା ଚଳିଲା।ଶେଷକୁ ଧାଈ ଦେଖି ଆସି କହିଲା "କନ୍ୟାପରି କନ୍ୟାଟାଏ ଏକା, ନାମ ସରସ୍ୱତୀ, ଦେଖିବାକୁ ଲକ୍ଷ୍ମୀ ମୂର୍ତ୍ତିଟିଏ, ଗୋଟିଏ ଚାଉଳରେ ଗଢ଼ା, ଗୁଣର ସୀମା ନାହିଁ।"

କନ୍ୟା କଥା ଶୁଣି ବୁଢ଼ୀ ତ ଅଥୟ। ରୂପ ଗୁଣ ଶୁଣି ଗୋପାଳବାବୁଙ୍କ ମନ ଟିକିଏ ତରଳିଲା, ବିଚାର କଲେ, ନ ପଢ଼ିଛି ତ ନାହିଁ, କ'ଣ କରାଯିବ, ତାକୁ ନ ହୁଏ ବସାରେ ବସି ପଢ଼ାଇବି।

ବିଭା ହୋଇଗଲା। ବସାରେ ହେଲେ ଚାରିଜଣ। ଗୋପାଳବାବୁ ବାର ଚଉଦ ବର୍ଷର ଗୋଟିଏ ଭଣ୍ଡାରି ପିଲାକୁ ଡାକହାକ ଶୁଣିବା, ବଜାରହାଟ ସଉଦା କରି ଦେବାଲାଗି ରଖି ଦେଇଛନ୍ତି। ଗୋପାଳବାବୁଙ୍କ ଇଚ୍ଛା, ବୋହୂ ସାଙ୍ଗରେ ଯେଉଁ ଦାସୀଟା ଆସିଛି, ତାକୁ ସବୁଦିନେ ବସାରେ ରଖିବେ। ମା' ଡରରେ ରଖିଲେ ନାହିଁ। ବୁଢ଼ୀ ଏତେ ଢମଢମାଳି ବୁଝେ ନାହିଁ। କହିଲେ, "ଆଜି ଜାଣି ଟଙ୍କା ଯୋଡ଼ାଏ ଘରେ ପଶୁଛି, ଦାସୀଟାଏ ରଖି ପକାଇବା, କାଲି ଟଙ୍କା ନ ମିଳିଲା।ନାହିଁରେ ବାପା, ଟଙ୍କା ଯୋଡ଼ାକ ସାଇତି ରଖିଥିଲେ ବେଳରେ 'ଓ' କରିବ।"

ବୋହୂର ରୂପ ଗୁଣ ଦେଖି ବୁଢ଼ୀ ଦିନରାତି ତାହାରି ପ୍ରଶଂସା ଗାଉଛି-ମୁହଁରେ ସବୁବେଳେ ହାତେ ଲମ୍ବ ଓଢ଼ଣା, ନଇଁ ନଇଁ ଚାଲେ, ପନ୍ଦର ଦିନ ହେଲା ଆସିଲା, ପଦେ ବୋଲି କଥା କେହି ଶୁଣି ନାହିଁ। ଭଲଘର ଝିଅଟିଏ ଏକା, ମା' ଭଲ ଗୁଣଗୁଡ଼ିଏ ଶିଖାଇଛି, ଇତ୍ୟାଦି ଇତ୍ୟାଦି।

ବୁଢ଼ୀଟା ଯେମନ୍ତ ବୋହୂକୁ ଚାହିଁ ବସିଥିଲା।ବିଭାଘର ଅଷ୍ଟମଙ୍ଗଳା ଯାଇନାହିଁ, ବୁଢ଼ୀ ବାଧିକା ପଡ଼ିଲା ଯେ, ବିଛଣା ଧରିଛି,ଆଉ ଉଠିବାକୁ ନାହିଁ। ଦିନ ପନ୍ଦରଟା ମଧ୍ୟରେ ଆପଣା ନିଜ ଜାଗାକୁ ଚାଲିଗଲା।

ମରିବା ଦି'ଦିନ ଆଗରୁ ପୁଅକୁ ପାଖରେ ବସାଇ ଢେର୍ ଉପଦେଶ ଦେଲା- "ବାପା! ବେଳ ମାଫିକେ ଖାଇବୁ, ଟଙ୍କାକଉଡ଼ି ସାଇତିବୁ, ବୋହୂକୁ ଭଲ ପାଇବୁ, ମୋର ଢେର୍ ଦିନରୁ ମନ, ଗୋଟିଏ ସୁନା ଅଳକା ବନାଇଦେବୁ, ବୋହୂ ମୁଣ୍ଡରେ ଲଗାଇବ।" ସୀତା ଦେଈଙ୍କୁ ଡକାଇ କହିଲା, "ଆଲୋ ସୀତା, ବୋହୂଟା ତତେ ଲାଗିଲା, ପିଲାଟା କିଛି ଜାଣେ ନାହିଁ।" ବୁଢ଼ୀର ପାଟି ପଡ଼ିଗଲା, ଆଉ କିଛି କହି ପାରିଲା ନାହିଁ। ମାଉସୀ ପୁତୁରା ଦି'ଜଣ ଗୋଡ଼ ପାଖରେ ବସି ଢେର୍ କାନ୍ଦିଲେ।

ବୁଢ଼ୀର ତ କ୍ରିୟାକର୍ମ ସବୁ ଛିଡ଼ିଲା। ଗୋପାଳବାବୁ ଏବେ ବୋହୂଟାକୁ ପାଠ ପଢ଼ାଇବାକୁ ଆରମ୍ଭ କରି ଦେଲେ। ରୋଜ ସଞ୍ଜବେଳେ ପାଖରେ ବସାଇ ରାତି ଦୁଇଘଡ଼ିଯାଏ ପଢ଼ାନ୍ତି। ଅ ଅକ୍ଷରଟା ଲେଖି ଶିଖିବାକୁ ମାସେକାଳ ବିତିଗଲା। ମାସ ଦି'ଟା ଭିତରେ ବୋହୂ ଅ-ଆ ଦି'ଟା ପୂରିପୂରି ଶିଖିଗଲାଣି, ଇ ଅକ୍ଷରଟା କିନ୍ତୁ ସହଜରେ ହେଉନାହିଁ।ହ୍ରସ୍ୱଇଟା ଶିଖିବାକୁ ଛ'ସାତ ଦିନ ଗଲା, ଲେଖି ଆସୁନାହିଁ। ବୋହୂ କହୁଛି, "ଏ ଅକ୍ଷରଟା ବଡ଼ ମୋଡ଼, ଲେଖି ଆସୁନାହିଁ।" ପନ୍ଦରଦିନକାଳ ମେହନତ କରି ଶିଖାଇ ନ ପାରିବାରୁ ଗୋପାଳବାବୁ ବଡ଼ ଦିକ୍ଦାର ହେଲେଣି। ବୋହୂଟା ବି ଠାଏ ଏକ ଜାଗାରେ ଦୁଇ ଘଣ୍ଟାକାଳ ବସି ପଢ଼ିପଢ଼ି ଦିକ୍ଦାର। ଗୋପାଳବାବୁ ମନରେ କଲେ - ବୁଢ଼ୀ ଶାରୀକୁ ରାମ ରାମ ଶିଖାଇବା ସହଜ କଥା ନୁହେଁ।

ସରସ୍ୱତୀ ଦେଈ ମନରେ କହିଲେ - ସେ ଏତେ ମେହେନତ କ୍ୟାଁ ପାଠ ପଢ଼ିବେ।ବାବୁଙ୍କୁ ପଚାରିବେ ପଚାରିବେ ମନରେ କରନ୍ତି, ହେଲେ ଭରସା ଖଟେ ନାହିଁ। ଆଜି ଖୁବ୍ ସାହାସ କରି ପଚାରିଲେ, ହଁ ହେ, ତୁମେ ସିନା କଚେରି ଦରବାରକୁ ଯିବ, ପାଠ ପଢ଼ିବ, ମୁଁ କ୍ୟାଁ ପାଠପଢ଼ିବି।"

ଗୋପାଳ - "କଚେରି ଦରବାର ନାହିଁ, ତୁମେ ପାଠ ପଢ଼ିଲେ ବୁଦ୍ଧି ହେବ।"

ଏକଥା ଶୁଣି ସରସ୍ୱତୀ ଦେଈ ତ ଖୁବ୍ ଗୋଟାଏ ହସିଲେ। ଗୋପାଳବାବୁ ମନରେ କଲେ, ତାଙ୍କ କଥା ମନକୁ ନ ପାଇବାରୁ ବୋହୂ ଅବଜ୍ଞା କରି ହସିଲେ। ହେଲେ ଗୋପାଳବାବୁଙ୍କର ଏଟା ଭୁଲ୍, ପୂରାପୂରି ଭୁଲ୍। ଅସଲ କଥା କ'ଣ କି, ସରସ୍ୱତୀ ଦେଈ ଭଲକରି ଜାଣନ୍ତି, ତାଙ୍କର ବୁଦ୍ଧି ଢେର୍। ରୂପରେ ଗୁଣରେ ତାଙ୍କ କତିରେ ମୂଳକରେ କେହି ନାହିଁ, ତେବେ ଆଉ ପାଠ ପଢ଼ିବେ କ୍ୟାଁ?ତାଙ୍କର ଯେ ବୁଦ୍ଧି ଢେର, ତାହା ଗାଁ ସାନ୍ତାଳ ମାଇକିନିଆମାନଙ୍କ କତିରୁ କେତେଥର ଶୁଣିଛନ୍ତି, ତାଙ୍କ ବୋଉ ବି ଢେର୍ ଲୋକପାଖରେ କହିଛନ୍ତି, "ବୁଦ୍ଧିରେ ମୋ ଝିଅ ପଛରେ ଆଉ ଗୋଟାଏ ଝିଅ ମୂଳକରୁ କାଢ଼ିଲ ଭଲା।ଭାତରନ୍ଧାରେ କିଏ ବାଛିବ?ଶାଗ ଶନ୍ତୁଳିଲେ ଗାଁ ଗୋଟାକ ମହକି ଯାଏ। ସବୁ ଗୁଣରେ ମୋ ଝିଅ ଫରାକିତ। ଚିତଉପିଠା କରିବାରେ ତା' ଆଗରେ କେଉଁ ଝିଅଟା ଠିଆହେବ ହେଉ ତ ଦେଖେ। ଦୁଆର ଝୋଟି ଦେଇଥିଲେ ଦାଣ୍ଡଗଲା ଲୋକ ଚାହିଁ ଚାହିଁ

ଯା'ନ୍ତି।" ସେ ମନରେ କଲେ, ବାବୁଙ୍କୁ ମୋ ବୁଦ୍ଧି କଥା ଅଜଣା, ସେଇଥିଲାଗି ପାଠ ପଢ଼ିବାକୁ କହୁଛନ୍ତି। ସବୁ କାମଦାମ ଛାଡ଼ି ମୁଁ ତ ଆଉ ହର୍ସଇ ହର୍ସଇ ଦି' ଘଣ୍ଟା ବସି କହିପାରିବି ନାହିଁ!

ଏଣିକି ବାବୁ ପାଠ ପଢ଼ିବାଲାଗି ଡାକିଲେ, "ମୋ ହାତରେ ପାଇଟି ଅଛି" କହି ମୁହଁ ବୁଲାଇ ଚାଲିଯା'ନ୍ତି। ଗୋପାଳବାବୁ ଏଥିପାଇଁ ବଡ଼ ବିରକ୍ତ।

ଗୋପାଳବାବୁ ମନରେ କଲେ, ଏଟା ତ ପଢ଼ିଲା ନାହିଁ, ତୁଚ୍ଛାଟାରେ ବସାଟାରେ ବସିବସି କ'ଣ କରିବି?ଗାଁ ମୁଣ୍ଡରେ ରାଧେ ବାବାଜୀ ମଠ ଅମଲାମାନେ ମିଳି ସେଠାରେ ଗୋଟିଏ ସଭା କରିଛନ୍ତି, ନାମ 'ଭକ୍ତିଦାୟିନୀ ସଭା'। ସଭାରେ ପୁରାଣ ପାଠ ଓ ଧର୍ମ ବିଷୟ ଚର୍ଚ୍ଚାହୁଏ। ସଞ୍ଜ ବାଜିଗଲେ ବାବୁ ସେହି ସଭାକୁ ଚାଲିଯାଆନ୍ତି।

ସରସ୍ୱତୀ ଦେଈ ପ୍ରଥମରୁ ବିରକ୍ତ ଥିଲେ। "ସଞ୍ଜ ବାଜିଲା, ଖାଇ ପିଇ ଶୋଇପଡ଼ିବ, ଯାଙ୍କ ଘରେ ରାତି ପହରକେ ଭାତ ଖାଇବେ, ଏଟା କ'ଣ ମ?ସରସ୍ୱତୀ ଦେଈଙ୍କର ଏଣିକି ମନ ମଧ୍ୟରେ ଭୟାନକ ଚିନ୍ତା।

ପ୍ରଥମ ଚିନ୍ତା - ଗାଁରେ ତ ସମସ୍ତେ ତାଟିକବାଟ ଦେଇ ଶୋଇପଡ଼ିଲେଣି, ବାବୁ ଆଉ ଏକୁଟିଆ କୁଆଡ଼େ ଯା'ନ୍ତି?ବାଘଟାଏ ଭାଲୁଟାଏ ବାହାରି ପଡ଼ିଲେ କ'ଣ ହେବ?ସବୁବେଳେ ଘୋଡ଼ିଘାଡ଼ି ହୋଇ କୋଣରେ ବସିଥିଲେ, କାହାରି ସଙ୍ଗରେ ତ କଥା କହିବେ ନାହିଁ। ଦାଣ୍ଡଲୋକ ତ ଘର ଭିତରକୁ କେହି ଆସନ୍ତି ନାହିଁ, ଗାଁ ହାଲ କାହୁଁ ଜାଣିବେ?

ଦ୍ୱିତୀୟ ଚିନ୍ତା - ବାବୁ ଏଣିକି ମତେ ଆଉ ଭଲପାଉ ନାହାନ୍ତି - ନିଶ୍ଚେ ଆଉ କାହାକୁ ଭଲପାଉଛନ୍ତି - ସେ କିଏ?

ତୃତୀୟ ଚିନ୍ତା - କ'ଣ ରୋଜ ତାହାରି ପାଖକୁ ଯା'ନ୍ତି?ଅବଶ୍ୟ ତାହାରି ପାଖକୁ ଯା'ନ୍ତି।

ସବୁବେଳେ ଚିନ୍ତାରେ ଦେହ ଶୁଖିଗଲାଣି। ଶେଷରେ ସ୍ଥିରକଲେ, ବାବୁଙ୍କୁ ପଚାରିବେ, କୁଆଡ଼େ ଯା'ନ୍ତି। ହେଲେ, ପଚାରିବାକୁ ଭରସା ଖଟୁନାହିଁ।

ଶାଶୁ ମଲାଦିନ ପାଖରୁ ମାଉସୀଶାଶୁ ରୋଜ ବେଳବୁଡ଼େ ବୋହୂକୁ ଦେଖିବାକୁ ଆସନ୍ତି। ଏବେ ରୋଜ ଥରେ ବୁଝାନ୍ତି, "ଶାଶୁ ଲାଗି ଏତେ ଚିନ୍ତା କରନା।ତୋ' ଦେହ ଶୁଖିଗଲାଣି ରେ। ଶାଶୁ ବୁଢ଼ୀ ହୋଇଥିଲା, ମରିଗଲା, କ'ଣ କରିବୁ?ଶାଶୁ-ଶଶୁରକୁ ଘେନି କ'ଣ ବୋହୂମାନେ ସବୁଦିନେ ଘର କରନ୍ତି?ଯା ମା, ଆଉ ଚିନ୍ତା କରନା।" ବୁଢ଼ୀ ମନରେ କଲା, ବୋହୂ ଶାଶୁ ଲାଗି ଭାଳି ଭାଳି ଶୁଖିଗଲାଣି।

ଆଜି ମାସର ଶେଷ ଶନିବାର। ବାବୁ ଚଞ୍ଚଳ କଚେରିରୁ ଆସିଥିଲେ। ସଞ୍ଜ ନବାଜୁଣୁ ସଭାକୁ ବାହାରିଛନ୍ତି। ସରସ୍ୱତୀ ଦେଈ ଖୁବ୍ ହେମତ କରି ପାଖକୁ ଯାଇ ପଚାରିଲେ, "ହୋଇ ହେ, ରୋଜ ରାତିରେ ତୁମେ କାହା ପାଖକୁ ଯାଅ?"

ବାବୁ - ଭକ୍ତିଦାୟିନୀ ସଭାକୁ।

ସରସ୍ୱତୀ - କ'ଣ-କ'ଣ କହିଲେ?ଭଗବତୀ ଡାହାଣୀ?

ବାବୁ ହସି ହସି କହିଲେ - ହଁ ହଁ, ଭଗବତୀ ଡାହାଣୀ।

ସରସ୍ୱତୀ - ଶୋଭା କ'ଣ କହିଲ, ସେ କ'ଣ ବଡ଼ ଶୋଭାକାର?

ବାବୁ ଟାହୁଲି କରି କହିଲେ - ହଁହଁ, ଭାରି ଶୋଭାକାର।

ବାବୁ ହସି ହସି ଚାଲିଗଲେ, ମନ ମଧ୍ୟରେ ଭାରି ଦିକ୍‌ଦାର ବି ହେଲେ। ବଣ ସାନ୍ତାଳ ଗାଁରୁ କି ବଣଜନ୍ତୁଟାଏ ଆସିଛି, ଭକ୍ତିଦାୟିନୀ କଥାଟା କହି ଆସୁନାହିଁ, କହୁଛି କ'ଣ ନା, ଭଗବତୀ ଡାଆଣୀ। କ'ଣ ଖୋଜୁଥିଲି, କ'ଣ ପାଇଲି- କପାଳ କଥା।ସରସ୍ୱତୀ ଦେଈ ଯେ ଜାଗାରେ ଛିଡ଼ା ହୋଇଥିଲେ, ଠିକ୍ ସେହି ଜାଗାରେ ଖୁମ୍ବଟିପରି କାଛକୁ ଆଉଜି ଛିଡ଼ା ହୋଇଛନ୍ତି। ରାତି ଘଡ଼ିଏ ହୋଇଗଲାଣି, ଅର୍ଜ୍ଜୁନା ଡାକିଦେଲା, "ମା, ଇମିତିଟା ହୋଇ ଛିଡ଼ା ହୋଇଛନ୍ତି କ୍ୟାଁ?ହାଣ୍ଡିଶାଳ ଦୁଆରେ ଘଷି କୁହୁଳା ଥୋଇ ଦେଇଛି, ପାଣି ଦୁଇ ମାଠିଆ ରଖିଦେଲିଣି, ଯାଉନ୍ତୁଭାତ ରାନ୍ଧିବେ ଯାଉନ୍ତୁ।"ଅର୍ଜ୍ଜୁନାର ଦୁଇ ତିନି ଡାକରେ ସରସ୍ୱତୀ 'ହୁଁ'ବୋଲି କହି ହାଣ୍ଡିଶାଳକୁ ବାହାରିଲେ, ଚୁଲିରେ କୁହୁଳାଟା ପକାଇଦେଇ ହାଣ୍ଡି ବସାଇଦେଲେ। ରୋଜିନା ତିନିଜଣ ପାଇଁ ରନ୍ଧା ସେରେ ଚାଉଳ। ସରସ୍ୱତୀ ଦେଈ ଅମପା ଅପୋଛା ଚାଉଳ (ଧୁଆଏ ଚାଉଳ) ଆଣି ହାଣ୍ଡିରେ ଢାଳିଦେଲେ। ଚାଉଳଟା ଅଧୁଆ। ଲୋଟାଏ ପାଣି ଢାଳିଦେଇ ଚୁଲି ଜଳା ଲଗାଇଛନ୍ତି। ଅର୍ଜ୍ଜୁନା ଅନାଇଥାଏ। ଦେଖି ଦେଖି ମନରେ କଲା, ଆଜି ଏ କ'ଣ ହେଉଛି! ଦଣ୍ଡବାଦେ ଅର୍ଜ୍ଜୁନା ଡାକିଦେଲା, "ମା-ମା, ଦେଖନ୍ତୁ-ଦେଖନ୍ତୁ ଭାତ ତଳି ଲାଗିଗଲା ପରା- ଚାଉଳ ପୋଡ଼ା ଗନ୍ଧାଉଛି।""ହଁ'ବୋଲି କହି ସରସ୍ୱତୀ ଦେଈ ଆଉ ଅଧମାଠିଏ ପାଣି ଗବଗବ କରି ହାଣ୍ଡିରେ ଢାଳିଦେଲେ। ଦଣ୍ଡକ ବାଦେ ମେଞ୍ଚାଏ ହଳଦି ଓ ମୁଠାଏ ଲୁଣ ହାଣ୍ଡିରେ ପକାଇଦେଇ ଘାଣ୍ଟି ବସିଲେ। ଅର୍ଜ୍ଜୁନା ଡାକିଲା, "ମା ମା, ଭାତରେ ହଳଦି ପକାଇଲେ କ୍ୟାଁ?"ଅର୍ଜ୍ଜୁନାର କଥା କ'ଣ କାନରେ ପଶୁଛି?ଆକାଶ ପାତାଳ ଭାବନା, ଚିନ୍ତାର ସୀମା ନାହିଁ। ଆଖି ଆଗରେ ପୃଥିବୀଟା ଯେମନ୍ତ ଘୂରିଯାଉଛି, ଭଗବତୀ ଡାଆଣୀ ନାଚି ନାଚି ତାଙ୍କ ପାଖକୁ ଧାଇଁଆସୁଛି।

ସରସ୍ୱତୀ ମନରେ କଲେ, ଭଗବତୀ ଡାଆଣୀ କଥା ଅର୍ଜ୍ଜୁନାକୁ ପଚାରି ବୁଝିବେ। ସ୍ୱାମୀ କଥା- ଅସୁନ୍ଦର କଥା। ଟୋକାଟାକୁ ପଚାରିବାକୁ ବଡ଼ ଲାଜ ମାଡୁଛି। ଅର୍ଜ୍ଜୁନାକୁ ଦୁଇ ତିନିଥର ଅନାଇଲେ, ପଚାରି ପାରୁନାହାନ୍ତି। ଆଉ ସମ୍ଭାଳି ହୋଇପାରିଲେ ନାହିଁ, ପଚାରିଲେ, "ହଇରେ ଅର୍ଜ୍ଜୁନା, ତୁ ଭଗବତୀ ଡାହାଣୀକୁ ଦେଖିଛୁ?"

ଅର୍ଜ୍ଜୁନା - କୋଉ ଡାହାଣୀ, ମା'?

ସରସ୍ୱତୀ - ଆରେ ସେଇ ଭଗବତୀ - ସେ କ'ଣ ବଡ଼ ଶୋଭାକାର?

ସରସ୍ୱତୀ ମନରେ କରିଛନ୍ତି, ଅର୍ଜ୍ଜୁନା ସବୁ ଜାଣେ, ଅବଶ୍ୟ ଜାଣେ। ଅର୍ଜ୍ଜୁନା ଦଣ୍ଡେଯାଏ ତୁନିହୋଇ ରହିଲା, ସେ ଲୋକ ଭଣ୍ଡାରି ପିଲା, ଆପଣା ଅଜଣାପଣିଆ କିଆଁ ପ୍ରକାଶ କରିବ?ଖୁବ୍ ପାଟିଟା କରି କହିଲା, "ହଁ ମା, ଦେଖିଛି, ଦେଖିଛି।" ନିଶ୍ଚୟ ସେ ଜାଣିଶୁଣି ମିଛ କହିନାହିଁ। କଥା କ'ଣ କି, ସେ ବାବୁଙ୍କ ସାଙ୍ଗରେ ଦିନେ ରାତିରେ ଶ୍ୟାମସୁନ୍ଦର ମନ୍ଦିରକୁ ଝୁଲଣ ଯାତ୍ରା ଦେଖିବାକୁ ଯାଇଥିଲା। ଗୋଟିଏ ସୁନ୍ଦରୀ ମାଇକିନିଆ ଠାକୁର ଆଗରେ ନାଚି ନାଚି ଗୀତ ଗାଉଥିଲା, ଦେଖି ଆସିଛି। ଅର୍ଜ୍ଜୁନା ଘର ଧାମରା ଯୋର ଲୁଣାଦଣ୍ଡି ସମୁଦ୍ରକୂଳ ମଫସଲ - ମାଇକିନିଆ ନାଚନ୍ତି, ଆଉ ଏଡ଼େ ସୁନ୍ଦର ମାଇକିନିଆ ତାହାର କୌଣସି ପୁରୁଷରେ କେହି ଦେଖିନାହିଁ। ମନରେ କଲା, ତାହାରି କଥା ମା' ପଚାରୁଛନ୍ତି।

ସରସ୍ୱତୀ - ବାବୁ କ'ଣ ତା ପାଖରେ ବସିଥିଲେ?

ଅର୍ଜ୍ଜୁନା - "ହଁ, ତା ପାଖରେ ବସିଥିଲେ।" ତାହା ବାଦେ ଆପଣାର ଜାଣନ୍ତାପଣିଆ ପ୍ରକାଶ କରିବା ଲାଗି ବର୍ଣ୍ଣନା କଲା, "ସେ ଭଗବତୀ ଡାହାଣୀ କେଡ଼େ ସୁନ୍ଦର, କିମିତି ବଡ଼ ସୁନ୍ଦର ଲୁଗା ପିନ୍ଧିଛି, ଦିହରେ ମୁଣ୍ଡରେ କେତେ ସୁନା ଅଳଙ୍କାର ଲଗାଇଛି।"

ସାନ୍ତାଣୀ ଗୋଟାଏ ଲୁହାଚଟୁ ଧରି ଭାତ ଘାଣ୍ଟୁଥିଲେ, ମୁହଁ ଫେରାଇ ଅର୍ଜ୍ଜୁନାକୁ ପଚାରିଲେ, "କ'ଣକ'ଣ, ସେ ମୁଣ୍ଡରେ ସୁନା ଅଳକା ଲଗେଇଛି?"

ଅର୍ଜ୍ଜୁନା - ହଁ ମା', ସୁନା ଅଳକା ଲଗାଇଛି, ମୁଁ ଦେଖିଛି ପରା!

ସରସ୍ୱତୀଙ୍କ ମୁଣ୍ଡରେ ଯିମିତି ନିଆଁ ପାଛିଆଏ କିଏ ଅଜାଡ଼ିଦେଲା। ରଡ଼ିଟାଏ ଛାଡ଼ି ଛିଡ଼ା ହୋଇପଡ଼ିଲେ, "ଏଁ-କ'ଣ?ମୋ ଶାଶୁ କହିଯାଇଥିଲେ, ମୁଁ ସୁନା ଅଳକା ମୁଣ୍ଡରେ ଲଗାଇବି, ତାକୁ ଡାହାଣୀ ମୁଣ୍ଡରେ ଲଗାଇ ସାରିଲାଣି?ମୁଁ ଜୀବନ ରଖିବି ନାହିଁ, ଆଜି ଜୀବନ ହରାଇ ଦେବି।" ହାତରେ ଲୁହାଚଟୁ ଥିଲା, ଦୁମାଦୁମ୍ ଭାତ ହାଣ୍ଡିରେ ବାଡ଼େଇଲେ। ଚାଉଳିଆ ଭାତ ପେଜ ଖପରାରେ ଚୁଲି ପୂରିଗଲା, ନିଆଁଗୁଡ଼ାକ ଲିଭିଯାଇ ସେଁ ସେଁ କରୁଛି, ତତଲା ପେଜ ଛିଟିକି ଗୋଡ଼ ହାତରେ ପଡ଼ି ଗୁଆପରି ଗୋଟା ଗୋଟା ଫୋଟକା ବାହାରି ପଡ଼ିଲାଣି। ସେଥିକି ନଜର ନାହିଁ। ଘରେ ଯେତେ ପାଣିକଳସୀ, ତରକାରି ହାଣ୍ଡି, ଚାଉଳ ହାଣ୍ଡି ଥିଲା, ଚଟୁରେ ବାଡ଼େଇଗଲେ, ହାଣ୍ଡିଶାଳ ଗୋଟାକଯାକ ଖପରା, ପାଣି, ଚାଉଳପେଜରେ ପୁରିଗଲାଣି। "କ'ଣ ହେଲା, କ'ଣ ହେଲା" କହି ଅର୍ଜ୍ଜୁନା ରଡ଼ି ଛାଡ଼ିଛି। ବାହାରକୁ ବାହାରିଆସି ଅର୍ଜ୍ଜୁନା ଧରୁ ଧରୁ ଭୂଇଁରେ ମୁଣ୍ଡ ବାଡ଼େଇଦେଲେ। ମୁଣ୍ଡ ଫାଟିଯାଇ ରକ୍ତଧାର ଛୁଟିଛି, ପିଣ୍ଡାରେ ବସିପଡ଼ି ବାହୁନିବାକୁ ଲାଗିଲେ -

"ବୋଉଲୋ!ମତେ କଂସେଇ ଖୁଣ୍ଟରେ ବାନ୍ଧି ଦେଇଛୁ ମୋ ବୋଉଲୋ! ମୁଁ ମରିବାବେଳେ ତୋ ମୁହଁ ଚାହିଁଲି ନାହିଁ, ମୋ ବୋଉ ଲୋ! ମୋତେ ନିଆଁ ଖାତକୁ ପେଲିଦେଲୁ, ମୋ ବୋଉଲୋ।"

ଅର୍ଜ୍ଜୁନା ଦୁଇ ହାତରେ ବାହୁଟା ଜାବୁଡ଼ି ଧରି ବସି ଡକାପାରୁଛି। ଘଡ଼ିଏ ଯାଏ ବାହୁନି ହାଲିଆ ହୋଇପଡ଼ିଲେଣି। ଟିକିଏ ଅଚେତ ହୋଇ ଯିମିତି ତଳେ ପଡ଼ି ଯାଇଛନ୍ତି, ଅର୍ଜ୍ଜୁନା ଧୀରେ ଧୀରେ ହାତ ଛାଡ଼ିଦେଇ ରାଧେ ବାବାଜି ମଠକୁ ଧାଇଁଲା। ଅଧବାଟରୁ ପାଟିକରି ଧାଇଁଛି- "ସାନ୍ତେ, ଦଉଡ଼ି ଆସ, ଘର ବୁଡ଼ିଲା, ଘର ବୁଡ଼ିଲା, ମା'ସରିଗଲେଣି।"

ସଭାରେ ପୁରାଣପାଠ ଚର୍ଚ୍ଚା ଲାଗିଛି। ଅର୍ଜ୍ଜୁନାର ପାଟି ଖନି ବାଜିଗଲାଣି, ଭଲକରି କଥା କହିପାରୁନାହିଁ। ସମସ୍ତେ ବୁଝିଲେ, ମୁକ୍ତାର ଘର ପୋଡ଼ିଗଲା, ସାଆନ୍ତାଣୀ ମରିଗଲେଣି। ମୁକ୍ତାରଙ୍କୁ ତ ବାଟ ଦିଶୁ ନାହିଁ, ଧାଇଁଛନ୍ତି। ଆଉ ଅମଲାଓକିଲ, ମୁକ୍ତାର ଯେତେଥିଲେ ସମସ୍ତେ ଧାଇଁଛନ୍ତି,ପୁରାଣପଣ୍ଡା ବୁଢ଼ା ହରି ମିଶ୍ରେ ପୁରାଣ ଖେଦା ତଳେ ଫୋପାଡ଼ି ଦେଇ ସମସ୍ତଙ୍କ ପଛରେ ନସରପସର ହୋଇ ଧାଇଁଛନ୍ତି। ଦଣ୍ଡକ ମଧ୍ୟରେ ବାଟୋଇ, ଆଉ ଆଖ ପାଖ ପଡ଼ିଶା ଶ'କଡ଼ା ଲୋକ ଘରର ଚଉପିଠି ବେଢ଼ିଗଲେଣି। ସମସ୍ତେ ପଚାରୁଛନ୍ତି, "କ'ଣ ହେଲା?"ଭିତର କଥା ଜାଣୁଛି କିଏ, ଜବାବ ଦେଉଛି କିଏ?

ମୁକ୍ତାରବାବୁ ଘର ଭିତରକୁ ଯାଇ ଦେଖିଲେ, ସରସ୍ୱତୀ ଦେଈ ଭୂଇଁରେ ପଡ଼ି ଗାଁ ଗାଁ ଗର୍ଜୁଛନ୍ତି। ହାଣ୍ଡିଶାଳର ହାଲ ଦେଖିଲେ, ଅର୍ଜ୍ଜୁନାକୁ ଢେର୍ କଥା ପଚାରିଲେ, ବସାକୁ କିଏ ଆସିଥିଲା, କିଏ କ'ଣ କହିଲା, ସାନ୍ତାଣୀ କ'ଣ ଖାଇଲେ ଇତ୍ୟାଦି ଢେର୍ କଥା ପଚାରିଲେ। ଗୋଟିଏ ଉତ୍ତର, "ନା, ମୁଁ କିଛି ଜାଣେ ନାହିଁ।"

ବାବୁ- ତୋତେ କିଛି କଥା କହିଥିଲେ?

ଅର୍ଜ୍ଜୁନା ଟିକିଏ ଛେପ ଢୋକି କହିଲା,- 'ନା'। ଅର୍ଜ୍ଜୁନା କିନ୍ତୁ କଥାଟା ଜାଣୁ ଜାଣୁ ମିଛ କହିଲା, ଭଗବତୀ ଡାଆଣୀ କଥା, ସୁନା ଅଳକା କଥାକହିଲେ କେଜାଣି ଉପରକୁ କିଛି ବଟା ଆସିବ।

ଗୋପାଳବାବୁ ବାହାରକୁ ବାହାରି ଯାଇ ଭିତରର ହାଲ ସବୁ କହିଲେ। ବାବୁମାନେ ବିଚାର କରି ସ୍ଥିର କଲେ, 'ଏଟା ଏକଉଜମ ବ୍ୟାଧି'। ତଞ୍ଚଳ ଚାରିଜଣ ଧାଅଁ, ଯେଉଁଠି ଯେଉଁ ଡାକ୍ତରକୁ ପାଇବ, ଧରିନେଇଆସ।'ହରିମିଶ୍ରେ ଟିକିଏ ଖପା ହୋଇ କହିଲେ, "କ'ଣ ହେ,ଆମକୁ ନ ପଚାରି ଡାକ୍ତର ଆଣି ଧାଇଁଛ,ଏ ରୋଗକୁ ଡାକ୍ତର ତ ଡାକ୍ତର, ଡାକ୍ତରର ବାପା! ପିଚାସୁଣୀ ପବନ ଲାଗିଛି। ଡାକ, ଗୁଣିଆ ଶୁକ୍ରିଆମୁଖୀକୁ;ସାଙ୍ଗେ ସାଙ୍ଗେ କାନିରେ ବାନ୍ଧି ଘେନିଯିବ। ଦଶଜାଗା ଆମର ଏ ଅଙ୍ଗେ ନିଭାଇବା କଥା।" ହରି ମିଶ୍ରେ ପୁରୁଣା ପୁରୁଖା ଲୋକ, ଭାଷା ଭାଗବତର ଭଲ ଅର୍ଥ ଜାଣନ୍ତି, ତାଙ୍କ କଥା କ'ଣ ତଳେ ପଡ଼ିବ?କାହାରିକୁ ନ କହି ମୁକ୍ତାର ବାବୁ ଗୁଣିଆକୁ ଡାକିବା ଲାଗି ଏକକାନିଆ

ଆପେ ଧାଇଁଲେ। ଅନ୍ଧାର ରାତି, ଦଶ ଜାଗାରେ ହାବୁଡ଼ି ଆଣ୍ଠୁଗଣ୍ଠି ଛିଡ଼ି ଝରଝର ରକ୍ତ ବହିପଡୁଛି। ପଛସାଙ୍ଗ ମଣିଷ ଧରି ଉଠାଇ ନେଉ ନଥିଲେ କେଜାଣି କି ହାଲ ହୁଅନ୍ତା।

ଶୁକ୍ରିଆମୁଖୀ ଏ ଅଞ୍ଚଳରେ ଜଣେ ନାମଡାକ ଗୁଣୀ। ଲୋକଟା ବାଙ୍ଗରା, ଥୋଥମା ଥୁଥମୀ, ବାହୁ ଯୋଡ଼ାକ ଦେହକୁ ଚାହିଁ ବେଶି ଲମ୍ବା ମୋଟା, କହୁଣୀ କତିରୁ ହାତ ପାପୁଲି ଯାଏ କିଛି ସାନ ଜଣାଯାଏ। ମୁହଁଟି ଖୁବ୍ ଚେପଟା, ବସନ୍ତ ଦାଗ ଭରା, ନାକଟି ବେଶି ଚେପା ଆଉ ମୋଟା। ଚାଲିବାବେଳେ ଜଙ୍ଘକୁ ଜଙ୍ଘ ଘଷିଯାଏ, ମୁଣ୍ଡରେ ଗୋଟାଏ ଅଧୁଲିଟା ପରି ସିନ୍ଦୁର ଟିପା। ଆଖିରେ ମନ୍ତ୍ରା କଜ୍ୱଳ କଳା, ହେଲେ ଦେହ ରଙ୍ଗ ସହିତ ମିଶି ଯାଇଛି, ଜଣା ପଡ଼େ ନାହିଁ। ମୁଣ୍ଡରେ ସାନ ପେଣ୍ଡା ବାଳରେ ଅଷ୍ଟଲୋହି ଚେରବୁଟି ପୂରା ପାଞ୍ଚଟା ଡେଉଁରିଆ। ଟାଣ ଗୁଣିଆ କି ନା, ଆଉ ଗୁଣୀଏ ସହି ନ ପାରି ବାଣ ମାରନ୍ତି, କେହି ଜଣେ ବାଣ ମାରିଲେ ଗୋଟାଏ ଡେଉଁରିଆ ଫଟ୍‌କରି ଫାଟିଯାଏ। ଶୁକ୍ରିୟା ମୁହଁରୁ ଏହା ଶୁଣିବା କଥା।ଖଣ୍ଡେ ମଇଳା କସ୍ତାଖଦି ପିନ୍ଧି ଅଣ୍ଟାରେ ମଇଳା ଗାମୁଛା ଭିଡ଼ି ବାନ୍ଧିଛି।ବାଁ କାନ୍ଧରେ ମୂଳମୂଳିକାପୁରା ଗୋଟାଏ ଲମ୍ବା ମୁଣି;ଏଥିରେ ଖଣ୍ଡେ କାଉଁରି ହାଡ଼ ଅଛି, ସେପରି ଟାଣ ଭୂତ ପ୍ରେତ ଡାହାଣୀ ଚିରିଗୁଣୀ ବେଳକୁ କାଢ଼େ, ହାତରେ ଗୋଟାଏ ମୋଟା ବାଉଁଶ ବାଡ଼ି।

ଶୁକ୍ରିୟା ଲୋକମାନଙ୍କୁ ଶୁଣାଇ ଖୁବ୍ ଟାଣରେ କହିଲା, "କିଛି ଚିନ୍ତା ନାହିଁ। ଦେଖନ୍ତୁ, ଏହିଲାଗେ ଡାହାଣୀ ଚିରିଗୁଣୀ ଯାହାଥିବ ବାନ୍ଧି ଘେନିଯିବି।" ମୁଠାଏ ମନ୍ତ୍ରାବିରି ଘର ଚାରିପିଠି ବୁଣି ଦେଇ ଘର ଚାରିକୋଣରେ ଚାରିଟା ଲୁହାକଣ୍ଟା ପୋତି ଦେଲା। ଅଧିକା ଆଉ କେହି ଭୂତ ପ୍ରେତ ଘର ଭିତରକୁ ପଶି ପାରିବେ ନାହିଁ।" ଚାଲନ୍ତୁ ଏବେ ରୋଗୀ ଦେଖାନ୍ତୁ।"

ଘର ଭିତର ପିଣ୍ଡାରେ ପଣତ କାନିଟାରେ ଭଲକରି ମୁଣ୍ଡ ପିଠି ଘୋଡ଼ାଇ ହୋଇ ଆଣ୍ଠୁଯୋଡ଼ିକ କୁଣ୍ଢେଇ ଆଣ୍ଠୁ ଉପରେ ମୁଣ୍ଡ ଥୋଇ ସରସ୍ୱତୀ ଦେଈ ବସିଛନ୍ତି, ଟିକିଏ ଛାଇ ନିଦ ଲାଗିଲା ପରି ଜଣାଯାଏ। ଅର୍ଜ୍ଜୁନା ଏକା ଧ୍ୟାନରେ ତାଙ୍କୁ ଅନାଇ ବସିଛି। ଗୁଣୀ ଯାଇ ପାଞ୍ଚହାତ ଦୂରରେ ଛିଡ଼ାହେଲା, ରୋଗିଣୀକୁ ତରାଟି-ମରାଟି ଭଲ କରି ଦଣ୍ଡେଯାଏ ଅନାଇଲା, ଘର ଚାଳବାଡ଼କୁ ବି ଅନାଇଲା, ତାହା ବାଦେ ଗୋପାଳବାବୁଙ୍କୁ ଚାହିଁ ଏଣୁଅ ପରି ଖୁବ୍ ଗର୍ବରେ ମୁଣ୍ଡହଲାଇ କହିଲା, "ହୁଁ, ଅନେଇ ଥାଆନ୍ତୁ ବାବୁ, ମୁଁ କ'ଣ କରୁଛି ଦେଖିବେ।" ଜଣାଯାଏ କଥାଟା ଅଳ୍ପମାତ୍ର ସରସ୍ୱତୀ ଦେଈଙ୍କ କାନକୁ ବାଜି ଯାଇଥିବ। ଟିକିଏ ତାଙ୍କ ଦେହ ହଲିଗଲା। ତହିଁ ଉତ୍ତାରେ ଗୁଣିଆ ପାଞ୍ଚହାତ ଦୂରରେ ବାଆଁ ଆଣ୍ଠୁମାଡ଼ି ବସି ଆଣ୍ଟରେ ମନ୍ତ୍ର ଡାକିଲା-"ବୀର ବୀର ହନୁମାନ ତୁ ବୀର ଥିଲୁ କାହିଁ, ମୋ ଡାକ ଶୁଣି ଆଇଲୁ ଧାଇଁ, ବାନ୍ଧ ବାନ୍ଧ ଭୂତ ବାନ୍ଧ, ପ୍ରେତ ବାନ୍ଧ, ଡାହାଣୀ ବାନ୍ଧ,କାହାର ଆଜ୍ଞା, କାଉଁରୀ

କାମଚଣ୍ଡୀ, ଭଗବତୀ ବାଶୁଳୀଙ୍କ କୋଟି କୋଟି ଆଜ୍ଞା-। ଆ-ଫୁଃ, ଆ-ଫୁଃ, ଆ-ଫୁଃ" ତିନିଥର ଫୁଙ୍କା ମୁଠାଏ ମନ୍ତ୍ରାବିରି ସରସ୍ୱତୀ ଦେଈ ଉପରକୁ ଛାଟି ମାରିଲା।

ସରସ୍ୱତୀ ମନ୍ତ୍ର ସବୁ ଶୁଣିଲେ। ଆଉ କିଛି ବୁଝିଲେ ନାହିଁ, ନାମ ଶୁଣିଲେ ଭଗବତୀ ଡାହାଣୀ- ଆଉ ବିରିଗୁଡ଼ାକ ଝର ଝର କରି ଉପରେ ପଡ଼ିବାରୁ ଚମକିପଡ଼ି ଚାହିଁଦେଲେ, ପାଖରେ ଭୂତଟାଏ, ଠେଙ୍ଗାଟାଏ କାନ୍ଧରେ ପକାଇ ବାନ୍ଧିବ କହୁଛି। ଭାରି ରଡ଼ିଟାଏ କଲେ, "ଆଲୋ ମୋ ବୋଉ ଲୋ, ଭୂତ ମତେ ଖାଇଗଲାଲୋ, ଡାହାଣୀ ମତେ ବାନ୍ଧିବ କହୁଛି ଲୋ" ରଡ଼ି ଛାଡ଼ି ପଡ଼ିଗଲେ। ଗୁଣିଆ ବାବୁଙ୍କୁ କହିଲା, "ଆଜ୍ଞା, ଭାରି ଛନ୍ଦୁ ଭୂତ, ଆଉ ଡାହାଣୀ ଯୋଡ଼ାଏ ବିଶ୍ରାମ କରିଛନ୍ତି।" ଶୁଣିଲେ ନାହିଁ, ସାଆନ୍ତାଣୀ ଭୂତ ଆଉ ଡାହାଣୀ ଯୋଡ଼ାଏ ନାମ କହିଲେ।" ନିଶରେ ହାତବୁଲାଇ(ନିଶ କିନ୍ତୁ ନାହିଁ)ଖୁବ୍ ଆଣ୍ଟରେ କହିଲା, "ସାଂନ୍ତ କିଛି ଚିନ୍ତା ନାହିଁ; ଶୁକ୍ରିଆକୁ କ'ଣ ବଳେଇବ?ଯୋଡ଼ାକୁ ଯୋଡ଼ା ବାନ୍ଧି (ମୁଣ୍ଡଟେକି କହିଲା)ଏହା ଭିତରେ ପୂରାଇ ଘେନିଯିବି।ଆପଣ ଅଢ଼େଇଟା ଅଫୁଟା ମନ୍ଦାର ଫୁଲ, ଗୋଟାଏକଦଳୀ ମଞ୍ଜି, ଜିସୁ ପଞ୍ଚବର୍ଣ୍ଣ ଭୋଗ ବେଗି ବେଗି ଅଣାନ୍ତୁ।ମୁଁ ଯାଉଛି, ଅମୁହାଁ ପୋଖରୀରୁ ଲୋଟାଏ ପାଣି ଆଣିବି। ଦେଲେ ଦେଲେ, ପୁଞ୍ଜାଏ ପଇସା ଦେଲେ, ସେଇଆଡୁ ଯୋଡ଼ାଏ ଡାକୁଣୀ ଫଳ ଘେନି ଆସିବି।"

ସରସ୍ୱତୀ ଦେଈ ଏତିକି ଶୁଣି ପାରିଲେ, ବାନ୍ଧି ମୁଣିରେ ପୁରାଇ ଘେନିଯିବ। ରଡ଼ିଟାଏ ଛାଡ଼ି ଝାମ ଯାଇ ପଡ଼ି ଗଲେ, ଚେତା ମୋଷ।

ଏତିକିବେଳେ ରାଧୀ ଦୀପଟାଏ ଧରିଛି, ପେସ୍କାରବାବୁଙ୍କ ବୁଢ଼ୀମା ନଇଁନଇଁ ବାଡ଼ି ପଛପଟରୁ ବାହାରି ପହଞ୍ଚିଗଲେ। ସରସ୍ୱତୀଙ୍କୁ ଭଲକରି ଅନାଇ ରଡ଼ିଟାଏ ଛାଡ଼ିଲେ, "ଆରେ ମୋ ଝିଅକୁ ସାରିଦେଲେଣି, ଆରେ ମୋ ଛୁଆଟିକୁ ମାରି ପକାଇଲେଣି ରେ।" ବୁଢ଼ୀ ରଡ଼ିଛାଡ଼ି- "ଆରେ ଗୋପାଳ, ସବୁ ମିଣିପ ପିଲାଏ ବାହାରିଯାଅ- ଆରେ ଅର୍ଜ୍ଜୁନା, କବାଟ କିଳି ଦେ।"

ସରସ୍ୱତୀଙ୍କର ଚେତା ନାହିଁ। ପାଖରେ ବସି ଧୀରେ ଧୀରେ ମୁଣ୍ଡରେ ହାତ ବୁଲାଇଲେ। ହାତକୁ ଚଟ୍ ଚଟ୍ କ'ଣ ଲାଗୁଛି ରେ?ଆଲୋ ରାଧୀ! ଦୀପଟା ତେଜିଦେଲୁ। ଏଁ-ଏକ'ଣଆରେ ରକ୍ତ ଭାସି ଯାଉଛି ରେ? - ମଲା ମଲା ମଲା, ମୁଣ୍ଡ ଫାଟିଯାଇଛି ରେ! ଚୂନ କନାପୋଡ଼ା ମୁଣ୍ଡରେ ଦେଇ ପଟି ବାନ୍ଧିଦେଲେ, ଏଁ - ଦେହଯାକ ଫୋଟକା କ'ଣ ରେ।ଫୋଟକା ସବୁରେ ଧୀରେ ଧୀରେ ନଡ଼ିଆ ତେଲ ଲଗାଇଦେଲେ। ଠାକୁମା କାନ୍ଦଣା ଦେଖି ରାଧୀ କାନ୍ଦିକାନ୍ଦି ଖୁଡ଼ୀ ଦେହରେ ହାତ ବୁଲାଉଛି। ଅର୍ଜ୍ଜୁନା ପଙ୍ଖା ପକାଉଥାଏ। ବୁଢ଼ୀ ଖଣ୍ଡେ ଭିଜା ଗାମୁଛାରେ ଦେହର ରକ୍ତ, ଧୂଳି, କାଦୁଅ ସବୁ ପୋଛି ପକାଇ, ରକ୍ତ ପେଜଲଗା ପିନ୍ଧିଲା ଲୁଗା ପାଲଟାଇ, ଖଣ୍ଡେ ବାସିକଚା ଶାଢ଼ୀ ପିନ୍ଧାଇ ଦେଲେ।

ସରସ୍ୱତୀଙ୍କର ଟିକିଏ ଚେତା ବସିଲାଣି। ଦେଖିଲେ, ମା' ଶାଶୁ, ରାଧୀ, ଅର୍ଜ୍ଜୁନା ବେଢ଼ି ବସିଛନ୍ତି। ଘରର ସବୁଆଡ଼କୁ ଅନାଇ ଦେଖିଲେଭୂତ ପଳାଇଲାଣି।

ବୁଢ଼ୀ - "ଆରେ ମୋ ମା' ରେ- ଆରେ ମୋ ସୁନା ରେ-ଆରେ ମୋ ଚାନ୍ଦରେ- ଆରେ ମୋ ମାଣିକରେ" ସାକୁଲେଇ ସାକୁଲେଇ ଢେର୍ ଗେଲ କଲେ। ଥଣ୍ଡା ପବନ, ରାଧୀର ହାତବୁଲା ଓ ବୁଢ଼ୀର କଅଁଳ କଥାରେ ସରସ୍ୱତୀଙ୍କ ଚେତା ବସିଲାଣି, ଆଉ ଡର ନାହିଁ। ବୁଢ଼ୀ ଖାଲି ମନରେ ବିଚାରୁଛି, କଥା କ'ଣ?ବୁଢ଼ୀ ପଚାରିଲେ, "କହନା ରେ ମା', କ'ଣ କହୁଛୁ?"ଶାଶୁ କଥାରେ କ'ଣ ଜବାବ ଦେବେ?ରାଧୀକୁ ପାଖକୁ ଟାଣିନେଇ କାନରେ ତୁନି ତୁନି କହିଲେ, "ମୁଁ ବୋଉ ପାଖକୁ ଯିବି।"

ବୁଢ଼ୀ - ହଁ ଅବଶ୍ୟ ଯିବୁ। ମୋର ବି ତୋ ବୋଉକୁ ଦେଖିବାକୁ ବଡ଼ ମନ ଅଛି। ଭାଲୁକପୋଷି ଗାଁଟା ବି ଦେଖି ଆସିବି। କାଲି ସକାଳେ ଯୋଡ଼ାଏ ଡୋଲି କରି ଦୁଇଜଣ ବସି ଯିବା।

ରାଧୀ- ଉଁ-ଉଁ ଠାକୁରମା', ମୁଁ ବି ତୋ ସାଙ୍ଗରେ ଯିବି।

ବୁଢ଼ୀ - ନାହିଁ ନାହିଁ, ମୋ ଡୋଲିରେ ଜାଗା ହେବ ନାହିଁ, ତୋ ଖୁଡ଼ୀ ସାଙ୍ଗରେ ନେବ କି ପଚାର?

ରାଧୀ ନ ପଚାରୁଣୁ ଖୁଡ଼ୀ ତା ହାତ ଚିପିଦେଲେ - ଅର୍ଥାତ, ହଁ ସାଙ୍ଗରେ ନେବେ।

ରାଧୀ -ଏଁ -ଏଁ ଖୁଡ଼ୀ।ତୁମ ଗାଁରେ କ'ଣ ଭାଲୁ ପୋଷାଥା'ନ୍ତି, ମତେ କାମୁଡ଼ିବ?

ଖୁଡ଼ୀ ଝିଆରୀ ହାତ ଧରି ହଲାଇ ଦେଲେ - ଅର୍ଥାତ୍, ଭାଲୁ କାମୁଡ଼ିବ ନାହିଁ।

ଆରେ ଅର୍ଜ୍ଜୁନା, ବସାରେ କିଛି ଜଳଖିଆ ଅଛି?ଅର୍ଜ୍ଜୁନା ତାଟିଆଟିରେ ଯୋଡ଼ାଏ ମିଠାଇ, ଗିଲାସେ ପାଣି ପାଖରେ ଥୋଇଦେଲା। "ଆଲୋ ରାଧି, ଖୁଡ଼ୀକୁ ଖୁଆ" ଏତିକି କହି ମେଲାକୁ ଉଠିଗଲେ।

ରାଧୀ - ଠାକୁର ମା', ଖୁଡ଼ୀ ଖାଉନାହାନ୍ତି।

'-ଏଁ, କ'ଣ- ଖାଉନାହାନ୍ତି?ତେବେ ତ ତା ବୋଉକୁ ଦେଖିବାକୁ ଯିବି ନାହିଁ। ଆଲୋ ରାଧି, ଖୁଡ଼ୀ ନ ଖାଇଲେ ତୁ ବି ଯିବୁନାହିଁ।" ଆଉ ଖୁଡ଼ୀ କୁଆଡ଼େ ଯାଏ। ରାଧୀ ତ ଜୋକପରି ଲାଗିପଡ଼ି ହେଣ୍ଟେରେଇ ହେଣ୍ଟେରେଇ ମିଠାଇ ଯୋଡ଼ାକ ଖୁଆଇଲା, ଗିଲାସେ କ'ଣ, ଖୁଡ଼ୀ ଚଁ ଚଁ କରି ଏକ ନିଶ୍ୱାସକେ ତିନି ଅବୁଖୁରା ପାଣି ପିଇଗଲେ।

ବୁଢ଼ୀ ପାଖରେ ବସି କଅଁଳେଇ କଅଁଳେଇ ଢେର୍ କଥା କହି ବୋହୂର ମନ ବହଲାଉଥାନ୍ତି। ଶେଷରେ ବେଳ ଉଣ୍ଡି କହିଲେ, "ହଁ -ସତକଥା, ଆରେ ମା! ଗୋପାଳ ପଚାରିବ, କ୍ୟାଁ ଭାଲୁକପୋଷି ଯିବ?ସତ କଥାଟା ତାକୁ ନ କହିଲେ ତ ସେ ଯିବାକୁ ଦେବ ନାହିଁ - କଥା କ'ଣ କହିଲୁ ରେ ମା!"ସରସ୍ୱତୀ ତ ନିହାତି ସନ୍ତପନ୍ତରେ ପଡ଼ିଗଲେଣି -

ସ୍ୱାମୀ କଥା-ଅସୁନ୍ଦର କଥା, ଶାଶୁଟାକୁ କିମିତି କହିବେ। ବୁଢ଼ୀ ବୁଝିପାରି ବାହାରକୁ ଉଠିଗଲେ - "ଆଚ୍ଛା ମା', ତୁ ରାଧୀକୁ କହ।"

ରାଧୀ – ଠାକୁରମା', ଖୁଡ଼ୀ କିଛି କହୁନାହିଁ।

ବୁଢ଼ୀ - ତେବେ, କଥା ଫେଇ ନ କହିଲେ ଗୋପାଳ ତ ଛାଡ଼ି ଦେବନାହିଁ। ରାଧୀ, ତୁ ଆଉ ତୋ ଆଈକୁ ଦେଖିବାକୁ ଯାଇପାରିବୁ ନାହିଁ।

ରାଧୀ ତ ଚମଚଟାପରି ଖୁଡ଼ୀ ସାଙ୍ଗରେ ଲାଗିଛି - "ଖୁଡ଼ୀ, କହ- ହଁ କହ- ଦାଦା ପଠାଇବେ ନାହିଁ, ତୁ କହ।"

ରାଧୀ ଡାକିଦେଲା-"ଠାକୁରମା',ଖୁଡ଼ୀ କହୁଛି ଡାହାଣୀ।"

ବୁଢ଼ୀ ପଚାରିଲେ - କିଏ ଡାହାଣୀରେ?

ରାଧୀ ବୁଝି କହିଲା - ସେଇ ଭଗବତୀ ଡାହାଣୀ।

ବୁଢ଼ୀଅର୍ଜ୍ଜୁନାକୁ ପାଖକୁ ଡାକି ପଚାରିଲେ - ଢେର୍ କଥା ପଚାରିଲେ, ସବୁ କଥାରେ ଉତ୍ତର - 'ନା'। ସେ ଯେପରି ସନ୍ତପନ୍ତ ହୋଇ 'ନା' କରୁଥାଏ, ବୁଢ଼ୀ ବୁଝିଲେ ଏ ସବୁ କଥା ଜାଣେ, ଡରରେ କହୁନାହିଁ। ତାକୁ ଖୁବ୍ ଡରେଇଲେ, ଖୁବ୍ ଭରସା ଦେଲେ। ଅର୍ଜ୍ଜୁନା ଗୋଟାଏ ଗୋଟାଏ କଥା ଲୁଚାଉଥିଲା - ହେଲେ, ବୁଢ଼ୀ ଢେରାରେ ପଡ଼ିଗଲା।

ସବୁ କଥା ମଧ୍ୟରୁ ବୁଢ଼ୀ ଏହି କେତୋଟି ସାରକଥା ବାଛିନେଲେ। ଗୋପାଳ ରୋଜ ସଞ୍ଜବେଳେ ଭଗବତୀ ଡାହାଣୀ ପାଖକୁ ଯାଆନ୍ତି, ବୋହୂକୁ ଆଗପରି ଭଲପାଆନ୍ତି ନାହିଁ,ସେଥିପାଇଁ ଏତେ କାଣ୍ଡ।

ବୁଢ଼ୀ ଗୋପାଳବାବୁଙ୍କୁ ଦାଣ୍ଡପଟରୁ ଡାକି ପଠେଇଲେ। ପୁଅଟାକୁ ଏଡ଼େ ଅସୁନ୍ଦର କଥା କିପରି କହିବ - ଟିକିଏ ଆଡ଼େଇ ଛିଡ଼ାହେଲେ। ବୁଢ଼ୀ କହିଲା ପରି ଅର୍ଜ୍ଜୁନା ବାବୁଙ୍କୁ ଏହିପରି କହିଲା -

"ଆପଣ ଆଗପରି ମା'କୁ ଭଲ ପାଉ ନାହାନ୍ତି, ରୋଜ ସଞ୍ଜବେଳେ ଭଗବତୀ ଡାହାଣୀ ପାଖକୁ ଯା'ନ୍ତି, ତାକୁ ସୁନା ଅଳଙ୍କା ଦେଇଛନ୍ତି, ସେଥିପାଇଁ ମା' ମନରେ ଦୁଃଖ, ଏତେ କାଣ୍ଡ।"

ଗୋପାଳ ବାବୁ ଭଗବତୀ ଡାହାଣୀ ନାମ ଚଟ୍ ବୁଝିଗଲେ। ସେ ଏବେ ହସିବେ, ନା ମୁଣ୍ଡ ବାଡ଼େଇ ହେବେ?କି ଦଣ ପଶୁଟାଏ- କି କଥାକୁ କ'ଣ କରି ପକାଇଲା! ଦଶ ଭଲଲୋକରେ କଥାଟା ହଟହଟା ହେଲା, ଏଥିଲାଗି ଭାରି ମନ ଦୁଃଖ।

ବୁଢ଼ୀ ଆଉ ରାଧୀ ଦୁଇ ଜଣ ଦୁଇ ପାଖରେ ଶୋଇ ବୋହୂକୁ ମଝିରେ ଶୁଆଇଲେ। ସେ ରାତିରେ ଗୋପାଳ ବାବୁଙ୍କ ବସାରେ ସମସ୍ତଙ୍କର ନିଁଶାପାଳନ।

ବୋହୂ ଭଲ ହୋଇଗଲାଣି ଶୁଣି ଦାଣ୍ଡଲୋକେ ସମସ୍ତେ ଖୁସି ହୋଇ ଆପଣା ଆପଣା ଘରକୁ ଚାଲିଗଲେ। ହେଲେ ଭିତର କଥାଟା କ'ଣ, କେହି ବୁଝିଲେ ନାହିଁ। ଗୋପାଳବାବୁ ଚାଣକ୍ୟରେ ପଢ଼ିଥିଲେ, ଘର ଛିଦ୍ର କଥା ଦାଣ୍ଡରେ ପକାଇବ ନାହିଁ।

ପ୍ରଥମେ ଡାକ୍ତର ଡାକିବାର ପ୍ରସ୍ତାବ ହୋଇଥିଲା। ଶେଷରେ ଡାକ୍ତର ଆସିବାକୁ ହେଲା। ବୋହୂର ମୁଣ୍ଡଘା' ଆଉ ଗୋଡ଼ ହାତ ଫୋଟକା , ଆଉ ଗୋପାଳବାବୁଙ୍କ ଦୁଇ ଆଣ୍ଠୁ ଘା' ଶୁଖାଇବାକୁ ଡାକ୍ତରବାବୁ ଉଣା ପୂରା କୋଡ଼ିଏଟା ଭିଜିଟ୍ ପକେଟରେ ପକାଇଲେ।

ବାଲେଶ୍ୱରୀ ପଙ୍ଗା ଲୁଣ

(ସତ୍ୟ ଘଟଣା)

ଆବହମାନ କାଳରୁ ବାଲେଶ୍ୱରରେ ପାଙ୍ଗାଲୁଣ ପ୍ରସ୍ତୁତ ହୋଇଆସୁଥିଲା। ସରକାର ବାହାଦୁର କେଉଁ ସମୟରୁ ଯେହି ବ୍ୟାପାରରେ ହସ୍ତକ୍ଷେପ କଲେ, ତାହା ନିର୍ଣ୍ଣୟ କରିବା ସହଜ କଥା ନୁହେଁ, ଏକଥା ଅନୁମାନ କରାଯାଇପାରେ ଯେ ,୧୮୦୩ ଖ୍ରୀଷ୍ଟାବ୍ଦରେ ଇଷ୍ଟଇଣ୍ଡିଆ କମ୍ପାନୀ ଦେଶାଧିକାର କରିବା ପୂର୍ବରୁ ଏହି ବ୍ୟବସାୟରେ ଲିପ୍ତ ଥିଲେ,କାରଣ ତତ୍‌ପୂର୍ବେ ଇଂରେଜମାନେ ବାଲେଶ୍ୱରୀ ବାଣିଜ୍ୟ ସମ୍ପର୍କରେ ଥିବାର ନିଶ୍ଚୟରୁପେ ଜଣାଯାଏ। ଦେଶାଧିକାର ସମୟରୁ ପୋକ୍ତାନି କାର୍ଯ୍ୟ ସାକ୍ଷାତ୍ ସମ୍ବନ୍ଧରେ ବନ୍ଦୋବସ୍ତ କରିଥିବେ।

୧୮୬୧ ଖ୍ରୀଷ୍ଟାବ୍ଦଠାରୁ ପୋକ୍ତାନି କାର୍ଯ୍ୟ ରହିତ ହୋଇଯାଇଅଛି। ଲେଖକ ଅଳ୍ପ ବୟସରେ ସରକାର ତରଫ ଲବଣ ମାହାଲ ସିରସ୍ତାରେ ଅଳ୍ପକାଳ ମାତ୍ର କର୍ମଚାରୀ ଥିଲା। ପୋକ୍ତାନ ସମ୍ବନ୍ଧରେ ତାହାର ଯେଉଁ ଅଭିଜ୍ଞତା ଅଛି, ବର୍ତ୍ତମାନ ସ୍ମରଣ ଶକ୍ତି ପ୍ରତି ନିର୍ଭର କରି ସେଥିର ସଂକ୍ଷିପ୍ତ ବିବରଣ ଲିପିବଦ୍ଧ କରୁଅଛି।

ଲବଣ ମାହାଲର ସରକାର ତରଫର ପ୍ରଧାନ କର୍ମଚାରୀଙ୍କ ଉପାଧି ସଲ୍‌ଟ ଏଜେଣ୍ଟ। ଏହି କର୍ମଚାରୀ ସ୍ୱତନ୍ତ୍ର ବ୍ୟକ୍ତି ନୁହନ୍ତି। ଜିଲ୍ଲାର କଲେକ୍ଟର ସାହେବ ସଲ୍‌ଟ ଏଜେଣ୍ଟ। ତାହାଙ୍କ ଅଧୀନରେ ଆଉ ଦୁଇଜଣ ଇଂରେଜ ଆସିଷ୍ଟାଣ୍ଟ ସଲ୍‌ଟ ଏଜେଣ୍ଟ ରୂପେ ନିଯୁକ୍ତ ଥିଲେ। ପୋକ୍ତାନ ରହିତ ହେବା ବର୍ଷରେ (ବୋଧକରୁଁ) ମିଷ୍ଟର କର୍ଣ୍ଣେଲ ସଲ୍‌ଟ ଏଜେଣ୍ଟ, ମିଷ୍ଟର ବଣ୍ଡ ଓ ମିଷ୍ଟର ମୁଫଟ ଆସିଷ୍ଟାଣ୍ଟ ସଲ୍‌ଟ ଏଜେଣ୍ଟ ଥିଲେ।

ଏଜେଣ୍ଟ ସାହେବଙ୍କ ଅଧୀନରେ ସଦର କଚେରିରେ ଦୁଇଗୋଟି ସିରସ୍ତା ଥିଲା - ପ୍ରଥମେ ମୁନ୍‌ସିଖାନା, ଦ୍ୱିତୀୟ ହିସାବଖାନା। ମୁନ୍‌ସିଖାନାରେ ନିଯୁକ୍ତ (କ୍ରମନିମ୍ନ) କର୍ମଚାରୀମାନଙ୍କ ଉପାଧି ଦେବାନ, ପେସ୍କାର, ମୁନସୀ, ରୋକାନାମତା ନବିସ୍, ପରବାନାନବିସ, ନକଲ୍‌ନବିସ୍, ନାଜର ଏବଂ ଏମାନଙ୍କ ସହକାରୀ ମୋହରରମାନେ। ହିସାବଖାନାରେ ନିଯୁକ୍ତ କର୍ମଚାରୀମାନଙ୍କ ଉପଧି ସିରସ୍ତାଦାର, ମୁନ୍‌ସୀ ଓ

ମୋହରରମାନେ। ଆମ୍ଭେମାନେ ଦେଖିଅଛୁ, ସଦର କଚେରିରେ ଅନ୍ୟାନ୍ୟ ମହକୁମାର ନିଯୁକ୍ତ କର୍ମଚାରୀଠାରୁ ନିମକୀ ମାହାଲରେ ନିଯୁକ୍ତ ଅମଲା ସଂଖ୍ୟା ଅଧିକ। ନିମକୀ ମାହାଲ କଚେରି ସର୍ବଦା ଜନତାରେ ପୂର୍ଣ୍ଣଥାଏ।

ନିମକ ପୋକ୍ତାନ ସ୍ଥାନରେ ସରକାର ତରଫରୁ ନିଯୁକ୍ତ କର୍ମଚାରୀଙ୍କ ଉପାଧି- ଦାରୋଗା, ପେସ୍କାର, ଜିଲ୍ଲାଦାର, ଚପରାସୀ, ଜାଳଚୌକିଆ, ଚାଟି ପାଇକ, ଚପାଦାର ଓ କୟାଳ। ନିମକ ବିକ୍ରୀ ସ୍ଥାନରେ ନିଯୁକ୍ତ ଥିବା କର୍ମଚାରୀ- ଦାରୋଗା ଓ ପେସ୍କାର। ପୋକ୍ତାନ ସ୍ଥାନରେ ପ୍ରହରୀ, ପୋଲିସ କର୍ମଚାରୀ- ଜମାଦାର, ମୁନସୀ ଓ ଚପରାସୀ।

ପ୍ରତିବର୍ଷ ଆଶ୍ୱିନ ମାସରେ ପୋକ୍ତାନକାରୀମାନଙ୍କୁ ସରକାର ତରଫରୁ ଦାଦନ ଦିଆଯାଉଥିଲା। ଦାଦନ ଟଙ୍କା ଗ୍ରହଣକାରୀର ଉପାଧି-ଗୁଲିଆ। ଗୁଲିଆମାନେ ସରକାରକୁ କବୁଲିୟତ ଲେଖିଦେଇ ଦାଦନ ଗ୍ରହଣ କରନ୍ତି। ଏହି ଦାଦନ ସମୟଟା ବାଲେଶ୍ୱର ସହରମଧ୍ୟରେ ଉତ୍ସବ ସ୍ୱରୂପ ଥିଲା। ଅନେକ ଟଙ୍କା କାରବାର ହୁଏ। ସହର ମଧ୍ୟରେ ଦୋକାନୀମାନେ ଦୋକାନ ସଜେଇ ବସିଥାନ୍ତି। ବଜାରି, ହଟାରି, ଭିକାରୀ, ଅମଲା ଫଏଲା ସମସ୍ତଙ୍କର ଆଚ୍ଛା ଦୁଇ ପଇସା ହାତପୈଠ ହୁଏ। ଲକ୍ଷାବଧି ଟଙ୍କା ଦାଦନ ଦିଆ ଯାଉଥିଲା। ମଫସଲବାସୀ ସାଧାରଣ ଶ୍ରେଣୀ ଲୋକଙ୍କ ହାତରେ ଥୋକ କେତେଗୁଡ଼ିଏ ଟଙ୍କା ପଡ଼ିଗଲେ ଆନନ୍ଦ ମନରେ ସ୍ତ୍ରୀ ପୁତ୍ର ପରିବାରମାନଙ୍କ ସକାଶେ ନାନା ପ୍ରକାର ଦ୍ରବ୍ୟ କ୍ରୟ କରି ଘେନିଯାଆନ୍ତି।

ଗୁଲିଆ ଦାଦନ ଘେନି ଚାଟିକୁ ଚାଲିଯାଏ। ଲବଣ ପୋକ୍ତାନ ସ୍ଥାନର ନାମ ଚାଟି। କେତେଗୁଡ଼ିଏ ଚାଟିର ଏକତ୍ରରେ ସାଧାରଣ ନାମ ଅଡ଼ଂ। ଅବଶ୍ୟ ଚାଟି ଓ ଅଡ଼ଂଗୁଡିକ ସମୁଦ୍ରକୂଳବର୍ତ୍ତୀ ସ୍ଥାନରେ ଅବସ୍ଥିତ।

ଗୁଲିଆ ସ୍ୱହସ୍ତରେ ଲବଣ ପ୍ରସ୍ତୁତ କରେନାହିଁ। କାର୍ଯ୍ୟନିର୍ବାହ ନିମନ୍ତେ କେତେଗୁଡ଼ିଏ ଲୋକ ନିଯୁକ୍ତ କରେ। ସେ (ଗୁଲିଆ) କେବଳ କର୍ତ୍ତା ସ୍ୱରୂପ ହୋଇଥାଏ।

ଉପଯୁକ୍ତ ସ୍ଥାନ ନିର୍ବାଚନ କରି ପାଢ଼ୀ ଉପାଧିଧାରୀ ଲୋକ ଚୁଲି ପ୍ରସ୍ତୁତ କରେ। ଏହି ଚୁଲି ସଚରାଚର ଭାତରନ୍ଧା ଚୁଲି ପରି ନୁହେଁ। ପାଠକମାନଙ୍କ ମଧ୍ୟରୁ ଯେଉଁମାନେ ପୁରୀକ୍ଷେତ୍ରରେ ଶ୍ରୀଜଗନ୍ନାଥ ମହାପ୍ରଭୁଙ୍କ ରୋଷଚୁଲି ଦେଖିଅଛନ୍ତି, ସେମାନେ ସହଜରେ ବୁଝିପାରିବେ। ପୋକ୍ତାନ ଚୁଲିଗୁଡ଼ିକ ସେହିପରି ପିରାମିଡ଼ ଆକାର ଅଟେ;ମାତ୍ର ପ୍ରଭୁଙ୍କ ରୋଷଚୁଲିଠାରୁ ଅନେକ ବଡ଼। କୌଣସି କୌଣସି ଚୁଲିର ନିମ୍ନ ପରିଧି ୨୦/୩୦ ହାତ ପର୍ଯ୍ୟନ୍ତ ହୋଇଥାଏ। ଉଚ୍ଚତା ପ୍ରାୟ ୩/୪ ହାତ। ବଡ଼ ବଡ଼ ଚୁଲିରେ ଏକାବେଳକେ ଦୁଇ ତିନିଶତ ପର୍ଯ୍ୟନ୍ତ ହାଣ୍ଡିବସେ। ହାଣ୍ଡଗୁଡ଼ିକ ମଧ୍ୟ ସଚରାଚର ଭାତରନ୍ଧା ହାଣ୍ଡିର ସମାନ ନୁହେଁ। ମହାପ୍ରସାଦ କୁଡୁଆ ସମାନ ଅଟେ। ଚୁଲି ପ୍ରସ୍ତୁତ ହେବା ମାତ୍ରକେ କୁମ୍ଭାର ହାଣ୍ଡି

ଯୋଗାଇ ଦିଏ। ଗୋଟିଏ ଗୋଟିଏ ଚୁଲିରେ ଏକ ଜାଳକରେ ୨୦/୨୫ ମହଣ ଲବଣ ପୋକ୍ତାନ ହୁଏ। ଦିନମାନରେ ତିନିଜାଳ ହୁଏ। କେହି କେହି କର୍ମଠ ପାଢ଼ୀ ଚାରି ଜାଳ ପର୍ଯ୍ୟନ୍ତ କରିପାରେ।

ଚୁଲି ପ୍ରସ୍ତୁତ ହେବା ମାତ୍ରକେ ମଲଙ୍ଗୀ ଉପାଧିଧାରୀ କର୍ମଚାରୀ ପଛଲାରୁ ମାଟି ଚାଞ୍ଛିବାକୁ ଆରମ୍ଭ କରେ। ସମୁଦ୍ର ବେଳାଭୂମି ଉପରେ ଯେଉଁ ଅଳ୍ପ ଗଭୀର ପ୍ରାନ୍ତର ମଧ୍ୟରେ ଜୁଆର ସମୟରେ ସମୁଦ୍ର ଜଳ ପ୍ରବେଶ କରେ, ଭଟ୍ଟା ସମୟରେ ଶୁଖିଲା ପଡ଼େ, ତାହାର ନାମ ପଛାଲ। ମଲଙ୍ଗୀ ମାଟି ଚାଞ୍ଛିଆଣି ଏକ ସ୍ଥାନରେ ବାଡ଼ି ପକାଏ।ମାଟି ସଂଗ୍ରହ ସ୍ଥାନର ନାମ ବାଡ଼ି। ବାଡ଼ିଉପରେ ପୁନର୍ବାର ସମୁଦ୍ର ଜଳ ଢାଳି ଗୋଡ଼ରେ ଚକଟି ତରଳ କରାଯାଏ।

ବାଡ଼ି ନିକଟରେ ଗୋଟିଏ ଗର୍ତ୍ତ ଖୋଳା ହୋଇଥାଏ, ସେ ଗର୍ତ୍ତର ନାମ କୁଣ୍ଡି।ବାଡ଼ିର ତରଳ ମାଟି ଦେହରୁ କୁଣ୍ଡି ପର୍ଯନ୍ତ କେରିଏ କୁଟା ଗୁଞ୍ଜି ଦିଆଯାଏ। ତାଡ଼ିକଟା ଚମାର ଖଜୁରି ଗଛ ବେକରୁ ଠେକିକୁ ଯେପରି ଖଣ୍ଡେ ଖଜୁରିପତ୍ର ଗୁଞ୍ଜିଦିଏ, ଏଟା ସେହିପରି। କୁଟା କେରାକୁ ଅବଲମ୍ବନ କରି ବାଡ଼ି ଦେହରୁ କୁଣ୍ଡିକୁ ସମସ୍ତ ଜଳ ନିଗିଡ଼ି ଆସେ, ବାଡ଼ିରେ ମାଟି ସବୁ ରହିଯାଏ। ସେହି ଲବଣାକ୍ତ ଜଳର ନାମ ଦହପାଣି। ଦହପାଣିକୁ ହାଣ୍ଡିରେ ପକାଇ ମାରିଲେ ପଙ୍ଗାଲୁଣ ପ୍ରସ୍ତୁତ ହୁଏ। ଚୁଲି ଜାଳ ସମୟରେ ଆଠ ଠାରୁ ଷୋଳଜଣ ପର୍ଯ୍ୟନ୍ତ କର୍ମଚାରୀ ନିଯୁକ୍ତ ଥା'ନ୍ତି। ବାଲେଶ୍ୱର ଜିଲ୍ଲାରେ ଏପ୍ରକାର ସହସ୍ରାଧିକ ଚୁଲି ଥିଲା। ଲୁଣମରା ଚୁଲିରେ କାଠ ଜଳେ ନାହିଁ। ସମୁଦ୍ର କୂଳରେ ୩/୪ ହାତ ଉଚ୍ଚ ଏକପ୍ରକାର ଘାସ ଜାତହୁଏ ,ସେହି ଘାସ ଜାଳେନିରେ ପ୍ରୟୋଜନ ହୁଏ। ଭଗବାନ ଯେମନ୍ତ ଲୁଣ ପୋକ୍ତାନର ସୁବିଧା ନିମନ୍ତେ ପଡ଼ିଆରେ ଏହି ଘାସ ଥୋଇ ଦେଇଥିଲେ। ଜଲୁଆ ନାମକ କର୍ମଚାରୀ ଘାସ କାଟିବାରେ ନିଯୁକ୍ତ ହୁଏ। କବ ନାମକ ଏକପ୍ରକାର ତୀକ୍ଷ୍ଣଧାର ଅସ୍ତ୍ର ଦୁଇ ହାତରେ ଧରି ଅଭ୍ୟାସବଶରୁ ନଇଁ ପଡ଼ି ଅଳ୍ପ ସମୟ ମଧ୍ୟରେ ଅନେକ ଘାସ କାଟିପକାଏ। ଘାସ ଶୁଖିଗଲେ ନିଯୁକ୍ତ ବଳଦିଆମାନେ ବିଡ଼ା ବାନ୍ଧି ବଳଦରେ ଚୁଲି ପାଖକୁ ଘେନିଆସନ୍ତି। ସେହି ଘାସ ରକ୍ଷା ନିମନ୍ତେ ସରକାର ତରଫରୁ ଜାଳଚଉକିଆ ନିଯୁକ୍ତ ଥା'ନ୍ତି। ସହସ୍ର ସହସ୍ର ବଳଦ ଓ ବଳଦିଆ ଏହି କାର୍ଯରେ ନିଯୁକ୍ତ ଥିଲେ।

ପାଢ଼ୀ ଲୁଣମାରି ଜମା କଲେ ଜିଲ୍ଲାଦାର ଆସି ଓଜନ ନିଏ ଓ ନିମ୍ନଲିଖିତ ପ୍ରକାର ଫାରମରେ ଆଡ଼ଂପେସ୍କାର ନିକଟକୁ ରିପୋର୍ଟ କରେ।

ଜିଲ୍ଲାପାଳ ଫାରମ।

ନାମ ଅଡଂ	ନାମ ଚାଟି	ନାମ ଗୁଲିଆ	କେତେ ଜାଳ	ଲୁଣ ପରିମାଣ
ଛାନୁଆ	କୁଳିଗାଁ	ହଗୁମଲିକ	ତିନିଜାଳ	୮୦ ମହଣ

ଗଳ୍ପସ୍ୱଳ୍ପ: ଦ୍ୱିତୀୟ ଭାଗ -:- ୧୬୫

ଅଡ଼ଂ ପେସ୍କାର ଜିଲ୍ଲାଦାରର ହିସାବ ପ୍ରାପ୍ତ ହୋଇ ଆପଣା ଖାତାରେ ଲୁଣର ପରିମାଣ ପ୍ରଭୃତି ଜମା କରିନିଏ ଓ ସେଥିର ଏକ ପ୍ରସ୍ତ ନକଲ ସଦର କଚେରିକୁ ପଠାଇଲେ ହିସାବ ମହକୁମା ଖାତାରେ ଜମାହୁଏ।

ସଦର କଚେରି ମୁନସୀଖାନାରେ ଲୁଣର କିଛି ହିସାବ ରହେ ନାହିଁ, ସର୍ବପ୍ରକାର ବନ୍ଦୋବସ୍ତର ଲେଖାପଢ଼ା ହୁଏ। ଅଡ଼ଂର ପେସ୍କାର ଚାଟିରୁ ଲୁଣ ବୁହାଇ ନେଇ ସାଧାରଣ ଗୋଲାରେ ଜମା କରିନିଏ। ପୁନର୍ବାର ଓଜନ କରି ଗୋଲାକାତ ହେଲେ ଅଦଲଦାର ତାହା ଉପରେ ଅଦଲ ମାରିଦିଏ। ସରକାର ନିଯୁକ୍ତ କୟାଲ ଲୁଣ ଓଜନ କରେ।

ଅଡ଼ଂର ଦାରୋଗା ସିରସ୍ତାର କିଛି କାର୍ଯ୍ୟ କରେ ନାହିଁ। କେବଳ ଚାଟିମାନଙ୍କରେ ଭ୍ରମଣ କରି ଚୁଲିର କାର୍ଯ୍ୟ ତଦନ୍ତ କରେ ଓ ଚୁଲିଆମାନଙ୍କ ହାରିଗୁହାରି ଶୁଣେ। ଦାରୋଗା ପାଲିଙ୍କି ବହିବା ନିମନ୍ତେ ସରକାର ତରଫରୁ ଆଠଜଣ ବେହେରୀ ନିଯୁକ୍ତ ଥା'ନ୍ତି। ଦାରୋଗାଙ୍କ ଗସ୍ତ ସମୟରେ ତାହାଙ୍କ ପାଲିଙ୍କି ଉପରେ ଗୋଟାଏ ପାଟଛତା ଧରାଯାଏ। ସେଥିସକାଶେ ସ୍ୱତନ୍ତ୍ର ଛତାଧରା ଚାକର ବନ୍ଦୋବସ୍ତ ଥାଏ।

ପୋକ୍ତାନ ଲୁଣ ପରିମାଣ ଲିହାଜରେ ଚୁଲିଆମାନେ ଦ୍ୱିତୀୟ କିସ୍ତି ଦାଦନ ବୈଶାଖମାସରେ ପ୍ରାପ୍ତ ହୁଅନ୍ତି। ଏହି ଦାଦନ ଟଙ୍କା ଅଡ଼ଂ ମୁକାମରେ ଦିଆଯାଏ। ବର୍ଷାକାଳ ଆରମ୍ଭ ହେଲାକ୍ଷଣି ପୋକ୍ତାନ କାର୍ଯ୍ୟ ବନ୍ଦ ହୋଇଯାଏ, ଚୁଲିଆ ପ୍ରଭୃତି କର୍ମଚାରୀମାନେ ଚାଟି ଛାଡ଼ି ଆପଣା ଆପଣା ଘରକୁ ଚାଲିଯା'ନ୍ତି। ଏଥିଉତ୍ତାରେ ସେପ୍‌ଟେମ୍ବର ମାସରେ ସଦର କଚେରିରେ ହିସାବନିକାଶ ହେଲେ ଚୁଲିଆମାନେ ଅବଶିଷ୍ଟ ମୂଲ୍ୟ ପ୍ରାପ୍ତ ହୁଅନ୍ତି। ସରଫ ବେଶି ଅର୍ଥ, ଚୁଲିଆମାନଙ୍କଠାରୁ ଚାଟରୁ ଲୁଣ ଓଜନ ନେବା ସମୟରେ କଞ୍ଚା ଲୁଣ ଓଜନରେ କିଛି କିଛି ମାଲ ବେଶି ନିଆଯାଇଥାଏ। ଅଡ଼ଂ ଗୋଲା ନିକାଶି ସମୟରେ ସେହି ମାଲ ବଳକା ହୋଇପଡ଼େ, ସେହି ବଳକା ଲୁଣର ଅର୍ଥ ସରିଫ ବେଶି। ଏହା କିଛି ଊଣା ନୁହେଁ ପାଞ୍ଚ ଦଶ ହଜାର ମହଣ ପର୍ଯ୍ୟନ୍ତ ମାଲ ବେଶି ହୋଇପଡ଼େ। ଏହି ଲବଣରେ ମୂଲ୍ୟ ଅଡ଼ଂର ସମସ୍ତ ଚୁଲିଆଙ୍କୁ ବିଛାଣି କରି ଦିଆଯାଏ; ମାତ୍ର ପ୍ରତ୍ୟେକ ଅଡ଼ଂରେ ସରଫ ବେଶି ହେଲେ ମଧ୍ୟ ଦାରୋଗା, ପେସ୍କାର, ପ୍ରହରୀ, ପୋଲିସ, ଅମଲା ପ୍ରଭୃତି କର୍ମଚାରୀମାନେ ଚୋରାଇ ଭାବରେ ଶସ୍ତାଦରରେ ବିକ୍ରି କରି ମୂଲ୍ୟ ବାଣ୍ଟି ନିଅନ୍ତି। ଏହି ଚୋରାଇ ଲୁଣ ନୀଳଗିରି ଓ ମୟୂରଭଞ୍ଜ ଗଡ଼ଜାତକୁ ଚାଲିଯାଏ।

ପ୍ରତି ବର୍ଷ ବାଲେଶ୍ୱର ଜିଲ୍ଲାରେ ନଅଲକ୍ଷ ମହଣ ଲୁଣ ପୋକ୍ତାନ ହେଉଥିଲା। ଏଥିମଧ୍ୟରୁ ନିଜ ବାଲେଶ୍ୱର ଜିଲ୍ଲାରେ ଖରଚ ସକାଶେ ଦେଢ଼ଲକ୍ଷ ମହଣ,ନିଜ ବାଲେଶ୍ୱର ଓ ଭଦ୍ରକ ଗୋଲାରେ ଗୋଲାଜାତ କରାଯାଇ ବାକି ସାଢ଼େ ସାତଲକ୍ଷ ମହଣ ଲୁଣ ବଙ୍ଗଦେଶରେ ବ୍ୟବହାର ନିମନ୍ତେ କଲିକତା ନିକଟବର୍ତ୍ତୀ ଗଙ୍ଗାନଦୀ ପଶ୍ଚିମକୂଳସ୍ଥ ସାଲିକା

ନାମକ ଗୋଲାକୁ ଚଲାଣ ଦିଆଯାଏ। ଅଡ଼ଙ୍ଗ ଗୋଲାରୁ ସାଲିକା ଗୋଲାକୁ ଲୁଣ ଚଲାଣ ନେବା ନିମନ୍ତେ ପ୍ରାୟ ତିନି ଶତ ବାଲେଶ୍ୱରୀ ଜାହାଜ ନିଯୁକ୍ତ ଥିଲା। ଦୁଇ ଡୁଲିଆ ବଡ଼ ଜାହାଜର ନାମ ଗୋରାପ, ଏକ ଡୁଲିଆ ସାନ ଜାହାଜର ନାମ ସ୍ଲୋପା।ଖଣ୍ଡେ ଖଣ୍ଡେ ଗୋରାପ ଆଠ ଦଶ ହଜାର ମହଣ ପର୍ଯ୍ୟନ୍ତ ମାଲ ବୋଝାଇ ନିଏ। ଖଣ୍ଡିଏ ଖଣ୍ଡିଏ ଜାହାଜ ଚଳାଇବା ନିମନ୍ତେ ଦଶ କୋଡ଼ିଏ ଜଣ କର୍ମଚାରୀ ନିଯୁକ୍ତ ଥିଲେ। ଜାହାଜ ଚାଳକର ଉପାଧି ମାଝି, ତାହାର ସରକାରୀ ତଣ୍ଡେଲ, ଅନ୍ୟାନ୍ୟ କର୍ମଚାରୀଙ୍କ ଉପାଧି ଖଲାସୀ। ଯଦି ପ୍ରତ୍ୟେକ ଜାହାଜରେ ହାରାହାରି ପନ୍ଦର ଜଣ କର୍ମଚାରୀ ଧରାଯାଏ, ତେବେ ସେମାନଙ୍କ ସଂଖ୍ୟା ପ୍ରାୟ ସାଢ଼େ ଚାରିହଜାର। ଏହାଛଡ଼ା ଜାହାଜ ନିର୍ମାଣକାରୀ ବଢ଼େଇ, କମାର କଳାପିଠିଆ, ସଡ଼ସିଲାଇ, ଦରଜି ଓ ଅନ୍ୟାନ୍ୟ ଚାକର ସଂଖ୍ୟା ପ୍ରାୟ ପାଞ୍ଚ ହଜାର।ସମସ୍ତେ ବାଲେଶ୍ୱର ଜିଲ୍ଲାନିବାସୀ।ଜାହାଜର ଅଧିକାରୀ ମହାଜନମାନେ ମଧ୍ୟ ବାଲେଶ୍ୱରୀ।କେବଳ ଲବଣ ବହିବାରେ ଯେ ଜାହାଜ ସବୁ ନିଯୁକ୍ତ ଥିଲା, ତାହା ନୁହେଁ। ସେ ସମୟରେ କି ଅନ୍ତର୍ବାଣିଜ୍ୟକି ବହିର୍ବାଣିଜ୍ୟ ସମସ୍ତ ବାଲେଶ୍ୱରବାସୀମାନଙ୍କ ହସ୍ତରେ ଥିଲା। ବାଣିଜ୍ୟ ଉପଲକ୍ଷରେ ବାଲେଶ୍ୱରୀ ଜାହାଜ ସବୁ ଗୋପାଳପୁର, ବିଶାଖାପଟ୍ଟନ, ମାନ୍ଦ୍ରାଜ, ରେଙ୍ଗୁନ ଓ ଅନ୍ୟାନ୍ୟ ଦ୍ୱୀପକୁ ଗତାୟତ କରୁଥିଲେ।

ବାଲେଶ୍ୱରବାସୀମାନଙ୍କର ଦୁଇଗୋଟି ବସ୍ତୁ ପ୍ରଧାନ ଉପଜୀବ୍ୟ -ଲବଣ ଓ ଧାନ୍ୟ। ଜିଲ୍ଲାର ପ୍ରାୟ ଏକ-ତୃତୀୟାଂଶ ଲୋକ ପ୍ରତ୍ୟକ୍ଷ ଓ ପରୋକ୍ଷଭାବରେ ଲବଣ ବ୍ୟବସାୟରେ ନିଯୁକ୍ତ ଥିଲେ। ବାଲେଶ୍ୱର ଉପକଣ୍ଠସ୍ଥ ବୁଢ଼ାବଲଙ୍ଗ ନଦୀ ଜାହାଜ ଓ ନଦୀକୂଳ ଜନତାରେ ପରିପୂର୍ଣ୍ଣ ଥିଲା। ବର୍ତ୍ତମାନ ଶ୍ମଶାନକ୍ଷେତ୍ରବତ୍ ପଡ଼ିରହିଅଛି। ବାଲେଶ୍ୱରୀ ଜାହାଜର ଚିହ୍ନ ମାତ୍ର ନାହିଁ। ଯେଉଁମାନେ ଜାହାଜ ଚାଳନ ଓ ନିର୍ମାଣ କାର୍ଯ୍ୟରେ ପୁରୁଷାନୁକ୍ରମରେ ନିଯୁକ୍ତ ଥିଲେ(ଅନ୍ୟାନ୍ୟ କାର୍ଯ୍ୟରେ ଅନଭ୍ୟସ୍ତ), ସେ ବଂଶ କାହାନ୍ତି?ଗତ ନଅଙ୍କ ଦୁର୍ଭିକ୍ଷ ଅନୁଗ୍ରହ କରି ସେ ସମସ୍ତ ଲୋକଙ୍କୁ ସବଂଶରେ ଶାନ୍ତି ନିକେତନକୁ ଘେନି ଯାଇଅଛି। ଅନ୍ୟଥା ସେଗୁଡ଼ିକ କି କଲବଲ ହୋଇଥାନ୍ତେ!

୧୮୬୧ ଖ୍ରୀଷ୍ଟାବ୍ଦରେ ସରକାରୀ ପୋକ୍ତାନ କାର୍ଯ୍ୟ ବନ୍ଦ ହୋଇଗଲା। ତହିଁ ଉତ୍ତାରେ କେତେକ ବର୍ଷ ବାଲେଶ୍ୱରବାସୀ କେତେଜଣ ମହାଜନ ଯୌଥରୂପେ ବାଲେଶ୍ୱର ବ୍ୟୟ ସକାଶେ ସରକାରଙ୍କ ଅନୁମତି ଅନୁସାରେ ପୋକ୍ତାନ କାର୍ଯ୍ୟ ଚଳାଇଥିଲେ। କି କାରଣ ଆମ୍ଭମାନଙ୍କୁ ଅଗୋଚର, ଭୟଙ୍କରରୂପେ କ୍ଷତିଗ୍ରସ୍ତ ହୋଇ ଛାଡ଼ି ଦେଇଅଛନ୍ତି। କେତେ ଜଣ ମହାଜନ ସର୍ବସ୍ୱାନ୍ତ ମଧ୍ୟ ହୋଇଅଛନ୍ତି।

ଲାଭ ନହେବାରୁ କି ସରକାର ପୋକ୍ତାନ କାର୍ଯ୍ୟରେ ରହିତ କରାଇଦେଲେ? ସରକାର ତୁଲିଆମାନଙ୍କ ନିକଟରୁ ପ୍ରତି ମହଣ ପାଞ୍ଚଣା୧ ହିସାବରେ ଗ୍ରହଣ କରୁଥିଲେ,

ବିକ୍ରୀ ମହଣକୁ ଦୁଇଟଙ୍କା। ଫି ମହଣରେ ଟଙ୍କାଏ ଏଗାର ଅଣା ଲାଭ। କେବଳ ବାଲେଶ୍ୱର ଜିଲ୍ଲାର ନ'ଲକ୍ଷ ମହଣ ଲାଭ ହିସାବ କରିନିଅ। କଟକ ପୁରୀ ଜିଲ୍ଲାକଥା ଥାଉ।

"କ୍ଷୀରାବଧିତନୟା ରାମା।" ଲକ୍ଷ୍ମୀଙ୍କର ପିତୃଭବନ ସମୁଦ୍ରକୂଳରେ ଅବସ୍ଥିତ ଥିବାରୁ ଚିରଦିନ ଲକ୍ଷ୍ମୀ ଏହି ଜିଲ୍ଲାରେ ବିରାଜିତା ଥିଲେ। ସମୁଦ୍ର କୂଳବର୍ତ୍ତୀ ବାଣିଜ୍ୟସ୍ଥାନର ନାମ ବନ୍ଦର, ଏଥିପାଇଁ ଏହାର ନାମ ବନ୍ଦର ବାଲେଶ୍ୱର। ତିନିଶତ ବର୍ଷ ପୂର୍ବେ ବଙ୍ଗଦେଶକୁ ଯିବା ପୂର୍ବେ ଓଲନ୍ଦାଜ, ଫରାସୀ, ଦିନେମାର ଓ ଇଂରେଜୀ ବଣିକମାନେ ଏଠାରେ ଦୋକାନ ମେଲିଥିଲେ।

ବାଲେଶ୍ୱର ଯେପରି ଲକ୍ଷ୍ମୀବନ୍ତ ସ୍ଥାନ, ଦୁଇ ଚାରି ବର୍ଷ ଅକାଳ ପଡ଼ିଲେ ମଧ୍ୟ ସମ୍ଭାଳି ଯିବାର କଥା; ମାତ୍ର ଏହି ଦୁର୍ଭିକ୍ଷ ସମୟରେ ସମ୍ପୂର୍ଣ୍ଣରୂପେ ଶସ୍ୟ ଜନ୍ମିଥିଲେ ମଧ୍ୟ ସହରବାସୀ ସାଧାରଣ ଲୋକ ମଧ୍ୟରେ ଦଶପଣ ଲୋକଙ୍କ ଘରେ ଦୁଇଓଳି ଚୁଲି ଜଳେ କି ନାସନ୍ଦେହ। ମଧ୍ୟବିତ୍ତ ଲୋକଙ୍କ ଅବସ୍ଥା ପ୍ରାୟ ତଥୈବଚ।ଏକମାତ୍ର କାରଣ - ଅର୍ଥାଭାବ। କେବଳ ଲବଣ ପୋକ୍ତାନ ଉଠିଯିବାରୁ ସମସ୍ତ ଯାଇଅଛି, କାରିଗର ବଂଶ ତ ନିର୍ମୂଳ ହୋଇଅଛନ୍ତି। ବାଣିଜ୍ୟକ୍ଷେତ୍ରରେ ଉଲ୍ଲେଖ୍ୟଯୋଗ୍ୟ ମହାଜନ ଜଣେ ମଧ୍ୟ ନାହିଁ। ବିଦେଶୀୟ ମାରୁଆଡ଼ି, କଚ୍ଛୀ, ଭାଟିଆ, ନାଖୋଦାମାନେ ମାଡ଼ି ବସିଲେଣି। ହାତରେ ଅର୍ଥ କାହିଁ ଯେ, ଧନବନ୍ତ ବିଦେଶୀ ମହାଜନଙ୍କ ସହିତ ଟକ୍କର ଦେଇ ପାରିବେ।

ଏହି କ୍ଷୁଦ୍ର ଜିଲ୍ଲାରୁ ପ୍ରତିବର୍ଷ ପ୍ରାୟ କୋଟି ସଂଖ୍ୟକ ଟଙ୍କାର ଧାନ-ଚାଉଳ ବିଦେଶକୁ ରପ୍ତାନି ହୁଏ। ରେଲଷ୍ଟେସନ ଚାଉଳବସ୍ତାରେ ପରିପୂର୍ଣ୍ଣ। ସଡ଼କମାନଙ୍କରେ ଦିବାରାତ୍ର ଚାଉଳ ଶଗଡ଼ ଚାଲିଅଛି, ଅଥଚ ସହରବାସୀ ଅଧିକାଂଶ ଲୋକ କାତର ନୟନରେ, ଖାଲି ପେଟରେ ଭକଭକ କରି ଚାହିଁ ବସିଛନ୍ତି।

ଧାନ ଚାଉଳ ବିକ୍ରିରେ ମଫସଲବାସୀ ଚାଷୀମାନଙ୍କର ଦୁଇଟଙ୍କା ହାତପୈଠ ହେଉଅଛି ସତ୍ୟ; ମାତ୍ର ଖୋଜନ୍ତୁ, ଘରଶୂନ୍ୟ ଦେଖିବେ। ଟଙ୍କା ହାତପୈଠ ହେବା ମାତ୍ରକେ ଲୋକେ ଲୋଭ ସମ୍ଭାଳି ନ ପାରି ଜର୍ମାନୀ ଝୁଟାରେ ରେପାର ଛତା ପ୍ରଭୃତି କିଣି ନେଇ ଘରେ ପୂରାଉ ଅଛନ୍ତି। ବର୍ଷେ ଅକାଳ ପଡୁ, ଦେଖିବେ;ଲୋକଗୁଡ଼ାକ ଲମ୍ବ ଲମ୍ବ ଧଣ୍ଡ ପରି ଶୋଇଯିବେ।

ଆଗେ ଦେଶବାସୀ ସମୁଦ୍ରକୂଳ ମାଟି ବିକ୍ରୀ କରି ଟଙ୍କା ପାଉଥିଲେ, ବର୍ତ୍ତମାନ ଚାଉଳ ବିକ୍ରିକରି ଜର୍ମାନୀମାଟି କିଣୁଅଛନ୍ତି। ରେପାର ଫେପାରଗୁଡ଼ିକୁ ଆମ୍ଭେମାନେ ମାଟି ବୋଲୁଅଛୁ। ଆମ୍ଭେମାନେ ବୋଲିଅଛୁ, ପୂର୍ବେ ବାଲେଶ୍ୱର ଜିଲ୍ଲାରେ ପ୍ରତିବର୍ଷ ନଅ ଲକ୍ଷ ମହଣ ଲୁଣ ପୋକ୍ତାନ ହେଉଥିଲା। ଆଜିଯାଏ ସେହି କାର୍ଯ୍ୟ ଚଳୁଥିଲେ ବ୍ୟବସାୟ ଉନ୍ନତି ଲାଭକରି ପ୍ରତି ବର୍ଷରେ ଅତି ନିକୃଷ୍ଟରେ କୋଡ଼ିଏ ଲକ୍ଷ ମହଣ ପୋକ୍ତାନ ହେଉଥାନ୍ତା। ସୁତରାଂ, ଅଭାବପକ୍ଷେ ଦଶଲକ୍ଷ ଟଙ୍କା ଦେଶରେ ପଶୁଥାନ୍ତା। ହଜାର ବର୍ଷ ପୂର୍ବେ

ସମୁଦ୍ରଗାମୀ ନୌଚାଳକ, ସମୁଦ୍ରକୂଳବାସୀ କୈବର୍ତ୍ତବଂଶ ଆଜି ବିଜ୍ଞାନଚର୍ଚ୍ଚା ସମୟରେ କେଡ଼େ ଉନ୍ନତି ଲାଭ କରିଥାନ୍ତେ!

ଆଜିକାଲି ବାଲେଶ୍ୱରର ଯାହାକିଛି ଚାକଚକ୍ୟ ବିଦେଶୀମାନଙ୍କ ସକାଶେ। ମହାଜନ ବିଦେଶୀ, କଚେରିର ବଡ଼ ବଡ଼ ଚାକର ପ୍ରାୟ ବିଦେଶୀ। ରେଲଷ୍ଟେସନରେ କର୍ମ ପାଇବା ଓଡ଼ିଆଙ୍କ କପାଳରେ ଲେଖା ନାହିଁ। ଜମିଦାରଗୁଡ଼ାକ ହାତବାନ୍ଧି ରହିଲେଣି। ଏବେ ଚାଷ ଏକମାତ୍ର ଅବଲମ୍ବନ। ହେଲେ ଜମି କାହିଁ?

ହେ ଭଗବାନ୍! ଆମ୍ଭମାନଙ୍କ ଦୟାଳୁ ଗଭର୍ଣ୍ଣମେଣ୍ଟଙ୍କ କଣ୍ଠରେ ବିରାଜିତ ହେଉନ୍ତୁ। ବାଲେଶ୍ୱର ଜିଲ୍ଲାରେ ପୂର୍ବବତ୍ ଲୁଣ ପୋକ୍ତାନ କାର୍ଯ୍ୟ ଆରମ୍ଭ ହେଉ।

ମାଧ ମହାନ୍ତିଙ୍କ କନ୍ୟାସୁନା

ମାଧ ମହାନ୍ତିଙ୍କ ଘର ମଧୁପୁର। ଜାତିରେ ବଳରାମ ଗୋତ୍ରୀ। ବୟସ ସତୁରିକ ଭିତରେ। ଘରେ ଖାଇବାକୁ କୁଟୁମ୍ବ ବୋଇଲେ ଊଣା ପୂରା ପନ୍ଦର ବର୍ଷର ଝିଅଟିଏ, ନାମ ମାଳତୀ। ମହାନ୍ତିଏ ଷାଠିଏ ବର୍ଷ ବୟସରୁ ରାଣ୍ଡୁରା ହୋଇ ବସିଛନ୍ତି। ବୁଢ଼ୀ ଚାଲିଯିବାବେଳେ ଆଉ ଗୋଟିଏ ହାତଛନ୍ଦା କରିବାକୁ ତାଙ୍କର ବୟସ ଥିଲା ବୋଲି ମହାନ୍ତିଙ୍କ ମୁହଁରୁ ଥରେ ଦି'ଥର ଶୁଣାଯାଇଥିଲା;ତାଙ୍କ ଦରଦୀ ଲୋକେ ମଧ କହି ବୁଲିଥିଲେ। ଦୁଇ ତିନି ବର୍ଷଯାଏ ତାଙ୍କ ମନ ବିବାହ ହେବା ଲାଗି ସକସକ ହୋଇଥିଲା, କେବଳ କନ୍ୟାସୁନା ବାଡ଼ଟା ବଡ଼ ଟାଣପଡ଼ିବାରୁ ପଛଘୁଞ୍ଚା ଦେଲେ। ଦୁଇ ତିନି ବର୍ଷଯାଏ କହି ବୁଲିଲେ, "ନାହିଁରେ ବାପା ନାହିଁ, କାହୁଁ ଗୋଟାଏ ଆସି ମୋ ଛୁଆକୁ ହେଟାଦର କରିବ, ମା' ଛେଉଣ୍ଡଟି କାନ୍ଦିବ, ତା ବିକଳ ସହିପାରିବି ନାହିଁ।" ମା' ମଲା ଦିନରୁ ସେଇ ସାତ ବର୍ଷର ଝିଅ ମାଳତୀ- ବାପା ଝିଅ ଦୁଇଜଣଙ୍କର ଭାତ ରାନ୍ଧେ, ଶଙ୍ଖୁଡ଼ି ବାସନ ମାଜେ। ଘରର ଆଉ ଆଉ ପାଇଟି ବି ତା' ଜିମା।

ମହାନ୍ତିଙ୍କର ଆଉ ଗୋଟିଏ ଝିଅ ଥିଲା, ନାମ ମାଧବୀ। ବୁଢ଼ୀ ମରିବା ଚାରିମାସ ଆଗେ ମହାନ୍ତିଏ ସାତଶହ ଟଙ୍କା କନ୍ୟାସୁନାରେ ଷାଠିଏ ବର୍ଷର ଗୋଟିଏ ବୁଢ଼ାବରକୁ ସାଢ଼େ ଆଠ ବରଷର କନ୍ୟା ଟେକି ଦେଇ ଗୌରୀଦାନର ଫଳ ଷୋଳପଣି ଅର୍ଜିଥିଲେ। ସେ କନ୍ୟାଟି ଏଗାର ବର୍ଷ ବୟସରୁ ବିଧବା। ଯେ ବିଭା ହୋଇ ଯାଇଛି, ବାପ-ଘରମୁହାଁ କେଭେ ହୋଇନାହିଁ।

ମୁଲକର ଆଉ ଝିଅଙ୍କ ପରି ମାଳତୀଟି ବି ଦିନକୁଦିନ ବଢ଼ି ପନ୍ଦର ବର୍ଷରେ ପାଦ ଦେଲାଣି। ରୂପରେ, ଗୁଣରେ ମାଳତୀର ସମକକ୍ଷ ଝିଅଟିଏ ମଧୁପୁର ତ ମଧୁପୁର, ଦଶଖଣ୍ଡ ଗାଁରେ ହେଲେ ଗୋଟିଏ ଖୋଜି ପାଇବ ନାହିଁ। ଲୋକେ କହନ୍ତି, ଗୋବର ଗଡ଼ିଆରେ ପଦ୍ମଫୁଲ ଫୁଟିଛି। ମାଳତୀ ଗାଁ ଝିଅଙ୍କ ପରି ଆଉ ଆଉ ସମବୟସୀ ଝିଅଙ୍କ

ସାଙ୍ଗରେ ହେଁ ହେଁ-ଫେଁ ଫେଁ ହେବାର କେହି ଦେଖି ନାହାଁ। କବାଟଟି କିଳିଦେଇ ଘରେ ଆପଣା ପାଇଟିରେ ଲାଗିଥାଏ। ପାଣି ଆଣିବା ପାଇଁ ପୋଖରୀକୁ ଯାହା ବାହାରେ। ମୁଣ୍ଡରେ ସାନ ଓଢ଼ଣାଟି ଟାଣି ଦେଇ,

୧ ପତ୍ରିକାପାଠ - ବିପତ୍ନୀକ

୨ ବାକ୍ୟଟି ପତ୍ରିକା ପ୍ରକାଶନରେ ଅନୁପଲଭ୍ୟ

୩ ପତ୍ରିକାପାଠ - ସମକକ୍ଷ

ମାଠିଆଟି କାଖେଇ ଗାଁ ଗୋହିରୀ ଏକପାଖିଆ ଧିରେ ଧିରେ ଚାଲିଯାଏ। ଗାଁର ପାଞ୍ଚ ମାଇପେ କହନ୍ତି, ମାଳତୀର ଚାଲିଟି କେଡ଼େ ସୁନ୍ଦର। ପନ୍ଦର ବର୍ଷର ଅଭିଆଡ଼ୀ ଝିଅଟାକୁ ଘରେ ରଖିଛି!ଗାଁରେ ଜାତିରେ ମହାନ୍ତିଙ୍କୁ ବଡ଼ ଧିକାରିଲେଣି। ଆଉ ଏଣିକି ମହାନ୍ତିଏ ସମ୍ଭାଳି ହୋଇ ପାରୁନାହାନ୍ତି। ଝିଅଟି ଯେ ଆଜିଯାଏ ବିଭା ହୋଇଯାଇନାହିଁ, ସେଥିର କାରଣ, ଝିଅ ବିଭା ହୋଇଗଲେ ଭାତ ଦି'ଟା ଫୁଟାଫୁଟି କରି ଦେବ କିଏ?ଆଉ ଏପରି ଗୁଣବତୀଟିଏ ବା କାହୁଁ ପାଇବେ?ମହାନ୍ତିଏ ସଖାଳୁ ଉଠି ଦୁଇଜଣ ମାନିଆ ଚାଉଳ ମାଣର ଠିକ୍ କଣ୍ଠରେ ମାପି ଦେଇଯାନ୍ତି। ମାଳତୀ ଆପଣା ପେଟରୁ କାଟି ସେଥିରୁ ମୁଠିଏ ଚାଉଳରେ ବାପା ସଞ୍ଜବେଳେ ବିଲବାହୁଡ଼ା ଖାଇବ ବୋଲି ଗୋଟିଏ ସାନ ପୋଡ଼ାପିଠା, ନୋହିଲେ ପଖାଳ ମୁଠିଏ କରି ରଖିଦେଇଥାଏ। ମହାନ୍ତିଏ ଚାଉଳ ମାପି ଦେବାବେଳେ ଗୋଟିଏ ଖୁବ୍ ସାନ ଶାମୁକାରେ ଲୁଣ ମାପି ଦିଅନ୍ତି। ବାଡ଼ିର କଯାଁ ଗଛଟିରେ ବର୍ଷକ ତରକାରି ଚଳେ। କଯାଁ ପାଚିଲେ ମହାନ୍ତିଏ ନିଜେ ଗଛରୁ ପାରି, ଖୋଷା ଛଡ଼ାଇ, ପାରୁ କାଢ଼ି, ମାଠିଆ ପୂରାଇ କୋଲପଘରେ ରଖି ଦେଇଥା'ନ୍ତି।ସେଥିରୁ ବାପ ଝିଅଙ୍କ ପାଇଁ ଠିକ୍ ଦୁଇଫଡ଼ି କାଢ଼ି ଦିଅନ୍ତି।ମାଳତୀ ବଡ଼ ଦୟାବତୀ, ବାପକୁ ବଡ଼ ଭଲପାଏ। ଏକା ବାପା କ୍ୟାଁ, ସମସ୍ତଙ୍କୁ ଭଲପାଏ। ଗୋଟିଏ ବିରାଡ଼ି ପିଲା ପୋଷିଛି, ସେଇଟି ତାହାର ନିର୍ଜନ ଘରେ ସଙ୍ଗିନୀ –ସବୁବେଳେ ଲାଞ୍ଜ ଟେକି ମ୍ୟାଉଁ ମ୍ୟାଉଁ କହି ଗୋଡ଼ରେ ଘଷି ହେଉଥାଏ। ମାଳତୀ ସେଟାକୁ ଆପଣା କଂସାରେ ଖୁଆଏ, ପାଖରେ ଶୁଆଏ। ବାପା କଞ୍ଚା ଲଙ୍କାମରିଚ ଭଲପାଏ। ଯୋଡ଼ିଏ ଲଙ୍କାମରିଚ ଗଛ ମୂଳିଆ ପଠାଇ କୁଆଡୁ ଅଣାଇ ମଝି ଅଗଣାରେ ପୋତିଛି। ଖରାଦିନେ ଗାଁ ମଝି ପୋଖରୀରୁ ପାଣି ଆଣି ଗଛମୂଳରେ ଢାଳେ। ମାଳତୀ ଉପରଓଳି ପାଣିପାଇଁ ଯାଇ ପୋଖରୀକୂଳରୁ ମଦରଙ୍ଗା, ସୁନୁସୁନିଆହିଡ଼ିମିଚା, କଳମ୍ବ, ପିତାଶାଗ ଯେଉଁଦିନ ଯାହା ହାତରେ ପଡ଼େମୁଠାଏ ତୋଳି ଆଣେ, ଖାଲି ବାପା ପାଇଁ ସିଝାସିଝି କରି ରଖେ।

ମଫସଲ ଗାଁରେ ଯାହାକୁ ଥିଲାବାଲା ଲୋକ କହନ୍ତି, ମାଧ ମହାନ୍ତି ସେହି ଭଳିଆ ଜଣେ। ସରବରି ଦୁଇବାଟିଯାଏ ହାତଚାଷ, ଭାଗରେ ବି ବାଟିଏ ଖଣ୍ଡେ ଦେଇଛନ୍ତି।

ଛଅଟା ହଳ, ମାଇଗୋରୁ ବି ଚାରି ବୋଡ଼ି ସରିକି। ଗାଈ ଦୁହାଁଳ ହେଲେ ଦୁଧଯାକ ଗଉଡ଼ କାଟରେ ଘେନିଯାଏ।

ମହାନ୍ତିଙ୍କର ଖରଚ ବୋଇଲେ, ଧାନ ବିକି ଖଜଣା ଗଣ୍ଡାକ ଚଳାଇ ଦିଅନ୍ତି। ଆଉ ପଇସା କଉଡ଼ିର ଖରଚ ନାହିଁ।ବାଡ଼ିରେ ଖଣ୍ଡେ କପା କରିଛନ୍ତି, ବାପ ଝିଅଙ୍କର ଲୁଗାବାଡ଼ଟା ଚଳିଯାଏ। ବେଜାୟ ଖରଚ ମଧ୍ୟରେ ପିଲାଦିନରୁ ପିକାଟଣାଟା ଅଭ୍ୟାସ, ଛାଡ଼ିପାରୁ ନାହାନ୍ତି। ରୋଜିନା ଅଧସେର ଧାନରେ ଧୂଆଁପତ୍ର ଗୋପିଆ ଦୋକାନୀ ପାଖରୁ ଆସେ। ସବୁବେଳେ ପିକାଟା ମୁହଁରେ ଲାଗିଥାଏ। ଗୋଟାଏ ଲମ୍ବ ମୋଟା ନିଆଁ ବଡ଼ିଆ ପାଖରେ ପଡ଼ିଥାଏ। କୁଆଡ଼କୁ ଗଲେ ବଡ଼ିଆଟି କାଖେଇ ବାହାରନ୍ତି। ମାଳତୀଟା ଏବେ ବଳେଇଲାଣି। ଏଣିକି ବିଭା ନ ଦେଲେ ନୁହେଁ। ପାଞ୍ଚଜାଗାରୁ ଜବାବ ଆସିଲାଣି, ହେଲେ ଦର ପଟୁନାହିଁ! ତିନିଶ ଟଙ୍କାରୁ ଉପରକୁ କେହି ଯିବାକୁ ନାହିଁ। ମହାନ୍ତିଏ ବଡ଼ ସତ୍ୟବନ୍ତ ଲୋକ, ଏକା ରା ଧରିଛନ୍ତି, ସାତ ଶହରୁ ପଇସାଏ ବି ଊଣା ହେବନାହିଁ। ନ'ବର୍ଷର ବଡ଼ ଝିଅଟା ହେଲା ସାତଶହ, ପନ୍ଦର ବର୍ଷର ଝିଅ- ଦେଖ ତ, କେଡ଼େ ସୁନ୍ଦରୀ, କିମିତି ପାଇଟିକୁ ଯୋଗା। ଦେଖି ଚାହିଁ ବୁଝି ସମଜି କଥା କହିଲେ ସିନା ହେବ? ଯେଉଁମାନେ ବିଭା ପ୍ରସଙ୍ଗରେ ଆସନ୍ତି, ସେମାନଙ୍କୁ ଏହି ଏକା ଜବାବ।

ମହାନ୍ତିଏ ବୁଝିଲେଣି, ଏ ଦୋହଲି ତେହଲି ବେହି, ଖୁବ୍ ବୁଢ଼ା ବର ନ ହେଲେ ଦର ପଟିବ ନାହିଁ। କନ୍ୟାପାଇଁ ଏହିପରି ଯୋଗାବର ସକାଶେ ବାଟ ଚାହିଁ ବସିଛନ୍ତି।

ମଧୁପୁର ଗାଁଟା ଗୋପାଳଜୀଉଙ୍କର ଦେବୋତ୍ତର। ମଠଟି ଗାଁ ମଝିରେ। ଆଉଆଡ଼େ ବି ଜମିଜମା ଅଛି। ସେସବୁ ଜମିର ଖଜଣା, ଫାଉ ଫୌଚାତ, ଶିଷ୍ୟ ସେବକ ସବୁ ସବୁ ରକମରୁ ବର୍ଷକୁ ଦଶହଜାର ଟଙ୍କା ସରିକି ଆୟ। ଏଟା ନିଅଙ୍ଗୀ ମଠ, ଗୋଟାଏ ମହନ୍ତ ନାରାୟଣ ପାଇଲେ ତାଙ୍କ ଚେଲା ଗାଦିରେ ବସନ୍ତି।

ମହନ୍ତ ରଘୁବର ଦାସ ନାରାୟଣ ପାଇବାରୁ ତାଙ୍କ ଚେଲା ଲଛମନ ଦାସେ ବର୍ତ୍ତମାନ ଗାଦିର ମାଲିକ। ନୂଆ ମହନ୍ତ ଖୁବ୍ ଦାତା, ଦୟାଳୁ। ଆଗ ମହନ୍ତଙ୍କର ସବୁ ଭଲ ଗୁଣ ଅଛି। ଚରିତ୍ରଟି ବି ଖୁବ୍ ଭଲ। ହେଲେ ଟୋକାଳିଆ ବୁଦ୍ଧିଟା ଛାଡ଼ି ନାହିଁ। ଆଗ ପୋଷା ପାରା ଗୋବରା ଚଢ଼େଇଗୁଡ଼ାକ ରହି ଯାଇଛନ୍ତି। ମହନ୍ତ ମଠରେ ଗୋଟାଏ ଆଖଡ଼ା ଜାରି କରିଛନ୍ତି। ସଞ୍ଜ ବାଜିଲା ତ, ଗାଁର ଯେତେ ଭେଣ୍ଡିଆ ପିଲା ରୁଣ୍ଡ। କୃଷ୍ଣଲୀଳା, ରାମଲୀଳା ଯାତ୍ରା ହୁଏ। ଆଖଡ଼ା ମଧ୍ୟରେ ବଛା ବଛା ଦଶଜଣ ଭେଣ୍ଡିଆ ଅଛନ୍ତି। ରାତି ଛଅ ସରିକି ମହାପ୍ରଭୁଙ୍କ ଠା' ଘଣ୍ଟା ବାଜେ, ଆଖଡ଼ା ଭାଙ୍ଗେ। ପ୍ରସାଦସେବା କରି ଯେ ଯାହା ଘରକୁ ଚାଲିଗଲା ବାଦ ମହନ୍ତ ସେହି ବଛା ସାଙ୍ଗୀ ଦଶଜଣଙ୍କୁ ଧରି ମଠପଛ ବଗିଚା ମଝିରେ ଥିବା

ପୋଖରୀ ଘାଟରେ ବସି ଅଧରାତି ଯାଏ ଓ୍ୱରିତାନନ୍ଦଂ ମୌଜ କରନ୍ତି, କୋଡ଼ିଏ ମୂଲକର ହାଲଚାଲ କଥା ପଡ଼େ।

ମହନ୍ତ ହେଉଛନ୍ତି ଗାଁର ଜଜ୍, ମେଜେଷ୍ଟର, ମହାଜନ ସବୁ। ଏ ଗାଁରୁ ଗୋଟାଏ ବୋଲି ମାଲିମାମଲା ସରକାରକୁ ଯାଏ ନାହିଁ।

ମହନ୍ତଙ୍କର ଗୋଟିଏ କୋଠଚାକର ଅଛି, ନାମ ବିନୋଦିଆ- ବୟସ ବାଇଶ କି ତେଇଶ। ଦେଖିବାକୁ ବେଶ୍ ଡଉଲଡାଉଲ। ବିନୋଦିଆ ମହନ୍ତଙ୍କର ଭାରି ବିଶ୍ୱାସୀ ଚାକର। ମହନ୍ତଙ୍କ ନିଜ କୋଠାଘର କଞ୍ଚି, ମନ୍ଦିର ସରଘର, ଗନ୍ତାଘର, କାରବାରୀ ଘର, ସବୁଘର କଞ୍ଚି ତା' ହାତରେ। ଗୋଟାଏ ସରୁ ଲୁହା ଶିକୁଳିରେ ଗୁନ୍ଥା ବେଜାଏ କଞ୍ଚି ସବୁବେଳେ ତା'ଅଣ୍ଟାରେ ଝୁଲୁଥାଏ! ସବୁ ବିଷୟରେ ମହନ୍ତଙ୍କର ବିନୋଦିଆ ଉପରେ ଷୋଳପଣି ବିଶ୍ୱାସ। ଯେପରି ମାଲିମାମଲା ହେଉ ବିନୋଦିଆକୁ ନ ଧରିଲେ କେହି ମହନ୍ତଙ୍କଠାରୁ ବେଗି ବେଗି କାମ ହାସଲ କରିପାରେ ନାହିଁ। ଶ୍ରୀଜୀଉଙ୍କ ଅଳଙ୍କାର, ନଗଦାତ ଟଙ୍କା, ଟିପ ତମସୁକ ମହନ୍ତଙ୍କ ନିଜ ତହବିଲ, ସବୁ ସବୁରକମରେ ବିନୋଦିଆ ଜିମାରେ ଲକ୍ଷାବଧି ଟଙ୍କା। ନେଇ ବସିଲେ ମାଲିମାମଲାରୁ ବି ଢେର୍ଢେର୍ ଟଙ୍କା ପାଆନ୍ତା। ମାତ୍ର ତାହାର ଦରମା ମାସକୁ ଯୋଡ଼ାଏ ଟଙ୍କା ଛାଡ଼ି ଆଉ ଯୋଡ଼ାଏ ପଇସାରେ ବି ହାତ ଦିଏ ନାହିଁ। ଏଣେ ମହନ୍ତଙ୍କର ଯେପରି ଅକାରଣ ପଇସାଏ ନଷ୍ଟ ନ ହେବ ଖୁବ୍ ଜଗିଥାଏ। ପ୍ରଜା ଖାତକ ଉପରେ ହକ ପାଉଣା ପଇସାଏ ଛାଡ଼ିବ ନାହିଁ, ମହନ୍ତ ହୁକୁମ କଲେ ବି, ନା। ବିନୋଦିଆ ଘର ହାଟଗାଁ, ମନ୍ଦିରଠାରୁ ଚାରିକୋଶ ଦୂର। ସେ ଗାଁଟା ବି ମହନ୍ତଙ୍କର ଦେବୋତ୍ତର ବାହେଲ। ମା' ବାଧିକା ପଡ଼ିଛି ଶୁଣି ବିନୋଦିଆ ମହନ୍ତ ମହାରାଜଙ୍କଠାରୁ ଚାରିଦିନର ଛୁଟି ନେଇ ଘରକୁ ଯାଇଥିଲା। ଆଜି ସଖାଳୁ ଘରୁ ଆସି ତୁନିଟି ହୋଇ ବସିଛି, କାମ ପାଇଟିରେ ମନ ଦେଉନାହିଁ। ମହନ୍ତ ପଚାରିଲେ, "କି ରେ ବିନୋଦିଆ, ଇମିତି ହୁଙ୍କାଟା ପରି ବସିଛୁ କାଁ୍ୟା?ଯା ଯା, ତୋଟାଳିଆ ସବୁ ଆସି କାମରେ ଲାଗିଗଲେଣି କି ନା, ଦେଖେ ଯା।"

ବିନୋଦିଆ ମହନ୍ତଙ୍କ ଗୋଡ ଯୋଡ଼ିକ କୁଣ୍ଢେଇ ଧରି ଭୋ ଭୋ କରି ରଡ଼ି ଛାଡ଼ିଲା, କଥା କହିପାରୁନାହିଁ।

ମହନ୍ତ- ଆରେ କଥା କ'ଣ କହ, ଇମିତିକାଟା କାନ୍ଦୁଛୁ କାଁ୍ୟା?

ବିନୋଦିଆ- ଆଜ୍ଞା ! ମୁଁ ଆଉ ଚାକିରି କରିବି ନାହିଁ। ଆମ ଗାଁର ଢେର୍ ଭେଣ୍ଡିଆ ରେଲବାଇରେ କାମ କରି ଢେର୍ଢେର୍ ଟଙ୍କା ଆଣୁଛନ୍ତି। ମା କହିଲା,

୧ ଗଞ୍ଜେଇ ଇତିଭାଷା।

ମୁଁ ସେହିପରି କାମ କରି ଟଙ୍କା ଆଣି ବାହାହେବି। ମା କହିଲା,ସେ ବାଧିକା ପଡ଼ିଲାଣି, ମରିଯିବ- ବୋହୂ ଦେଖିବ।

ମହନ୍ତ-ହୋଃ ହୋଃ ହୋଃ- ଏଇ କଥା! ଆଚ୍ଛା ମୁଁ ବାହା କରେଇଦେବି। ଖୁବ୍ ଭଲ କନ୍ୟାଟିଏ ବାହା କରେଇ ଦେଲେ ତ ହେଲା?

ବିନୋଦିଆ -ଆମ ଜାତିରେ କନ୍ୟାସୁନା ଢେର୍ ଟଙ୍କା ପଡ଼େ, ମୁଁ ଟଙ୍କା କାହୁଁ ଆଣିବି?

ମହନ୍ତ- ଆରେ ବାୟା! ତୁ ତ ବାହା ହେବୁ ଗଲା, ଟଙ୍କାରେ କ'ଣ ଅଛି?ଆଚ୍ଛା ଯେତେ ଟଙ୍କା ଲାଗିବ, ମୁଁ ଦେବି।

ବିନୋଦିଆ ଭାରି ଖୁସିଟାଏ ହୋଇ ଆପଣା କାମରେ ଲାଗିଗଲା।

ପଦୀ ଭଣ୍ଡାରୁଣୀ ବିଧବା- ଘରକୁ ଏକୁଟିଆ। ଗୋଟିଏ ବୋଲି ଝିଅ ଥିଲା, ପାଞ୍ଚ ବର୍ଷହେଲା ବିଭାହୋଇଯାଇ ଶାଶୁଘରେ ଅଛି। ଗାଁ ମଝିରେ ଘର। ହେଲେ ତା'ର ବଡ଼ ଛାତି, ଘରେ ଏକୁଟିଆ ଥାଏ, କାହାରିକୁ ଡରେ ନାହିଁ। ଗାଁ ଗୋଟାକ ଖଟେ। ମାଇକିନିଆମାନଙ୍କ ନଖ କାଟେ, ଗୋଡ଼ରେ ଅଳତା ଦିଏ। ପଦୀର ବୁଦ୍ଧି ଖୁବ୍ ଟାଣ, ପୁଣି ପାଞ୍ଚ ମାଇକିନିଆଙ୍କ ସାଙ୍ଗରେ ସବୁବେଳେ ରଜଘଷ ହେବାରୁ ସେ ଭାରି ଝିଟ ହୋଇଯାଇଛି। ସାକୁଲାସାକୁଲି କରି ଗାଁ ଗୋଟାକ ମାଇକିନିଆଙ୍କୁ ପଟେଇରଖିଛି। ତାକୁ ସମସ୍ତେ ଭଲପା'ନ୍ତି।ଆଉ କଥା ଯାହାହେଉ, ତା'ର ମନ୍ଦ ଆଚରଣ ବୋଲି କେହି କେବେ ପଦେ ବୋଲି କହିନାହିଁ।

ଆଜି କେତେଦିନ ହେଲା ସଞ୍ଜ ସକାଳ ସବୁବେଳେ ମଠକୁ ଯା-ଆସ କରୁଥିବାର ଦେଖାଯାଉଛି। ମାଧ ମହାନ୍ତିଏ ଘରେ ନଥିବାବେଳେ ପଦୀ ତାଙ୍କ ଘରକୁ ପଶିଯାଏ। ମହାନ୍ତିଙ୍କ ଘର ଭିତରେ କେହି ଯେମନ୍ତ ତାକୁ ଚାହିଁ ବସିଥାଏ, କବାଟରେ ହାତ ମାରିବାକ୍ଷଣି ଉଦୁଆଁ ହୋଇଯାଏ।

ପଦୀ ମାଳତୀକୁ କୁଣ୍ଢେଇ ପକାଇ "ମା ରେ -ସୁନା ରେ-ଚାନ୍ଦମଣି ରେ - ମୋ ଝିଅଖଣ୍ଡ ଶାଶୁଘରକୁ ଯିବା ଦିନରୁ ଅନ୍ଧୁଣୀ ହୋଇ ବସିଥିଲି ରେ- ଦାଣ୍ଡଘାଟରେ ତତେ ଦେଖି ନେତ୍ର ପବିତ୍ର କରୁଥିଲି ରେ। ଗାଁରୁ ଶୁଣିଲି, ତୁ କୁଆଡ଼େ ବାହା ହୋଇଯାଉଛୁ, ତତେ ଥରେ ଦେଖିବାକୁ ଅଇଲି ରେ।" ମାଳତୀ ହାତରେ ମୁଠାଏ ଅନ୍ନ ମହାପ୍ରସାଦ ଗୁଞ୍ଜି ଦେଇ କହିଲା, "ଆଜି କତିରୁ ତୁ ମୋ ଝିଅ, ମୁଁ ତୋ ମା।"

ମାଳତୀ ଆଦର କଥା, ସ୍ନେହ କଥା, କଅଁଳ କଥା ପଦେ ହେଲେ କେବେ ଶୁଣିନାହିଁ। ଏତେ ସ୍ନେହ କଥା ଶୁଣି ସମ୍ଭାଳି ହୋଇପାରୁନାହିଁ। ପଦୀକୁ କୁଣ୍ଢେଇ ପକାଇ ଭୋ ଭୋ ରଡ଼ି ଛାଡ଼ିଛି। ଘଡ଼ିକ ବାଦେ ଧକେଇ ଧକେଇ କହିଲା, "ମା, ମୁଁ ଆଉ କିଛି ମାଗୁନାହିଁ, ତୁ ବେଳେବେଳେ ମୋ' ପାଖକୁ ଆସୁଥିବୁ, ପଦେ ପଦେ କଥା କହି ଯାଉଥିବୁ। ବାପା କେବେହେଲେ ମତେ ପଦେ ଭଲ କଥା କହେ ନାହିଁ, ଟିକକ କଥାରେ ତୁଚ୍ଛା ରାଗିଯାଇ, 'ଦୂର ଦୂରପୋଡାମୁହିଁବେଲାଏ ବେଲାଏ ଠୁଙ୍କୁଥିବୁ ବସିଥିବୁ' ଏମିତି ଗାଳିଦିଏ। କାଲି ଢେର୍ ଗାଳିଦେଲା।ଧୂଆଁପତ୍ର କିଣିବା ଲାଗି ଧାନ କାଢ଼ିଦେଲା ନାହିଁ।ଖଳାରେ ଯେ

ଅଗାଡ଼ି ଜମା ହୋଇଛି, ତାକୁ ପାଛୁଡ଼ି ଧାନ କାଢ଼ି ଧୁଆଁପତ୍ର ଦୋକାନରୁ ଆଣିବାକୁ କହିଯାଇଥିଲା। ଅଗାଡ଼ି ତିନି ଥର ପାଛୁଡ଼ିଲିଣି।କାଲି ଢେର୍ ପାଛୁଡ଼ିଲି, ମୁଠାଏ ବି ଧାନ ବାହାରିଲା ନାହିଁ। ବାପା ଆସି ଢେର୍ ଗାଳିଦେଲା। ଏଇ କଥା କହି ସାରି ମାଳତୀ ଧକେଇ ଧକେଇ ଢେର୍ କାନ୍ଦିଲା।

ପଦୀ ମୁହଁ ପୋଛିଦେଇ କହିଲା, "ନା ମା,ଆଉ କାନ୍ଦନା, ଗୋପାଳଜୀ ମହାପ୍ରଭୁ ତତେ ରାଣୀ କରିବେ। ମୁଁ ରୋଜ ସଞ୍ଜବେଳେ ତୋ' କଥା ପ୍ରଭୁଙ୍କୁ ଜଣାଉଛି। ତୁ ଦେଖୁନାହୁଁ, ମୁଁ ଏବେ ମଠକୁ ଏତେ ଯା-ଆସ କରୁଛି କ୍ୟାଁ?ତୁଛା ତୋ' ଲାଗି।"

ମାଳତୀର ବିଭା ଲାଗି ମହାନ୍ତିଏ ଏବେ ଅଥୟ ହେଲେଣି। ଏଡ଼େ ଝିଅଟାକୁ ଘରେ ରଖିଛି, ସମସ୍ତେ ଛି ଛାକର କରୁଛନ୍ତି। ଢେର୍ ଜାଗାରୁ ଜବାବ ଆସିଲାଣି। ହେଲେ ଦର ପଟୁନାହିଁ। ମହାନ୍ତିଏ ମନରେ ବିଚାର କଲେ, ପନ୍ଦର ବର୍ଷର ଝିଅଟା ତ ଅତି ନିକୁଛ ପାଞ୍ଚ ଛ'ଶହ ଟଙ୍କା ଖାଇଗଲାଣି, ତିନିଶହ ଟଙ୍କାରେ ଦେଲେ ଲାଭ ଥାଉମୂଳକୁରୋକ୍ଠୋକ୍ ଦି' ତିନିଶହ ଟଙ୍କା ଲୋକସାନ! ମନରେ ସ୍ଥିର କଲେ, ସାତଶହ ଟଙ୍କାରୁ ଊଣା କନ୍ୟାସୁନା ହେଲେ ଝିଅକୁ ଛାଡ଼ିବେ ନାହିଁ, ଝିଅ ପଛକେ ଦରବୁଢ଼ୀ ହୋଇ ଘରେ ବସିଥାଉ। ଘର କାମପାଇଟିପାଇଁ ଆଉ ଗୋଟାଏ ଆସିଲେ ଖାଆନ୍ତା, ନୋହିଲେ ଏଇଟା ଖାଇଲା। ଲୋକେ ନିନ୍ଦା କରୁଛନ୍ତି, କରନ୍ତୁ, ଲୋକ କଥାରେ କ'ଣ ଅଛି?ସେଥିଲାଗି କ'ଣ ଏତେ ଟଙ୍କା ଲୋକସାନ ସହିବି?'

ମହାନ୍ତିଙ୍କର ଏବେ ଦିନରାତି ଚିନ୍ତା କେବେ ସାତଶହ ଟଙ୍କା ଘରେ ପଶିବ! ଦିନେ ତାଙ୍କ ମନ ଡାକିଲା, ମାଳତୀ ମୁହଁଟା ଟିକିଏ ଅଧିକ ସୁନ୍ଦର ଦିଶିଲେ କନ୍ୟାସୁନା ବାଢ଼ ବଢ଼ିବ ପରା!ପାଟିକରି ଡାକିଲେ, "ଆଲୋ ମାଳତୀ! ଶୁଣ ଶୁଣ, ଏହି ନେ ମାଣେ ଧାନ, ଗୋପୀ ସାଉ ଦୋକାନରୁ ହଳଦୀ ତେଲ କିଣିଆଣ। ହଳଦୀ ବାଟି ରଖିଥିବୁ, ଅଳ୍ପ ବୁନ୍ଦାଏ ତେଲ ମିଶାଇ ଦେବୁ, ଦାଣ୍ଡକୁ

୧ ପତ୍ରିକାପାଠ - ଦେବି

ବାହାରିଲାବେଳେ ସେହି ହଳଦୀ ଟିକିଏ ମୁହଁରେ ମାରିଦେଇ ବାହାରିବୁ। କେହି ବାହା ବାତିନିଆ ଆସିଲେ ମୁହଁରେ ଟିକିଏ ବେଶି କରି ହଳଦୀ ବୋଳିହେବୁ। ବୁଝି ଖବରଦାର ! ଆଲଟି ସାଇତି ଖରଚ କରିବୁ, ଏଇ ହଳଦୀ ତେଲ ଯେମନ୍ତ ପୂରା ମାସେ ଯାଏ।"

ମାଳତୀ ମୁଣ୍ଡ ପୋତି ଦେଇ ବାପା କଥା ସବୁ ଶୁଣିଲା- କ'ଣ ତା' ମନକୁ ଆସିଲା, ଘର ଭିତରେ ଅନ୍ଧାର କୋଣିଆ ବସି "ମା! ମା!"କହି ଢେର୍ ବେଳଯାଏ କାନ୍ଦିଲା। ମାଳତୀ ଢେର୍ଥର ଏହିପରି ବସି କାନ୍ଦେ, ଆପେ ତୁନି ହୁଏ।

ସଖାଳ ଓଳି ଦିନ ଘଡ଼ିକ ବେଳେ ମହାନ୍ତିଏ ଆଗ ଦାଣ୍ଡପିଣ୍ଡାରେ ବସି ପିକା ବଳୁଛନ୍ତି, ବିଲ କାମ ଦେଖିବାକୁ ବାହାରିବେ। ଟିକିଏ ଆଡ଼େଇ ଅନାଇଦେଲେ, ଯୋଡ଼ିଏ ବାଟୋଇ ବୁଢ଼ା ବେଢ଼ା ଉପରକୁ ଉଠୁଛନ୍ତି। ବାଟୋଇମାନେ ଧୋବଧାବଳିଆ ଭଲଲୋକ ପରି ଦିଶିଲେ। ମହାନ୍ତିଏ ମନରେ କଲେ, କେଜାଣି ଧୂଆଁପତ୍ର ମାଗିବେ ପରା।ପାଖରେ ଟିକିଏ ଧୂଆଁପତ୍ର ପଡ଼ିଥିଲା, ଚଞ୍ଚଳ ଅଣ୍ଟାରେ ଖୋସିଦେଲେ।

ଆଗ ବାଟୋଇ- ଆହେ! ଏଇଟା କ'ଣ ମାଧ ମହାନ୍ତିଙ୍କ ଘର?

ମହାନ୍ତିଏ- କ୍ୟାଁ?କ'ଣ ବୋଲି ଯାଆନ୍ତୁ।

ବାଟୋଇ- ଆମ୍ଭେମାନେ ମଙ୍ଗଳକୃତ୍ୟ ପ୍ରସଙ୍ଗରେ ଆସିଛୁଁ- ଆପଣ କ'ଣ ମାଧ ମହାନ୍ତିଏ?

ମହାନ୍ତି- ଆସିବାହେଉ, ବସିବା ହେଉ। ଚଞ୍ଚଳ ଘର ଭିତରୁ ଆଣି ଦୁଇଖଣ୍ଡ ପଲାଣ ତାଟ ପାରିଦେଲେ। ବାଟୋଇମାନେ ବସିବାରୁ ମହାନ୍ତିଏ ଏକାବେଳକେ କଥା ଆରମ୍ଭ କରିଦେଲେ। ବୁଝିବାହେଲେ-ଢେର୍ଢେର୍ ଆଡୁ ଢେର୍ଢେର୍ ଲୋକ ଅଇଲେ- ଗଲେ, କଥା ପଟିଲା ନାହିଁ। ବୁଝିବା ହେଲେ- ଏଁ -ବୁଝିବା ହେଲେ- ନାହିଁନାହିଁ, ଆଗେ କନ୍ୟାଟି ଦେଖନ୍ତୁ, ମନ ମାନେ, ପଛକେ ଦେବାନେବା କଥା। ଆଲୋ ମାଳତୀ! ଏହି ଭଲଲୋକେ ଆସିଛନ୍ତି, ଅଗଣାରେ ଛିଡ଼ା ହୋଇଯା ତ। ଆଲୋ, ମୁଁ ଯାହା କହିଛି- ଏଁ, ବୁଝିଲୁଟି କି?

ଭଲଲୋକ- ନାହିଁ ନାହିଁ ମହାନ୍ତିଏ, ଦେଖିବା ଲୋଡ଼ା ନାହିଁ- ତୁମ କନ୍ୟାର ରୂପ ଗୁଣ କଥା ଭଲ ଜଣାଅଛି। ସେଇଥିଲାଗି କୁଆଡ଼େ ନ ଯାଇ ସଳଖେ ସଳଖେ ତୁମ ଦୁଆରକୁ ଅଇଲୁଁ ପରା!

ମହାନ୍ତିଏ- ତେବେ ଗୁଡ଼ାଏ ବକର ବକର ହେଲେ କ'ଣ ହେବ, ଆମର ତ ସାଫ ଏକା କଥା। ଗୋଟିଏ ରା- ବୁଝନ୍ତୁକନ୍ୟାସୁନା ଠିକ୍ ସାତଶହ ଟଙ୍କା। ପଇସାଏଅଧଲାଏଛଦାମ ବି ଊଣା ନୁହେଁ।

ଭଲଲୋକେ- ଅନ୍ୟାୟଟା କ'ଣ କହିଲେ?କନ୍ୟା ରୂପଗୁଣକୁ ଠିକ୍ ଦରଦାମ ହୋଇଛି। ଆମ ଜମିଦାର ବି କହିଥିଲେ, ଆପଣ ବିଚାର କରି ଯାହା କହିବେ, ସେଥିରୁ ସେ ବାହାର ହେବେ ନାହିଁ।

ମାଧ ମହାନ୍ତି- ଏଁ- ଏଁ ବର କ'ଣ ଜମିଦାର?କେଉଁଠି ତାଙ୍କ ଜମିଦାରୀ?

ଭଲଲୋକେ- ବରଙ୍କ ନାମ ଶ୍ରୀ ଶ୍ରୀ ବିନୋଦବିହାରୀ ଗନ୍ତାଘରରାୟ। ତାଙ୍କ ଘର ମିଛପୁର, ଜମିଦାରୀ ତାଲୁକେ ଆକାଶପୁର।

ମାଧ ମହାନ୍ତି- ଦଣ୍ଡେଯାଏଁ ଗୁମ୍‌ମାରି ବସି ବିଚାର କଲେ- ହାୟ ହାୟ! ଏ ବରଟା ବଡ଼ଲୋକ, ହଜାରେ ଟଙ୍କା ଧରିଥିଲେ ଦେଇ ପକାଇଥା'ନ୍ତା। କାହିଁକି ହଜାରେ ଡାକିଦେଲି ନାହିଁ?ପ୍ରକାଶ୍ୟରେ କହିଲେ- ଆମ ଜାତିଆଣ ବେଭାରଟା ତ ଜାଣନ୍ତି,

ବିଭାଲଗୁଡି ଉଣା ପୂରା ତିନିଶ ଟଙ୍କା। ଆପଣ ତ ବିବେକୀ ଲୋକ, ଜାଣନ୍ତି। ଏଇଟା ବର ପିଠିରୁ ଦେବାକୁ ପଡ଼େ।

"ଅବଶ୍ୟ ଅବଶ୍ୟ, ଏ କଥାଟା କ'ଣ କହିବାକୁ ହେବ?ସେଇଟା ତ ବର ପିଠିରୁ ଦେଣ।"

ମାଧ ମହାନ୍ତି- କଥା ଛିଡ଼େଇ ରଖିବା ଭଲ। ଏହି ଦେଖନ୍ତୁ, କନ୍ୟାସୁନା ଆଉ ବିଭା-ଲଗୁଡି ଦୁଇ ପଦକୁ ହେଲା ହଜାରେ- ବର ଯିମିତି ପହଞ୍ଚିବେ, ଆଗେ ଟଙ୍କା ଗଣିଦେବେ, ପଛନ୍ତେ ବାଟବରଣ ହେବ।କଥାଟା ଭଲ କରି ମନରେ ରଖିଥିବେ।

ଭଲଲୋକ- ଏଇଟା ତ ମାମଲତ କଥା, ସଂସାରବିଧି, ଆପଣଙ୍କୁ କହିବାକୁ ହେବ ନାହିଁ। ଦଶ ଜାଗାରେ ଏହିପରି ହେଉଛି, ଆଜି କ'ଣ ନୂଆ ଗୋଟାଏ କଥା ହେବ?

ମାଧ ମହାନ୍ତି- ଠିକ୍ ଠିକ୍, ଆପଣ ବିବେକୀ ଲୋକ, ମାମଲତକାର, ଆପଣଙ୍କୁ ବଳି ମାମଲତକାର ଆଉ କିଏ ଅଛି?ଆଉ ଗୋଟିଏ କଥା- ବିଭାଘର ଆୟୋଜନ କରିବାକୁ ହେବ, ଗୋଟା କୋଡ଼ିଏ ଟଙ୍କା ଚଞ୍ଚଳ ଲୋଡ଼ା। ଏଁ- ଏଁ- ଆପଣଙ୍କୁ କ'ଣ କହିବି- ଏଁ- ଏଁ।

ମହାନ୍ତିଙ୍କ ମୁହଁକଥା ମୁହଁରେ ଅଛି, ଭଲଲୋକ ଅଣ୍ଟାରୁ କାଢ଼ି ଅଗଣା ଅପୋଛା ମୁଠାଏ ଟଙ୍କା ଝଣ କରି ମହାନ୍ତିଙ୍କ ଆଗକୁ ଫୋପାଡ଼ି ଦେଲେ। ଏଁ- ଏଁ କହି ମହାନ୍ତିଏ ଚଞ୍ଚଳ ଦୁଇ ହାତରେ ଟଙ୍କାଗୁଡ଼ାକ ଗୋଟେଇ ପକାଇଲେ, ଲୁଗା ଭିତରେ ଏକ ଦୁଇ କରି ଗଣିଗଲେ କୋଡ଼ିଏ ପାଞ୍ଚ। ଆନନ୍ଦଟା ମନରେ ସମ୍ଭାଳି ହେଉନାହିଁ। ମନରେ କଲେଏତେ ଦିନେ କପାଳ ଫିଟିଲା। ଏଣୁତେଣୁ ପାଞ୍ଚ କଥା ଉତ୍ତାରେ ଏକାବେଳକେ ବିଭାଘର ଦିନ ସ୍ଥିର ହୋଇଗଲା। ଆସନ୍ତା ମକର ସତରଦିନ, ଶୁକ୍ରବାର, ଶୁକ୍ଳ ସପ୍ତମୀ।

ଭଲଲୋକ ଅନାଇ ଦେଖିଲେ, କବାଟ ତଳ ଫାଙ୍କ ଭିତରକୁ ଯୋଡ଼ିଏ ପାଦ ସ୍ଥିର ହୋଇ ରହିଛି। ପାଦ ଯୋଡ଼ିକର ଉପର ପାପୁଲି ଏବଂ ଚମ୍ପାକଢ଼ି ପରି ଗୌରବର୍ଣ୍ଣ ଦଶଟି ଆଙ୍ଗୁଳି ଦିଶୁଛି।

ଭଲଲୋକ ଟିକିଏ ବଡ଼ ପାଟିକରି କହିଲେ- ବୁଝିବା ହେଲେ ମହାନ୍ତିଏ, ଆମେ ତ କନ୍ୟା ରୂପ-ଗୁଣ କଥା ସବୁ ବୁଝିଗଲୁଁ, ଗାଁରେ ଯାଇ କହିବୁଁ। ଆପଣ ତ ବରଙ୍କ କଥା କିଛି ଶୁଣିଲେ ନାହିଁ?ଆମର କହିଦେବା ଉଚିତ ହେଉଛି। ବରଙ୍କର ପ୍ରଥମ ଦୁଇ ବିଭା ସ୍ତିରୀ ମରିଛନ୍ତି, ଏଇଟା ହେବ ତେହଲି ବିଭା। ବରଙ୍କ ବୟସ ଏହି ମାଘରେ ମଞ୍ଚକଠି ପଶିବ।

ଭଲଲୋକ କବାଟ ପଛରୁ ଫଁ-କରି ଗୋଟିଏ ନିଶ୍ୱାସ ଶବ୍ଦ ଶୁଣିଲେ- ପାଦଯୋଡ଼ିକ ଆଉ ଦିଶିଲା ନାହିଁ।

ମାଧ ମହାନ୍ତିଏ କହିଲେ- "ଏତେ କଥା କିଏ ପଚାରୁଛି ହେ?ପୁରୁଷ ପୁଅର ବୟସ କ'ଣ ଧରୋଟ ଭିତରେ?ଅଶୀ ବର୍ଷର ପୁରୁଷ ବି ବିଭା ହୋଇ ପାରେ। ମୂଳ କଥାଟା ବୋଲନ୍ତୁ- ମୁଁ ଏବେ ଆପଣଙ୍କ କଥାରେ ଖାତରଜମା ହୋଇ ରହିଲିଟି?

ମଧ୍ୟସ୍ଥ- ମହାନ୍ତିଏ, ଆପଣ ଏଡ଼େ ମାମଲତକାର ବୁଦ୍ଧିମନ୍ତ ଲୋକ ହୋଇ କେମନ୍ତ ଗୋଟାଏ ଅଖାଡୁଆ କଥା ବୋଲି ବସିଲେଟି!ଆମ ଜମିଦାର ଘରେ କ'ଣ ଜାଗା ନ ଥିଲା ଯେ, ତୁମ ଆଗରେ ଟଙ୍କାଗୁଡ଼ାଏ ଓଜାଡ଼ି ଦେଇଗଲୁଁ?

ମହାନ୍ତିଏ ଟିକିଏ ସଟପଟି ଯାଇ କହିଲେ, "ନାହିଁ ନାହିଁ, ମୁଁ କହୁଥିଲି କ'ଣ କି, ବିଭାଦିନ ଟିକିଏ ଚଞ୍ଚଳ ବରଙ୍କୁ ଅନୁକୂଳ କରାଇଦେବେ, ଯେମନ୍ତ, ଠିକ୍ ଲଗ୍ନ ବେଳେ ହାତଗଣ୍ଠି ପଡ଼ିବ।"

ଭଲଲୋକ ଦୁହେଁ ଭାରି ଭକ୍ତିରେ ଯୋଡ଼ାଏ ଦଣ୍ଡବତ କରି ଚାଲିଗଲେ।

ଆଜି ମାଳତୀର ଆଦର ଦେଖେ କିଏ! ତୁଚ୍ଛାଟାରେ ହେଲେ 'ଆରେ ମା, ଯାରେ ମା', କହି ମହାନ୍ତିଏ ଦଶଥର ଝିଅକୁ ଆଦର କରି ଡାକୁଛନ୍ତି। ମହାନ୍ତିଙ୍କର ଷୋଳପଣି ବିଶ୍ୱାସ, ପୂରା ହଜାରେ ଟଙ୍କା ତାଙ୍କ ଘରେ ପଶିବ। ମହାନ୍ତିଏ ଯେତେ ଆଦର କରି ଡାକୁଛନ୍ତି, ମାଳତୀ ମନରେ ତେତେ କୋହ ଉଠୁଛି। ମହାନ୍ତିଏ ଖୁବ୍ ମନଫୁଲଣାରେ ଖଣ୍ଡେ ସାନ ଅଖା, ଡାମ୍ଫଣ ଛଣିସୂତା ଘେନି ବିଲକୁ ବାହାରିଲେ। ହିଡ଼ ଉପରେ ବସି ମୂଲିଆମାନଙ୍କ କାମ ତନଖି କରିବେ, ଆଉ ଟଙ୍କାରଖା ମୁଣିଟିଏ ସିଇଁବେ।

ଆଜି ମାଳତୀର ଆଉ ଘରପାଇଟିରେ ମନନାହିଁ। ଦାଣ୍ଡଦୁଆର କିଳିଦେଇ କବାଟମୂଳରେ ତୁନିହୋଇ ବସି କାନ୍ଦୁଛି। କବାଟ ବାହାରୁ ଠୁକ୍ ଠୁକ୍ ଶବ୍ଦ ହେଲା, ହାତ ବାରି କବାଟ ଫିଟାଇଦେଲା। ପଦୀ ଯିମିତି ଘର ଭିତରେ ପାଦ ଦେଇଛି, ମାଳତୀ ତା ଦୁଇଗୋଡ଼ ଧରି ଡକାପାରୁଛି, କାନ୍ଦି କାନ୍ଦି ଅଥୟ ହୋଇଗଲାଣି। ପଦୀ ତାକୁ ଯେତେ ତୁନି କରାଉଛି, ଶୁଣୁଛି କିଏ?

ହାମଦରଦୀ ଲୋକ ପାଖରେ କାନ୍ଦି ମନକଥା କହିଲେ ମନକଷ୍ଟ ଟିକିଏ ଊଣା ପଡ଼େ। ମାଳତୀ ଯିମିତି ଟିକିଏ ଧୈର୍ଯ୍ୟ ଧରିଛି, ପଦୀ କହିଲା, "ଆରେ ବାୟାଣୀ।କଥା ନ ବୁଝି କ୍ୟାଁ ଡକା ପାରୁଛୁ?ଆଜି ଭଲଲୋକ ଆସିବା- ଯେ ସବୁ କଥା ହେଲା, ମୁଁ ସବୁ ଜାଣେ। ସେ ସବୁ କଥା ଗୋଡ଼ରେ ଘଷିଦେବ, ସବୁ ମିଛ, ତୁଚ୍ଛା ମିଛ। ମୁଁ ଯାହା କହୁଛି, ଶୁଣି ଯା। ଆଜିକି ସାତଦିନ ହେଲାମୁଁ ଠାକୁରଙ୍କ ପାଖରେ ତୋଲାଗି ଅଧା ପଡ଼ିଥିଲି। ମହନ୍ତ ପୂଜା କରୁଥିଲେ, କାଲି ଅଧରାତିରେ ମହାପ୍ରଭୁଙ୍କ ପାଖରୁ ବର ମିଳିଲା। ମହାପ୍ରଭୁ ମହନ୍ତକୁ ସ୍ୱପ୍ନରେ କହିଲେ, 'ତୁ ମଠ ସରଘରିଆ ବିନୋଦକୁ ବିଭା ହେବୁ।' ପୃଥିବୀ ଟଳିଯିବ, ଠାକୁରଙ୍କ ହୁକୁମ ଅନ୍ୟଥା ହେବ ନାହିଁ। ତୁ ନିଶ୍ଚିନ୍ତରେ ଥା।"

"ଆଁ- ଆଁ" କହି ମାଳତୀ ପଦୀ ମୁହଁକୁ କଟାଶଟି ପରି ଅନାଇଛି, ତା' ମୁହଁରୁ କଥା ବାହାରୁନାହିଁ। ଶେଷରେ ଧୈର୍ଯ୍ୟଧରି କହିଲା, "ମା',ଜାଣିଥା- ସେ ବର ଆସିଲେ ମୁଁ ଦଉଡ଼ିଦେବି।"

"ମା!ଆଉ ଗୋଟାଏ କଥା, ମୋ' ଆତ୍ମାଟା କିମିତିକା ଘାଣ୍ଟି ହେଉଛି, ଥରେ ମାଧୀ ଅପାକୁ ଦେଖନ୍ତି।"

ପଦୀ- ତୋ ବାପାକୁ କହ;ସେ ଡାକିଆଣନ୍ତୁ।

ମାଲତୀ- ଡାକି ଆଣିବେ, ହଁ! ସେ ଓଷା ବରତ କରିବ ବୋଲି ଯୋଡ଼ାଏ ପଇସା ମାଗି ପଠାଇଥିଲା, ଯେ ମାଗି ଆସିଥିଲା ଦୂର୍ ଦୂର୍ କରି ବାପା ତାକୁ ତଡ଼ିଦେଲା। ଆଉ ଥରେ ବାପା ବାଧିକି ପଡ଼ିଥିଲାଅପା ଦେଖିବାକୁ କହିପଠାଇଲା। ବାପା କହିଲା, "ମୋର ଜର ଛାଡ଼ିଯାଉନାହିଁ, ସେ ଦେଖିବ କ'ଣ?ଆରେ ରେ, ଆସିବ ତଆଠ ଦଶ ଦିନଯାଏ ଘରୁ ବାହାରିବ ନାହିଁ, ବସି ବସି ତୁଚ୍ଛାଟାରେ ପେଟେ ପେଟେ ଠୁଙ୍କିବ।" ମା'! ମୋ ଅପାଟି ବଡ଼ ଦୁଃଖରେ ଅଛି। କୁଟୁମ୍ବଦାରିଆ ଘର, ଛୁଆପିଲା ପଲେ, ସବୁ ଛୁଆଙ୍କର ଗୁହକନା, ମୁତକନା କାଚିବ, ଘରର ସବୁ ସଂକୁଡ଼ି ବାସନ ମାଜିବ। ବାଧିକାରେ ଛ'ଦିନ ନ'ଦିନ ପଡ଼ିଥିଲେ ବି ତା' ମୁହଁରେ ଟୋପାଏ କେହି ପାଣି ଦେବାକୁ ନାହିଁ। ଆହା! ସେଇଟା କିମିତି ଶୁଖିଲାଟା ହୋଇଗଲାଣି, ଆଉ ବଞ୍ଚିବ ନାହିଁ। ମୁଁ ତାକୁ ଦେଖିପାରିବି ନାହିଁ।

ମାଲତୀ ଅପାପାଇଁ ଢେର୍ କାନ୍ଦିଲା। ପଦୀ ତାକୁ ତୁନି କରାଇ କହିଲା, "ଆଚ୍ଛା ଆଚ୍ଛା, ମାଧୀ ସାଙ୍ଗରେ ତୋର ଭେଟ କରାଇଦେବି।"

ମହାନ୍ତିଙ୍କ ବାହୁଡ଼ା ବେଳ ହେଲା ଜାଣି ପଦୀ ଚଞ୍ଚଳ ଚାଲିଗଲା।

ଦିନ ଦୁଇପହରିଆ, ଖିଆପିଆ ବେଳ ଟିକିଏ ଗଡ଼ି ଯାଇଛି, ପଦୀ ମହାନ୍ତିଙ୍କ ଦାଣ୍ଡଦୁଆର କବାଟରେ ଧଡ଼ ଧଡ଼ ଚାପୁଡ଼ା ମାରି ଡାକୁଛି - "ଏ ସାଆନ୍ତେ -ଏ ମହାନ୍ତି ସାଆନ୍ତେ, ଘରେ ଅଛନ୍ତି?ଏ ମାଧୀ ବାପା! ଘରେ ଅଛନ୍ତି?କବାଟ ଫିଟାନ୍ତୁ।"

ପଦୀ ରୋଜିନା ଉପରଓଳି ଆସି କବାଟରେ ଟିକିଏ ଠୁକ୍ ଠୁକ୍ ଟିପ ମାରିଦେଲେ ଧୀରେ ଧୀରେ କବାଟ ଉଦୁଆ ହୋଇଯାଏ। ଆଜି ଏତେ ପାଟି କରୁଛି, କବାଟ ଫିଟୁ ନାହିଁ।

ମାଧ ମହାନ୍ତିଏ ଏଇଲାଗେ ଭାତ ଚାରିଟା ସାରି ପଲାଣଶିଆଁ ଛଣି ତାଗପାଇଁ ବସି ବାଟିଆ କାଟୁଛନ୍ତି। ମହାନ୍ତିଏ ବଡ଼ ବୁଦ୍ଧିମନ୍ତ ଲୋକ - ତାଙ୍କର ମୂଲିଆପାନିଆ ଢେର୍, ହେଲେ ଆପେ ଆପେ ବାଟିଆ କାଟନ୍ତି। ମୂଲିଆ ହାତକୁ ଦେଲେ କାଳେ ମୋଞ୍ଚାଏ ଛଣି ଅଣ୍ଟିରେ ଗୁଞ୍ଜିଦେବ, ସେଥିଲାଗି କାହାରି ହାତକୁ ଦିଅନ୍ତି ନାହିଁ।

ପଦୀ ମହାନ୍ତିଙ୍କ ଗୋଡ଼ ପାଖରେ ଢପ୍‌କରି ମୁଣ୍ଡିଆଟା ମାରିଦେଇ ବସିପଡ଼ି କହିଲା, "ଏ ସାଆନ୍ତେ! ଗାଁଯାକ ଚହଳ ପଡ଼ିଛି, ସାନଝିଅ ମାଳତୀର ବାହାଘର- କାହିଁ ମତେ ଖବର ଦେଇ ନାହଁ?ଘରଲିପା, ଛୁଅଁଦିଆ, ଛୋଟଦିଆ ଗାଁଯାକ ସବୁ ମୁଁ କରେ। ହେଉ ହେଉ, କାଲି ସକାଳେ ଆସି କରି ଦେଇଯିବି।"

ମହାନ୍ତିଏ ସେହିପରି ବାଟିଆ କାଟୁ କାଟୁ କହିଲେ, "ନାହିଁ ନାହିଁ, କ'ଣ କେତେ ବା ଛୁଅଁଦିଆ, ଝିଅଟା ଆପେ କରି ପକାଇବ ଯେ! ତୋର ଆସିବ ଲୋଡ଼ା ନାହିଁ।"

ପଦୀ ସେ କଥା ଶୁଣି ନଶୁଣିଲା ପରି କଥା କହିଯାଉଛି - "ଏ ସାଆନ୍ତ! ଗାଁଯାକ ଲୋକ କହୁଛନ୍ତି, ଆପଣଙ୍କର ବଡ଼ କପାଳ, ଭଲ ମନମାଫିକେ ବନ୍ଧୁଟିଏ ପାଇଗଲେ। ଏଣେ ଜମିଦାରୀ - ଘରେ ଟଙ୍କା ସୁନା ଭରତି, ମରେଇକୁ ମରେଇ ଧାନ ବସିଛି, ଦଶ ବାଟି ଚାଷ। ଆପଣ ଉଛୁଣିକା କ'ଣ ପାଇବେ କି! ଜ୍ୱାଇଁଟି ଯେମନ୍ତ ଦେବା-ନେବାକୁ ଷଣ୍ଢ। ଆପଣ ଝିଅଟିକୁ ଶଙ୍ଖୁଳି ଗଲେ ବାଟଖରଚ କ'ଣ ବୋଲି କ'ଣ ଦିଶହ ପାଞ୍ଚଶହ ବାନ୍ଧି ନ ଆଣିବେ?"

ମହାନ୍ତିଏ ବାଟିଆଟା ଥୋଇଦେଇ ହସି ହସି ପଚାରିଲେ, "ସତ ନା ଲୋ ପଦୀ, ସତ ନା?"

ପଦୀ - ସବୁବେଳେ ଗାଁ ଲୋକେ ଦେଖିଆସି କହୁଛନ୍ତି ପରା!ବାହାଘର କଥା ସେଠି ଧୁମ୍ ପଡ଼ିଛି, କନ୍ୟାସୁନା ଟଙ୍କା ପରା ଗଣାପୋଛା ହୋଇ ଥୁଆଗଲାଣି। ଏଡ଼େ ଲୋକ ସାଙ୍ଗରେ ବନ୍ଧୁପଣ - ଆପଣଙ୍କର ନାମ ଚର୍ଚ୍ଚା ନାହିଁ!

ମହାନ୍ତିଏ- ଏ ପଦୀ! କାଲି ରାତିରୁ ତୁ ଲାଗିଯା- କାଲି ସକାଳେ ତୁ ଖାଇପିଇ ଆସି ଘର ଲିପାପୋଛା ଝୋଟିଦିଆ ସବୁ ନିବାଡ଼ି ଦେ।

ପଦୀ -ଏ ସାଆନ୍ତ! ତୁମ ବନ୍ଧୁବାନ୍ଧବ ଘରେ ନିମତା ଦେଇ ଆସିବି ନା?

ମହାନ୍ତିଏ-ନା -ନା -ନା -ନା, ସେ ପାଜିଙ୍କ ମୁହଁ ପୋଡ଼ିଦେ। ଯେ ଆସିବ, ଆଗେ କହି ବସିବ ଖାଇବାକୁ ଦେ, ପିଠା ଖଜା ଦେ। କ୍ୟାଁରେ ବାବୁ! ମୁଁ ଝିଅକୁ ଖୁଆଇ ପିଆଇ ବଢ଼ାଇଛି, ସେ କନ୍ୟାସୁନା ଯୋଡ଼ାଏ ଟଙ୍କା ମିଳିବ, ମୁଁ ନେବି, ତୁମକୁ ଖୁଆଇବି କ୍ୟାଁ?

ପଦୀ ମହାନ୍ତିଙ୍କ ଘରୁ ବାହାରି ଗାଁରେ ଯେତେ ବଳରାମଗୋତ୍ରୀ ଘର ଅଛି, ଦୁଆର ଦୁଆର ବୁଲିଲା।

ଗାଁଟା ଖୁବ୍ ବଡ଼, ଶ'କଡ଼ା ଘର, ସେଥିରୁ ଅଧାଅଧି ବଳରାମଗୋତ୍ରୀ। ମହାନ୍ତିଙ୍କ କହିଥିବା କଥା ପଦୀ ଜଣ ଜଣ କରି ତୁନି ତୁନି ସବୁ କହିଲା। ଆହୁରି ବି କିଛି ଲଗେଇଦେଇ କହିଲା - ମହାନ୍ତି କହିଛି, ଝିଅ ବାହାଘର ଦିନ ଜାତି ଲୋକ ଯେ ଦାଣ୍ଡ ଆଗ ଦେଇ ଚାଲିଯିବ, ସମସ୍ତଙ୍କ ପିଠିରେ ଯୋଡ଼ାଏ ପାଣ୍ଡୋଇ ବାଡ଼େଇବ। ମୂଲିଆ ଯୋଡ଼ାଏ ପାଣ୍ଡୋଇ ଧରି ବସିଥିବେ।

ଜାତିଭାଇ ସମସ୍ତେ ଶୁଣି ନିଆଁବାଣ ହୋଇଗଲେଣି। କଥାଟା ସତ କି ମିଛ, କେହି ବୁଝିବାକୁ ନାହିଁ। ବଡ଼ଝିଅ ମାଧୀର ବିଭାଘରବେଳେ ମାଧ ମହାନ୍ତି ଜାତିଭାଇଙ୍କୁ ଶଙ୍ଖୁଳି ନାହିଁ, ବଡ଼ ହେଟାଦର କରିଛି, ସେହି ରାଗଟା ସମସ୍ତଙ୍କ ମନରେ ଥିଲା। ସମସ୍ତେ କମ୍ପୁଛନ୍ତି। ମହାନ୍ତିଙ୍କୁ ହାବୁଡ଼ରେ ପାଇଲେ ରସାତଳକୁ ଦେବେ।

ପଦୀ ବାହାରିଗଲା ବାଦେ ମାଧ ମହାନ୍ତିଏ ଝିଅକୁ କହିଲେ, "ଆଲୋ ମାଳତୀ! କାଲି ଭଣ୍ଡାରୁଣୀ ଆସିଲେ ତା ହାତରେ ଘରଦ୍ୱାର ସବୁ ଭଲକରି ଲିପାପୋଛା କରାଇ ନେବୁ। ଅନା, ଏହି ଯେ କାନ୍ଥ ଝଡ଼ିପଡ଼ିଛି, ତା ହାତରେ କାଦୁଅ ଛଟାଇ ନେବୁ। ଶୁଣ, ଖବରଦାର! ସଖାଳୁ ତାକୁ ପାଇଟିରେ ଲଗାଇବୁ ନାହିଁ। ଗାଧୁଆବେଳ ହେଲା ତ ଗାଧୋଇ ପଡ଼ି କହିବ, ଦେଲୁ ଭାତ ଖାଇବାକୁ। ଏ ଗାଁ ଲୋକଗୁଡ଼ାକଙ୍କ କଥା ଦେଖିଲେ ବଡ଼ ଚଳ ମାଡ଼େ। ଟିକିଏ କିଛି କାମ କରିଦେଲେ ତ, କହିବସିବେ ଦେଲୁ ମାଣେ ଧାନ।

ଆଜିକାଲି ମହନ୍ତ ବାହାରକୁ ବାହାରନ୍ତି ନାହିଁ। ସାଙ୍ଗ ଲୋକଗୁଡ଼ିଙ୍କୁ ଘେନି ସବୁବେଳେ ତୋଟାରେ ବସିଥା'ନ୍ତି। ଯେଡ଼େ ଲୋକ ହେଉ,ଯେତେ କାମ ଥାଉ ତୋଟା ଭିତରକୁ ଯିବା ବାସନ୍ଦ। ଆଜିକାଲି ରାତିରେ ଆଖଡ଼ା ବି ବନ୍ଦ। କେବଳ ପଦୀ ଭଣ୍ଡାରୁଣୀ ସଞ୍ଜ ସକାଳ ସବୁବେଳେ ତୋଟା ଭିତରକୁ ଯାଏ।

ମାଧ ମହାନ୍ତିଏ ରୋଜିନା ପରି ସଖାଳୁ ଉଠି ପଦାଆଡ଼େ ଯାଇଥିଲେ, ଫେରି ଆସି ଦେଖିଲେ, ପଦୀ ପିଣ୍ଡାରେ ବସିଛି। "କି ଲୋ ପଦୀ! ତୁ ଏଡେ ସକାଳୁ ଆସି ବସିଲୁଣି ଯେ?"

ପଦୀ - ମଲା ଯା!

"ଯାହାର ବାହା ସେ ଖେଳୁଛି ପଶା
ଧାଇଁ ବୁଲୁଛନ୍ତି ସାଇପଡ଼ିଶା।"

ପିଛିଲା ରାତି ଘଡ଼ିଏ ଥିଲା, ମୁଁ ଉଠିପଡ଼ି ଘରେ ବାସିପାଇଟି ଚଞ୍ଚଳ ସାରିଦେଇ ଧାଇଁଛି। ଆଜି ଯେ ସାଆନ୍ତ ଅବେହେଡ଼ା ମଙ୍ଗୁଳା, କନ୍ୟା ଦେହରେ ହଳଦୀ ପଡ଼ିବ।

ମାଧ ମହାନ୍ତି-ନାହିଁ ନାହିଁ ପଦୀ, ଯାହା ଯାହା ହେବାର,ସେଇ ବାହାଘର ଦିନ ସବୁ ହେବ।

ପଦୀ-ନାହିଁ ସାଆନ୍ତ! ମୁଲକରେ ଇମିତିକା ହୁଏନାହିଁ। ଶୁଣିଛି, ବରଘର ବାହାଲଗୁତି ଆପଣଙ୍କୁ ତିନିଶ ଟଙ୍କା ଦେବ, ଆପଣ ଇମିତିକା ଅଶାସ୍ତର କାମ କଲେ, ସେ ଲଗୁତି ଟଙ୍କା ଊଣା କରିଦେବ।

ମହାନ୍ତି-ଆଚ୍ଛା, ତୁ ମାଣେ ଧାନ ଧରି ଯା, ହଳଦୀ ତେଲ ଶମ୍ଭୁଆ ଦୋକାନରୁ କିଣି ଆଣ। ଧାନ ଦର ଚଢ଼ିଛି, ମାଣେ ଧାନର ଦାମ ଦେଢ଼ ପଇସା। ପଲସାଏ ଦେଲେ ଭଲ ହୁଅନ୍ତା - କ'ଣ କରିବି ଲୋ, ହାତରେ ପଇସା ନାହିଁ।

ପଦୀ-ଟଙ୍କାଟାଏ ଦେଉନ୍ତୁ, ଭଙ୍ଗାଇଆଣେ।

ମହାନ୍ତିଏ-ନାହିଁ ଲୋ ବାପା! ଟଙ୍କା ଭଙ୍ଗେଇଲେ ତ ଉଡ଼ିଲା, ଆଉ ତାକୁ ପାଇବ ନାହିଁ।

ପଦୀ-ଏ ସାଆନ୍ତ! ଗାଁରୁ ପାଞ୍ଚଜଣ ଅହିଅ ମାଇକିନିଆ ଆସିବେ, ସେମାନେ ବି ହଳଦୀ ତେଲ ଲଗାଇବେ, ଢେର୍ ହଳଦୀ ଯେ ଲୋଡ଼ା।

ମହାନ୍ତି-ନାହିଁ ନାହିଁ, ପାଞ୍ଚ ଜଣ ଅହିଅ ମାଇକିନିଆ କ'ଣ କରିବେ?ତୁ ଏକା ଝିଅକୁ ହଳଦୀ ଲଗାଇ ଦେ। ଆଉ ଜାଣୁ।ପାଞ୍ଚଟା ମାଇକିନିଆ ଆସିଲେ କହିବେ, ଜଳପାନ ଖାଇବାକୁ ଦେ।

ପଦୀ ସକାଳୁ ଆଟିକାଏ ବଟା ହଳଦୀ, ଆଟିକାଏ ତେଲ, ପାଛିଆଏ ଭୁଜା, ପାଛିଆଏ ଉଖୁଡ଼ା ଆଣି ମାଳତୀ ଘରେ ଥୋଇଦେଇଥିଲା, ସବୁ ବାହାର କରି ମାହାନ୍ତିଙ୍କ ଆଗରେ ଥୋଇଦେଲା।

ମହାନ୍ତି ଏସବୁ ପଦାର୍ଥ ଦେଖି କାବା ହୋଇ ଛିଡ଼ା ହୋଇଛନ୍ତି, ପାଟିରୁ କଥା ବାହାରୁ ନାହିଁ। ଦଣ୍ଡକ ବାଦେ କହିଲେ- "ଏଁ-ଏଁ-ପଦୀ-ପଦୀ! ଏ ସବୁ କ'ଣ?ଏ ସବୁ କାହୁଁ ଅଇଲା?"

ପଦୀ ପଣନ୍ତ କାନିଟା ମୁହଁରେ ଦେଇ ଟିକିଏ ସକ୍‌ସକ୍ କରି କାନ୍ଦିଲା। ମୁହଁ ପୋଛିପାଛି ଦେଇ କହିଲା- "ବୁଝିବା ହେଲେ ସାଆନ୍ତ! ମୋ ହାତରେ କିଛି ବିତ୍ତ ଅଛି- ମୋର କିଏ ଅଛି, କିଏ ଖାଇବ?ଆପଣ ସେ ଦିନ କହିଲେ, ମାଳତୀ ମୋ ଝିଅ। ଏଇ ଝିଅ ବିଭାଘରେ ସବୁ ସାରିବି ମନରେ କରିଛି।"

ମହାନ୍ତି-ହଁ -ହଁ, ଭଲ କଥା, ଭଲ ଲଥା ପାଞ୍ଚିଛୁ। ତୋର ମୁଲକଯାକ ଖୁବ୍ ପ୍ରଶଂସା ହେବ, ଢେର୍ ଧର୍ମ ହେବ। ଆଲୋ ମାଳତୀ! ନେ ନେ, ତୋ ମା' ଦେଇଛି, ଏ ସବୁ ପଦାର୍ଥ ଉଠାଇ ନେ, ସାଇତି ରଖ, ବୁଝି ଖବରଦାର! ପକାଡୋଳା କରିବୁ ନାହିଁ।

ପଦୀ-ଝିଅ ଲାଗି ବିଭାପାଞ୍ଚି ଶାଢ଼ୀ ଆଣିଛନ୍ତି ତ?ଏଇଲାଗେ ଯେ କୋଇଲିବୁଢ଼ ପାରି ପିନ୍ଧିବ?

ମହାନ୍ତିଏ କହିଲେ- ହଁ ହଁ ପଦୀ, ସେଇ କଥା କହୁଛି ପରା, ବାହା ଲୁଗାଗୁଡ଼ାକ ଏଡ଼େ ଦାମ୍! ଖଣ୍ଡେ ନ'ହାତି ବାହାପାଞ୍ଚି ଶାଢ଼ୀର ଦାମ ଦୋକାନୀ ଧରିଛି ସାଢ଼େ ଆଠଅଣା। ମୁଁ ପାଞ୍ଚଅଣାରୁ ଉଠି ଆଠଅଣା ଯାଏ ଗଲିଣି, ତେବେବି ନା, ସେଇ ସାଢ଼େଆଠଅଣା। ତା ପୁଣି କାଲି ବାସି ରଖିବ ନାହିଁ, ନଗଦ ରୋକ୍‌ଠୋକ୍। ଯାଏଁ, ଯିମିତି ହେଉ ଆଉ ଅଧଲାଏ ଖଣ୍ଡେ ଦାମ୍ ଚଢ଼େଇ ଆଣିବାକୁ ହେବ, ନ ହେଲେ ତ ନୁହେଁ।

ପଦୀ-ନା ନା ସାଆନ୍ତ! ପନ୍ଦର ବରଷର ଝିଅକୁ ନଅହାତି ଶାଢ଼ୀ ପାଇବ ନାହିଁ। ଆଚ୍ଛା ସାଆନ୍ତ! ମୁଁ ତ ମୋ ଝିଅକୁ ମଙ୍ଗଳଲତା ପିନ୍ଧାନ୍ତି, ସେହି ଶାଢ଼ୀ ଖଣ୍ଡ ପାଞ୍ଚି ଶାଢ଼ୀ ହେଉ। ମହାନ୍ତିଏ ଭାରି ଖୁସିଟାଏ ହୋଇ କହିଲେ, "ହଁ ହଁ ପଦୀ, ଭଲ କହିଲୁ।ଦଶ ଲୋକରେ ତୋ ନାଁ ପଡ଼ିବ, ତୋର ଢେର୍ ପୁଣ୍ୟ ହେବ। ଯା ଯା, ଭଲ ଦେଖି ଖଣ୍ଡିଏ ବାରହାତି ଶାଢ଼ୀ କିଣିଆଣ। ଆଉ ଗୋଟାଏ କଥା ପଦୀ, ବେଦି ଉପରେ କନ୍ୟା

ସମର୍ପିବାବେଳେ ମୋତେ ନୂଆ ଲୁଗା ପିନ୍ଧିବାକୁ ହେବ ପରା?ତୁ ତ ଯାଉଛୁ, ମୁଁ ଆଉ ଯିବି କାଁ?ମୋ ପାଇଁ ଯୋଡ଼ାଏ ଭଲ ଦେଖି ଲୁଗା କାଳି କରିଘେନି ଆଣିବୁ, ତୋ ନାମରେ କାଳିଆଣିବୁ, ବାହାଘର ବାଦେ ମୁଁ ଦାମ ଦେବି ଯେ, କଡ଼ା ଗଣ୍ଡା ଛିଣ୍ଡାଇଦେବି।

ପଦୀ ଲୁଗା କିଣିବା ପାଇଁ ବାହାରି ଗଲା, ମହାନ୍ତିଏ ଡାକି ଦେଇ କହିଲେ, ଆଲୋ ମାଳତୀ! ଯା ଯା, ଚଞ୍ଚଳ କବାଟ କିଳିଦେଇ ଆ। ଖବରଦାର! ସବୁବେଳେ କବାଟଟି କିଳି ଦେଇଥିବୁ। ଆଉ ଶୁଣ, ପଦୀ ଯେ ତେଲ ଜଳପାନ ଆଣିଛି, ଅଳ୍ପ ବାହାରେ ରଖ, ଆଉ ସବୁ ଆଣ, ମୁଁ କଞ୍ଚି ଘରେ ରଖିଦିଏଁ। ଆଉ ଗୋଟାଏ କଥା ଶୁଣ, ଯେଉଁ ଅହିଅ ମାଇକିନିଆମାନେ କୋଇଲିବୁଡ଼ପାରି ଦେଖିବାକୁ ଆସିବେ, ସମସ୍ତଙ୍କୁ ଜଳଖିଆ କରିବାକୁ କହିବୁ, ଚଞ୍ଚଳ ଦେବୁ ନାହିଁ। ଭାତରନ୍ଧା ବେଳ ମଠ ଦେଖିଲେ ସବୁଗୁଡ଼ା ପଳାଇଯିବେ। ଖାଲି ପଦୀକୁ ମୁଠାଏ ଖାଇବାକୁ ଦେବୁ।

ମଧୁପୁର ଗାଁ ଗୋଟାକରେ ଚହଳ ପଡ଼ି ଯାଇଛି, ଆଜି ମାଧ ମହାନ୍ତି ଝିଅ ମାଳତୀର ବିଭା। ମାତ୍ର ମହାନ୍ତିଙ୍କ ଦୁଆରକୁ ଅନାଅ, ବିଭାଘରର ଚିହ୍ନ ବର୍ଣ୍ଣ ନାହିଁ, ସବୁଦିନ ପରି ଆଜି ବି କବାଟ କିଳା। ପିଲାଠାରୁ ବୁଢ଼ାଯାଏ ମହାନ୍ତିଙ୍କ ଦୁଆରକୁ କେଭେ କେହି ଯାଏନାହିଁ। ଭୁଲ ଭଟକାରେ କେହି କେବେ ଗଲେ ମହାନ୍ତିଏ ତା ପିଛା ଧରି ଚାଲିଥିବେ, କିଛି ଗୋଟାଏ ଘେନି ପଳାଇବ ପରା।ଦୁଆର ତ ବନ୍ଦ, ଭାଟଭିକାରୀ ବା କିଏ ଯାଉଛି?

ସଞ୍ଜ ବାଜିଗଲାଣି, ମହାନ୍ତିଏ ସକାଳ ସିଆଁ ଟଙ୍କାଥଳିଟି ସଜ କରି ରଖିଦେଲେ, ତେତେବେଳେ ଚଞ୍ଚଳରେ କାଳେ ହାତରେ ନ ପଡ଼େ। ଝିଅ ମୋଟା ବଳିତା କରି ଗୁଡ଼ାଏ ତେଲ ଢାଳିଦେବ ବୋଲି ଆପେ ଗୋଟାଏ ସରୁବଳିତାରେ କେତେ ଟୋପା ତେଲ ପକାଇ ବେଦି ଉପରେ ଦୀପଟିଏ ବସାଇଦେଲେ। ମହାନ୍ତିଙ୍କ ଘରେ କେବେ ଦୀପ ଜଳେ ନାହିଁ, ଦିନ ଥାଉଁ ଥାଉଁ ଖିଆପିଆ ପାଇଟି ଛିଡ଼ିଥାଏ।

ପଦୀ ମାଳତୀକୁ ଗୋଟିଏ ଘରେ ବସାଇ କନ୍ୟାବେଶ କରାଇ ଦେଉଛି, ଦୁଇଜଣ କ'ଣ ଫୁସୁରଫାସର କଥା ହେଉଛନ୍ତି। ମାଳତୀ ବେଳେବେଳେ କାନ୍ଦିପକାଇଲା ପରି ଆକୁଳରେ ପଚାରୁଛି, 'ମା'କ'ଣ ହେବ?'ପଦୀ କହିଲା, "ତୁନିହୋଇ ବସିଥା ଝିଅ। ଖବରଦାର! ମୋ' କଥାରୁ ଟିକିଏ ଆଡ଼ ଅନ୍ତର ହୋ ନା, ସବୁ ଭଣ୍ଡୁର ହେବଟି?ସବୁବେଳେ ଠାକୁରଙ୍କୁ ଡାକୁଥା।" ମାଳତୀ ଠାକୁରଙ୍କ ଆଡ଼କୁ ଅନାଇ ହାତଯୋଡ଼ି ଦଣ୍ଡବତଟା କଲା।

ରାତି ପହରେ ବି ଗଡ଼ିଗଲାଣି, କାହିଁ ବର?ମହାନ୍ତିଏ ଘରବାହାର ହଉଛନ୍ତି, ବେଳେ ବେଳେ ବାହାରକୁ ବାହାରି ପଡ଼ି ଦାଣ୍ଡକୁ ଅନାଉଛନ୍ତି।

ମିଛୁପୁର ଗାଁରୁ ଯୋଡ଼ାଏ ମଣିଷ ଧାଇଁ ଧାଇଁ ଅଇଲେ, ମୁଣ୍ଡରେ ଦେହରେ ଗୋଟାଝାଳ, ନିଶ୍ୱାସ ବଳିପଡୁଛି। ମହାନ୍ତିଙ୍କୁ ଖବର ଦେଲେ, ବାହା ଲଗୁତି ତିନିଶ ଟଙ୍କାରୁ

ପଞ୍ଚାଶ ଟଙ୍କା ଉଣା ପଡ଼ି ଯାଇଛି, ଆଜି ରାତିରେ ଟଙ୍କା ସଜିଲ କରି ଶେଷରାତିରେ ଅନୁକୂଳ କରିଦେଲେ ଦିନ ଦି'ଘଡ଼ି ସରିକି ବର ଏଠାରେ ପହଞ୍ଚିବେ।

ମହାନ୍ତିଏ ପଦୀକୁ ଡାକି କହିଲେ, "ଆଲୋ,ବର କାଲି ସଖାଳେ ପହଞ୍ଚିବ, ତୁଛାଟାରେ ଚାହିଁ ବସିଲେ କ'ଣ ହେବ?ମୁଁ ଶୋଇବାକୁ ଯାଉଛି, ତୁ ଝିଅକୁ ଧରି ଶୋ' ଯା। ବୁଝି ଖବରଦାର! ଜାଗ୍ରତ ହୋଇ ଶୋଇଥିବୁ, ଜିନିଷପତ୍ର ଢେର୍ ବାହାରେ ପଡ଼ିଛିଟି।"

ବେଦୀ ଉପର ଦୀପଟି ନିଭାଇ ଦେଇ ମହାନ୍ତିଏ ଶୋଇବାକୁ ଗଲେ।

ରାତି ଅଧାଅଧି ବିତିଗଲାଣି, ମହନ୍ତେ ତୋଟା ଭିତରେ ବିଜେ ହୋଇଛନ୍ତି।ପାଖଲୋକେ ବେଢ଼ି ବସିଛନ୍ତି। ଆଜି ରାତିରେ ଗଞ୍ଜେଇ ମୁଣି ମେଲା, ଚିଲମ ଶୀତଳ ହେବାକୁ ନାହିଁ।

ମହନ୍ତେ ଡାକି କହିଲେ, "ଆରେ ଭୀମା! ଆରେ ନକୁଳାସବୁ ଠିକ୍ଠାକ କରି ଦେଇ ଅଇଲ ତ?"ଭୀମା ନକୁଳା ଦୁହେଁଯାକ କହିଲେ- ଆଜ୍ଞାପ୍ରମାଣେ ସବୁ ଠିକ୍।"

"ପଦୀକୁ ଭଲକରି ବୁଝାଇ ଦେଇଛ?"

"ଆଜ୍ଞା- ପ୍ରଭୁ!ପଦ ପଦ କରି ସବୁ କଥା କହିଛୁ।"

"ଟୋକିଟା କ'ଣ କରୁଛି?"

"ଭାରି ଆକୁଳ ହେଉଛି, ବେଳେ ବେଳେ କାନ୍ଦି କାନ୍ଦି କହୁଛି, ମା'!କ'ଣ ହେବ?ବାପା କ'ଣକହିବ?"

"ପଦୀ ତାକୁ ବୁଝାଉଛି ତ?"

"ଆଜ୍ଞା ଆଜ୍ଞା।"

"ଭିତରକୁ କିପରି ଗଲରେ?"

"ଆଜ୍ଞା,ବାଡ଼ିଦୁଆର କବାଟରେ ଠୁକ୍ଠୁକ୍ ମାରିଲୁ, ପଦୀ ଫିଟାଇଦେଲା।"

ସେତିକିବେଳେ ଶଙ୍କରା ପାଖଲୋକ ଧାଇଁଆସି କହିଲା, "ଆଜ୍ଞା! ବାଜା, ପାଲିଙ୍କି, ମସାଲ ବରଯାତ୍ରୀ ଗହୀରି ବିଲରେ ବସିଛନ୍ତି, ଆଜ୍ଞାପ୍ରମାଣେ ହାଜର ହୋଇଯିବେ।"

"ଆଚ୍ଛା, ଏବେ ଯାଇ ବିନୋଦିଆକୁ ବରବେଶ କରାଇ ପକାଅ, ବାହା ଖଦି ଲୁଗା ପିନ୍ଧାଇଦିଅ"

ରାତି ପାହା ପାହା, ଟିକିଏ ଝିଲିଝିଲିଆ ଅନ୍ଧାର ଅଛି, ମାଧମହାନ୍ତିଙ୍କ ଦ୍ୱାରେ କୋଡ଼ିଏ ତିରିଶଟା ଢୋଲ, ତାଷା ନାଗରା ବାଜା ଏକାବେଳକେ ଉଛୁଳି ପଡ଼ିଲା।ପାଲିଙ୍କିଟିଏ ଦୁଆର ଆଗରେ ଥୁଆ, ବର ଖଣ୍ଡିଏ ଖରଡ଼ରେ ପିଣ୍ଡାରେ ତୁନିହୋଇ ବସିଛି। ଚଟକରି ମହାନ୍ତିଙ୍କ ନିଦ ଭାଙ୍ଗିଗଲା, ଟଙ୍କା ଥଳିଟା କାଖରେ ଜାକି ଭାରି ମନ ଫୁଲଣାରେ ଧାଇଁଲେ। ଆଗେ ଟଙ୍କା ଗଣିନେବେ, ପଛେ ବାଟବରଣ ହେବ। ଚଞ୍ଚଳ

ଧାଇଁଛନ୍ତି, ଦୁଆରବନ୍ଧଟା ଧଡ଼୍‌କରି ମୁଣ୍ଡରେ ବାଜିଲା, ଏକାବେଳକେ ଓଲଟି ଚିତ୍‌ପଟାଙ୍ଗ୍, ତଳେ ପଡ଼ିଗଲେ। ହାତଦେଇ ଦେଖିଲେ, ରକ୍ତଧାର ଗୋଡ଼ଯାଏ ବହିପଡୁଛି। ଏତେବେଳେ ଆଉ ତାକୁ ଅନାଇଲେ ହେବ?ଆଗେ ଟଙ୍କା ଗଣିନେଇ ସାରି ରକ୍ତ ପୋଛାପୋଛି କରିବେ। ପୋଛାଖଣ୍ଡ ଭଲକରି ମୁଣ୍ଡରେ ଗୁଡ଼ାଇଦେଲେ, ବାହାରକୁ ବାହାରିପଡ଼ି- "ଆସିବା ହେଉ, ବସିବା ହେଉ!"ବରଯାତ୍ରୀଙ୍କୁ ଡାକୁଛନ୍ତି। ବର-ମାମୁଁ ଆଗେଇ ଆସି କହିଲେ, "ଏ ସମୁଧିଏ! ଆଉ ବସିଲେ କ'ଣ ହେବ, ଚଞ୍ଚଳ ବରକନ୍ୟା ବିଦା କରନ୍ତୁ,ଖରା ଉଠିଯିବ।" ମାଧ ମହାନ୍ତିଏ କହିଲେ, "ଏଁ-ଏଁ- ବର ଏଇଲାଗେ ପହଞ୍ଚିଲା, ବିଭା ହୋଇନାହିଁ, ବିଦା କ'ଣ ହେବ?"

ବରମାମୁଁ- ହାତଗଣ୍ଠି ପଡ଼ିଗଲା, ବିଭା ହୋଇଗଲା,ଆଉ ବିଭାକ'ଣ।"

ମହାନ୍ତି- କନ୍ୟାସୁନା ଟଙ୍କା?

ବର ମାମୁଁ- ଟଙ୍କା ଗଣିନେଲେ ପରା?

ମହାନ୍ତିଙ୍କ ଫଟା ମୁଣ୍ଡ ପୋଡୁଥିଲା;ତା' ଉପରେ ଜଳନ୍ତା ଅଙ୍ଗାର ପାଛିଆଏ କିଏ ଅଜାଡ଼ିଦେଲା। "ଏଁ କ'ଣ ଡକାଇତି! ବଦମାଏସ ଚୋର କେଉଁଠିକାର। ଲାଗିଗଲା ତୋଖଡ଼ ମୋକଡ଼। ଏଣେ ମହାନ୍ତିଏ ଏକା- ତେଣେ ଚାଳିଶ ପଚାଶ ଲୋକ। ମହାନ୍ତିଏ କ୍ରୋଧରେ ଅଜ୍ଞାନ, ମୁହଁ ଚଳୁ ଚଳୁ ହାତ ଚଳିବା ଭଳି ହେଲାଣି। ହେଲେ ବରପକ୍ଷରେ କ୍ରୋଧ ନାହିଁ, ଭଲକରି ଅନାଅ, ସମସ୍ତଙ୍କ ମୁହଁରେ ମୁରୁକି ହସ,ସମସ୍ତେ ଦେହ ଟିପାଟିପି ହେଉଛନ୍ତି। ଏତିକିବେଳେ ଆଠଦଶଟା ଢୋଲିଆ ମହାନ୍ତିଙ୍କୁ ବେଢ଼ିଯାଇ ଅର୍ଦ୍ଦାଳିଆ ଢୋଲ ପିଟୁଛନ୍ତି, ମହାନ୍ତି ସାଆନ୍ତଙ୍କ ବଲବଲା ହେ-ଜଳ ଜଲାହେ- ଆପଣଙ୍କ ଝିଅ ବାହାଘର ହେଇଗଲା, ଆମକୁ ଦାରୁପିଆ ପଇସା ମିଳିଯାଉ। ମହୁରିଆଟା ବେଳେବେଳେ ମହାନ୍ତିଙ୍କ କଛା ପାଖରେ ପେଁ-ପେଁ କରି ମହୁରିଟା ବଜାଇ ଦେଉଛି। ଗାଁ ମଙ୍ଗଳା ପୂଜାବେଳେ ବାଜା ମଧରେ କାଳେସି ଯିମିତି ନାଚେ, ମହାନ୍ତିଏ ସେହିପରି ନାଚି ନାଚି ଅଥୟ ହେଲେଣି। ମହାନ୍ତିଏ ରଡ଼ିଛାଡ଼ି କ'ଣ କହୁଛନ୍ତି, ବାଜାରେ କ'ଣ ଲୋକଙ୍କୁ ସେକଥା ଶୁଭୁଛି?ମହାନ୍ତିଙ୍କୁ ହାଲିଆ କରି ପକାଇବାର ଏ ଗୋଟାଏ ଫିକର। ଏତିକିବେଳେ କିଏ ଗୋଟାଏ ଦୁଷ୍ଟଲୋକ ମହାନ୍ତିଙ୍କ ପଛଆଡ଼େ ଗୋଟାଏ ଜଳନ୍ତା ଭୂଇଁଚମ୍ପା ବସାଇଦେଲା, ତାଙ୍କ ପିଠିରେ ନିଆଁ ପଡ଼ି ସାନ ବଡ଼ ଢେର୍‌ଗୁଡ଼ାଏ ଫୁଟୁକା ହୋଇ ଜଳୁଛି।

ଗାଁ ଗୋଟାକର ପିଲାଠାରୁ ବୁଢ଼ାଯାଏ ବିଲକୁଲ ଲୋକ ଜମା ହୋଇଗଲେଣି। ମହାନ୍ତି ଦୁଆରରେ ବିରି ମୁଠାଏ କେହି ବୁଣିଦେଲେ ମଣିଷ ମୁଣ୍ଡରେ ଅଟକିଯିବ, ତଳେ ପଡ଼ିବ ନାହିଁ।

ମହାନ୍ତି ଦେଖିଲେ, ତାଙ୍କ ମୁଖାଳାପ ଲୋକେ ବେଢ଼ିଯାଇ ଠୋ ଠୋ ହସୁଛନ୍ତି। ଏତିକିବେଳେ ଗୁଡ଼ାଏ ନିହାତି ଦୁଷ୍ଟପିଲା-

"କନ୍ୟାସୁନାର ବଡ଼ ମଜା
ମହାନ୍ତି ଖାଇବେ ନବାବ ଖଜା।"

ଗୀତ ଗାଇ ତାଳିମାରି ନାଚୁଛନ୍ତି।

ମହାନ୍ତି ଦେଖିଲେ, ଆଉ ସମ୍ଭାଳି ହେବନାହିଁ। ସମସ୍ତେ ଗୋଟାଏ ବାଡ଼େ, କାହାକୁ କ'ଣ କହିବେ, କହିଲେ ବା ଶୁଣୁଛି କିଏ?କୌଣସି ରୂପେ ଗୋଳମାଳ ଠେଲି ମଠ ଭିତରକୁ ପଳାଇଲେ। ମହନ୍ତେ ଏଇଲାଗେ ଶେଯରୁ ଉଠି ବିଜେ ହୋଇଛନ୍ତି। ମହାନ୍ତିଙ୍କୁ ଆସିବାର ଦେଖି ମହନ୍ତ ଗୋଟାଏ ପାଟିକରି କହିଲେ, "ସଖାଳଟାରେ ଦାଣ୍ଡରେ କିଏ ପାଟିକରୁଛି ବୁଝିଆସ ତ?"ମହାନ୍ତି ଯାଇ ମହନ୍ତଙ୍କ ଗୋଡ଼ତଳେ ଧଡ଼ାସ କରି ପଡ଼ି ରଡ଼ି ଛାଡ଼ିଛନ୍ତି।" ଉଠ ଉଠ ମହାନ୍ତିଏ, କ'ଣ କଥା କ'ଣ ବୋଲ।" ମହାନ୍ତିଙ୍କ ମୁହଁରୁ ତାଡ଼ିଠେକି ମୁହଁ ପରି ଫେଣ ଗାଜୁଛି। ଆଉ କଥା କହିପାରୁନାହାନ୍ତି, କି କାନ୍ଦି ପାରୁନାହାନ୍ତି। ହାତରେ ଠାରିଦେଲେ - ପାଣି। ମୁହଁ ଅଧୁଆ, ଦାନ୍ତ ଅଘଷା ଢକଢକ କରି ଢାଳେ ପାଣି ପିଇଦେଇ ଟିକିଏ ସାଷ୍ଟମ ହୋଇ ବସିଲେ। ମହନ୍ତ ବଡ଼ ଦୟାବନ୍ତ, ବହୁତ ଆଶ୍ୱାସନା କରି ମହାନ୍ତିଙ୍କ ପିଠିରେ ହାତ ବୁଲାଇଲେ। ଏତିକିବେଳେ ବର-ମାମୁ, ପରି ପରିଡ଼ା ଆଉ ଚାରିଜଣଙ୍କୁ ସାଙ୍ଗରେ ଧରି ମହନ୍ତଙ୍କ ଗୋଡ଼ତଳେ ଲମ୍ବ ହୋଇ ପଡ଼ିଗଲା।

ମହନ୍ତ ଆଜ୍ଞା କଲେ- ଆରେ କ'ଣ ତୁମ କଥା କହ, ଉଠ ଉଠ - ବୋଲ ବୋଲ କଥା କ'ଣ?

ପରି ପରିଡ଼ା ହାତଯୋଡ଼ି କହିଲା- ଆଜ୍ଞା ଆମେମାନେ ବିଦେଶୀ ଲୋକ, ଆମ ଉପରେ ଅନ୍ୟାୟ ହୋଇଛି। ଶ୍ରୀମହାପ୍ରଭୁ ଏ ଗାଁ ହାକିମ, ଆମ ମାମଲା ନ୍ୟାୟ ବିଚାର ହେଉ। ଏଇ ଯେ ବସିଛନ୍ତି ମାଧ ମହାନ୍ତିଏ, ଏ ଆମ ସମୁଧି। ମାତ୍ର ମହାନ୍ତିଏ କ୍ରୋଧରେ କହିଲେ"ତୋର କି ସମୁଧି ବେ- ଡକାଇତ ଜୁଆଚୋର।"ମହନ୍ତ କହିଲେ, "ରୁହ ରୁହ ମହାନ୍ତିଏ। ସେ କ'ଣ କହୁଛି କହିଯାଉ, ତା' ବାଦେ ତୁମ କଥା ଶୁଣିବୁଁ।'

ପରି ପରିଡ଼ା-ଆଜ୍ଞା, ଏହି ମହାନ୍ତିଏ ମୋ ପାଖରୁ କନ୍ୟାସୁନା ସାତ ଶହଟଙ୍କା ନେଇ ତାଙ୍କ ଝିଅ ମାଳତୀକୁ ମୋ ଭଣଜାକୁ ବାହାଦେଲେ;ହାତଗଣ୍ଠି ବି ପଡ଼ିଗଲା, ବାହା ବାଦେ କହିଲେ, ଆଉ ତିନିଶ ଟଙ୍କା ଲଗୁତି ଦେ।ମୁଁ ଆଉ କ୍ୟାଁ ଦେବିଟି?ଏବେ ଜୁଆଚୋରି କରି କନ୍ୟାକୁ ଛାଡୁନାହାନ୍ତି।

ମହନ୍ତ- ଆଛା, ଠାକୁର ମନ୍ଦିରରେ ସତ ବୋଲଏକ ଦୁଇ କରି ଟଙ୍କା ଗଣି ଦେଇଛ ତ?

ପରି ପରିଡ଼ା- ଆଜ୍ଞା ସତ କହିବି, କୋଡ଼ି କୋଡ଼ି ଟଙ୍କା ଥୋକ ଗଣି ଦେଇଛି।

ମହନ୍ତ- ଏ କଥା ବିଶ୍ୱାସ ହେଉନାହିଁ। ମହାନ୍ତି କିଛି ପିଲାପିଚିକା ନୁହନ୍ତି, ବୁଢ଼ା ପୁରୁଖା, ଟଙ୍କା ନେଇ ମାନିବେ ନାହିଁ, ଏ କି କଥା?

ମାଧ ମହାନ୍ତି ମହନ୍ତଙ୍କ ଗୋଡ଼ତଳେ ପଡ଼ି କହିଲେ, "ଆଜ୍ଞା ଧର୍ମ ଅବତାରନ୍ୟାୟବିଚାର, ନ୍ୟାୟବିଚାର। ଏ ଡକାଏତମାନଙ୍କୁ ଲୋକ ଲଗାଇ ତଡ଼ିଦିଅନ୍ତୁ।"

ମହନ୍ତ- ଦେଖ, ଏମାନେ ବିଦେଶୀ ମଣିଷ, ଦେଶରେ ଯାଇ ପାଟି କରିବେ;ଏ ଗାଁରେ ନ୍ୟାୟ ବିଚାର ନାହିଁ। ଦୁଇ ପକ୍ଷରୁ ପ୍ରମାଣ ନେଇ କଥାଟା ବିଚାର କରିବାକୁ ହେବ। ହୋଇ ହେ ପରିଡ଼ା! ତୁମେ ଯେ ମାଧ ମହାନ୍ତିଙ୍କୁ ସାତଶହ ଟଙ୍କା ଗଣିଦେଲ, କେହି ଗୁହା ଅଛି?

ପରି ପରିଡ଼ା ହାତଯୋଡି ଛିଡ଼ା ହୋଇ କହିଲା, "ଆଜ୍ଞା ମହାପ୍ରଭୁ, ଶହେ ଜଣ ଗୁହା। ଆସ ତ ରେ ଭୀମା, ନକୁଳା, ମକ୍ରା, ଶଙ୍କରା, ଚକ୍ରା, ମଧୁ ମହାନ୍ତି, ସାଧୁ ଧଳ, ଧର୍ମୁ ପାତ୍ର।" ମହନ୍ତେ ଜଣ ଜଣ କରି ସବୁ ଗୁହାଙ୍କର ଜବାନବନ୍ଦୀ ଶୁଣିଲେ, ଢେର୍ଢେରା କଲେ, ସାଫ ସାବିତ ସାତଶହ ଟଙ୍କା ଗଣିଦେବା, ମହାନ୍ତିଙ୍କ କାଖରେ ଥିବା ଏହି ଥଳିରେ ଟଙ୍କା ପୂରାଇ ନେଇ ଘରେ ଥୋଇ ଆସିବା, ସବୁ ଠିକ୍। ସତକୁ ସତମାଧ ମହାନ୍ତିଙ୍କ କାଖରେ ଟଙ୍କା ଥଳିଟି ଥିବାର ଦେଖାଗଲା। ମାଧ ମହାନ୍ତିଏ ଗୋଟାଏ କଥାରେ କାଟିଦେଲେ -ଏ ଗୁଡ଼ାକ ଡକାଏତ।

ମହନ୍ତେ- ଆଚ୍ଛା, ଏ ଗାଁର କେହି ଗୁହା ଅଛି?

କେହି ନଡାକୁଣ୍ଡ ମହାନ୍ତିଙ୍କ ଜାତିଭାଇ ଗାଁର ଦଶଜଣ ସାକ୍ଷ୍ୟ ଦେବା ଲାଗି ଛିଡ଼ା ହୋଇଗଲେ। ମହାନ୍ତିଏ ସେମାନଙ୍କ ମୁହଁକୁ ଅନାଇ ଦେଇ କହିଲେ, "ଆଜ୍ଞା, ଏଗୁଡ଼ାକ ମୋ ମୁଖାଲାପ ଲୋକ, ଏମାନଙ୍କ କଥା ନାମଞ୍ଜୁର।" ମହନ୍ତେ କହିଲେ, "ଗୁହା କଥା ଛାଡ଼ିଦିଅ, ଆମେ ନିଜେ ଯାଇ ମହାନ୍ତିଙ୍କ ଘର ଭିତରେ ଦେଖିବୁଁ। ଗଲା ରାତିରେ ବିଭା ହୋଇଯାଇଥିଲେ ସେଥିର କିଛି ଚିହ୍ନ ତ ଥିବ!" ବରପକ୍ଷ ମହନ୍ତଙ୍କ କଥାରେ ନିତାନ୍ତ ନାରାଜ। "ଆଜ୍ଞା!ଅଧରାତିରୁ ବିଭା ଛିଡ଼ିଲାଣି, ଆଉ ଚିହ୍ନ କ'ଣ ଥିବ?ଆପଣ ସରଜମିନଙ୍କୁ ଯିବେ ନାହିଁ।"

ମାଧ ମହାନ୍ତି ଭାରି ଆନନ୍ଦରେ, ଭାରି ଉତ୍ସାହରେ ମହନ୍ତଙ୍କ ଗୋଡ଼ଧରି ଟାଣୁଛନ୍ତି। "ଆସି ଆଜ୍ଞା ହେଉ, ମୋ ଘର ଦେଖି ଆଜ୍ଞା ହେଉ।"

ବରପକ୍ଷ ମୁହଁ ଶୁଖାଇ କହିଲେ, "ଆଜ୍ଞା ନା, ଆପଣ ସେ ଜାଗାକୁ ବିଜେ ହେବେ ନାହିଁ।"

ମହନ୍ତ କହିଲେ, "ନାହିଁ ନାହିଁସେ କଥା ହେବ ନାହିଁ, ମହାନ୍ତିଙ୍କ କଥା ଶୁଣିବାକୁ ହେବ।"

ମହନ୍ତ ଦୁଇପକ୍ଷ ଧରି ସରଜମିନ ତଦାରଖ କରିବାକୁ ବାହାରିଲେ।

ପ୍ରଥମ ପିଣ୍ଡା ଉପରେ ବରକୁ ଦେଖାଗଲା- ହାତରେ କଉତୁକସୂତ୍ର, ଦୁବ ବରକୋଳିପତ୍ର ବନ୍ଧା, ମୁଣ୍ଡରେ ମୁକୁଟ, ହାତରେ ଗୁଆକାତି, ଆଉ ବେଦି ଉପରେ ନଡ଼ିଆ ଗୋଟିଏ।

ପରି ପରିଡ଼ା ହାତଯୋଡ଼ି ମହନ୍ତଙ୍କୁ କହିଲେ, "ଆଜ୍ଞା ଦେଖି ଆଜ୍ଞା ହେଉ, ବାହାହେଲା ବର କି ନାହିଁ।"

ମହନ୍ତ- ଆଚ୍ଛା ଆଚ୍ଛା, ଭିତରକୁ ଚାଲ, ଆଉ କିଛି ଚିହ୍ନବର୍ଣ୍ଣ ଅଛି କି ନାହିଁ, ଦେଖାଯାଉ।

ପରି ପରିଡ଼ା ହାତଯୋଡ଼ି ମହନ୍ତଙ୍କୁ କହିଲେ, "ଏଇ ଦେଖି ଆଜ୍ଞା ହେଉ, ବେଦୀ ଉପର କଥା, ଏହି ଦେଖିବା ହେଉ, କନ୍ୟା ଆଠ କଳସ ମାଡ଼ିଛି, ଏହି ଦେଖନ୍ତୁ ଲାଜାଞ୍ଜଳି ଖଇ ପଡ଼ିଛି, କଳସ ଉପରେ ପୁଷ୍ପାଞ୍ଜଳି ପଡ଼ିଛି। ଏଣେ ଦେଖି ଆଜ୍ଞା ହେଉ, ଏହିଠାରେ ବ୍ରାହ୍ମଣ ଭୋଜନ ହୋଇଥିଲା, ଦହିଗୁଡ଼ ଉଚ୍ଛିଷ୍ଟ ଭୁଜା ପଡ଼ିଛି। ଏହି ଦେଖି ଆଜ୍ଞାହେଉ, ଏହିଠାରେ ଆମେ ଜାତିଭାଇମାନେ ଭୋଜନ କରିଥିଲୁଁ। ସଙ୍ଖୁଡ଼ି ଉଠିନାହିଁ, ସବୁଆଡ଼େ ଅଇଁଠାପତ୍ର ପଡ଼ିଛି।"

ମାଧମହାନ୍ତି କୁନ୍ଥେଇ କୁନ୍ଥେଇ କହିଲେ, "ନାହିଁନାହିଁ, ମୋର ଘରେ କାଲି ଚୁଲି ଲାଗିନାହିଁ।"

ମହନ୍ତେ ରୋଷେଇଶାଳ ପାଖକୁ ଚାଲିଯାଇ ହାତବାଡ଼ିରେ କବାଟଟା ଉଦୁଆଁ କରିଦେଲେ, ଚୁଲିରେ ରଡ଼ ନିଆଁ ଗରଗର ହେଉଛି, ପୁଞ୍ଜାଏ ବଡ଼ ବଡ଼ ଭାତହାଣ୍ଡି, ଡାଲିହାଣ୍ଡି, ତିଅଣହାଣ୍ଡି ଗଡ଼ୁଛି, ମାଧ ମହାନ୍ତିଙ୍କ ଜ୍ଞାନ ହଜିଗଲାଣି- ପିଠି ପୋଡୁଛି, ମୁଣ୍ଡ ପୋଡୁଛି, ମନ ପୋଡୁଛି। ମନରେ କଲେ, ଏ କ'ଣ, ଏ!କ'ଣ ରାତିରେ ଭୁତ ଆସି ସବୁ କରିଗଲା?ବସିବା ଜାଗାରେ ଠାଁ ଢଳିପଡ଼ିଲେ। କିଛି କଥା ଶୁଭୁନାହିଁ,କିଛି ଦିଶୁ ନାହିଁ, ଭାଲୁଜ୍ୱର ମାଡ଼ିବସିଲାଣି, କୁନ୍ଥୋଉଛନ୍ତି, କମ୍ପୁଛନ୍ତି।

ମହନ୍ତ ପଚାରିଲେ, "ମହାନ୍ତିଏଏବେ ତୁମର ଜବାବ କ'ଣ?"

ମାଧ ମହାନ୍ତି କହିଲେ, "ଆଜ୍ଞା, ମୋ ଝିଅ ବିଭା ହୋଇନାହିଁ।"

ଜାତିର ମୁଖ୍ୟା ବଳରାମ ନାୟକେ ହାତଯୋଡ଼ି କହିଲେ, "ଆଜ୍ଞା,ଆପଣ ଆମ ରଜା, ସହଜରେ ହାକିମ, ଆମମାନଙ୍କ ଦୁଃଖ ହାଲ୍ ସବୁ ବୁଝିବେ, ହେଲେ ଜାତିଆଣ କାମଟା ଜାତି ବୁଝିବେ, ହାକିମଙ୍କର କିଛି ଅକ୍ତିଆର ନାହିଁ। ବୁଝି ଆଜ୍ଞା ହେଉନ୍ତୁ, ମାଧ ମହାନ୍ତି ମଙ୍ଗୁଳା ଝିଅଟାକୁ ବିଭା ନଦେଇ ଘରେ ରଖିଛି, ଆଜି ସୂର୍ଯ୍ୟ ବୁଡ଼ିବାଯାଏ ସେ ଯଦି ଝିଅକୁ ବିଭା ନଦିଏ, ସେ ଏକଘରିଆ ହେବ, ତାକୁ ନିଆଁପାଣି ଧୋବା ଭଣ୍ଡାରି ସବୁ ବାସନ୍ଦ, ସେ ଝିଅଟାକୁ ଆଉ କେହି ବିଭା ହେବେ ନାହିଁ।"

ମହନ୍ତେ କହିଲେ, “ମହାନ୍ତିଏ ହେଲେବା ଏକଘରିଆ, ନିଆଁ ବଡ଼ିଆଟିରେ ଘରେ ନିଆଁ ରଖିଦେବେ, ଚାରିମାଠିଆ ପାଣି ଘରେ ଥୋଇ ଦେଇଥିବେ, କ୍ୟାଁ କାହାକୁ ମାଗିଯିବେ।”

ବଳରାମ ନାୟକେ କହିଲେ, “ଆଜ୍ଞା ସେପରି କ'ଣ?ମହାନ୍ତି ଘର ମାଠିଆ ଯେଉଁ ପୋଖରୀରେ ବୁଡ଼ିବ, ସେ ପୋଖରୀ ଅପ୍ରତିଷ୍ଠା ହେବ, ଦଶଟଙ୍କା ଖରଚ କରି ପ୍ରତିଷ୍ଠା କରିଦେବାକୁ ହେବ। ଏହିପରି ଯେତେ ମାଠିଆ ପାଣି ଆଣିବେତେତେ ଦଶଟଙ୍କା ଖରଚ ଲାଗିବ। ଆଉ ଗୋଟାଏ କଥା, ଗୋହିରୀରେ ଚାଲିଗଲେ ଦାଣ୍ଡ ଅପ୍ରତିଷ୍ଠା ହେବ, ଜଣେ ପାଣି ହାଣ୍ଡିଏ ଗୋବରପାଣି ଧରି ପଛେ ପଛେ ଛିଞ୍ଚି ଛିଞ୍ଚି ଚାଲୁଥିବ।”

ମହନ୍ତେ କହିଲେ, “ନାହିଁ ନାହିଁ, ସେ ବୁଢ଼ା ହୋଇଗଲେଣି, ଭଲ ମନ୍ଦ ବେଳକୁ ତମେମାନେ ସାହା ହେବ, ଏକା।”

ମଦନ ନାୟକେ- ଆଜ୍ଞା, ଗୋଳମାଳିଆ କଥା କ୍ୟାଁ- ସଫା କଥା, ସେ ମରିଗଲେ ଆମ୍ଭେମାନେ କ'ଣ ଛୁଇଁବୁ? ହାଡ଼ି ଘୋଷାରି ନେବେ। ଏଇ ମରେଇମାନଙ୍କରେ ଯେତେ ଧାନ ଅଛି,ଯେତେ ଦ୍ରବ୍ୟ ଅଛି,ହାଡ଼ିଏ ନେବେ,ସେ ମାରୁ ଜିନିଷ କ'ଣ କେହି ଛୁଇଁବ?

ମାଧ ମହାନ୍ତି ପଡ଼ିପଡ଼ି ସବୁ ଶୁଣିଲେ।ବିଚାର କଲେ, ଦେଶ ମେଳି ହେଲାଣି,ମହନ୍ତ ବି ସେମାନଙ୍କ ପଟରେ,ମୋର ତ ଏହି ହାଲ,ଉଛୁଣିକା ଯେବେ ସବୁ ବିତ୍ତ ଖୋଳାଖୋଳି କରି ଘେନିଯିବେ,କଅଣ କରିବି?କାହିଁ ମାମଲା କରିବି-ଗୁହା କିଏ ହେବ?ବଳରାମ ନାୟକଙ୍କୁ ପାଖକୁ ଡାକି ତାଙ୍କ ହାତଯୋଡ଼ିକ ଧଇଲେ।କହିଲେ, “ତୁମେ ଆମ ଜାତିର ମଉଡ଼ମଣି,ମୁଁ ତୁମ ହାତ ଧରୁଛି,ସମସ୍ତଙ୍କ ଗୋଡ଼ତଳେ ପଡୁଛି ମୋର ସବୁ ଦୋଷ କ୍ଷମା କର,ମୋ ଝିଅଟିକୁ ବିଭା କରେଇ ଦିଅ।ମୋ ହାଲ୍ ତ ଦେଖୁଛ,ତା ମାମୁ କନ୍ୟା ସମର୍ପି ଦେବ।”

ମହାନ୍ତି ମୁହଁରୁ ଯିମିତି ଏହି ପଦକ ବାହାରିଛି,ମହନ୍ତ କ'ଣ ଆଖି ଟିପିଦେଲେ,ପଦୀ କନ୍ୟାକୁ ଘେନି ବର ପାଖରେ ଉପସ୍ଥିତ।ବ୍ରାହ୍ମଣ ଭଣ୍ଡାରି ହାଜର ଥିଲେ,ସାଙ୍ଗେ ସାଙ୍ଗେ ମନ୍ତ୍ରପାଠ,ବିଭା ଆରମ୍ଭ,ମାମୁଁ ସପନି ପାତ୍ରେ କନ୍ୟା ସମର୍ପି ଦେଲେ,ଘଣ୍ଟାକ ମଧ୍ୟରେ ବିଭା ସମାପ୍ତ।

ବରକନ୍ୟା ମେଲାଣି ହେବେ-ମାଳତୀ ବାପା ଗୋଡ଼ ଧରି ବାହୁନି ବସିଲା, ମହାନ୍ତିଏ ରାଗରେ ଗୋଡ଼ ଛାଟିଦେଲେ ଯେ, କନ୍ୟା ଦୁଲ କରି ପଡ଼ିଗଲା।ମାଳତୀର ସେଥିକି ଚିନ୍ତା ନାହିଁ,ପୁଣି ବାପା ଗୋଡ଼ ଧରି କହିଲା-ବାପାତୁ ଉଛୁଣିକା ବାଧିକା ପଡ଼ିଛୁ,ମୁଁ ତୋ ପାଖରେ ରହି ସେବା କରିବି, ତୁ ଭଲ ହେଲେ ଯିବି।” ମାଧ ମହାନ୍ତି- “ଦୁର୍! ଦୁର୍! ଦୁର୍! ଦୁର୍! ପନ୍ଦର ବରଷକାଳ ବସି ଖୁଆଇଥିଲି,ଏବେ ଜଣକୁ ଦି'ଜଣ ବସି ଖାଇବ ପରା!”

ପଦୀ ପାଖରେ ଛିଡ଼ାହୋଇ ସବୁ ଶୁଣୁଥିଲା,ମାଳତୀକୁ କୁଣ୍ଢେଇ ଉଠାଇ ନେଇ ପାଲିଙ୍କିରେ ବସାଇଦେଲା।ବର ତ ଆଗରୁ ଯାଇ ବସିଥିଲା,ଉଠାଅ ପାଲିଙ୍କି।ବାଜାବାଲା ଆଉ ବରଯାତ୍ରୀଏ ସଜବାଜ ହେଉଁ ହେଉଁ 'ହୁଁ ମେରି ଭାଇରେ'ଡାକ ଛାଡ଼ି ପାଲିଙ୍କି ଗାଁ ବାହାର ଗହୀର ବିଲରେ ଦାଖଲ।

ପାଞ୍ଚ, ଛ'ଦିନ ଉତ୍ତାରେ ମହନ୍ତ ଦିନେ ପାଖଲୋକଙ୍କୁ ଡାକି କହିଲେ, "ହୋଇରେ!ବିଭାଘର ଗଲାଠାରୁ ମାଧ ମହାନ୍ତି ତ ଦାଣ୍ଡରେ ଦିଶୁନାହିଁ?ତା'ର ଜ୍ୱର ହୋଇଥିଲା, ବୁଝ ତ କ'ଣ ହେଲା? "ଯୋଡ଼ାଏ ପାଖ ଲୋକ ଧାଇଁଲେ,ଦାଣ୍ଡ ଦୁଆରେ, ବାଡ଼ି ଦୁଆରେ ଢେର୍ ଡାକିଲେ,କବାଟରେ ଧଡ଼ ଧଡ଼ କରି ମାରିଲେକେହି ଶୁଣିବାକୁ ନାହିଁ। ସେମାନେ କ'ଣ କଲେ କି, ଗୋଟାଏ ନିଶୁଣି ପାଚିରିରେ ଲଗାଇ ଦେଇ ଭିତରକୁ ଡେଇଁପଡ଼ିଲେ, ସଦର କବାଟ ଫିଟାଇ ଦେଲେ।ଭିତର କାଣ୍ଡ ଦେଖି କାବା ହୋଇଗଲେଣି।ମହାନ୍ତି ଘର ଭିତରଆଡ଼କୁ ମୁଣ୍ଡ ଦେଇ ବାହାରକୁ ଗୋଟାଯାକ ଗୋଟାଏ ବଡ଼ ମୋଟା ଢୋଲ ପରି ଦୁଆରବନ୍ଧ ପାଖରେ ପଡ଼ିଛି। ଅଧା ଲଙ୍ଗଳା-ମୁଣ୍ଡ ଘାଆଟା ମୁହଁର ଅଧାଅଧି ମାଡ଼ିଗଲାଣି।ପଣ ପଣ ମାଛି ଭଣ ଭଣ କରୁଛନ୍ତି।ମେଞ୍ଚାକୁ ମେଞ୍ଚା ପୋକ ଘାଅରୁ ଝଡ଼ି ପଡୁଛନ୍ତି। ଜଣାଯାଏବର ବିଦା ବାଦେ ମହାନ୍ତି ବାହାର ସବୁ କବାଟ ଭଲକରି କିଳି ଦେଇ ଘରକୁ ଶୋଇବାକୁ ଯାଉଥିଲା, ଯାଇ ପାରିନାହିଁ। ଦୁଆର ବନ୍ଧ ପାଖରେ ପଡ଼ିଯାଇଛି।ଟଙ୍କା ଥଳିଟା ଯାହା ସିଇଁ ରଖିଥିଲା ପାଖରେ ପଡ଼ିଛି।

ଜାତିଭାଇମାନେ,ପୁରୋହିତ ସମସ୍ତେ ମଠରେ ମହନ୍ତଙ୍କ ପାଖରେ ବସିଛନ୍ତି। ସତ୍କାରର ବିଚାର ଲାଗିଛି।ମାତ୍ର ଗୋଟାଏ କଥା ଉଠିଲା,ମାଛିଆ ପାତକ ହୋଇଅଛି ଛୁଇଁବ କିଏ?ଯେ ଛୁଇଁବ ଯେ ପ୍ରାୟଶ୍ଚିତକରିବ। ଢେର୍ ତର୍କବିତର୍କ ଉତ୍ତାରେ ସ୍ଥିର ହେଲା, ପ୍ରାୟଶ୍ଚିତ ଖର୍ଚ୍ଚ ସକାଶେ ମହନ୍ତଙ୍କ ଲୋକ ମହାନ୍ତି ମରେଇରୁ ଦୁଇ ପୌଟି ଧାନ କାଢ଼ିଦେବ, ପୁରୋହିତ ମହାବିଷ୍ଣୁ ପାଦୋଦକ ମନ୍ତ୍ରି ଦେବେ, ସେହି ପବିତ୍ର ପାଣି ଛିଞ୍ଚିଦେଲେ ମଡ଼ା ଉପରୁ ସବୁ ପାପ ଧୋଇଯିବ। ମହନ୍ତେ ପୁରୋହିତେ ବିଶୁ ରଥକୁ ପଚାରିଲେ, "ହୋଇ ହୋମହାନ୍ତିଙ୍କୁ ମାଛିଆ ପାତକ ଲାଗିଲା କ୍ୟାଁ?ରଥେ କହିଲେ, ଆଜ୍ଞାପୁରାଣ ଶାସ୍ତ୍ରରେ ଲେଖାଅଛି-

"ବୁଢ଼ା ବରେ ଝିଅ ବିକେ ଯେ ଲୋକ,
ସେ ଲୋକ ମୁଣ୍ଡରେ ପଡ଼ଇ ପୋକ।"

ଆଜ୍ଞା, ପ୍ରମାଣ ଦେଖନ୍ତୁ - ଠିକ୍ ମୁଣ୍ଡରେ ମାଛିଆ ପାତକ, ଗୋଡ଼ରେ ନୁହେଁ, ହାତରେ ନୁହେଁ, ପିଠିରେ ନୁହେଁ - ଠିକ୍ ମୁଣ୍ଡରେ, ଶାସ୍ତ୍ର କଥା କ'ଣ ଅନ୍ୟଥା ହେବ?

ଆଠଜଣ ଜାତିପୁଅ ନାକରେ ଲୁଗା ଗୁଡ଼ାଇ ଭିତରକୁ ଗଲେ। କାଳେ ମଡ଼ା ଦେହରେ ଆଉ କିଛି ପାତକ ଲାଗି ରହିଥିବ, ସେ ପାପ ଧୋଇଯିବା ଲାଗି ହାଣ୍ଡିଏ ଗୋବରପାଣି ମଡ଼ା ମୁଣ୍ଡଠାରୁ ଗୋଡ଼ ଯାଏ ଛିଞ୍ଚିଦେଲେ।

ଗାଁ ଗୋହିରୀ ମଝିରେ'ହରିବୋଲ! ରାମନାମ ସତ୍ୟ ହେ'ରଗୋଟାଏ ଉତ୍କଟ ରଡ଼ି ସମସ୍ତେ ଶୁଣିଲେ।ସବୁ ଶେଷ! ଏତେ ପଚାମଡ଼ା, ପୋଡୁଛି କିଏ?ମଶାଣି କିଆବାଡ଼ ତଳେ ଥୋଇଦେଇ ଆସିଲେ।

ଝିଅ ଜୁଆଁଇ ଆସି ବୁଢ଼ାର କ୍ରିୟାଟା ଭଲକରି କଲେ। ଗାଁ ଜାତି ଅଜାତି ସମସ୍ତଙ୍କୁ ନିମନ୍ତ୍ରଣ ଦେଇ ଖଜା, କାକରା, ପିଠା, ପାଳୁଅ, ତସ୍ମିକରି ଦୁଇ ତିନିଥର ଖୁଆଇଲେ। ଗାଁରେ ଝିଅ-ଜୁଆଁଇଙ୍କର ଖୁବ୍ ପ୍ରଶଂସା ଉଠିଲା।"

ମଠ ସରଘରିଆ ବିନୋଦିଆର ନାମ ଏବେ ଜମିଦାର ବାବୁ ବିନୋଦବିହାରୀ ମହାନ୍ତି। ଗୋପାଳପୁର ତାଲୁକା ଜମିଦାରୀଟା କିଣିଲାଣି।ସଦର ଗୁମାସ୍ତା ଯୋଡ଼ିଏ, ସଦର ପାଇକ ଆଠ ଦଶଟା। ଚାରିଖଞ୍ଜା ଧୂଳିଆ ଘର ବନାଇ ପକାଇଲାଣି। ବାହାରୁ ଦେଖିଲେ ଗୋଟାଏ ବଡ଼ ଜମିଦାର ଘର ବୋଲି କିଏ ନ କହିବ?

ବାହାର ଲୋକେ ଅନୁମାନ କରନ୍ତି, ମାଧ ମହାନ୍ତି ଘରେ ଟଙ୍କା ଦୁଇଲକ୍ଷ ପୋତା ଥିଲା।

"ଅରଜି ଛଞ୍ଚି କୃପଣ ମରେ,
ଗୁଡ଼ମାଠିଆ ମାହ୍ଲୁଆ ମାରେ।"

କାଳିକା ପ୍ରସାଦ ଗୋରାପ

ବାବୁ ଶିବପ୍ରସାଦ ଚୌଧୁରୀଏ କହିଲେ, "ଆଜି ଦିନ ଦୁଇପ୍ରହର ବେଳେ ସଭା ବସିବା କଥା, କାଲି ଓପରଓଳିଠୁଁ ମହାଜନମାନଙ୍କୁ ଜଣାଇ ଦିଆଯାଇଛି - ଦେଖନ୍ତୁ, ଉଛୁଣିକା ଚଉଦଘଡ଼ି ବେଳ ଟଳିବାକୁ ବସିଲାଣି। ସମସ୍ତଙ୍କର ଦେଖାସାକ୍ଷାତ୍ ନାହିଁ, ଭାରି ଦରକାରି କାମରେ ଏପରି ମଠ କଲେ କି ଚଳେ?"

ବାବୁ ଜଗବନ୍ଧୁ ମଲ୍ଲେ କହିଲେ, "ହେଲେ, ହେଉ, ଆହେ ମାଗୁଣି ଲେଖିପକାଉନ୍ତୁ ତ! କିଏ କିଏ ବାବୁ ଆସିଲେ, ଖଣ୍ଡେ କାଗଜରେ ସେମାନଙ୍କ ନାମ ଟିପିଯାଆନ୍ତୁ।"

ଗୁମାସ୍ତା ମାଗୁଣି ମହାନ୍ତିଏ ଫର୍ଦେ ବାଲେଶ୍ୱରୀ ଛଣି କାଗଜ ଗାର କାଟିଲା ପରି ଆଠଭାଗଙ୍କ କରି ଚୌତିଲେ। ପାଖରେ ଗୋଟାଏ ମାଟି ଦୁଆତରେ ଅଧେ କନା, ଅଧେ କାଳି ପୂରା ଥିଲା, ଗୋଟାଏ ଶରକାଠି କଲମ ଧରି ଲେଖିବାକୁ ଲାଗିଲେ।

ଶ୍ରୀ ଶ୍ରୀ ଶାମରାଏ ମହାପ୍ରଭୁ ଚରଣେ ଶରଣ। ତୁଳ ଷୋଳ ଦିନ ଶୁକ୍ଳ ଦୁତିଆ ଗୁରୁବାର ବାବୁ ରଘୁନାଥ ଦେ'ଙ୍କ ଘରଠାରେ ସଭା ବସିଲା,ଏହି ବାବୁମାନେ ସଭାରେ ବିରାଜମାନ କଲେ-

୧.ଶ୍ରୀ ଶ୍ରୀ ବାବୁ ରଘୁନାଥ ଦେ
୨.ଏକ୍କ ଶିବପ୍ରସାଦ ଚୌଧୁରୀ
୩.ଏକ୍କ ଜଗବନ୍ଧୁ ମଲ୍ଲେ
୪.ଶ୍ରୀ ଶ୍ରୀ ବାବୁ ରାମଦାସ ମହାପାତ୍ରେ
୫.ଏକ୍କ ନାକଫୋଡ଼ି ନାୟକେ
୬.ଏକ୍କ ନବଘନ ଶ୍ୟାମସୁନ୍ଦର ପ୍ରସାଦ ରାଉତେ
୭.ଏକ୍କ ପରମ ପରିଜା
୮.ଏକ୍କ ଚରଣ ଦାସେ

ଗୁମାସ୍ତା ନାମ ଲେଖି ସାରି ଯେଉଁ ଯେଉଁ ଅକ୍ଷରରେ ବହଳ କାଳିଲାଗି ଶୁଖିନଥିଲା, ଖଣ୍ଡେ ସଫା ସରୁକନାରେ ସରୁ ବାଲିବନ୍ଧା ପୁଟୁଳା ସେଥିରେ ଥାପିଦେଇ ନାମ ଡାକିଦେଲେ।

ବାବୁ ଚରଣ ଦାସେ କହିଲେ, "ହେଲା - ହେଲା, ଯେଉଁମାନଙ୍କର ଆସିବାର ନିହାତି ଦରକାର, ସେମାନେ ତ ଆସିଗଲେ, ଆଉ କାହାରି ଆସିବାର ଥିଲେ ପଛରେ ଆସୁଥାନ୍ତୁ। ଆଉ ବସିବାର ଲୋଡ଼ା ନାହିଁ।"

ବାବୁ ପରମ ପରିଜା କହିଲେ, "ଆହେ ଚୌଧୁରୀ ସାଆନ୍ତେ! ଆଜି ସଭାରେ କ'ଣ କଥା ଅଛି ପକାନ୍ତୁ, ଆଉ ମଠ କ୍ୟାଁ?"

ବାବୁ ଶିବପ୍ରସାଦ ଚୌଧୁରୀଏ କହିଲେ, "ଆଉ କହିବୁଁକ'ଣ?ସମସ୍ତେ ତ ଏକା ନା'ରେ ବସିଛୁଁ - ଯେଉଁ ଗଜବ ପଡ଼ିଲାଣି, ଜାହାଜାତି କାରବାର ଏଣିକି ଇତି। ସମସ୍ତେ ତ ଦେଖୁଛନ୍ତି;ଆଜକୁ ବର୍ଷ ଦି'ଟା ଭିତରେ ପରିଜା ବାବୁଙ୍କର ରାଜରାଜେଶ୍ୱରୀପ୍ରସାଦ, ମଲ୍ଲଙ୍କର ଦୁର୍ଗାପ୍ରସାଦ, ଧରନ୍ତୁ ମୋର ଲକ୍ଷ୍ମୀପ୍ରସାଦ, ନାୟକବାବୁଙ୍କର ରାମପ୍ରସାଦ, ଏବେ ଦେଖନ୍ତୁ ଦେ'ବାବୁଙ୍କର କାଳିକାପ୍ରସାଦ। ପାଣି ନାହିଁ, ପବନ ନାହିଁ, ଲାଗ ଲାଗ ପାଞ୍ଚ ଖଣ୍ଡ ବାହାର ଦରିଆରେ ଗୁମ୍।ଆମ୍ଭେ ମନରେ କରିଥିଲୁଁ, ଡୁବି ପାହାଡ଼ରେ ଠୋକର ବାଜିଯାଉଛି। ଦରିଆ ଭିତରେ ଢେର୍ଢେର୍ ପାହାଡ଼ ଡୁବି ରହିଛି, ଭଟ୍ଟାବେଳେ ଟିକିଏ ଟିକିଏ ମୁଣ୍ଡ ଦିଶେ, ଜୁଆର ବେଳେ ଲୁଚିଥାଏ। ଏଣେ ଜାହାଜ ତ ଘୋଡ଼ା ପରି ଧାଇଁଥାଏ, ମାଝି କଳିପାରେ ନାହିଁ, ପାହାଡ଼ ଛୁଇଁଲା ତ ଛତ୍ରୁ! ଏବେ ସବୁ ପ୍ରସଙ୍ଗ ସାଫ ଧରାପଡ଼ିଗଲା।'ଆହେ ଦେ ସାନ୍ତେ, ଆପଣଙ୍କ ତଣ୍ଡେଲକୁ ଡାକନ୍ତୁ ତ, ବାବୁମାନଙ୍କ ଆଗରେ ସବୁ ହାଲ ବୟାନ କରିଯାଉ।"

ବାବୁ ରଘୁନାଥ ଦେ ଡାକିଲେ - "ଆରେ ହଗ୍ଗୁ ତଣ୍ଡେଲ! ମୂଳରୁ ଶେଷଯାଏଁ କ'ଣ ଘଟିଲା, ବାବୁମାନଙ୍କ ଆଗରେ ବୟାନ କରି ଯା'ତ। ଖବରଦାର! ପଦେ ବି ଛାଡ଼ିବୁ ନାହିଁ।"

ହଗ୍ଗୁ ତଣ୍ଡେଲ ଗାମୁଛା ଖଣ୍ଡ ବେକରେ ପଟକା ପକାଇ ବାବୁମାନଙ୍କୁ ଜଣ ଜଣ କରି ଭୂଇଁରେ ମୁଣ୍ଡଲଗାଇ ଦଣ୍ଡବତ କଲା।ତହିଁ ବାଦେ ବାବୁମାନଙ୍କ ମୁହଁକୁ ଅନାଇ କହିବାକୁ ଲାଗିଲା-

"ଆଜ୍ଞା, ଗଲା ବରଷ ମକର କୃଷ୍ଣ ଦୁତିଆ ଦିନ ଦି'ପହରିଆ ଭଟ୍ଟାରେ ଆମ୍ଭେମାନେ ଚାରିଖଣ୍ଡ ଜାହାଜ ବନ୍ଦର ଘାଟରୁ ଗଡିଗଲୁ। ନଈ ଭିତରେ ଭଟ୍ଟା ଧରି ଯାଉଁ ଯାଉଁ ତିନିଦିନ ଦିନ ଓପରଓଳି ମୁହାଣ ଟପି ସଞ୍ଜବେଳେ ଦରିଆରେ ଲଙ୍ଗର କଲୁଁ। ଚାରି ଜାହାଜଯାକ କୋଶକୋଶକ ଛଡ଼ା ଲଙ୍ଗର କରିଥାଉଁ। ତହିଁ ଆରଦିନ ଖୁବ୍ ସକାଳେ ପୂର୍ବ

ଦିଗରେ ଯିମିତି ସୂନ୍ଦରାଫାଟିଛି, ସମସ୍ତେ ଏକ ସଙ୍ଗରେ ହାବିସ କଲୁଁ। ଦୁଇଖଣ୍ଡ ଗୋରାପ ବାଉଟା ହଲାଇ ଆମ୍ଭମାନଙ୍କୁ

୧ ପ୍ରଚଳିତପାଠ - ଗଜବନ୍ଦନୀ

ଦଣ୍ଡବତ କଲେ। ଆମ୍ଭମାନଙ୍କ ମାଝି ବି ସେହିପରି ବାଉଟା ବିଞ୍ଚିଲେ। ସେ ଗୋରାପ ଦି'ଖଣ୍ଡ ଦକ୍ଷିଣମୁହାଁ ହକାରିଲେ। ଖଣ୍ଡେ ଗଲା ଲକଡ଼ ଦ୍ୱୀପ, ଆଇ ଖଣ୍ଡେ ଗଲା କଲମ୍ବୋ ବନ୍ଦର। ଲକଡ଼ ଦ୍ୱୀପ ଜାହାଜ ବୋଝେଇ ଥିଲା ଚୁଡ଼ା ଆଉ ଭାତରନ୍ଧା ହାଣ୍ଡି[୧]।

କଲମ୍ବୋ ଜାହାଜରେ ମାଲ ଥିଲା ତୁଛା ଚାଉଳ। ଆଉ ନାୟକ ବାବୁଙ୍କର ଦୁର୍ଗାପ୍ରସାଦ ସୁଲୁପ ଉତ୍ତରମୁହାଁ ଗଙ୍ଗାନଈ ମୁହାଣ ବାଟରେ ସୂତାନୁଟି[୨] ହାଟ ଆଡ଼େ ଗଲା। ଆମ୍ଭେମାନେ ଯବଦ୍ୱୀପ-ବତାବୀ ବନ୍ଦର ଦିଗକୁ ପୂର୍ବମୁହାଁ ହକାରିଲୁଁ। ତେତେବେଳେ ପଛିମା ସୁଲୁସୁଲିଆ ପବନ ମାରୁଥାଏ। ସଳଖରେ ମଙ୍ଗଟା ଧରିଥାଉଁ, ଦିନ ନାହିଁ, ରାତି ନାହିଁ, ଜାହାଜ ଧାଇଁଛି। ବାହାର ଦରିଆରେ ଦିନ ରାତି ସବୁ ସମାନ। ରାତିରେ ଉତ୍ତରପଟ ଧୋବତାରା ଆଉ ଶେଷରାତିଆ ପୂର୍ବଦିଗ ପୋଆତରା ଦିଶିଲେ ବାଟ ଦିଶିଯାଏ। ଚାରିଦିନ ଦିନ ବଡ଼ି ସଖାଳେ ପୂର୍ବଦିଗ ସମୁଦ୍ର ଭିତରେ ସୂର୍ଯ୍ୟଦେବତାଙ୍କ ଫେନ୍ଦ ଯିମିତି ଦିଶିଲା, ସେହି ଦିଗରେ ଦଶ କୋଶ ହେବ ଦୂରରେ ଖଣ୍ଡେ ଜାହାଜର ଶେଡ଼ ଦିଶିଲା। ଜାହାଜଖଣ୍ଡ ଆମ୍ଭମାନଙ୍କୁ ଲକ୍ଷ୍ୟ କରି ଧାଇଁଥାଏ। ତାହାବାଦେ ଦିଶିଲା ଜାହାଜର ବାହୁଟିଆ କୁନ୍ଦା[୩] ଆଉ ସଫରଦାରୀ ରସି[୪] ଉପରେ ଦୁଇଟା ବଡ଼ ବଡ଼ ଲାଲ ପତାକା ଉଡୁଛି। ମୁଁ ନାବରା ଦଉଡ଼ି[୫] ଧରି ଚଉକୀ[୬] ଉପରକୁ ଉଠିଯାଇ ଦୂରବୀନ[୭]

୧ ବାଲେଶ୍ୱରରେ ପ୍ରବାଦ- ଲାକ୍ଷାଦ୍ୱୀପ ମାଟିରେ ହାଣ୍ଡି ପ୍ରସ୍ତୁତ ହୁଏ ନାହିଁ, ବାଲେଶ୍ୱରରୁ ଭାତରନ୍ଧା ହାଣ୍ଡି ସେଠାକୁ ଯାଉଥିଲା। ଲେଖକ ପିଲା କାଳରେ ଦେଖିଛି, ଖଣ୍ଡିଏ ମାଲ୍ଲା- ହୁଡ଼ି (ସେ ଦେଶ ଜାହାଜକୁ ହୁଡ଼ି ବୋଲାଯାଏ) ଆସିଲେ ଚାରିପାଖେ ଚାରି କୋଣ ମଧ୍ୟରେ ଯେତେ ଶ୍ମଶାନକଳସୀ ଆଉ ବାଇଜି ହାଣ୍ଡି ପଡ଼ିଥାଏ, ପାଣ ମେହେନ୍ତରମାନେ ସେ ସବୁ ରୁଣ୍ଡାଇ ହୁଡ଼ିକୁ ବିକନ୍ତି- ସେମାନେ ପଇସା ନଦେଇ ନଡ଼ିଆ ଦିଅନ୍ତି। ସେ ଜାହାଜରେ ନଡ଼ିଆ ପୂର୍ଣ୍ଣ ହୋଇ ଆସିଥାଏ।

୨ ସୂତାନୁଟି ସ୍ଥାନ ଜଙ୍ଗଲମୟ ଥିଲା। ୧୯୬୦ ଖ୍ରୀଷ୍ଟାବ୍ଦରେ ଇଂରେଜମାନେ ଜଙ୍ଗଲ କାଟି ହାଟ ବସାଇଲେ। ଏହି ସ୍ଥାନରେ କାଳୀ ଦେବୀଙ୍କର କୋଠା ମନ୍ଦିର ଅଛି, ଏଥିପାଇଁ ଏହାର ନାମ ସୂତାନଟି ହାଟ ବା କାଳୀ କୋଠା। କାଳକ୍ରମରେ ଏହାର କାଳୀକୋଠା ନାମ ଅପଭ୍ରଂଶରେ କଲିକତା ହୋଇଅଛି।

୩ ବାହୁଟିଆ କୁନ୍ଦା- ଜାହାଜର ପଶ୍ଚାଦ୍‌ଦିଗରେ ପତାକା ଉଡ଼ିବାର ସ୍ତମ୍ଭ।

୪ ସଫରଦରୀ ରସି- ଜାହାଜର ସମ୍ମୁଖ ସଫରଦରିଆଠାରୁ ଡୋଲ ମୁଣ୍ଡକୁ ବନ୍ଧା ଦଉଡ଼ି।

୫ ନାବରା ଦଉଡ଼ି- ଜାହାଜ ଦୁଇ ପାଖରେ ଡୋଲ ମସ୍ତକ ପର୍ଯ୍ୟନ୍ତ ନିଶୁଣ ପରି ବନ୍ଧା ତିନିଟା ଦଉଡ଼ି।

୬ ଚଉକି- ଡୋଲ ଉପରେ କର୍ମଚାରୀମାନଙ୍କ ବସିବାର କପିକଳ ଝୁଲିବା ସ୍ଥାନ।

୭ ପ୍ରଚଳିତପାଠ- ଦୂରବିଶ୍

କଷିଦେଲି। ଏତିକିବେଳେ ଦୁମ୍ ଦୁମ୍ କରି ସେହି ଜାହାଜରୁ ଚାରି ପାଞ୍ଚଟା ବୋମ୍ ଫଏର ହେଲା। ଆମ ମାଝି ଛାନିଆ ହେଲା ପରି ଚଞ୍ଚଳ ଡାକିଦେଲା,ଗାମଦ[1]-ଗାମଦ-ପୂର୍ବ-ପୂର୍ବା ଆମ କାଳିକାପ୍ରସାଦ ବାଟ ବଦଳି ପୂର୍ବାହେରିଆ ବସିଲା। ସେ ଜାହାଜ ବି ଆମ ଆଡକୁ ଧାଇଁଥାଏ। ଦିନ ପହରକବେଳେ ଦୁଇ ଜାହାଜ ଭେଟାଭେଟି, ଠୋକର ଲାଗେ ଲାଗେ।"

ଚୌଧୁରୀବାବୁ କହିଲେ- ଆରେ ତୁମେମାନେ ନବୁଝି ନସୁଝି କ୍ୟାଁ ସେ ଜାହାଜ ପାଖକୁ ଧାଇଁଲ?

ହଗୁ ଚଣ୍ଡେଲ- ଆଜ୍ଞା, ଖଣ୍ଡେ ଜାହାଜରେ ବିପଦଦାଉଟା ଉଡ଼ିଲେ, ଆଉ ରକମ ବିପଦ ହେଲେ, ଆଉ ଜାହାଜ ତା' ପାଖକୁ ଧାଇଁବେ, ଦରିଆଠାକୁରାଣୀଙ୍କର ଏଇ ରକମ ହୁକୁମ।

ତା' ବାଦେ କ'ଣ ହେଲା କି, ସେ ଜାହାଜ ଉପରେ ବାଲୁଆ କଳାକନା ପିନ୍ଧା ଆଠ ଦଶଜଣ ତୁରକ ଛିଡ଼ା ହୋଇଥିଲେ, ଘାବରି ଗଲା ପରି ଚଞ୍ଚଳ ଡାକିଲେ, ପାଗଡ଼-ପାଗଡ଼-ପାଗଡ଼[2] ଖଲାସୀମାନେ ଚାରିଖଣ୍ଡଯିମିତି ଫୋପାଡ଼ି ଦେଇଛନ୍ତି, ତୁରକମାନେ ଦୁଇ ଜାହାଜକୁ ସଙ୍ଗଡ଼ି ପକାଇଲେ। ଆମ ଖଲାସୀମାନେ ବି ଦୁଇ ଜାହାଜ ପେରଛା[3] ଆଉ କାଛିରେ[4] ସଙ୍ଗଡୁଥାନ୍ତି। ଦୁଇ ଜାହାଜ ଯିମିତି ସଙ୍ଗଡ଼ାଯାଇଛି,ସେ ଜାହାଜ ଚାପଦାର[5] ଆଉ ଖୋଳ[6] ଭିତରେ ଅନ୍ଦାଜ ଦୁଇ କୋଡ଼ିରୁ ବଳିବେ ଖପ୍ ଖପ୍ କରି ଆମ ଜାହାଜକୁ ଡେଇଁ ପଡ଼ିଲେ। ସେମାନଙ୍କ ରୂପ ଦେଖି ଆମ୍ଭେମାନେ ତାଟଙ୍ଗ ହୋଇଗଲୁଣି। କାହାରି ଗୋଡ଼ହାତ ଚଳୁ ନାହିଁ, କାଠଟି ପରି ଛିଡ଼ା ହୋଇଥାଉଁ। ଲୋକଗୁଡ଼ାକ ପଞ୍ଚହତା ମର୍କ, ସେଇ ରକମ ମୋଟା, ରାକ୍ଷସ ପରି ବଳୁଆ, ଫିରିଙ୍ଗୀ ପରି ମୁହଁ ରଙ୍ଗା ରଙ୍ଗା। ସେହିପରି ଏକ ରକମ ପୋଷାକ, ମୁଣ୍ଡରେ ଟୋପି, ମନ୍ଦାରଫୁଲ ପରି ଆଖି ଲାଲ। ମୁହଁରୁ ମଦଗନ୍ଧ ଭକଭକ ବାହାରୁଛି। ସବୁଗୁଡ଼ାକ ମତୁଆଲା, ଧାଡୁଆ ମାଙ୍କଡ଼ ପରି ଆମ ଜାହାଜ ଉପରେ ଧାଁଦଉଡ଼ ଲଗାଇଥା'ନ୍ତି। ହାତରେ ବଙ୍କା

୧ ଗାମଦ-ଜାହାଜତଳ କଣା ହୋଇ ପାଣି ପଶିବା।

୨ ପାଗଡ଼-ଜାହାଜବନ୍ଧା ଦଉଡ଼ି।

୩ ପେରଛା-ଜାହାଜର ବାଡ଼।

୪ କାଛି-ଜାହାଜ ଉପରେ ଥିବା ସରୁ ଦଉଡ଼ି।

୫ ଚାପଦାର-ଜାହାଜ ଭିତରେ ମନୁଷ୍ୟ ରହିବା ଘର

୬ ଖୋଳ-ଜାହାଜ ଭିତରେ ମାଲ ରଖାଯିବା ଜାଗା

ବଙ୍କା ଲଘା ତରବାରି।ଅଣ୍ଟାପଟି ଏକ ପାଖରେ ତରବାରି ଖାପଆର ପାଖରେ କଡ଼ାବିନ୍ ଝୁଲୁଥାଏ। ହିପ୍ ହିପ୍ ଶବ୍ଦ କରି ପାଟି କରୁଥା'ନ୍ତି। ଆମ୍ଭମାନେ ତ କାବା ହୋଇ ଛିଡ଼ାହୋଇଥିଲୁଁ, ହଳ ହଳ କରି ବାନ୍ଧି ପକାଇଲେ। ଆମ ମାଝି ଖପା ହୋଇ କ'ଣ କରିବାକୁ ଯାଉଥିଲା, ଗୋଟାଏ ରାକ୍ଷସ ତରବାରିରେ ଯେ ଚୋଟେ ଦେଇଛିମୁଣ୍ଡଟା ପାଞ୍ଚ ହାତ ଦୂରରେ ଠିକରି ପଡ଼ିଲା, ଗଣ୍ଡିଟା ତଳେ ପଡ଼ି ଛଟପଟ ହେଉଥାଏ। ସେଇ ରାକ୍ଷସଟା ମାଝି ମୁଣ୍ଡଟା ଆମ୍ଭମାନଙ୍କୁ ଦେଖାଇ କ'ଣ ବରବର କରି କହିଲା, ବୁଝିପାରିଲୁ ନାହିଁ। ଆଉ ଗୋଟାଏ ରାକ୍ଷସ ହସି ହସି ମାଝି ଗୋଡ଼ଧରି ଗଣ୍ଡିଟା ଦରିଆକୁ ଫୋପାଡ଼ିଦେଲା। ତା' ବାଦେ ଆମ୍ଭମାନଙ୍କୁ ଘେନିଯାଇ ତାଙ୍କ ଜାହାଜ ଚାପଦାର ଭିତରେ ଭର୍ତ୍ତିକରି ଦେଇ ଗୋଟାଏ କୋଲପ ଲଗାଇଦେଲା। ଆମ୍ଭେମାନେ ମଲା ପରି ପଡ଼ିଥାଉଁ। ରୋଜ ସକାଳେ ଅଧ ଅଧ ସେର ଅନ୍ଦାଜ ଚୁଡ଼ା ଆଉ ଡାଳେ ଡାଳେ ପାଣି ଦେଇଯାଏ- କିଏ ଖାଇଲା, କିଏ ନ ଖାଇଲା। ଶଙ୍କର ବେହେରା ମିର୍ଦ୍ଧା' ପେଟରେ ଗୋଟାଏ ରକ୍ଷସ ଜୋତାମିଶା ଯୋଡ଼ାଏ ଗୋଇଠା ମାରିଥିଲା, ସେ ପଡ଼ି ପଡ଼ି ଦି'ଦିନେ ମରିଗଲା। ଆମ୍ଭେମାନେ ତାକୁ ଦରିଆକୁ ଫୋପାଡ଼ିଦେଲୁଁ, ସେ ହାଡ଼ିଗୁଡ଼ାଙ୍କୁ ଛୁଇଁବାକୁ ଦେଲୁନାହିଁ। ତିନିଦିନ ଦିନ ଓପରଓଳି ବେଳ ରତରତ ଗୋଟାଏ ମୁଲକରେ ଜାହାଜ ଲଙ୍ଗର କଲା। ପଛନ୍ତେ ଜାଣିଲୁ, ସେଇଟା ମୁଲକ ନୁହେଁ, ଦରିଆ ଭିତରେ ଗୋଟାଏ ଟାପୁ। ତା' ନାମ ଛଣଦ୍ୱୀପ। ଆମ୍ଭମାନଙ୍କୁ ଘେନିଯାଇ ଗୋଟାଏ ଜେଲଖାନାରେ ବନ୍ଦୀ କଲେ। ଆହୁରି ବି ଢେର୍ ବନ୍ଦୀଆଣ ସେ ଘରେ ବନ୍ଦୀ ହୋଇ ପଡ଼ିଛନ୍ତି। ମାସକ ବାଦେ ଆମ୍ଭମାନଙ୍କୁ ଘରୁ କାଢ଼ି ଅଲଗା ଅଲଗା କରିଦେଲେ। କେହି କାହାରି ମୁହଁ ଦେଖିବାକୁ ନାହିଁ। ଘରୁ କାଢ଼ି ଗୋଟାଏ ତୁରକ ଆମ୍ଭମାନଙ୍କୁ ତା' କଥାରେ ବୁଝାଇଦେଲା, ହୁକୁମ ନ ମାନି ପଳାଇବାକୁ ଚେଷ୍ଟାକଲେ ମାଝି ଦଶା ହେବ। ସେ ଦେଶରେ ଗୋଟାଏ ରଜା ଅଛି, ସେଇଟା ଭଲ ରଜା ନୁହେ, ଡକାଇତ ରଜା। ସେଟାର ନାମ ଗଞ୍ଜେଇନିଶଶ (Ganjalish), ଆହୁରି ବି ସେ ରଜାର କେତେ ଜଣ ସରଦାର ଅଛନ୍ତି।ପଛରେ ସେମାନଙ୍କ ନାମ ଜାଣିଲି, କପ୍ତାନ ମାଲିଫିକା(Captain Malpica), ଜୁକରହିଥା (Jucartn), ହଗ୍ରୀ ବୁସ୍ (Haxary Buse), ମେଷ୍ଟର ଦିକସ୍ତ (Mister Decsta)। ଆହୁରି ବି ସରଦାର ଅଛନ୍ତି, ସେମାନଙ୍କ ନାମ ପାସୋରି ଗଲିଣି। ଫିରିଙ୍ଗୀ ପାଇକ, ତୁରକ ପାଇକ ବି ଢେର୍ ଅଛନ୍ତି।

୧ କଡ଼ାବିନ-ସାନ ସାନ ମୋଟା ବନ୍ଧୁକ।

୨ ମିର୍ଦ୍ଧା-ଜାହାଜର ଖଲାସୀମାନଙ୍କ ଉପରେ ସରଦାର ଏବଂ ଗୋଦାମ ଉକ୍ଷକ।

ବାବୁ ନାକଫୋଡ଼ି ମଲ୍ଲେ ପଚାରିଲେ-ସେ ରଜା ଜାତିରେ କ'ଣ?ସେ କ'ଣ ଫିରିଙ୍ଗୀ?

ହଗୁ ଚଣ୍ଡେଲ-ଆଜ୍ଞାସେମାନେ ଫାଟୁଆଗାଇ ଜାତି(Portuguese)ଏଇ ଫିରିଙ୍ଗୀମାନଙ୍କ ପରି।

ବାବୁ ନାକଫୋଡ଼ି ମଲ୍ଲେ-ସେ ରଜା କ'ଣ ଆପେ ଡକାଇତି କରିବାକୁ ଯାଏ?

ହଗୁ ଚତଣ୍ଡେଲ- "ଆଜ୍ଞା ନାହିଁ, ସରଦାରମାନେ ଡକାଏତି କରିବାକୁ ଯା'ନ୍ତି, ବଡ଼ ବଡ଼ ଡକାଇତିବେଳେ ରଜା ଆପେ ଯାଏ। ରଜାର ଜାହାଜ ଢେର୍,ଡକାଇତି କରି ବି ଢେର୍ ଜାହାଜ ଆଣିଛି। ସେଇ ଅସୁର ପାଇକମାନେ ଜାହାଜ ଚଢ଼ି ଡକାଏତି କରିବାକୁ ଯା'ନ୍ତି।" ହଁ,ଗୋଟାଏ କଥା କହିବାକୁ ଭୁଲିଯାଇଛି। ଦିନେ ଆମ ଭୀମା ଖଲାସୀକୁ ଦେଖିଥିଲି-ତା' ଉପରେ ଯିମିତି ନଜର ପଡ଼ିଛି, ଧାଇଁ ଆସି ମତେ କୁଣ୍ଢେଇ ପକାଇଲା। ଦୁଇଜଣଯାକ କୁଣ୍ଢିଆକୁଣ୍ଢେଇ ହୋଇ ଡକା ପାରୁଥାଉଁ, ଗୋଟାଏ ଫିରିଙ୍ଗୀ ଧାଇଁ ଆସି ଆମ୍ଭମାନଙ୍କୁ ବେତରେ ବାଡ଼େଇ ଅଲଗା କରିଦେଲା, ମୁଁ ଆଉ ତାକୁ ଦେଖିନାହିଁ।

ବାବୁ ରଘୁନାଥ ଦେ' ପଚାରିଲେ-ତୁ ଆସିଲୁ କିପରି?

ହଗୁ ତଣ୍ଡେଲ-ଢାକା ବୋଲି ଗୋଟାଏ ମୁଲକ।ସେ ଦେଶରେ ଗୋଟାଏ ବଡ଼ ଧନବନ୍ତ ଜମିଦାର ଅଛି।ରଜା ଗଞ୍ଜାଲିଶ[୧] ସନ୍ଧାନ ପାଇ ଦଶଖଣ୍ଡ ଜାହାଜରେ ଚାରି ପାଞ୍ଚଶ ପାଇକ ଧରି ଡକାଇତି କରିବାକୁ ବାହାରିଲା।ମୁଁ ଜାହାଜରେ ଜଣେ ଖଲାସୀ ଥିଲି। ଢାକାରେ ପହଞ୍ଚି ପାଇକମାନେ ଯିମିତି ଜାହାଜରୁ ଓହ୍ଲାଇଗଲେ, ସଞ୍ଜସଞ୍ଜୁଆ ମୁହଁଅନ୍ଧାରିଆ ହୋଇଥାଏ ମୁଁ ପଳାଇ ଆସିଲି। ଛ' ମାସ କାଳ ଢେର୍ଢେର୍ ଜଙ୍ଗଲ, ଢେର୍ଢେର୍ ମୁଲକ ବୁଲି ବୁଲି ଲୋକଙ୍କୁ ପଚାରି ପଚାରି ଆସିଲି।

ବାବୁ ରାମରାମ ପାତ୍ରେ କହିଲେ-ଆପଣମାନେ ତ ସବୁ କଥା ଶୁଣିଲେ। ଏବେ ସବୁ କଥା ପଦାରେ ପଡ଼ିଗଲାଣି। ଏତେଗୁଡ଼ାଏ ଜାହାଜ ଦରିଆରେ ଯୁଆଡ଼େ ଯାଉଛି! କିଏ କେତେ ରକମ କହୁଥିଲେ, ସବୁ ସନ୍ଦେହ ମେଣ୍ଟିଗଲା। ଦରିଆରେ ଏପରି ବୋମ୍ବାଟିଆ ଲାଗିଲେ ଆଉ କ'ଣ ଜାହାଜାତି କାରବାର ଚଳିବ?ଏଇ ଧରନ୍ତୁ ନା-ଦେ' ବାବୁଙ୍କର ଦଶଖଣ୍ଡ ଅଛି ବୋଲି ସିନା ତାଙ୍କୁବାଧିଲା ନାହିଁ, ଛୁଟକୁରିଆ ମହାଜନ ହୋଇଥିଲେ ତା'ର ହାଲ କ'ଣ ହୁଅନ୍ତା?

୧ ପ୍ରଚଳିତପାଠ-ଗଞ୍ଜାଲିଶ

ବାବୁ ରଘୁନାଥ ଦେ' କହିଲେ-କ'ଣ କହୁଛନ୍ତି ଆପଣ ଦଶଖଣ୍ଡ ଜାହାଜ? କାଳିକାପ୍ରସାଦ ମୋ ଅଣ୍ଟା ବସେଇ ଦେଇ ଯାଇଛି। ଅରଖ ନୂଆ ଗୋଡାପ, ପୂରା ବୋଝେଇ, ଧରନ୍ତୁ ନା କେତେ ଟଙ୍କା ଗଲା?

ବାବୁ ଚରଣ ଦାସ କହିଲେ-ଦେ' ଆପଣେ! ଗଲା ଅଙ୍କ ମାଘ ମାସରେ ଯେଉଁ ଗୋରାପ ଖଣ୍ଡ କାତ୍ୟାର ହୋଇଥିଲା, ଏ କ'ଣ ସେହି ଗୋରାପ?ଅର୍ଜ୍ଜୁନ ମହାରଣା ମିସ୍ତ୍ରୀ ହାତଗଢ଼ା ଭଲ ଜାହାଜ ଖଣ୍ଡେ ଉତୁରିଥିଲା ଏକା- କ'ଣ ବୋଝେଇ ଦେଇଥିଲେ?

ବାବୁ ରଘୁନାଥ ଦେ'-ସତ-ସତ, ଜାହାଜ ପରି ଜାହାଜ ଥିଲା, ଚାଲି ବି ସିମିତିକା- ମୁହାଣ ପାର ହୋଇଗଲେ ଦିନକେ ସୂତାନୁଟି ଖେପ ମାରି ଦେଉଥିଲା। ହଁ-କ'ଣ ପଚାରିଲେ?ବୋଝେଇ ମାଲ?ଥିଲା ଛ'ହଜାର ମହଣ ଚାଉଳ, ଦି'ହଜାର ମହଣ ଲୁହା, ଦି'ହଜାର ଟଙ୍କାର ଲୁଗା। ବଟାବୀ ବନ୍ଦରରେ ଇଂରେଜ ଗହକିମାନେ ସଫା ଚାଉଳ ଚାହାନ୍ତା କରନ୍ତି। ତେତେବେଳେ ଚାଉଳ ଦର ଥିଲା ମହଣକୁ ଏଗାରଅଣା ଦି'ପଇସା। ମୁଁ ବି' ପଇସା ବଢ଼େଇ ଦେଇ ବାରଅଣାରେ ସଫା ଧଳା ମାଲଚକ କିଣି ପଠାଇଥିଲି। ଧରନ୍ତୁ କେତେ ଟଙ୍କା ଗଲା। ଘରେ ପିଲାଗୁଡ଼ାକ ସେ ଜାହାଜ ଖଣ୍ଡକୁ ବଡ଼ ଭଲପାଉଥିଲେ। ସେହିମାନଙ୍କ କଥାରେ ଜାହାଜରେ କାଠ ବଦଳରେ ଇସ୍ପାତର କପିକଳ ସବୁ ଦେଇଥିଲି। ସେମାନେ ଜାହାଜ ବାହାର ସବୁ ଚିତ୍ରକରି ରଙ୍ଗବେରଙ୍ଗ ପତାକା ମଣ୍ଡେଇଥିଲେ। ମୁଁ ଖାଲି ଗୋବିନ୍ଦା ପିଲା ବୁଦ୍ଧିରେ ପଡ଼ି ବଟାବୀ ବନ୍ଦରକୁ ପଠାଇଲି, ନୋହିଲେ ବୈଶାଖପଟଣାକୁ ପଠାଇଥାନ୍ତି।

ବାବୁ ଚରଣ ଦାସ କହିଲେ-ହେଲେ କ'ଣ, ଆଜିକାଲି ବଟାବୀ ବନ୍ଦରରେ ଦି ପଇସା ଅଛି।

ବାବୁ ପରମ ପରିଜା କହିଲେ-ସେସବୁ କଥା ଥାଉ, ଏବେ ତ ସବୁ କଥା ହାଟରେ ପଡ଼ି ଦାଣ୍ଡରେ ଗଡ଼ିଲାଣି-ମୋ ଜାଣିବାରେ ଗୋଟାଏ ଭଲରକମ କଟକଣା ନକରି ଜାହାଜ ଦରିଆକୁ କାଢ଼ିବା ଠିକ୍ ହେଉନାହିଁ।

ବାବୁ ରାମରାମ ପାତ୍ରେ କହିଲେ-ଜାହାଜ ଦରିଆକୁ ନ କାଢ଼ି ଗୁଦିରେ ବାନ୍ଧି ରଖିବୁଁ?ଚୋରି ହେଉ, ଡକାଇତି ହେଉ, ଜାହାଜ ଦରିଆକୁ ପଠାଇବାକୁ ହେବ। ମୁଁ କହୁଛି, ଉତ୍ତରପୂର୍ବ ଦାଣ୍ଡି ଛାଡ଼ିଦେଇ ଖାଲି ଦକ୍ଷିଣ ଖେପ ମାରିବା। ଏ ଦିଗକୁ ସେ ବୋମ୍ବାଟିଆ ଗୁଡ଼ାକଆସିନାହାନ୍ତି।

ବାବୁ ଚରଣ ଦାସ କହିଲେ-ଉଁ-ହୁଁ, ସେକଥା ନୁହେଁ। ଦକ୍ଷିଣ ଦାଣ୍ଡିରେ ଆଜି ନାହାନ୍ତି, କାଲି ଆସିବାକୁ କେତେ ମଠ?ସେଗୁଡ଼ାକଙ୍କର ତ ଆଉ କିଛି ପାଇଟି ନାହିଁ, ଦରିଆଯାକ ବୁଲି ଡକାୟତି କରୁଛନ୍ତି, ଉତ୍ତରରେ ନ ପାଇଲେ ଦକ୍ଷିଣକୁ ଧାଡ଼ିଦେବେ।

ବାବୁ ନବଘନ ଶ୍ୟାମସୁନ୍ଦର ରାଉତେ କହିଲେ-ଆପଣମାନେ ତଣ୍ଡେଲ ମୁହଁରୁ ତ ଶୁଣିଲେ, ଚୋରଗୁଡ଼ାକ ଫିରିଙ୍ଗୀ ଜାତି-ତେବେ ଆସ, ଫିରିଙ୍ଗୀମାନଙ୍କ ସାଙ୍ଗରେ କାରବାର ବନ୍ଦ କରିବା। ଚୋରଗୁଡ଼ାକ ତ ଏମାନଙ୍କ ଜାତିଭାଇ।କାରବାର ବନ୍ଦ ହେଲେ ଦେଶରୁ, ଦରିଆରୁ ସବୁଆଡୁ ଛାଡ଼ି ପଳାଇବେ।

ଗଳ୍ପସ୍ୱଳ୍ପ: ଦ୍ୱିତୀୟ ଭାଗ -:- ୧୯୮

ବାବୁ ଚରଣ ଦାସେ କହିଲେ-ନାହିଁନାହିଁ, ଏ କଥାଟା ବି ମନକୁ ପାଇଲା ନାହିଁ। ତଣ୍ଡେଲ କତିରୁ ଶୁଣିଲେ ନାହିଁ, ସେ ଯେ ଗଞ୍ଜେଇନିଶା, ଛଣଦ୍ୱୀପରେ ଚୋର ମାଡ଼ିବସିଲାଣି, ସେ କି ଆଉ ଉଠୁଛି?ଛଣଦ୍ୱୀପଟି ଦରିଆ ମଝାମଝି ଘାଟି ଜାଗା, ଦରିଆଯାକରେ ତା'ର ଅଧିକାର। ଆଉ ଗୋଟାଏ କଥା, ଫିରିଙ୍ଗୀମାନଙ୍କୁ ତ ତଡ଼ିଦେବେ, କାରବାର କରିବେ କାହା ସାଙ୍ଗରେ?ସେମାନେ ଜାତିରେ ମ୍ଳେଚ୍ଛ ସିନା-ମଦ ମାଉଁସ ଖା'ନ୍ତି।ଯେତେହେଲେ ସେମାନେ ହେଲେ ଲକ୍ଷ୍ମୀପୁତ୍ର। ମୋଟା କାରବାର, ରଗଡ଼ଝଗଡ଼ ନାହିଁ,କଥା ପଦପଦକେ ସଉଦା। ଆହୁରି ବି ଗୋଟାଏ କଥା,ଦେଶରୁ ତଡ଼ିଦେଲେ ସମସ୍ତେ ମିଳି ଦରିଆରେ ଡକାଇତି କରିବେ, ତେତେବେଳେ ଉପାୟ?

ବାବୁ ରାମରାମ ପାତ୍ରେ କହିଲେ[୩]- ତୁଚ୍ଛା କଥାଟାରେ ଏତେ ବକ୍ ବକ୍ କ୍ୟାଁ?ଶୁଣିଲେ ନାହିଁ, ଡକାଇତମାନେ ଫିରିଙ୍ଗୀ ନୁହନ୍ତି, ଫାଟୁଆଗାଇ ଜାତି।

ବାବୁ ପରମ ପରିଜା ଟିକିଏ ଖପା ହେଲାପରି କହିଲେ- ଆପଣମାନେ ଭିତର କଥା ସବୁ ନ ଜାଣି କ୍ୟାଁ କଥା କହନ୍ତି?ଆମ୍ଭଙ୍କୁ ଅସଲ କଥା ଜଣା।

୧ ଗୁଦି-ଜାହାଜ ରଖା ସ୍ଥାନ, ଇଂରେଜୀରେ କହନ୍ତି-ଡକ୍।

୨ ବୋମ୍ବାଟିଆ-ଜଳଦସ୍ୟୁ

୩ ପତ୍ରିକା ପ୍ରକାଶନରେ ଭୁଲକ୍ରମେ ଅଛି 'ବାବୁ ଚରଣ ଦାସେ କହିଲେ'-ସଂପାଦକ

ଫିରିଙ୍ଗୀ ଖଲାସୀମାନଙ୍କ ମୁହଁରୁ ଢେର୍‌ଥର ଶୁଣିଛୁ- ଏଇ ଯେ ଦରିଆ ଦେଖୁଛ, ଠିକ୍ ପୂର୍ବଦିଗରେ ଆରକୂଳକୁ ଲାଗି ଗୋଟାଏ ଟାପୁ ଅଛି, ସେଇଟାର ନାମ ବିଲାଇତ। ସେଇଟା ଢେର୍ ବାଟ। ବାଲେଶ୍ୱର ନଈମୁହାଣ କତିରୁ ଠିକ୍ ପୂର୍ବମୁହାଁ ଜାହାଜ ଛାଡ଼ିଦେଲେ ଦେଢ଼ ବରଷରେ ସେ ଦେଶରେ ଜାହାଜ ପହଞ୍ଚିବ। ଆମ ଦେଶରେ ଯେମିତିକା ଛତିଶ ପାଟକ ଅଛନ୍ତି, ସେ ଦେଶରେ ବି ସେହିପରି ଓଲନ୍ଦାଜ, ଡିଙ୍ଗେମାର, ଇଂରେଜ, ଫରାସୀ ନାନା ଅଲଗା ଅଲଗା ଜାତି ଅଛନ୍ତି। ଦେଖୁନାହାନ୍ତି, ଏଇ ବନ୍ଦରରେ ସେମାନଙ୍କ ଘର ଅଲଗା ଅଲଗା।ଫାଟୁଆଗାଇମାନେ ବି ଫିରିଙ୍ଗୀ ସତ-ହସ୍ତୁ ତଣ୍ଡେଲ ମୁହଁରୁ ଶୁଣିଲେ ନାହିଁ, ସେହି ଫାଟୁଆଗାଇମାନେ ରବିବାର ଦିନ କିଛି କାମ ପାଇଟି କରନ୍ତି ନାହିଁ, ଗୀର୍ଜାକୁ ଯାଇ ଠାକୁର ପୂଜା କରନ୍ତି। ସେମାନଙ୍କ ପୁରୋହିତମାନେ ବି ପାଲା ଗାଆଣିଆଙ୍କ ପରି କଳାକନା ଘାଗରା ପିନ୍ଧନ୍ତି;ଦିନଟାରେ ମହମବତି ଜାଳନ୍ତି, ଆଣ୍ଠେଇକି ପାଣି ଛିଞ୍ଚନ୍ତି।

ବାବୁ ରାମରାମ ପାତ୍ରେ କହିଲେ, "ସତ ପରା ହୋ।ଅଲଗା ଜାତି ନୁହନ୍ତି। ସେଦିନ ରାତିରେ ଫରାସୀ ସେଣ୍ଟିମି ଭୌଁ ସାହେବ ଡିଙ୍ଗେମାର ବଡ଼ ସାହେବ ଘରେ ବସି ଖାଉଥିଲା, ମୁଁ ଦେଖିଛି। ନିଶ୍ଚୟ ଏକା ଜାତି। ଟୋପିମୁଣ୍ଡିଆ ଗୋଟାଏ ଜାତି।"

ବାବୁ ରଘୁନାଥ ଦେ' କହିଲେ, "ନାହିଁ ହୋ, ସେମାନେ ଅଲଗା ଅଲଗା ଜାତି। ଦେଖୁନାହଁ, ଗୋଦାମ ଘର ଗଦି-ଜାହାଜ-କାରବାର ସବୁ ଅଲଗା। ଆଉ ଖାଇବା କଥାଟା ଯାହା କହିଲେ, ବିଦେଶରେ କିଏ କାହାକୁ ଦେଖୁଛି?ଆଉ ଯାହା କହ, ଇଂରେଜ ଫିରିଙ୍ଗୀ ହେଲେ କ'ଣ ହେଲା, ସେମାନେ ଏମାନଙ୍କ ମଧ୍ୟରେ ଶ୍ରେଷ୍ଠ ଜାତିବ୍ରାହ୍ମଣ ହେବେ ପରା। ଦେଖୁନାହାନ୍ତି, ସମସ୍ତେ ବନ୍ଦରରେ ବଡ଼ ବଡ଼ କୋଠି ବନେଇ ରହିଛନ୍ତି। ଇଂରେଜ ଏମାନଙ୍କ ଭିତରକୁ ଆସିଲେ ନାହିଁ। ବଳରାମଗଡ଼ିଂ ମୁହାଣ କତିରେ ଉଠାଦୋକାନ ପକାଇଛନ୍ତି। ଆଉ ଏମାନଙ୍କ ଦେହ ରଙ୍ଗା, ସେମାନଙ୍କର ଦେହ ଶେତିଆ।"

ବାବୁ ଚରଣ ଦାସେ ପଚାରିଲେ, "ହୋଇ ହେ ଦେ' ସାଆନ୍ତେ! ଇଂରେଜ ଫିରିଙ୍ଗୀର ଦୁଇଖଣ୍ଡ ବଡ଼ ବଡ଼ ଜାହାଜ ଗବଗାଁ ଗଦିରେ ବରଷେ ହେଲା ବନ୍ଧା ହୋଇପଡ଼ିଛି, ବିଲାଇତ ଯାଉନାହିଁ କ୍ୟାଁ?ସେ ଜାହାଜ ଦୁଇଖଣ୍ଡର ନାମ କ'ଣଟି?ହଁ-ହଁ, ଖଣ୍ଡକର ନାମ ଡାହାଣୀମୁଣ୍ଡ' ଆଉ ଖଣ୍ଡକର ନାମ ନାଳୀ"।

୧ ନଦୀ ସମୁଦ୍ର ସଙ୍ଗମ ସ୍ଥାନରେ ଗୋଟାଏ ଜାଗାର ନାମ

ବାବୁ ରଘୁନାଥ ଦେ-ହୋ-ହୋ-ସେକଥା ଶୁଣିନାହାନ୍ତି ଦାସେ?ବିଲାଇତରେ ଫିରିଙ୍ଗୀଗୁଡ଼ାକ ଆପଣା ଭିତରେ ବାଡ଼ିଆବାଡ଼େଇ ଲାଗିଛନ୍ତି। ସବୁ ଫିରିଙ୍ଗୀ ଏକପଟଆଉ ଇଂରେଜ ଫିରିଙ୍ଗୀ ବାଡ଼େ। ଦରିଆରେ ଇଂରେଜ ଜାହାଜ ଦେଖିଲେ ବାଡ଼େଇ ନେବେ। ବନ୍ଦର ଡେଇଁ ଡେଇଁ ନେବେ।

ଆଉ କେତେକାଳ ଜାହାଜଖଣ୍ଡ ବନ୍ଦରରେ ପଡ଼ି ରହିବ?

ବାବୁ ରଘୁନାଥ ଦେ-ଆଉ ଜାହାଜ ଯାଉଥିଲା, ଡାଆଣୀମୁଣ୍ଡ ଏଇଠି ଗଡ଼ିଲା ବୋଲି ଜାଣ। ମଣିଷ କାହାନ୍ତି ଯେ, ଜାହାଜ ବାହିନେବେ? କଥା କ'ଣ କି, ସବୁ ଦେଶର ଖଲାସୀଗୁଡ଼ାକ ଛୋଟ ଜାତି, ଭାରି ମଦୁଆ। ଜାହାଜ ତ ବନ୍ଧା ହୋଇ ପଡ଼ିଲା, ହାତରେ କାମ ପାଇଟି ନାହିଁ, ଲଗେଇଲେ ମଦପିଆ। କଳାମରିଚ, ଦାଖର, ଚାଉଳ ଦେଇ ଏକ ରକମ ମଦ ତିଆରି କଲେ, ଦିନରାତି ତାକୁ ବସି ପିଇଲେ। କଳାମରିଚ ଆଉ ବାଖର ହେଲା ନିଆଁ ପରି ଗରମ। ସେଗୁଡ଼ାକ ହେଲେ ଶୀତଳ ଦେଶର ଲୋକ, ସହିବ କ୍ୟାଁ? ଲମ୍ବ ଲମ୍ବ ଧଣ୍ଡ ପରି ଶୋଇଗଲେ। ଜାହାଜ ଚଳାଉଛି କିଏ?

ପରମ ପରିଜା- ସେଗୁଡ଼ାଙ୍କ ଡରରେ ଇଂରେଜ ଫିରିଙ୍ଗୀ ବି ଡରିମରି ରହିଛି, ଆମ୍ଭମାନଙ୍କୁ କ'ଣ ରଖିବେ? ଆସନ୍ତୁ, ଆଜିକତିରୁ ଖାଲି ଇଂରେଜମାନଙ୍କ ସାଙ୍ଗରେ ବଳରାମଗଡ଼ି ଆଉ ସୂତାନଟି ହାଟର କାରବାର କରିବା। ସେଗୁଡ଼ାକ ସାଙ୍ଗରେ ଆଜିକତିରୁ କାରବାର ବନ୍ଦ।

ବାବୁ ରଘୁନାଥ ଦେ- ଏଇ ଯେ ସୂତାନଟି ହାଟ କଥା କହିଲେ, ତା'ର ହାଲ ଜାଣନ୍ତି? ସେ ଜାଗା ଅଡ଼ତଦାର କତିରୁ ସବୁ ହାଲ ବୁଝିଛୁଁ। ଇଂରେଜ ଫିରିଙ୍ଗୀ ଭିତରେ

ଗୋଟାଏ ସାହେବ ଅଛି, ସେ ଲୋକଟି ବଡ଼ ଧାର୍ମିକ। ମଦ ମାଉଁସ କିଛି ଖାଏ ନାହିଁ, ରୋଜ ରୋଜ ଗଙ୍ଗାସ୍ନାନ କରେ, କାଳୀଘାଟରେ ପୂଜା ଦିଏ, ଖାଲି ଯଅ ଛତୁ ଆଉ ଚଣା ଖାଏ। ଦେଶ ଭିତରେ ତା' ନାମଡାକ ଭାରି, ତାକୁ ଯବତଖାଣିଆ ସାହେବ ବୋଲି ଡାକନ୍ତି। ଏଇ ଯେ ସୂତାନଟି ହାଟ ଦେଖୁଛ, ଆଗେ ସେଇଟା ଭାରି ଜଙ୍ଗଲ ଥିଲା। ସେଇ ଯବଚଣାଖିଆ ସାହେବ ବଣ କାଟି ହାଟ ବସେଇଛି। ତାହାର କାରବାର ବଡ଼ ଠିକ୍- ରୋକ୍ଠୋକ୍। ଦେଶ ଲୋକେ ତାକୁ ଠାକୁର ପରି ମାନନ୍ତି। ଦେଶ ଭିତରୁ ଖୁବ୍ ଦୂରଦୂରାନ୍ତରୁ ମହାଜନ ଜମିଦାରମାନେ ଆସି ସୂତାନଟିରେ ଘର ବନେଇଲେଣି, ଉଞ୍ଚା ଛଞ୍ଚା କୋଠାଘର ଭର୍ତ୍ତିହୋଇଗଲାଣି। ସାହେବର ତେଲଙ୍ଗା ପାଇକମାନେ ହାଟରେ ପହରା, ଚୋର ତସ୍କର ନାମ ନାହିଁ। ଆଉ ସେ ସାହେବ କ'ଣ କରିଛି, ହାଟର ଉତ୍ତର ପଟରେ ଭାରି ଗୋଟାଏ ନାଳ ଖୋଳିଛି। ମରହଟ୍ଟା ପଶିପାରିବ ନାହିଁ, ଆଉ ଡର କାହାକୁ? ହାଟରେ ମାଲ ପଦାରେ ପଡ଼ିଥାଉ କେହି ଅନାଇ ଦେବାକୁ ନାହିଁ।

ବାବୁ ଜଗବନ୍ଧୁ ମଲ୍ଲ କହିଲେ, "ତେବେ ଏତେ କଥାରେ ଲାଭ କ'ଣ? ଆସ ଆଜିଠାରୁ ଆଉ ଫିରିଙ୍ଗୀମାନଙ୍କ ସାଙ୍ଗରେ କାରବାର କରିବା ନାହିଁ- ଖାଲି ଇଂରେଜ ବଣିଆଙ୍କ ସାଙ୍ଗରେ ଲେଣ୍ଦେଣ୍। ସବୁ ଜାହାଜ ସୂତାନଟି ହାଟକୁ ପଠାଇବା।"

ମଲ୍ଲବାବୁଙ୍କ କଥା ସମସ୍ତଙ୍କ ମନକୁ ଘେନିଲା। ସମସ୍ତଙ୍କର ଏକ ରାୟ। ହରିବୋଲ ଦେଇ ସଭା ଭାଙ୍ଗି ସମସ୍ତେ ଆପଣା ଆପଣା ଘରକୁ ଗଲେ।

ବଗଲା ବଗୁଲୀ

ବିଦିଆ ପାତ୍ର ଭୁଷଣ୍ଡପୁର ଗାଁ'ର ଚୌକିଆ। ଏଡ଼େବଡ଼ ଗାଁଟା, କଣ୍ଡରା ବୋଇଲେ ବିଦିଆ ଏକୁଟିଆ। ଅଛବ ଲୋକଟା, ସେ କ'ଣ ଭଲଲୋକଙ୍କ ଘର ଲଗାଲଗିରେ ଘର କରିବ!ଗାଁମୁଣ୍ଡ ଦି'ମାଣ ଜମି ଛାଡ଼ି ପଦା ଢିଅରେ ଗୋଟିଏ ପଲାଘର। ଜାତିରେ ତ' କଣ୍ଡରା-ଚୌକିଆ ବାପୁଡ଼ା ବୋଲି ପୁଞ୍ଜି ନୁହେଁ। ହେଲେ, ଗାଁ ଲୋକ ତାକୁ ମାନନ୍ତି। ସେ ଆଉ ଗାଁ ଚୌକିଆ ପରି ନୁହେଁ। ଚିତାଏ ଉଞ୍ଚା ମୂଳିବାଉଁଶ ଠେଙ୍ଗାଟାଏ କାନ୍ଧରେ ପକାଇ "ଏ ରାମ ପଇଡ଼େ-ଜାଗତା, ଏ ନାଇକ ଘର-ହୁସିଆର", ଏହିପରି ଡାକି ଡାକି ଦୁଆର ଦୁଆର ରାତିସାରା ବୁଲୁଥିବ। ବିଦିଆ ପାତ୍ର ଚୌକିଦାରୀ କଲା ଦିନରୁ ଗାଁରେ କାହାରି ଘର ପିଢ଼ାରୁ ପୋଇଡଙ୍କଟାଏ ବି ଚୋରି ଯାଇନାହିଁ। କଥା କ'ଣ କି, ମଫସଲ ଗାଁରେ ଚୋରମାନେ ଚୌକିଆ ଓର ନ ଧରିଲେ ଗାଁ ଭିତରେ ପଶି ପାରନ୍ତି ନାହିଁ। ଫେର୍ ତା' ବାଦ ବିଦିଆ ଗୋଟିଏ ପଞ୍ଚହତା ମରଦ। ଠେଙ୍ଗାଟାଏ ଧରିଥିଲେ ଦଶଜଣ ଭେଣ୍ଟିଆ ପାଖ ପଶିପାରିବେ ନାହିଁ। ଏଥିଲାଗି ତ ଚୋରଯାକ ଭରସି ଭୁଷଣ୍ଡପୁର ଗାଁ' ମୁହାଁ ହୋଇପାରନ୍ତି ନାହିଁ।

ବିଦିଆର ବର୍ତ୍ତମାନ ମାଣେ ଦିଗବାରି ଜାଗିରି। ତା' ବାଦ୍ ଫସଲ ଅମଳ ବେଳେ ଗାଁର ସାନବଡ଼ ସମସ୍ତେ ବିଲ ମୁଣ୍ଡରେ ତାକୁ ଗୋଟାଏ ଗୋଟାଏ କଳେଇ ଦିଅନ୍ତି। ପାତ୍ରପୁଅ ସବୁବେଳେ ମନ ଆନନ୍ଦରେ ଥାଏ, ସବୁବେଳେ ହରେକୃଷ୍ଣ

'ବଗୁଲା – ବଗଲୀ' ନାମରେ ପତ୍ରିକାରେ ପ୍ରକାଶିତ

ହରେକୃଷ୍ଣ ଭଜୁଥାଏ। ଥିଲା ନଥିଲା କୁ ତା'ର ଶୋଚନା ନାହିଁ। ଘରେ ଅଛି, ଖାଇଲା-ନାହିଁ, ଉପାସ ରହିଲା। ଜୀବନଟାଯାକ କାହାରିକୁ କିଛି ମାଗିନାହିଁ, କାହାରି ଦୁଆରେ ଆଦୁର୍ଯ୍ୟା ହୋଇନାହିଁ। କିଛି ଦୁଃଖରେ ପଡ଼ିଲେ ହାତଯୋଡ଼ି ଉପରକୁ ଅନାଇ ଜଣାଏ, "ହରି ତୋ ମରଜି।"

ବୁଢ଼ୀଟି ମଲା ଦିନରୁ ବିଦିଆ ପାତ୍ର ସଞ୍ଜ ସଞ୍ଜ ଚାରିଟା ଖାଇଦେଇ ପୁଅକୁ ଧରି ଘରୁ ବାହାରିଯାଏ। ଭାଗବତଘରର ଆଗ ପିଣ୍ଡାତଳେ ଖଣ୍ଡେ ଛିଣ୍ଡା ତାଟ ପାରି ଦେଇ ପୁଅଟିକୁ ଶୋଇଦିଏ। ଭାଗବତ ଘରେ ପୁରାଣ ଗାଦି ବିଜେ। ଗାଁର ପୁରୋହିତ ବିଷ୍ଣୁ ପଣ୍ଡାଏ ପୁରାଣ ପଣ୍ଡା। ତାଙ୍କର ସେଥିକି କିଛି ବର୍ତ୍ତନ ନାହିଁ। ପୁରାଣ ବଢ଼ାଦିନ ଗାଁର ସାନ ବଡ଼ ସମସ୍ତଙ୍କୁ ଶଙ୍ଖୁଳା ହୁଏ। ପୁରାଣ ଶୁଣ ନଶୁଣ, ଆପଣା ମଗଦୁର ଭରି କିଛି କିଛି ଦେବାକୁ ପଡ଼ିବ। ପଇସା ନାହିଁ ତ, କେହି ଦି'ମାଣ ଧାନ କାନିରେ ବାନ୍ଧିଆଣି ଢାଳି ଦେଇ ଦେଇଗଲା। ସବୁଦିନେ ପୁରାଣ ହୁଏ। ଖାଲି ଉଆଁସ, ପୁନେଇଁ, ସଂକ୍ରାନ୍ତି, ଗୁରୁବାର ବନ୍ଦ। ପଣ୍ଡାଏ ଉଖୁଡ଼ା ପୁଞ୍ଜାଏ ନୋହିଲେ ଗୁଡ଼ ଟୋପାଏ ଭୋଗଦେଇ ହାତତାଳି ମାରି ଚାଲିଯାନ୍ତି। ସେ ସବୁଦିନରେ ଗାଁର ମୁଖିଆ ମୁଖିଆ ଲୋକେ ଅଧରାତିଯାଏ ବସି ଗାଁର ଭଲମନ୍ଦ, ହାରିଗୁହାରି କଥା ବୁଝାବୁଝି କରନ୍ତି।

ଗାଁ'ର ବୁଢ଼ା ଭଲିଆ ଲୋକ ରୋଜ ରୋଜ ପୁରାଣ ଶୁଣିବାକୁ ଆସନ୍ତି। ଦେହ ବାଧିକା ଅବା ହାତରେ କିଛି ପାଇଟି ଥିଲେ, ଦିନେ ଅଧେ ଆସି ପାରନ୍ତି ନାହିଁ। ମାତ୍ର ଭେଣ୍ଡିଆଟି ଦିନରୁ ଆଜିଯାଏ ଚାଳିଶ ପଚାଶ ବର୍ଷ ମଧରେ ବିଦିଆ ପାତ୍ର ହାଜର ହେବାର ଦିନେ ବି ଛୁଟଣ ନାହିଁ।ବାଧିକା ପଡ଼ିଲେ କୁଣ୍ଢେଇ କୁଣ୍ଢେଇ ବେଳେ ଆସିବ। ପୁରାଣ ଆରମ୍ଭ 'ଶ୍ରୀ ଶୁକଉବାଚ' କତିରୁ ଶେଷ 'ଭୀମାସ୍ୟାପି' ଯାଏ ହାତ ଯୋଡ଼ି ବସି ମନଦେଇ ଶୁଣୁଥାଏ। ପୁରାଣ ପାଠବେଳେ କୌଣସି ସ୍ଥାନରେ ଅର୍ଥର କିଛି ଅଖଞ୍ଜ ହେଲେ ସମସ୍ତେ ଅନାଇ କହନ୍ତି, ପାତ୍ରପୁଅ, 'ଏ ଜାଗାରେ ପାଠ କ'ଣ ହେଲା?'ପାତ୍ର ହାତ ଯୋଡ଼ି 'ଆଜ୍ଞାସାଆନ୍ତମାନେ' କହି ଗୀତର ଏମନ୍ତ ସୁନ୍ଦର ଅର୍ଥ କରିଦିଏ ଯେ, ସମସ୍ତଙ୍କ ମନ ଖୁସି। ପାତ୍ରକୁ ଭାଗବତର ଢେର୍ ଜାଗା ପୈଟେ। ଅଧାକୁ ଅଧା ପାଠ ମୁହେଁ ମୁହେଁ କହିଯିବ। କଥା କହିବା ବେଳେ ଭାଗବତରୁ ଢେର୍‌ଢେର୍ ପଦ ଦାଇକା ଦେଇ କହେ। ସାଆନ୍ତମାନେ ତାକୁ ପ୍ରଶଂସା କଲେ, ଦୁଇ ହାତରେ ଧୀରେ ଧୀରେ ଗାଲରେ ଚାପୁଡ଼ା ମାରିହୋଇ କହେ, "ଆଜ୍ଞା ସାଆନ୍ତେ, ମୁଁ କଣ୍ଡରା ବାପୁଡ଼ା କ'ଣ ଜାଣେ, ସାଆନ୍ତମାନଙ୍କ ଚରଣରେଣୁ ସେବାକରି ଯା' ଦିପଦ ଶିଖିଛି।"

ବିଦିଆ ପାତ୍ରର ପୁଅ ସ୍ୱପ୍ନାର ବିଭା ଲାଗି ଢେର୍‌ଢେର୍ ଜାଗାରୁ କନ୍ୟାର ବାଟିନି ଆସିଲାଣି। ଏଡ଼େବଡ଼ ଗାଁର ଚୌକିଆ, ତା' ପୁଅଲାଗି କ'ଣ କନ୍ୟାର ଅଭାବ? ସପ୍ନା ପିଲାଟା ଯିମିତି ଦେଖିବାକୁ ଡଉଲ ଡାଉଲ, ଗୁଣ ବି ସିମିତି, କାମ ପାଇଟିକୁ ରାହୁ। ତାହାକୁ ଖୁବ୍ ମାନେ, ବାପ କଥା ତଳେ ପଡ଼ିବ ନାହିଁ। ବାପ ବାଧିକା ପଡ଼ିଲେ ଦିନରାତି ପାଖରେ ଜଗିବସି ସେବାରେ ଲାଗିଥିବ। ମକ୍ରାମପୁର ଚୌକିଆ ଦଣ୍ଡିଆପାତ୍ର ଝିଅ ଚେମୀକୁ ଦେଖି ବୁଢ଼ାର ମାନ ମାନିଗଲା। ତାହାରି ସାଙ୍ଗରେ ସପ୍ନାକୁ ବାହା କରିଦେବା କଥା ଠିକ୍ କଲା। ଯିମିତି ହଉ, ଏଇ ବର୍ଷ ବିଭା କଲେ ବନେ। ଉଚ୍ଛୁଣି ପୁଅର ସତରବର୍ଷ ଚାଲିଛି, ଆଏନ୍ଦାକୁ

ଯୋଡ଼ା ବୟସ ପଶିବ, ବିଭା ହେବ ନାହିଁ। ବିଭା କରାଇବି-ହଁ-ବୋଇଲା, ରଙ୍କ ତିରିଶା। ଯେତେ ଟାଣିଟୁଣି ଖରଚ କର, ତିରିଶ ଟଙ୍କାରୁ ଊଣା ନୁହେଁ। ଜାତିଭାଇମାନେ କ'ଣ ଛାଡ଼ିବେ? ଏଡ଼େ ବଡ଼ ଚାକିରିଟାରେ ଅଛି, ନାମ ଡାକ, ନାହିଁ ବୋଇଲେ କିଏ ଶୁଣେ? ଆଉ ନିକୁଛ ଦି'ବେଳ ତ ଜାତି ଗୋସେଇଁମାନଙ୍କୁ ମୁଖଧଉତ କରାଇବି। ହାତରେ ନାହିଁ ପଇସାଏ, ଯାହା କରିବେ, ଯାହା ଦେବେ ହରି। ଢେର୍ ବେଳଯାଏ ହାତଯୋଡ଼ି ପ୍ରଭୁଙ୍କୁ ଡାକିଲା, "ପ୍ରଭୁ! ତୁମ ଇଚ୍ଛା ହେଲେ ପୁଅଟି ଦି' ହାତକୁ ଚାରିହାତ ହେବ।"

ଦିନେ ରାତିରେ ପୁରାଣପାଠ ସରିଲା ବାଦ ଗାଁର ମୁଖଣ୍ଡ ମୁଖଣ୍ଡ ସାଆନ୍ତମାନେ ବସିଥା'ନ୍ତି, ବିଦିଆ ପାତ୍ର ହାତଯୋଡ଼ି ଜଣାଇଲା, "ଆଜ୍ଞା, ସାଆନ୍ତମାନଙ୍କ ହୁକୁମ ହେଲେ ପଦେ ଗୁହାରି ଜଣାଇବି। ଆଜ୍ଞା, ଆପଣମାନଙ୍କ ଚରଣ ଧୂଳି ଲାଗି ପୁଅଟି ପାରିଗଲାଣି। କନ୍ୟାଟିଏ ଠିକ୍ କରିଛି;ଆଜ୍ଞାହେଲେ ହାତଛନ୍ଦା କରେଇ ଦେବି।"

ସବୁ ସାଆନ୍ତ ବସି ମୁହଁ ଚାହାଁଚାହିଁ ହେଉଛନ୍ତି।କାହାରି ପାଟି ଫିଟୁନାହିଁ। ଜମିଦାର ବଳରାମ ନାୟକେ ଗୋଟାଏ କାମ ବାହାନା କରି ବିଦିଆ ପାତ୍ରକୁ ଆଉଆଡ଼େ ପଠାଇଦେଲେ। ତହିଁ ବାଦ୍ ସମସ୍ତଙ୍କ ମୁହଁକୁ ଚାହିଁ କହିଲେ, "ଦେଖନ୍ତୁ, ଗ୍ରାମର ସମସ୍ତ ମୁରବି ଲୋକେ ତ ଅଛନ୍ତି। ବିଦିଆ ଊଣା ପୂରା ପଚାଶ ବର୍ଷ ହେଲା ଗାଁଟାକୁ ଆଗୁଳିଛି। ତା ବାହାଦୋଲତରେ ଚୋରିଚପାଟି କିଛି ଶୁଣାନାହିଁ। କେବେ ସେ କିଛି ମାଗିନାହିଁ। ମାଗିବା ଲୋକ ନୁହେଁ। ଲୋକଟି ଯିମିତି ସତ୍ୟବାଦୀ, ସେମିତି ଧାର୍ମିକ। ତା' ହାତରେ ପଇସାଏ ଥିବ ନାହିଁ ଜଣା। ଆସନ୍ତୁ ଆମ୍ଭେମାନେ ତା' ପୁଅକୁ ବାହା କରେଇଦେବା।"

ସମସ୍ତେ ଏକାବେଳକେ କହିପକାଇଲେ, "ଆଜ୍ଞା! ଆଜ୍ଞା! ସାଆନ୍ତ ଯାହା ଆଜ୍ଞା କଲେ ଠିକ୍ କଥା। ଆମେମାନେ ମନ ନଦେଲେ ସେ କିମିତି ଚଳିବ?"

ଜମିଦାରଙ୍କ ଆଜ୍ଞାରେ ଅବଧାନେ ରଙ୍ଗାଧର ମହାନ୍ତିଏ ଧାଇଁଯାଇ ଲେଖନପତ୍ର ଘେନି ଆସିଲେ। ବିଭାଘରକୁ ଯାହା ଲୋଡ଼ା-ବିରି, ଚାଉଳ, ତେଲ, ଲୁଣ, ସୋରିଷ, ଖଲିପତ୍ର ଖଣ୍ଡକ ସୁଦ୍ଧା ତାଲିକା ହେଲା। ପୁରୋହିତ କଣ୍ଠରା ବୈଷ୍ଣବ, ତା'ପାଇଁ ମୂର୍ତ୍ତିଏ ଲୁଗା, ଚାରିଅଣା ଦକ୍ଷିଣା ସବୁ ତାଲିକାରେ ବସିଲା। ମଣିଷ ଚିହ୍ନି ସବୁ ଗାଁ'ଯାକ ଭେଦା ହୋଇଗଲା।

ଆଜି ଅଭଡ଼ା ମଙ୍ଗନ। ବିଭା ଆଉ ଦୁଇଦିନ ଅଛି। ସକାଳ ଦିନ ପହରକ ସମୟରେ ଜମିଦାରଙ୍କ ଦୁଆରୁ ଭାର ଯାଇ ପାତ୍ର ଦୁଆରେ ଜମା ହେଲା। ଜମିଦାର ଗାଁ'ର ସମସ୍ତଙ୍କ ଘରୁ ତୁଣ୍ଡେଇ ଘରେ ଠୁଳକରି ରଖିଥିଲେ। ପାତ୍ରର ତ ସାତ-ପାଞ୍ଚ ଗୋଟିଏ ପଲାଘର, ପଦାର୍ଥ ସବୁ ରଖୁଛି କାହିଁ? ଦୂରଦୂରାନ୍ତରୁ କୁଣିଆ କୁଟୁମ୍ବ ଆସି ରହିବାଲାଗି ବାପପୁଅ ଲାଗି ଖଜୁରିପିଞ୍ଚାରେ କେତେ ବଖରା ଚାମୁଡ଼ିଆ କରି ପକାଇଥିଲେ।ସେଥିରୁ ଗୋଟାଏ ଘରେ ସବୁ ଜିନିଷ ରଖିଦେଲେ। କାଲି ବିଭା। ମଙ୍ଗନ ରାତିରେ ସବୁ କୁଣିଆ

ପହଞ୍ଚିଗଲେ ଖନ୍ଦା ଲାଗିଗଲା। ସେହି କୁଣିଆ ଭିତରୁ ଚାରିଜଣ ରାନ୍ଧୁଣୀ, ପରଷୁଣୀ ବାହାରିପଡ଼ିଲେ। ବୁଢ଼ା ପାତ୍ର ସାନ କତିରୁ ବଡ଼ଯାଏ ସବୁ ଜାତିପୁଅଙ୍କ ହାତ ଧରି, ଗୋଡ଼ ଧରି କହୁଥାଏ, "ସାଆନ୍ତମାନେ, ଗୋସେଇଁମାନେ, ପଞ୍ଚୁଠାକୁରମାନେ, ଏ କାମ ଆପଣମାନଙ୍କର, ପୁଅ ଆପଣମାନଙ୍କର, କାମ ତୁଲେଇ ନେଉନ୍ତୁ।" ସତକୁ ସତ ସମସ୍ତ କାମ ତୁଲାଇ ନେଲେ, ବିଭା ହୋଇଗଲା। ଜାତିପୁଅମାନେ ଖୁସି ହୋଇ ବିଦା ହୋଇଗଲେ। ଯିବାବେଳେ ବାଟରେ କୁହାକୁହି ହୋଇ ଯାଉଥା'ନ୍ତି, "ଜାତି ଭିତରେ ଏଡ଼େ କାର୍ଯ୍ୟଟା କେହି କରିନାହିଁ। ସବୁ ଜାତିପୁଅଙ୍କୁ କିଏ ବରଣିଥାଏ? ଖୁଆଇ ପିଆଇ ଭୋର କରିଦେଲା। ଡାଟିଆକୁ ଡାଟିଆ ବିରି ଡାଲି, ବାଛୁରୀ ପରି ବଡ଼ ବଡ଼ ପୁଞ୍ଜାଏ ଗାରଡ଼ ବାନ୍ଧିଦେଲା, ଚାରି ମାଠିଆ ତାଡ଼ି, କେତେ ପିଇବ ପିଅ। ଧନ୍ୟ ଧନ୍ୟ, ସେମିତିକା ସାଆନ୍ତମାନଙ୍କୁ ଖଟିଛି ଏକା।"

ବୋହୂଟି ଘରକୁ ଆସିଲା।ଦେଖିବାକୁ ବେଶ ଡଉଲଡାଉଲ, କିଏ କହିବ କଣ୍ଡରାଘରର ଝିଅ? କରଣ ଖଣ୍ଡାଏତ ଘରର ଝିଅ ପରି ଦିଶେ। ଗୁଣ ବି ସିମିତି, ତା' ହାତରନ୍ଧା ମଦରଙ୍ଗା ଶାଗଖରଡ଼ା, ଚେଙ୍ଗମାଛ ଅଣ, କଙ୍କଡ଼ା ସିଝା ଯିଏ ଖାଇଛି, ପାସୋରି ପାରିବ ନାହିଁ। ଏ କଥାଗୁଡ଼ାକ ଏକା ବୁଢ଼ା ପାତ୍ର ମୁହଁରୁ ଶୁଣି ଲେଖିଛୁଁ। ଘଷି ସାଉଁଟିବା, ଗୁଣ୍ଡିକାଠ ଗୋଟେଇବା, ଗାତ ଭିତରୁ କଙ୍କଡ଼ା ଧରି ଆଣିବା, ସବୁ ଗୁଣରେ ପୂରା। ସଞ୍ଜବେଳେ ବୁଢ଼ା ଗାଁରୁ ବୁଲି ଆସିଲେ, ବୋହୂ ଠେକିଏ ପାଣିରେ ଗୋଡ଼ ଧୋଇଦିଏ। ସାଙ୍ଗେ ସାଙ୍ଗେ ତିନି ପୁରୁଷର ବାସନ ଭଙ୍ଗା ପଥୁରିରେ ଭାତ, ଚାକୁଣ୍ଡା ଶାଗ ଖରଡ଼ା, କଙ୍କଡ଼ା ପୋଡ଼ା, ଚେଙ୍ଗ କୁଟୁରୀ ଅଣ, ତିନି ତିଅଣ କରି ପରଷିଦିଏ। ବୁଢ଼ା ଏତେ ତିଅଣ କେବେ ଖାଉଥିଲା? ତେନ୍ତୁଳି ଫୁଟେ ଲୁଣଟିକକୁ ଭାତ ନିଅଣ୍ଟ। ବୋହୂର ଏସବୁ ଗୁଣ ଦେଖି ବୁଢ଼ା ଦିନେ ନିରୋଳାରେ ବସି ଢେର୍'ହାୟ! ହାୟ!'କରି କାନ୍ଦିଲା। ଏଡ଼େ ଭାଗ୍ୟଟା ହୀନକପାଳୀ ବୁଢ଼ୀ ଦେଖିପାରିଲା ନାହିଁ।

ବିଭା ଚାରି ଛ'ମାସ ବାଦ- ଦିନ ପହରେ ହେଲାଣି, ବୁଢ଼ା ବିଛଣାରୁ ଉଠି ନାହିଁ। ସପ୍ନା ପଚାରିଲା, "କିଲୋ ବାପ, ଏତେବେଳଯାଏ ଶୋଇଛୁ?"ବୁଢ଼ା ପୁଅବୋହୂଙ୍କୁ ପାଖରେ ବସାଇ କହିଲା, "ଆରେ ସପ୍ନା, ମୋ ସାଙ୍ଗରେ ଯାଇ ପିଲାଦିନୁ ପୁରାଣ ଶୁଣିଛି, ଢେର୍ କଥା ମୁଁ ବି ଶିଖେଇଛି, ମନରେ ରଖିବୁ-

ଚୋରି ନାରୀ ଖୁଣି- ନକରି ଯହିଁ ଯା ପୁଣି।
ଲୋଭ ନକରିବୁ ପରଧନେ-
ମିଛ ନ କହିବୁ କଦାଚନେ।

ବୋହୂଲୋ, ଏହି ସପ୍ନି ହେଲା ତୋ ଖାଉନ୍ଦ-ତୋ ଠାକୁର ଦେବତା-ଯା' କଥା ଏଡ଼ିବୁ ନାହିଁ। ମୋ ଦେହଟା କିମିତିକା ଦେଖୁଛି, ଆଉ ବର୍ତ୍ତିବି ନାହିଁ।"

ପୁଅବୋହୂ ଦୁହେଁ ଢେର୍ କାନ୍ଦିଲେ। ଚାରି ପାଞ୍ଚ ଦିନ ଖିଆ ଶୁଆ ଛାଡ଼ି ବୁଢ଼ାର ଢେର୍ ସେବା କଲେ। ବଡ଼ ବୁଢ଼ା ହୋଇଥିଲା, ଦିନ ଛ'ଅଟା ଜରରେ 'ହରି ହରି' କହି ଚାଲିଗଲା। ପୁଅବୋହୂ ଢେର୍ କାନ୍ଦିଲେ। ଗାଁ ଲୋକେ 'ହାୟ! ହାୟ!' କହିଲେ, ନୀଚ କୁଳରେ ଇମିତିକା ସତ୍ୟବନ୍ତ ଧାର୍ମିକ ଦେଖା ନାହିଁ।

ବୁଢ଼ାର ଶୁଧବାଦ ଗଲାଣି।ଦିନେ ସପ୍ନା ଚେମୀ ବସି ବିଚାର କଲେ-

ସପ୍ନା-ହଇଲୋ ବୋଉ, ମୁଁ ଚାକିରି ଇସ୍ତଫା ଦେବି। ଏକୁଟିଆ ଘରେ ପକାଇ ରାତିରେ କିମିତି କରି ଗାଁ ବୁଲିଯିବି?

ସପ୍ନା ଯା' କହେ, ସବୁ କଥାରେ ଚେମୀର 'ହଁ'।ହେଲେ ଚାକିରି ଛାଡ଼ି ଦେବାଟା ତା' ମନକୁ ମାନିଲା ନାହିଁ। କହିଲା, "ଏ ଖାଉନ୍ଦ। ତମେ ତ ଚାକିରି ଛାଡ଼ିବ, କିମିତି ଖାଇବା ପିନ୍ଧିବା?"

ସପ୍ନା-ମୁଲକରେ ଏତେ ବିଲ-ଗାଁରେ ଏତେ ପୋଖରୀ ଗାଡ଼ିଆ-ଭାତ ଡୁଣ କ'ଣ ଊଣା ହେବ?

ଚେମୀ-ତମ ମନକୁ ଯା ଲାଗେ, କର।

ରାତିରେ ଗାଁର ସାଆନ୍ତମାନେ ଭାଗବତ ଘରେ ବସିଛନ୍ତି, ସପ୍ନା ବେକରେ ଗାମୁଛାଖଣ୍ଡ ପଟକା ପକାଇ ହାତଯୋଡ଼ି କହିଲା, "ଆଜ୍ଞାସାଆନ୍ତମାନେ! ମୋ ସାତ ପୁରୁଷ ଆପଣମାନଙ୍କ ଚରଣରେଣୁ ଗୋଲାମ-ଚରଣରେଣୁ ନୁଣ ଖାଇଲେ-ମୁଁ ଏଣିକି ଚାକିରି କରି ପାରିବି ନାହିଁ। ଆପଣମାନଙ୍କ ଚରଣରେଣୁରେ ଇସ୍ତଫା ଦେଲି।"ସାଆନ୍ତମାନେ ଆପଣା ଆପଣା ମଧ୍ୟରେ ଢେର୍ ବେଳଯାଏ ବିଚାର କଲେ, ଶେଷରେ ଜମିଦାର ବଳରାମ ନାୟକେ କହିଲେ, "ନାହିଁରେ, ତୋ' ଇସ୍ତଫା ନିଆଯିବ ନାହିଁ। ଯିମିତି ଚୌକିଆ ଥିଲୁ, ସେମିତି ଥିବୁ। ହେତା ହଳା ସବୁ ପାଇବୁ। ଗାଁ ବୁଲି ନ ଆସିବୁ ପଛକେ।"

ସପ୍ନା ଆସି ବୋହୂକୁ ସବୁ କହିଲା। ଚେମୀମନ ତ ଖୁସି,"ଏ ଖାଉନ୍ଦ! ଭଲ କଲ, ଚାକିରି ଥାଉମୁଁ ଇମିତି ସାନ ହେଲି-ଡରି ଗଲି। ବଡ଼ ହେବି, ଡରିବି ନାହିଁ, ତମେ ଗାଁ ବୁଲି ଘିବ। ମୁଁ ପଲାରେ ଶୋଇଛି, ଡରମାଡ଼ିଲା, ପାଟିକଲି, ଧାଇଁଆସିଲ। ବାଘ ନା ଭାଲୁ, କିଆଁ ଡରିଲି? ମୋ ମା କହିଲା-

'ଡର କାହାକୁ ଭୟ କାହାକୁ
ଠାକୁର ଅଛନ୍ତି ଚାରି ବାହାକୁ।'

ହଁ ଖାଉନ୍ଦ! ଆମ ଗାଁରେ ବୁଢ଼ୀମଙ୍ଗଳା ଠାକୁରାଣୀ ଅଛନ୍ତି, ସେ ମଣିଷ ଦୁଃଖ ଶୁଣନ୍ତି। ତମେ ଠାକୁର ହରି ହରି କୁହ, ବୁଢ଼ା ଶଶୁରେ ସବୁଦିନେ କହୁଥିଲେ, ହରି କାହିଁ? ଆଚ୍ଛା, ଗାଁରେ ବାଡ଼ି ପଡ଼ିଲେ ତାକୁ ପୂଜା ଦେଲେ ଯୋଗିନୀ ପଳେଇବ ନା?

ସପ୍ନା-ନାହିଁ ଲୋ ବୋଉ-ହରି ଯେ ବଡ଼ ଠାକୁର, ସେ ଖାଇବାକୁ ପିଇବାକୁ ସବୁ ଦେଉଛନ୍ତି, ଆମର ସବୁ କାମ ଦେଖୁଛନ୍ତି, ମନ କଥା ଜାଣୁଛନ୍ତି। ଆମେ ଭଲକାମ କରିବା, ତାଙ୍କୁ ଭଜିବା, ସେ ସୁଖ ଦେବେ। ମନ୍ଦକାମ କଲେ, ତାଙ୍କୁ ଅମାନ୍ୟ ହେଲେ, ସେ ଦୁଃଖ ଦେବେ।

ଚେମୀ-ସବୁକଥା ତ ହରି ଦେଖିବ, ଅଳିଆ କାମ କଲେ ଦୁଃଖ ଦବ, ବାପ ଲୋ! ମୁଁ ସିମିତି କାମ କରିବି ନାହିଁ, ସବୁବେଳେ ତମ ପରି ହରିଙ୍କୁ ଡାକିବି। ଏ ଖାଉନ୍ଦ! ମତେ ଭଲ ପାଇଟି ଶିଖାଇଦିଅ। ମା' କହିଛିତମ କଥା ମାନିବି-ତେମେ ଯା କହିବ, ସବୁ ଶୁଣିବି।

ଗେରସ୍ତ ଭାରିଯା ଦୁଇଟି ପ୍ରାଣୀ ସବୁବେଳେ ଏକ ସାଙ୍ଗରେ ଥା'ନ୍ତି, ଛାଡ଼ବାଡ଼ ଥାଏ ନାହିଁ, ଜଣକୁ ନ ପଚାରି ଆର ଜଣ କିଛି ପାଇଟି କରେ ନାହିଁ। ଜଣକ ମନରେ ଦେହରେ ଦୁଃଖ ହେଲେ ଆଉ ଜଣକ କାନ୍ଦି ପକାଏ। ସପ୍ନା ସାଆନ୍ତଘର ପାଇଟିକୁ ଗଲେ ଚେମୀ ଟୋକେଇଟିଏ କାଖେଇ ପଛେ ପଛେ ଯାଏ। ସପ୍ନା ବିଲରେ କାମ କରୁଥିବାବେଳେ ଚେମୀ ଘଷି ସାଉଁଟେ। ହିଡ଼ତଳୁ ପିତାଶାଗ, ମଦରଙ୍ଗା ଶାଗ ତୋଳେ, ଗାତରୁ କଙ୍କଡ଼ା ଧରେ।

ସପ୍ନା ଏକୁଟିଆ ଅଲଗା ପାଇଟି କରେ, ପାଞ୍ଚଜଣ ମୂଲିଆଙ୍କ ସାଙ୍ଗରେ ଥାଏ ନାହିଁ। କେହି ଦୁଷ୍ଟଲୋକ ଟାପରା କରି ପଦେ କହିଦେବ ପରା! ଆଉ ଦୁଇଜଣ ମନଫିଟେଇ କଥାଭାଷା ହୋଇପାରିବେ ନାହିଁ।

ସପ୍ନା ପାଞ୍ଚମାଣ ଧାନ ମୂଲ ପାଏ। ବୁଢ଼ା ଅମଳରୁ ଘରେ ଗୋଟାଏ ଭଙ୍ଗା ମାଣ ଅଛି, ଚେମୀ ମାପି ପକାଏ। ଆଗ ମାଣେ ମାପି ବୁଢ଼ା ଅମଳର ଗୋଟାଏ ଭଙ୍ଗାମୁଣ୍ଡି ମାଠିଆରେ ପୂରାଇ ରଖିଦିଏ। "ଏ ଖାଉଁଦ! ଦେହ ଅଛି, ପା' ଅଛି, ଘରେ ବସି ଖାଇବା।" ମାଣେ ଧାନ ଦେଇ ତେଲ ପାହୁଲାକର, ଲୁଣ ପାହୁଲାକର, ଧୂଆଁପତର ଅଧପାହୁଲାଏ ହିସାବ କରିଦେଇ ଶାମ ସାହୁ ତେଲୀ ମହାଜନ ଦୋକାନକୁ ସପ୍ନାକୁ ପଠାଇଦିଏ। ଆଉ ତିନିମାଣ ଧାନ ହାତ ପାହାରଣାରେ କୁଟିପକାଏ। ଚାଉଳ ବାହାର କରି ନେଇ ତସୁଗୁଡ଼ିକ ଗୋଟାଏ ଭଙ୍ଗା ଟୋକେଇରେ ଜମାକରି ରଖିଥାଏ, ଦୁଇ ଚାରିଦିନ ବାଦ୍ ସେହି ତସୁକୁଟି ସେଥିରୁ କୁଣ୍ଡା ବାହାର କରିନିଏ। ମୁଠାଏ ଚାଉଳ ପକାଇ ସେ କୁଣ୍ଡା ମିଶାଇ ପିଠଉ ବାଟି ଦେଇ ଗୋଟାଏ ପୋଡ଼ପିଠା କରିଦିଏ। ତସୁରେ ଗୋବର ଲଗାଇ ଘଷି ପାରେ। ସପ୍ନା କହେ, "ଚେମୀ ସବୁ ଗୁଣରେ ଫରାକତ୍। ତା' ପରି ଚାଉଳ କୁଟିବ କିଏ?"

ସପ୍ନା ଦୋକାନରୁ ବାହୁଡ଼ିବାବେଳକୁ ଚେମୀ ଭାତ ରାନ୍ଧି ରଖିଥାଏ। ଦୋକାନ ସଉଦା ଭଲକରି ଦେଖି ସାଇତି ରଖେ। ତାହା ବାଦ୍ ଟୋପାଏ ତେଲ ପକାଇ ଶାଗଟା ଖରଡ଼ି ପକାଏ, କଙ୍କଡ଼ା ଛେଚି ଦେଇ ଟୋପାଏ ତେଲ ଲୁଣ ଗୋଳେଇ ଦିଏ, ମାଛଥିଲେ ଟୋପାଏ ତେଲ ପକାଇ ଅଣ କରିଦିଏ। ବୁଢ଼ା ଭଙ୍ଗା ପଥୁରିରେ ସପ୍ନାକୁ ଭାତ ପରଷି

ଦେଇ ପାଖରେ ବସେ। ରାଣନିୟମ ଦେଇ ବଳେଇ ବଳେଇ ଦୁଇଗୁଣ୍ଡା ଅଧିକ ଖୁଆଏ। ଚେମୀ ବଡ଼ ଘରଣୀ। ଝୋଟ ଅମଳ ବେଳେ ସାଆନ୍ତମାନଙ୍କ ଦୁଆରୁ ସଳିତା କାଠି ଆଣି ବିଡ଼ାବାନ୍ଧି ରଖିଛି, ଖାଉନ୍ଦ ଭାତ ଖାଇବାବେଳେ ଗୋଟାଏ କାଠି ଜାଳି ଆଲୁଅ ଦେଖାଏ। ସପ୍ନାର ଖିଆ ହୋଇଗଲେ ସେ ଅଇଁଠା ପଥୁରିରେ ଆପଣା ଭାତ ବାଢ଼ି ଖାଏ। ଭଲମନ୍ଦ ଘରକୁ ଯେ ପଦାର୍ଥ ଆସୁ, ସପ୍ନା ଆଗେ ନଖାଇଲେ ଚେମୀ ଖାଇବ ନାହିଁ। ଦି'ଜଣଙ୍କ ଖିଆପିଆ ହୋଇଗଲେ ବାକି ଭାତଗୁଡ଼ିକ ପଖାଳି ତହିଁଆର ଦିନକୁ ରଖିଦିଏ। ଓଳିଏ ରୋଷେଇ, ଦୁଇ ଓଳିକୁ ଜାଳ କାହିଁ? ଆହୁରି ଗୋଟାଏ କଥା, ସକାଳଓଳି ପାଇଟିରୁ ଆସିବାକୁ ଦିନ ଦି'ପହର, ଭୋକବେଳେ କ'ଣ ରନ୍ଧାକୁ ତର ସହିବ? ବର୍ଷାଦିନେ ଜାଳ ମିଳିବ ନାହିଁ ବୋଲି ଖରାଦିନେ ଘଷିପାରି ଓଳି ପନ୍ଦାଡ଼ରେ ଟାଙ୍ଗି ରଖିଦେଇଛି।

ସପ୍ନା-ଚେମୀ ଦୁଇଟି ପ୍ରାଣୀ ଖୁବ୍ ମନ ଆନନ୍ଦରେ ଅଛନ୍ତି। ସାହୁର ଦେଣା ନାହିଁକି ରଜାର ଖଜଣା ନାହିଁ। ଦିନେ ସୁଦ୍ଧା ଘରେ ଅନ୍ନ ଛୁଟଣ ନାହିଁ। ମନରେ କିଛି ଭାବନା ନାହିଁ, ଖାଇବା କଥା ପଡ଼ିଲେ ଦୁଇଜଣଯାକ କହନ୍ତି, ମୁଲକରେ ଏତେ ବିଲ, ଗଡ଼ିଆ ପୋଖରୀ ଥାଉଁ ଥାଉଁ କ'ଣ ଦି'ଟା ପ୍ରାଣୀ ପେଟ ପୂରିବ ନାହିଁ।ଚେମୀ କହେ, "ଏ ଖାଉନ୍ଦ! ତେମେ କାହିଁକି ପର ପାଇଟିକି ଯିବା।ବାଳୁଙ୍ଗା ଝାଡ଼ି ଆଣିଲେ ତ ଆମର ଛ' ମାସ ମେଣ୍ଟିଯିବ।" ବେଳ ଜାଣି ଚେମୀ କୁଲାଟାରେ କାଠି ଖଣ୍ଡେ ବାନ୍ଧି ଢେର୍ ବାଳୁଙ୍ଗା ଝାଡ଼ିଆଣି ଘରେ ରଖେ। ଖାଉନ୍ଦକୁ ବାଧିବ ବୋଲି ଚେମୀ ରୋଜ ରୋଜ ତାକୁ ପାଇଟିକୁ ପଠାଏ ନାହିଁ, ବାଳୁଙ୍ଗାରେ ଅନ୍ନ ଚଳାଏ। ଯେଉଁଦିନ ସପ୍ନାସାଆନ୍ତଘର ପାଇଟିକୁ ନଯାଏ, ସେଦିନ ଦୁଇଜଣ ପୋଖରୀ ପୋଖରୀ ବୁଲି ବୁଲି କଛିମ, କଙ୍କଡ଼ା, ମାଛ ଧରି ଆଣନ୍ତି।ସେଦିନ ଚେମୀ ଢେର୍ ରକମ ତିଅଣ ରାନ୍ଧେ, ଦୁଇଜଣଙ୍କର ଭାରି ଆନନ୍ଦ।

ରାତିରେ ଚେମୀ ରନ୍ଧାବଢ଼ା କରୁଥିବାବେଳେ ସପ୍ନା ହରିଣୀ ସ୍ତୁତି, ଗଜସ୍ତୁତି ଗାଏ। ଭାଗବତ ବି ଢେର୍ ପଦ ଶିଖିଛି, ଏଠୁ ସେଠୁ ଢେର୍ ପଦ ଗାଏ। ଚେମୀ କାନଡେରି ଶୁଣୁଥାଏ। ପଢ଼ାପଢ଼ି ସରିଲେ, 'ଠାକୁର-ହରି, ଦୟାକର, କହି ହାତଯୋଡ଼ି ଭୂମିରେ ଢପଢପ କରି ତିନିଥର ମୁଣ୍ଡିଆ ମାରେ, ତା' ବାପ୍ପୁନା ଗୋଡ଼ତଳେ ତିନିଥର ଜୁହାର ହୋଇ ତା' ପାଦରୁ ଧୂଳି ନେଇ ମୁଣ୍ଡରେ ମାରେ। ପ୍ରତିଦିନ ସଞ୍ଜବେଳେ ଏହିପରି କରେ। ଯେଉଁଦିନ ହାତରେ କିଛି ପାଇଟି ନାହିଁ, ଦୁଇଜଣ ଦୁଇଜଣଙ୍କୁ ଅନାଇ ପିଣ୍ଡାଟାରେ ବସିଥା'ନ୍ତି।

ବୁଢ଼ା ରାମ ପରିଡ଼ାକୁ ସପ୍ନା ଅଜାସାଆନ୍ତ ବୋଲି ଡାକେ, ତାଙ୍କରି ଘରେ ଢେର୍ ଦିନ ପାଇଟି କରେ। ପରିଡ଼ା ବୁଢ଼ା ଦିନେ ଦିନେ ସପ୍ନାକୁ ଡାକିବାକୁ ଆସି ଦେଖେ, ଦୁଇଜଣ ଏକାଜାଗାରେ ବସିଛନ୍ତି- ଟାପରା କରି କହେ, "କିରେ ସପ୍ନା, ତୁମେ ଦୁଇଟା ଯେ ବଗଲା-ବଗୁଲୀ ପରି ବସିଛ।" ରୋଜ ରୋଜ ଟାପରା କରି ବଗଲା-ବଗୁଲୀ ବୋଲି କହୁଁ କହୁଁ

ପରିଡ଼ାର ଅଭ୍ୟାସ ହୋଇଗଲାଣି। ସବୁବେଳେ ଡାକେ, "ଆରେ ବଗଲା, ଆଲୋ ବଗୁଲୀ!" ତା' ଶୁଣାଶୁଣି ଗାଁଲୋକେ ବି ଡାକିଲେଣି ବଗଲା ପାତ୍ର। ଗାଁ ମାଇକିନିଆମାନେ ବି ଚେମୀକୁ ଟାପରା କରି କହନ୍ତି, "ଆଲୋ ବଗୁଲୀ, ତୋ' ବଗଲା ଲାଗି କ'ଣ ରାନ୍ଧିଥିଲୁ?"ସତକୁ ସତ ସମସ୍ତେ ଦେଖୁଛନ୍ତି, ସବୁଦିନେ, ସବୁବେଳେ ବଗଲା-ବଗୁଲୀ ପରି ଦୁଇଜଣ ଏକା ସାଙ୍ଗରେ ଅଛନ୍ତି। ଶେଷକୁ ଗାଁରେ ନାମ ହୋଇଗଲାଣି-ବଗଲା-ବଗୁଲୀ।

ବର୍ଷାଦିନରେ ବଗଲା-ବଗୁଲୀର ଭାରି ଆନନ୍ଦ। ବିଲ ବଛାବେଳେ ଦୁଇଜଣଙ୍କୁ ପାଇଟି ମିଳେ। ସପ୍ନାର ମୂଳ ପାଞ୍ଚମାଣ, ଚେମୀର ଚାରିମାଣ,ଖାଇପିଇ ପାଞ୍ଚମାଣ ଧାନ ବଳିପଡ଼େ।

ଏଇଟା ବଡ଼ ଭଲ ବର୍ଷ। ଅର୍ଜନ ଚାରିଆଡ଼େ। ପଛପାଣିଆ ଯୋଗୁଁ ସମସ୍ତଙ୍କ ବିଲବଛା ଏକ ସାଙ୍ଗରେ।ମୂଲିଆ ମିଳୁନାହାନ୍ତି। ମୂଲ ବଢ଼ିଯାଇଛି, ସପ୍ନାର ମୂଲ ଛମାଣ, ଚେମୀର ପାଞ୍ଚମାଣ। ଘରେ ଧାନ ଗୋଟାଏ ମାଠିଆଯୋଡ଼ାଏ ତାଡ଼ିଆ ଭର୍ତ୍ତି ହୋଇ ସପ୍ନା ଗୋଟାଏ ସାନ ଓଳିଆ ବାନ୍ଧିଦେଲାଣି। ଲକ୍ଷ୍ମୀ ଆଲିଙ୍ଗନ କଲାବେଳେ ଚାରିଆଡୁ ଅର୍ଜନ ମିଳେ। ବିଲ ବଛାବେଳେ ହାତରେ କଙ୍କଡ଼ା ଚେଙ୍ଗ ପଡ଼ିଯାଏ, ହିଡ଼ମୂଳରେ ମଦରଙ୍ଗା, କାନସିରି ଶାଗ ବଲବଲ,କାମ ଉଠାଣି ହାତ ବୁଲେଇଦେଲେ ଦିନତମାମ ଚଳିଲା। ଏ ବାଦେ ଚେମୀ ବିଲ ଟିକରା ମୂଳରୁ କାଇଁଚ କାଟିଆଣି ଗୋଟାଏ ଖଇଞ୍ଜି ବୁଣିଛି। ଚେମୀକୁ ଢେର୍ ପାଇଟି ଆସେ। କାଇଁଚ ପାଛିଆ ବୁଣି ଗାଁ ବୋହୂଝିଅଙ୍କୁ ବିକି ଚାଉଳ ଧାନ ଆଣେ। ଦୁଇଜଣ ବିଲବଛା ପାଇଟିରେ ଲାଗିଥିବାବେଳେ ଖଇଞ୍ଜିଟି ପାଣିମାହାରା ହିଡ଼ମୂଳରେ ବସାଇ ଦେଇଥା'ନ୍ତି। ପାଇଟି ଉଠାଣି ବେଳକୁ ଚେଙ୍ଗ କୁଟୁରି, କଉଟିପିରି, ଶେଉଳ ପହଣା ଖଇଞ୍ଜରେ ଭର୍ତ୍ତି। ଦିନେ ଦିନେ ଦୁଇ ତିନିଥର ଖଇଞ୍ଜିଟା ଝାଡ଼ିପକାନ୍ତି।

ଆଜିକାଲି ସଞ୍ଜବେଳେ ଦୋକାନୀ ଦୁଆରକୁ ଧାନ ଘେନିଯିବାକୁ ହୁଏ ନାହିଁ, ମାଛ ଦି'ହଡା ଘେନିଗଲେ ତେଲଲୁଣ ଧୂଆଁପତ୍ର ସବୁ ମିଳିଗଲା। ଚେମୀ ଦି'ନଉତି ସରିକି ପିତାଶୁଖୁଆ ଶୁଖାଇ ଚାରିମାସ ତିଅଣକୁ ଥାତି ବାନ୍ଧି ସାରିଲାଣି। ଭଲ କରି ଶୁଖାଇ ଶୁଖୁଆଗୁଡ଼ିକ ଗୋଟିଏ ପାତିଆରେ ପୁରାଇ ଘର ଶ୍ରେଣୀରେ ଟଙ୍ଗା ଶିକାଟିରେ ଥୋଇଦେଇଛି। ଆଜିକାଲି ଦି' ପ୍ରାଣୀ ଭିତରେ ଆନନ୍ଦର ସୀମା ନାହିଁ।

ଅଶିଣମାସିଆ ଦିନେ ରାତି ଘଡ଼ିକ ବେଳେ ଦି'ଜଣଙ୍କର ଖିଆପିଆ ସରିଲାଣି। ଚେମୀ ଗୁଡ଼ାଏ ବିଲମାଛ ବୁଢ଼ୀ ପରିଡ଼ାଣୀକୁ ଦେଇ ମାଟି-କୁମ୍ପାରେ କୁମ୍ପାଏ କରଞ୍ଜତେଲ କିଣିଆଣି ଘରେ ଥୋଇ ଦେଇଛି। ମଫସଲର ଚାଷବନ୍ଦୀ ଘରେ ସମସ୍ତେ ଖରାଦିନେ ତେଲୀ ଦୁଆରୁ କରଞ୍ଜପେଡ଼ି ଆଣି ବର୍ଷା ଦିନ ଲାଗି ତେଲ ସାଇତି ରଖିଥା'ନ୍ତି। ଦିନଯାକ ପାଣି କାଦୁଅରେ ବୁଲି ବୁଲି ଗୋଡ଼ଯୋଡ଼ାକ ପାଣି ଖାଇ ସିଠୁଆ ପଡ଼ିଯାଏ, ଆଙ୍ଗୁଳି ସନ୍ଧି ସବୁ ଘା' ହୋଇଯାଏ। ରାତିରେ କରଞ୍ଜତେଲ ଲଗାଇଦେଲେ ତହିଁଆର ଦିନ ସକାଳକୁ କିଛି

ନଥାଏ। ଖଣ୍ଡେ ଛିଣ୍ଡା କତରା ପାରିଦେଇ ସପ୍ନା ଶୋଇ ପଡ଼ିଛି। ଚେମୀ ଗୋଡ଼ର ପାଣିଖିଆଜାଗା ଆଙ୍ଗୁଳି ସନ୍ଧିମାନଙ୍କରେ କରଞ୍ଜି ତେଲ ଲଗାଇ ଦେଇଛି। ଚେମୀ କଥା ଆରମ୍ଭ କଲା, "ଏ ଖାଉନ୍ଦ! ତମେ ଦେଖ, ଘରେ ଶୋଇପଡ଼ିବାକୁ ଆଉ ଜାଗା ନାହିଁ। ବାଲୁଙ୍ଗା ପାଚିଲାଣି।ମୁଁ କାଲି ସଖାଲୁ ଝାଡ଼ିଯିବି। ଆଉ କେଉଁଠି ରଖିବା? କ'ଣ କରିବା?"

ସପ୍ନା-ହଁ ଲୋ ବୋଉ! ମୁଁ ସେଇକଥା ଉଛୁଣିକା ମନରେ ପକେଇଥିଲି। ଆଚ୍ଛା, ଧାନ ବିକିଦେଇ ଟଙ୍କା ପଇସା ଆଣି ଘରେ ରଖିବା।

ଚେମୀ-ନାହିଁ, ଏ ଖାଉନ୍ଦ-ସେ ବଡ଼ ଅଲିଆ କଥା। କେତେ ଧାନକୁ କେତେ ପଇସା ଗଣି ଜାଣିବା ନାହିଁ, ଆଉ ଟଙ୍କାପଇସା ଦେଖିଲେ ଚୋର ଟସ୍କର ଦୁଆରକୁ ଆସିବେ। କେଉଁଠି ପୋତି ପକାଇବା, ଭୁଲିଗଲେ ଗଲା। ମୋ ମା' ଥରେ ଚାରିଟା ପଇସା ପୋତି ପକାଇଥିଲା-ପାଇଲା ନାହିଁ, ଢେର୍ କାନ୍ଦିଲା।

ସପ୍ନା-ତେବେ ଧାନ ସବୁ ରାମ ମାସନ୍ତ ତନ୍ତୀକୁ ଦେବା, ସେ ତୋ ଲାଗି ଖଣ୍ଡେ ରଙ୍ଗ କନ୍ତାଶାଢ଼ୀ ବୁଣିଦେବ।

ଚେମୀ-ନାହିଁ, ଖାଉନ୍ଦ! ମୁଁ ପିନ୍ଧି ଜାଣିବି ନାହିଁ, ଚିରିଯିବ। ମୁଁ କହୁଛି, ଅଜା ପରିଡ଼ା ସାଆନ୍ତ ଶୀତଦିନେ ଯିମିତିକା କଳା ଅଙ୍ଗା ଲଗାନ୍ତି, ତେମେ ବାଲିସର ହାଟକୁ ଯାଇ ସିମିତିକା ଗୋଟାଏ କିଣିଆଣ। ଶୀତ ହେଲେ ଲଗାଇବ, ସୁନ୍ଦର ଦିଶିବ।

ସପ୍ନା-ତୁ ନାଲିରଙ୍ଗ ଶାଢ଼ୀ ପିନ୍ଧିଲେ ସୁନ୍ଦର ଦିଶିବ।

ଚେମୀ-ତେମେ ଅଙ୍ଗା ଲଗାଇଲେ ସୁନ୍ଦର ଦିଶିବ।

ଦୁଇଜଣ ଭିତରେ ଢେର୍ ବେଳଯାଏ କଥା ଚଳିଲା। ଶେଷରେ ସପ୍ନା ପ୍ରସ୍ତାବରେ କଥା ସ୍ଥିର ହେଲା, କାବୁଲି ପଠାଣ ଆସିଲେ ତାକୁ ସବୁ ଧାନ ଦେଇ ଗୋଟାଏ ରଙ୍ଗ କମ୍ବଳ କିଣିବେ, ଶୀତଦିନରେ ଖଡ଼ିକା ହେଁସ ଘୋଡ଼ି ହେବେ ନାହିଁ।ସେଇ କମ୍ବଳ ଘୋଡ଼ି ହେବେ। କଥା ଭାଷା ହେଉଁ ହେଉଁ ଦୁଇଜଣଯାକ ଶୋଇପଡ଼ିଲେଣି।

ଦିନ ଘଡ଼ିଏ ହେଲାଣି, ଦି'ଜଣଯାକ ଶୋଇଛନ୍ତି। ରୋଜ ରୋଜ ଚେମୀ ଆଗରେ ଉଠେ, ଆଜି ଉଠିନାହିଁ। ସପ୍ନା କହିଲା, "କି ଲୋ ବୋଉ, ତୋ ଦିହ ତାତିଲା ପରି ଲାଗୁଛି;ଜର ହେଲା କିଲୋ?"

ଚେମୀ-ହଁ, ଦିହଟା କିମିତିକା କସମସ କରୁଛି। ଏ ଖାଉନ୍ଦ, ତମ ଦିହଟା ତାତି ଲାଗୁଛି, ଜର ହେଲା କି? ଆଲୋ ମା'ଲୋ! ଆଲୋ ବୋପା ଲୋ! କ'ଣ କରିବି ଲୋ! ଠାକୁର ହରି! ମୋ ବାପ ଗାଁ ମଙ୍ଗଳା। ମୋ ଖାଉନ୍ଦକୁ ଭଲ କରିଦେ।

ସପ୍ନା-ନାହିଁଲୋ ବୋଉ, ଡରନା, ଠାକୁରେ ଭଲ କରିଦେବେ। ତୁ ଯା ପଥିରାନ୍ଧ, ମତେ ମାଣେ ଧାନ ଦେ, ସାଉ ଦୁଆରୁ ରସୁଣ ଘେନି ଆସେଁ।

ଗରମ ଗରମ ପେଜମିଶା ଭାତରେ ପାଣିଢାଳି ରସୁଣ ଦେଇ ଦୁଇ ଜଣ ପଥି କଲେ।

ଚାରି ଦିନ ଗଲା, ପାଞ୍ଚଦିନ ଦିନ ସପ୍ନାର ଜର ବଳିପଡ଼ିଲା, ପଥି ଛାଡ଼ିଲା। ଚେମୀର ଜର ଟିକିଏ ଭଲହେଲାଣି।ଚେମୀର ଖାଇବାର ନାହିଁ, ଶୋଇବାର ନାହିଁ। ସପ୍ନାର ତ ବଳେ ନିଦ ନାହିଁ।ଚେମୀ ଗୋଡ଼ତଳେ ବସି ଦିନରାତି ଖାଲି ଠାକୁର ହରି ଆଉ ବାପ ଗାଁ ମଙ୍ଗଳାଙ୍କୁ ଡାକୁଛି। ଚେମୀ ଆଉ ଧୈର୍ଯ୍ୟଧରି ରହିପାରିଲା ନାହିଁ। ଖାଉନ୍ଦକୁ କହି ଗାଁ ବୈଦ୍ୟରାଜ ନକୁଳି ନାୟକ ଦ୍ୱାରକୁ ଧାଇଁଲା। ସେ ଏକୁଟିଆ କେବେ ଘରୁ ବାହାରିନାହିଁ। ଆଜି ଗାଁ ଗୋହିରି ମଝିବାଟେ ଚାଲିଛି। ଗୋଡ଼ ପୋତି ପଡୁଛି, ଆଖିରେ ପାଣି ଭର୍ତ୍ତି, ବାଟ ଦିଶୁନାହିଁ-ବୈଦ୍ୟ ଘରକୁ ଧାଇଁଛି। ଚେମୀ ପାଞ୍ଚ-ଛ ବର୍ଷ ହେଲା ଶଶୁର ଗାଁକୁ ଆସିଲାଣି, କାହାରି ମୁହଁ ଦେଖିନାହିଁ, କାହାରିକୁ ଅନାଏ ନାହିଁ, ଖାଉନ୍ଦ ଛଡ଼ା ଆଉ କାହାରି ସାଙ୍ଗରେ କଥା ନାହିଁ। ଠାକୁର ଦେବତାଙ୍କୁ ମନ ମଧ୍ୟରେ ଡାକି ଡାକି ଖୁବ୍ ହେମତ ଧରି ଗଲା। ହେମତ୍ ଧରି ବୈଦ୍ୟରାଜକୁ ସପ୍ନା ଜର କଥା କହିଲା। ବୈଦ୍ୟ ନକୁଳି ନାୟକେ ବଟୁଆ ଫିଟାଇ ଗୋଟାଏ ଟସର କୁଆ ଭିତରୁ ଚାରିଟା ଜ୍ୱରରାଘବ ବଟିକା କାଢ଼ିଦେଲେ,କହିଲେ, "ତୁ ତ ମହୁ ପାଇବୁ ନାହିଁ, ତୁଳସୀ ରସ ଜରପାପଡ଼ା ରସ ଗୋଳିଦେଇ ଚାରି ପହରରେ ଚାରିପାନ ଦେବୁ, ଜ୍ୱର ନ ଛାଡ଼ିଲେ ପାଣି ଧରି ଆସିବୁ।" ଛ'ଦିନ ଦିନ ଜ୍ୱର ବଳିପଡ଼ିଲାଣି। ଚେମୀ ସାଙ୍ଗରେ କଥାନାହିଁ, କେତେବେଳେ ଗୀତ ଗାଉଛି, ଭାଗବତ ପଦ ପଢୁଛି, ବିଲ କଥା କହୁଛି, ଆଖି ଯୋଡ଼ାକ କୋଚିଆ ରକ୍ତପରି ଲାଲ। ଚେମୀ ସାରୁ ପତ୍ରଟାରେ ପାଣି (ଛୁତ) ଧରି ଖାଉନ୍ଦକୁ କିଛି ନକହି ବୈଦ୍ୟ ଦୁଆରକୁ ଧାଇଁଲା। ବୈଦ୍ୟରାଜ ଦୂବଘାସ କେରାକରେ ପାଣିରେ ଟୋପାଏ ତେଲ ପକାଇଲେ, ତେଲ ବୁନ୍ଦା ଧରି ରହିଲା, ମେଲିଲା ନାହିଁ। ରୋଗୀର ବୃତ୍ତାନ୍ତ ସବୁ ଶୁଣି କହିଲେ, "ଘୋର ସନ୍ନିପାତ, କସ୍ତୁରୀ ଭୈରବବଟିକା ଲୋଡ଼ା, ଚାରିଟଙ୍କା ଦାମ୍ ଆଣ।" ଚେମୀର ପାଟି ପ୍ରାୟ ପଡ଼ିଗଲାଣି,ଖୁବ୍ କଷ୍ଟରେ କହିଲା, "ମୁଁ ଟଙ୍କା କାହୁଁ ପାଇବି, ଘରେ ଧାନ ଅଛି, ସବୁ ଆଣିଦେବି।" ଚେମୀ ଘରକୁ ଧାଇଁଧାଇଁ ଆସିଲା, ଖାଉନ୍ଦଙ୍କୁ ଅନାଇଲା, କିଛି କଥା କହିଲା ନାହିଁ। କହିବ କ'ଣ-ଖାଉନ୍ଦ କଥା ଶୁଣୁଛିନାଁ କହୁଛି, ଖାଲି ଉଠ ବସ ହେଉଛି, ପାଟିକରୁଛି। ଚେମୀ ପାଛିଆଟିରେ ପାଛିଆଏ ଅମପା ଧାନ ପୂରାଇ କାଖେଇ ବୈଦ୍ୟ ଦ୍ୱାରକୁ ଧାଇଁଲା। ବୈଦ୍ୟ ଆଗରେ ଧାନ କୁଢ଼େଇ ଦେଲା-ଚେମୀମା' ବିଭାବେଳେ ଅଢ଼େଇ ମସା ରୂପାର ଗୋଟାଏ ମୁଦି ଦେଇଥିଲା, ଘୋରିଯିବ ବୋଲି ଚେମୀ ସବୁଦିନେ ଲଗାଏ ନାହିଁ, ସେହି ମୁଦିଟା ବୈଦ୍ୟଙ୍କୁ ଦେଲା। ତାଙ୍କ ପାଖରୁ ଔଷଧ ଘେନି ଧାଇଁଛି। ଚେମୀ ଚାରିଦିନ ହେଲା ଟୋପାଏ ପାଣି ମୁହଁରେ ଦେଇ ନାହିଁ, ତା' ଜ୍ୱର ବି ଭଲ ଛାଡ଼ି ନାହିଁ, ଭିତରେ ଭିତରେ ଜ୍ୱର ଅଛି। ସକାଳୁ ଦିନ ଦି'ପ୍ରହର ଯାଏ ଧାଇଁଛି। ଚେମୀ ଘରକୁ ଯାଇ ଦେଖିଲା, ସପ୍ନାପାଟି ଆଁ କରି ପଡ଼ିଯାଇଛି। ଚେମୀ 'ଏ

ଠାକୁର ମଙ୍ଗଳା!' କହି ସପ୍ନା ଗୋଡ଼ତଳେ ଦୁଲ୍ କରି ପଡ଼ିଗଲା। ସପ୍ନାର ଟିକିଏ ଟିକିଏ ଜ୍ଞାନ ଥିଲା। ଚେମୀ ମୁହଁକୁ ଏକଧ୍ୟାନରେ ଅନାଇଛି। ଦୁହେଁ ଦୁହିଁଙ୍କୁ ଦେଖୁଛନ୍ତି।

ତହିଁ ଆରଦିନ ଗାଁରେ ଚହଳ ପଡ଼ିଗଲା-ବଗଲା-ବଗୁଲୀର ଜ୍ୱର ହୋଇଥିଲା, ଦୁଇଦିନ ହେଲା ତାଟି ଫିଟିନାହିଁ। ଗାଁ ଲୋକେ ଧାଇଁଲେ। ସମସ୍ତେ ହାୟ ହାୟ କରୁଛନ୍ତି। ଜମିଦାର ବାବୁ ସପ୍ନା ଶ୍ୱଶୁର ଗାଁକୁ ଧାଉଡ଼ିଆ ପଠାଇଦେଲେ।

ଗାଁର ସମସ୍ତ ସ୍ତ୍ରୀ ଚେମୀ ଲାଗି ହାୟ ହାୟ କଲେ, ଯିବାବେଳେ ସମସ୍ତେ ହୁଳହୁଳି ପକାଇଲେ। ଗାଁର ସମସ୍ତଙ୍କ ମୁହଁରେ ଏକକଥା-ଧନ୍ୟ ଧନ୍ୟ ସ୍ୱାମୀ ସ୍ତ୍ରୀ ପ୍ରେମ। ନୀଚ କୁଳରେ ବି ଏମନ୍ତ ଧର୍ମ, ଏମନ୍ତ ପ୍ରେମ ଥାଏ!

କମଳାପ୍ରସାଦ ଗୋରାପ

ଏଡ଼େବଡ଼ କାରବାରୀ ଘର, କୁଆ କା କଲା କତିରୁ ଅଧରାତିଯାଏ ଗହଳ ଚହଳ ଲାଗିଥାଏ। ଆଜି ସବୁ ତୁନିତାନି। ବାଟ ଗଲା ଲୋକେ ବୁଝିବେ, ଏଡ଼େବଡ଼ ଦୋତାଲା ଘରଟାରେ କେହି ମଣିଷ ନାହିଁ, ତୁଚ୍ଛା ପଡ଼ିଛି। ସ୍ୱରୂପ ମାଝି ଭୋର ଭୋର ପହଞ୍ଚିଲାବେଳୁ ବାବୁଙ୍କ ଘର ଉପରେ ଯେମନ୍ତ ଚଡ଼କଟାଏ ପଡ଼ିଯାଇଛି। ଭିତର ପ୍ରସ୍ତରେ ମାଇକିନିଆଗୁଡ଼ାଙ୍କର କବର କାବର ପାଟି, ସାନ୍ତାଣୀଙ୍କ କଡ଼ାହୁକୁମ, ପିଲାଗୁଡ଼ାଙ୍କର ଧାଁଦୌଡ଼, ଗହଳଚହଳ, ବାସନକୁସନର ଝମ୍‌ଝାମ୍ ଶବ୍ଦ କିଛି ଶୁଭୁନାହିଁ। ତାରିମା ଦାସୀ 'ହାୟ ହାୟ' କରି କାନ୍ଦି ପକାଉଛି, ତାହାର ପାଞ୍ଚମାସର ଦରମା ସାଢ଼େ ସାତଟଙ୍କା ଆଗତୁରା ନେଇ ବଟମ ଦେଇଥିଲା। ଭୀମା ଆଇ ଜୀବନଯାକ ଛିଞ୍ଚି ଛିଞ୍ଚି ବେକରେ ଗୋଟାଏ ସୁନାମାଳି ଲଗାଇଥିଲା, କୋଡ଼ିଏ ଟଙ୍କାରେ ବନ୍ଧା ପଡ଼ିଛି। ବଡ଼ ଆଶା କରିଥିଲା, ବଟମରେ ବଢ଼ି ତିରିଶଟଙ୍କା ହେଲେ ଟଙ୍କାଏ ପାଞ୍ଚସୁକା କଳନ୍ତର ଫୋପାଡ଼ି ଦେଇ ମୁଠାଏ ଟଙ୍କା ଅଧିକା ପାଇଯିବ। ସେଇଟା ନିହାତି ସମ୍ଭାଳି ନ ପାରି ବାଡ଼ିଦୁଆରେ ବସି ବାହୁନି ବାହୁନି କାନ୍ଦୁଛି। ସାନ୍ତାଣୀଙ୍କ ଡରରେ ଘର ମଧ୍ୟରେ କେହି ପାଟି କରିପାରୁନାହିଁ। ମନୋଦୁଃଖରେ ବାବୁଙ୍କର ଅଣ୍ଟା ବସିଗଲାଣି, ଭେକା ମାରିଲା ପରି ତୁନିହୋଇ ବସିଛନ୍ତି। ଘରେ ଗୋଳମାଳ ହେଲେ ସେ ଦିକ୍‌ଦାର ହେବେ, ଏଥିପାଇଁ ସାନ୍ତାଣୀଙ୍କର ମନା, କେହି ପାଟିକରିବେ ନାହିଁ।

ନିଜେ ବାବୁ ରାମହରି ନାୟକେ କଚେରି ଘରେ ଆପଣା ଗଦିରେ ବଡ଼ ମାଣ୍ଡିଟାକୁ ଆଉଜି ତୁନିହୋଇ ବସି ହୁକା ଟାଣୁଛନ୍ତି। କାହାରି ସାଙ୍ଗରେ କଥା ନାହିଁ। କେହି ଭରସି ପାଖ ପଶିପାରୁନାହିଁ। ହୁକାଟି ବୈଠକରେ ଥୋଇଦେବା ମାତ୍ରକେ ରାମା ଭଣ୍ଡାରି ପିଲା ଚିଲମ ବଦଳାଇ ଦେଇଛି। ତା' ମନରେ ବି ସୁଖ ନାହିଁ। ସେ ବି ଏଣୁତେଣୁ ରୁଣ୍ଡେଇରାଣ୍ଡେଇ ସାଢ଼େ ଦଶଟଙ୍କା ବଟମ ଦେଇଥିଲା। ଘରେ ବୋହୂଝିଅ, ଖୋଦ୍ ସାଆନ୍ତାଣୀସମସ୍ତେ ମଗଦୁର ଭଳି କିଛି ବଟମ ଦେଇଥିଲେ, ଶେଯଛୁଆ ନାମରେ ବି ମା'ମାନେ ବଟମ ଦେଇଥାନ୍ତି।

କଚେରିଘର ଅଗଣାରେ ଗୋଟିଏ କରରେ ମାଝି୧ ସ୍ୱରୂପ ବେହେରା ପାୟା ମୂଳରେ ଗାଲରେ ହାତଦେଇ ମୁହଁପୋତି ବସିଛି। ତାହାର ଦୁଇ ତିନି ହାତ

୧ ଜାହାଜର କପ୍ତାନ

ଛଡ଼ାରେ ରାମ ବେହେରା ଓ ମକ୍ରାମ ବେହେରା ଦୁଇଜଣ ଖଲାସୀ୧। ସମସ୍ତେ ମୁଣ୍ଡପୋତି ବସିଛନ୍ତି;କାହାରି ମୁହଁରେ କଥା ନାହିଁ। ପହରଣ ସମସ୍ତଙ୍କର ଏକ ଛୋଟିଆ, ମଇଳା ଚିରୁକୁଟ ଚିରା ଖଣ୍ଡେଲୁଗା। ଖାଲି ମଝି ବେକରେ ଖଣ୍ଡେ ମଇଳା ଗାମୁଛା ପଟକା ପରି ପଡ଼ିଛି। ସମସ୍ତଙ୍କ ଦେହଯାକ ଧୂଳି କାଦୁଅବୋଳା। ମୁହଁରେ ଚକେ ଚକେ ରୁଢ଼।

କଚେରିଘରୁ ବାବୁ ଡାକିଦେଲେ, "ମାଝି!"ସ୍ୱରୂପ ମାଝି, 'ଆଜ୍ଞା ହଜୁର' ଉତ୍ତର ଦେଇ ବାବୁଙ୍କ ଆଗରେ ଛିଡ଼ା ହୋଇଗଲା। ବାବୁ ମାଝିକୁ ଅନାଇଦେଲେ - 'ହୁଁ' ବୋଲି କହି ଗୁଡ଼ାଖୁ ଟାଣିବାକୁ ଲାଗିଲେ। ପୂରା ଚିଲମେ ଗୁଡ଼ାଖୁ ଉଡ଼ିଗଲାଣି, ମାଝି ମୁଣ୍ଡପୋତି ଛିଡ଼ାହୋଇଛି। ପାଘଣ୍ଟା ବାଦେ ବାବୁ ମାଝିକୁ ଆଉଥରେ ଅନାଇ କହିଲେ, "କ'ଣ ହେଲା ମାଝି, ଅସଲ କଥାଟା ଆଉ ଥରେ ଠିକେ ଠିକେ ବୋଲିଯା ତ।" ବାବୁଙ୍କ କଅଁଳ କଥା ଶୁଣି ମାଝି ପ୍ରଥମେ କାନ୍ଦିପକାଇଲା। ତହିଁବାଦେ ସମ୍ଭାଳି ଯାଇ ସକେଇ ସକେଇ ଧୀରେ ଧୀରେ କହିବାକୁ ଲାଗିଲା, "ଆଜ୍ଞା- ଗଲା ଉଆଁସ ବାସି ପ୍ରତିପଦା ଦିନ ଅଡ଼ତଦାର ଆପୁଡୁସ୍ୱାମୀ ପାଖରୁ ଭୋର ଭୋର ଟଙ୍କାଟୋକର ଗଣି ନେଇ ଦିନ ଦୁଇପହର ସରିକି ଚିନାପାଟଣା ହାଡୁ-ବାହାରୁ୨ ଲଙ୍ଗର ଉଠାଇଦେଲୁଁ।" ବାବୁ ପଚାରି ଦେଲେ, "ଅଡ଼ତଦାର ହିସାବ ଛିଣ୍ଡାଇ ସବୁ ଟଙ୍କା ଦେଇଛି, ନା ଆଉ କିଛି ଅଛି?"

ମାଝି- ଅଡ଼ତଦାର ମତେ ନଗଦ ବାରହଜାର ଟଙ୍କା ଗଣିଦେଲା। ହିସାବ ଡାକରେ ପଠାଇବ ବୋଲି କହିଲା।

ବାବୁ ବାକ୍ସ ଫିଟାଇ ଗଲାକାଲି ଡାକରେ ଆସିଥିବା ମୋଟା ଚିଠି ଖଣ୍ଡି ବାହାର କଲେ, ତାହା ଭିତରୁ ଲାଲରଙ୍ଗ ପାତଳ କାଗଜରେ ତେଲଙ୍ଗୀ ଲେଖା ଏକକୋଣିଆ ଗୁଛା ଗୋଛାଏ ଚିଠି କାଗଜ ବାହାର କଲେ, ଏପାଖ ସେପାଖ ଓଲଟପାଲଟ କରି ବୀରେଶ ଲିଙ୍ଗମକୁ ଡାକି ପଠାଇଲେ। ବିରେଶ ଲିଙ୍ଗମ୍ ତେଲିଙ୍ଗୀ ଗୁମାସ୍ତା। ଦକ୍ଷିଣ ଅଞ୍ଚଳରୁ ଆସୁଥିବା ଚିଠିମାନ ପଢ଼ି ବାବୁଙ୍କୁ ଓଡ଼ିଆରେ ବୁଝାଇଦିଏ। ପିଆଦା ଗୁମାସ୍ତାକୁ ଡାକିବାକୁ ଧାଇଁଲା। ତହିଁ ଉତ୍ତାରେ ବାବୁ ମାଝିକୁ ଅନାଇ କହିଲେ, "ହୁଁ -"

୧ ଜାହାଜର ନିମ୍ନଶ୍ରେଣୀର ଚାକର

୨ ମାନ୍ଦ୍ରାଜ ହାରବର

ସ୍ୱରୂପ ମାଝି- ଲଙ୍ଗର ଉଠାଇ ଶେଡ଼ ଯେ ହଙ୍କାରିଛି, ସେଇ ହଙ୍କାରିଛି। ପୂରା ଆଠଦିନ ଦିନ ରାତି ଜାହାଜ ଧାଇଁଥାଏ। ଦକ୍ଷିଣା ପିଛାଡ଼ି ପବନ- ଆକାଶ ନିର୍ମଳ- ଦରିଆଟା ପୋଖରୀ ପାଣି ପରି ଧୀର। ଜାହାଜ ସୁକାନରେ ଖାଲି ହାତ ପଡ଼ିଥାଏ, ସଳଖ

ଜାହାଜ ଧାଇଁଛି। ନଅଦିନ ରାତି ପହରକ ସରିକି କଟକ ବାରା ଫଲସାପେଣ୍ଟ ବତି¹ ଯିମିତି ନଜର ପଡ଼ିଛି, ପଛପଟରୁ ଟିକିଏ ପବନ ଝଲକିଦେଲା, ବେଳକୁବେଳ ଟିକିଏ ବଢ଼ିବାକୁ ଲାଗିଲା। ବଢ଼ିଲାପରି ବଢ଼ିଲା- ସମାନ, ସମାନ- ରାତିଅଧ ବେଳକୁ ଅଥୟ। ଦରିଆ ଆକାଶ ଏକାକାର;ତାଳଗଛ ପ୍ରମାଣ ଢେଉ। ଆଗ ଦୁଇ ନଙ୍ଗର ପଛ ଲତାଡ଼ି ପକାଇ ଦେଲି, ପଟାପଟ ଛିଡ଼ିଗଲା। ରାତିଯାକ ଏକ ହାଲ, ଆଉ ସମ୍ଭାଳି ହେଲା ନାହିଁ। ଅଧରାତି ସରିକି ଜାହାଜ ଗାମଦ ହେଲା, ସମସ୍ତେ ମିଶି ପାଣିମରାରେ ଲାଗିଥାଉଁ। ଭୋର ଭୋର ଜାହାଜ ବସିଗଲା। ଦିନ ହେଲା, ଦେଖିଲୁ, ଧାମରା ଘଡ଼ିଆମାଳ ମୁହାଣ। ଆଉ ଚାରା ନାହିଁ, ବତାଲିକୁ²ଓହ୍ଲାଇ ଆସିଲୁଁ।

ବାବୁ ପଚାରିଲେ- ଟଙ୍କା?

ମାଝି ଖାଲି କାନ୍ଦିଲା, କିଛି କହି ପାରିଲା ନାହିଁ।

ବାବୁ କହିଲେ, "କାହିଁ, ଏଠାରେ କିଛି ମେଘ, ଅଳ୍ପ ତୋଫାନ ହୋଇଥିଲା ସତ, ତେଡ଼େ ତୋଫାନ ତ ନାହିଁ!"

ମାଝି- ଆଜ୍ଞା,ଏଟା ତୋଫାନ ନୁହେଁ, ଦରିଆ ଖଣ୍ଡିଆଭୂତ, ଏପରି ଭୂତ ଦରିଆରେ ଥା'ନ୍ତି। କଲିକତିବିଲାତିରେଙ୍ଗୁଣୀ ଛ'ଖଣ୍ଡ ଜାହାଜ ଏକାସାଙ୍ଗରେ ଶେଡ଼ ହଙ୍କାରିଥିଲୁଁ। ସବୁ ଗୁଡାକ କୁଆଡେ ଉଡ଼ି ଗଲେ, କାହାରି ପତା ନାହିଁ।

ଜ୍ୟୋତିଷ କମଳଲୋଚନ ନାୟକଙ୍କୁ ବାବୁ ଡକାଇଥିଲେ। ମାଝି ସଙ୍ଗରେ କଥୋପକଥନ ସମୟରେ ଜ୍ୟୋତିଷ ପହଞ୍ଚିଗଲେ, ପାଞ୍ଜିବିଡ଼ାଟି ଧରି ପଢ଼ିବାକୁ ଲାଗିଲେ –

"ମଙ୍ଗଳଂ ଭଗବାନ ବିଷ୍ଣୁ"

"ମଙ୍ଗ -

ବାବୁ ଗୋଟାଏ ଭାରି ଖପା ହୋଇ କହିଲେ, "ହଁ ହଁ, ତୁମେ ପାଞ୍ଜିବିଡ଼ା ବାନ୍ଧି ରଖ। ଭାରି ଦିନଟାଏ ଧରି ଦେଇଥିଲ ନା! ଗଲା ଗୁରୁବାର ଦିନ ଖଡ଼ି

୧ Lighthouse

୨ Lifeboat

ପକାଇ କହିଥିଲ ପରା, ପୂର୍ଣ୍ଣିମା କଟାଳ ଜୁଆର ବେଳରେ କମଳାପ୍ରସାଦ ଘାଟ ଭିଡ଼ିବ?ଆଚ୍ଛା ପାଠ ପଢ଼ିଛ ଏକା।"

ଶ୍ରୀ ନାୟକେ ଫଁ-କରି ନିଃଶ୍ୱାସଟାଏ ପକାଇଲେ, ପାଟି ନଫିଟାଇ ପଛଘୁଞ୍ଚା ଦେଲେ। କଚେରିଘର ବାରନ୍ଦା ଏକପାଖିଆ ବସି ଅଣ୍ଟିରୁ ଖଡ଼ି ଗୋଟାଳିଟି କାଢ଼ିଲେ, ରାଶିଚକ୍ର କାଟି ଢେର୍ ପାଠ ଲେଖିଲେ। ଖଡ଼ି ଗୋଟାଳିଟା ଦୋରବସ୍ତ ଛିଡ଼ିଗଲାଣି। ତହିଁ ଉତ୍ତାରେ ଗୁମ୍‌ମାରି ବସି ତୁଛା ଭାବୁଛନ୍ତି। ବେଳ ପ୍ରାୟ ତିନି ପହର ଗଡ଼ିଗଲାଣି। ବାବୁ

କଚେରିରୁ ଉଠିନାହାନ୍ତି, ଗୁମାସ୍ତା ଆଉ ଆଉ ଚାକରମାନେ ବା କିମିତି ଉଠିଯିବେ?ଗାଧୁଆ ବେଳ ଗଡ଼ିଗଲାଣି। ସମସ୍ତେ ଆପଣା ଆପଣା ଜାଗାରେ ଗୁମ୍‌ମାରି ବସିଛନ୍ତି। ଘର ଭିତରୁ ତିନିଥର ଡାକରା ଆସିଲାଣି। ଶେଷରେ ଗୁରୁବାରୀ ପୋଇଲି ଆସି କହିଲା, "ସାଆନ୍ତାଣୀ ଆଜ୍ଞା କଲେ, ଯା ହେବାର ତ ହେଲାଣି, ଭିତରେ ପିଲାଛୁଆଗୁଡ଼ାକ ଓପାସରେ କାଉଳି ହେଉଛନ୍ତି ଯେ!"

ବାବୁ ଯେଉଁ ବାଟରେ ଭିତର ପରସ୍ତକୁ ଯିବେ, ଅବଧାନେ ସେହି ବାଟ ପାଖରେ ବସିଥିଲେ, ବାବୁଙ୍କୁ ଦେଖି ଛିଡ଼ା ହୋଇଯାଇ କହିଲେ, "ଆଜ୍ଞାଏ କିପରି ହେଲା?"ବାବୁ ଟିକିଏ ଖପା ହେଲାପରି ହୋଇ କହିଲେ, "କିପରି ହେଲା, ମାଝିକୁ ପଚାର।"

ବାବୁ ପଛେ ପଛେ ଗୁମାସ୍ତାମାନେ ଖାତାପତ୍ର ବାନ୍ଧି ଘରକୁ ବାହାରିଲେ। ଶ୍ୟାମ ଦାସ ଗୁମାସ୍ତା ଜ୍ୟୋତିଷଙ୍କୁ ଟିକିଏ ଟାହୁଲି କରି କହିଲେ, "କି ହୋ ଅବଧାନେ! ତୁମ ପାଠ ଛିଡ଼ି ନାହିଁ ପରା?ଯାଅ, ସ୍ନାନପ୍ରକାର କରି ପକାଅ ପାଠଟା ପଟକରି ଛିଡ଼ିଯିବ।"

ଶ୍ରୀ ନାୟକେ କହିଲେ, "ଗୁମାସ୍ତା ବାବୁଆପଣ ଖେଷ୍ଟାଙ୍ଗ କରିବେ ନାହିଁ, ଆପଣ ଟିକିଏ ମୋ' କଥା ଶୁଣନ୍ତୁ। ଏହି ଦେଖନ୍ତୁ ବାବୁଙ୍କର କକଡ଼ା ଲଗ୍ନ - ଲଗ୍ନରେ ବୃହସ୍ପତି, ବର୍ତ୍ତମାନ ପୁଣି ବୃହସ୍ପତି ମହାଦଶା ଏବଂ ପଞ୍ଚମାଧିପ ଲାଭାଧିକ ଯେ ମଙ୍ଗଳ ତାହାର ହୋଇଛି ଅନ୍ତର। ଆହୁରି ବି ଦେଖିବା ହେଉ, ଘରଆଡ଼େ ଠାକୁରାଣୀଙ୍କର ମେଷ ଲଗ୍ନ-ଦ୍ୱିତୀୟ ଧନ ସ୍ଥାନରେ ଚନ୍ଦ୍ର ତୁଙ୍ଗୀ, ତାହାର ପୁଣି ମହାଦଶା। କ'ଣ ବୋଲୁଛ ଗୁମାସ୍ତା ବାବୁ, ଏ ଅବସ୍ଥାରେ କି ବିପଦ ଘଟିପାରେ?କେଭେଁ ନୁହେ-କେଭେଁ ନୁହେଁ, ଜାହାଜ କେଭେଁ ବୁଡ଼ିବ ନାହିଁ।"

ଆମ୍ଭେମାନେ ଯେଉଁ ଘଟଣା ବିଷୟ ଲେଖିବାକୁ ବସିଅଛୁଁ, ତାହା ଷାଠିଏ ବର୍ଷ ତଳର କଥା। ସେ ସମୟରେ ବାଲେଶ୍ୱରର ଜାହାଜ କାରବାର ବିଷୟ ନ ଜାଣିଲେ ପ୍ରକୃତ ଘଟଣା ବିଷୟ ବୁଝିବାକୁ ପାଠକମାନଙ୍କ ପକ୍ଷରେ ବଡ଼ ଅସୁବିଧା ହେବ, ଅଥବା ମୂଳକୁ ବୁଝିପାରିବେ ନାହିଁ। ଏଥକୁ ସେ ସମୟର ବୃତ୍ତାନ୍ତ ଅତି ସଂକ୍ଷେପରେ କିଞ୍ଚିତ୍ ବ୍ୟାଖ୍ୟାନ କରିବାକୁ ଇଚ୍ଛା କରୁ।

ଭାରତବର୍ଷର ପୂର୍ବ ଉପକୂଳସ୍ଥ ବନ୍ଦରମାନଙ୍କ ମଧ୍ୟରେ ଅତି ପୂର୍ବକାଳରୁ ବାଲେଶ୍ୱର ପ୍ରସିଦ୍ଧି ଲାଭ କରିଥିଲା। ସମୁଦ୍ରଗାମୀ ସହସ୍ରାଧିକ ଜାହାଜ ନଦୀଜଳକୁ ଆଚ୍ଛାଦନ କରି ମଉସମ ସମୟରେ ବାଲେଶ୍ୱର ବନ୍ଦର ଘାଟରେ ଭାସୁଥିଲେ। ନାନା ଶ୍ରେଣୀର ପ୍ରାୟ ଦଶହଜାର କାରିଗର କାମରେ ଲାଗିଥା'ନ୍ତି। ସହରପାଖିଆ ନଦୀକୂଳ ପ୍ରାୟ ଦୁଇକୋଶ ପର୍ଯ୍ୟନ୍ତ ହାଟ ବସିଲା ପରି ଲୋକଙ୍କ ଗହଳଚହଳ ଲାଗିଥାଏ। ରେଙ୍ଗୁନ, ଜାଭା, ବର୍ଣ୍ଣିଓ, ବିଶାଖାପତନ, ଚିନାପାଟନା, ସିଂହଳ, ମାଲଦ୍ୱୀପ, ଲାକ୍ଷାଦ୍ୱୀପ ଅଭିମୁଖେ ଯାଉଥିବା ଶତ ଶତ ଜାହାଜ ସମୁଦ୍ର ମଧ୍ୟରେ ହେରିଆଂ ଖେଳୁଥିଲେ। ସେ ସମୟରେ

ରେଲ ବା ଷ୍ଟିମରର ନାମ ଶୁଣା ନଥିଲା। ସମସ୍ତ ଉତ୍କଳର ବିଦେଶୀ ମାଲ ଆମଦାନୀ ରପ୍ତାନି ବାଲେଶ୍ୱର ବନ୍ଦର ବାଟେ ହେଉଥିଲା। ବଙ୍ଗଳା ଦେଶର ପ୍ରାୟ ଅର୍ଦ୍ଧାଂଶ ଜିଲ୍ଲା ଲୋକଙ୍କ ଖୋରାକି ଲୁଣ ବାଲେଶ୍ୱରୀ ଜାହାଜ ବହନ କରୁଥିଲେ। ବଙ୍ଗ ଦେଶ ନାମ ଜାଣିବା ପୂର୍ବରେ ପାଶ୍ଚାତ୍ୟ ଜାତି ଦିନାମାର ଓଲନ୍ଦାଜ, ଫରାସୀ, ଇଂରେଜ ବେପାରୀମାନେ ବାଲେଶ୍ୱର ବନ୍ଦରରେ ଦୋକାନ ମେଲିଥିଲେ। ବର୍ତ୍ତମାନ ବନ୍ଦର ନଦୀଘାଟକୁ ଯାଅ, କ'ଣ ଦେଖିବ?ନଦୀକୂଳ ଶ୍ମଶାନ ପରି ନିର୍ଜନ - ବୁଢାବଳଙ୍ଗ ନଦୀଟି ଯେମନ୍ତ କଳକଳ - ସ୍ୱରରେ କାନ୍ଦି କାନ୍ଦି ସମୁଦ୍ରକୁ ଯାଉଅଛି।

ବାଲେଶ୍ୱର ବନ୍ଦରର ଦୁର୍ଭାଗ୍ୟର ମୂଳକାରଣ, ନିମକ ପୋକ୍ତାନ ବନ୍ଦ,ଦ୍ୱିତୀୟ କାରଣ ଷ୍ଟିମର ଓ ରେଲର କାରବାର,ତୃତୀୟ କାରଣ ଅଥବା ବିଶେଷ କାରଣ, ବାଲେଶ୍ୱର ନଦୀ ମୁହାଣ ପୋତା ପଡ଼ିଗଲାଣି, ଅମାବାସ୍ୟା ପୂର୍ଣ୍ଣିମା କଟାଳ ଜୁଆର ସମୟ ବିନା ଅନ୍ୟ ସମୟରେ ସମୁଦ୍ରରୁ ଜାହାଜ ନଦୀ ଭିତରକୁ ପଶିପାରୁନାହିଁ।

ବାଲେଶ୍ୱର ଜାହାଜ ସବୁ ତିନିଶ୍ରେଣୀର ଥିଲା। ବଡ଼ ଜାହାଜର ନାମ ଖୋରାପ, ମଧଭଳି ଜାହାଜର ନାମ ସୁଲୁପ, ଅତି ସାନ ଜାହାଜର ନାମ ଦୁଉଣୀ। ସୁଲୁପ ଆଉ ଦୁଉଣୀ କଲିକତାକୁ ଯାତାୟତ କରେ।ଖୋରାପ ସବୁ ସମୁଦ୍ର ମଧ୍ୟରେ ଦୂର ଦେଶକୁ ଯାଏ। ପ୍ରତ୍ୟେକ ଜାହାଜର ଗୋଟିଏ ଗୋଟିଏ ନାମ ଥାଏ,ଯଥା - କମଳାପ୍ରସାଦ, ଉମାପ୍ରସାଦ, ଦୁର୍ଗାପ୍ରସାଦ, ଈଶ୍ୱରୀପ୍ରସାଦ ଇତ୍ୟାଦି।

୧ ସମ୍ମୁଖକୁ ପବନଠେଲି ସର୍ପାକାରରେ ଜାହାଜର ଗତି

ବାଲେଶ୍ୱରରେ ଅନେକଗୁଡ଼ିଏ ଜାହାଜିଆ ମହାଜନ ଥିଲେ। ଯାହାଙ୍କର ଜାହାଜ ସଂଖ୍ୟା ବେଶି, ସେ ବଡ଼ ମହାଜନ, ସମାଜରେ ତାଙ୍କର ସମ୍ମାନ ବେଶି।

ବାବୁ ରାମହରି ନାୟକ ଜଣେ ଛୁଟକୁରିଆ ମହାଜନ। ଚାରିଖଣ୍ଡ ମାତ୍ର ଜାହାଜ। କମଳାପ୍ରସାଦ ଖୋରାପ ମାନ୍ଦ୍ରାଜ, କଲମ୍ବୋ, ରେଙ୍ଗୁନ କ୍ଷେପ କରେ, ଆଉ ତିନିଖଣ୍ଡି ସୁଲୁପ।

ସ୍ୱରୂପ ବେହେରା କମଳାପ୍ରସାଦ ଖୋରାପର ମାଝି। କୋଡ଼ିଏ ବର୍ଷର ଚାକର, ଖୁବ୍ ବିଶ୍ୱାସୀ, ଖୁବ୍ ନିମକସଚ୍ଚା। ଖୁବ୍ ବିଶ୍ୱାସୀ ଲୋକ ନ ହେଲେ ମାଝିଗିରି ଚାକିରି ପାଏନାହିଁ। କାରଣ, ତାହା ହାତ ବାଟେ ଅନେକ ନଗଦ ଟଙ୍କାର କାରବାର ହୁଏ।

ସ୍ୱରୂପ ମାଝି କମଳାପ୍ରସାଦ ଖୋରାପରେ ମାଲ ଘେନି ମାନ୍ଦ୍ରାଜ ଯାଇଥିଲା, ଫେରନ୍ତା ଜାହାଜ ବୁଡ଼ିଯାଇଥିବା କଥିତ ହୁଏ। ଜାହାଜ ବୁଡ଼ିଯିବାରୁ ମହାଜନଙ୍କ ଛଡ଼ା ଆହୁରି ଢେର୍ ଲୋକଙ୍କର ଲୋକସାନ ହୋଇଛି। ଚିରକାଳ ଏପରି ଦସ୍ତୁର ଚଳିଆସୁଛି କି, ମାଝି ଦୂରଦେଶକୁ ମାଲ ବୋଝାଇ ଜାହାଜ ଘେନି ଯିବାବେଳେ ସେ ଜାହାଜର ଦୁଇପଣି ବୋଝାଇ ମାଲ ବିନା ଭଡ଼ାରେ ଘେନିଯାଏ। ମନେକରନ୍ତୁ, ଗୋଟିଏ ଜାହାଜରେ ଆଠ

ହଜାର ମହଣ ମାଲ ବୋଝେଇ ହେବ, ସେଥିରୁ ହଜାରେ ମହଣ ମାଝିର। ସେହି ହଜାରେ ମହଣ ମାଲ ସକାଶେମହାଜନ ଜାହାଜ ଭଡ଼ା ପାଇବେ ନାହିଁ, ସେ ବୋଝେଇ ମାଲର ବିକାକିଣା ଲାଭ ମାଝି ପାଇବ। ମାଝିର ଦୁଇପଣି ମାଲ ନେବାର ଅଧିକାର ଅଛି ସତ୍ୟ,ମାତ୍ର ତା ହାତରେ ଏତେ ଟଙ୍କା କାହିଁ?ବାବୁଙ୍କ ଘରେ ଚାକର ଚାକରାଣୀ, ବୋହୂଝିଅ, ଗୁମାସ୍ତା ପାଇକ ଯେତେ ଥା'ନ୍ତି, ମାଝି ସେମାନଙ୍କ ପାଖରୁ ଟଙ୍କା ନିଏ। ଏହି ଟଙ୍କାକୁ ବଟମ ବୋଲାଯାଏ। ମାଝି ସେହି ବଟମ ଟଙ୍କାରେ ମାଲ କିଣି କାରବାର କରେ।ସେଥିରୁ ଯେଉଁ ଲାଭ ହୁଏ, ବଟମଦାର ଅଧେ ଆଉ ମାଝି ଅଧେ ପାଏ। କମଳାପ୍ରସାଦ ଖୋରାପରେ ଢେର୍ ଟଙ୍କାର ବଟମୀ ମାଲ ଥିଲା।

ଆଜି ପୂର୍ଣ୍ଣିମା - ସହଜରେ କଟାଳ ଜୁଆର ଦିନ। ବାରଟାବେଳେ ଜୁଆର ଭାଟିବ, ଠିକ୍ ତେତିକିବେଳେ ପଡ଼ିଛି ଅମୃତ ଯୋଗ। ଆଜି ଢେର୍ ଜାହାଜ ଗଡ଼ିଯିବାର ସ୍ଥିର ହୋଇଛି। ଚାରି ପାଞ୍ଚଦିନ ହେଲା ମାଝି ଖଲାସୀମାନେ କାମରେ ଭାରି ଲାଗିଯାଇଥିଲେ। ଜାହାଜଟିକୁ ସଫାସୁତୁରା କରି ଡୋଲ ଉପରେ

୧। ସମୁଦ୍ରକୁ ଯାତ୍ରା କରିଯିବାର

ସବର, ଗଭର, ଟଭର-ପଛକୁ କଲମି ଡୋଲ ଆଉ ବରଗାମାନ ଟେକି ଦେଇ ଶେଡ୍ ଗୁଡ଼ାଇ ଠିକ୍ କରି ରଖିଦେଇଛନ୍ତି। ଆଗରେ ପଛରେ ଡୋଲର ସବା ଉପରେ ଲାଲ ଧଳା ହଳଦିଆ ପତାକାମାଳ ଫରଫର ହୋଇ ଉଡୁଛି। ଆଡ଼ିକୁ ଜାହଜଟି ବଡ଼ ସୁନ୍ଦର ଦିଶୁଛି। ବେଳ ପ୍ରହରକ ସରିକି ଖୋଦ ବାବୁ ସ୍ନାନସାରି ତସର ଯୋଡ଼ ପିନ୍ଧି ଜାହାଜ ଉପରେ ପହଞ୍ଚିଲେ। ଜାହାଜ ଆଗ ମୁଣ୍ଡଠାରେ ହୋମ ଆଉ ପୂଜା ବଢ଼ିଲା - ମାଝି ବି ସ୍ନାନପ୍ରକାର ସାରି ମୁଣ୍ଡରେ, ବେକରେ, ଦୁଇ ବାହୁ ଆଉ ଛାତିରେ ଚିତା କରି ପୂଜାପାଖରେ ବସିଥିଲା। ପୁରୋହିତ ପୂଜା ସାରି ବାବୁଙ୍କ ମୁଣ୍ଡରେ ଆଉ ମାଝି ମୁଣ୍ଡରେ ଅକ୍ଷତ ପକାଇ ବେକରେ ଫୁଲମାଳ ଲମ୍ବାଇଦେଲେ। ପଣ୍ଡିତ ନରସିଂହ ମିଶ୍ରେ ଜାହଜ କୁଶଳରେ ବାହୁଡ଼ି ଆସିବାପାଇଁ ଚଣ୍ଡୀପାଠ ନିମନ୍ତେ ବାବୁଙ୍କ ହାତରୁ ସଂକଳ୍ପ ଗୁଆ ଟେକିନେଇ ଓହ୍ଲାଇ ଆସିଲେ। ମାଝି ଡାକି ଦେଲା, 'ତୟାରରହ'। ଖଲାସୀମାନେ ଆଉ ସୁକାନି ଆପଣା ଆପଣା ଜାଗାରେ ଛିଡ଼ାହୋଇଗଲେ। ତଣ୍ଡେଲ ଆଗ ଲଙ୍ଗର କପିକଲକୁ ଅନାଇ, ଆଉ ଛ'ଜଣ ଲଙ୍ଗର ଉଠା ଦାଉର କଳର ଛଅଟା ପଖା ଧରି ଛିଡ଼ାହୋଇଛନ୍ତି।

ବାବୁ, ପୁରୋହିତ, ଜ୍ୟୋତିଷେ ନଦୀକୂଳରେ ଜାହାଜକୁ ଅନାଇ ବସିଛନ୍ତି। ମାଝି ଜାହାଜ ବାଡ଼ ଉପରେ ପେଟେଇପଡ଼ି ବାବୁଙ୍କ ମୁହଁକୁ ଅନାଇଛି। ଜ୍ୟୋତିଷେ ସୂର୍ଯ୍ୟଙ୍କୁ ଆଉ ପାଞ୍ଜିକୁ ବାରମ୍ବାର ଚାହୁଁଛନ୍ତି। ଠିକ୍ ୧୨ଟା ବେଳ ହେଲା। ବାବୁ ଆଉ ଜ୍ୟୋତିଷେ ଛିଡ଼ାହୋଇ ଡାକିଦେଲେ, "ମାଝି!"

ମାଝି ଜାହଜ ଆଡ଼କୁ ମୁହଁ କରି ଡାକିଦେଲା, "ହା-ବିସ।"

ତଣ୍ଡେଲ ଡ଼ାକିଲା-ଓ-ହୋଓ।

ବାଉର ପଖାବାଡ଼ି ଧରିଥିବା ଛ'ଜଣ ଖଲାସୀ ଡାକିଲେ,ଓ -ହୋଓ।

ତଣ୍ଡେଲ -ଓ -ହୋଓ।

ଖଲାସୀ -ଓ -ଭାଇ।

ତଣ୍ଡେଲ –ଦରିଆପୀର।

ଖଲାସୀମାନେ -ଏଁ -ୟାଁ।

ତଣ୍ଡେଲ -ଲାଗେ ଶିର।

ଖଲାସୀ -ଏଁ -ୟାଁ।

ତଣ୍ଡେଲ -ପୀର କେରାମତ୍।

ଖଲାସୀ -ଏଁ –ୟାଁ

୧ Assistant Captain

ତଣ୍ଡେଲ-ସାହେବ ସଲାମତ୍।

ଖଲାସୀ-ଏଁ-ୟାଁ।

ତଣ୍ଡେଲ-କାମେ ଖବର।

ଖଲାସୀ-ଏଁ-ୟାଁ।

ତଣ୍ଡେଲ ଡାକିଲେ ଖଲାସୀମାନେ 'ଏଁ-ୟାଁ'।କହି ଏକସଙ୍ଗରେ ଖୁବ୍ ବଳରେ ବାଉର ଯନ୍ତ୍ର ପଖା ବାଡ଼ିରେ ଏକ ଝିଙ୍କା ମାରନ୍ତି-ଲଙ୍ଗର ପାଣି ଭିତରୁ ଟିକିଏ ଉଠିଆସେ।

ତଣ୍ଡେଲ-ପାଟିକରି ଡାକିଦେଲା, "ଏରିଆ-ଏରିଆ-ଏରିଆ!"ଲଙ୍ଗର ଉଠିଗଲା-ଭଟ୍ଟା ପାଣିରେ ଜାହାଜ ଖୁବ୍ ଧୀରେ ଧୀରେ ଗତିକଲା।

ଠିକ୍ ଏତିକିବେଳେ ନଦୀକୂଳରେ ଭାରି ଗୋଟାଏ ଚହଳ ପଡ଼ିଗଲା। ଦରିଆରୁ ଗୋଟାଏ ବଡ଼ ଜାହାଜ ଭାସିଆସୁଛି, ସେଥିରେ କେହି ମଣିଷ ନାହିଁ। 'ସମ୍ଭାଳ-ସମ୍ଭାଳ'ଲଙ୍ଗରୀ ଜାହାଜମାନଙ୍କରେ ମଣିଷ ପହରା ରହିଗଲେ। ସେ ଜାହାଜ ଭାସିଆସି ଆଉ ଗୋଟିଏ ଜାହାଜ ଉପରେ ପଡ଼ିଗଲେ ଦୁଇ ଜାହାଜ ଜଖମ ହୋଇଯିବ। ଚାରିଖଣ୍ଡ ବତାଲିରେ ଛ' ଛ' ଜଣ ଖଲାସୀ ବସି ଧାଇଁଲେ, ଭସାଣ ଜାହାଜଟାକୁ ବାଟରେ ଓଗାଳି ରଖିବେ।

ଜାହଜ ନଦୀ ବାଟରେ ଧରାଗଲା। ଦେଖ ଦେଖ, କାହା ଜାହାଜ?ଆରେ ଏଇଟା ତ ରାମହରି ବାବୁଙ୍କ କମଳାପ୍ରସାଦ। ରାମହରି ବାବୁ ଖବର ପାଇ ଠା' ଜାଗାରୁ ଉଠି ଲଣ୍ଡଭଣ୍ଡ ହୋଇ ଧାଇଁଛନ୍ତି, କଛା ଫିଟିଗଲାଣି, କେଜାଣି ଲୁଗାଖଣ୍ଡ ଖସିପଡ଼ିବ। ରାମା

ଭଣ୍ଡାରି ଟୋକା ସାଙ୍ଗରେ ନଥିଲେ ନିଶ୍ଚୟ ଲୁଗାଖଣ୍ଡ ବାଟରେ ପଡ଼ିଯାଇଥା'ନ୍ତା। ଦେଖିଦେଖି- ଜାହାଜରେ ସବୁ ଠିକ୍‌ଠାକ୍ ଅଛି, ନାହିଁ କେବଳ ବାବୁଙ୍କ ଟଙ୍କାଗୁଡ଼ିକ, ଆଉ ମାଝି ଖଲାସୀଙ୍କ ଆସବାବ। କାହିଁଗଲା ସ୍ୱରୂପ ମାଝି?ଆରେ ଆଉ ମାଝି! ମାଝି ଅନ୍ତର୍ଦ୍ଧାନ!

ଘାଟ କପ୍ତାନ ସାହେବଙ୍କ ପାଖରୁ ଚିଠି ପାଇ ମେଜେଷ୍ଟର ସାହେବ ପୋଲିସ ନିଯୁକ୍ତ କଲେ। ଆଠ ଦଶ ଦିନ ବାଦେ ଦେଖାଗଲା ବାଲେଶ୍ୱର ସହର ଶଗଡ଼ ଦାଣ୍ଡରେ ପୋଲିସ ଦାରୋଗା ପୋଷାକ ପିନ୍ଧି ଗୋଟାଏ ଘୋଡ଼ାରେ ଚଢ଼ି ଭାରି ଫୁର୍ତ୍ତିରେ କଚେରିମୁହାଁ ଚାଲିଛନ୍ତି। ତାଙ୍କ ପଛରେ ମାଝି ଖଲାସୀଚଣ୍ଡେଲ ମେଟ୍ ଜାହାଜର ଚାକର ଷୋଳଜଣ ହଳକୁ ହଳ ବାହାକୁ ବାହା ଛନ୍ଦା। ଜଣ ଚାଳିଶ ପଚାଶ ଚପରାସୀ ଚୌକିଦାର ତାଙ୍କ ଚାରି ପାଖ ବେଢ଼ି ଚାଲିଛନ୍ତି।

୧। ପତ୍ରିକାରେ ଭୁଲକ୍ରମେ ନରହରି ମୁଦ୍ରିତ ଅଛି।-ସଂପାଦକ

ସମସ୍ତଙ୍କ ମଝିରେ ଛ'ଟା ଟଙ୍କା ଭାର। ପୋଲିସ ପହଞ୍ଚିଯିବାରୁ ମାଝି ଖଲାସୀମାନେ ମହାଜନର ଯେଉଁ ଟଙ୍କା ବାଣ୍ଟବଖରା କରି ନେଇଥିଲେ, ସୁନାପୁଅପରି ଗୋଟିକଠାରୁ ସବୁଟଙ୍କା ଦାରୋଗା ଆଗରେ ଗଣି ଦେଇଥିଲେ।

ପୋଲିସ ଦାରୋଗା ମେଜେଷ୍ଟର ସାହେବଙ୍କଠାରେ ଯେଉଁ ରିପୋର୍ଟ ଦରପେସ କରିଥିଲେ, ସେଥିର ସାରାଂଶ ଏହିପ୍ରକାର-

"ଚଳିତ ମଇ ମାସ ୧ ତାରିଖ ସ୍ୱରୂପ ମାଝି ମାନ୍ଦ୍ରାଜ ହାତବାରରୁ କମଳାପ୍ରସାଦ ଖୋରାପକୁ ବାଲେଶ୍ୱର ବନ୍ଦରକୁ ଘେନି ଆସୁଥିଲା - ୯ ତାରିଖ ସନ୍ଧ୍ୟା ସମୟରେ ଧାମରା ନଦୀମୁହାଣ ପାଖରେ ପହଞ୍ଚିଲା। ସେହି ଶେଷରାତି ସରିକି ବାଲେଶ୍ୱର ବାରାରେ ପହଞ୍ଚିଥାନ୍ତା। ମାତ୍ର ଆକାଶମେଘାଛନ୍ନ, ଆଉ ଅଳ୍ପ ତୋଫାନ ହେବାରୁ ମାଝି ସମୁଦ୍ର ମଧ୍ୟରେ ଜାହାଜ ଚଳାଇବାକୁ ସାହସ କଲା ନାହିଁ, ନିରାପଦରେ ରହିବାପାଇଁ ଘଡ଼ିଆମାଳ ନଦୀ ଭିତରକୁ ଘେନିଯାଇ ଲଙ୍ଗର ପକାଇଲା। ସେଠାକୁ ମାଝି ଖଲାସୀ ସମସ୍ତଙ୍କ ଗ୍ରାମ ମକ୍ରାମପୁର ଅଧ କୋଶେ ବାଟ ଦୂର। ଅନେକଦିନ ପିଲାଝିଲାଙ୍କୁ ଦେଖି ନଥିବାରୁ ଘରକୁ ଯିବାପାଇଁ ସମସ୍ତ ବଡ଼ ବ୍ୟସ୍ତ ହେଲେ। ଚାରିଜଣ ମାତ୍ର ଖଲାସୀ ଜାହାଜରେ ପହରା ରହିଲେ, ଆଉ ସମସ୍ତେ ଓହ୍ଲାଇ ଘରକୁ ଚାଲିଗଲେ। ରାତି ପାହାନ୍ତି ଖୁବ୍ ଭୋର ଭୋର ଜାହାଜକୁ ଫେରିଆସିବାର କଥା ରହିଲା।"

"ଅଧରାତି ସରିକି ତୋଫାନ ଆଉ ବୃଷ୍ଟି ପ୍ରବଳ ହେଲା। ଚାରିଜଣ ଲୋକ ଜାହାଜ ସମ୍ଭାଳି ରଖିପାରିଲେ ନାହିଁ, ଗୋଟାଏ ବାଲିଚଡ଼ାରେ ଲାଗିଗଲା। ସକାଳ ସକାଳ ମାଝି ଖଲାସୀ ଧାଇଁଛନ୍ତି – ଜାହାଜ ଅବସ୍ଥା ଦେଖି ମୁଣ୍ଡ ବାଡ଼େଇ ହେଲେ। ତେତେବେଳେ ପଡ଼ିଆଣି ଜୁଆର, ଜାହାଜ ନିହାତି ବାଲିଚଡ଼ାରେ ବସିଯାଇଛି। ଆଉ ଉପାୟ ନାହିଁ।

ଘଡ଼ିଆମାଳ ନଦୀଟା ଅତି ଭୟଙ୍କର, ଜାହାଜ ଚଡ଼ାରେ ଲାଗିଲେ ଉଠେନାହିଁ। ଢେର୍ ଢେର୍ ଜାହାଜ ମାଡ଼ ଖାଇଛନ୍ତି। ମାଝିମାନେ ଏ ନଦୀକୁ ବଡ଼ ଡରନ୍ତି।

ମାଝି ଖଲାସୀ ସମସ୍ତେ ବିଚାର କଲେ, ଜାହାଜ ତ ଗଲାଣି, ଚାକିରି ତ ରହିବ ନାହିଁ, ଶୁଣାଶୁଣିରେ ଜାହାଜାତି କାରବାର ବାଲେଶ୍ୱରରୁ ଉଠିଯିବ। ସ୍ଥିରକଲେ, ଟଙ୍କାଗୁଡ଼ାକ ବାଣ୍ଟିନେଇ ନିଶ୍ଚିନ୍ତରେ ରହିବେ, ଜାହାଜବୁଡି ଖବର ମହାଜନକୁ ଦେବେ। ମାତ୍ର ସେମାନେ ଯତ୍ନ କରିଥିଲେ ଜାହାଜ ଉଠିଥା'ନ୍ତା ଇତ୍ୟାଦି।

ଚାରି ଛ'ଦିନ ବାଦେ ପୂର୍ଣ୍ଣିମା ତିଥି କଟାଳ ଜୁଆର ପହଞ୍ଚିବାରୁ ଜାହାଜ ଯେଉଁ ଚଡ଼ାରେ ବସିଥିଲା, ତାହା ଜଳପୂର୍ଣ୍ଣ ହୋଇଗଲା। ଦୈବାତ୍ ଗୋଟାଏ ଟାଣ ପବନ ହେବାରୁ ଜାହାଜ ଭାସିଉଠି ଜଳସ୍ରୋତରେ ଏକାବେଳକେ ଦରିଆରେ ପଡ଼ିଲା। ଯେପରି ଭାବରେ ଭାସିଯାଉଥିଲା, ଗଙ୍ଗା ଭିତରକୁ ଯାଇଥା'ନ୍ତା। ମାତ୍ର ବାଲେଶ୍ୱର ଦାରା ବାହାର ବୟାଂ ପାଖରେ ପହଞ୍ଚିଛି, ପୂର୍ଣ୍ଣିମା ପ୍ରାତଃକାଳ, ସମୁଦ୍ରରେ ଜୁଆର ଆରମ୍ଭ ହୋଇଛି, ଜଳସ୍ରୋତ ଧରି ବାଲେଶ୍ୱର ବୁଢ଼ାବଳଙ୍ଗ ନଦୀ ଭିତରେ ପଶିଗଲା।

ପଶ୍ଚାତ୍ ଶୁଣାଗଲା, ମାଝି ଖଲାସୀମାନେ ଚାରିଚାରି ବରଷ ମିଆଦ ଗଲେ। ଆଉ ଜ୍ୟୋତିଷ କମଳଲୋଚନ ନାୟକେ ତେଡ଼େ ବଡ଼ ଖରାକାଳରେ ପାଟଯଥା ପିନ୍ଧି, ଯୋଡ଼ି ଶାଲ୍ ଘୋଡ଼ି ହୋଇ, ହାତରେ ସୁନାବଲା ନାଇ ମାସେ ଯାଏ ସହର ମଧ୍ୟରେ ସବୁ ବଡ଼ ଲୋକଙ୍କ ଦ୍ୱାରେ ଦ୍ୱାରେ ବୁଲୁଥିବାର ଦେଖାଗଲା।

ମୌନା ମୌନୀ

ପ୍ରାୟ ଅର୍ଦ୍ଧଶତ ବର୍ଷ ପୂର୍ବେ ଖଣ୍ଡଗିରି ଓ ତତ୍‌ଚତୁର୍ଦ୍ଦିଗସ୍ଥ ଉପତ୍ୟକା ଭୂମି ବିବିଧ ଜାତୀୟବୃକ୍ଷ ଓ ଲତା ଜାଲରେ ବେଷ୍ଟିତ ଥିଲା। କେବଳ ଗୁମ୍ଫା ଓ ସମୀପବର୍ତ୍ତୀ ସ୍ଥାନ ଉଦ୍ଭିଦଶୂନ୍ୟ, ପରିଷ୍କୃତ ପରିଚ୍ଛନ୍ନ, ସାଧୁ ସନ୍ୟାସୀମାନଙ୍କ ଆଶ୍ରମରେ ପରିପୂର୍ଣ୍ଣ। ବିଭୂତିଭୂଷଣ କୌପୀନଧାରୀ ସାଧୁମାନେ ଧୂନି ଲଗାଇ ବସିଥା'ନ୍ତି, ବସ୍ତ୍ରଧାରୀ ସାଧୁମାନେ ନିର୍ଦ୍ଧୁନିକ। ସାଧୁ ନାନା ଶ୍ରେଣୀର-ସନ୍ୟସୀ, ନାଗା, ରାମାଉତ, କେହି ବା ଉପାଧିରହିତ। ପ୍ରାୟ ପ୍ରତିଦିନ ସାଧୁମାନଙ୍କ ଗତାୟତ ଲାଗିଥାଏ। ଥୋକେ ଚାଲିଯିବା ମାତ୍ରେ ନବାଗତ ସାଧୁମାନେ ଶୂନ୍ୟସ୍ଥାନ ଅଧିକାର କରି ବସୁଥା'ନ୍ତି। ମୁଦ୍ରିତନେତ୍ର ଥୋକେ ସାଧୁ ଧ୍ୟାନନିମଗ୍ନ। ତୁଳସୀ ବା ରୁଦ୍ରାକ୍ଷମାଳାହସ୍ତ ଥୋକେ ଭଜନରେ ନିଯୁକ୍ତ। କେହି ଗ୍ରନ୍ଥପାଠ, କେହି ବା ଗ୍ରନ୍ଥ ଶ୍ରବଣ କରୁଅଛନ୍ତି। କେହି ଗଞ୍ଜିକା ଟିପ୍‌ପନ ସେବନରେ ନିଯୁକ୍ତ। କେହି କେହି ସାଧୁ ଖଟୁଲିରେ ପୁଷ୍ପମଣ୍ଡିତ ଦେବତାବିଜେ କରାଇ ଦେଇ ତୀର୍ଥଯାତ୍ରୀମାନଙ୍କଠାରୁ ଅର୍ଥ ସଂଗ୍ରହରେ ମନଯୋଗୀ। ବାସ୍ତବରେ ଏହା ଗୋଟିଏ ବିଚିତ୍ର ଦୃଶ୍ୟ। ଏହି ପବିତ୍ର ସ୍ଥାନ ଦର୍ଶନ କଲେ ନିତାନ୍ତ ପାଷାଣ ହୃଦୟ ମଧ୍ୟ ଭକ୍ତିରସରେ ଆପ୍ଲୁତ ହୋଇଯାଏ।

୧ ଦରିଆ ମଧ୍ୟରେ ମାର୍ଗର ସାଙ୍କେତିକ ଚିହ୍ନ

କେବେ କେବେ ଜମାଉତ ଦଳର ମଧ୍ୟ ଏ ସ୍ଥାନକୁ ଶୁଭାଗମନ ହୋଇଥାଏ। ଏମାନେ କିନ୍ତୁ ଗୁମ୍ଫା ନିକଟକୁ ଯା'ନ୍ତି ନାହିଁ। ଖଣ୍ଡଗିରି ପାଦଦେଶରେ ଦୁଇ ଚାରି ଧୂନି ସ୍ଥାପନ କରି ଅନ୍ୟତ୍ର ଚାଲିଯାନ୍ତି। ଜମାଉତ ଦଳର ସନ୍ନ୍ୟାସୀ ସଂଖ୍ୟା ଚାଳିଶ ପଞ୍ଚାଶଠାରୁ ହଜାରେ ବାରଶ ପର୍ଯ୍ୟନ୍ତ। ସନ୍ନ୍ୟାସୀମାନଙ୍କ ସାମାନ ବହିବା ନିମନ୍ତେ ଓଟ ଓ ଘୋଡ଼ା ଥା'ନ୍ତି। କଦାଚିତ୍ ହାତୀର ମଧ୍ୟ ଅଭାବ ନଥାଏ। ଗାଭୀ ବୃଷଭ ମଧ୍ୟ କାହାରି କାହାରି ଦଳରେ ଥିବାର ଦେଖାଯାଏ। ଜମାଉତ ଅଧିକାରୀଙ୍କ ଉପାଧି, ମହନ୍ତ ବାବା। ଏହି ମହନ୍ତ ବାବାଙ୍କ ଆଜ୍ଞାରେ ଜମାଉତ ଚାଳିତ। ଜଣେ କୋଠରୀ ଓ ଜଣେ ଭଣ୍ଡାରୀ ଥାଏ। କୋଠରୀ ଧନରକ୍ଷକ, ଭଣ୍ଡାରୀ ଜିମାରେ ଖାଦ୍ୟ ଓ ଅନ୍ୟାନ୍ୟ ଦ୍ରବ୍ୟ ଥାଏ। ଅଧିକାଂଶ ଜମାଉତ ନିତ୍ୟ

ଯାଯାବର, ଭାରତର ସର୍ବତ୍ର ଭ୍ରମଣ କରି ରାଜା, ଜମିଦାର ଓ ଧନବନ୍ତ ଲୋକମାନଙ୍କଠାରୁ ଅର୍ଥ ସଂଗ୍ରହରେ ନିଯୁକ୍ତ ଥା'ନ୍ତି। ସଞ୍ଚିତ ଅର୍ଥ ଚାରି ଛ'ମାସକୁ ଥରେ ସନ୍ନ୍ୟାସୀମାନଙ୍କ ମଧ୍ୟରେ ବଣ୍ଟନ କରାଯାଏ। ଅବଶ୍ୟ ମହନ୍ତ ବାବାଙ୍କ ଭାଗରେ ଅଧିକାଂଶ ପଡ଼ିଥାଏ। ସନ୍ନ୍ୟାସୀମାନଙ୍କୁ ଏକତ୍ର ଆବଦ୍ଧ କରି ରଖିବାର ଏହା ଗୋଟିଏ ଉପାୟ ଅଟେ। ଅନେକ ଜମାଉତର ସ୍ଥାନେ ସ୍ଥାନେ ମଠ ଓ ବିପୁଳ ଭୂସମ୍ପତ୍ତି ଅଛି, କେହି କେହି ମହାଜନୀ ମଧ୍ୟ କରିଥା'ନ୍ତି। ମଫସଲ ଗ୍ରାମମାନଙ୍କରେ ଏମାନଙ୍କର ଭୟଙ୍କର ଜୁଲମ ଥିଲା।ଜମାଉତର ଶୁଭାଗମନ ହେଲେ ଗ୍ରାମବାସୀମାନେ ବ୍ୟତିବ୍ୟସ୍ତ ହୋଇପଡ଼ନ୍ତି। ଭେଦାଦ୍ୱାରା ସାଧୁମାନଙ୍କର ଟହଲ ଚଳାଇବାକୁ ହୁଏ। ଜମାଉତଙ୍କ ସାଧୁ ସେବା ରାଜବିଜେବିଶେଷ। ଧୂନି ସକାଶେ ଉପଯୁକ୍ତ ଗଡ଼ିକାଠ ସଂଗୃହୀତ ନହେଲେ ଗରିବ ପ୍ରଜାମାନଙ୍କ ଘରର ଖୁମ୍ବ ଶେଣି ଲୁଣ୍ଠିତ ହେଉଥିଲା। ଗ୍ରାମରେ ଜମାଉତ ବିଜେ ହେବା ମାତ୍ରକେ ପ୍ରଥମେ ବାଳଭୋଗ, ସାଧୁଙ୍କ ଗଞ୍ଜେଇ ଖର୍ଚ୍ଚ ଓ ଦେବତାଦର୍ଶନୀ ଦେବାର ନିୟମ। କେହି ବଡ଼ଲୋକ ବା ରାଜା ପ୍ରଥମେ ଉପଯୁକ୍ତରୂପେ ଦେବତାଙ୍କଠାରେ ଭେଟି ଦାଖଲ ନକଲେ ସାଧୁମାନେ ଦୁଇ ତିନି ଦିବସ ପର୍ଯ୍ୟନ୍ତ ଉପବାସରେ ପଡ଼ିରହନ୍ତି। ପ୍ରକୃତରେ ଉପବାସରେ ରହନ୍ତି କି ନାହିଁଲୋକନେତ୍ରର ଅଗୋଚର।ସାଙ୍ଗର ଜମା ଥିବା ମଇଦା ରାତ୍ରି ଯୋଗେ ଧୂନିରେ ପଡ଼ି ପୋଡ଼ପିଠାରେ ପରିଣତ ହୁଏ। ଧର୍ମପ୍ରାଣ ନିରୀହ ଗ୍ରାମବାସୀ ହିନ୍ଦୁ ପ୍ରଜାମାନେ ନୀରବରେ ସମସ୍ତ ସହ୍ୟ କରୁଥିଲେ। ପ୍ରକୃତ ସାଧୁ ଜମାଉତର ମଧ୍ୟ ଅଭାବ ନଥିଲା;ମାତ୍ର ବ୍ୟବସାୟୀ ଅଧିକାଂଶ। ବଙ୍ଗଳାରେ ଡକାଇତ, ପୂର୍ବ ସମୁଦ୍ରଠାରୁ ଦିଲ୍ଲୀ ପ୍ରାଚୀର ପର୍ଯ୍ୟନ୍ତ ସମସ୍ତ ଆର୍ଯ୍ୟାବର୍ତ୍ତରେ ଲୁଣ୍ଠନକାରୀ ପିଣ୍ଡାରି ଏବଂ ସମସ୍ତ ଭାରତବ୍ୟାପୀ ନାନା ଜମାଉତଙ୍କ ଉତ୍ପାତରେ ପ୍ରଜାମଣ୍ଡଳୀ ନିତାନ୍ତ ଉତ୍ତ୍ୟକ୍ତ ହୋଇପଡ଼ିଥିଲେ। ଧନ୍ୟ ଇଂରେଜ ଗଭର୍ଣ୍ଣମେଣ୍ଟ! ସେମାନଙ୍କ ହସ୍ତରୁ ରକ୍ଷା କରିଅଛନ୍ତି।

ଖଣ୍ଡଗିରିବାସୀ ସାଧୁମାନେ ପ୍ରାତଃସ୍ନାୟୀ। ପ୍ରାତଃକାଳରେ ଦେବତାଙ୍କଠାରେ ଯେଉଁ ବାଳଭୋଗ ଲାଗେ, ତାହା ସେବା କରି ଭଜନ ପୂଜନରେ ନିଯୁକ୍ତ ହୁଅନ୍ତି। ଅପରାହ୍ଣ ସମୟରେ ଥରେ ମାତ୍ର ପଙ୍ଗତ ହୁଏ। ସନ୍ଧ୍ୟା ଆଳତି ସମୟ ଘଣ୍ଟା, ଭେରୀ ତୂରୀ ଶବ୍ଦରେ ଖଣ୍ଡଗିରି କମ୍ପିତ ହୋଇଉଠେ। ଆଳତି ଉତ୍ତାରେ ରାତ୍ରି ପ୍ରହରକ ପର୍ଯ୍ୟନ୍ତ ଭଜନ, କାହିଁ ବା ଖଞ୍ଜଣି ବାଦନ, ଗଞ୍ଜିକାସେବନ ଇତ୍ୟାଦି। ତଦନନ୍ତର ଗିରି ନିସ୍ତବ୍ଧ।

ବର୍ଣ୍ଣିତ ସମୟରେ ଖଣ୍ଡଗିରିରେ ଯେଉଁ ସମସ୍ତ ସାଧୁ ସନ୍ନ୍ୟାସୀ ବାସ କରୁଥିଲେ, ସେଥିମଧ୍ୟରୁ ଗୋଟିଏ ଦଳର ବିଷୟ ଉଲ୍ଲେଖଯୋଗ୍ୟ। ହାତୀଗୁମ୍ଫା ସମ୍ମୁଖରେଏହି ଦଳର ମହନ୍ତ ମହାରାଜ ଧୂନି ଥାପି ବସିଛନ୍ତି। ଧୂନିର ବିପରୀତ ଦିଗରେ କିଞ୍ଚିତ୍ ଦୂରରେ ଗୋଟିଏ କ୍ଷୁଦ୍ର ସିଂହାସନରେ ମହନ୍ତଙ୍କ ସମ୍ମୁଖରେମହାବୀରଜୀ ଦେବତା ବିରାଜିତ। ଦେବତାଙ୍କ

ଅଳଙ୍କାରତୈଜସପତ୍ରାଦି ଆଡ଼ମ୍ବରଯୁକ୍ତ। ପ୍ରତିଦିନ ପ୍ରାତଃକାଳରେ ଦେବତାଙ୍କଠାରେ ମୋହନଭୋଗ, ବାଳଭୋଗ ଓ ସାୟାହ୍ନ ସମୟରେ ପକକିମାଲ ଅର୍ଥାତ୍ ପୁରୀ, କଚୁରୀ, କ୍ଷୀରୀ, ଖେଚୁଡ଼ି ଭୋଗ ଲାଗେ। ଦେବତାଙ୍କ ସେବାରେ ଏତେ ବ୍ୟୟ; ମାତ୍ର କାହାରିକୁ କିଛି ଯାଚଞ୍ଚା ନାହିଁ, ମହାବୀର ମହାପ୍ରଭୁଙ୍କ ମହାମହିମା ବଳରେ ସବୁ ଚଳିଯାଏ। ମହନ୍ତ ମହାରାଜ ନିତାନ୍ତ ନିର୍ଲୋଭ, କେହି ଭକ୍ତ ଦେବତାଙ୍କ କିଛି ପ୍ରଣାମି ଦେଲେ ଟଙ୍କା ପଇସା ସେହିଠାରେ ପଡ଼ିରହିଥାଏ, ମହନ୍ତ ମହାରାଜ ଥରେ ସୁଦ୍ଧା ଚାହାନ୍ତି ନାହିଁ। ସାଧାରଣରେ ପ୍ରକାଶ ଯେ, ଦୈନିକ ଦେବସେବାରେ ଉପଯୁକ୍ତ ବ୍ୟୟ ସକାଶେ ମହନ୍ତଙ୍କ ଧୂନିରୁ ସୁନା ବା ରୂପା ବାହାରିଥାଏ। ବାହାରର ବିଶ୍ୱାସୀ କେହି ଭକ୍ତ ଏହା ପ୍ରତ୍ୟକ୍ଷ ଦେଖିଅଛନ୍ତି। ଭୁବନେଶ୍ୱର ପ୍ରଭୃତି ସ୍ଥାନରୁ ବଣିଆମାନେ ଯାଇ ତାହା କିଣିଆଣନ୍ତି। କିଣାବିକା ବେଳେ ଦରଦାମ୍ ନାହିଁ। ସାଧୁଲୋକ, କି କଷାକଷି ଦରଦାମ୍ କରିବେ? କେବଳ ମହନ୍ତ ବାବା ଏତିକି କଥା ବୋଲି ତୁନି ହୁଅନ୍ତି, “ଦେଓକା ମାଲ, ଦେଓ ଦିଆ। ଦେଓତକା ସେବା, ତୁମାରି ଧରମ୍।” ବଣିଆର ଯାହା ଇଚ୍ଛା ଦେଇ ସୁନା ରୂପା ଘେନିଯାଏ।ଏକଥା ମଧ୍ୟ ଶୁଣାଅଛି,ପ୍ରତିଦିନ ଧୂନିରୁ ଯାହା ବାହାରିବ, ପ୍ରତିଦିନ ବ୍ୟୟ କରିବାକୁ ହେବ, ବାସି ରହିଲେ ଆଉ ବାହାରିବ ନାହିଁ। ମହାବୀରକା ଏସା ହୁକୁମ। ବ୍ୟୟ ଊଣା ନୁହେଁ-କେବଳ ଗଞ୍ଜେଇ ପ୍ରତିଦିନ ଅଧସେର ଆଉ ସେଥିର ଉପଯୁକ୍ତ ଧୂଆଁପତ୍ର। ପ୍ରସାଦସେବା ନିମନ୍ତେ ଅନେକ ଗାଉଁଲି ରୁଣ୍ଡ ହୁଅନ୍ତି। ମହନ୍ତ ବାବାଙ୍କ ଆସନ ପାଖରେ କଦାଚିତ୍ ରାତ୍ରିରେ ବୋତଲ (କାଚକୁମ୍ପି) ଦେଖାଯାଏ। ସେଥିରେ ଗଙ୍ଗାଜଳ ଆସିଥାଏ। ସନ୍ଧ୍ୟା ଆଳତି ଉତ୍ତାରେ ମହନ୍ତ ବାବା ଓ ଚେଲାମାନେ କିଞ୍ଚିତ୍ଗଙ୍ଗୋଦକ ସେବା କରନ୍ତି। ଗୋଟାଏ ବଡ଼ ଗୁମ୍ଫାରେ ସାଧୁମାନଙ୍କ ସାମାନ ପୂର୍ଣ୍ଣଥାଏ। ସ୍ୱୟଂ ମହନ୍ତ ଓ ତାହାଙ୍କ ବିଶ୍ୱାସୀ ଦୁଇଜଣ ଚେଲା ଛଡ଼ା ସେ ଗୁମ୍ଫା ମଧ୍ୟକୁ ଯିବାର ଅନ୍ୟ କାହାରି ଅଧିକାର ନାହିଁ।

ମହନ୍ତ ବାବାଙ୍କ ନାମ ମହାବୀର ଦାସ, ଦୀର୍ଘାକୃତି, ବ୍ୟାୟାମସାଧିତ ପ୍ରାୟ ମାଂସପେଶୀ ସୁଦୃଢ଼, ବଳବର୍ଦ୍ଧବତ୍ ବଳିଷ୍ଠ। ମସ୍ତକରେ ଦୀର୍ଘାକାର ଜଟାଭାର ଅହିରାଜ ଶିଶୁବତ୍ କୁଣ୍ଡଳୀକୃତ ଓ ବେଣୀଦ୍ୱାରା ସୁଦୃଢ଼ରୂପେ ଆବଦ୍ଧ। ଶ୍ମଶ୍ରୁ ଓ ନିଶ ମାତ୍ରା ଅନୁପାତରେ ଦୀର୍ଘାକାର ନୁହେଁ। ଦେହର ବର୍ଣ୍ଣ ବୋଲାଯାଇ ନପାରେ,କରଣ ସ୍ଥୂଳରୂପେ ବିଭୂତିମଣ୍ଡିତ ନେତ୍ର। ଗଞ୍ଜିକା ଧୂମରେ ଜବାକୁସୁମଙ୍କାଶ ରକ୍ତବର୍ଣ୍ଣ ଏବଂ ଚଞ୍ଚଳ। ଦୃଷ୍ଟି ନିତାନ୍ତ ତୀବ୍ର ଓ ଭୟପ୍ରଦ। କେହି ନବାଗତ ଯାତ୍ରୀ ବା ଭକ୍ତ ଉପସ୍ଥିତ ହେଲେ ତାହାକୁ ତୀବ୍ର ଦୃଷ୍ଟିରେ ଆପାଦମସ୍ତକ ନିରୀକ୍ଷଣ କରିଥା'ନ୍ତି। ସର୍ପବେଷ୍ଟିତ ଅର୍ଦ୍ଧହସ୍ତ ପରିମିତ ଗଞ୍ଜେଇ ଚିଲମଟାଏ ମହନ୍ତଙ୍କ ହସ୍ତରେ ସର୍ବଦା ଶୋଭା ପାଉଥାଏ। ମହନ୍ତ ବାବାଙ୍କ ବୟସ ଅନୁମାନରେ ପଞ୍ଚାଶ ଲଗାଲଗି; ମାତ୍ର ତପସ୍ୟାରେ ସିଦ୍ଧ ସାଧୁମାନଙ୍କ ବୟସ କଳିହୁଏ

ନାହିଁ। ଚେଲାମାନଙ୍କର ମୁଖରୁ ଶୁଣାଯାଏ, ବୟଃକ୍ରମ ଅଢ଼େଇଶ ବରଷ। ମହନ୍ତ ବାବା ମଧ୍ୟ ଭକ୍ତମାନଙ୍କଠାରେ ସେହି ଭାବରେ କଥାବାର୍ତ୍ତା କରିଥା'ନ୍ତି। ହଜାରେ ବରଷ ବୟସର ସାଧୁଦର୍ଶନ କରିବାକୁ ଯଦି କାହାରି ଇଚ୍ଛା ଥାଏ, ତେବେ ବାଲେଶ୍ୱର ସହର ମଧ୍ୟରେ ଦୁଧପିଆ ବାବାଜୀଙ୍କୁ ଦେଖିବାକୁ ଯାଆନ୍ତୁ। ଏହି ବାବାଜୀ ସ୍ୱୟଂ ସର୍ବଦା ଲୋକମାନଙ୍କଠାରେ ପ୍ରକାଶ କରିଥାନ୍ତି, ସେପୁରୀ ମନ୍ଦିର ପ୍ରତିଷ୍ଠାରେ ଭୋଜି ଖାଇଥିଲେ। ମୁଗଲିଆ ଅମଳରେ ସେ ବିଲଙ୍କାରେ ଥିଲେ। ମାତ୍ର ଦେଖିଲେ ବୟସ ଷାଠିକରୁ ଊର୍ଦ୍ଧ୍ୱ ବୋଧହୁଏ ନାହିଁ। ଏହି ବାବାଜୀଙ୍କର ଭାରି ମହିମା ଥିଲା ଦିବାନିଶି ଗଞ୍ଜେଇ ଆଉଦୁଧ ଛଡ଼ା ଅନ୍ୟ ଦ୍ରବ୍ୟ ସେବା କରୁ ନଥିଲେ। ସହର ମଧ୍ୟରେ ବିଶ୍ୱାସୀ ଭକ୍ତବୃନ୍ଦଙ୍କର ଅଭାବ ନାହିଁ। ଦଳ ଦଳ ଅମଲା, ମୁକ୍ତାରମହାଜନ, ଜମିଦାର ବାବାଜୀଙ୍କ ପଦତଳେ ଲୁଣ୍ଠିତ ହେଉଥିଲେ। ରାଜଭୋଗରେ ମଠର ସେବା ଚଳୁଥିଲା,ମାତ୍ର ଆଜକୁ କେତେକ ବରଷ ହେଲା ଶକ୍ତି ପ୍ରଭାବରେ ବାବାଜୀ ବାଳଗୋପାଳ ଘେନି ଗୃହସ୍ଥାଶ୍ରମ ଅବଲମ୍ବନ କରିଛନ୍ତି। ଭକ୍ତବୃନ୍ଦ ଅନ୍ତର୍ଦ୍ଧାନ। କଥିତ ଅଛି, ସନ୍ନ୍ୟାସୀ ଓ ମୋଗଲମାନଙ୍କ ବୟସ ଜାଣିବା ନିତାନ୍ତ କଠିନ। ଏମାନେ ନିଶ୍ଚୟ ବୟସ ସଂଖ୍ୟାରେ ଯୋଗ ବିଯୋଗ କରିଥାନ୍ତି। ଯେଉଁ ସାଧୁର ବୟସ ପଞ୍ଚାଶ, ସେ ଆଉ ଏକଶତ ସଂଖ୍ୟା ଯୋଗକରି ଦେଢ଼ଶତ କରିବେ। ମୋଗଲଙ୍କର ବୟସ ବିୟୋଗ। ଯାହାର ବୟସ ପଞ୍ଚାଶ, ପଚାରିଲେ ସେ ପଚିଶ ବିଯୋଗ କରି ବାକି ପଚିଶି ରଖିବେ। ଗୋଟାଏ ପୁରୁଣା କଥା ମନରେ ପଡ଼ିଲା, ପାଠକ ମହାଶୟ ବିରକ୍ତ ହୁଅ ନାହିଁ, ସେ କଥାଟା କିନ୍ତୁ ନବୋଲି ରହିପାରୁ ନାହୁଁ। "କୌଣସି ସ୍ଥାନରେ ଦୁଇଜଣ ବୃଦ୍ଧ ଓ ଜଣେ ବିଂଶତି ବର୍ଷବୟସ୍କ ଯୁବା ମୋଗଲ ବସିଥିଲେ। କଥାପ୍ରସଙ୍ଗରେ ପରସ୍ପର ବୟସ ବିଷୟରେ ପ୍ରଶ୍ନ ହେଲା। ଯାହାର ସତୁରି ବରଷ ବୟସ, ସେ କହିଲେ, ତାଙ୍କର ବୟସ ତିରିଶ। ଦ୍ୱିତୀୟ ବୃଦ୍ଧର ବୟସ ଷାଠିକରୁ ଊର୍ଦ୍ଧ୍ୱ, ମାତ୍ର ପ୍ରଶ୍ନର ଉତ୍ତର ଦେଲେ- "ସାହେବ, ମେରା ଉମର ମୁଜକୁ ମାଲୁମ ନେହିଁ ହେଁ, ଲେକିନ ମେରା ବଡ଼ାଭାଇକା ଉମର ତିଶକି ନଜିକ୍।ଯୁବା ମୋଗଲକୁ ବୟସ ବିଷୟରେ ପ୍ରଶ୍ନ ହେବାରୁ ସେ ଉତ୍ତର ଦେଲା- "ହଜୁର, ଲୋଗ ଉମରକା ଯୋ ହିସାବ ଲଗାଏଁ ହେଁ; ମେରା ପୟଦା ବି ହୁଆ ନେହିଁ।" ଅର୍ଥାତ୍ ତାହା ବୟସ ସଂଖ୍ୟାରୁ କୋଡ଼ିଏ ବାଦ୍ ଦେଲେ ବାକି କିଛି ରହୁ ନାହିଁ। ଯାଉ ସେ ଅଲଣା କଥାଗୁଡ଼ାକ ଛାଡ଼, ଏବେ ପ୍ରକୃତ କଥା ଧରାଯାଉ।

ମହନ୍ତ ବାବାଙ୍କ ଦଳର ସାଧୁସଂଖ୍ୟା ପ୍ରାୟ ପଚିଶି। ସେଥିମଧ୍ୟରୁ ମଧ୍ୟ ସମୟ ସମୟରେ ଆଠ ଦଶଜଣ ନୂଆ ପୁରୁଣା ହୋଇଥା'ନ୍ତି,ଅର୍ଥାତ୍ ଥୋକେ ସାଧୁ ବାହାରି ଯିବାମାତ୍ରେ ନୂତନ ସାଧୁ ଆସି ସେହି ସ୍ଥାନ ପୂର୍ଣ୍ଣ କରନ୍ତି। ଆଶ୍ଚର୍ଯ୍ୟର ବିଷୟ, ପ୍ରାୟ ସମସ୍ତ ସାଧୁ ସମାନ ବୟସ୍କ, ଆକାରତୁଲ୍ୟରୂପେ ବେଶଭୂଷଣ। ସମସ୍ତେ ବନ୍ୟ ବରାହବତ୍ ବଳିଷ୍ଠ

ଓ ନିରଳସ। ମସ୍ତକ ନିର୍ଜଟ, କ୍ଷୁଦ୍ର ବା ବାବୁରିକେଶମଣ୍ଡିତ। କ୍ଷୁଦ୍ରାକାର ଶ୍ମଶ୍ରୁବିଶିଷ୍ଟ, ସମସ୍ତଙ୍କ ଦେହରେ ଗୈରିକ ଅଙ୍ଗା ଆକଣ୍ଠପଦଲମ୍ବିତ। ସ୍ୱଭାବ ଓ କଥୋପକଥନ ନିତାନ୍ତ କର୍କଶ। ଦୃଷ୍ଟି ତୀବ୍ର ଓ ଭୟବିଭ୍ରମବ୍ୟଞ୍ଜକ। ସାଧୁମାନଙ୍କ କଥିତ ଭାଷା ହିନ୍ଦୀ। ୟୁରୋପ ଖଣ୍ଡରେ ଫରାସୀ ଯେପରି ସାର୍ବଭୌମ ଭାଷା, ଭାରତରେ ସେହିପରି ହିନ୍ଦୀଭାଷା ସର୍ବସ୍ଥାନବ୍ୟାପୀ। ସାଧୁ ସନ୍ନ୍ୟାସୀମାନେ ଭାରତର ସର୍ବସ୍ଥାନରେ ଭ୍ରମଣ କରନ୍ତିସୁତରାଂ ବାଧ୍ୟ ହୋଇ ହିନ୍ଦି ବୋଲିବାକୁ ହୁଏ। ଯାହାର ମାତୃଭାଷା ହିନ୍ଦୀ, ତାହାକୁ ଅସୁବିଧା ଭୋଗ କରିବାକୁ ହୁଏ ନାହିଁ।

ଆମ୍ଭମାନଙ୍କ ସାଧୁଦଳର ଭାଷା ନୀଚଶ୍ରେଣୀ କଥିତ ବଙ୍ଗଳା ଅଥବା ବଙ୍ଗ-ହିନ୍ଦୀ ଭାଷାର କଦର୍ଯ୍ୟ ସଂମିଶ୍ରଣ। ଏହି ସାଧୁଦଳ ଭଜନପୂଜନ ବିଷୟରେ ନିଯୁକ୍ତ ଥିବାର କଦାଚିତ୍ ଦେଖାଯାଏ। ଗଞ୍ଜିକା ଟିପ୍‌ପନ, ସେବନ ଓ ପଙ୍ଗତ ସାମଗ୍ରୀ ଆୟୋଜନରେ ସର୍ବଦା ବ୍ୟସ୍ତ ଥା'ନ୍ତି। ସମସ୍ତସାଧୁ ମହନ୍ତ ବାବାଙ୍କର ନିତାନ୍ତ ଅନୁଗତ।

ହାତୀଗୁମ୍ଫା ସମୀପବର୍ତ୍ତୀ ଆଉ ଗୋଟିଏ କ୍ଷୁଦ୍ର ଗୁମ୍ଫାରେ ଗୋଟିଏ ସାଧୁ ଦମ୍ପତ୍ତି ଆଶ୍ରମ ସ୍ଥାପନକରିଥିଲେ। ବାବାଜୀଙ୍କ ବୟସ ଆନୁମାନିକ ତିରିଶ ବା ବତିଶ। ଦେହ ସୁସ୍ଥ ଓ ସବଳ। ଯେପରି ଗଠଣ୍ଠି ହେଲେ ଲୋକେ ସୁନ୍ଦର ପୁରୁଷ ବୋଲାନ୍ତି, ଏହାଙ୍କ ଦେହ ସେହିପରି। ଦୃଷ୍ଟିପାତ ବ୍ୟାଧ-ଭୀତ ମୃଗବତ୍ ଚକିତ ଓ ଭୀତିବ୍ୟଞ୍ଜକ। ସର୍ବଦା ଲୋକନେତ୍ର ଅନ୍ତରାଳରେ ଗୁମ୍ଫା ମଧ୍ୟରେ ଆସୀନ, ସଯତ୍ନାବୃତବସନା ମାତାଟିର ବୟସ ବା ରୂପକାନ୍ତି ନିର୍ଣ୍ଣୟ କରିବା କିଞ୍ଚିତ୍ ଅସାଧ୍ୟ ବ୍ୟାପାର। ମାତ୍ର ତାଙ୍କ ପୃଷ୍ଠବ୍ୟାପୀ ନିତମ୍ବସ୍ପର୍ଶୀ ନବୀନ ନିରଦ ସଦୃଶ କେଶରାଶି, ସଂକୀର୍ଣ୍ଣ ମଧ୍ୟଭାଗ ଏବଂ ପଦଯୁଗଳର ବର୍ଣ୍ଣ ଓ ଗତିର ଠାଣି ଦେଖିଲେ ଜଣାଯାଏମାତାଟି ପରମାସୁନ୍ଦରୀ ଓ ପୂର୍ଣ୍ଣଯୌବନବିଶିଷ୍ଟା। ଏହି ସାଧୁଦମ୍ପତି ପଦାକୁ ବାହାରନ୍ତି ନାହିଁ, ସର୍ବଦା ଗୁମ୍ଫା ମଧ୍ୟରେ ରହିଥା'ନ୍ତି। କାହାରି ସହିତ କିଛି ମାତ୍ର କଥା ବୋଲନ୍ତି ନାହିଁ, ଏଥିସକାଶେ ଲୋକମାନେ ଏହାଙ୍କୁ ମୌନା ବାବାଜୀ ଓ ମୌନୀ ମାତା ବୋଲାନ୍ତି। ସାଧୁ ଅନ୍ୟ ସାଧୁର ସହାୟ। ଆମ୍ଭମାନଙ୍କର ଉଲ୍ଲିଖିତ ମହନ୍ତ ବାବା ମୌନାମୌନୀଙ୍କ ଆବଶ୍ୟକ ଦ୍ରବ୍ୟାଦି ସଂଗ୍ରହ କରିଦେବାର ଦେଖାଯାଏ।

ସାଧୁ ଦର୍ଶନାର୍ଥୀ ଯାତ୍ରୀମାନେ ଖଣ୍ଡଗିରିକୁ ଆସି ସେହି ଦିନମାନରେ ଚାଲିଯା'ନ୍ତି, କେହି ରାତ୍ରିବାସ କରେ ନାହିଁ। ମାତ୍ର ଆଜକୁ ମାସାବଧି ଗତ ହେଲା, ଦୁଇଜଣ ବଙ୍ଗଦେଶୀୟ ସାଧୁସେବାପରାୟଣ ଯାତ୍ରୀ ବାସ କରି ରହିଅଛନ୍ତି। ସାଧୁମାନେ କେବଳ ଧୂନିର ବିଭୁତି ଦେଇ ଲୋକମାନଙ୍କର ଅନେକ ଉତ୍କଟପୀଡ଼ା ଆରୋଗ୍ୟ କରିଥାନ୍ତି। ଆମ୍ଭମାନଙ୍କର ମହନ୍ତ ବାବା ମଧ୍ୟ ନେତ୍ର ମୁଦ୍ରିତକରି ଅନେକ ଲୋକଙ୍କୁ ବିଭୂତି ବିତରଣ କରିବାର ଦେଖାଯାଏ। ଆମ୍ଭମାନଙ୍କ ଭକ୍ତଯୁଗଳ ଅନିଶ୍ଚିତ ଉତ୍କଟପୀଡ଼ାରେ ପୀଡ଼ିତ। ଆରୋଗ୍ୟ କାମନାରେ ମହନ୍ତବାବା ଓ ଅନ୍ୟାନ୍ୟ ସାଧୁଙ୍କ ସେବାରେ ପ୍ରାତଃକାଳଠାରୁ ରାତ୍ର

ପ୍ରହରକ ପର୍ଯ୍ୟନ୍ତ ନିଯୁକ୍ତ ଥା'ନ୍ତି। ନିଜ ବ୍ୟୟରେ ଭୁବନେଶ୍ୱର ବଜାରରୁ ଭଲ ଭଲ ଗୋଲ ଗୋଲ ଜଟାବାଲା ଗଞ୍ଜେଇ କ୍ରୟ କରି ଆଣି ସାଧୁମାନଙ୍କୁ ସେବନ କରାଇଥା'ନ୍ତି। ଭଲ ଗଞ୍ଜେଇ ସଂଗ୍ରହ କାମନାରେ ସେମାନଙ୍କୁ କେବେ କେବେ ପୁରୀ ମଧ୍ୟ ଯିବାକୁ ହୁଏ। ମୌନା-ମୌନୀ ସାଧୁଦମ୍ପତି ପ୍ରତି ପ୍ରତି ମଧ୍ୟ ଏମାନଙ୍କର ଅଚଳ ଭକ୍ତି। ସେମାନେ ମୌନାବଲମ୍ବନ କରି ରହିଥିଲେ ମଧ୍ୟ ସେମାନଙ୍କୁ ଗୁମ୍ଫାଦ୍ୱାର ନିକଟରେ ଚାହିଁ ବସିଥାନ୍ତି, କଦାଚିତ୍ ବାଳଭୋଗ ସକାଶେ ମିଷ୍ଟାନ୍ନ ବା ଫଳମୂଳ କିଣିଆଣି ଦେଇ ସାଧୁଦମ୍ପତିଙ୍କୁ ଦଣ୍ଡବତ କରି ଚାଲିଆସନ୍ତି।

ଅଦ୍ୟ ପ୍ରାତଃକାଳରେ ଖଣ୍ଡଗିରିରେ ଭାରି ହୁଲସ୍ଥୁଲ ପଡ଼ିଯାଇଅଛି। ପୁରୀ ଜିଲ୍ଲାର ସ୍ୱୟଂ ମେଜେଷ୍ଟର ସାହେବ ଉପସ୍ଥିତ। ରାତି ନପାହୁଣୁ ଖଣ୍ଡଗିରି ସମ୍ମୁଖରେ ଚାରି ପାଞ୍ଚଟା ଡେରା ଟଣା ହୋଇଗଲାଣି। ଗୋଟିଏ ବଡ଼ ଡେରାରେ ମେଢ଼ କୁର୍ଚ୍ଚି ଲଗାଇ ସାହେବ କଚେରି କରି ବସିଅଛନ୍ତି। ସାଙ୍ଗରେ ଚାରିଜଣ ପୋଲିସ ଦାରୋଗା, ଆଠଜଣ ମୁନ୍‌ସି,ଗୁଡ଼ିଏ ଭଲ ଜମାଦାର, ଶଏ ପର୍ଯ୍ୟନ୍ତ ବରକନ୍ଦାଜ, ଦୁଇ କି ତିନି ଶ'ଲମ୍ବ ଲମ୍ବ ବାଉଁଶଠେଙ୍ଗାଧାରୀ ଚୌକିଦାର। ପୋଲିସ କର୍ମଚାରୀମାନେ ହାତୀଧରା ଜଗତବେଢ଼ ପରି ଖଣ୍ଡଗିରିଟାକୁ ଘେରିଅଛନ୍ତି, ବାହାରିବାର କାହାରି ଅଧିକାର ନାହିଁ। ସାଧୁସନ୍ନ୍ୟାସୀମାନେ ଧରାହୋଇ ଆସି ମେଜେଷ୍ଟର ସାହେବଙ୍କ ଡେରା ସମ୍ମୁଖରେ ଖୁଆଡ଼ ହେଲେ। ଦିନଯାକ ତଦନ୍ତ ହେଲା, ଅପରାହ୍ଣ ସମୟରେ ଆମ୍ଭମାନଙ୍କ କଥିତ ଭକ୍ତ ଯୁଗଳଙ୍କ ସନାକ୍ତ ଦେବା ମୁତାବକ ପୂର୍ବବର୍ଣ୍ଣିତ ମହନ୍ତବାବା ମହାବୀର ଦାସ ଓ ତାହାଙ୍କ ସଙ୍ଗୀ ପଚିଶ ଜଣ ସନ୍ନ୍ୟାସୀ, ସେମାଙ୍କୁ ଛାଡ଼ି ଅନ୍ୟ ଦଶଜଣ ସାଧୁ ହାତରେ ହାତକଡ଼ି ଦିଆଯାଇ ତୁରଙ୍ଗରେ ଠୁଙ୍କି ଦିଆଗଲା। ଆମ୍ଭମାନଙ୍କ ମୌନା ବାବାଜୀଙ୍କର ମଧ୍ୟ ସେହି ଦଶା। ମୌନୀ ମାତା ପୋଲିସ ହେପାଜତରେରହିଲେ। ମୌନା ବାବାଜୀଙ୍କ ଗୁମ୍ଫା ଓ ହାତୀଗୁମ୍ଫାରୁ ଅନେକ ସୁନା ରୁପା ଅଳଙ୍କାର ଓ ଜହରତ୍, ଅନେକ ମୂଲ୍ୟବାନ ଲୁଗା,ସାଲ ପ୍ରଭୃତି ବରାମଦ ହେଲା। ମେଜେଷ୍ଟର ସାହେବଙ୍କ ହୁକୁମ ଅନୁସାରେ ଅନ୍ୟାନ୍ୟ ସାଧୁସନ୍ନ୍ୟାସୀ ଜଡ଼ିତ ହେଲେ। ଉତ୍କଳର ନୈମିଷାରଣ୍ୟ ଖଣ୍ଡଗିରି ସେହିଦିନଠାରୁ ସାଧୁଶୂନ୍ୟ ହୋଇଅଛି।

ପରଦିନ ପ୍ରାତଃକାଳରେ ମେଜେଷ୍ଟର ସାହେବ ବନ୍ଦୀମାନଙ୍କୁ ଉପଯୁକ୍ତ ପୋଲିସ ହେପାଜତରେ କଲିକତା ଚାଲାଣ ଦେଇ ପୁରୀ ରମାନା ହେଲେ।

ପଶ୍ଚାତ୍ ପ୍ରକାଶ ପାଇଲା, ଉଲ୍ଲିଖିତ ମହାବୀର ଦାସ ମହନ୍ତ ବଙ୍ଗଦେଶର ପ୍ରସିଦ୍ଧ ଜଗା ଗୁଆଲା ଡକାଏତ୍ ସର୍ଦ୍ଦାର, ଅନ୍ୟାନ୍ୟ ସାଧୁମାନେ ସଙ୍ଗୀ ଡକାଏତ। ଅନ୍ୟ ଦଶଜଣ ସାଧୁ ଅନ୍ୟାନ୍ୟ ଜିଲ୍ଲାର ଫେରାର ଆସାମୀ। ମୌନା ବାବାଜୀ କଲିକତାର ଜଣେ ପ୍ରସିଦ୍ଧ ବଡ଼ ଲୋକଙ୍କ ଗୁମାସ୍ତା। ମୌନୀ ମାତା ତାହାଙ୍କ ପରିବାରସ୍ଥ ବିଧବା ବଧୂ। ଉକ୍ତ ବଡ଼ଲୋକଙ୍କ ଘରୁ ଚୋରିଯାଇଥିବା ଅନେକ ଅଳଙ୍କାର ଓ ବଙ୍ଗଦେଶର ଅନେକ ସ୍ଥାନର

ଡକାଏତି, ଅନେକ ମାଲ ବରାମଦ ହୋଇଅଛି। କଥିତ ଭକ୍ତଯୁଗଳ ଠଗି କମିଶନରଙ୍କ ଡିଟେକ୍ଟିଭ ପୋଲିସ ଅଫିସର ଅଟନ୍ତି। ଲୁଣ ମାରି ଖାଇଲେ ଚୋରିରେ ଚଲାଣ ହେବ।

ପୁନର୍ମୂଷିକୋଭବ

ଆଜକୁ ଚାଳିଶ ବର୍ଷ ପୂର୍ବ କଥା। ବାଲେଶ୍ୱର ଜିଲ୍ଲାରୁ ଲୁଣ ପୋକ୍ତାନ ଉଠିଗଲା। ଲୁଣାଦାଣ୍ଡୀ ଲୋକମାନଙ୍କର ସର୍ବନାଶ ଉପସ୍ଥିତ। ବାଲେଶ୍ୱର ଜିଲ୍ଲାର ପୂର୍ବାଞ୍ଚଳ ଉତ୍ତର ସୁବର୍ଣ୍ଣରେଖା କୂଳଠାରୁ ଦକ୍ଷିଣ ଧାମରା ନଦୀକୂଳ ପର୍ଯ୍ୟନ୍ତ ସମୁଦ୍ର ଉପକୂଳବର୍ତ୍ତୀ ସ୍ଥାନର ନାମ ଥିଲା ଲୁଣାଦାଣ୍ଡୀ। ଏ ଅଞ୍ଚଳବାସୀ ଅର୍ଦ୍ଧଲକ୍ଷାଧିକ ଲୋକର ଜୀବନାବଲମ୍ବନ ଏକମାତ୍ର ଲବଣ ପୋକ୍ତାନ। କେହି ଲୁଣ ମାରେ, କେହି ତହିଁରେ ନାନା ପ୍ରକାର ସହାୟତା କରେ। ଥୋକେ ବ୍ୟବସାୟୀ, ଅନେକ ସରକାରୀ ଚାକର, କେହି କିଛି ନପାରିଲା ସେ ଚୋର। ଲୁଣ ଚୋର ଓ ଚୋର ପଇକାର ଅସଂଖ୍ୟ। ତୁଳିଆ ଲୁଣ ମାରି ଜମା କରିଛି, ତାହା ସଂଖ୍ୟା ନେବେ ଓ ବିକ୍ରି କରିବେ ସରକାର। ତାହାର (ତୁଳିଆର) ଯୋଗ ସାଲସରେ ଯେବେ କେହି କେହି ସେ ଲୁଣ ନେଇ ରାତି ଭିତରେ ଗଡ଼ଜାତକୁ ଚଲାଣ ଦେଇ ଶସ୍ତାରେ ବିକ୍ରି କରେ, ସେ ଚୋର ନୁହେଁ ତ ଆଉ କ'ଣ? ସମସ୍ତଙ୍କର ଉପାୟ ଏକାବେଳକେ ବନ୍ଦ। ତହିଁ ଉପରେ ପୁଣି ଭୟଙ୍କର ବିପଦ ଉପସ୍ଥିତ, ଲୁଣ କିଣି ଖାଇବାକୁ ହେବ। ମଫସଲର ସାଧାରଣ ଲୋକ ପକ୍ଷରେ ପନିପରିବା ସୁଲଭ ନୁହେଁ। ଶାଗ ପିତାପାଣି ଭରସା, ଲବଣ ମାତ୍ର ସହାୟ, ସେହି ଲବଣର ଅଭାବ। ଅଭାବ କ୍ୟାଁ? ବିଲାତୀ ଲାଫ୍ରି ଲୁଣ ଢେର୍ ହାଟରେ ଜମା ଅଛି। ହେଲେ ତାହା ତ ତୁଚ୍ଛା ମିଳିବ ନାହିଁ, ପଇସା ଦେଇ କିଣିବାକୁ ହେବ। ପଇସା କାହିଁ? ଆଉ ଗୋଟିଏ ବିପଦ, ହାଟ ଅନେକ ଗ୍ରାମଠାରୁ ଦୁଇକୋଶ ଅଢ଼ାଇକୋଶ ଦୂର। ହାଟକୁ ଯାଉଛି କିଏ? "ନିତି ଆଣି ନିତି ଖାଏ, ସେ ଲୋକ କି ବନ୍ଧୁଘର ଯାଏ?" ସବୁ ବାଟ ବନ୍ଦ, ଉପାୟ କ'ଣ? ଅନ୍ୟ ଉପାୟ ଜଣା ନାହିଁ। ଏଣେ ଲୁଣ ବିନା ପ୍ରାଣ ଯାଏ। ସୁତରାଂ ଚୋରି ବାଟ ମେଲା। "ନଷ୍ଟସ୍ୟ କାନ୍ୟା ଗତିଃ?" ନଷ୍ଟସ୍ୟ କ୍ୟାଁ? ତୁମ୍ଭେ ଏପରି ଲଣ୍ଡଭଣ୍ଡରେ ପଡ଼ିଲେ କ'ଣ କରନ୍ତୁ ବେଳେ ବିଚାର କରି ଦେଖିବାର କଥା। ଲୁଣ ବିନା ପ୍ରାଣ ଯାଏ,

ମିଳିବା ବାଟ ଏକ ପ୍ରକାର ବନ୍ଦ। ଏଣେ ଭଗବାନ ଘର ଚାରି ପାଖରେ କୋଟି କୋଟି ମହଣ ଲୁଣ ଢାଳି ଦେଇଅଛନ୍ତି। ଓଳିପନ୍ଦାଡ଼ରୁ ମାଟିମୁଠାଏ ଆଣି ପାଣିରେ ଗୋଳାଇ ମାରିଦେଲେ ଲୁଣ। ଖୁବ୍ ସହଜରେ ଅତି ଅଳ୍ପ ସମୟରେ ପିଲାଝିଲା ଯେ ସେ ଲୁଣ ମାରିପାରେ। ମାତ୍ର ସରକାରରୁ ମନା, ଲୁଣ ମାରି ଖାଇଲେ ଚୋରିରେ ଚଲାଣ ହେବ। ଏଥକୁ ଲୋକମାନେ ସରକାରୀ ହୁକୁମ କେତେଦୂର ମାନି ବାଟ ଚାଲିଥିଲେ କଥାଟା ସହଜରେ ସମସ୍ତେ ବୁଝିପାରିବେ।

ଆଜି ବାଲେଶ୍ୱର ସଦର କଚେରି ଭାରି ଜାରି। ଲୁଣାଦାଣ୍ଡିର ଲୁଣ ଚୋର ଜଗିବା ସକାଶେ ପୋଲିସ ଅମଲା ବାହେଲ ହେବେ। ଯେଉଁ ପୋଲିସ ବସିବ, ତାହାର ନାମ ନିମକୀ ପୋଲିସ। ପୁରୁଣା ଏବାଲିସ ନିମକୀ ଅମଲାମାନେ ଜମାଦାରଠାରୁ ଇନ୍‌ସପେକ୍ଟର ପର୍ଯ୍ୟନ୍ତ କର୍ମରେ ବାହେଲ ହେଲେ। ନୂଆ ବାହେଲ ହେବେ କେବଳ କନେଷ୍ଟବଳ। ମିସଲ କୋଠରି ମଧ୍ୟରେ ଭାରି ଭିଡ଼ ହେବାରୁ ମେଜେଷ୍ଟର ସାହେବ କଚେରି ବାରନ୍ଦାରେ ଗୋଟାଏ କୁର୍ଚ୍ଚି ପକାଇ ବସିଅଛନ୍ତି। ସାହେବଙ୍କ ଚୌକି ପଛରେ ଦୁଇଜଣ ଅର୍ଦ୍ଦଳି ଛିଡ଼ାହୋଇ ବାରମ୍ବାର ପାଟିକରି 'ଚୋପ, ଚୋଓପ' କହି ଆପଣାମାନଙ୍କର ଅସ୍ତିତ୍ୱର ଏବଂ କର୍ମଠତାର ପରିଚୟ ଦେଉଅଛନ୍ତି। ସାହେବଙ୍କ ସମ୍ମୁଖ ପାଞ୍ଚ ଛ'ହାତ ଦୂରରେ ପେସ୍କାର ଉମେଦୁଆରମାନଙ୍କର ଓଡ଼ିଆ ଦରଖାସ୍ତଗୁଡ଼ାକ ପଢ଼ିଯାଉଅଛନ୍ତି। ଜଣ ଜଣ କରି ଉମେଦୁଆରକୁ ଡାକରା ହେଉଛି। ଯେଉଁଟା ମାଇନାରେ ଟେକିଲାସାହେବଙ୍କ ସଙ୍କେତରେ ପେସ୍କାର ତାହା ନାମ ଟିପି ପକାଇଲେ। ବାହେଲି କନେଷ୍ଟବଳ ଆଭୂମି ଶିରସଂଲଗ୍ନ ହସ୍ତରେ ସଲାମ କରି ଚାଲିଯାଉଅଛି। ଯେଉଁଟା ମାଇନାରେ ନଟେକିଲା, ଶୁଖିଲା ମୁହଁରେ ପଛଘୁଞ୍ଚା ଦେଇ ଚାଲିଯାଉଅଛି। ଏ ଉମେଦୁଆରଟା ନାମ ପେସ୍କାର ଟିପି ପକାଇଲେ।ଏ ଜଣକ କିଏ?ଏ ଯେ ପେସ୍କାରଙ୍କ ଚାକିରିଆ କିଣା ବାରିକ, ଜାତି ଭଣ୍ଡାରି। କିନ୍ତୁର କିଛି ବିଶେଷ ଗୋଟିଏ ପରିଚୟ ଆବଶ୍ୟକ। 'ହରି ବିନା କୀର୍ତ୍ତନ ନାହିଁ।' କିନ୍ତୁ ଆମ୍ଭମାନଙ୍କର ଏହି କାହାଣୀର ମୂଳପାଣ୍ଡି। କିଣା ପେସ୍କାରଙ୍କ ଘରର ଚାକର। ପେସ୍କାରଙ୍କ ଘର ବୋଧକରୁ ମଫସଲ ଗ୍ରାମରେ, କାରଣ ଶନିବାର ସଞ୍ଜଠାରୁ ସୋମବାର ସକାଳଯାଏ ତାହାଙ୍କ ସହରସ୍ଥ ବସାଘର ଦୁଆରେ କୋଲପ ପଡ଼ିଥାଏ। ରାତି ବିକାଳେ ଗ୍ରାମକୁ ଯିବାଆସିବା ସକାଶେ ଜଣେ ମନୁଷ୍ୟ ସଙ୍ଗରେ ଥିବା ଲୋଡ଼ା, ପୁଣି ସେ ଜଣେ ସରକାରୀ ଅମଲା। ବସାରେ ଜଣେ ଭଣ୍ଡାରି ଚାକର ନରହିଲେ ଅଚଳ।ଏଥିସକାଶେ ନିଜ ଗ୍ରାମର ଭଣ୍ଡାରି କିଣାକୁ ପାଖରେ ରଖିଅଛନ୍ତି। କିଣା ବାବୁଙ୍କ ବସାରେ ସବୁ କାର୍ଯ୍ୟକରେ, କଚେରିକୁ ବସ୍ତାନି ନେବାଆଣିବା କରେ, ପେସ୍କାରଙ୍କ ରୋଷେଇରେ ଚଳେ, ପେସ୍କାରଙ୍କଠାରୁ ସେ ଅଲଗା କିଛି ଦରମା ପାଏ କି ନାହିଁ ଏ କଥା କାହାରିକୁ ଜଣାନାହିଁ। କଚେରିରେ ଛ'ମାସ

ପଙ୍ଖାଟଣା କାର୍ଯ୍ୟ କରେ, ସେ ଦରମାଟା ପାଏ। ପୁଣି ପେସ୍କାରଙ୍କ ବସାକୁ ଯେଉଁ ସବୁ ମଉକିଲ ଯିବାଆସିବା କରନ୍ତି, କାହାରି ମାମଲା ଡିକ୍ରୀ ବା କାହାରି କିଛି କର୍ମ ହାସଲ ହେଲେ, କାହାରି କାହାରିଠାରୁ ବକ୍‌ସିସ୍ ବୋଲି ଦୁଇପଇସା ହାତପଏଠ କରେ।କଚେରିଆ ବୋଲି ଗାଁ ଲୋକେ ତାକୁ ମାନନ୍ତି, ଗଣନ୍ତି। 'ନରାଣାଂ ନାପିତୋ ଧୂର୍ତ୍ତୋଃ' ପୁଣି କଚେରି ଯିବାଆସିବାରେ ଆହୁରି କିଛି ବୁଦ୍ଧି ଫେରିଛି। ଦେଖିବାକୁ ମଧ୍ୟ ପଞ୍ଝହତା ମର୍ଦ୍ଦ, ବୟସ ଅନୁମାନରେ ପଚିଶ ତିରିଶ ମଧ୍ୟରେ। ଲୋକ ପାଞ୍ଚଟା 'ବ' କାରରେ ମର୍ଯ୍ୟାଦା ପାଇଥାଅନ୍ତି- ବିଦ୍ୟା, ବପୁ, ବାକ୍ୟ, ବସ୍ତ୍ର ଓ ବିଭବ। କିଣା ଦେଖିବାକୁ ମଣିଷଟା ପରି ମଣିଷ, ଦୁଇ କଥା କହିପୋଛି ପାରେ। ସରକାରରୁ କନେଷ୍ଟବଲି ଦରମା ମାସକୁ ଟ ୬-ଙ୍କା;ସୁତରାଂ, ଊଣା ଅଧିକରେ ତାହାର ତିନି ଗୋଟା 'ଦ' କାରରେ ଅଧିକାର ଥିଲା, ଏଥକୁ ଦରକାର ବେଳେ ସ୍ଥାନବିଶେଷରେ ସେ ଯଦି ଛାତି ଫୁଲାଇ ବାଟ ଚାଲେ, ତାହା ପକ୍ଷରେ ଅସୁନ୍ଦର ଦିଶିବ ନାହିଁ। ଆଜିକା ବେଶଟା କିଣାର କିଛି ସ୍ୱତନ୍ତ୍ର। ନଅହାତି ବାଲିବିଶି ଦେଶୀ ସୂତାବୁଣା ଖଦିଖଣ୍ଡେ ପିନ୍ଧିଛି (ସେ ସମୟରେ ବିଲାତୀ ଗୋଷ୍ଟମାରକା ଧୋତି ଦେଶକୁ ଆସିନାହିଁ)। ଦେହରେ ବନ୍ଧଲଗା ଗୋଟାଏ ଅଙ୍ଗା, ଦୋମୁହାଁଖଣ୍ଡେ ମୁଣ୍ଡରେ ପଗଡ଼ି। ଆଜି ଅମୃତବେଳରେ କିଣୁ ମୁଣ୍ଡରେ ପାଗ ବାନ୍ଧିଥିଲା, ସେହି ପାଗ ବଜାଏ ରହିଲା, ଅଧିକନ୍ତୁ ସରକାରରୁ ମିଳିଥିବା ସାଲୁଲୁଗା ଲାଲପାଗ ସେ ସ୍ଥାନ ଅଧିକାର କଲା। କିଣା ବାରିକର ନାମ ସରକାରୀ କାଗଜରେ ଦରଜ ହେଲା, କିଣାରାମ ସିଂ।

ପରଦିନ ସକାଳେ କିଣାରାମ ସିଂ ଡ୍ରେସ ପିନ୍ଧି କାନ୍ଧରେ କନେଷ୍ଟବଲି ବେଗ୍ ଝୁଲାଇ କର୍ମସ୍ଥାନକୁ ବାହାରିଲେ। କର୍ମସ୍ଥାନରେ ପହଞ୍ଚିବାକୁ ସଞ୍ଜ ସଞ୍ଜ। ତାହାଙ୍କ ବିଟ୍‌ରେ ଚାରିଖଣ୍ଡ ଗ୍ରାମ, ସେଥି ମଧ୍ୟରେ ମକ୍ରାମପୁର ଗ୍ରାମଟା ସବୁଠାରୁ ବଡ଼। କିଣୁ ସିଂହ ସେହି ଗ୍ରାମ ମଝି ଭାଗବତ ଘରେ ଫାଣ୍ଡି ନାମକରଣ କଲେ। ତେତେବେଳେ ସରକାରୀ ଫାଣ୍ଡି ନଥିଲା। ସେ ଆପେ ଭାଗବତ ଘରକୁ ଫାଣ୍ଡି ଠିକ୍ କଲେ। ସରକାରୀ କଥାପାଟି ଫିଟାଇବାକୁ ସାଧ କାହାର?କିଣାରାମ ସିଂମଫସଲରେ ଆଉ ଗୋଟିଏ ନାମ ପାଇଲେ 'ପୋଲିସ ଜମାଦାର'।

ମେଜେଷ୍ଟର ସାହେବଙ୍କ ଗସ୍ତ ସମୟରେ ପେସ୍କାର ହମରାଏ କିଣୁ ମଫସଲ ଯିବାଆସିବା କରିବାରୁ ଅମଲାଗିରି ଘଡଘାଡ ତାହାକୁ କିଛି କିଛି ଜଣା। ଜମାଦାର ଗ୍ରାମରେ ପହଞ୍ଚି ଚୌକିଦାରମାନଙ୍କୁ ତଲବ କରିଦେଲେ। ଡାକହାକରେ ଚାରିଖଣ୍ଡ ଗ୍ରାମରେ ଚହଲ ପଡ଼ିଗଲା। ନୂଆ ହାକିମ ହାଜର, ଆଉ କି କେହି ଘରେ ରହିପାରେ? ମୁଖ୍ୟା ମୁଖ୍ୟା ଲୋକ ହାଜର ହୋଇଗଲେ। ଦେଖଣାହାରି ମଧ୍ୟରେ ପିଲାଗୁଡାକ ବେଶି। ଘର ମାଇକିନିଆମାନେ ତାଟିକବାଟ ଦରଆଉଜା କରି ଘର ଭିତରୁ ଚାହିଁଛନ୍ତି। ଜମାଦାରେ ପାଟିକରି ସମସ୍ତଙ୍କୁ ଅନାଇ ସରକାରୀ ହୁକୁମ ଶୁଣାଇ ଦେଲେ। ସେଥିର ସାରକଥା ଏହିପରି ବୁଝାଗଲା,

'ଚାରିଖଣ୍ଡ ଗ୍ରାମରେ ସେ ମଫସଲ ହାକିମ।' କଚେରି ଭାଙ୍ଗିବାକୁ ବେଳ ଗଡ଼ିଗଲାଣି। ଗ୍ରାମର ବୁଢ଼ା ଦିଗବାର ଜଣେ ପୁରୁଖା ଲୋକ। ଢେର୍ ହାକିମହୁକୁମା ଅମଳ କଲାଣି। ନାମ ଶଙ୍କୁ ମଲିକ। ଛିଡ଼ାହୋଇ ଗ୍ରାମଲୋକଙ୍କୁ ଅନାଇ କହିଲା, "ଆଉ ବସିଲେ କ'ଣ ହେବ, ବେଳ ଗଡ଼ିଗଲା, ଏପର୍ଯ୍ୟନ୍ତ ହାକିମଙ୍କ ଚର୍ଚ୍ଚା ହେଲା ନାହିଁ।" ଦିଗବାର କଥା ଶୁଣି ଗୋଟି ଗୋଟି ହୋଇ ସମସ୍ତେ ଉଠିଗଲେ। ଆଉ ଏକ ସ୍ଥାନରେ ବସି ବିଚାର କଲେ। ଗ୍ରାମଯାକ ଭେଦା ହୋଇଗଲା, କାହା ଘରୁ ଚାଉଳ, କାହା ଘରୁ କାଠ, ଲୁଣ, ବାଇଗଣ ଇତ୍ୟାଦି ପହୁଞ୍ଚିଲା। ନାଥ ମହାକୁଡ଼ ଗଉଡ଼ ଗୋଟାଏ ଠେକିରେ କିଛି ନିରୁତା ଗାଈଦୁଧ, ଦିଶୁ ଘିଅ ପହୁଞ୍ଚାଇଦେଲା। ଚାରିଜଣ ପାଣଟୋକା ଧାଇଁଯାଇ ବିଲ ମଧ୍ୟରୁ ଗୋଟାଏ ପାଣି ଖାଲ ବୋହିଦେଇ ଗଡ଼େଇ, ଚେଙ୍ଗ, କଉ, ଟପିରି ଇତ୍ୟାଦି ଦୁଇଗଣ୍ଡା ଭଳି ଚିପି ଘେନିଆସିଲେ। ପ୍ରଥମ ଦିନ ଜମାଦାରଙ୍କ ଭୋଜନ ବଢ଼ିବାକୁ ରାତି ଅନ୍ଦାଜ ଘଡ଼ିକ ସରିକି। ସେଦିନ ଏକାହାର। ଏହିପରି ଦୁଇଦିନ, ପାଞ୍ଚଦିନ, ଦଶଦିନ ମଧ୍ୟ ସ୍ୱଚ୍ଛନ୍ଦରେ କଟିଗଲା। ଦିନ ଯେପରି ଯାଏ ସେହିପରି ବହିଯାଉଛି। ଜମାଦାରଙ୍କ ଭୋଜନ ବିଷୟରେ କୌଣସି ଚିନ୍ତା ଭାବନା ନାହିଁ। ପ୍ରତିଦିନ କାହୁଁ ସିଦା ଚାଲିଆସୁଛି। ଦୁଧ, ମାଛ, ଘିଅର ଅଭାବ ନାହିଁ। ଏଟା କିଛି ଗ୍ରାମବାସୀଙ୍କ ଧର୍ମବୁଦ୍ଧିଯୁକ୍ତ ଆତିଥେୟ ନୁହେଁ, ଏହାର ମୂଳ କାରଣ ଭୟ ଓ ଜମାଦାରଙ୍କ ମନୋରଞ୍ଜନ କରିବା ଅଟେ। କେତେବେଳେ କ'ଣ ଅଛି, ଗ୍ରାମ ଗୋଟାଯାକ ତ ଚୋର, ଜମାଦାରଟା ମୁଠାରେ ଥାଉ।ଜମାଦାରଙ୍କ ହାତ ପୋଡ଼ିବାକୁ ହୁଏ ନାହିଁ, ଗ୍ରାମର ପୁରୋହିତ ନରହରି ପଣ୍ଡା ଦୁଇଓଳି ରୋଷେଇ କରି ଦେଇଯାଏ। ବେଠିଆ ଭଣ୍ଡାରି ରାମା ବସାରେ ରୋଷାଇ ଡୌଲ, ବସା ଲିପା ପୋଛା ଶଙ୍କୁଡ଼ି ବାସନମଜା ଇତ୍ୟାଦି କର୍ମ କରିଦିଏ। ଦିନେ ଦିନେ ଜମାଦାର ଗସ୍ତରୁ ବାହୁଡ଼ି ଆସିଲେ ଗୋଡ଼ହାତରେ ତେଲ ଟୋପାଏ ମାରିଦିଏ। ଏହିପରି ଆହୁରି ଦୁଇ ପାଞ୍ଚଦିନ କଟିଗଲା। ଦିନେ ଜମାଦାରେ ବସି ବସି ବିଚାର କଲେ, ଏପରି ବସି ବସିଖାଇଲେ ଚଳିବ ନାହିଁ ତ, ସରକାରୀ କାମ ବଜାଇବାକୁ ହେବ। ଲୁଣଚୋର ଯେ ଘରେ ଘରେ ଚଳାକ। ଜମାଦାର କେତେଦିନ ଗ୍ରାମରେ ରହି ବେଶ୍ ବୁଝିଲେଣି,ମାତ୍ର ଧରିବେ କିପରି?ଗ୍ରାମ ଲୋକେ ହାଟରୁ ଦୁଇ ପଇସାର ବିଲାତୀ ଲାଫ୍ରି ଲୁଣ କିଣି ଆଣି ରଖିଛନ୍ତି, ଜମିଦାରଙ୍କ ସିଦାରେ ସେହି ଲୁଣ ଦିଅନ୍ତି। ଜମାଦାରେ ଏ କଥାଟା ମଧ୍ୟ ବୁଝିଲେଣି। ଦିନଯାକ ଜମାଦାର ପାଖରେ ଲୋକ ଛୁଟଣ ନାହିଁ। ରାତ୍ରି ଛ' ଘଡ଼ିଯାଏ ପାଖରେ ରହି ଏଣୁତେଣୁ କହି ଭୁଲାଉଥାନ୍ତି,ଅର୍ଥାତ୍ ଜମାଦାର କେତେବେଳେ କ'ଣ କରୁଅଛନ୍ତି ସମସ୍ତେ ଉଣ୍ଡୁଥାଆନ୍ତି।ଗ୍ରାମର ଅବଧାନେ ବନମାଳୀ ଓଝା ସଞ୍ଜବେଳେ ଦୁଇଘଡ଼ିଫାଣ୍ଡିରେ(ଭାଗବତ ଘରେ) ବସି ଜମାଦାରଙ୍କୁ ଛାନ୍ଦ ଶୁଣାଏ। ହାତ ମୁଣ୍ଡ ହଲାଇ 'ବକେ ବସିଥିଲା ଧ୍ରୁବ ଉପରେ' ଗୀତର ଅର୍ଥ କରେ। ଗ୍ରାମର

ଲୋକ ଏକଜୋଟ, ଆଉ ସରକାରୀ ଲୋକ ଦିଗବାର, ସେ ତ ଗ୍ରାମବାସୀ ମଧ୍ୟରେ ଜଣେ। ଜମାଦାର ବର୍ତ୍ତମାନ କିଛି ଚିନ୍ତାରେ ପଡ଼ିଲେଣି।

ଆଜି ଜମାଦାରଙ୍କ ମିଜାଜ ଭାରି ବିଗିଡ଼ିଛି। ସବୁ କଥାରେ ଖପା, ସମସ୍ତଙ୍କ ଉପରେ ଖପା। ରାଗରେ ଗୁମ୍‌ମାରି ଫାଣ୍ଡିରେ ବସିଛନ୍ତି, କାହାରି ସହିତ କିଛି କଥାନାହିଁ। ଦିଗବାର ଶଙ୍କୁ ମଳିକ ଚାରିହାତିଆ ବାଉଁଶ ଠେଙ୍ଗାଟା କାନ୍ଧରେ ପକାଇ ପିଣ୍ଡାତଳେ କୋଡ଼ିଏ ହାତ ଦୂରରେ ବସିଛି। ଜମାଦାର ଖୁବ୍ ଖପାହୋଇ ଦିଗବାରକୁ ପଚାରିଲେ, "କିରେ?ସେ ଆସିଲା ନାହିଁ?"ଦିଗବାର ଛିଡ଼ାହୋଇ ହାତଯୋଡ଼ି କହିଲା-ହଜୁର, ଏଥର ଲଗା ତା' ପାଖକୁ ପାଞ୍ଚଥର ଗଲି,ଆସିଲା ନାହିଁ। କହିଲା, "ମୁଁ କ'ଣ ଜମାଦାର ଶଙ୍କୁଡ଼ି ଉଠାଇ ତିନି ପାଞ୍ଜିରୁ ଯିବି?ଜଣା ଅଜଣା ଗ୍ରାମ ସାଆନ୍ତଙ୍କ ବୋଲରେ ପଡ଼ି ଯାହା କରିଯାଇଛି – ଯାଇଛି,ଆଉ ଏଣିକି ପାରିବି ନାହିଁ।"

ସଞ୍ଜବେଳେ ଗ୍ରାମର ମୁଖିଆ ମୁଖିଆ ଲୋକମାନେ ଭାଗବତଘରଠାରେ ହାଜର ହୋଇ ରାମ ବାରିକ ଭଣ୍ଡାରିକୁ ଡକାଇଲେ। ରାମା ହାଜର ହୋଇ ଜମାଦାରଙ୍କୁ ଗୋଟାଏ ଦଣ୍ଡବତ କରି ହାତଯୋଡ଼ି ଛିଡ଼ାହେଲା। ଗ୍ରାମର ପଧାନ ଗୋପାଳ ଘଡ଼େଇ ପଚାରିଲେ, "କିରେ ରାମା, ତୁ ଆଜି ଜମାଦାରଙ୍କ ବସାରେ କିଆଁ ହାଜର ହେଲୁ ନାହିଁ?"ରାମା ଦୁଇଥର ଗଳା ଖଙ୍କାରି ଦେଲା, ଦୁଇଥର ଗୁଇଁଗାଇଁ ହେଲା, କ'ଣ ବିଡ୍ ବିଡ୍ କରି କହିଲା। ଘଡ଼େଇ ଆଉ ଥରେ ଧମକାଇ ପଚାରିଲେ, "ରେ, କ'ଣ କହୁଛୁ ସଫା କରି କହ।"

ରାମା କହିଲା, "ଆଜ୍ଞା ଆଜି ସକାଳେ ନରସିଂହପୁରରୁ ଆମ ଜାତି ପରମାଣିକ ଆସିଥିଲେ। ମୋତେ ମନା କରିଗଲେ। ଏଣିକି ଆଉ ଜମାଦାରଙ୍କ ଶଙ୍କୁଡ଼ି ଉଠାଇଲେ ମୁଁ ଏକଘରିଆ ହେବି। ଆଜ୍ଞା, ଆପଣମାନେ ନିଶାପ କରନ୍ତୁ, ଜାତିପାଟକ କଥା, ମୁଁ କି ପରମାଣିକ କଥା ହେଣ୍ଟିପାରେଁ?ସମସ୍ତେ ଚୁପ୍‌ଚାପ୍, କଥାଟା ଫିଟିଲା ନାହିଁ,ମାତ୍ର ସମସ୍ତେ ବୁଝିଗଲେ ଜମାଦାର ଜାତିରେ ଭଣ୍ଡାରି। ରାମା ଜାତିଭାଇ ସେବା କରିବାକୁ ନାରାଜ। ଜମାଦାରେ ରାଗରେ କମ୍ପୁଛନ୍ତି,ମାତ୍ର ଲୋକଟା ଖୁବ୍ ସିଆଣା କିନା, ବିଚାରକଲା ରାମା ଉପରେ ଜୁଲୁମ କଲେ କଥାଟା ଫିଟିଯିବ। ତୁନିତାନି ହୋଇ ରହିଲେ। ରାତିହେଲା, ଗୋଟି ଗୋଟି ହୋଇ ସମସ୍ତେ ଘରକୁ ଚାଲିଗଲେ। ସେଥି ପଛେ ପଛେ ରାମା ମଧ୍ୟ ଚାଲିଗଲା।

ଜମାଦାରଙ୍କ ସାତପୁରୁଷର କାମ ଥାଳିଆଉଠା। ପେସ୍କାରଙ୍କ ବସାରେ ମଧ୍ୟ ସେହି କାମରେ ବାହେଲ ଥିଲେ। ଆପଣା ଶଙ୍କୁଡ଼ି ବାସନଟା ମାଜିପାରିବେ ନାହିଁ?ତେବେ କଥା କ'ଣ କି ଏଠାରେ ମର୍ଯ୍ୟାଦାକୁ ଜଗି ଚାଲିବାକୁ ହେବ ତ! କ'ଣ କରିବେ, କାମ ଚଳିଗଲା,ମାତ୍ର ରାମା ଉପରେ ରାଗଟା ରହିଗଲା।

ହିନ୍ଦୁ ପୁରାଣ କଥାସବୁ ଜାଣନ୍ତି ବୋଲି ଜଣେ ବୁଢ଼ା ମୁସଲମାନ ମୌଲବୀଙ୍କର କିଛି ଦେମାକ ଥିଲା। ସେ ବୋଲନ୍ତି, "ମହାଭାରତ ଆଉର କୁଛ ନେହିଁ। ଭାଇ ଭାଇଯୋକି

ତକରାରି ଜେସ୍‌ସା। ଆଉ ରାମାୟନ୍ ଯୋ ହେ, ଭାଇକା ଚୁଗଲଖୋରିମେଁ ରାବଣକା ବୁନିଆଦି ବରାବାଦ୍।" ମୌଲତୀ ସାହେବଙ୍କ କଥା ଯାହାହେଉ, ଆମ୍ଭେମାନେ କିନ୍ତୁ ସଚରାଚର ଏଡ଼ିସନଲ ମୁନସଫି ଦୁଆରଠାରୁ ହାଇକୋର୍ଟ ଦରୋଜା ପର୍ଯ୍ୟନ୍ତ ଭାଇ ଭାଇ ତକରାରିରେ ଅନେକ ଖାନଦାନି ଖ୍‌ନ୍‌ଖରାପ ହେବାର ଦେଖିଅଛୁଁ। କ୍ଷୁଦ୍ରାଦପି କ୍ଷୁଦ୍ର ରାମା ବାରିକର ମଧ୍ୟ ନିଷ୍କୃତି ନାହିଁ। ରାମବାରିକର ଭାୟାରା ମଧ୍ୟ ଜଣଙ୍କ ସଙ୍ଗରେ ତାହାର ତକରାରି ଥିଲା। ରାମା ଉପରେ ଜମାଦାରେ ଭାରି ଖପା ହୋଇଥିବା ଗ୍ରାମଯାକ ଜଣା, ତା' କାନରେ ମଧ୍ୟ କଥା ପଡ଼ିଲା। ରାମାକୁ ଜବଦ କରିବାପାଇଁ ଦିନେ ନିରୋଳାରେ ଜମାଦାର ପାଖରେ ହାଜର ହୋଇ ରାମା ଘର ମଧ୍ୟରେ ଚୋରା ଲୁଣ ମାରୁଥିବାର କଥା କହିଗଲା। ଜମାଦାରେ ଭାରି ଖୁସି, ନିଧିଟାଏ ପାଇଗଲେ। ଗୋଟିଏ ଟେକାରେ ଯୋଡ଼ାଏ ଆମ୍ବ ଝଡ଼ିବ,ଅର୍ଥାତ୍ ବଦମାଏସ ରାମା ଜବଦ୍ ହେବ, ଆଉ ଏକ ନମ୍ବର ମାମଲା ଦାଏର ହେବ।

ତହିଁଆରଦିନ ସକାଳେ ପ୍ରହରକ ବେଳେ ଜମାଦାରେ ଡ୍ରେସ ଭିଡ଼ି ଦିଗବାରକୁ ସଙ୍ଗରେ ଧରି ଦାଣ୍ଡଦୁଆରେ ହାଜର। ଜମାଦାର ଠିକ୍ ସନ୍ଧାନ ପାଇଥିଲେ। ରାମା ତାହାର ଘର ପାଚିରିବୁଲା ମଝି ଅଗଣାରେ ହାଣ୍ଡିଏ ଦହପାଣି ଘେନି ଧାନଉଁଷା ଚୁଲିରେ ଲୁଣ ମାରିବାକୁ ଯାଉଥିଲା। ଜମାଦାର ଏକାବେଳକେ ଅଗଣା ମଧ୍ୟରେ ତାହା ଆଗରେ ହାଜର। ରାମା ପରଖା ଲୋକ, ଜମାଦାର ଦେଖିବା ମାତ୍ରେ ସବୁକଥା ବୁଝିଗଲା;ଲଣ୍ଡଭଣ୍ଡ ହୋଇ ପାଣିଯାକ ନଳାମୁହଁରେ ଢାଳିଦେଲା। ଜମାଦାର ଖୋଦ ଦେଖୁଛନ୍ତି, ଆଉ କ'ଣ? ରାମା ତତ୍କ୍ଷଣାତ୍ ଗ୍ରେପ୍ତାର। ଯେଉଁଠାରେ ଲୁଣପାଣି ଢଳା ହୋଇଥିଲା; ସେହିଠାରୁ ଅଧହାଣ୍ଡିଏ ମାଟି ରାମ ହାତରେ ପୂରାଇ ଦାଣ୍ଡକୁ ଭିଡ଼ି ଆଣିଲେ। ଜମାଦାର ହୁକୁମରେ ଦିଗବାର ରାମ ଡେଣା ବାନ୍ଧିପକାଇଲା। ଦିଗବାର ବାଁ କାନ୍ଧରେ ଠେଙ୍ଗା, ଡାହାଣ ହାତରେ ରାମ ହାତବନ୍ଧା ରସି ଧରି ଗ୍ରାମ ମଝିଦାଣ୍ଡରେ ଭିଡ଼ି ଭିଡ଼ି ଫାଣ୍ଡିକୁ ଘେନିଗଲା। ଜମାଦାରଙ୍କ ହୁକୁମରେ ଆଉ ତିନିଖଣ୍ଡ ଗ୍ରାମର ତିନିଜଣ ଦିଗବାର ହାଜର ହୋଇଗଲେ। ସେମାନଙ୍କ ହେପାଜତରେ ଚୋର ରାମା ବନ୍ଧାହୋଇ ଫାଣ୍ଡିରେ ସେଦିନକ ପଡ଼ିରହିଲା।

ଗ୍ରାମଯାକ ଚହଳ ପଡ଼ିଗଲା। ସହର ଜାଗାରେ ଏପରି କଥାକୁ କେହି ଅନାଏ ନାହିଁ, ମାତ୍ର ମଫସଲରେ ଏହା ଗୋଟିଏ ଭାରି କାଣ୍ଡ ଜାଣ। ବିଶେଷରେ ପୋଲିସ ଜମାଦାର ଲୁଣଚୋର ଧରିଲାଣି। ଗ୍ରାମଯାକ ସମସ୍ତଙ୍କ ମୁହଁରେ ସେଇ କଥା, ସମସ୍ତଙ୍କର ସବୁପ୍ରକାର କାର୍ଯ୍ୟ ବନ୍ଦ। କାହାରି ମନରେ ସୁଖ ନାହିଁ, ମାତ୍ର ଗାଁ ପିଲାଗୁଡ଼ାଙ୍କର ଭାରି ଆନନ୍ଦ, ଅବଧାନେ ଚାଟଶାଳୀ ଛାଡ଼ି ଯାଇଛନ୍ତି। ପିଲାଗୁଡ଼ାକ ପଲପଲ ହୋଇ ରାମାକୁ ଦେଖିବା ପାଇଁ ଭାଗବତ ଘରକୁ ଧାଇଁଛନ୍ତି। ଗୋଳମାଳ କଲେ ଦିଗବାର ପାଟିକରି ଧମକାଇ ତଡ଼ିଦେଉଛି, ଭୟରେ ପଳାଇ ଆସି ପୁନର୍ବାର ଧୀରେ ଧୀରେ ଭାଗବତ ଘର

ପାଖରେ ଜମା ହେଉଛନ୍ତି, ଏହିପରି ସେମାନଙ୍କର କାର୍ଯ୍ୟ ଲାଗିଛି। ମାଇକିନିଆମାନେ ଘରଧନ୍ଦା ଛାଡ଼ି ତୁନିହୋଇ ବସିଛନ୍ତି। ଗ୍ରାମରେ ଯେମନ୍ତ ବଜ୍ରପାତ ହୋଇଅଛି। ଆଜି ରାମା ଧରାଗଲା, କାଲି କାହା କପାଳରେ କ'ଣ ଅଛି କିଏ କହିପାରେ, ଲୁଣ ମରା ତ ସମସ୍ତଙ୍କ ଘରେ, ସରକାରଙ୍କୁ ବଳ କାହାର?ସେଦିନ ଦିନଓଳି ଖିଆପିଆଟା ଅନେକ ଲୋକ ଘରେ ସଞ୍ଜବେଳେ ହେଲା। ରାମା ଘରେ ତ ଅରନ୍ଧା ଅବସ୍ଥା।

ଗ୍ରାମମୁଣ୍ଡ ବରଗଛମୂଳରେ ପୁରୁଖା ପୁରୁଖା ଆଠ ଦଶଜଣ ଲୋକ ବିଚାର କରିବାକୁ ବସିଗଲେ, ଅନେକ କଥା ଅନେକ ତର୍କବିତର୍କ ଉତ୍ତାରେ ସ୍ଥିର ହେଲା- ଯେପରି ହେଉ, ଯେତେ ଟଙ୍କା ଲାଗୁ ରାମାକୁ ଖଲାସ କରାଇବାକୁ ହେବ। ସମସ୍ତଙ୍କ ପରାମର୍ଶରେ ଗ୍ରାମର ପୁରୋହିତ ବୃଦ୍ଧ ବ୍ରାହ୍ମଣ ନାରାୟଣ ମିଶ୍ରେ ନିରୋଳାରେ ଜମାଦାର ସଙ୍ଗରେ ସାକ୍ଷାତ କଲେ। ଜମାଦାରେ ଓଳଗି ହେବା ଆଗରୁ ମିଶ୍ରେ ଦୁଇହାତ ଆଞ୍ଜୁଳା କରି କିଞ୍ଚିତ ନଇଁପଡ଼ି, "ଅଶ୍ୱତ୍‌ଥମା ବଳୀ ବ୍ୟାସ ହନୁମାନ ବିଭୀଷଣ" ଇତ୍ୟାଦି ଶ୍ଳୋକ ପଢ଼ି ଜମାଦାରଙ୍କ ଚିରାୟୁ, ଗୋପଲକ୍ଷ୍ମୀ, ଧନଧାନ୍ୟ ଇତ୍ୟାଦି ନିଶ୍ଚୟ ପ୍ରାପ୍ତିର ସୂଚନା କରି ଧୀରେ ଧୀରେ ପାଖରେ ବସିଲେ। ଜମାଦାରେ ପୁରୁଖା ଲୋକ, ମିଶ୍ରଙ୍କ ଆଗମନ ଅଭିପ୍ରାୟଟା ବୁଝିଗଲେ। ଅନ୍ୟ ଦିନେ ମିଶ୍ରଙ୍କ ସଙ୍ଗରେ ଢେର୍ କଥା କହନ୍ତି,ଆଜି ପାଟି ଫିଟିବାର ନାହିଁ, ତୁନି ହୋଇ ଗମ୍ଭୀରଭାବରେ, ହାକିମୀ ଧରଣର ବସିଛନ୍ତି। ମିଶ୍ରେ କିଞ୍ଚିତ୍‌କ୍ଷଣ ବସି ଜମାଦାରଙ୍କର ଢେର୍ ପ୍ରଶଂସା କଲେ। ସେ ଯେ ଚାରିଖଣ୍ଡ ଗ୍ରାମରେ ହର୍ତ୍ତା-କର୍ତ୍ତା-ବିଧାତା, ସମସ୍ତଙ୍କ ମାନମହତ ତାଙ୍କ ହାତରେ, ସେ ମାରି ପାରନ୍ତି, ତାରି ପାରନ୍ତି, ଇତ୍ୟାଦିଢେର୍ ପ୍ରଶଂସା କଲେ। ଜମାଦାର ନୀରବ। ମିଶ୍ରଙ୍କୁ ମଧ୍ୟ ମାମଲତ କିଛି ଜଣା। ଦୁଇ ଚାରିଥର ହାଇମାରି ଚାରିଆଡ଼କୁ ଅନାଇ ରାମାକୁ ଛାଡ଼ିଦେଲେ ଦଶଟଙ୍କା ଇସାରାରେ ଶୁଣାଇଲେ।(ଆଉ ମାମଲା ହୋଇଥିଲେ ଜମାଦାରେ କ'ଣ କରିଥା'ନ୍ତେ, ଆମ୍ଭେମାନେ କିଛି କିଛି ଅନୁମାନ କରିପାରୁ,ମାତ୍ର ଏ ଯେ ରାମା କଥା - ବଦମାଏସ ଉଣା କାର୍ଯ୍ୟକରିଛି, ମହତ ଉପରେ ବଟି) ଜମାଦାର ଭାରି ଖପା ହୋଇ ରଙ୍ଗା ଆଖିରେ ମିଶ୍ରଙ୍କ ଆଡକୁ ଅନାଇଁ କହିଲେ, "ତୁ କି ରକମ ଗୋସେଇଁରେ? ମୋତେ କି ହାକିମ ପାଇଛୁ?"ମିଶ୍ରେ ତ ଏକାବେଳକେ ବସିଗଲେ - ସରକାରୀ ଲୋକ, କେଜାଣେ କ'ଣ କରି ପକାଇବରେ ବାପା! କିଛିକ୍ଷଣ ବସି ଖୁବ୍ ଗୋଟାଏ ନିଃଶ୍ୱାସ ପକାଇ ଧୀରେ ଧୀରେ ଉଠି ଚାଲିଗଲେ।

ପରଦିନ ଖୁବ୍ ସକାଳେ ରାମା ଡାହାଣ ଡେଣାରେ ରସିଲଗା, ବାଁ କାନ୍ଧରେ ଚୋରା ଲୁଣହାଣ୍ଡି। ଦିଗବାର ଶଙ୍କୁ ମଲିକ ଡାହାଣ କାନ୍ଧରେ ଠେଙ୍ଗା, ବାଁ ହାତରେ ରାମାବନ୍ଧା ଦଉଡ଼ିମୁଣ୍ଡ। ଜମାଦାରେ ଡ୍ରେସ ପିନ୍ଧି ଛାତିଫୁଲାଇ ଗାଁ ମଝି ଗୋହିରୀରେ ବାଲେଶ୍ୱର ସଦର କଚେରିକୁ ରବାନା ହେଲେ। ଜମାଦାରଙ୍କ ମନରେ ଖୁବ୍ ଫୂର୍ତ୍ତି, ଚଞ୍ଚଳ

ଚଞ୍ଚଳ ଗୋଡ଼ପଡୁଛି, ଦିଗବାର କିଛି ପଛରେ ପଡ଼ିଗଲେ ତାହାକୁ ଧମକାଇ କହୁଅଛନ୍ତି, "ଚଞ୍ଚଳ ଚାଲ, ପହିଲା କଚେରିରେ ହାଜର ହେବାକୁ ପଡ଼ିବ।"

ମକ୍ରାମପୁରଠାରୁ ସଦର ଉଣା ଅଧିକରେ ସାତକୋଶ ଦୂର,ମାତ୍ର ଜମାଦାରେ ଆସାମୀକୁ ଧରିବାର ଉପରେ ଯୋଡ଼ାଏ ବାଜେ କଚେରିରେ ପହଞ୍ଚିଗଲେ। ମନ ସଙ୍ଗରେ ଗୋଡ଼ର କିପରି ସମ୍ବନ୍ଧ ଅଛି, ଆମ୍ଭମାନଙ୍କୁ ଅଜଣା। ଯେହେତୁ ମନୋବିଜ୍ଞାନ ଶାସ୍ତ୍ରରେ ଆମ୍ଭେମାନେ ନିପଟ - ଇତ୍ୟାଦି, ହେଲେ ଦାର୍ଶନିକ ଲୋଡ଼ିବାର ଦରକାର ନାହିଁ। ଜମାଦାରଙ୍କ ପଦଯୁଗଳର ଚାଞ୍ଚଲ୍ୟ ପ୍ରତ୍ୟକ୍ଷରେ ତାହାଙ୍କ ମନର ଚାଞ୍ଚଲ୍ୟ, ଫୂର୍ତ୍ତି ଅନୁମାନ କରିନେଲୁଁ। ଜମାଦାରେ କଚେରିରେ ପହୁଞ୍ଚି ଚିହ୍ନା-ଅଚିହ୍ନା ଢେର୍ ଅମଲା ଫଏଲାଙ୍କୁ ନମସ୍କାର କରିଗଲେ। ପେସ୍କାରଙ୍କୁ ଜୁହାରଟାଏ କରି ମାମଲା ଆସାମୀ ହାଲ ଚୁମ୍ବକ ଚୁମ୍ବକ ସବୁ ଜଣାଇଦେଲେ। ମେଜେଷ୍ଟର ସାହେବଙ୍କ ନିକଟରେ ରିପୋର୍ଟ ପେଶ ହେଲା। ଆସାମୀ ନାଜରଖାନା ବାଟେ ହାଜତକୁ ଚାଲାଣ ହେଲା। ବରାମଦି ମାଲ ନାଜରଖାନାରେ ଦାଖଲ ରହିଲା। ମାମଲା ଡେ. ମାଜିଷ୍ଟର ମୌଲବୀ ଅବଦୁଲ ମିଆଁକୁ ସମ୍ପ୍ରୋଦ ହେଲା। ତାରିଖ ପଡ଼ିଲା ଆସନ୍ତା ପାଞ୍ଚ ତାରିଖ ଶୁକ୍ରବାର।

କଚେରି ବାହୁଡ଼ା ଜମାଦାରେ ଆସି ପେସ୍କାରଙ୍କ ବସାରେ ରହିଲା, ଦିଗବାର ମଧ୍ୟ ରହିଲା। ମାମଲା ତାରିଖ ଆଜଲଗାଏତ ଚାରିଦିନ। ଆଜି ଦିନଟା ତ ଗଲା - ତାରିଖ ଦିନ ମାମଲା ପଡ଼ିବ, ମଝିରେ ଯୋଡ଼ାଏ ଦିନ, ଫାଣ୍ଡିକୁ ଯାଇ ଆସିହେବ ନାହିଁ। ଜମାଦାରେ ପେସ୍କାରଙ୍କ ବସାରେ ଥାଆନ୍ତି। ତୁଚ୍ଛାଟାରେ ହେଲେ ଦଶଥର ଡାକି ହାକିମି ବୋଲରେ ଦିଗବାରକୁ ନାନା ଫରମାସ ବତାଉଥା'ନ୍ତି,ଅର୍ଥାତ୍ ଜମାଦାର ଡାକିଲେ ଦିଗବାର ଯେ 'ଆଜ୍ଞା ହଜୁର' କହେ, ତାହା ଲୋକେ ଶୁଣନ୍ତୁ, ଆଉ ତାହାଙ୍କ ତାବେ ଯେ ଲୋକେ ଅଛନ୍ତି,ଏହା ସମସ୍ତେ ଜାଣନ୍ତୁ।

ରାତ୍ର ଅନ୍ଦାଜ ଏକପ୍ରହର। ପେସ୍କାରେ ଗମ୍ଭୀରି ଭିତରେ ଗୋଟାଏ ସଉପମଶିଣା ମେଲାଇ ବସିଛନ୍ତି। ଆଗରେ ଗୋଟାଏ ଦୀପରୁଖା। ଉପରେ ମାଟି ଦୀପଟାରେ ବଳିତାଟା ମିଟିମିଟି କରି ଜଳୁଛି। ପେସ୍କାରଙ୍କ ଆଗରେ ନଥିପତ୍ର କାଗଜଗୁଡ଼ାଏ ବୁଣିପଡ଼ିଛି। ପେସ୍କାରେ ନଥିର ଫେରସ୍ତ ଖୁବ୍ ମନୋଯୋଗୀ ହୋଇ ସଜାଡ଼ିବାରେ ବ୍ୟସ୍ତ। ଜମାଦାର କିଣାରାମ ସିଂ ପିଣ୍ଡାରେ ଚକାମାଡ଼ି ତୁନି ହୋଇ ବସିଛନ୍ତି। ଦିଗବାରଟା ଓଳିତଳେ ବସି ଜମାଦାରଙ୍କୁ ଚାହିଁଛି, କେତେବେଳେ କ'ଣ ହୁକୁମ ହେବ। ରୋଷେଇଆ ପିଲା ଚୁଲିଲଗାଇବାରେ ବ୍ୟସ୍ତ, ଚୁଲିମୁହଁରେ ଲୁଣ୍ଡା ପକାଇ ଫୁଙ୍କୁଛି, ଠିକ୍ ଏହି ସମୟରେ ଶବ୍ଦ ହେଲା, "ହରିବୋଲ ହରିବୋଲ- ପେସ୍କାରବାବୁଙ୍କର ମଙ୍ଗଳ ହେଉ, ଜୟ ଜୟକାର ହେଉ।"

ପେସ୍କାରେ ତୁଣ୍ଡବାରି ଘରୁ ବାହାରି ପଡ଼ିଲେ। "ଆସିବା ହେଉ ରଥେ, ଆସିବା ହେଉ,"କହି ଓଳଗିଟାଏ କଲେ।ଗାଁରେ କୁଶଳ ମଙ୍ଗଳ ପଚାରିଲେ। ଆଗନ୍ତୁକ ଲୋକର ନାମ ପୁରୁଷୋତ୍ତମ ରଥେ, ପେସ୍କାରବାବୁଙ୍କ ପୁରୋହିତ, ଏକା ଗାଁରେ ଘର। ରଥଙ୍କ ପୁଅ ଭିକା ପେସ୍କାରବାବୁଙ୍କ ରୋଷେଇଆ। ପୁଅ ଦେଖାହେବବଜାର ସଉଦା ହେବ, ଆଉ ରୋଜଗାରିଆ ଯଜମାନକେବେକେବେ କିଛି ପ୍ରାପ୍ତିର ଆଶା ମଧ୍ୟ ଥାଏ। ଏଥିସକାଶେ ରଥେ ମାସକୁ ଥରେ ଦୁଇଥର ସହରକୁ ଆସିଥାଆନ୍ତି। ପେସ୍କାରଙ୍କ ସହିତ କଥା ସମାପ୍ତ ଉତ୍ତାରେ ରଥେ ଚାରିଆଡ଼କୁ ଚାହିଁଲେ। ଆଜି କିଛି ନୂଆ ନୂଆ ଜଣାଗଲା, ଆଗେ ପହଞ୍ଚିବାମାତ୍ରେ କିଣା ଭୂଇଁରେ ମୁଣ୍ଡିଆଟାଏ ମାରି ଗୋଡ଼ ଧୋଇବାକୁ ପାଣିଢାଳେ ଆଣି ଦିଏ - ଆଜି ଉଠୁନାହିଁ କିଆଁ?ଆଉ ସମ୍ଭାଳି ନ ପାରି ଡାକଟାଏ ଦେଲେ, "ରେ କିଣା! ରେ କିଣା!"କିଣୁ କିନ୍ତୁ ନିରୁତ୍ତର। ବ୍ରାହ୍ମଣ ମନ ନକିତଳି, ଅଳପକେ ତାତିଯାଏ। କିଛି ଖପା ବୋଲରେ ଡାକିଲେ, "ରେ କିଣା!"ଉପସ୍ଥିତ କ୍ଷେତ୍ରରେ ରଥଙ୍କ କ୍ରୋଧ କରିବା ଖୁବ୍ ଅନ୍ୟାୟ। କାରଣ ରଥଙ୍କ ଆବିର୍ଭାବ ବିଷୟ କିଣାରାମ ସିଂହଙ୍କର ଅଜ୍ଞାତବ୍ୟ, ଏକଥା ଆମ୍ଭେମାନେ ଦୃଢ଼ରୂପେ ବୋଲିପାରୁଁ। ସିଂହେ ସେ ସମୟରେ ନାନା ଚିନ୍ତାରେ ମନ ସଂଯୋଗ କରିଥିଲେ। କିପରି ରାମ ବାପୁଡ଼ା ଜେଲ୍ ଯିବ, ଫାଣ୍ଡିକୁ ଯାଇ କିପରି ନୂଆ ରକମ ଜାରି କରିବେ, ସରକାରରୁ କିପରି ଖୁସ୍‌ନାମ ମିଳିବ, ଆଉ ଦୁଇ ଚାରି ନମ୍ବର ମାମଲା ଚାଲାଣ ଦେଲେ କିପରି ଜମାଦାରୀ ପାଇବେ ଇତ୍ୟାଦି ନାନା ଭାବନାରେ ମନ ଫୁଲି ଉଠୁଥିଲା। ମନୋବିଜ୍ଞାନ ଦାର୍ଶନିକ ପଣ୍ଡିତେ ବୋଲନ୍ତି, ମନ ଗୋଟାଏ ବିଷୟରେ ସଂଲଗ୍ନ ଥିଲେ ଅନ୍ୟ ବିଷୟ ଧାରଣା କରିପାରେ ନାହିଁ। ସିଂହଙ୍କ ମନ ବର୍ତ୍ତମାନ ଗୋଟାଏ ନୁହେଁପୁଞ୍ଜାଏ ପାଞ୍ଚଟା ବିଷୟରେ ସଂଲଗ୍ନ - ଏଥକୁ ସେ ରଥଙ୍କ ଡାକରା ଶୁଣିପାରିଲେ ନାହିଁ ବୋଲି ତାହାଙ୍କୁ ଦୋଷୀ କରାଯାଇ ନପାରେ,ମାତ୍ର ବ୍ରାହ୍ମଣ ବାପୁଡ଼ା ତାହା ବୁଝିଲା ନାହିଁ। ପୁନର୍ବାର - "ରେ କିଣା, ରେ କିଣା! ପାଣି ଢାଳେ ଦେ, ଗୋଡ଼ ଧୋଇବି।" ସିଂହେ ଚମକି ପଡ଼ି ରଥଙ୍କୁ ଚାହିଁଲେ, ପୁଣି ଦିଗବାର ଉପରେ ନଜର ପଡ଼ିଗଲା। "ରେ କିଣା, ପାଣି ଢାଳେ ଦେ ଗୋଡ଼ ଧୋଇବି।"ଅବଶ୍ୟ ଦିଗବାର ଶୁଣିଲା। ରଥଙ୍କ କ୍ରୋଧର କାରଣ ଯେପରି ଅହେତୁକି, ସିଂହଙ୍କର କ୍ରୋଧ ସେହିପରି କାରଣସଙ୍କୁଳ ଅଟେ। ସିଂହେ ମଧ୍ୟ ସେହିପରି ଖପାଇ ସ୍ୱରରେ ଜବାବ ଦେଲେ, "କିପରି ଅଖାଡୁଆ ଗୋସେଇଁ ହେ, ଟିକିଏ ତର ସହୁନାହିଁ?"

"କ'ଣ ବୋଇଲୁ?କ'ଣ ବୋଇଲୁ?ଅଖାଡୁଆ! ରଥଙ୍କର ତ ଅଣ୍ଟି ଫିଟିବାକୁ ବସିଲାଣି। ପେସ୍କାରେ ସବୁ ଶୁଣୁଥିଲେ, ଧାଇଁଆସି ଆମଥୁମ କରିଦେଲେ। ନକିତଳି ତାତି ବେଶୀ ବେଳଯାଏ ରହେନାହିଁ। ରଥେ ଗୋଡ଼ଧୋଇ ପେସ୍କାରଙ୍କ ବିଛଣାରେ ବସିଲେ। ମନଟାକୁ ଥଣ୍ଡା କରିବା ପାଇଁ ଅଣ୍ଟିରୁ ନାସଦାନିଟା ବାହାର କଲେ। ପେସ୍କାରଙ୍କ ସହିତ

କଥୋପକଥନ ଆରମ୍ଭ, ଏଣୁତେଣୁ କଥା ଉତ୍ତାରେ କିଣା ବାରିକର କନେଷ୍ଟବଲୀ, ଚୋରୀଚାଲାଣ ଇତ୍ୟାଦି କଥା ଶୁଣିଲେ। ରଥେ ଶୁଣିସାରି କହିଲେ, "ଓଃ, ଏହିଁକି ଏତେ?– ପୁନର୍ମୂଷିକୋଭବ-"

ରାମ ବାରିକ ଚଲାଣ ହୋଇ ଆସିବା ଦିନଠାରୁ ଗୋପାଳପୁର ପ୍ରଭୃତି ଚାରିଖଣ୍ଡି ଗ୍ରାମରେ ମାଛିଟି ମରିଯାଇଛି। ସବୁ ପାଇଟି ବନ୍ଦ, କାହାରି ମନରେ ସୁଖ ନାହିଁ। ଘରପିଛା ଭେଦା ଉଠିଲା। ଗୋପାଳ ଘଡ଼େଇ ଟଙ୍କାଟୁକର ଧରି ଅଣ୍ଟାଭିଡ଼ି ବାହାରିଲେ। ସଙ୍ଗରେ ରାମର ମାଉସୀପୁଅ ଭାଇ ମକ୍ରା ବାରିକ, ଆଉ ହଗୁ ସାମଲ ଏହି ଦୁଇଜଣ। ଗୋପାଳ ଘଡ଼େଇ ଜଣେ ମାମଲତକାର ଲୋକ, ଚାରିଖଣ୍ଡ ଗାଁରେ ତାହାର ନାମଡାକ। ଆଗେ ତାହାର ତିନିଖଣ୍ଡ ଚୁଲି ଥିଲା। ଚାରିହଳ ଜମି ଚାଷ, ଶକଡ଼ା ଟଙ୍କା ଫୋରଫୋର ଚଳେ। ସଦରକୁ ଯିବା ଆସିବାରେ ଆଇନ୍‌କାନୁନ୍ କଥା ତାହାକୁ ଭଲ ଜଣାତଥାପି ସେ ରୱାନା ସମୟରେ ତାଙ୍କ ପଛରେ ଚାରିଜଣ ମୁରବି ଭଳିଆ ଲୋକ ଅଧକୋଶଯାଏ ଗୋଡ଼ାଇଯାଇ ନାନା ପ୍ରକାର ଉପଦେଶ ଦେଲେ। ବାହୁଡ଼ି ଆସିବା ସମୟରେ ଅବଧାନେ ବନମାଳୀ ଓଝା କହିଲେ, "ଯାଅ ଘଡ଼େଇପୁଅ, 'ଶ୍ରୀ ମଧୁସୂଦନ, ଶ୍ରୀ ମଧୁସୂଦନ' କହି ଚାଲିଯାଅ। ମୁଁ ଯେ ଦିନ ଧରି ଦେଇଛି, ତାହା ନ ମେଣ୍ଟନ।"

ଆଜି ମାମଲାର ତାରିଖ। ଜେଲଖାନା ହାଜତ ଆସାମୀ ସବୁ ଚାଲାଣ ହୋଇ ଆସି ନାଜରଖାନାରେ ବସିଛନ୍ତି। ଗୋପାଳ ଘଡ଼େଇ କିଛି ଅଣ୍ଟାଗୁଞ୍ଜା ବଳରେ ହାଜତି ଜାଏଗା ଦୁଆର ପର୍ଯ୍ୟନ୍ତ ଗଲା। ଡାହାଣ ହାତ ବୁଢ଼ାଆଙ୍ଗୁଳି ଓ ମୁଣ୍ଡ ନାନା ଭଙ୍ଗୀରେ ସଞ୍ଚାଳନ କରି ରାମାକୁ ଇସାରା କଲା। ରାମା ହାଜତରେ ରହି ଘାବରେଇ ଯାଇଥିଲା, ତାହାକୁ ସେହି ଅବସ୍ଥାରେ ହାକିମଠାରୁ ଆଣିଥିଲେ କ'ଣ କରିଥାନ୍ତା, କଥା ଅଜଣା, ମାତ୍ର ରାମା ମଫସଲ ଭଣ୍ଡାରି ହେଲେ କ'ଣ ହେବ, ପଣ ପଣ ଗସ୍ତିହାକିମମାନଙ୍କୁ ବେଠିରେ ଖିଅର କରି କରି ମୁଣ୍ଡବାଳ ପାଚିଲାଣି। ଘଡ଼େଇକୁ ଦେଖି ଖୁବ୍ ହେମତ୍ ବାନ୍ଧିଲା। ମୁଣ୍ଡ ହାତ ହଲାଇ ଘଡ଼େଇ କଥାରେ ଜବାବ ଦେଲା। ଘଡ଼େଇ କାମ ସାରି ଚାରି ଛ'ହାତ ଚାଲି ଆସିବା ଉତ୍ତାରେ ପହରାବାଲା କନେଷ୍ଟବଳ ଡାକିଦେଲା, "ତଫାତ୍,ତଫାତ୍।" ଅର୍ଥାତ୍ ନାଜର ଜାଣନ୍ତୁ ସେ ବାହାରିଆ ମଣିଷକୁ ହାଜତି ଆସାମୀ ପାଖ ପୂରାଇ ଦେଉନାହିଁ। ଘଡ଼େଇ ନାଜରଖାନାରୁ ଆସି ଉଜୀଲ ଅବଦୁଲ ଶୋଭାନ ଖାଁଙ୍କୁ ଆସାମୀ ପକ୍ଷରୁ ଉକାଲତନାମା ଦେଲେ।

ପ୍ରଥମ ଶ୍ରେଣୀ ଡେ. ମାଜିଷ୍ଟ୍ରେଟ୍ ମୌଲବୀ ଅବଦୁଲା ଖାଁଙ୍କ ମିସଲରେ ପହିଲା ନମ୍ବର ଏହି ମାମଲା ଡକରା ହେଲା। ମୌଲବୀ ସାହେବଙ୍କର କିଛି ପରିଚୟ ଦେବାର ଆବଶ୍ୟକ। ବିନା କାରଣରେ ଆମ୍ଭେମାନେ ଏହି ପରିଚୟ ଦେଉନାହୁଁ, ଆପଣମାନେ ଏକଥା ବୁଝିପାରିବେ। ଆଜିକାଲି ସରକାର ଯେପରି ହାକିମଗୁଡ଼ାଙ୍କୁ ବିଲେଇପିଲାପରି

ଚାରିଆଡ଼େ ବୁଲାଇ ମାରୁଛନ୍ତି, ଆଗେ ସେପରି ନଥିଲା। ଜଣେ ଜଣେ ହାକିମ ଗୋଟାଏ ଗୋଟାଏ ଜିଲ୍ଲାରେ ଆଠ ଦଶବରଷ ରହିଯାଉଥିଲେ। ମୌଲବୀ ଅବଦୁଲ ଖାଁ ଆଜକୁ ଊଣା ଅଧିକ ଦଶବରଷ ହେଲା ଏହି ଜିଲ୍ଲାରେ ଅଛନ୍ତି। ଘରଦୁଆର, ବାଗବଗିଚା ଜାରି କରି ଦେଲେଣି,ସହରର ସମସ୍ତେ ମାନନ୍ତି। ମଫସଲରେ ମୌଲବୀ ଦିପୋଟି ବୋଲି ନାମ ଡାକ। ଉକୀଲ, ମୁକ୍ତାର ବୋଲନ୍ତି ମୌଲବୀ ବିଚାରରେ ପାଣି ଗଳିବ ନାହିଁ। ହେଲେ ଆମ୍ଭେମାନେ କିନ୍ତୁ ମୌଲବୀଙ୍କ ଗୋଟାଏ ଭାରି ଦୋଷ ବା ଗୁଣ କଥା ଜାଣୁ, ସେ ପୋଲିସ ଉପରେ ସବୁଦିନ ଗୋସ୍‌ସା, ତାହାଙ୍କର କେମନ୍ତ ଗୋଟିଏ ଧାରଣା ହୋଇଥିଲା ଯେ, ପୋଲିସ ଅନେକ ସ୍ଥଳରେ ସଜାସଜି କରି ନିର୍ଦ୍ଦୋଷ ଆସାମୀକୁ ଚାଲାଣଦିଏ।ଏଥିପାଇଁ ଚାଲାଣି ମାମଲାରେ କିଛି ଟିକିଏ ବାଟ ପାଇଲେ ଆସାମୀକୁ ଖଲାସ କରିଦିଅନ୍ତି।

ହାକିମ ମିସଲରେ ବସିବା ମାତ୍ର ପେସ୍କାରେ ବାଁହାତରେ ବିଡ଼ାଏ ନଥି ଡାହାଣ ହାତରେ ଦୁଆତ କଲମ ଧରି ମିସଲ ଆଗ ବେଞ୍ଚ୍ ପାଖରେ ପହଞ୍ଚି, ଆଗବେଞ୍ଚ୍‌ରେ କାଗଜପତ୍ର ଥୋଇଦେଲେ। ହାକିମଙ୍କୁ ଖୁବ୍ ମୁଣ୍ଡ ନୁଆଁଇ ସଲାମ କରି ବେଞ୍ଚ୍‌ରେ ବସିଲେ।

ହାକିମ - ମାମଲା ପେସ୍ କର।

ପେସ୍କାର - ହଜୁର, ପହିଲା ନମ୍ବର ମାମଲା ନିମକୀ ପୋଲିସ ଚାଲାଣି। ସରକାର ତରଫ ମୁଦେଇ କନେଷ୍ଟବଲ କିଣାରାମ ସିଂ। ମୁଦାଲା ରାମ ବାରିକ।

ଚପରାସୀ ପାଟିକରି ତିନିଥର ଡାକି ଦେଲା, "କିଣାରାମ ସିଂ କନେଷ୍ଟବଲ ହାଜର ହୋ।"

କିଣାରାମ ସିଂ ହାକିମଙ୍କୁ କନେଷ୍ଟବଲୀ ସଲାମ ବଜାଇ ସାକ୍ଷୀ ବାକ୍‌ସ ଭିତରେ ଛିଡ଼ାହେଲା। ନାଜରଖାନା କନେଷ୍ଟବଲ ଆସାମୀକୁ ହାଜର କରିଦେଲା।

ପେସ୍କାରଙ୍କ ପଢ଼ାଇବା ମାଫିକେ କିଣାରାମ ସିଂ ସତ୍ୟପାଠ କରି ଇଜାହାର ଦେବାକୁ ଲାଗିଲେ।

ହାକିମ ମୁଦେଇର ନାମ,ବାପର ନାମ, ବୟସ ଇତ୍ୟାଦି ଦସ୍ତୁରମୁତାବକ ଲେଖି ସାରିଲା ଉତ୍ତାରେ ମୁଦେଇ ମାମଲାର ସମସ୍ତ ହାଲ ହାକିମଙ୍କ ସୱାଲ ମୁତାବକ ବୟାନ କରିଗଲା। ଜବାନବନ୍ଦୀ ଲେଖିସାରି ହାକିମ ମୁଦାଲା ତରଫ ଓକିଲକୁ ପଚାରିଲେ, "ଜେରା କରିବ?"

ଉକିଲ ସଲାମ୍ କରି କହିଲେ, "ହଁ ହଜୁର।"

ସୱାଲ ଉକିଲ - ଆସାମୀ ଯେ ଲୁଣପାଣି ଢାଳିଦେଲା, କିଏ ଦେଖିଛି?ଜବାବ ମୁଦେଇ - ମୁଁ ଦେଖିଛି, ସେ ହାଣ୍ଡିରେ ପାଣି ପୂରାଇ ଚୂଲିମୁଣ୍ଡ-

ଓକିଲ - ବସ ବସ, ମୁଁ ଯାହା ପଚାରିବି ସେଥିର ଜବାବ ଦିଅ, ଅଧିକ ଗୁଡ଼ାଏ ବକ ନାହିଁ। ମୁଁ ପଚାରୁଛି ଆଉ କେହି ଦେଖିଛି କି ନାହିଁ? 'ହଁ' କି 'ନା' ଏତିକି ବୋଲ।

ଜବାବ କଃ -ନା,ଆଉ କେହି ଦେଖିନାହିଁ।

ଉକିଲ ସୱାଲ - ସେ ଲୁଣ ଦହପାଣି ଢାଳିଦେଲା କି ଭଲପାଣି ଢାଳିଦେଲା, କିପରି ଜାଣିଲ?

ଜବାବ କଃ - ମୁଁ ଗୁଇନ୍ଦାଠାରୁ ସନ୍ଧାନ ପାଇ ଯାଇ ଧରିଛି।

ସୱାଲ ଉକିଲ- ଧରିଛ ତ, ହଁ - ଲୁଣପାଣି ଢାଳିଲା ବୋଲି କିପରି ଜାଣିଲ?

ଜବାବ କଃ - ମୁଁ ମାଟି ଚାଖି ଦେଇଛି, ଲୁଣିଆ ଲାଗିଲା-।

ଉକିଲ - ବର୍ତ୍ତମାନ ଥରେ ଚାଖ।

କନେଷ୍ଟବଳ ବରାମଦି ମାଟି କିଞ୍ଚିତ୍ ହାଣ୍ଡିରୁ ଉଠାଇ ଚାଖିଲେ, କହିଲେ, "ଦେଖନ୍ତୁ ଲୁଣିଆ ଲାଗୁଛି।"

ଓକିଲ - ଆଉ ଥରେ ବେଶି କରି ଚାଖ।

କନେଷ୍ଟବଳ - କିଞ୍ଚିତ ଗୋସା ହୋଇ ଖୁବ୍ ବୁଙ୍ଗାଏ ମାଟି ପାଟିରେ ପୂରାଇ ଦେଲେ। ମିସଲରୁ ଓହ୍ଲାଇ ଯାଇ ଥୁ ଥୁ କରି ବାହାରେ ଫିଙ୍ଗିଦେଲେ। ମିସଲରୁ ଆସି ଉକିଲଙ୍କୁ ଖୁବ୍ ହେମତରେ କହିଲେ, "ଦେଖ, ମାଟି ଖୁବ୍ ଲୁଣିଆ।"

ଉକିଲ ମୁହଁରେ ରୁମାଲ ଦେଇ ହସିଲେ, ଆଉ କିଛି ପଚାରିଲେ ନାହିଁ।

ମୁଦେଇ ତରଫ ସାକ୍ଷୀ ଦିଗବାର ଶଂକୁ ମଲିକଙ୍କର ନାମଧାମ ହାକିମ ଲେଖିବା ଉତ୍ତାରେ, ପେସ୍କାରେ ସତ୍ୟପାଠ ପଢ଼ାଇଲେ।

ସୱାଲ - କନେଷ୍ଟବଳ ଆସାମୀକୁ ଗ୍ରେପ୍ତାର କରିବାବେଳେ ତୁ ପାଖରେ ଥିଲୁ?

ଜବାବ ଶଂକୁ ମଲିକ - ହଁ, ମୁଁ ପାଖରେ ଥିଲି।

ସୱାଲ - ଆସାମୀ ରାମା ଲୁଣ ମାରିବାପାଇଁ ହାଣ୍ଡିରେ ଦହପାଣି ରଖିଥିଲା, ତୁ ଜାଣୁ?

ଜବାବ - ହଁ, ମୁଁ ଜାଣେ।

ସୱାଲ - ଆସାମୀ ନାଳମୁହଁରେ ପାଣି ଢାଳିଦେଲା, ତୁ ଦେଖିଛୁ?

ଜବାବ - ଆଜ୍ଞା ଆଜ୍ଞା, ହୁଁ ହୁଁ, ରାମା ପାଣି ଫୋପାଡ଼ିଦେଲା। ସେ ଲୁଣ ମାରେ।

ମୁଦାଲା ତରଫ୍‌ଓକିଲ ସୱାଲ - ରାମା ପାଣି ଢାଳି ଦେଲାବେଳେ ତୁ ପାଖରେ ଛିଡ଼ାହୋଇ ଦେଖିଛୁ କି ନା?

ଜବାବ – ନା, ମୁଁ ଦାଣ୍ଡରେ ଛିଡ଼ା ହୋଇଥିଲି। ଜମାଦାରେ କହୁଥିଲେ ମୁଁ ଶୁଣିଛି।

ହାକିମ କିଣାରାମ ସିଂକୁ ପଚାରିଲେ, "ତୁମର ଆଉ କେହି ଗୁହା ଅଛି?"

କିଣାରାମ କହିଲେ - ମୁଁ ସରକାରୀ ପୋଲିସ - ନିଜେ ଆଖିରେ ଦେଖିଅଛି। ଆଉ ଗୁହା କ'ଣ?

ହାକିମ ଏ କଥା ଶୁଣି ମୁରୁକି ହସିଲେ।

ମାମଲା ପ୍ରମାଣ କରାଇବାପାଇଁ ସାକ୍ଷୀ ପ୍ରୟୋଜନ, ଏକଥା କିଣାରାମଙ୍କୁ ଜଣା ନଥିଲା।

ଏ ଉତ୍ତାରେ ଆସାମୀର ଜବାବ ନିଆଗଲା।

ଆସାମୀ ରାମା ବାରିକର ନାମଧାମ ହାକିମ ଲେଖିନେଲା ଉତ୍ତାରେ, ତାହା ବିଷୟରେ ଅଣା ଯାଇଥିବା ଅଭିଯୋଗ ସଂକ୍ଷେପରେ ବୁଝାଇ ଦିଆଗଲା ଉତ୍ତାରେ ହାକିମ ପଚାରିଲେ, "ତୁ ଦୋଷୀ କି ନିର୍ଦ୍ଦୋଷ?"

ଜବାବ ଆସାମୀ ରାମ ବାରିକ - ମୁଁ ନିର୍ଦ୍ଦୋଷ।

ହାକିମ - ତେବେ କି ସକାଶେ ପୋଲିସ ତତେ ଚାଲାଣ ଦେଲା?

ଜବାବ – ଆଜ୍ଞା, ମୁଁ ଜମାଦାରଙ୍କର ବେଠି ନ କରିବାରୁ ସେ ମୋ ହାତରେ ଅଧହାଣ୍ଡିଏ ମାଟି ଦେଇ ବାନ୍ଧି ଘେନି ଆସିଅଛନ୍ତି।

ସୱାଲ - ତୋତେ କିପରି ବାନ୍ଧି ଆଣିଲେ?

ଜବାବ - ଆଜ୍ଞା ମୁଁ ଘରେ ଶୋଇଥିଲି। ମୋ ଘରେ ପଶି ଖୁବ୍ ମାରିଲେ ଓ ମାରିକରି ବାନ୍ଧି ଆଣିଲେ।

ସୱାଲ - ତୁ ଦିନବେଳେ ଶୋଇଥିଲୁ?

ଜବାବ - ଆଜ୍ଞା ମୋତେ ଜ୍ୱର ହୋଇଥିଲା - ନା ନା, ମୋ ପେଟ ଟାଣୁଥିଲା, ମୁଁ ଶୋଇଥିଲି।

ସୱାଲ -ତୋହର ସଫାଇ ଗୁହା ଅଛି?

ଆସାମୀ – ରାମା ବାରିକ ଜବାବ ଦେବାପୂର୍ବରୁ ଉକିଲ ଚଟ୍‌କରି କହିପକାଇଲେ, "ଆଜ୍ଞା ହଜୁର! ଦୁଇଜଣ ସଫାଇ ଗୁହା ଅଛନ୍ତି।"

ଆସାମୀ ତରଫ ପ୍ରଥମ ସାକ୍ଷୀ-

ମକର ବାରିକ, ଡାକନାମ ମକ୍ରା, ବାରିକର ନାମଧାମ ଫାରମ ପୂର୍ଣ୍ଣ କରି ପେସ୍କାର ହଲଫ୍ ଦେଲେ।

ସୱାଲ - ତୁ ଏ ମାମଲାରେ କ'ଣ ଜାଣୁ?

ଜବାବ ମକର ବାରିକ - ଆଜ୍ଞା ମୁଁ ଜାଣେ, ରାମା ଲୁଣ ମାରିନାହିଁ। ତାହାର ଝାଡ଼ା ହେଉଥିଲା, ଘରେ ଶୋଇଥିଲା, ଲୁଣ ମାରିଲା କେତେବେଳେ?

ମୁଦାଲା ତରଫ୍‌ଓକିଲ ସୱାଲ - ତୁମ୍ଭ ଗ୍ରାମ ଲୋକେ ଲୁଣ କେଉଁଠାରୁ ଆଣି ଖାଅ?

ଜବାବ – ଆଜ୍ଞା, ହାଟରୁ ବରୋବର ବିଲେଇତୀ ଲୁଣ କିଣିଆଣି ଖାଉଁ।

ସୱାଲ - ରାମା ହାଟରୁ ଲୁଣ କିଣେ କି ନାହିଁ?

ଜବାବ – ବରୋବର।

ସୱାଲ - ବରୋବର କ'ଣରେ?ଆରେ, ରାମା ହାଟରୁ ଲୁଣ କିଣିଆଣେତୁ ଆଖିରେ ଦେଖିଛୁ କି ନା?

ଜବାବ - ରାମା ହାଟରୁ ବରୋବର ଲୁଣ କିଣିଆଣେ, ମୁଁ ଆଖିରେ ଦେଖିଛି।

ସୱାଲ - କନେଷ୍ଟବଳ ରାମା ଉପରେ ରାଗିଥିଲା କି ନା?

ଜବାବ - ଆଜ୍ଞା ହଜୁର, ବରୋବର ରାମା ଜମାଦାର ଅଇଣ୍ଠାବାସନ ନ ମାଜିବାରୁ ତା'ଉପରେ ଆଜକୁ ଆଠଦିନ ତଳେ ବଡ଼ ରାଗିଥିଲେ। ତାକୁ ଜେଲ୍ ଦବାକୁ କହିଥିଲେ। ରାମାକୁ ବାନ୍ଧିପକାଇ ଢେର୍ ମାରିଲେ। ରାମା 'ବାପରେ ମା'ରେ' ପାଟି କରୁଥାଏ।

ସରକାର ତରଫ କୋଟ୍ ଇନ୍‌ସପେକ୍ଟର ସୱାଲ –

ରାମାକୁ କନେଷ୍ଟବଳ ମାରିବା ତୁ ଦେଖିଛୁ?

ଜବାବ - ଆଜ୍ଞା ନା,ମୁଁ ଶୁଣିଛି।

ଦୁସରା ନମ୍ବର ସାକ୍ଷୀ ହଗୁ ସାମଲପ୍ରଥମ ସାକ୍ଷୀ ଯାହା କହିଥିଲା, ଠିକ୍ ସେମିତି ସମସ୍ତ କଥା ବୟାନ କଲା।

ନଥି ପ୍ରସ୍ତୁତ ହେଲା ଉତ୍ତାରେ ଆସାମୀ ତରଫ ଉକିଲ ଅବଦୁଲ ଶୋଭାନ ଖାଁ ହାକିମଙ୍କୁ ଚାହିଁ ଯେଉଁ ବକ୍ତୃତା କରିଥିଲେ, ସେଥିର ସାରମର୍ମ:

"ଉକିଲର ବକ୍ତୃତା-

"ହଜୁର୍ ଏ ମାମଲା ତମାମ୍ ଝୁଠା ଓ ଫରେବ। ମୁଦେଇ କିଣାରାମ ସିଂ ଜାତିରେ ଭଣ୍ଡାରି,ଆସାମୀ ମଧ୍ଯ ଭଣ୍ଡାରି। ଆସାମୀ ତାହାର ଶଙ୍କୁଡ଼ି ନମାଜିବାରୁ ସେ (ମୁଦେଇ) ବଡ଼ ରାଗିଥିଲେ, ଆସାମୀକୁ ଜବଦ କରିବା ଓ ହଇରାଣ କରିବା ମତଲବରେ ଏହି ମାମଲା ରଞ୍ଜନା କରିଅଛି।

୨ୟ। ନଥିରୁ ସଫା ପ୍ରକାଶ, ମୁଦାଲା ହାଟରୁ ଲୁଣ କିଣି ଖାଏ,ସୁତରାଂ, ତାହାର ଲୁଣ ମାରିବା ଦରକାର ନଥିଲା।

୩ୟ। ଗ୍ରେପ୍ତାର ସମୟରେ ଆସାମୀ ବେମାରି ହାଲତରେ ବିଛଣାରେ ଶୋଇଥିଲା। ବେମାରି ଲୋକ କେବେ ଲୁଣ ମାରି ନପାରେ।

୪ର୍ଥ। ସରକାରୀ ଦିଗବାର କନେଷ୍ଟବଳ ସଙ୍ଗରେ ଥିଲା, ଆସାମୀ ଲୁଣ ମାରିଥିଲେ ସେ ଦେଖିଥାଆନ୍ତା।

୫ମ। ଆସାମୀ ଯେଉଁ ବରାମଦୀ ମାଟି ଦାଖଲ କରିଅଛି, ତାହା ମୁଦାଲା ନାଳମୁହଁରୁ ଆଣିଥିବା ସତ୍ୟ ଅଟେ। ସେ ମାଟି ଯେ ଲୁଣିଆ ଲାଗୁଅଛି, ସେଥିର କାରଣ

ଏହି କି ଯେ, ମଫସଲି ତିର୍ଲାମାନେ ରାତ୍ରରେ ଭୟରେ ଦାଣ୍ଡକୁ ବାହାରନ୍ତି ନାହିଁ। ମାଟ ବାହାର ନାଳ ଦୁଆରର - ଇତ୍ୟାଦି, ଇତ୍ୟାଦି। ସେହି ପାଣି ପଡ଼ି ପଡ଼ି ମାଟି ଲୁଣିଆ ହୋଇଯାଇଅଛି। ଏ କଥା ସତ୍ୟ କି ମିଥ୍ୟା ମୁଦେଇ କିଣାରାମ ଆଉ ଥରେ ମାଟି ଚାଖୁ ଓ ଶୁଙ୍ଘୁ, ସେପରି ଉସ୍‌ମୂଳିଆ ଗନ୍ଧ ଅଛି କି ନାହିଁ, ସଫା ଜଣାଯିବ।

ଉକିଲ ବକ୍ତୃତା ଶୁଣି ହାକିମ ଠୋ ଠୋ କରି ହସିଲେ। ପେସ୍କାର ହାକିମ ଆଡକୁ ନଥି ଉହାଡ଼ କରି ଖୁବ୍ ଗୋଟାଏ ହସିଲେ, ଆଉ ସମସ୍ତେ ମଧ୍ୟ ମୁହଁରେ ଲୁଗାଦେଇ ହସିଲେ। ତହିଁ ଉତ୍ତାରେ ଉକିଲ ଛିଡ଼ାହୋଇ ହାକିମକୁ ଅନାଇ କହିଲେ, "ହଜୁର ମା' ବାପ ଖାମିନ୍ଦ,ଆସାମୀ ନିହାତି ଗରିବ, ନିର୍ଦ୍ଦୋଷ, ତାହାକୁ ଖଲାସ ଦିଆଯାଉ।"

ହାକିମ ଦୁଇ ଫର୍ଦ୍ଦ ଫୁଲସ୍‌କେପ୍ କାଗଜରେ ଏକ ଲମ୍ବା ରାୟ ଲେଖିଲେ - ଉକିଲ ଯେଉଁ ସମସ୍ତ କାରଣ ଦର୍ଶାଇଥିଲେ, ରାୟରେ ସେ ସମସ୍ତ କାରଣ ଉଲ୍ଲେଖ କରି ଆସାମୀକୁ ଖଲାସ ଦେଲେ, ଅଧିକନ୍ତୁ ଲେଖିଲେ ମୁଦେଇ କିଣାରାମ ସିଂ ପୋଲିସ କର୍ମର ଅଯୋଗ୍ୟ।

ରାୟର ଏକପ୍ରସ୍ତ ନକଲ ଶ୍ରୀଯୁକ୍ତ ମାଜିଷ୍ଟର୍ ସାହେବଙ୍କ ହଜୁରରେ ପେସ୍ ହେଲା। ଏ ଯାତ୍ରାରେ କିଣାରାମଙ୍କର ନୌକରି ରକ୍ଷା ପାଇବା କଠିନ ଥିଲା,ମାତ୍ର ପେସ୍କାର ହାକିମଙ୍କୁ ସମଜାଇ ଦେଲେ, "ହଜୁର ପୋଲିସ ନୂଆ, ଗ୍ରାମ ଲୋକେ ଏକଜୋଟ, ସମସ୍ତେ ବଦମାଏସ,ସର୍ବଦା ଲୁଣ ଚୋରିକରି ସରକାରଙ୍କ ଲୋକସାନ କରୁଅଛନ୍ତି, ପୋଲିସକୁ ଡିସ୍‌ମିସ୍ କଲେ ସରକାରୀ ଲୁଣ ବରବାଦ ହୋଇଯିବ। ଏହି ପୋଲିସ କନେଷ୍ଟବଲ ଖୁବ୍ ହୁସିଆର, ଚଲାକ। ଗ୍ରାମ ଲୋକମାନଙ୍କ ଫାନ୍ଦରେ ଏ ମାମଲା ସାବିତ୍ ହେଲା ନାହିଁ, ଇତ୍ୟାଦି।ହାକିମ କିଛି ଖୋସନାମାଇ କରି କିଣୁକୁ ଛାଡ଼ିଦେଲେ।

ଆମ୍ଭମାନଙ୍କ ଜମାଦାରେ ଭାରି ଫୂର୍ତ୍ତିରେ ଆସାମୀକୁ ଧରି ମଫସଲରୁ ଆସିଥିଲେ। ମାମଲାର ହାଲ ଦେଖି ତାହାଙ୍କ ଅଣ୍ଟା ବସିଗଲାଣି। ସାମାନ୍ୟ ଲୋକମାନଙ୍କର ଅବସ୍ଥା ଏହିପରି। ଅଳ୍ପ ଆନନ୍ଦରେ ଫୁଲିଉଠନ୍ତି, ସେହିପରି ଅଳ୍ପ ଟିକି, ଧକା ଖାଇଲେ ବସିପଡ଼ନ୍ତି। କଚେରି ବାହୁଡ଼ା ସଙ୍ଗେ ପେସ୍କାରଙ୍କ ବସାଘରକୋଣରେ କାନିଟା ମେଲାଇ ଦେଇ ଲଠ କରି ଶୋଇପଡ଼ିଲେ। କାହିଲା ବାହାନାରେ ସେ ରାତିରେ କିଛି ମୁହଁରେ ଦେଲେ ନାହିଁ। ରାତ୍ରିରେ ଜମାଦାରଙ୍କୁ କିପରି ନିଦ ହୋଇଥିଲା, ଏଥିର ଠିକ୍ ସମ୍ବାଦ ଆମ୍ଭେମାନେ ପାଇନାହୁଁ, ମାତ୍ର ମୁହଁଅନ୍ଧାର ଥାଉଣୁ ଦିଗବାରକୁ ଧରି ଫାଣ୍ଡିକୁ ରବାନା ହୋଇଗଲେ। ଆଉ ଆଉ ଦିନେ ଦିନ ପହରେ ଥାଉ ଫାଣ୍ଡିରେ ପହୁଞ୍ଚନ୍ତି,ମାତ୍ର ଆଜି ପହୁଞ୍ଚିବାକୁ ରାତି ପହରେ ଗଡ଼ିଗଲା। ରୋଷେଇର କିଛି ବନ୍ଦୋବସ୍ତ ହେଲା ନାହିଁ, ଦିଗବାର ଗାଁରୁ କିଛି ଜଳଖିଆ ଅଣାଇଦେଲା।

ସକାଳବେଳା ଜମାଦାର ଫାଣ୍ଡି ପିଣ୍ଡାରେ ବସି ମନ ମଧ୍ୟରେ ଭାବୁଛନ୍ତି, ଗାଁ ଲୋକେ ଏଣିକି ତାହାଙ୍କୁ ହେଟାଦାର କରିବେ, କେହି ଅବା ଟାପରା କରିବ। କାହାରି ମୁହଁକୁ ଭଲକରି ଅନାଉ ନାହାନ୍ତି। ଗାଁର ମୁଖ୍ୟା ମୁଖ୍ୟା ଲୋକମାନେ ପୂର୍ବପରି ହାଜର ହୋଇ ଗୋଟାଏ ଗୋଟାଏ ଦଣ୍ଡବତ କଲେ। ଜମାଦାରଙ୍କ ଆଗମନ ଯଦିଚ ସମସ୍ତଙ୍କୁ ଜଣା, ମାତ୍ର ଜଣା ନଥିବାର ଏବଂ ରାତିରେ ଉପାସ ଥିବାର କହି ଭାରି ଦୁଃଖପ୍ରକାଶ କଲେ ଏବଂ ଚଞ୍ଚଳ ରୋଷେଇର ଡୌଲ କରିଦେଲେ।

ଦିନ ପାଣି ପରି ବହିଯାଉଛି। ଜମାଦାରେ ଆଗ ପରି ବେଶି ଗାଁ ଗସ୍ତକୁ ବାହାରୁ ନାହାନ୍ତି। ଆଗପରି ଆପଣା ଆପଣା ଦୁଃଖଧନ୍ଦା ସାରି ପାଞ୍ଚ ସାତଜଣ ସଞ୍ଜବେଳେ ଜମାଦାର ପାଖରେ ବସନ୍ତି। ଏଣୁତେଣୁ ଢେର୍ କଥାବାର୍ତ୍ତା ହୁଏ। ଓଝେ ପହୁଞ୍ଚିଗଲେ ଛାନ୍ଦମାନ୍ଦ ବୋଲାବୋଲି ହୁଏ, ମାତ୍ର ବର୍ତ୍ତମାନ ଦୁଇପକ୍ଷରେ ଭାବନା, ଦୁଇପକ୍ଷରେ ଜଗାଜଗି। ଜମାଦାରେ ଅନେକ ଉପାୟ ଭାବିଲେଣି, କିଛି କଥାର କିନାରା ଲଗାଇ ପାରୁନାହାନ୍ତି। ଗ୍ରାମଲୋକେ ନିରୋଳାରେ ବସି ବିଚାର କଲେ - ରାମା ତ ଖଲାସ ହୋଇଆସିଲା ହଁ,ମାତ୍ର ଏଣିକି କ'ଣ କରାଯିବ?ସରକାରୀ ପୋଲିସ ମାଡ଼ିବସିଲାଣି, ଆଉ କି ରକ୍ଷା ଅଛି। ରାମା ମାମଲାରେ ଜିଣି କରି ମଧ୍ୟ ହାରିଛି। ହିସାବରେ ଦେଖାଗଲା, ରାମା ମାମଲାରେ ଖରଚ ସବୁ, ସବୁ ରକମର ସତେଇଶ ଟଙ୍କା ଚଉଦ ଅଣା ଦୁଇପାହି। ଏଣିକି ଆଉ ମାମଲା ଝିଙ୍କିଲେ ଟଙ୍କା କାହୁଁ ଆସିବ?ଏଥର ଭେଦା ଟଙ୍କାଟା ଯେପରି ଅସୁଲ ହେଲା, ତାହା ମନ ଜାଣେ। ଟଙ୍କା ବା କାହା ହାତରେ ଅଛି। ଦିନେ ଅଧରାତିଯାଏ ଗୋପାଳ ଘଡ଼େଇ ପିଣ୍ଡାରେ ବସି ଖୁବ୍ ପରାମର୍ଶ କଲେ। ଶେଷକୁ ଅବଧାନ ଯେଉଁ ଉପାୟଟା ବାହାର କଲେ, ସମସ୍ତଙ୍କ ମନ ମାନିଗଲା। କାଲି ଖୋଦ ଅବଧାନେ ଜମାଦାରଙ୍କ ପଖରେ କଥା ପକାଇବେ, ସ୍ଥିର ହେଲା।

ସଞ୍ଜବତି ଲାଗିଗଲାଣି। ଜମାଦାରେ ଭାଗବତ ଘରେ ବସିଥାନ୍ତି। ଦିଗବାରଟା ମଧ୍ୟ ନାହିଁ।କାହାକୁ ଡାକିବାକୁ ଯାଇଛି। ଓଝା ଅବଧାନେ ଧୀର ଧୀର ହୋଇ ପହୁଞ୍ଚିଲେ, ଜମାଦାରଙ୍କୁ ଦଣ୍ଡବତଟାଏ କରି ପାଖରେ ବସିଲେ। ଖୁବ୍ ନିରୋଳା, କେହି ପାଖରେ ନାହିଁ। ଦୁଇଟା ଚାରିଟା ଏଣୁ ତେଣୁ କଥା ଉତ୍ତାରେ ଅବଧାନେ ଚାରିଆଡ଼କୁ ଅନାଇ ଦୁଇ ଚାରିଥର ଗଳା ଖଙ୍କାର ଦେଇ ଥରେ ହାଇମାରି ଏକାବେଳକେ କଥାଟା ପକାଇଲେ। ସେ କଥାର ସାରମର୍ମ ଏହି –

"ଜମାଦାରଙ୍କ ବସାଖର୍ଚ୍ଚ ଗାଁ-ଲୋକେ ଚଳାଇବେ। ଏ ସିବାଏ ମାସକୁ ପାନ ଖର୍ଚ୍ଚ ବୋଲି ଯୋଡ଼ାଏ ଟଙ୍କା ଦେବେ ଏବଂ ଫି ମାସ ଏକ ନମ୍ବର ଚୋରି ଆସାମୀ ଧରିଦେବେ।"

ଜମାଦାରେ ତ କୋଟିନିଧିଟାଏ ପାଇଗଲେ, ଏକାବେଳକେ ରାଜି। ସମସ୍ତ ଭାବନାରୁ ମୁକ୍ତ ହେଲେ।

ତହିଁ ଆରଦିନ ଚାରିଖଣ୍ଡ ଗ୍ରାମର ମୁଖ୍ୟା ମୁଖ୍ୟା ଲୋକ ସଭା କରି ବସିଲେ, କଥା ଛିଡ଼ିଲା। ଜମାଦାରଙ୍କ ଖର୍ଚ୍ଚ ବିଛାଣିରେ ଚାରିଖଣ୍ଡ ଗ୍ରାମରୁ ଉଠିବ। ଏ ସିବା ଜଣେ ପାଣ ହାତରେ କିଛି ଲୁଣ ଦେଇ ଚୋର ବୋଲି ଧରାଇଦେବେ(ଅବଶ୍ୟ ପାଣର ରାଜିକରାରେ କଥା ହେବ)। ସେ ପାଣ ଯେତେଦିନ ବନ୍ଦରେ ରହିବ, ତାହାର ପିଲାଝିଲା ଖର୍ଚ୍ଚ ସବୁ-ସବୁ କଥା ଗ୍ରାମଲୋକେ ତୁଲାଇବେ।

ବେଶ୍ କାମ ଚଳିଲା। ଜମାଦାରେ ନାମମାତ୍ର ଗାଁ ଗସ୍ତକୁ ବାହାରନ୍ତି, ଚଉପଟ ଖେଳନ୍ତି, ଗାଁ ବୁଲନ୍ତି ଓ ଅବଧାନଠାରୁ ଛାନ୍ଦ ଶୁଣି ସୁନ୍ଦର ଭୋଜନଟାଏ ପକାନ୍ତି। ଦୁଇ ଚାରି ନମ୍ବର ମାମଲା ମଧ୍ୟ ଚଲାଣି ଦେଲେଣି। ମାମଲା ସାଫ ସାବିତ-ଆସାମୀମାନେ ସଜା ପାଇଗଲେଣି।

"ଅଧର୍ମବିତ୍ତ ବଢ଼େ ବହୁତ,
ଯିବାବେଳେ ଯାଏ ମୂଳ ସହିତ।"

ଜମାଦାରେ ଆଚ୍ଛା ଦୁଇଟଙ୍କା ରୋଜଗାର କରିଥିଲେ। "ରାଜା ପଶ୍ୟତି କର୍ଣ୍ଣାଭ୍ୟାଂ।" ଅନ୍ୟାୟଟା କେତେଦିନ ଛପିବ! କଥାଟା ସରକାର କାନରେବାଜିଲା। ଏ ବରଷ ଲାଟସାହେବଙ୍କ ଦରବାରରୁ ଯେଉଁ ନିମକି ସାଲତମାମି ରିପୋର୍ଟ ବାହାରିଲା, ସେଥିରେ ଏହି ଠକାଠକି ମାମଲା ପ୍ରସଙ୍ଗ ଦରଜଥିବାର ଦେଖାଗଲା। ଜିଲ୍ଲା ହାକିମମାନେ ଦେଖି କାବା। ଖୁବ୍ ହୁସିଆର ହୋଇଗଲେ। ଜଗାଜଗି କଲେ; ମାତ୍ର ଫଳ ନାହିଁ।

ଜିଲ୍ଲା ହାକିମମାନେ ପୋଲିସ କାରସାଦି ଧରିବାପାଇଁ ଖୁବ୍ ଚେଷ୍ଟା କଲେ; ମାତ୍ର କିଛି କରିପାରିଲେ ନାହିଁ। କିପରି ବା ପାରିବେ, ମଫସଲ ଚୌକିଆଠାରୁ ସଦର ଶ୍ରେସ୍ତାଦାର ପର୍ଯ୍ୟନ୍ତ ଚୋର। "ଚୋର ମାଉସୀ ପୁଅଭାଇ, ଯାହା ମିଳିଲା ବାଣ୍ଟିକୁଣ୍ଟି ଖାଇ।" କୌଣସି ଗୋଳମାଳ ନାହିଁ, କାମ ବେଶ୍ ଚଳୁଛି। ଲୁଣ ଚୋର ପାଣଗୁଡ଼ାକ ବେଶ୍ କବୁଲ ଜବାବ ଦେଇ ଜେଲ୍‌ଖାନାକୁ ଯାଉଅଛନ୍ତି। ପୋଲିସ କନେଷ୍ଟବଳ ଗାଁରେ ପହରା- ଆଉ ଜାତି ଲୋକ କି ଲୁଣ ଚୋରି କରିବେ?

ଆଜି ସଦର କଚେରିରେ ଭାରି ଗୋଟାଏ ଚହଳ ପଡ଼ିଛି। ଅମଲା ଫଇଲା ମଏକ୍‌କେଲ୍ ସମସ୍ତଙ୍କ ମୁହଁରେ ସେହି କଥା, ବରଗଛମୂଳ ମୁକ୍ତାରଖାନାରେ ଆନ୍ଦୋଳନଟା କିଛି ବେଶି। କଥା କ'ଣ?ଜଣାଗଲା, ନିମକି ମାହାଲର ପୋଲିସ କର୍ମଚାରୀମାନଙ୍କ ଠକପଣ ଧରିବା ସକାଶ ସଦରରୁ ଗୋଇନ୍ଦା ପୋଲିସ ବାହାଲ ହୋଇ ଆସିଥିଲେ। କେତେ ମାସ ହେଲା ବେଶ ବଦଳାଇ ମଫସଲରେ ବୁଲୁଥିଲେ। ପୋଲିସର କେତେଜଣ କନେଷ୍ଟବଳର ଠକପଣିଆ ପ୍ରମାଣ କରାଇ ସାକ୍ଷୀ ସାବୁତ ସହିତ ଆସାମୀ ଚଲାଣ

ଦେଇଅଛନ୍ତି। ଆସାମୀମାନଙ୍କ ମଧ୍ୟରେ ଏ କିଏ?ଆନ୍ତୁ କିଣାରାମ ସିଙ୍ଗୋ।ମାମଲା ଖୁବ୍ ଗୋଳଘାଣ୍ଟ ଲାଗିଲା। ଆଉ ଆଉ ଆସାମୀମାନଙ୍କ କଥାମାମଲାର ଆଉ ଆଉ କଥାଗୁଡ଼ାକ ଲେଖିଲେ କ'ଣ ହେବ। ଶେଷରେ ମେଜେଷ୍ଟର ସାହେବଙ୍କର ହୁକୁମ ଶୁଣାଗଲା- 'କନେଷ୍ଟବଲ କିଣାରାମ ସିଙ୍ଗର କଠିନ ପରିଶ୍ରମ ସହିତ ଦୁଇମାସ ମିଆଦ ଆଉ କୋଡ଼ିଏଟଙ୍କା ଜୋରିମାନା। ଜୋରିମାନା ନଦେଲେ ଅଧିକ ମିଆଦ ତିନିମାସ।'

ମେଜେଷ୍ଟର ସାହେବଙ୍କ ହୁକୁମୀ ତାରିଖଠାରୁ ଆଜକୁ ଊଣା ପୂରା ଛ' ମାସ ବିତିଗଲାଣି। ଶୁଣାଶୁଣିରେ କିଣା ଭଣ୍ଡାରି ଆଜକୁ ଚାରିମାସ ହେଲା ଆସି ଗାଁରେ ଅଛି। ଘରୁ ବାହାରେ ନାହିଁ, ଗାଁ ଲୋକେ କେହି ଦେଖନ୍ତିନାହିଁ। କିଣା ଅାଚ୍ଛା ଦୁଇପଇସା ଛାଟି ଆଣିଥିଲା (ଭଣ୍ଡାରି ବାପୁଡ଼ା ଶ' କଡ଼ା ଟଙ୍କା ମୁଣ୍ଡ ଛୁଇଁଲେ ତାକୁ ଢେର୍) ହେଲେ ବସି ଖାଇଲେ ସମୁଦ୍ର ବାଲି ନିଅଣ୍ଟ। ପଇସାର ଖେଞ୍ଚାଖାଞ୍ଚ ହୋଇପଡ଼ିଲାଣି, କେତେଦିନ ବା କୋଣରେ ପଶିରହିବ?ଧୀରେ ଧୀରେ ଦାଣ୍ଡକୁ ବାହାରିଲା। ଏଣିକି ଗାଁ ନ ଖଟିଲେ ଅଚଳ। ପେସ୍କାର ଖପା ହୋଇ ବସାରୁ କାଢ଼ିଦେଇଅଛନ୍ତି। ହାକିମହୁକୁମା ଲୋକ, ଚୋରଟାକୁ କିପରି ପାଖରେ ପୂରାଇବେ?ବିପଦ ଅନ୍ଧାର ଆସିବାବେଳେ ଚାରିଆଡୁ ମାଡ଼ିଆସେ। ଗାଁ ଖଟିବା ଥାଉ, ପୁରୋହିତେ ପୁରାଣ ଫିଟାଇ ଗାଁଲୋକଙ୍କୁ ଶୁଣାଇ ଦେଇଛନ୍ତି- "କିଣା ପାଣ ନାହିଁ, ହାଡ଼ି ନାହିଁଜେଲ୍‌ଖାନାରେ ଛତିଶ ପାଟକ ଭାତ ଖାଇ ଆସିଅଛି, ସେ ପତିତ ଆଉ ତାକୁ ଯେ ଛୁଇଁବ, ନିଆଁପାଣି ଦେବ, ସେ ମଧ୍ୟ ପତିତ।" କିଣା ତ ସାତପାଞ୍ଚିରୁ ଗଲାଣି। ଦୁଃଖ କହିଲେ ନ ସରେ। ଦୁଇମାସକାଳ କିଣା ପୁରୋହିତ ଦୁଆରେ ଧାରଣା ଦେଇ ଶୋଇଲା। ବଂଶଯାକ ପୁରୋହିତଙ୍କ ଗୋଡ଼ତଳେ ମୁଣ୍ଡିଆ ମାରି ମାରି ଚାନ୍ଦି ଉଡ଼ିଗଲାଣି। ପୁରୋହିତ ଦୟାଳୁ ଲୋକ, ଦୁଇମାସଉତ୍ତାରେ ଗାଁ ବରଗଛମୂଳରେ ସଭା ବସିଲା। ପୁରୋହିତ ପୁରାଣ ଫିଟାଇ ବ୍ୟବସ୍ଥା ଦେଲେ- "ପଞ୍ଚଗବ୍ୟପଞ୍ଚଦାନ-ପୁରୋହିତ ବଂଶଯାକ ସକାଶେ ନୂତନ ବସ୍ତ୍ର, ପଞ୍ଚିଶମୂର୍ତ୍ତି ବ୍ରାହ୍ମଣ ଭୋଜନ ଆଉ ଦକ୍ଷିଣା, ଜାତିମାନଙ୍କୁ ତିନିବେଳା ଭାତ।" ପ୍ରାୟଶ୍ଚିତ ହେବା ଦିନ ପୁରୋହିତ ସଭାରେ ସମସ୍ତଙ୍କୁ ଶୁଣାଇ ଶୁଣାଇ କହିଲେ, "ବ୍ରହ୍ମଶାପରେ ଯଦୁବଂଶ ନାଶ-ସ୍ୱୟଂ ବିଷ୍ଣୁ ମେଣ୍ଟନ କରିପାରିନାହାନ୍ତି।"

କିଣା ଯାହା କିଛି ବିଲ-ବାଡ଼ି ଦୁଇମାଣ ଓ ଘରେ କଂସା ବେଲା ଦୁଇଖଣ୍ଡ କରିଥିଲା, ସରକାରୀ ଜୋରିମାନା ଟଙ୍କା ଅସୁଲ ସକାଶପୋଲିସ ଜମାଦାର ସବୁ ମାଲ ନିଲାମ କରି ଘେନିଗଲା। ସବୁ ଯାଇଛି, ଗାଁ ଖଟି ଖାଏ।

କିଣା ସାଙ୍ଗରେ କାହାରି ବୋଲାବୋଲି ହେଲେ, ସେ ଟାପରା କରି କହେ-

"ପୁନର୍ମୂଷିକୋଭବ"

BLACK EAGLE BOOKS

www.blackeaglebooks.org
info@blackeaglebooks.org

Black Eagle Books, an independent publisher, was founded as
a nonprofit organization in April, 2019. It is our mission to
connect and engage the Indian diaspora and the world at large
with the best of works of world literature published on a
collaborative platform, with special emphasis on
foregrounding Contemporary Classics and New Writing.

www.ingramcontent.com/pod-product-compliance
Lightning Source LLC
Chambersburg PA
CBHW020422110726
47899CB00006B/2091